DAS BUCH

Der bekannte Klimaforscher Karl Rieter kommt bei einer Gletscherwanderung durch einen Steinschlag ums Leben. Sein Sohn wollte mit ihm den Ort aufsuchen, an dem vor einigen Jahren seine Frau auf einer Tour mit einem Freund der Familie spurlos verschwand, und ihm einige Fragen zu seiner zweifelhaften Rolle als Vater und Ehemann stellen. Der Sohn, ein grüblerischer Chemiker, ist der Meinung, Rieter habe sich im Namen einer höheren Sache zu wenig um seine Familie gekümmert. Er macht ihn sowohl für das Leiden der Mutter und ihre verhinderte Karriere als Literaturkritikerin verantwortlich als auch für sein eigenes unstetes Leben, in dem er sich von Projekt zu Projekt hangelt. Seine ältere Schwester hingegen, eine erfolgreiche Ärztin, die mit ihrem Mann eine Praxis für Reproduktionsmedizin führt, glaubt, dass der Vater sein Leben einer höheren Sache geopfert hat und die Mutter aus ihrem Leben genau das gemacht hat, was sie daraus machen wollte. Da der Vater keine Vorkehrungen für seinen Tod getroffen hat, versuchen die Geschwister für die Trauerrede seinen Lebenslauf aus verschiedenen Quellen zu rekonstruieren. Schon bei der Vorbereitung der Trauerfeier und erst recht beim Leichentrunk, bei dem die Anwesenden in kontroverse Diskussionen über Geschwisterbeziehungen und den richtigen Umgang mit dem Klimawandel verfallen, zeigen sich erste Risse im idealisierten Bild der verstorbenen Eltern. Als die Geschwister später die Villa im Engadin aufräumen, in der ihr Vater aufgewachsen ist und die der Familie als Ferienhaus diente, entdecken sie in alten Briefen, Tagebüchern des Vaters von seinen Polarexpeditionen und Vorstudien der Mutter zu ihrer nie geschriebenen Dissertation über den Griselda-Stoff in der europäischen Literaturgeschichte befremdliche Wahrheiten, die nicht nur zu einer neuen Bewertung der Selbstverwirklichung ihrer Eltern führen, sondern auch ihre eigene Identität ins Wanken bringen. Bevor sie in den Alltag zurückkehren, wollen sie mit einem Freund der Familie auf einer Wanderung zum schicksalhaften Gletscher noch einige offene Fragen klären. Doch der Freund kommt nicht. So gehen sie allein und verstreuen die Asche ihres Vaters auf dessen Wunsch auf dem Gletscher. Auf dem Rückweg werden sie von einem Wettersturz überrascht. Im immer dichter werdenden Nebel finden sie ihre Mutter, die das Eis des schmelzenden Gletschers freigegeben hat. Sie bleiben lange bei ihr. Als das Wetter aufklart, aber die Dämmerung hereinbricht, versuchen sie verzweifelt, einen Ausweg aus dem Labyrinth der Spalten zu finden.

DER AUTOR

Lewin Reger (*1957), Sozialanthropologe im Ruhestand, lebt und arbeitet abwechslungsweise in Zürich und in einem Bergdorf in der Ostschweiz. Reger forschte über dreißig Jahre im Himalaja und lehrte an verschiedenen Universitäten. Er ist passionierter Alpinist, Stadtwanderer und Zugreisender. Seit seiner Kindheit interessiert er sich für Auto- und Radrennsport, Eishockey und Fußball, Glaziologie und Insektenkunde. Er hat auch über den Insektenforscher Jean-Henri Fabre als Vorbild für die ethnografische Beobachtung geschrieben. Seit seiner Emeritierung verfasst er auch belletristische Texte. 2021 erschien sein Roman *Götterspeise*.

GRISELDA

Roman

LEWIN REGER

Lewin Reger
c/o Autorencentrum.de
Ein Projekt der BlueCat Publishing GbR
Gneisenaustraße 64
10961 Berlin
lewin.reger@mail.de

Independently published (April 2024)

ISBN: 9798407946045

INHALT

ERINNERUNGEN

NUR EIN PAAR FRAGEN

»Warum hast du ihm nicht geholfen? Warum hast du ihn liegen lassen, bis er erfror?«, fragt Bigna ebenso ungläubig wie empört und schaut ihren Bruder eindringlich an.

»Ich konnte nicht«, sagt Reto ruhig und blickt ins Leere. »Es ist ungewiss, ob er erfroren ist«, fährt er nach einer Weile fort. »Wahrscheinlich hat ihn der aus der Seitenmoräne herabfallende Stein sofort getötet und dann ist sein lebloser Körper auf dem Gletschereis eingefroren. Was hätte ich anders machen können, als im Tal Hilfe holen? Dass es an der Unglücksstelle keinen Handyempfang gibt, habe ich dir ja schon gesagt.«

»Bei ihm bleiben, seine Wunde verbinden, ihn wärmen und so vor dem Erfrierungstod retten«, erwidert Bigna, als hätte sie die erklärenden Worte ihres Bruders nicht gehört. »Warum, Reto? Er war unser Vater. Und du hast ihn erfrieren lassen. Warum hast du dich nicht um ihn gekümmert?«

»Und sie? Sie war unsere Mutter. Von wegen kümmern«, sagt Reto aufgebracht.

»Aber das lässt sich doch gar nicht vergleichen«, meint Bigna kopfschüttelnd. »Er war einfach nicht da, als es passierte.«

»Er war nie da. Nicht für sie, nicht für uns.«

Reto steht langsam auf und geht zum Fenster. Er blickt hinunter auf die steil abfallende Straße, wo zwei Gärtner die Hecke des gegenüberliegenden Hauses schneiden. Als er sich wieder seiner Schwester zuwendet, sagt diese vorwurfsvoll: »Die Polargebiete liegen nun mal nicht vor der Haustür. Und dann wurde er überall gebraucht mit seinem enormen Wissen, seit auch noch der Letzte begriffen hat, dass der Klimawandel die Menschheit bedroht.«

»Die Menschheit«, murmelt Reto, während er in die Küche hinüber schlurft.

»Ja, die Menschheit«, wiederholt seine Schwester laut und ruft ihm nach: »Wer kam eigentlich auf die Idee mit dieser Bergtour?«

»Ich.«

»Aber du hättest doch wissen müssen, dass ein Mann in seinem Alter mit einer solchen Gletschertour ein Risiko eingeht. Du hast ihn diesem Risiko ausgesetzt. Ich werde einfach den Verdacht nicht los, dass du ... .«

»Jetzt reicht's aber«, ruft Reto verärgert. »Ich wollte einfach nur mit ihm zusammen sein. Auf dem Gletscher, wohin er oft mit mir gegangen ist, als ich noch ein Junge war. Ich wollte ihm ein paar Fragen stellen.«

»Ein paar Fragen? Was wolltest du ihn denn fragen?«

Reto kommt mit einer Tasse Kaffee zurück ins Wohnzimmer, stellt sie auf den Tisch und setzt sich wieder. Dann schaut er seiner Schwester in die verweinten Augen, unsicher, ob er ihre Frage beantworten soll, ob sie ihm überhaupt zuhören und ihn ernst nehmen würde.

»Und? Sag schon!«, fordert ihn Bigna auf.

»Gut«, sagt Reto, nachdem er einen Schluck getrunken und sich zum Sprechen aufgerichtet hat. »Ich wollte mit ihm zusammen sein, und ich glaubte, dass er mir diesen Wunsch nicht abschlagen würde, wenn ich ihm vorschlage, nochmals zu jenem Winkel des Gletschers zu gehen, wo Mutter damals auf der Tour mit Onkel David in eine Spalte stürzte. Ich nahm an, dass auch er sich immer noch dafür interessierte. Und wenn nicht dies, dann würde er mir wohl noch einmal gerne zeigen wollen, wo seine wissenschaftliche Laufbahn, die ihn für die Menschheit so unentbehrlich machte, begonnen hatte. Ich wollte einfach nur einen Tag mit ihm zusammen sein, genug Zeit haben, um ihm ein paar Fragen zu stellen, genug Zeit, dass er mir ehrliche Antworten darauf geben konnte.«

»Was für Fragen?«, will Bigna wissen, als würde sie ihrem Bruder keine Fragen von besonderer Wichtigkeit zutrauen.

Reto lässt sich nach hinten gegen die Stuhllehne fallen und starrt auf den Tisch. Nach einer Weile sieht er seine Schwester an und meint: »Eigentlich unwichtig, jetzt, wo beide nicht mehr da sind.«

»Was für Fragen?«, insistiert Bigna.

»Ich wollte ihn fragen, ob er sie eigentlich noch geliebt habe. Ob er nicht gesehen habe, dass sie leide, schon viele Jahre gelitten habe.«

»Und, hast du ihn gefragt?«

»Ja, ich habe ihn gefragt. Er lachte nur. ›Was heißt leiden?‹ fragte er mich. Sie sei manchmal müde gewesen, habe etwas erschöpft gewirkt, aber leiden? Sie hätte eben immer viel gearbeitet, wie er auch. Aber ich hätte die Wirkung der Arbeit nur bei ihr gesehen, da er meist nicht zugegen gewesen sei. Auch darunter habe sie wohl gelitten, sagte ich ihm. ›Warum?‹ fragte er erstaunt. Sie hätten von Anfang an ausgemacht, dass sie ihr Leben führe und er seines und dass sie sich dazu die größtmöglichen Freiheiten ließen. Auf letzteres habe sie noch mehr bestanden als er. Und sie habe doch gewusst, dass ihn sein Beruf immer wieder für mehrere Monate in die Forschungsstationen in den Polargebieten führen würde. Als ich einwandte, dass sie für ihn ihre berufliche Laufbahn nicht weiterverfolgt, nicht einmal ihre Dissertation abgeschlossen habe und sich nur dem Haushalt und uns Kindern widmete, und gelegentlich eine Buchbesprechung oder Theaterkritik geschrieben habe, meinte er nur, all das habe sie so gewollt.«

»Und die wichtigste Frage?«, will Bigna wissen.

»Ob er sie noch geliebt habe?«

Bigna nickt und wartet gespannt auf die Antwort.

»Ja. Er behauptete sogar, dass er sie im Laufe der vielen gemeinsamen Jahre noch mehr geliebt habe als in den Anfängen, wohl auch, weil er sich immer mehr bewusst geworden sei, was sie für ihn getan habe. Siehst du, auch er glaubte, dass sie sich geopfert hat.«

»Aber auch er hatte doch große Opfer gebracht, wenn auch andere«, gibt Bigna zu bedenken. »Die Kälte, die Einsamkeit, der monotone Alltag, stundenlanges Einpacken und Beschriften der Eisbohrkerne, die beengten Wohnverhältnisse in den Polarstationen, das Zusammenleben mit anderen auf kleinstem Raum während vieler Monate. Und dann die ständige Angst, bei einem Unfall oder einer Krankheit die notwendige medizinische Versorgung nicht zu erhalten. Sind das keine Opfer?«

»Er hat es doch immer verstanden, sich auch in diesen extremen Verhältnissen zu seinem Vorteil einzurichten. Für seine berufliche Karriere, sein wissenschaftliches Renommee, wohl auch für seine sexuellen Bedürfnisse. Denk' nur an diese Susi Pauli.«

»Eine gute Kollegin, mit der er mehrere Expeditionen unternommen und viele wissenschaftliche Artikel verfasst hat. Nur eine Kollegin. Wie er übrigens auch immer seinen Kollegen gegenüber betonte, die ihn in dieser Angelegenheit verdächtigten, wahrscheinlich aus purem Neid. Könnt ihr Männer denn nie begreifen, dass es zwischen Männern und Frauen Freundschaft geben kann, einfach nur Freundschaft? Und wenn es mit Susi etwas anderes gewesen wäre, was geht's uns an? Mutter jedenfalls konnte gut damit leben. Sie hat sogar mit Susi zusammen mehrmals Ferien in der Villa in Pontresina gemacht, mit ihr lange Touren unternommen und stets nur wohlwollend, oft sogar begeistert von ihr gesprochen. Ihre Beziehung zu Susi schien mir jedenfalls inniger als die zwischen ihr und ihren Schwestern. Ich würde sagen, die beiden waren gute Freundinnen. Diesen Eindruck hatte ich spätestens, seit ich den beiden einmal spätnachts auf dem Heimweg begegnet bin. Sie gingen Arm in Arm, wahrscheinlich etwas angetrunken, und erweckten den Eindruck, als hätten sie sich soeben die größten Geheimnisse anvertraut.«

Bigna schweigt. Dann wirft sie ihrem Bruder einen fragenden Blick zu. Als Reto nichts sagt, fährt sie fort: »Was dir unser Vater gesagt hat, hat unsere Mutter genauso gesehen, zumindest hat sie es mir einmal so geschildert, kurz bevor es passierte.«

»Sie hat sich ihrem Schicksal ergeben, aus der Not eine Tugend gemacht.«

»Ach was. Sie lebte ihr Leben, auch wenn es nicht so nach außen drang wie bei ihren beiden extrovertierten Schwestern. Was ich aber zugegebenermaßen auch nie erfahren habe, warum sie zuweilen müde und abgespannt wirkte. Dies ist mir auch nicht entgangen. Haben wir Kinder und der Haushalt sie übermäßig in Anspruch genommen? Ihre Tätigkeit als Gelegenheitsjournalistin dürfte sie auch nicht sonderlich beansprucht haben. Und warum haben uns unsere Eltern bereits nach der Grundschule ins Internat geschickt? Hast du Vater auch gefragt, von welcher großen Arbeit unsere Mutter müde und erschöpft war?«

»Dafür hat sich Vater wohl auch nicht interessiert. Wahrscheinlich schickten sie uns nach Zuoz ins *Lyceum*, weil sie selbst schon dort zur Schule gegangen sind, Mutter und ihre Schwestern, weil ihre Mutter so früh gestorben ist und ihr Vater keine Zeit für die Betreuung und Erziehung seiner drei Töchter hatte, und unser Vater und sein älterer Bruder, weil ihre Eltern mit den drei Hotels genug zu tun hatten, oder dann, weil bereits ihr Vater das *Lyceum* besucht hatte, zu dessen Gründern sein Vater gehörte. Es war einfach Tradition. Und eine gute. Und wir haben viel gelernt.«

»Das möchte ich nicht bezweifeln«, meint Bigna zustimmend. »Aber was Mutter gemacht hat, das sie so beanspruchte, dass sie uns lieber im Internat in Zuoz als zu Hause in Zürich haben wollte, bleibt mir ein Rätsel. Manchmal kam es mir vor, als würden wir sie nur aus den Ferien in Pontresina kennen. Wir kamen ja in unserer Jugend selten in die Stadt. Wenn wir nicht im *Lyceum* waren, waren wir mit Mutter in der Villa. Viele ihrer und unserer Freunde kamen zu Besuch, verbrachten Ferien oder Wochenenden mit uns, und manchmal machte auch Vater einen längeren Besuch in seinem Elternhaus. Ich kann mich noch gut an seine Forscherkollegen und -kolleginnen aus aller Welt erinnern, die er öfter mitbrachte. Dadurch glaubte ich nicht nur, fern der Stadt nichts zu verpassen, weil unser Sozialleben so intensiv und die großartige Bergwelt zum Klettern, Mountainbiken und Skifahren so nah war, sondern weil es auch noch dieses Flair der großen weiten Welt gab.«

»Für mich war es eine weniger heile Welt«, unterbricht Reto. »Gerade, weil alles da war, fehlte mir etwas, und ich glaube, es war der Vater.«

»Könnte es nicht sein, dass du ihn darum vermisst hast, weil er dich als Kind oft auf Bergtouren mitgenommen und dann auf einmal keine Zeit mehr dazu hatte? Mutter und ich hatten uns ja damals meist davor gedrückt mitzugehen. Dass ich ihn nie ganz für mich hatte, hat mich vielleicht vor Enttäuschungen bewahrt. Jedenfalls hat mir weder der Vater noch sonst etwas in meinem Elternhaus gefehlt, das mir zur Erklärung meiner Probleme dienen könnte.«

»Für dein perfektes Leben brauchst du ja auch keine Erklärungen«, bemerkt Reto schnippisch. »Du siehst es wahrscheinlich nur als Resultat deiner eigenen Anstrengungen.«

»Nicht nur«, meint Bigna. »Nebst dem Vorbild unserer Eltern waren es sicher viele andere glückliche Gegebenheiten, die mir entgegenkamen. Ich habe einfach etwas daraus gemacht.«

»So einfach kann ich es mir nicht machen«, sagt Reto seufzend. »Aber beenden wir diese Diskussion für heute und besprechen, was für die Trauerfeier vorbereitet werden muss«.

Reto steht auf und geht wieder zum Fenster mit Blick auf die Straße. Die Hecke ist jetzt fertig geschnitten und die Gärtner wischen gerade die letzten Zweige vom Boden. »Perfekt«, kommentiert Reto, »am Morgen vor dem Schneiden sah die Hecke zwar unordentlich, aber lebendig aus, man konnte noch deutlich sehen, wie sie sich in die Umgebung einfügte, jetzt wirkt sie ordentlich, klar abgegrenzt von der Umgebung, aber künstlich und leblos, wie eine Mauer aus grünem Plastik.«

»Interessant«, meint Bigna abwesend.

Nach einer Weile sagt sie: »Also gut, reden wir nicht mehr darüber. Es war ein Unfall. Reden wir *nie mehr* darüber. Sprechen wir über die Vorbereitungen der Trauerfeier. Es ist jetzt schon Montag und die Feier sollte innert zwei Wochen nach dem Tod stattfinden. Viel Zeit bleibt uns nicht.«

»Sollen wir nicht mal etwas essen? Hast du keinen Hunger?«, will Reto wissen.

»Doch. Lassen wir uns etwas kommen«, meint Bigna und ist bereits dabei, die Nummer eines Lieferdienstes zu wählen. »Ist dir asiatisch recht?«, fragt sie beiläufig.

»Von mir aus eine Pekingente«, antwortet Reto gleichgültig. Worauf seine Schwester die Person am Telefon nach Pekingente fragt. Nach der offenbar positiven Antwort schaut sie Reto kurz nickend an und bestellt dann gleich zweimal Pekingente.

»Welcher Wein passt denn zu Pekingente?«, fragt Reto.

»Das solltest eigentlich du mir sagen können oder die App, die du mit deinem Team entwickelt hast«, meint Bigna lachend.

»Diese App ist eigentlich nicht gedacht als Ersatz für einen Sommelier. Sie basiert auf einer Künstlichen Intelligenz, die einerseits den Weingeschmack des Users fortwährend genauer bestimmt und andererseits mittels einiger weniger Fragen herausfinden kann, welcher Wein sowohl zu ihm als auch zur gewählten Speise und zur jeweiligen Situation passt. Welcher Wein also beispielsweise zu jemandem passt, der gerne trockene Weine trinkt und im Sommer über Mittag allein auf einer Terrasse am See sitzt und ein gebratenes Zanderfilet mit Reis und Spinat bestellt hat.«

»Und was wäre der Wein für deinen Geschmack, der in unserer Situation zu Pekingente passt?«

»Wir sind noch nicht so weit bei der Entwicklung, dass die App alle möglichen Geschmacksrichtungen von Gerichten mit jedem individuellen Geschmack abgleichen könnte. Und bei der Bestimmung der jeweiligen Situation stecken wir noch ganz in den Anfängen. Derzeit funktioniert die App leider erst wie ein besserer Sommelier.«

»Dann müssen wir uns einstweilen noch auf unser natürliches Geschmacksempfinden verlassen«, meint Bigna schmunzelnd. »Ich kann mich erinnern, dass Oskar und ich einmal einen *Gevrey-Chambertin* zu Pekingente tranken. Passte ganz gut. Gehst du mal nachschauen, ob es etwas in der Art im Keller hat?«

Als Reto mit einer Flasche in der Hand zurückkommt, sagt er: »Ich fand nur diese Flasche *Charmes-Chambertin*, an der ein

Zettel klebt, auf dem steht, ›von David, für besondere Gelegenheiten, Weihnachten 1984‹. Und wenn jetzt keine besondere Gelegenheit ist.«

»Das finde ich auch«, meint Bigna, als sie den Zettel und die Weinetikette aufmerksam liest. »1984. Das Jahr meiner Geburt. Übrigens, Onkel David hat gestern angerufen. Er will am Donnerstag kommen. Er kann uns dann gleich noch ein paar Informationen zum Leben unseres Vaters geben, die wir für die Trauerrede benötigen.«

»Womit wollen wir beginnen?«, fragt Reto nach dem Essen.

»Müssen wir das heute noch besprechen? Ich bin müde.«

»Ich auch. Aber lass uns doch wenigstens noch eine *To-do-Liste* machen.«

Bigna willigt ein und sie listen auf, was ihnen gerade einfällt, wie Suche nach einem günstigen Datum für die Trauerfeier, nach einer geeigneten Kirche und einem der Familie nahestehenden Pfarrer, dem Verfassen einer Todesanzeige und dem Verfassen und Versenden von Trauerkarten, der Einladung und Instruktion weiterer Trauerredner, der musikalischen Umrahmung der Feier, der Suche eines Lokals für den Leichentrunk, den Ort der Bestattung.

»Vater wollte in seiner Heimat bestattet werden, am liebsten auf dem Gletscher«, bemerkt Reto beim letzten Punkt. »Sollte dann nicht auch die Trauerfeier in Pontresina stattfinden?«

»Wie stellst du dir das vor? Hunderte Trauergäste werden anreisen. Pontresina ist nicht gerade am Weg und keine der Kirchen im Ort bietet genug Platz. Und woher weißt du so genau, wo unser Vater bestattet wollte?«

»So genau weiß ich es nicht. Aber als er mich einmal auf eine Bergtour mitnahm, sagte er bei einer Rast auf dem Gletscher, ›hier könnt ihr dann einmal meine Asche ausstreuen‹.«

»Das ist lange her«, gibt Bigna zu bedenken. »Da wir kein Testament oder irgendwelche anderen Dokumente von Vater gefunden haben, die sagen, was bei seinem Tod zu tun ist, wissen wir eigentlich nichts. Wahrscheinlich gäbe es Informationen auf seinem Computer, aber dazu fehlt uns ja leider das Passwort. Ich schlage aus praktischen Gründen vor, die Trauerfeier hier in der Stadt zu machen, nahe der Hochschule, wo er gewirkt hat, und die Urnenbeisetzung dann in Pontresina. Wir können noch darüber reden, ob seine Asche auf dem Gletscher verstreut werden soll.«

Als Reto zu einer Antwort ansetzen will, klingelt sein Telefon. Es ist Svenja, seine Freundin, die wissen will, ob sie behilflich sein könne. Sie könnte sofort kommen oder dann Tags darauf in der Früh.

»Besser morgen«, sagt Reto. »Es gibt viel zu tun. Wir sind froh, wenn du uns hilfst. Aber jetzt sind wir müde und gehen bald schlafen. Tschau und Kuss.« Zu Bigna gewandt, meint er dann: »Also machen wir es in Zürich. Warum nicht gleich in der Kreuzkirche unweit von hier? Soviel ich weiß, amtet dort immer noch Paul Fischer als Pfarrer, ein alter Bekannter von Vater.«

»Gut, rufen wir ihn gleich morgen an«, sagt Bigna gähnend, steht auf und geht, ohne ein weiteres Wort zu verlieren, in Richtung Zimmer, in dem sie ihre Kindheit verbracht hat.

WER WAR ER?

Am Dienstag um halb sieben geht die Klingel an der Haustür. Nach ein paar Minuten geht sie ein zweites Mal.

»Komme ja schon!«, ruft Bigna, die noch halb im Schlaf auf die Tür zuwankt. Als sie öffnet und die junge Frau mit den grünen Haaren erblickt, ist sie sofort wach und fragt verwundert: »Was wollen sie denn, so früh am Morgen?«

»Na, euch helfen. Ich bin's doch, Svenja.«

»Freut mich, dich kennenzulernen. Komm rein. Reto schläft wahrscheinlich noch.« Dann führt Bigna Svenja in die Küche, setzt die Kaffeemaschine in Betrieb und schaut nach ihrem Bruder.

Wenig später sitzen alle drei am Tisch im Wohnzimmer, trinken Kaffee und Bigna liest die *To-do-Liste* vor.

»Ich werde gleich Pfarrer Fischer kontaktieren«, sagt Reto und geht ins Arbeitszimmer seines Vaters, wo er nach einem Adressverzeichnis sucht. Als er fündig wird, wählt er Fischers Nummer und erreicht ihn sofort.

Während sich Reto mit dem Pfarrer unterhält, will Bigna von Svenja wissen: »Was machst du eigentlich beruflich?«

»Kunst.«

Überrascht von der schnellen Antwort, fragt Bigna nach: »Und was für Kunst?«

»Installationen.«

»Und was stellen deine Installationen dar?«

»Mich, etwas in mir, das bestenfalls in allen von uns ist. Ich kreiere von innen beleuchtete Objekte.«

»Pfarrer Fischer übernimmt die Trauerfeier«, unterbricht Reto das Gespräch der beiden Frauen, immer noch das Telefon am Ohr. »Er schlägt als Termin den nächsten Montag um zehn Uhr morgens vor.«

Bigna nickt zustimmend.

»Und am Samstagvormittag käme Pfarrer Fischer zu uns für eine Besprechung des Ablaufs der Feier.«

»Auch gut«, meint Bigna und wendet sich wieder Svenja zu.

Nach dem Telefonat holt sich Reto nochmals einen Kaffee in der Küche und setzt sich dann wieder zu den beiden Frauen. »Das wäre schon mal geregelt«, meint er erleichtert. »Was kommt als Nächstes?«

»Zuerst müsst ihr die Texte für die Todesanzeige in der Zeitung und für die Trauerkarten schreiben«, sagt Svenja.

»Zuerst müssen wir beim Rektor der Technischen Hochschule nachfragen, ob ihm der Termin auch passt«, wendet Bigna ein. Ich habe ihn schon letzten Freitag, gleich nachdem ich von Vaters Tod erfahren habe, informiert, und er hat sogleich angeboten, bei der Trauerfeier ein paar Worte über Vaters Bedeutung für die Hochschule zu sagen.«

»Wenn Vaters Bedeutung so groß ist, kann sich der Rektor an den festgesetzten Termin halten«, meint Reto.

»Ich habe gedacht, dieses Kapitel hätten wir nun abgeschlossen. Ich rufe den Rektor gleich an, vielleicht passt ihm ja der Termin, womit sich jede weitere Diskussion erübrigt«, sagt Bigna und sucht auf ihrem Telefon die Nummer des Rektors.

»Diese Nummer ist ungültig«, sagt die Stimme auf dem Tonband. Bigna ist irritiert und versucht es noch einmal. »Diese Nummer ist ungültig«, sagt die Stimme noch einmal. Bigna wiederholt den Satz ungläubig. Reto weist sie müde lächelnd an, die Nummer des Rektors ebenfalls im Telefonverzeichnis auf dem Arbeitstisch des Vaters nachzuschlagen. Bigna folgt der Anweisung, findet die Nummer und erreicht den Rektor. Der Termin passt ihm.

»Er werde es kurz machen«, sagt Bigna, als sie sich wieder zu den anderen an den Tisch setzt, worauf Reto das Gesicht verzieht.

»Dann kommen jetzt die Texte für die Todesanzeige und die Trauerkarten«, sagt Svenja. Erst mit der Wiederholung ihres Vorschlags macht sie der angespannten Situation zwischen den Geschwistern ein Ende. Svenja schlägt auch gleich vor, diesen Job selbst zu übernehmen und zu diesem Zweck eine kleine Recherche nach vorbildlichen Texten im Internet zu machen.

»Danke«, sagt Reto lächelnd und fährt Svenja mit der Hand über den Arm.

»Ist das nicht zu wenig persönlich?«, meint Bigna stirnrunzelnd. »Eine Vorlage aus dem Internet? Aber mach' mal. Vielleicht findest du etwas Brauchbares.«

»Es geht ja nicht in erster Linie um die verstorbene Person, wer sie war und was sie gemacht hat, sondern um die Mitteilung, dass jemand gestorben ist, und wann und wo von ihm Abschied abgenommen wird«, sagt Svenja auf dem Weg zum Flur, wo sie den Laptop aus ihrem Rucksack zieht.

»Gerade in solchen Dingen«, sagt Bigna, als Svenja zurückkommt, »sollte … .«

»Login und Passwort?«, fragt Svenja, schon im Begriff, den Computer für ihre Recherche zu starten. Reto reicht ihr einen Zettel mit den verlangten Angaben und zwinkert ihr aufmunternd zu.

Nach einer Weile, in der nur das leise Klicken von Computertasten zu hören war, sagt Reto: »Da wir keine Aufzeichnungen oder Anweisungen von Vater gefunden haben, die wir Pfarrer Fischer als Grundlage für seine Trauerrede zur Verfügung stellen können, müssen wir wohl für die Familiengeschichte auch noch Vaters Bruder Alfredo um zusätzliche Informationen bitten. Weiteres über Vater, seine Studienzeit, seine Freude an den Bergen, seine Faszination für den Morteratsch-Gletscher und wie er unsere Mutter kennengelernt hat, kann uns dann Onkel David erzählen.«

»Diese Nachfrage bei Alfredo könntest gleich du übernehmen«, schlägt Bigna vor. »Ich werde mich derweil darum kümmern, noch einen Forscherkollegen aufzutreiben, der ein paar Worte über Vater und seine wissenschaftlichen Leistungen sagen kann. Obwohl ihn Susi Pauli diesbezüglich wohl am besten kennt, wird sie dir ja wohl nicht genehm sein.«

»Mir doch egal«, meint Reto.

»Vielleicht solltet ihr auch noch jemanden von den Studierenden eures Vaters anfragen, um möglichst vielen unterschiedlichen Perspektiven auf euren Vater Rechnung zu tragen«, schlägt Svenja vor, ohne vom Bildschirm aufzublicken.

»Wenn du meinst«, sagt Bigna unbeteiligt.

»Eine sehr gute Idee«, findet Reto. »War da nicht diese Ladina Gredig aus Pontresina, mit der er mehrmals für Experimente auf dem Gletscher war. Er hat von ihr als Musterstudentin gesprochen, von einer, die seine Leidenschaft für den Gletscher teile.«

»Dann kannst du ja gleich unseren großen Hotelier Alfredo nach ihrer Adresse fragen«, schlägt Bigna vor. »In so einem kleinen Dorf kennt doch jeder jeden.«

Reto zieht sich zum Telefonieren ins Arbeitszimmer des Vaters zurück, Svenja tippt weiter auf ihrer Computertastatur und Bigna sucht im Adressbuch ihres Vaters nach einem Forscherkollegen, der an der Trauerfeier sprechen könnte. Außer Susi Pauli findet sie aber nur internationale Größen, die infrage kämen, bei denen aber fraglich ist, ob sie so kurzfristig verfügbar und gewillt sind, für einen nur wenige Stunden dauernden Anlass einen so weiten Weg unter die Füße zu nehmen. Bigna notiert sich ein paar Namen und Adressen. Dann sendet sie eine E-Mail an drei davon. Schon nach zehn Minuten hat sie die Antworten. Norman Scott aus Toronto würde kommen, Toni Varga aus Santiago de Chile ist verhindert und auch für Johny Overmann aus Utrecht kommt die Anfrage zu kurzfristig, er verweist jedoch auf Norman Scott. Sofort schreibt Bigna zurück an Scott, dass es sie und die Trauerfamilie besonders freuen würde, wenn *er* die Rede übernähme.

Nach wenigen Minuten erhält sie Scotts Antwort: »Für ein alter Freund und in gemeinsames Kampf gegen Klimawandel ist mir nichts zu viel. Ich sofort buche eine Flug. Ich kann die Rede auf Deutsch geben, wenn du dir einen Moment Zeit nimmst für die Korrektur von meine Manuskript. Awaiting your communication. With deepest sympathy, Norman.«

Bigna antwortet: "Dear Norman. Many, many thanks. I still remember your visits when you accompanied our father to

Pontresina. I look forward to seeing you – even though the occasion is so sad. Best, Bigna.«

»Nun habe ich eine Auswahl von Texten für die Todesanzeige und die Trauerkarten beisammen. Wollen wir sie uns gemeinsam anschauen?«, fragt Svenja und stellt ihren Laptop auf den Tisch.

Alle drei senken sich über den Bildschirm und schauen sich Svenjas Vorschläge an. Schon nach kurzer Zeit sind sie sich einig, welchen Text sie nehmen wollen.

»Hab' ich's mir gedacht«, sagt Svenja leicht triumphierend, »die Ästhetik ist für uns alle entscheidender als der Inhalt.«

Reto wirft seiner Schwester einen Blick zwischen Ertapptwordensein und Schmunzeln zu und schlägt ihr dann vor, sie solle das Verfassen der Texte, die zur Vorlage passen, übernehmen. Bigna macht sich an die Arbeit.

»Inzwischen schwärme ich aus, um die Umschläge für die Trauerkarten zu kaufen, damit wir schnellstmöglich mit dem Adressieren und dem Versand beginnen können«, schlägt Svenja vor. »Wie viele sollen es denn sein?«

»Fünfhundert«, sagt Bigna schnell.

»Zweihundert tun es wohl auch«, ruft Reto Svenja nach. »Aber bring sicherheitshalber fünfhundert.«

Als wollte sie ihren Freund entschuldigen, sagt Svenja beim Hinausgehen leise zu Bigna: »Er ist immer etwas gereizt, wenn er nicht regelmäßig sein Joggingprogramm absolvieren und in die Fitnessbude gehen kann. Ich bringe fünfhundert.«

Nach mehreren Versuchen erreicht Reto endlich Alfredo. Er erläutert ihm den Wunsch von Pfarrer Fischer, ihm einige Angaben zur Familiengeschichte zur Verfügung zu stellen.

»Kein Problem«, meint Alfredo. »Alle Angaben finden sich im Buch *Die Familie Rieter – ein Stück Engadiner Hotelleriegeschichte*, Carlo hat sicher auch ein Exemplar im Bücherregal. Ich habe die Familiengeschichte vor ein paar Jahren bei einem auf Familiengeschichten spezialisierten Historiker in Auftrag gegeben. Das schön bebilderte Buch liegt in mehrfacher Ausführung in unseren Hotels aus. Die Gäste lesen es gerne. Umso mehr, als auch euer prominenter Vater darin gewürdigt wird.«

»Davon weiß ich nichts. Dieses Buch ist mir noch nie unter die Augen gekommen, auch nicht in der Villa«, sagt Reto und bittet seinen Onkel, ihm mit Eilpost ein Exemplar zu schicken.

»Schon unterwegs«, sagt Alfredo und erkundigt sich, was er sonst noch tun könne.

»Im Moment nichts«, sagt Reto dankend. »Wenn ich noch Fragen zur Familiengeschichte habe, rufe ich dich an. Ach, da fällt mir noch etwas ein. Kennst du eine Ladina Gredig?«

»Wer soll das sein?«

»Eine aus Pontresina stammende Studentin von Vater, die an der Trauerfeier vielleicht ein paar Worte über ihren Professor sagen könnte.«

»Hier heißen viele Gredig. Frag' doch am besten im Institut für Geowissenschaften nach, die haben ihre Adresse sicher in der Kartei. Sonst noch was?«

»Nein. Ich rufe an, wenn wir deine Hilfe benötigen. Grazcha fich und a revair.«

Nach dem Telefonat fragt Reto seine Schwester: »Hast du gewusst, dass Alfredo von einem Historiker eine Geschichte unserer Familie hat schreiben lassen, die nun überall in seinen Hotels ausliegt?«

»Noch nie gehört. Aber es verwundert mich nicht. Das liegt im Trend. Alfredo hatte schon immer ein gutes Näschen dafür, wie er sein Hotelimperium geschickt bewerben kann«, antwortet Bigna lächelnd und schiebt nach: »Verschiedener als unser Vater, der große Wissenschaftler, und sein Bruder, der gerissene Hotelier, kann man sich zwei Brüder kaum vorstellen.« Dann versenkt sie sich wieder in den Text für die Todesanzeige.

Just als Svenja mit den Umschlägen zurückkommt, ist Bigna mit dem Text fertig. Sie liest ihn Reto und Svenja laut vor.

»Sehr gut«, findet Svenja. »Aber du musst alles umkehren.«

»Wie, alles umkehren?«, fragt Bigna irritiert.

»Na, euer Vater ist nicht mehr da und wir sind noch da. Und alle anderen auch, an die der Text gerichtet ist.«

»Stimmt eigentlich«, gibt Bigna zu und beginnt gleich mit einige Korrekturen am Text.

»Sollen wir tatsächlich schreiben *Prof. Dr. Dr. h.c. mult. Karl Rieter, Klimaforscher?«,* fragt Reto.

»Natürlich«, antwortet Bigna schnell.

»Er hieß Carlo Rieter und war unser Vater«, meint Reto.

»Wahrscheinlich veröffentlicht auch die Hochschule eine Todesanzeige«, gibt Svenja zu bedenken. »In der werden sie euren Vater sicher *Prof. Dr. Dr. h.c. mult. Karl Rieter* nennen und seine Bedeutung als Klimaforscher erwähnen. Warum nicht einfach *Karl Rieter-Peter*? Damit würde er in der Bedeutung für euch als Vater erscheinen und auch eurer Mutter würde indirekt gedacht.«

»Und warum nicht *Carlo* anstatt *Karl*?«, will Reto wissen.

»Wie du mir gesagt hast, hat sich euer Vater selbst *Karl* genannt und wurde nur in seiner Heimat beim Taufnamen gerufen. Zudem unterstreicht *Karl* die Komplementarität zwischen eurer Todesanzeige und jener, die die Hochschule aufgeben wird.«

»Dann folgen wir Svenjas Vorschlag«, sagt Bigna. »Sie scheint besser zu verstehen als wir, wie man von außen wahrgenommen wird.«

Reto sagt nur, dass die Korrekturen noch vor der Mittagspause erledigt werden sollten, damit die Vorlagen per E-Mail ans Trauerportal der Zeitung geschickt werden können und dort möglichst schnell mit dem Druck der Trauerkarten begonnen werden kann.

»Jetzt haben wir noch etwas Wichtiges vergessen«, sagt Svenja, worauf Bigna sie erschreckt anschaut. »Wo soll der Leichentrunk nach der Trauerfeier stattfinden? Darauf sollte in der Trauerkarte hingewiesen werden.«

»Das lässt sich nicht so schnell organisieren«, meint Reto. Die Miene seiner Schwester verdüstert sich noch mehr.

»Warum nicht hier?«, schlägt Svenja vor. »Wir lassen einen Catering-Service kommen und stellen im Garten ein paar Stehtische auf. Und wenn's regnet, hat es auch im Haus ausreichend Platz.«

»Gute Idee!«, sagt Reto. »Dann bleibt uns genug Zeit für die Organisation.«

»Gute Idee«, sagt auch Bigna und wirft Svenja einen anerkennenden Blick zu.

Um halb zwölf hat Bigna die Arbeit erledigt, die Vorlagen abgeschickt und bereits eine E-Mail erhalten, dass die Trauerkarten spätestens ab drei Uhr abgeholt werden können. Sie schlägt vor, noch vor dem Mittagessen die musikalische Umrahmung des Trauergottesdienstes zu besprechen.

»Ich würde mit der Suche nach Musikerinnen beginnen«, sagt Svenja.

»Sollten wir nicht zuerst besprechen, welche Stücke gespielt werden sollen?«, fragt Bigna.

»Die meisten Musikerinnen, die ich kenne, haben eine klassische Ausbildung und können alles spielen, auch wenn sie am liebsten Jazz, Rock oder Punk spielen«, wendet Svenja ein. »Davon können sie leider meist nicht leben und sind darum froh um jedes Engagement.«

»Aber sollte Musik nicht authentisch sein? Von Künstlern gespielt, die nicht nur des Geldes wegen spielen?«, fragt Bigna.

»Ich sehe hier keinen Widerspruch«, sagt Svenja erstaunt.

»Lass' Svenja nur machen«, meint Reto zu seiner misstrauischen Schwester. »Sie weiß auch mehr als wir über Künstler. Und die Zeit drängt.«

»Also gut. Dann mach' mal«, sagt Bigna gleichgültig.

Svenja geht ins Zimmer nebenan zum Telefonieren. Schon nach wenigen Minuten kommt sie zurück. »Erledigt. Ihr müsst nur noch bis morgen Abend mitteilen, welche Stücke gespielt werden sollen. Aber, wie gesagt, die können alles.«

Kaum haben die drei in der Pizzeria am unteren Ende der Straße ihre Bestellung aufgegeben, wenden sie sich der Frage nach geeigneten Musikstücken zu.

»Unbedingt einen Song des Engadiner Liedermachers Paulin Nuotclà«, schlägt Reto vor. »Den schätzten unsere Eltern sehr. Und wie wär's mit einem Satz aus Pergolesis *Stabat Mater?* Das mochte doch unsere Mutter so sehr.«

»Es geht aber um die Trauerfeier für unseren Vater«, wendet Bigna sofort ein. »Darum sollten seine Präferenzen berücksichtigt werden. Also zum Beispiel etwas von Bach, den er liebte, oder ein Song von Neil Young oder die Titelmelodie dieses Films über Claude Lorius, den französischen Glaziologen, der sein großes Vorbild war.«

Als hätte er den Einwand seiner Schwester überhört, sagt Reto vor sich hin: »Was für ein großer Bahnhof jetzt zum Abschied von unserem Vater gemacht wird. Die Trauerfeier für unsere Mutter fand im engsten Familienkreis statt. Keine Musik, keine Reden, auf die Persönlichkeit unserer Mutter wurde auch kaum eingegangen. Und dann der Leichentrunk! Eher ein Business Lunch, den Vater auch noch wegen eines wichtigen Termins früher verlassen musste. Einzig das schöne Gedicht von Lou Andreas Salomé, das Mutters Schwester Elli vortrug, blieb mir in guter Erinnerung.«

Svenja googelt Notenbeispiele zu einigen der genannten Musikstücke auf ihrem Smartphone. Manchmal summt sie ein paar Takte eines Stücks vor sich hin. Als der gereizte Wortwechsel zwischen den Geschwistern beendet scheint, sagt sie vorsichtig: »Ich nehme an, dass an der Trauerfeier zuerst der Pfarrer etwas über euren Vater und seine Familie sagen wird, dann der Rektor etwas zu seiner Bedeutung für die Hochschule, anschließend der Kollege aus der Glaziologie etwas zu seiner wissenschaftlichen Bedeutung und schließlich die Studentin etwas zu seiner Rolle als Professor. Entsprechend könnte nach der Rede des Pfarrers ein Stück gespielt werden, das beide Elternteile mochten, nach der Rede des Rektors die Titelmelodie dieses Films über den französischen Glaziologen und zwischen den Worten des Berufskollegen und jenen der Studentin ein Stück, das mit Gletschern zu tun hat.«

»Elegant«, meint Bigna. »Und ein Musikstück, das mit Gletschern zu tun hat, fällt dir wohl auch noch ein.«

»Warte mal«, sagt Svenja, beschäftigt mit der Internetsuche auf ihrem Smartphone. »Hier, ich hab's: *Auf dem Gletscher,* ein Satz aus der *Alpensinfonie* von Richard Strauss. Hier steht ›Die gesamte Symphonie ist als Wanderweg angelegt, der von der Nacht auf den Gipfel und wieder zurückführt, und lässt sich als musikalische Darstellung eines menschlichen Lebens betrachten – wahrscheinlich angeregt durch die Philosophie Friedrich Nietzsches‹. Und hier im Abschnitt zur Person von Strauss wird erwähnt, dass er jeweils in Pontresina Ferien machte. Dann könnte der gemeinte Gletscher der Morteratsch-Gletscher sein. Etwas aus dieser Symphonie von Strauss würde also ausgezeichnet passen.«

Die drei einigen sich auf den Satz *Gletscher* aus Richard Strauss' *Alpensymphonie* und das Stück *Il était une fois un jardin* aus dem Film über Lorius sowie einen Song des Engadiner Liedermachers. Svenja teilt den Beschluss gleich einem der Musiker mit.

»Was hab' ich gesagt«, meint sie stolz, als sie schon nach kurzer Zeit eine Antwort erhält. »Max, der Gitarrist, meinte: Keine Sache. Dank Internet sei heute alles notwendige Material schnell und einfach zugänglich und die von uns gewünschten Stücke ließen sich einfach adaptieren.«

Nach dem Essen spazieren die drei zum See hinunter. Im Bistro bei der alten Pumpstation trinken sie noch einen Kaffee. Dann holen sie die Trauerkarten in der Druckerei ab. Mit einer Taxe fahren sie anschließend nach Hause, wo sie mit dem Adressieren der Umschläge beginnen.

Als sie mit Vaters Adressverzeichnis und den von ihnen gespeicherten Adressdaten durch sind, meint Bigna: »Das kann doch nicht alles sein. Vater muss viel mehr Menschen gekannt haben. Ich rufe gleich das Institut für Geowissenschaften an.

Die können uns sicher noch mehr Adressen liefern.« Am Institut ist um diese Zeit niemand mehr und so spricht Bigna den Wunsch nach den zusätzlichen Adressen nach dem Piepton auf Band.

Svenja hat die adressierten Karten mittlerweile in ihren Rucksack gepackt und macht sich auf zur Hauptpost, die täglich bis neun Uhr offen hat. Als sie wieder zurück ist, setzen sich die drei zusammen und trinken den Rest des Weins vom Vorabend.

»Für besondere Gelegenheiten«, sagt Reto, als er nachgeschenkt und sich die Etikette auf der Flasche nochmals genau angeschaut hat.

Nach einer Weile wendet sich Bigna an Svenja: »Was für Kunst machst du? Installationen?«

»Ich bin jetzt zu müde, um dir das zu erklären«, sagt Svenja. »Es lässt sich auch schwer in Worte fassen. Geh' doch einfach einmal in eine meiner Ausstellungen, dann *erlebst* du's und versteht es. Übrigens, ich kann euch nur noch bis morgen Mittag helfen. Den Rest der Woche werde ich zum Aufstellen einiger meiner Objekte in einer Galerie gebraucht und von Freitag bis Sonntag ist dann unser Sohn bei mir. Ich könnte für die letzten Vorbereitungen am Sonntagabend wieder bei euch sein.«

»Du hast Kinder?«, fragt Bigna erstaunt.

»Einen Sohn. Eduardo«, sagt Svenja und schaut fragend zu Reto.

»Wie alt?«, will Bigna wissen.

»Bald sechs. Nächstes Jahr kommt er in die Schule.«

»Und jetzt ist Eduardo bei seinem Vater?«, hakt Bigna nach.

»Ja. Immer von Sonntagnachmittag bis Freitagvormittag. Übers Wochenende ist er bei mir.«

»Und was macht sein Vater beruflich?«

»Auch Künstler, macht aber etwas ganz anderes als ich. Tom ist klassischer Bildhauer.«

»Tom heißt der Vater deines Sohnes?«

»Eigentlich Fabiano de Tomaso. Aber alle nennen ihn Tom. Das ist praktischer.«

»Italiener?«

»Argentinier. Nachkomme italienischer Einwanderer. Aber schon lange in Europa. Ich war kurz mit ihm verheiratet. Er sieht verdammt gut aus, war mir aber zu schweigsam. Auf Dauer zu anstrengend für mich.«

Reto steht auf, streckt sich und sagt: »Ich geh' dann mal schlafen.«

Bigna und Svenja bleiben noch länger sitzen und sprechen über Eduardo und Tom, Kunst und Künstlertum. Geduldig geht Svenja auf die vielen neugierigen Fragen Bignas ein. Erst spät gehen auch die beiden Frauen zu Bett.

Während des Frühstücks am folgenden Morgen, bei dem die drei noch kaum ein Wort gewechselt haben, geht die Klingel. Reto eilt zur Tür in der Annahme, es sei der Postbote, der die von Alfredo angekündigte Familiengeschichte bringt. Es ist aber jemand von *Fleurop*, der einen Blumenstrauß abgibt.

Bigna wickelt das Gebinde vorsichtig aus: ein Bund weißer Rosen. Dann liest sie die beiliegende Karte. Es steht nur ›Liebe Kinder, ich trauere mit euch. Komme am Freitag. Rosemarie wird mich begleiten. Ich umarme euch. Opa Walter‹.

Nach einem Moment der Stille fragt Svenja: »Der Vater eurer Mutter?«

»Ja«, sagt Bigna und wischt sich ihre tränennassen Augen. »Und Rosemarie, also wir nennen sie Romy, ist die zweitälteste Schwester unserer Mutter. Sie ist Galeristin und kennt Gott und die Welt. Das könnte dich interessieren.«

Nachdem Reto und Svenja das Geschirr abgeräumt haben, stellt Bigna die Vase mit den Rosen in die Mitte des Tisches. Aber kaum haben sich die drei wieder gesetzt, klingelt es noch einmal. Diesmal ist es der Postbote mit der erwarteten Familiengeschichte. Reto legt das viereckige Buch, auf dessen Frontseite eine chamoisfarbene Fotografie eines großen Hotels prangt, neben die Rosen.

»Das Hotel *Naiv*. Das erste Hotel der Familie Rieter«, sagt er zu Svenja. »Unser Urgroßvater Nicolo hat es in den 1920er-

Jahren gebaut. Entworfen hat es der bekannte Architekt Karl Koller, von dem auch viele andere Bauten im Engadin stammen, wie das *Suvretta House* in St. Moritz oder das schlossartige Gebäude des *Lyceum Alpinum* in Zuoz, wo wir zur Schule gingen.«

Svenja öffnet das Buch vorsichtig. Reto und Bigna, die die von Alfredo in Auftrag gegebene Familiengeschichte auch noch nie gesehen haben, setzen sich zu beiden Seiten Svenjas. Gemeinsam schauen sie sich die Bilder an und lesen da und dort eine der Bildunterschriften. Meist, wenn Svenja bei einem Bild innehält und den Text darunter vorliest, geben Reto und Bigna zusätzliche Kommentare.

Das erste Bild im Buch zeigt ein Gemälde. Es ist das Porträt von Gion Rieter (1825–1905), signiert mit *C.D. (1881 Bordeaux)*. Bigna erklärt: »Dieser Gion ist unser Ururgroßvater. Er war einer jener armen Engadiner, die ihr Glück als Zuckerbäcker in der Fremde suchten. Er wanderte schon in jungen Jahren nach Bordeaux aus, wo er mit einem kleinen Konfiserie-Geschäft begann und dann seine Produktion immer mehr vergrößerte, bis er am Schluss neben einer richtigen Süßwarenfabrik mehrere *Salons de Thé* und eine große Brasserie besaß.«

Die Bilder auf den folgenden Seiten zeigen alte Fotos, auf denen größtenteils nicht nur die mit Anschriften geschmückten Fassaden der verschiedenen immer größer werdenden Betriebe Gion Rieters zu sehen sind, sondern auch die in Reihe aufgestellten Belegschaften.

Unter dem Bild einer stattlichen Villa auf einer der folgenden Seiten steht ›*Villa Rieter in Pontresina, erbaut 1885. Nach dem Tod seiner Frau Geneviève zog das Heimweh den in der Fremde kinderlos gebliebenen Gion Rieter in seinen Herkunftsort zurück, wo er kurz nach seiner Rückkehr die dreißig Jahre jüngere Dumenia Bonorand heiratete und mit ihr zusammen die Villa erbaute, in die sie 1886 einzogen.*‹

»Und schon ein Jahr darauf hatten die beiden ein Kind«, ergänzt Bigna. »Unseren Urgroßvater Nicolo, der die Hotelier-Dynastie begründete. Gion blieb aber auch sonst bis ins hohe Alter sehr aktiv. So gründete er etwa nach der Jahrhundertwende zusammen mit anderen, darunter ebenfalls einige zu Wohlstand gekommene zurückgekehrte Zuckerbäcker, das *Lyceum Alpinum* in Zuoz. Die Gründung der Schule ging zwar auf die Initiative reicher Kurgäste zurück, die regelmäßig längere Zeit in St. Moritz verbrachten und sicherstellen wollten, dass ihre Kinder zu Hause keinen Unterrichtsstoff verpassten. Die Engadiner sahen sofort die Chance für eine bessere Ausbildung ihrer eigenen Kinder und sprangen auf das Projekt auf. Ein Jahr nach der Gründung starb unser Urgroßvater. Seine Kinder und Kindeskinder haben alle von dieser Schule profitiert.«

Es folgen in der Familiengeschichte mehrere Seiten mit historischen und aktuellen Bildern des *Lyceum Alpinum*. In den Bildunterschriften ist zu lesen, dass sich die Schule bald zu einem vollwertigen Gymnasium für Knaben und später auch für Mädchen entwickelt habe, und schnell zu internationalem Ansehen gelangte. Dass der Leitspruch der Schule *Mens Sana In Corpore Sano* lautet, dass es ein großes Sportangebot gibt, aber auch eine deutsche und englische Theatergruppe und verschiedene Orchester. Auch bekannte Absolventen werden aufgelistet, worunter die Schauspieler Karlheinz Böhm und Götz George, die Wirtschaftsgrößen Anton Wolfgang Graf von Faber-Castell und Ferdinand Piëch, aber auch der englische Astrophysiker Thomas Gold und der marxistische Philosoph André Gorz.

Der einzige Absolvent des *Lyceums*, dem in der Familienchronik eine eigene Seite mit Bild gewidmet ist, ist Karl Rieter. Unter seinem Bild steht ›*Auch der bekannte Klimaforscher Karl Rieter (*1957), Spross der Hotelier-Familie Rieter aus Pontresina, besuchte einst gemeinsam mit seinem Bruder Alfredo das* Lyceum.‹

Auf einem weiteren dem *Lyceum* gewidmeten Bild ist eine große metallene Skulptur eines menschlichen Schädels zu sehen. Darunter ist zu lesen ›Der Denker. *Diese komplexe Skulptur mit ihrem neugierigem Blick steht für den ganzheitlichen pädagogischen Ansatz der Schule, der die Entfaltung des Potentials jedes Einzelnen ermöglicht. Das ist der* Spirit of Zuoz‹.

»Das kling gut«, meint Svenja. »Aber sollte es nicht ›mit ihrem neugierige*n*‹ Blick heißen?«

»Ein Tippfehler. Sei nicht so kleinlich«, sagt Reto lachend.

»Als Kind einer Arbeiterfamilie habe ich es in der Schule eben immer sehr genau genommen mit Grammatik und Orthografie«, erwidert Svenja ruhig.

»Und was meinst du als Künstlerin zu dieser Skulptur?«, will Bigna wissen.

»Wenn ich nur ein Bild davon sehe, kann ich allenfalls die Idee beurteilen. Die Wirkung der Skulptur entsteht erst, wenn ich dem Objekt in seiner Umgebung begegne. Weil die Bilderwelt des Internets alles platt macht, fällt es uns heute noch schwerer zu verstehen, dass Kunst im realen Raum stattfindet, wo sich materielle Objekte begegnen.«

»Aha«, sagt Bigna und blättert weiter in der Familienchronik.

Auf den nächsten Seiten finden sich noch zwei Bilder zum *Lyceum*, die wahrscheinlich direkt von seiner Website oder einer Werbebroschüre übernommen wurden. Das eine zeigt eine gemischte Gruppe von Schülern; die Bildunterschrift lautet ›Eine gute Gemeinschaft. *Das Gymnasium ist international ausgerichtet. Neben 200 internen Lernenden aus über 30 Nationen besuchen rund 100 externe Lernende aus der Region das Lyceum. Zusammen stehen sie für die kulturelle Vielfalt der Schule. Viele Freundschaften zwischen Einheimischen und Lernenden aus aller Welt gehen auf die gemeinsame Schulzeit zurück.*‹

Das zweite Bild zeigt eine Gruppe älterer Personen in weißer Sportbekleidung. Darunter steht ›*Der* Zuoz Club *ist die 1923 ins Leben gerufene Alumni-Organisation des Lyceums mit heute mehr als 2000 Mitgliedern aus über 50 Ländern. Er dient der Freundschaft über alle Grenzen hinweg. In ihm lebt der* Spirit of Zuoz *auch nach der Schulzeit weiter. Die* Old Boys *und* Young Girls *des Clubs treffen sich zweimal im Jahr in Zuoz zu gemeinsamen sportlichen Aktivitäten und der Pflege von Freundschaften.*‹

»Damit haben wir nichts zu tun, auch wenn wir im *Lyceum* zur Schule gegangen sind«, sagt Bigna, als müsste sie sich vor Svenja rechtfertigen.

»So so. Aber sagt nur, warum ist dieser Abschnitt über das *Lyceum Alpinum* in der Familienchronik so lang geraten?«

»Vielleicht einfach nur, weil viele in unserer Familie diese Schule besucht haben«, meint Bigna. »Meist als Externe wie unser Vater und sein Bruder, oder wie wir und unsere Mutter und ihre Schwestern im Internat. Vielleicht wollte Onkel Alfredo, der schlaue Fuchs, aber auch nur etwas Werbung machen für die Schule oder für die Ferienregion Engadin oder gleich für seine Hotels. Ihm ist dieser *Zuoz Club* sicher nicht fremd.«

»Da fällt mir ein: Hat jemand von euch schon einen Catering-Service kontaktiert?«, will Svenja wissen.

»Das hätten wir jetzt fast vergessen. Gut, dass du uns daran erinnerst«, sagt Bigna. »Wie sollen wir vorgehen?«

»Wie viele Personen werden erwartet?«, fragt Svenja, die bereits eine Nummer wählt.

»Mehr als hundert gehen nicht in den Garten«, meint Reto, der sich ans Fenster gestellt hat, um einen Überblick zu gewinnen.

Svenja schildert ihrem Gegenüber am Telefon, wo und wann der Leichentrunk stattfinden soll, und wie viele Personen erwartet werden. Während sie aufmerksam zuhört, was ihr am Telefon erklärt wird, nickt sie Reto und Bigna zu. Dann will sie von den beiden wissen: »Wie groß ist das Budget und habt ihr besondere Wünsche?«

»Geld spielt jetzt keine Rolle und ansonsten verlassen wir uns ganz auf die Erfahrung des Catering-Services«, sagt Bigna.

»Er übernimmt die Sache und schickt euch bis morgen eine Offerte«, sagt Svenja, nachdem sie das Telefonat beendet hat und im Familienalbum weiterblättert.

Noch ein Bild von der Villa. Im Text darunter steht ›*Als der Tourismus nach dem 1. Weltkrieg wieder anzuziehen begann, gestaltete Nicolo Rieter die Villa der Familie kurzerhand zu einer Pension um. Als erster Hotelier in Pontresina bot er seinen Gästen täglich eine geführte Tour zum Morteratsch-Gletscher an*‹. Auf den folgenden Seiten finden sich nochmals Bilder des Hotels, das schon auf dem Umschlag abgebildet ist. Unter dem ersten der Bilder steht ›*Hotel* Naiv. *Erbaut 1927. Nachdem die als Pension dienende Villa Rieter die zunehmende Nachfrage immer weniger befriedigen konnte, aber auch im Hinblick auf die 1928 zum ersten Mal im nahen St. Moritz stattfindenden Olympischen Winterspiele erbaute Nicolo Rieter ein Hotel mittlerer Größe nach Plänen des bekannten Architekten Karl Koller.‹*

Auf die Bilder des Hotels *Naiv* folgen mehrere Bilder eines größeren Hotels. Unter dem ersten Bild steht ›*Hotel* Vadret. *Erbaut 1883, renoviert 1947. Zusammen mit seinem Sohn Gian übernahm Nicolo Rieter im Hinblick auf die 1948 zum zweiten Mal in St. Moritz stattfindenden Olympischen Winterspiele ein zweites Haus, das über mehr als hundert Betten verfügte. Unter Gians Leitung wurde das Gebäude auf den neuesten Stand der Zeit gebracht, wobei darauf geachtet wurde, dass der besondere Charme der Arvenholzausstattung der Innenräume erhalten blieb. Das Haus wird heute in dritter Generation von Gians Sohn Alfredo geführt.‹*

»Eure Vorfahren haben es gut verstanden, auf die wechselnden Anforderungen der Zeit zu reagieren«, meint Svenja. »*Naiv* scheinen sie jedenfalls nicht gewesen zu sein.«

»Ob sie naiv waren, weiß ich nicht«, sagt Bigna. »*Naiv* bedeutet im rätoromanischen Dialekt *Puter*, der im Oberengadin gesprochen wird, einfach nur Schnee, und *Vadret* heißt Gletscher.«

Svenja blättert weiter in der Familiengeschichte. Ab Mitte des Buches finden sich fast nur noch Landschaftsbilder: Bergpanoramen, einzelne Berge, Gletscher, kleine Seen. Manchmal sind auf den Bildern einzelne Personen zu sehen, manchmal ganze Gruppen.

»Das sind ja wir mit unseren Eltern!«, sagt Bigna erstaunt, nachdem sie sich eins der Bilder genauer angeschaut hat. »Auf einer Wanderung zur *Boval*-Hütte. Ich glaube, das war Mitte der 1990er-Jahre. Alfredo hat wohl gleich auch noch die Fotoalben unserer Familie für seine Werbebroschüre ausgeschlachtet. Er hätte uns fragen sollen, ob wir damit einverstanden sind.«

»Ich hätte nichts dagegen gehabt«, meint Reto.

»Aber das Recht am Bild …«, fällt ihm seine Schwester ins Wort.

»… ist nur so eine Redensart in einer Zeit, in der alle unentwegt *Selfies* schießen, sie ins Internet stellen und dann Angst bekommen, die anderen könnten sie anders wahrnehmen, als sie selbst wahrgenommen werden wollen«, sagt Svenja und blättert weiter in der Familiengeschichte.

Immer wieder, wenn Bigna ein Bild sieht, auf dem sie sich zu erkennen glaubt, schüttelt sie verärgert den Kopf. Bis Svenja eine der letzten Seiten aufschlägt, die mit *Karl Rieter, der berühmte Klimaforscher* überschrieben ist und gleich mehrere Bilder von ihm zeigt: Karl als Kind beim Wandern, Karl mit seinen Eltern und seinem Bruder, Karl mit seiner Frau Kathrin und seinem Freund David, Karl mit seinen Kindern Bigna und Reto, Karl in einer Eiswüste vor einer Schneeskulptur, Karl bei der Verleihung eines Preises, Karl mit Studierenden auf dem Morteratsch-Gletscher.

Den Text auf der folgenden Seite liest Bigna laut vor: »*Ein Spross der Hotelierdynastie Rieter ist auch der weltbekannte Klimaforscher Karl Rieter. Schon früh wurde er und sein Bruder Alfredo von Vater Gian auf Bergtouren mitgenommen, woraus ihre Liebe zur Natur und das Interesse an Gletschern hervorging. Karl Rieter hat aus seiner Begeisterung sogar seinen Beruf gemacht. Nach seinem Studium und der Teilnahme an mehreren Polarexpeditionen wurde er Professor für Glaziologie und ist heute einer der bekanntesten Klimaforscher unseres Landes, der auch immer wieder mit mahnenden Worten vor den katastrophalen Auswirkungen des Klimawandels an die Öffentlichkeit tritt. Er gehört auch zu den Initianten eines Klimalehrpfades unterhalb des Morteratsch-Gletschers, auf dem Feriengäste in einer einfachen einstündigen Wanderung im Angesicht des dramatischen Rückzugs des Gletschers einen guten Eindruck über die Auswirkungen des Klimawandels gewinnen können. Noch immer fühlt sich Karl Rieter seiner Heimat tief verbunden. Mit seinen Studierenden besucht er zu Ausbildungszwecken regelmäßig den Morteratsch-Gletscher und zur Pflege seiner Work-Life-Balance kommt er, wann immer möglich, in seinen Heimatort Pontresina zurück.*«

»Euer Onkel Alfredo hat tatsächlich nichts ausgelassen«, sagt Svenja lachend.

»Warum?«, will Bigna wissen.

»Nur so«, meint Svenja und erhebt sich. »Ich muss jetzt gehen. Ich sehe euch dann am Sonntag wieder. Wenn ihr meine Hilfe benötigt, ruft an.«

»Danke. Du warst uns eine große Hilfe«, sagt Reto und begleitet sie hinaus.

Den Nachmittag verbringt Bigna damit, die Familiengeschichte von A bis Z durchzulesen und jene Stellen im Text zu markieren, die Pfarrer Fischer bei der Vorbereitung seiner Trauerrede ihres Erachtens berücksichtigen sollte. Reto sieht sich derweil im Arbeitszimmer seines Vaters nochmals genauer um, in der Hoffnung, doch noch ein für die Trauerrede nützliches Dokument aus der Feder seines Vaters zu finden. Er findet aber auch nach längerem Suchen nichts.

Als die beiden Geschwister am Abend zusammensitzen, bemerkt Bigna: »Eine richtige Künstlerin, deine aktuelle Lebenspartnerin.«

»Wie meinst du das?«, will Reto wissen.

»Nun, sie versteht es gut, alles unter einen Hut zu bringen.«

»Wahrscheinlich gelingt ihr dies so gut, weil sie Künstlerin ist.«

»Habe ich das nicht soeben gesagt?«

Reto schweigt. Er trinkt sein Glas aus, geht nochmals zum Fenster, als wolle er erneut prüfen, wie viele Personen in den Garten passen, dann sagt er gähnend: »Ich bin müde. Schlaf gut. Bis morgen«, und zieht sich zurück.

Als sich Bigna später auch in ihr Zimmer aufmacht, bleibt sie im Vorbeigehen noch einen Moment vor dem Rosenstrauß stehen. Sie riecht an den Rosen, muss aber zu ihrer Enttäuschung feststellen, dass die Rosen nicht duften.

Gerade nachdem die Geschwister tags darauf nach zehn mit dem Frühstück fertig sind, kommt David Frank. Ohne ein Wort des Grußes, schließt er zuerst Bigna, dann Reto in die Arme. Erst als sich die drei gesetzt haben, fragt er, wütend und mit starrem Blick auf die weißen Rosen: »Warum musste dieser verfluchte Gletscher nun auch noch den guten Charly töten, euch auch noch den Vater nehmen?«

»Ja warum?«, wiederholt Bigna leise. »Es ist gut, dass wir im Moment sehr beschäftigt sind mit der Vorbereitung der Trauerfeier. Sonst würden wir uns andauernd diese Frage stellen.«

»Wie kann ich euch helfen?«, will David wissen.

Reto erklärt ihm, dass sein Vater nichts Schriftliches hinterlassen habe für den Fall seines Todes, und sie darum für die Trauerrede auf andere Quellen angewiesen seien. Einige Informationen hätten sie bereits der Familienchronik von Onkel Alfredo entnehmen können. Reto reicht David das quadratische Buch und sagt: »Eigentlich schon irritierend, dass unser Vater zwar die Klimageschichte der ganzen Menschheit akribisch aufgezeichnet hat, aber über sich und seine Familie nur Anekdoten erzählte, sodass wir jetzt sein Leben nur aus der Erinnerung und mit Hilfe anderer zusammenstückeln können.«

Während David interessiert in der Familiengeschichte blättert, meint er schmunzelnd: »So etwas über die alte Freundschaft mit eurem Vater kann ich euch leider nicht liefern. Ich kann euch auch nur aus meiner Erinnerung erzählen. Auch nur Anekdoten. Habt ihr spezielle Fragen?«

»Erzähl einfach, Onkel David«, fordert ihn Bigna auf. »Und würde es dir etwas ausmachen, wenn wir das Gespräch mit dem Smartphone aufzeichnen?«

»Keineswegs«, meint David. »Wo soll ich beginnen?«

»Vielleicht am besten damit, wie ihr euch kennengelernt habt.«

»Das war in einer Vorlesung im Wintersemester 1978. Euer Vater studierte Geografie und ich Geologie, aber eine Glaziologie-Vorlesung war Pflicht für beide Studiengänge. So richtig kennengelernt haben wir uns dann aber erst während des zur Vorlesung gehörigen Praktikums, das auf dem Morteratsch-Gletscher stattfand. Wir stellten fest, dass wir beide passioniertere Bergsteiger waren, und machten in der Folge viele gemeinsame Touren. Obwohl Charly eigentlich Lehrer für Geografie am Gymnasium werden wollte, wurde die Glaziologie, die ihn eigentlich immer schon mehr als alles andere interessierte, zu seinem Beruf. Das kam so: Am Schluss des Studiums musste jeder ein kleines Forschungsprojekt realisieren. Charly entschied sich für die Entnahme und Analyse von Eisbohrkernen. Natürlich entschied er sich für den Morteratsch-Gletscher, wie er ja das ganze Leben lang versuchte, in der Nähe *seines* Gletschers zu bleiben. Charly wollte etwas über die Geschichte des Gletschers herausfinden, insbesondere über sein Anwachsen während der Kleinen Eiszeit, wie wir das kühle Klima von Anfang des 15. bis Mitte des 19. Jahrhunderts nennen. Mit dieser Forschung eiferte er seinem großen Vorbild nach, dem französischen Glaziologen Claude Lorius. Besonders beeindruckte Charly eine Art Vision, die Lorius Mitte der 1960er-Jahre hatte. Lorius beobachtet eines Abends, wie aus den Eiswürfeln in seinem Whiskeyglas Luftbläschen aufstiegen. Dabei wurde ihm bewusst, dass die Luft in den Eiswürfeln aus der Zeit stammt, als das Wasser gefror. Daraus schloss er, dass in den Tiefen des Gletschereises die Luft aus Jahrtausenden enthalten sein muss und sich die Geschichte des Klimas aus der Analyse von Luftblasen rekonstruieren lässt. Er entdeckte damit das Klimaarchiv par excellence. In der Folge wurden in den Polargebieten immer tiefere Bohrungen gemacht. Der bis dato aufschlussreichste Eisbohrkern wurde anno 2004 im Rahmen des *European Project for Ice Coring in Antarctica* entnommen und enthält Informationen über mehr als 800'000 Jahre. Gegenwärtig bohrt ein europäisches Team in der Antarktis einen Kern, der 1.5 Millionen Jahre Klimageschichte enthalten soll. Diese ganze, von Lorius inspirierte Eisbohrkernforschung wurde übrigens im Film *La Glace et le Ciel* von Luc Jacquet auf großartige Weise dokumentiert. Ich glaube, der Film erschien 2015, vielleicht kennt ihr ihn.«

»Natürlich kennen wir den Film«, sagt Bigna. »Die Titelmelodie, die Vater besonders gut gefiel, soll sogar anlässlich der Trauerfeier gespielt werden.«

»Das würde ihn sicher freuen«, meint David sinnierend. »Wo bin ich stehen geblieben?«

»Beim Forschungsprojekt, das Vater für seine Diplomarbeit auf dem Morteratsch-Gletscher durchführte«, erinnert ihn Reto.

»Also, bei dieser Forschung kam eigentlich nichts heraus. Charly machte mehrere Bohrungen, stieß aber immer wieder auf Gletscherhöhlen, von denen es im Bauch des Morteratsch unzählige gibt. Charly verstand es dann aber, die Methode der Extraktion von Eisbohrkernen selbst zum Thema seiner Diplomarbeit zu machen, was ihm auch hervorragend gelang. Aber allein schon sein Interesse erwies sich als Schlüssel für seine weitere Laufbahn. Denn noch während er mit seiner Diplomarbeit beschäftigt war, wurden Forscher für das *Greenland Ice Sheet Project* gesucht, die über Erfahrung mit der Entnahme und Analyse von Eisbohrkernen verfügten. Ansonsten wurde bei den Teilnahmebedingungen nur noch darauf geachtet, dass neben amerikanischen und dänischen auch noch Wissenschaftler anderer Nationen im Team vertreten waren. Und da kam Charly gerade richtig. Auf der Basis seiner Forschung im Rahmen dieses Projektes in Grönland schrieb er dann seine Dissertation. Diese war für ihn 1984 auch das Ticket für die Teilnahme an einem von seinem Idol Lorius geleiteten Forschungsprojekt in der *Station Wostok* in der Ostantarktis. Die schon 1957 anlässlich des *Geophysikalischen Jahres* von den Sowjets errichtete Forschungsstation, in der über die Jahre viele internationale Projekte realisiert wurden, war schon immer eine Art Durchlauferhitzer in der Karriere von Glaziologen. So auch für euren Vater. Kaum war er zurück, wurde an seiner Hochschule jemand auf einen angesichts der aktueller werdenden Fragen des Klimawandels neu eingerichtete Assistenzprofessur gesucht. Und wer hätte da besser gepasst als Charly? Beruflich war seine Laufbahn damit in trockenen Tüchern. Charly ruhte sich aber nicht auf den Lorbeeren aus, sondern nahm an weiteren Polarexpeditionen teil und engagierte sich auch immer mehr als Warner vor den Folgen des Klimawandels. Das zunehmende Bewusstsein der Öffentlichkeit für diese Gefahren machte ihn schnell zu einem der gefragtesten Klimaforscher. Seine Expertise war nicht nur für die Berichte des Weltklimarats *IPCC* gefragt, sondern auch in den Medien. Regelmäßig war er als Experte in den Nachrichtensendungen zu sehen, wenn wieder einmal ein Unwetter als wahrscheinliche Folge des Klimawandels eine ganze Region unter Wasser gesetzt hatte, oder wenn, wahrscheinlich aus demselben Grund, irgendwo Waldbrände wüteten. Charly spielte seine Rolle als Klimawarner ausgezeichnet.«

»Und eure Freundschaft?«, will Bigna wissen.

»Wann immer Charly Zeit hatte, und das war im Laufe der Zeit immer weniger, unternahmen wir gemeinsame Bergtouren, oft auch zusammen mit eurer Mutter. Als Charly kaum mehr Zeit hatte, machte ich auch immer wieder einmal eine Tour allein mit Kathi. Bis … Aber darüber will ich jetzt nicht sprechen.«

Bigna nickt verständnisvoll und fragt David, ob sie ihm etwas zu trinken anbieten könne. David meint jedoch: »Wie wäre es, wenn ich euch zum Essen einlade? Ich kann euch danach weiter Auskunft geben. Aber im Moment würde mir eine Pause guttun und euch wahrscheinlich auch. Und essen müssen wir ohnehin.«

»Fahren wir rüber zum *Blüemlisalp«,* schlägt Reto vor. »Die kleine Bauernschenke hoch über dem See hat eine hübsche Gartenwirtschaft. Genau das Richtige bei diesem schönen Wetter. Und vielleicht servieren sie dort immer noch Kutteln, Vaters Lieblingsgericht.«

»Eine gute Idee«, meint Bigna, »abgesehen von den Kutteln, die ich schon als Kind verabscheute und immer nur Vater zuliebe gegessen habe.«

»Gute Idee«, meint auch David, und bei den Kutteln schließe er sich Bigna an.

Als sie das Haus verlassen, finden sie im Briefkasten die Offerte des Catering-Services. Auf der Fahrt zur Gaststätte teilen sie dem Service telefonisch mit, was sie am Montag wollen. Kurz bevor sie ankommen, fragt Reto: »Und die Stehtische?«,

Bigna ruft nochmals an.

In der Gartenwirtschaft der *Blüemlisalp* sind sie neben einem älteren Paar und einem einsamen Wanderer die einzigen Gäste.

»Kutteln gibt es hier leider nicht mehr«, antwortet die Serviererin auf Retos Frage. »Das möchte heute niemand mehr. Wir bieten nun aber auch einige vegetarische Gerichte an, darunter sogar einen veganen Landjäger. Heute ist der Blumenkohlgratin besonders empfehlenswert.«

Bigna und David lächeln sich zu. Alle drei bestellen den Blumenkohlgratin. Während dem Essen und auch später beim Kaffee wird kaum gesprochen. Die drei betrachten das Panorama. Vor dem wolkenlosen Himmel wirken die Berge greifbar nah.

»Vielleicht kannst du uns noch erzählen, wie sich unsere Mutter und unser Vater näher kennengelernt haben«, sagt Bigna nach dem Essen. »Wir wissen nur, dass es auf einer Eisenbahnfahrt ins Engadin geschah und du dabei gewesen sein sollst.«

»So war's«, sagt David. »Lasst uns gehen und ich erzähle euch die Einzelheiten zu Hause.«

Nachdem Bigna den Rekorder auf ihrem Smartphone wieder eingeschaltet und das Gerät vor David hingelegt hat, erzählt er vom Treffen auf der gemeinsamen Eisenbahnfahrt: »Ich war mit Charly zusammen auf dem Weg nach Pontresina, zur Geburtstagsfeier seines Vaters. Anschließend wollten wir eine Tour auf den Piz Zupó unternehmen. Nachdem wir in Chur den Zug gewechselt und uns in einem Abteil des Zugs nach St. Moritz installiert hatten, fragte uns eine junge Frau, grünäugig, mit wilden schwarzen Locken, sehr lässig, sehr attraktiv, ob bei uns noch ein Platz für sie frei sei. Sie wartete unsere Antwort gar nicht erst ab. Nach einer Weile fragte Charly ›Kennen wir uns nicht?‹. Ich dachte bei mir, was ist das denn für eine Masche, so kannte ich ihn gar nicht. Aber Kathi antwortete sofort ›Das habe ich mir auch gleich gedacht, als ich dich sah‹. Liebe auf den ersten Blick? fragte ich mich. Waren sie einander beschert, wie es im Judentum heißt? Sie sprachen bereits miteinander, als hätten sie sich schon immer gekannt! Irgendwie lag ich mit meinen Vermutungen völlig falsch und doch hatte ich völlig recht. ›Bist du nicht die kleine Schwester von Romy?‹ fragte Charly, und sie sagte verschmitzt: ›Die kleine Schwester von Romy und Elli und die größte von allen. Also kennen wir uns vom *Lyceum Alpinum*, wo wir gemeinsam die Schulbank drückten. Wir waren im Internat. Ihr wart die Externen, die hübschen Bauernlümmel aus dem Tal, wie wir euch insgeheim nannten. Du musst Karl sein. Und wie hieß nur schon wieder dein älterer Bruder, dieser joviale Schönling? Ich glaube, Romy hatte sogar mal was mit ihm.‹ Alfredo heiße sein älterer Bruder, antwortete Charly, aber über dessen Liebesleben sei er schlecht informiert. Wir fragten sie, wohin die Reise gehe, und sagten ihr, was wir vorhatten. Sie erzählte uns, dass sie aufgrund ihrer Magisterarbeit über Lou Andreas-Salomé angefragt worden sei, etwas zu einer Ausstellung im Nietzsche-Museum in Sils-Maria beizutragen. Wir fragten, wer Lou Andreas-Salomé sei, denn weder Charly noch ich hatten den Namen je gehört. ›Nie gehört?‹ fragte Kathi erstaunt. ›Lou Andreas Salomé? Eine faszinierende Frau! Die Unabhängigkeit in Person. Eine große Philanthropin. Die Freundin von Friedrich Nietzsche, Sigmund Freud, Rainer Maria Rilke, Gerhart Hauptmann und und und. Nie gehört?‹ Charly zog sich elegant aus der Affäre, indem er sagte ›Um mein Bildungsmanko wettzumachen, besuche ich dann die Ausstellung im Nietzsche-Museum, an der du mitarbeitest‹. Zudem lud er Kathi ein, uns zur Geburtstagsfeier seines Vaters zu begleiten, worauf sie sofort einging. Und auch auf die Bergtour am folgenden Tag begleitete sie uns dann. Der Anfang einer großen Liebe und einer langen Freundschaft. Schon im Jahr darauf heirateten die beiden und bald kamst du zur Welt, Bigna. Das wäre die Geschichte, wie sie einander wiederfanden.«

»Und in den folgenden Jahren?«, will Bigna wissen.

»Charly war oft abwesend. Weitere Polarexpeditionen, Teilnahme an Kongressen auf der ganzen Welt, sein immer größer werdendes Engagement in der Öffentlichkeit. Oft ging er an die Grenzen der Belastbarkeit. Da blieb keine Zeit mehr für gemeinsame Bergtouren. Gelegentlich ein kurzes Treffen, alle paar Wochen ein Telefonat oder eine E-Mail, selten ein gemeinsames Essen. Euch hat er wohl auch manchmal gefehlt.«

»Sehr«, sagt Reto sofort. »Etwas mehr Halt durch meinen Vater hätte mir sicher nicht geschadet.«

»Jetzt mach doch daraus nicht schon wieder die große Frage, wer für dein Schicksal verantwortlich ist«, meint Bigna. »So schlecht sind wir gar nicht herausgekommen. Unsere Mutter war auch nicht viel häufiger bei uns als unser Vater. Und wenn wir sie dringend brauchten, waren beide immer da, immer. Und dankbar dürfen wir auch Tante Romy und Onkel David sein, die immer eingesprungen sind, wenn unsere Eltern einmal gerade verhindert waren.«

»Das war doch selbstverständlich«, sagt David. »Und in der Tat, mit der Hilfe von uns allen seid ihr gar nicht so schlecht herausgekommen. Sogar ganz gut.«

»Stimmt schon«, sagt Reto teilnahmslos.

»Nehmen wir noch einen Drink, bevor ich euch wieder verlasse«, schlägt David vor. »Irgendwo hatte Charly doch immer eine Flasche dieses Whiskeys, der ihn an seine Polarexpeditionen erinnerte.«

»Das war sicher dieser *Shackleton Blended Malt*«, sagt Reto, als er mit einer Flasche in der Rechten und drei Gläsern in der Linken aus dem Arbeitszimmer seines Vaters zurückkommt.

»Genau, jetzt fällt es mir wieder ein«, sagt David lachend. »Eine Nachahmung des Whiskeys, den Shackleton vor hundert Jahren auf seiner genial gescheiterten Südpolexpedition dabeihatte und von dem vor einigen Jahren einige Flaschen im Eis gefunden wurden. Wir sollten diesen Whiskey auch auf Eis trinken.«

»Kommt gleich«, sagt Bigna und geht in die Küche.

Bald nachdem die drei auf Karl angestoßen und ihre Gläser geleert haben, macht sich David mit den Worten auf: »Denkt daran, ich bin immer für euch da, wenn ihr mich braucht.«

Als David gegangen ist, setzt sich Reto nochmals aufs Sofa, schenkt sich einen Whiskey nach, gibt ein paar Eiswürfel ins Glas und beobachtet aufmerksam, wie die Glasbläschen an die Oberfläche aufsteigen. Ganz in seine Beobachtung vertieft, bemerkt er kaum, als ihm seine Schwester sagt, sie ziehe sich in ihr Zimmer zurück, um das bislang vorliegende Material so aufzubereiten, dass sie es am Samstag Pfarrer Fischer zur Vorbereitung seiner Trauerrede geben könne.

Am Freitag kurz nach acht ruft Romy an und erkundigt sich, ob es in Ordnung sei, wenn sie mit ihrem Vater bereits am Morgen vorbeikomme, am Nachmittag habe sie noch einen Termin und ohne ihre Begleitung sei der Besuch für den Vater nicht möglich.

Die beiden erscheinen gegen zehn Uhr. Der alte Mann, von der kurzen Reise vom Pflegeheim zu seinen Enkelkindern bereits etwas erschöpft, setzt sich aufs Sofa im Wohnzimmer. »Setzt euch zu mir, Kinder«, sagt er, nachdem er sich etwas erholt hat. Bigna und Reto tun, wie ihnen geheißen. Walter nimmt die Hand seiner Enkelin und sagt, ohne sie anzusehen, still vor sich hin: »Dass das geschehen musste. Aber jetzt, jetzt sind eure Eltern wieder zusammen. Und ihr, ihr seid jetzt ganz auf euch gestellt, nun seid ihr erwachsen, wie man früher sagte.«

Alle schweigen. Nach einer Weile fragt Romy: »Von wem sind die schönen weißen Rosen? Kathi liebte Rosen. Sie sagte einmal, sie würde einen ganzen Tag Arbeit opfern, um eine Rose richtig anzuschauen.«

»Von mir sind diese Rosen«, sagt ihr Vater. »Von mir.«

Reto fragt seinen Großvater, ob er etwas trinken wolle, doch dieser winkt ab und erhebt sich mit der Hilfe von Bigna langsam. Er geht ein paar Schritte zum Fenster und bleibt schweigend stehen. Nach einer Weile sagt er nur, dass die Hecke beim Haus gegenüber dieses Jahr zu spät geschnitten worden sei und darum aussehe, wie eine grüne Betonwand. Dann wendet er sich wieder den anderen zu. Er versucht zu lächeln. Langsam bewegt er sich dann zur Kommode neben dem

Durchgang zur Küche, wo Fotografien aufgestellt sind, die seine Tochter, seine Tochter mit ihrem Mann, seine Tochter mit ihren Schwestern, seine Tochter mit ihren Kindern, seine Tochter mit ihm und ihrer Mutter zeigen. Er berührt das Bild mit seiner Frau Ruth vorsichtig mit dem Zeigefinger. Dann sieht er sich jedes der anderen Bilder genau an, zuletzt dasjenige mit seinen drei Töchtern. »Auf diesem Bild müsst ihr sicher schon zwanzig sein. Wo wurde es aufgenommen?«

»Papa, das müsstest du doch wissen«, antwortet Romy. »Du hast es aufgenommen anlässlich der Abschlussfeier von Kathi in Zuoz. Für die Abschlussfeier von Elli und mir hattest du ja keine Zeit.«

»Bitte keine Vorwürfe«, sagt Walter. »Ich machte, was ich konnte. Die Brücken, die ich baute, stehen in Venezuela, Japan, Kanada und an vielen anderen weit entfernten Orten. Nach dem allzu frühen Tod eurer Mutter hatte ich es nicht leicht. Hätte nicht die Möglichkeit bestanden, euch drei ins Internat zu geben, und hätte ich mich nicht derart auf Elisabeth verlassen können, wer weiß, was aus euch geworden wäre. Ich machte, was ich konnte.«

»Schon gut, Papa«, meint Romy und legt ihrem Vater zärtlich eine Hand auf die Schulter. »Damals absolvierte man ein Studium, erlernte einen Beruf, bekam einen Job, gründete eine Familie und versuchte, das Beste daraus zu machen; versuchte, sich in all den für einen vorgesehenen Aufgaben und Rollen zu verwirklichen. Und du, in deiner schwierigen Situation, hast dies sicher gut gemacht, sehr gut.«

Walter wiederholt nur: »Ich machte, was ich konnte.«

Nachdem er sich länger das Bild von Kathi angeschaut hat, sagt er: »Ihre grünen Augen. So genau sieht man es nicht auf dem Bild, aber ich weiß noch genau, wie sie mich mit ihren grünen Augen jeweils anschaute – als könnte sie in mein Herz sehen. Ihr konnte ich nie etwas vormachen. Und ihre schwarzen Locken, die hatte sie wie Elli von ihrer Mutter, aber bei ihr waren sie so wild. Sie war ohnehin die wildeste von euch. Reiste in der ganzen Welt herum, machte schwierige Bergtouren mit Karl und seinem Freund, musste aufgrund ihres fast übertriebenen Gerechtigkeitssinns an jeder Demonstration gegen ein Unrecht in dieser Welt teilnehmen. Ich hatte immer Angst, dass ihr etwas zustoßen könnte. Zugleich wusste ich, dass sie mit ihrer offenen Art von überall Hilfe erhalten würde, dass ihr Charme sie vor jedem Unglück bewahren würde.«

»Das haben wir alle auch gedacht, Papa.«

Walter nickt nur schweigend und richtet den Blick seiner müden Augen weiter auf das Bild seiner Töchter. »Und Elisabeth«, fährt er nach einer Weil fort. »Ihr Blick wirkte schon damals immer etwas streng. Oder besser: besorgt. Sie hatte es auch nicht leicht. Ohne dass ich sie darum hätte bitten müssen, übernahm sie nach dem Tod ihrer Mutter schwierige Aufgaben, die ich aufgrund meiner beruflichen Abwesenheit nicht erfüllen konnte. Hat sie sich nicht großartig um euch beiden jüngeren gekümmert?«

»Manchmal hat sich Elli fast etwas zu sehr um uns gekümmert«, antwortet Romy. »Im Nachhinein verstehe ich es natürlich besser. Damals habe ich Ellis Fürsorge aber oft als unangenehme Kontrolle empfunden, im besten Fall als übertriebene Vorsicht, zuweilen auch als lästige Prinzipienreiterei. Ganz im Gegensatz zu Kathi, die sich schon immer mit allem gut arrangieren und ihren Kopf stets durchsetzen konnte.«

»Etwas verstehen und etwas erleben ist natürlich nie dasselbe«, meint Walter und fragt Romy: »Studiertest du schon Kunstgeschichte im Jahr, als dieses Bild aufgenommen wurde?«

Lachend erwidert Romy: »In diesem Jahr hatte ich das Studium bereits geschmissen. Ich wusste genug, um Galeristin werden zu können. Schwer zu sagen, ob ich mir treu geblieben bin, weil ich in diesem Beruf das zu mir passende Leben gefunden habe, oder weil es zu Ellis Prinzipien gehörte, sich treu zu bleiben, alles, was man beginnt, auch zu Ende zu bringen.«

»Vielleicht beides«, meint Walter. »In eurer Generation waren die Erwartungen ja schon nicht mehr so groß, dass den gut gemeinten Vorschlägen von Eltern und Lehrern hätte entsprochen werden müssen. Da wurden andere Ideale und persönliche Vorlieben wichtiger. Künstler wurden zu Vorbildern, Stars und Sternchen aus Sport, Film, Musik. Selbstverwirklichung wurde fast zum Selbstzweck. Für mich hieß es noch: ein guter Ingenieur, Ehemann und Familienvater zu werden. Aber hätte ich *euch* zu irgendetwas drängen wollen?«

»Dann hätte mir wohl auch niemand in deiner Generation Romy anstatt Rosemarie gesagt?«

»Wahrscheinlich nicht«, meint ihr Vater.

Was es denn mit diesem Kosenamen eigentlich auf sich habe, will Reto wissen.

»Das weißt du nicht? Ich soll angeblich Romy Schneider ähnlichsehen. Darum nannten mich in Zuoz alle Romy.«

»Aber du gleichst Romy Schneider doch tatsächlich«, sagt Bigna.

»Ich meinte vorhin etwas anderes«, erwidert Romy.

Walter scheint den beiden nicht zuzuhören. Er schaut aufmerksam das Bild seines Schwiegersohns an, ein Bild von einer Polarexpedition, das Karl mit einer Pelzmütze und Eiszapfen am Bart zeigt. Leise sagt Walter: »Er hatte auch mit fünfzig noch sein Lausbubengesicht. Und wie Kathrin strahlte er unentwegt Neugier und Offenheit aus. Man konnte sich beide fast nicht anders als im Aufbruch zu einem neuen Unternehmen oder bei der glücklichen Rückkehr von einem Abenteuer vorstellen. Sie passten wunderbar zusammen. Und doch, ich habe Karl eigentlich nicht richtig gekannt. Früher hat mir Kathrin manchmal von ihm und seiner Leidenschaft für Gletscher erzählt. In den letzten Jahren sah ich ihn des Öfteren am Fernsehen oder las über ihn und seine Verdienste in der Zeitung. Anscheinend ein bedeutender Mensch. Aber wer er war, weiß ich nicht so recht.«

»Manchmal geht es mir genauso«, meint Reto.

Bigna schaut ihren Bruder mahnend an.

»Er war wohl aufgrund seiner beruflichen Tätigkeit oft abwesend«, meint Walter. »So konnten wir ihn nicht richtig kennenlernen. Nur Kathrin kannte ihn. Sie habe sich, wie sie mir einmal gestand, jedes Mal, wenn er von einer Expedition zurückgekommen sei, aufs Neue in ihn verliebt. Das genügt doch.«

»Ein verschworenes Paar, das alle bewunderten und dessen Geheimnis niemand kannte – wie es in einem Trivialroman heißen würde«, meint Romy lächelnd.

»Das trifft es gar nicht so schlecht«, meint ihr Vater und geht langsam, sichtbar erschöpft von seiner Begegnung mit der ganzen Familie, zurück zum Sofa. Nachdem er sich etwas erholt hat, richtet er sich auf und sagt zu Bigna: »Jetzt würde ich gerne etwas trinken. Vielleicht ein Bier.«

»Aber Großvater. Es ist erst elf Uhr. Schon ein Bier um diese Zeit?«

»Da spricht die Ärztin aus dir«, meint Walter lächelnd. »Aber wenn du erst einmal neunzig bist, musst du nicht mehr übertrieben auf die Gesundheit achten. Und fahren wird mich nachher Rosemarie.«

»Möchtest du nicht hierbleiben und mit uns essen, Großvater?«, fragt Bigna, als sie mit einer Flasche Bier zurückkommt. »Wir können dich nachher ins Heim zurückfahren.«

»Das ist lieb, Kinder. Aber nichts für ungut, ich ziehe das Essen im Heim vor. Nicht, weil es besonders gut wäre, aber ich bin mir den Rhythmus der Essenszeiten gewohnt. Mittlerweile ist er zu einer richtigen Stütze für mein gebrechliches Leben geworden. Der Rhythmus gibt mir Halt. Und den brauche ich für Karls Trauerfeier am Montag nun noch mehr als für all die vielen anderen Beerdigungen, an denen ich in den vergangenen Jahren von Verwandten und Freunden Abschied nehmen musste. Eigentlich wäre nun ich an der Reihe gewesen.«

Zu Reto gewandt sagt Romy: »Deine aktuelle Freundin soll Künstlerin sein. Was für Kunst macht sie denn?«

»Installationen«, antwortet ihr Neffe kurz.

»Und was für Installationen?«

»Svenja kreiert von innen beleuchtete Objekte«, kommt Bigna ihrem Bruder mit einer Antwort zuvor.

»Klingt interessant«, meint Romy. »Kann sie von ihrer Kunst leben?«

»Gar nicht schlecht«, meint Reto. »Manchmal verkauft sie etwas an einen Villenbesitzer oder auch an Ärzte, die in ihrer Praxis ausreichend Platz für eine ihrer Installationen haben.«

»Vielleicht passen ihre Installationen auch in die geräumigen Häuser meiner Kundschaft im Engadin«, meint Romy. »Ich müsste Svenja und ihr Werk einmal kennenlernen.«

»Am Montag nach der Trauerfeier hast du Gelegenheit«, sagt Bigna. »Ich habe Svenja schon darauf hingewiesen, dass du Galeristin bist.«

Wie zum Zeichen, dass es nun Zeit sei und er wieder zum gewohnten Rhythmus zurückkehren wolle, erhebt sich Walter. Er verabschiedet sich wortlos mit einer Umarmung von seinen Enkelkindern.

Nach einem kurzen Imbiss erörtern Bigna und Reto weitere Einzelheiten des an die Trauerfeier anschließenden Leichentrunks und auch, wie sie sich am Montag kleiden sollen.

»Seit meiner Abschlussfeier in Zuoz habe ich keine Krawatte mehr umgebunden, aber bei Vaters Trauerfeier werde ich natürlich eine tragen«, sagt Reto.

»Nimm eine schwarze«, rät ihm seine Schwester.

»Ist das nicht zu konventionell? Ich kann mich erinnern, dass uns unser Vater anlässlich der Trauerfeier unserer Mutter aufforderte, keine Trauerkleidung zu tragen, weil dies nicht in ihrem Sinne gewesen wäre. Wahrscheinlich wünschte er sich auch für sich keine Trauerkleidung.«

»Vater ist jetzt nicht mehr da und du musst an all die vielen Teilnehmer an der Trauerfeier denken. Die wissen alle auch nicht genau, was Vater wollte – und halten sich gerade darum an Konventionen.«

»Also werde ich einen schwarzen Anzug und eine schwarze Krawatte tragen. Und wie wirst du dich kleiden, um nicht aufzufallen?«

»Wie immer, wenn ich außerhalb meiner Praxis mit mir wenig oder gar nicht bekannten Leuten zu tun habe, trage ich einen schwarzen Hosenanzug.«

Als die Kleiderfrage geklärt ist, diskutieren die Geschwister, wo sie am Montag das Buffet und die Tische im Garten aufstellen wollen und wie im Falle von Regenwetter die ganze Trauergemeinde unter dem Vordach und im Haus untergebracht werden könnte.

»Das schaffen wir nicht allein«, entfährt es Bigna. Sie wählt gleich die Nummer des Catering-Services, um nach zusätzlichem Personal zu fragen. Es meldet sich aber niemand. Auch bei einem späteren Versuch ertönt nur das Freizeichen.

»Ich frage Svenja«, schlägt Reto vor. »Sie kennt sicher jemanden, der das übernehmen könnte.«

Nach einem kurzen Telefonat mit seiner Freundin sagt er erleichtert: »Sie kümmert sich darum. Zum Glück hat sie auch noch nachgefragt, ob wir diese Ladina Gredig erreicht hätten. Das haben wir doch glatt vergessen.«

Wenig später teilt Svenja mit, dass die Musiker, die bei der Trauerfeier in der Kirche spielen werden, sich bereit erklärt hätten, den Job im Garten zu übernehmen.

Reto ruft im Institut für Geowissenschaften an und erkundigt sich nach der Telefonnummer von Ladina Gredig.

Schon beim ersten Versuch erreicht er die Studentin und unterbreitet ihr sein Anliegen.

»Das würde ich sehr gerne machen. Wissen sie, ihr Vater war für uns alle ein großes Vorbild, eine Inspiration«, sagt Gredig. »Aber ob ich das kann? Und alles so kurzfristig. Aber gut. Ich mach's einfach.«

Reto bedankt sich und sagt noch, dass er sich am Samstag, wenn der genaue Ablauf der Trauerfeier mit dem Pfarrer besprochen worden sei, nochmals melden werde.

»Sie macht's«, sagt er erleichtert zu seiner Schwester und verlässt das Wohnzimmer.

»Sehr gut. Zum Glück hat Svenja nachgefragt«, ruft ihm Bigna nach. »Müssen wir sonst noch etwas vorbereiten? Wenn nicht, gehe ich noch kurz in die Praxis, um zu sehen, was während meiner Abwesenheit alles geschehen ist. Ich werde dann auch gleich zu Hause nächtigen und erst morgen für das Gespräch mit dem Pfarrer wiederkommen.«

»Geh nur«, sagt Reto, der vor dem Spiegel im Flur das Umbinden seiner Krawatte übt.

Als Bigna am Samstagmorgen kurz vor neun erscheint, sitzt Reto bereits mit Pfarrer Fischer bei einem Kaffee am Tisch im Wohnzimmer und die beiden blättern in der Familiengeschichte der Rieters. Nachdem der Pfarrer den Geschwistern geschildert hat, wie er ihren Vater einst anlässlich einer Bergtour kennengelernt hatte, erkundigt er sich nach den genauen Umständen seines Todes. Während ihm Reto diese minutiös beschreibt, verfolgt Bigna die Schilderung aufmerksam, als erwarte sie eine Ungereimtheit. Pfarrer Fischer macht sich ab und zu Notizen in einem kleinen, grauen Heft. Als Reto fertig ist, fragt er: »Und einen Lebenslauf aus Karls Feder, einige Hinweise, was im Todesfall zu tun ist, gibt es wirklich nicht?«

»Wir haben nichts dergleichen von ihm gefunden und ohne Kenntnis des Passwortes leider auch keinen Zugang zu seinem Computer, wo vielleicht etwas zu finden wäre«, sagt Bigna. »Ich habe aber den Lebenslauf und weitere Angaben auf der Website von Vaters Institut ausgedruckt, zudem einige Medienberichte über ihn. Und wir haben vorgestern ein Gespräch mit Vaters bestem Freund David Frank aufgezeichnet. Zusammen mit der Familiengeschichte dürfte sich daraus ein gutes Bild von unserem Vater und seinem Leben zeichnen lassen.«

Wie Bigna die Dokumente Stück für Stück vor Pfarrer Fischer auftürmt, meint dieser schmunzelnd: »Mal schauen, was ich bis Montag daraus machen kann. Zum Glück ist mein Kollege morgen an der Reihe mit dem Gottesdienst.« Dann setzt er aber wieder eine ernste Miene auf und sagt: »Schildert mir doch eine schöne Erinnerung an euren Vater. Etwas, das ihr nie vergessen werdet. Etwas ganz Persönliches. Ein gemeinsames Erlebnis. Vielleicht auch nur eine ganz kurze Begebenheit. Den Wimpernschlag Glück, der in der Erinnerung an euren Vater hängen geblieben ist.«

»Der Familienausflug nach Triest«, sagt Reto sofort. »Nachdem wir in einem Café ein Eis gegessen hatten, gingen wir über diesen großen Platz, der direkt ins Meer übergeht. Wir schlenderten in einem Abstand von ein paar Metern hinter unseren Eltern. Sie gingen eng umschlungen. Auf einmal zog Mutter ihre Sandaletten aus und schwenkte sie beim Weitergehen in der Hand. Dann sagte sie etwas zu Vater, das ich natürlich nicht verstehen konnte, worauf Vater sie an den Hüften fasste und in die Luft hob. Dann dreht er sich lachend zu uns Kindern um und hob auch mich in die Luft.«

»Wahrscheinlich hat er nur dich hochgehoben, weil du der leichtere von uns beiden warst«, meint Bigna lachend.

»Zum Glück können einem auch die besten Erklärungen eine Erinnerung nicht nehmen«, erwidert Reto trocken.

»Warum musst du immer gleich einschnappen.«

»Ich kann verstehen, dass ihr jetzt etwas angespannt seid«, sagt Pfarrer Fischer ruhig. »Aber lasst uns mit den Erinnerungen fortfahren.«

»Die Abschlussfeier meiner Schulzeit in Zuoz. Einfach unvergesslich!« sagt Bigna und lehnt sich zurück. »Alle waren da und unser Vater, gerade von einer Polarexpedition zurück, hielt die Festrede des besonderen Gastes. Ich weiß noch jedes Wort. Und in der vordersten Reihe saß unsere ganze Familie. Mutter und ihre Schwestern, Großvater Walter und Großvater Gian, Alfredo und sein ausgeflippter Sohn Gian-Duri, und sogar Onkel David war gekommen. Ich fühlte mich in diesem Moment wie das letzte Glied einer langen Ahnenreihe, dem im Beisein vieler Zeugen eine Aufgabe für die Zukunft mitgegeben wurde.«

Als Reto etwas sagen will, legt ihm Pfarrer Fischer die Hand auf den Arm. »Mir fällt auf«, sagt er dann, »dass in euren Erinnerungen auch die Familie und eure Mutter gegenwärtig sind. Ich hoffe, es ist in eurem Sinn, wenn ich dies auch in meiner Trauerrede berücksichtige.«

»Ganz in meinem Sinn«, schießt es aus Reto heraus. »Ich wollte sie ohnehin darum bitten, unsere Mutter gebührend zu erwähnen. All die Opfer, die sie gebracht hat.«

»Ich werde mein Bestes tun«, sagt Pfarrer Fischer und beginnt dann mit der Schilderung des üblichen Ablaufs des Trauergottesdienstes in der evangelischen Kirche und wo und wie er individuell umgestaltet werden könnte. Gemeinsam legen sie fest, wann der Rektor der Hochschule spricht, wann Karls Forscherkollege, wann die Studierende, und an welchen Stellen die vorgesehenen Musikstücke gespielt werden sollen. Als der Ablauf geklärt ist, will Pfarrer Fischer noch wissen: »Was soll ich in meiner Trauerrede unbedingt sagen? Worüber soll ich lieber nicht sprechen?«

»Geheimnisse gibt es bei uns nicht«, sagt Reto, und Bigna stimmt mit einem energischen Nicken zu.

»Da fällt mir ein«, sagt Bigna dann aber nachdenklich, »dass sie die Villa in Pontresina auch erwähnen müssten. Das Elternhaus unseres Vaters, der Ort, an dem wir während unserer Kindheit und Jugend fast alle Wochenenden und den Urlaub verbrachten, wo häufig Kollegen des Vaters von überall auf der Welt zu Gast waren.«

»Und wo wir oft allein mit unserer Mutter zusammen waren und sie ganz für uns hatten«, ergänzt Reto. »Wir, unsere Eltern, die Villa – gehören zusammen. Bei jedem Besuch der Villa spüre ich das.«

»Ja, die Villa«, sagt Pfarrer Fischer, als könnte er die Gefühle der Geschwister nur zu gut verstehen. »Euer Vater hat fast in denselben Worten über sie gesprochen. Ich habe sie auch kennengelernt, als wir gemeinsame Touren in der Umgebung von Pontresina machten. Ein besonderes Haus. Ich werde die Villa sicher zur Sprache bringen. Hat Karl die Villa noch manchmal besucht?«

»Selten«, antwortet Reto. »Nach dem Tod unserer Mutter ging er nur noch selten hin. Es machte sogar den Eindruck, als würde er die Villa meiden. Vielleicht hatte er aber einfach keine Zeit.«

»Ich war auch schon lange nicht mehr da«, ergänzt Bigna. »Unser Onkel Alfredo kümmert sich um die Villa. Es ist auch sein Elternhaus. Er hat den Unterhalt seiner Hotels vor einigen Jahren auf die Villa ausgedehnt. Er will nicht einmal bezahlt werden dafür.«

»Gehört ihm denn nicht ein Teil der Villa?«, will Pfarrer Fischer wissen.

»Nein. Die Villa ging nach dem Tod unseres Großvaters Gian an unseren Vater, und Alfredo übernahm die Hotels«, erklärt ihm Reto.

Als versuchte der Pfarrer, sich an die Villa zu erinnern, oder daran, was er beim Gespräch mit Bigna und Reto vergessen haben könnte, schweigt er ein paar Minuten. »Ich glaube«, sagt er dann, »wir haben alles besprochen«, und verstaut die Dokumente, die ihm als Grundlage seiner Trauerrede dienen sollen, in seiner Ledertasche.

»Darf ich noch einen Blick auf die Trauerrede werfen, wenn sie damit fertig sind?«, fragt Bigna.

»Hab' doch etwas mehr Vertrauen«, mahnt sie ihr Bruder. »Pfarrer Fischer macht dies ja nicht zum ersten Mal.«

»Klar«, erwidert Bigna mit entschuldigendem Blick.

»Der Verlust! Er verunsichert. Ich verstehe das sehr gut«, sagt Pfarrer Fischer. Dann steht er langsam auf und verabschiedet sich mit einem festen Händedruck.

Bigna und Reto sitzen eine Weile still im Wohnzimmer, als hätte sie das Gespräch mit dem Pfarrer erschöpft. Bis Reto fragt: »Wollen wir am Nachmittag einen Spaziergang zur Kreuzkirche machen?«

»Warum nicht«, willigt Bigna ein. »Ich war noch nie in dieser Kirche. Vielleicht ist es gut, wenn wir einen Eindruck von der Räumlichkeit gewinnen.«

Zur Enttäuschung der Geschwister ist die Kirche geschlossen. Auf dem Rückweg ihres Spaziergangs, auf dem sie oft innehalten, um schweigend auf die Stadt und die Berge zu schauen und sich auf einer Bank der samstagnachmittäglichen Ruhe hinzugeben, kehren sie in einem kleinen Biergarten ein, den sie in ihrer Studienzeit oft besuchten. Hier bleiben sie lange sitzen und erzählen sich weitere Erinnerungen an ihre Eltern. Reto erzählt von Bergtouren, die er zusammen mit seinem Vater unternommen hat, von einer Reise nach Venedig zusammen mit seiner Mutter und von einer abenteuerlichen Kanufahrt der ganzen Familie auf der Ardèche, bei der jeweils die ganze Familie beim Passieren der Stromschnellen geschrien habe, als würden sie gleich alle vom reißenden Wasser verschluckt. Bigna, die sich nicht mehr an diese Kanufahrt erinnern kann, erzählt, wie glücklich sie einmal gewesen sei, ihren Vater wiederzusehen, als sie ihn nach einem mehrmonatigen Aufenthalt in der Antarktis zusammen mit der Mutter vom Flughafen abgeholt habe. Und dass sie es dann kaum glauben konnte, den Vater noch am selben Abend in den Fernsehnachrichten zu sehen. Auch sehr überrascht sei sie später einmal gewesen, als sie mit einem Freund ein Wochenende allein in der Villa verbringen wollte und geglaubt habe, diese leer vorzufinden, dann aber Vater und Mutter angetroffen habe, die in ihren Bademänteln in der Küche gesessen und Champagner getrunken hätten. Alle seien sich zuerst ertappt vorgekommen, hätten dann aber gemeinsam einen lustigen Abend verbracht.

Erst die hereinbrechende Dunkelheit veranlasst die Geschwister, von ihren Erinnerungen abzulassen und den Heimweg anzutreten.

WER BIST DU?

Am Sonntag schlurft Reto am späten Morgen schlaftrunken ins Wohnzimmer, wo er seine Schwester im schwarzen Hosenanzug bereits bei der Arbeit antrifft. In der Ecke des langen Sofas sitzend ist sie bei der aufmerksamen Lektüre eines umfangreichen Dokuments. Sie liest Zeile für Zeile, hält dann und wann zum Nachdenken inne und schreibt da und dort etwas in den Text. Als Reto sich nach ihrer Lektüre erkundigt, erklärt sie, sie redigiere die Druckfahnen der neuen Werbebroschüre für ihre Praxis *Kinderwunsch* und mache sich dabei gleich noch einige Notizen zur Anpassung der Profile.

»Anpassung der Profile?«, fragt Reto auf dem Weg zur Küche, wo er sich einen ersten Kaffee eingießt. Wie er zurückkommt, sagt er, Svenja habe angerufen, sie komme gegen Abend wieder. Dann setzt er sich mit seinem Kaffee in die andere Ecke des Sofas und wiederholt die Frage nach der Anpassung der Profile.

»Ja, die Profile auf unserer Website, auf *LinkedIn* und auf *Facebook*«, meint Bigna, als habe sie die in Retos Frage anklingende Begriffsstutzigkeit verblüfft. In der Meinung, die Frage damit geklärt zu haben, fährt sie fort: »Oskar will gegen Abend auch zu uns kommen. Er hat Svenja ja auch noch nie gesehen. Wir könnten gemeinsam essen gehen. Schau doch mal, was geöffnet hat. An Sonntagabenden ist es immer so schwierig, etwas Passendes zu finden.«

Nachdem Reto auf *Google* ein Restaurant ausgemacht hat, das sonntags um 18 Uhr öffnet, fragt er: »Soll ich gleich reservieren?«

»Mach das«, sagt Bigna übertrieben unbeteiligt, als wollte sie zeigen, dass sie bei ihrer Tätigkeit nicht weiter gestört werden möchte.

»Erledigt«, sagt Reto, nachdem er die verlangten Angaben und die Telefonnummer für allfällige Rückfragen eingetippt hat. »Also die Profile?!«, doppelt er dann nach.

»Nun ja, eigentlich *ein* Profil, *mein* Profil«, sagt Bigna mit gequältem Lächeln und legt die Papiere neben sich aufs Sofa, als sei in Gegenwart ihres Bruders nicht weiter an ernsthafte Arbeit zu denken. »Das dürfte dir doch auch vertraut sein?«

»Eigentlich nicht«, meint Reto verunsichert.

»Du aktualisiertest dein Profil auf den verschiedenen Plattformen nicht regelmäßig, um es mit der sich ständig wandelnden Umgebung abzugleichen?«, fragt Bigna erstaunt. »Jetzt beispielsweise wurde ein Gesetz geändert, das die Samenspende auch für lesbische Paare erlaubt. Das müssen wir nicht nur in unserer Werbebroschüre und auf unserer Website prominent erwähnen und darauf hinweisen, dass dies auch in unserer Praxis künftig zum Angebot gehört, sondern ich möchte auch persönlich dazu Stellung nehmen, zeigen, dass ich diese neue Regelung schon seit Langem befürworte, nicht nur als Ärztin voll und ganz dahinterstehe, sondern auch als Person.«

»Also Anpassung der Werbung«, wirft Reto grinsend ein.

»Nicht nur Werbung«, sagt Bigna im Ton der Entrüstung. »Wofür hältst du mich eigentlich? Ich will gerade zeigen, dass das neue Angebot nicht einfach nur ein Geschäft ist, sondern dass es sich um die Erfüllung eines Anliegens handelt, das mir schon immer auch ein persönliches Anliegen war.«

Bigna schaut ihren Bruder prüfend an und will dann wissen: »Hältst du es denn nicht für gerecht, dass sich nun auch lesbische Paare den Kinderwunsch erfüllen können? Ebenso gerecht wäre es natürlich, wenn das künftig auch für männliche Paare möglich wäre. Sie können sich ihren Kinderwunsch heute nur, wie bislang lesbische Paare, mit einer Reise ins Ausland erfüllen, wo die Praxis der Eizellspende oder Leihmutterschaft bereits erlaubt ist. Wobei ich bei der Leihmutterschaft noch meine Vorbehalte habe.«

»Zu diesem Thema habe ich mir noch gar keine Meinung gebildet«, sagt Reto, überrascht von der Vehemenz, mit der Bigna sich zu dieser Ungleichbehandlung äußerte. »Aber bleiben wir doch bei der Anpassung deines Profils. Du willst also deine Identität mit dem neuen Gesetz und gleich auch noch mit der möglichen Wahrnehmung durch deine potenziellen Kundinnen und Kunden abgleichen?«

»Diesmal ist es eine Veränderung des geltenden Rechts. Ein andermal ein medizinischer Fortschritt. Oder ich will auf eine Weiterbildung hinweisen und dass mir das lebenslange Lernen ein besonderes Anliegen ist. Manchmal geht es auch nur darum, das, was andere in der Tagesschau erfahren, abzufangen und mit einer Expertenmeinung mit persönlicher Note zu versehen. Und manchmal erachte ich auch gewisse Probleme für erwähnenswert, deren Lösung eine moralische Haltung erfordert. Im Zusammenhang mit der neuen Möglichkeit für lesbische Paare etwa dem zu erwartenden Mangel an Samenspendern. Dieser zeichnete sich schon ab, als Samenspender verpflichtet wurden, ihre Identität bei Volljährigkeit des Kindes bekanntzugeben. Der Mangel dürfte künftig auch heterosexuelle und lesbische Paare betreffen, und ich möchte betonen, dass wir alle gleich behandeln werden. Oft geht es bei der Justierung des Profils auch nicht um etwas wirklich Neues, sondern nur um die Anpassung an die aktuelle Terminologie zwecks besserer Verständlichkeit. Was eine *Work-Life-Balance* ist, wussten wir auch schon früher. Heute nennen wir es so und heben ihre Bedeutung etwas mehr hervor. Häufig lässt sich die rasche Erkennbarkeit, wer man ist und wie man zu etwas steht, auch dadurch verbessern, dass man anstelle umständlicher Ausführungen ein aussagekräftiges Bild oder ein treffendes Zitat setzt. Unlängst haben Oskar und ich auch je ein kurzes Video für unsere Website gedreht, in dem wir zeigen, was wir machen, wie wir denken, wer wir sind, wie wir zu unserem Beruf kamen, wie wir unsere *Work-Life-Balance* pflegen.«

»Und das alles interessiert eure potenziellen Kundinnen und Kunden?«, fragt Reto ungläubig, bereits im Begriff, auf seinem Smartphone mit *Google* die erwähnten Videos zu suchen.

»Aber natürlich«, meint Bigna kopfschüttelnd. »Du möchtest wohl auch wissen, wer der Arzt ist, der dich behandelt, oder der Makler, der dir ein Haus verkauft.«

»Hier, ich hab's. Schauen wir uns euren Auftritt doch mal an«, sagt Reto und spielt Bignas Videoporträt ab. Bigna schaut zwar gleichgültig zur Seite, schielt aber dann und wann nach den Reaktionen ihres Bruders. Noch bevor dieser einen Kommentar abgibt, meint sie: »Die eigene Stimme zu hören, befremdet mich immer wieder.«

»Schön gemacht«, meint Reto. »Du in deinem steifen weißen Arztkittel, der geöffnete silberfarbene Laptop vor dir, die Obstschale und das Glas mit prickelndem Wasser auf der glänzenden Tischplatte, das aufgeräumte Bücherregal mit der Fachliteratur, die fein gerahmten Bilder an den Wänden – geradezu ein Stillleben. Ein krasser Gegensatz zur lebhaften Schilderung deiner Tätigkeit und deines Werdegangs. Und warum erwähnst du so ganz nebenbei, wessen Tochter du bist, und dass du als Kind nicht daran gedacht hast, Ärztin zu werden, sondern Bergbäuerin oder Botanikerin, aber verschweigst dann, wo du zur Schule gegangen bist oder dass du Eishockey gespielt hast, obwohl du am Schluss eine kaum enden wollende Aufzählung gibst, was alles du für deine *Work-Life-Balance* tust?«

Als sich Reto anschickt, auch noch Oskars Videoporträt anzuschauen, hält ihn Bigna mit den Worten davon ab: »Das kannst du dir ersparen. Es ist nach demselben Muster gestrickt wie meins. Oskar orientiert sich in solchen Dingen gern an mir. Die Pflege seines Porträts ist ihm nicht so wichtig. Er legt allenfalls Wert darauf, dass er lange in der Forschung gearbeitet hat und nun den Menschen mit seinen Erkenntnissen helfen will. Deine verletzende Kritik an meinem Porträt passt auch auf seines.«

Schmollend fährt Bigna dann fort: »Es sollte doch klar sein, dass ich *selbst* etwas aus mir gemacht habe und nicht einfach die Tochter eines berühmten Vaters bin. Ebenso klar, wie ich mich für den Beruf der Ärztin *entschieden* habe. Ich erkläre ja auch, dass die Faszination für den menschlichen Körper den Ausschlag gegebenen hat und mein Interesse an all den Möglichkeiten der modernen Medizin, der Natur, wenn sie einmal Schaden genommen hat oder sich nicht entfalten kann, zu ihrem

Recht zu verhelfen. Dass ich nicht sage, wo ich zur Schule ging, und dass ich Eishockey spielte, hat einfach damit zu tun, dass dies missverstanden werden könnte. Eishockey halten manche für einen zu groben Sport für eine Frau, und wer weiß denn schon, dass im *Lyceum* in Zuoz nicht nur Kinder reicher Leute zur Schule gehen? Und ich möchte keineswegs als elitär wahrgenommen werden, sondern als ganz normaler Mensch, wie es wohl die meisten Betrachter des Videos auch sind.«

»Aber als einmalig möchtest du schon erscheinen«, bemerkt Reto schnippisch.

»Vor allem als authentisch, als Mensch mit einer nachvollziehbaren Geschichte, jemand, der mit der Zeit geht und doch immer sich selbst bleibt, jemand, der sein Leben lebt, aber unter Kontrolle hat, jemand … .«

»Aber diese Geschichte *gibt* es doch nicht«, unterbricht Reto. »Sie ist *deine Erfindung*, eine Konstruktion, in der nur berücksichtigt wird, was Sinn macht und dem Betrachter möglichst wenig Spielraum zur Interpretation lässt. Nur eine Auswahl meist positiver Ereignisse und Erinnerungen, die nicht nur im Moment als stimmiger Teil eines Ganzen erscheinen sollen, sondern auch noch über die Zeit hinweg. Du willst unter allen Umständen du selbst bleiben. Aber streichen wir nicht oft gewisse ungünstige oder sogar belastende Akten aus unserer Biografie? Hast du nicht am Beispiel von Alfredos Familiengeschichte gesehen, dass er nur berücksichtigt hat, was zusammenpasst und ihn im besten Licht zeigt?«

»Abgesehen davon, dass Alfredo wohl nur eine beschränkte Auswahl von Bildern zu Verfügung hatte, ist der Zweck seiner Familiengeschichte doch in erster Linie Werbung für seine Hotels«, wendet Bigna ein. »Und Alfredo will zeigen, wie gut er seine Rolle als Hotelier spielt. Ein guter Schauspieler war er schon immer. In meinem Porträt geht es um *mich*. Ich stelle niemand anderen dar.«

»Und trotzdem ist uns Alfredos Werbebroschüre willkommen, wenn es um die Biografie unseres Vaters geht«, meint Reto lachend.

»Doch nur, weil wir nichts haben, das unser Vater selbst über sich verfasst hat. Auf der Website des Institutes finden sich neben seinem Lebenslauf, der nur seinen akademischen Werdegang widerspiegelt, einer Liste seiner Publikationen und einer förmlichen Beschreibung seiner Funktionen nichts. An seinem Porträt auf *Wikipedia* haben Dutzende mitgearbeitet, deren Vertrauenswürdigkeit wir nicht kennen, und die vielen Berichte über ihn in den Medien beschränken ihn auf seine Bedeutung als Klimaforscher. Wie er selbst die Frage ›Wer bin ich?‹ beantwortet hätte, wissen wir nicht genau.«

»Mag sein«, stimmt Reto zu und hält seiner Schwester sein Smartphone hin. »Hier, der *LinkedIn*-Eintrag unserer Tante Romy!«, sagt er. »Von unserer Mutter, ihrer Schwester Elli oder Onkel David habe ich mit *Google* nichts dergleichen gefunden. Unsere Mutter scheint im Internet gar nicht zu existieren, von Elli scheint es nur einen kleinen Eintrag ihrer Funktion am Gymnasium, an dem sie unterrichtete, zu geben, und von Onkel David gibt's auf der Website des Amts für Umwelt- und Bevölkerungsschutz nur einen Eintrag, der jenem von Vater gleicht; sonst gibt's in den Medien von David nur Erwähnungen im Zusammenhang mit von schmelzenden Gletschern verursachten Katastrophen, in denen er als Experte zitiert wird.«

Bigna schaut sich Romys Porträt auf *LinkedIn* genau an. »Etwas chaotisch«, sagt sie nach einer Weile. »Sie will alles mit allem in Verbindung bringen. Sie scheint die Plattform vorwiegend zur Vernetzung zu benutzen.«

»Dafür ist die Plattform ja auch in erster Linie gedacht. Eine praktische Einrichtung für eine Galeristin und Kunstvermittlerin, die es in ihrem Beruf mit sehr verschiedenen Künstlern und Käufern zu tun hat.«

»Und deine Künstlerfreundin Svenja?«, fragt Bigna. »Sie nutzt wohl die Möglichkeit, sich und ihre Kunst im Internet zu präsentieren, auch ganz intensiv? Es gibt heute doch kaum noch einen Dichter, der sich und sein Werk nicht im Internet vorstellt, vielleicht auch noch einen Blog betreibt, um seine Leser an seinem geistigen Leben teilhaben zu lassen. Für eine bildende Künstlerin scheint es keine bessere Chance zu geben, um sich und ihre Kunst darzustellen, als das für Bilder prädestinierte Medium des Internets.«

»Svenja hat weder einen *LinkedIn*- noch einen *Facebook*-Account oder eine eigene Website und ist auch sonst nicht aktiv im Internet unterwegs, obwohl ich ihr dies schon öfter empfohlen habe. Aber sie will nicht. Sie hat ihre Gründe.«

»Die da wären?«

»Sie sagt, sie wolle Künstlerin sein und nicht Galeristin, Managerin oder Kuratorin. Sie wolle nicht bereits Vorhandenes ausstellen, verkaufen oder originell anordnen, sondern etwas hervorbringen, etwas aus sich selbst machen. Und dazu könne sie sich nicht vorgegebener Formen bedienen. Formen seien es gerade, was sie finden wolle. Und selbst wenn sie das Ziel ihrer Kunst erreichen würde, nämlich etwas Allgemeines auszudrücken, etwas, das alle gleich wahrnähmen, weil es schon in ihrer Natur sei, brauche sie keine Authentifizierung durch ein anonymes Publikum. Dieses ist für Svenja sowieso nur ein Haufen von größenwahnsinnigen Internetusern, die in ihrem Lehnstuhl unbeteiligt die Oberfläche absuchen und dann meist nichts weiter finden, als genau das, was sie suchen – nichts Neues.«

»Sie lebt in einer Welt von gestern«, sagt Bigna trocken. »Eigentlich erstaunlich, wenn man bedenkt, wie behände sie mit dem Internet umzugehen weiß und wie sehr sie uns damit in den letzten Tagen geholfen hat.«

»Vielleicht hat ihre Aversion gar nichts mit dem Internet zu tun«, meint Reto nach kurzem Überlegen. »Sie regt sich schon auf, wenn sie im Lift einen Typen trifft, auf dessen T-Shirt *Finisher New York Marathon 2018* steht, oder wenn sie auf dem Flughafen eine Frau sieht, die eine Kongressmappe mit der Aufschrift *Feministische Kunsttheorie und Psychoanalyse im neuen Jahrtausend* mit sich trägt.«

Bigna schaut auf die Uhr, dann auf die Druckfahnen neben sich. Dann fragt sie ihren Bruder: »Und du? Wie trittst denn du im Internet auf? Was machst du besser als ich und die andern?«

»Natürlich gibt es für jedes meiner Projekte eine Website, auf der die Ziele, der Ablauf, die Meilensteine, das Team und die Sponsoren vorgestellt werden und auf der auch einige Links aufgeführt werden, die auf unsere Beziehung zu anderen Projekten, Start-ups, Hochschulen oder Medienberichte über uns hinweisen. Und jedes Teammitglied hat eine eigene Site, die es nach seinem Gusto gestalten und, wenn es das Bedürfnis hat, umgestalten oder justieren kann. Einzige Vorgabe ist der direkte Bezug zum Projekt.«

»Dann passt du dein Profil immer wieder dem gerade laufenden Projekt an? Hat das nicht etwas Opportunistisches?«

»So würde ich das nicht sagen. Jedes Projekt geht mit einem eigenen Profil einher. Nach außen mag ich von Projekt zu Projekt anders erscheinen. Aber eigentlich verwirkliche ich mich einfach auf verschiedene Weise und jedes neue Profil zeigt einen anderen Aspekt von mir.«

»Und du hast gar nicht das Bedürfnis, deine Identität als etwas Zusammenhängendes und Kontinuierliches zu zeigen? Zudem kann der Eindruck entstehen, als würdest du nichts zu Ende bringen. Du weißt schon, dass das Internet nicht vergisst und dass es beispielsweise auf *Facebook* eine Chronik der Profile gibt, die jedem deine Geschichte zeigt?«

»Das ist nicht *meine* Geschichte«, erwidert Reto gelassen. »Die Unverwechselbarkeit meines Lebens und meiner Person zeigt sich in der Art eines Projekts, in dem, was ich aktuell tue, in meiner Arbeit. Wenn ich versuchte, so etwas wie eine wahre Identität jenseits meiner täglichen Arbeit zu erkennen, käme mir das vor, als würde ich einen Traum analysieren, in dem sich die Ereignisse meist sehr chaotisch abspielen und in dem ich nicht bewusst auf Erinnerungen zurückgreifen und Entscheidungen treffen kann. Im Traum spielt sich alles über meinen Kopf hinweg ab. Erst im Nachhinein kann ich dem Ganzen vielleicht einen Sinn abgewinnen, aber wahrscheinlich ist auch dieser nur Flickwerk, eine Reihe unverbundener, nur im Moment sinnvoller Hypothesen. Im wachen Leben scheint es kaum anders zuzugehen, auch wenn man es noch so sehr als ein einziges Projekt begreifen möchte. Vielleicht vermag man sich gerade noch für die Phase eines überschaubaren, aus konkreter Arbeit bestehenden Projekts als authentisch empfinden. Sobald es scheitert, wird man daran erinnert, dass alles Darüberhinausgehende ein persönlicher Mythos ist, der einem Authentizität nur vorgaukelt.«

»Und vom Scheitern deiner Projekte kannst du ja ein Lied singen«, meint Bigna mit schwesterlichem Spott.

»Scheitern gehört dazu. Vielleicht auch nur zu *meiner* Identität«, erwidert Reto nachdenklich. »Warum habe ich mich für Chemie begeistert, für das Experimentieren mit verschiedenen Elementen, die fortwährende Suche nach der richtigen Analyse und der richtigen Synthese? Wenn etwas nicht zusammenpasst, kann auch einmal ein Labor in die Luft fliegen. Im besten Fall entsteht etwas Neues oder man lernt etwas fürs nächste Projekt. Die Suche hört nie auf. Für mich war die Natur nie etwas Abgeschlossenes, fraglos Gutes, dessen zeitweilige Störung wieder ins Lot gebracht werden muss, sondern etwas, das auf unterschiedliche Weise interpretiert werden kann, das sich permanent verändert, das so gut wie böse sein kann, das zerstört und verbessert werden kann, das unaufhörlich genau beobachtet werden muss.«

»Trotzdem freut es dich nicht, wenn du wieder mit einem Projekt auf die Nase fällst.«

»Natürlich nicht! Wer freut sich schon, wenn er nicht weiß, wie's weitergeht?«, fragt Reto überrascht. »Aber ich dachte, wir sprächen über Identität. Und die zeigt sich bei mir von Projekt zu Projekt anders, auch wenn ich mich nicht ständig aufs Neue erfinde. Manchmal kommt es mir vor, als seien meine Projekte Etappen einer langen Reise, und es gehe mir wie Rousseau, der sagte, er fühle sich nie mehr als sich selbst als auf Reisen. Aber ich wüsste nicht, wie ich dies ausdrücken, und schon gar nicht, wie ich daraus *ein* Profil machen könnte. Aber wahrscheinlich geht es hier sowieso weniger um *die* Wahrheit, die ständig überprüft werden muss, sondern lediglich um den Stil, der bekanntlich nur sich selbst genügen muss.«

Reto schweigt. Seine Schwester schaut ihn fragend an und zieht kurz die Schultern hoch. Dann greift sie nach den Druckfahnen der neuen Werbebroschüre. Aber noch bevor sie sich wieder in ihre Arbeit vertiefen kann, klingelt es.

»Wahrscheinlich Svenja«, meint Reto und geht zur Tür.

Es ist aber Gian-Duri, Alfredos Sohn, der am Türrahmen lehnt. Wie immer braun gebrannt und die langen Haare zu einem Pferdeschwanz gebunden.

»Na, wie läuft's?«, fragt er den verdutzten Reto. »Tut mir echt leid, das mit eurem Vater. Bin schon heute runtergekommen für die Trauerfeier. Ich kann nicht zufällig bei euch übernachten?«

»Natürlich kannst du das. Ich richte dir gleich das Gästezimmer. Aber komm erst mal herein«, sagt Reto und führt seinen Cousin ins Wohnzimmer.

Bigna steht überrascht auf und umarmt Gian-Duri, ohne etwas zu sagen.

»Tut mir echt leid, das mit eurem Vater«, wiederholt Gian-Duri. »Super, dass ich bei euch übernachten kann. Kann ich meinen Wagen in der Garageneinfahrt stehen lassen?«

»Aber sicher«, meint Reto. »Wir gehen heute Abend zusammen mit Svenja und Oskar in einem Restaurant in der Nähe essen. Du begleitest uns doch?«

»Geht leider nicht«, bedauert Gian-Duri. »Muss noch was erledigen, wenn ich schon wieder mal in der Stadt bin. Komme gegen elf wieder. Dann seid ihr sicher auch vom Essen zurück.«

Nachdem Gian-Duri gegangen ist, sagt Reto: »Eine schöne Überraschung. Alfredos missratener Sohn kommt tatsächlich zu Vaters Trauerfeier.«

»Das hätte ich auch nicht gedacht«, sagt Bigna. »Aus einem unbekannten Grund habe ich ihn immer gerngehabt. Er machte immer, was er wollte. Und was heißt missraten? Er kann doch nichts dafür, dass ihn sein Vater schon früh in die Rolle des Hoteliers drängen wollte, um die Familientradition fortzuführen. Wer weiß, ob wir in dieser Situation nicht auch demonstrativ die Freiheit gesucht hätten. Und dann hat Gian-Duri halt die Freiheit gleich so übertrieben ausgekostet, dass er sich für gar nichts mehr entscheiden konnte. Allenfalls noch für einen neuen Sportwagen oder den Besuch einer neuen Disco.«

»Du siehst immer gleich das Opfer, wenn jemandem etwas zugemutet wird. Unser lieber Cousin musste sich doch nie für etwas entscheiden. Alles musste ihm stets restlos passen. Seine Wünsche mussten erfüllt werden. Nachdem sich sein Papa damit abgefunden hatte, dass er partout nicht in seine Fußstapfen treten will, hat er sich einfach nicht mehr um seinen Sohn gekümmert, sondern ihm gleich ein Leben ohne alle Verpflichtungen finanziert. Aber wer weiß, vielleicht überlegt es sich Gian-Duri dereinst doch noch anders, wenn seine ewige Jugend vorbei ist und ihm Abwechslung weniger wichtig erscheint als Ansehen. Er wäre nicht das erste Kind aus gutem Hause, dem in späteren Jahren aufgeht, wo es hingehört.«

»Trotzdem schön, dass er zur Trauerfeier unseres Vaters kommt. Findest du nicht?«, fragt Bigna und greift wieder nach dem Manuskript für die neue Broschüre.

»Ja, doch«, sagt Reto leise und lässt sie arbeiten.

»Habt ihr Streit?«, fragt Svenja, die überraschend ins Zimmer tritt. »Die Haustür stand sperrangelweit offen.«

»Ach, dieser Gian-Duri!«, sagt Reto kopfschüttelnd.

»Nein, nein, wir haben keinen Streit«, meint Bigna, ohne von ihrem Text aufzusehen. »Wir haben uns nur gerade über *Identität* unterhalten. Wir haben nur etwas unterschiedliche Ansichten.«

»Wir haben einfach nur unterschiedliche *Identitäten*!« argwöhnt Reto.

»Verstehe«, sagt Svenja schmunzelnd. »Ein heikles Thema. Da kann es schnell zu Unstimmigkeiten kommen. Wie sagt doch ein isländisches Sprichwort: Die eigenen Fürze riecht man gerne.«

»Mach dich nur lustig über uns«, sagt Reto lächelnd. »Dir als Künstlerin bleiben viele Probleme mit der Selbstverwirklichung erspart. Du musst dich nicht ständig fragen, was gekünstelt ist.

Du gehst in deiner Arbeit auf und kannst dich mit ironischer Distanz aus allem herauszuhalten.«

»Von wegen! Eher habe ich das Gefühlt, mich in alles einmischen zu müssen. Das ist nicht immer angenehm«, echauffiert sich Svenja. »Und wenn ich an die letzten Tage denke, hat mich die Arbeit eher mitgenommen, als dass ich in ihr aufgegangen wäre. Am Donnerstag eine fast handgreifliche Auseinandersetzung mit meiner Galeristin, die einfach nicht begreifen wollte, dass die Skulptur so stehen muss, dass alle sie von überall sehen können. ›So viel Platz, nur für dich!‹ sagte sie immer wieder. Ob ich wüsste, was sie das koste. Am Freitag dann erklärte mir mein Ex, dass er drei Wochen nach Montreal müsse, weil dort ein Werk von ihm in einem Museum ausgestellt werde. Stellt euch vor, wegen einer einzigen Skulptur, gerade mal 20 Zentimeter hoch, will er sich für drei Wochen verabsentieren. Und heute noch eine Auseinandersetzung mit meinem Söhnchen Eduardo, das einfach nicht einsehen will, dass es noch zu klein ist für eine *Smartwatch*. Er zählte mir mehrmals auf, wer in seinem Kindergarten schon so ein Ding hat. Ich hoffe nur, sein Vater kommt nicht auf die Idee, ihm eine solche Wunderuhr zu schenken. Wenigstens scheint Tom zur Einsicht gekommen zu sein, dass seine Anwesenheit in Montreal doch nicht so dringend ist. Als er den Kleinen vorhin abholte, meinte er, vielleicht könne er auch mittels eines dieser Tools für virtuelle Zusammenarbeit beim Aufstellen seines Werkes und bei der Vernissage dabei sein. Langweile ich euch mit meinen Problemen?«

»Nein nein«, sagt Bigna. »Übrigens, wir haben für heute Abend einen Tisch in einem Restaurant in der Nähe reserviert. Mein Mann wird auch kommen. Ihr kennt euch ja noch nicht. Ich habe Oskar schon viel von dir erzählt.«

»Kommt Oskar noch hierher oder treffen wir uns direkt im Restaurant?«, will Reto wissen. »Dann müssten wir ihn noch informieren, wo und wann.«

»Gut, dass du mich daran erinnerst«, sagt Bigna, kramt ihr Handy aus der Jackentasche und informiert ihren Mann.

Oskar sitzt bereits am Tisch und ist mit seinem Smartphone beschäftigt, als die anderen eintreffen. Er steht auf und umarmt seinen Schwager. Er sagt nur: »Lange nicht gesehen. Dass es jetzt diese traurige Gelegenheit sein muss.« Svenja begrüßt er förmlich mit einem Händedruck. Erst als er sich wieder gesetzt hat, wendet er sich Bigna mit der Frage zu: »Konntet ihr alles erledigen?«

»Soweit ich sehe, ist alles erledigt«, antwortet diese, zuerst mit einem fragenden Blick zu Reto, dann zu Svenja.

»Und konntest du die Druckfahnen für die neue Werbebroschüre bereits durchsehen?«

»Ich habe damit begonnen«, erwidert Bigna, bereits in die vor ihr liegende Speisekarte vertieft.

Auch die anderen beginnen, die Karte zu studieren.

»Ich nehme an, du nimmst etwas aus der vegetarischen Abteilung«, sagt Oskar amüsiert zu Svenja.

»Lass dich nicht von ihren grünen Haaren täuschen«, sagt Bigna unbeteiligt.

»Und welche Menüwahl hättest du vermutet, als Svenja die Haare noch blau trug?«, schiebt Reto grienend nach.

Als hätte sie nichts gehört, verkündet Svenja: »Ich nehme die geschmorte Kalbshaxe mit Steinpilzrisotto. Und wofür habt ihr euch entschieden?«.

Nachdem alle dem Kellner ihre Wahl mitgeteilt haben, beginnt Oskar in der voluminösen Weinkarte zu blättern. Schon nach wenigen Seiten wendet er sich zu Reto: »Wie mir Bigna gesagt hat, arbeitest du an einer App, die einem die Qual der Wahl künftig abnehmen soll. Ich nehme an, die App funktioniert ähnlich wie jene aus deinem letzten Projekt, die Empfehlungen machen sollte, welches Parfum in einer bestimmten Situation am besten zum individuellen Geschmack passt.«

»Das war Retos vorletztes Projekt«, bemerkt Svenja.

Noch bevor sie weitersprechen kann, schaltet sich Reto ein: »Damals hatte ich einfach übersehen, dass der Duft eines Parfums aus dem Kontakt mit der Haut einer bestimmten Person entsteht. Und dieser Kontakt wird sich chemisch nie eindeutig erfassen lassen. Struktur und pH-Wert der Haut spielen eine Rolle, Alter und Essgewohnheiten, Tageszeit und Temperatur und so weiter, eben die ganze Person in ihrer Individualität in einer spezifischen Situation.«

»Und dein letztes Projekt?«, will Oskar wissen.

»Da ging's ums Metaversum, also die Vereinigung der verschiedenen Handlungsräume des Internets zu *einer* Wirklichkeit. Auch hier ist das Problem die Simulation von sinnlicher Wahrnehmung jenseits des Audiovisuellen. Beim Tastsinn ist man schon relativ weit. Die große Herausforderung sind Riechen, Duften und Schmecken. Wir experimentierten mit Chemikalien, deren Freisetzung in kleinsten Mengen auf der Haut Gefühle von Kitzeln, Kühle oder Taubheit verursacht. Es scheint zu funktionieren,aber die Dosierung ist sehr schwierig und auch die auf den ersten Blick einfach erscheinende Herstellung der Vorrichtungen, mit denen die Chemikalien freigesetzt werden.«

»Und an diesen Schwierigkeiten scheiterte das Projekt?«, fragt Oskar ungläubig.

»Nicht nur. Vielleicht überhaupt nicht. Sondern am zur Lösung dieser Schwierigkeiten erforderlichen Zeitaufwand, der an die Ewigkeit grenzt.«

»Aber die Bestimmung eines Weins, der in einer bestimmten Situation zum individuellen Geschmack passt, ist in absehbarer Zeit möglich? Wie mir Bigna gesagt hat, seid ihr im Moment noch in den Anfängen, die App könne gerade mal so viel, wie ein guter Sommelier. Das ist doch schon mal etwas.«

»Aber das wollen wir ja gar nicht«, winkt Reto ab.

»Was wollt ihr denn?«

»Auch jenen den richtigen Wein empfehlen, die nicht die geringsten Weinkenntnisse besitzen, die weder ein durch Erlernen und Übung differenziertes Geschmacksempfinden noch ein differenziertes Vokabular zur Erfassung von Nuancen haben, und auch kein Sensorium und keine Sprache für den Geschmack unterschiedlicher Speisen. Die einzigen Voraussetzungen sind, dass sie Wein trinken, und, bevor sie einen Wein auswählen, ein paar Fragen beantworten, und, nachdem sie ihn getrunken haben, eine Bewertung von eins bis zehn abgeben. Und je öfter sie dies tun, desto mehr lernt die App über sie und desto bessere Empfehlungen kann sie machen.«

»Dann funktioniert sie am besten bei Alkoholikern«, meint Oskar und bringt damit Bigna und Svenja zum Lachen.

»Das ist nicht lustig«, sagt Svenja aber sofort und, zu ihrem Freund gewandt: »Erklär ihnen doch, woran du arbeitest.«

»Also, zuerst analysierten wir eine Vielzahl von Weinen auf ihre chemischen Inhaltsstoffe. Dann ließen wir mehrere Hundert Testpersonen, worunter auch versierte Sommeliers, die Weine testen und ihren Geschmackseindruck beschreiben. Die Beschreibungen ließen wir danach von einer Software auf auffällige Muster überprüfen, wobei sich herausstellte, dass die alltagssprachlichen Beschreibungen Muster aufwiesen, die der chemischen Struktur der Weine viel näherkamen als das differenzierte Vokabular der Sommeliers. Zugleich entdeckten wir, dass sich in diesen exakteren Beschreibungen eine relativ geringe Zahl von Ausdrücken, wie etwa Tabak, Schokolade oder Pfeffer finden, die besonders häufig auftauchen, und die zudem, einzeln oder in Kombination, typisch sind für einzelne Muster. Damit die App den individuellen Weingeschmack feststellen und eine entsprechende Weinempfehlung machen kann, scheint es darum zu genügen, dass man ihr mitteilt, welche der rund zehn Düfte man mag, welche eher nicht und welchen man gleichgültig gegenübersteht. Aber das ist nur der Anfang. Nun müssen wir noch herausfinden, wie diese Geschmacksmuster mit jenen der Speisen zusammenhängen und wie mit der speziellen Situation, in der gegessen und getrunken wird. Dazu lassen wir wiederum viele Testpersonen ihren persönlichen Wein zu verschiedenen Speisen trinken, einmal im Haus, einmal im Freien, einmal allein, einmal in Gesellschaft. Auf den ersten Blick unendlich viele Möglichkeiten und Kombinationen. Aber wir erwarten auch hier eine beschränkte Zahl relevanter Faktoren, die die Sache vereinfachen, sodass man der App dann nur noch sagen muss, man sitze mit Freunden im

Gartenrestaurant und habe eine Kalbshaxe mit Steinpilzrisotto bestellt – und die Weinempfehlung kommt.«

»Und wenn die Freunde nun einen ganz anderen persönlichen Weingeschmack haben oder zwar denselben Weingeschmack, aber verschiedene Speisen auswählen?«, wirft Svenja ein und fährt lachend fort: »Damit *wir* heute noch zu unserem Wein kommen, würde ich vorschlagen, dass Oskar sich nochmals kurz in die Weinkarte vertieft und uns einige Empfehlungen macht, über die wir dann gemeinsam abstimmen.«

Oskar blättert weiter in der Karte und macht dann drei Vorschläge. Nachdem sich die vier geeinigt und ihren Beschluss dem Kellner mitgeteilt haben, fragt Bigna ihren Bruder: »Was ist denn eigentlich aus diesen *Self-enhancement*-Apps für Sportler geworden, die du anfänglich entwickelt hast?«

»Sobald Apps wie diese funktionierten, haben wir sie patentieren lassen und die Patente verkauft. Das rentierte sich. Die meisten der Apps wurden aber nie produziert.«

»Und warum, glaubst du, wurden sie nie produziert?«, fragt Oskar mit leicht spöttischem Blick.

»Wahrscheinlich, weil mit zu wenigen Käufern gerechnet wurde. Das zeigt sich auch in der personalisierten Medizin, wo Apps, die den Körper des Einzelnen genauer beobachten, zur Anwendung kommen: unter dem besonderen Individuum wird hier nur verstanden, was zu einer genug großen, von der Norm abweichenden Gruppe gehört, für die die Entwicklung einer Therapie oder eines Medikaments gewinnversprechend ist.«

»Stimmt leider«, stellt Oskar fest.

»Obwohl es für deine Wein-App sicher genug Interessenten gäbe, ist es wohl nicht gleich einfach, damit schnell Geld zu verdienen«, meint Bigna.

»Ganz im Gegenteil«, sagt Reto zum Erstaunen aller. »Die App wird auch in ihrem jetzigen Zustand bereits rege genutzt.«

»Wie das?«, will Oskar wissen.

»Schon als wir das erste Mal von unserem neuen Projekt berichteten, traten Weinhändler und später auch Winzer an uns heran, die großes Interesse zeigten. Schon jetzt gelingt es uns ja, viel genauer zu bestimmen, was die potenziellen Kunden aufgrund ihres in jedem Segment durchschnittlichen Geschmacks eigentlich wollen. Die Verkäufer können also ihr Angebot darauf ausrichten. Und die Winzer können die Kundenwünsche in ihre Mischentscheidungen einfließen lassen und ihren Anbau auf die am meisten nachgefragten Traubensorten umstellen. Das sind große Wettbewerbsvorteile, für die gerne etwas bezahlt wird.«

»Sogar der Wein wird manipuliert, damit die Kunden glauben, sie hätten die beste Wahl für ihren ganz persönlichen Geschmack getroffen«, sagt Bigna gespielt entrüstet.

»Das ist doch nichts Besonderes«, wendet Svenja ein. »Eine Warenhauskette, die ihren Kundinnen eine Kundenkarte andreht unter dem Vorwand, damit künftig von Exklusivangeboten profitieren oder auch nur ein wenig sparen zu können, macht doch nichts anderes. Die Kunden lassen sich dann genauer überwachen und das Angebot wird entsprechend angepasst. Die meisten von uns lassen sich täuschen, wenn ihnen versprochen wird, als etwas Besonderes behandelt zu werden.«

»So ist es«, meint Reto mit einem Blick, als sei dies nicht bereits allen hinreichend klar. »Die algorithmischen Beobachtungssysteme, die das Subjekt in seiner Besonderheit zu erfassen versuchen, basieren just auf dieser Einsicht. Es werden möglichst viele Daten gesammelt, um herauszufinden, was der besondere Einzelne besonders gerne hat, gehe es nun um die personalisierte Wein-, Kleider- oder Buchhandlung. Immer werden individuelle Besonderheiten zu erfassen und darin spezielle Muster zu erkennen versucht. Und im auf diesen Mustern basierenden Angebot glaubt dann jeder, sich selbst in der großen Menge als besonders zu entdecken. ›Woher haben die gewusst, wie besonders ich bin?‹ fragt er sich so verwundert wie stolz. Er hat zwar nicht das Gefühl völliger, aber genug großer Einzigartigkeit, dass er sich täuschen lässt. Er kauft dann *seinen* Wein, *seine* Jeans, *sein* Buch. So einfach ist das.«

Oskar lacht. »Und unter welchem Namen verkauft sich diese doppelbödige Wein-App denn jetzt schon so gut?«, will er wissen. »Ich könnte sie mir ja in ihrem jetzigen Zustand der Vollendung auch anschaffen, um ein besserer Hobby-Sommelier zu werden.«

»Sie hat erst einen provisorischen Namen. Wir nennen sie *ABPWGAU+*, die Abkürzung für *Applikation zur Bestimmung des persönlichen Weingeschmacks unter allen Umständen.«*

»Ist das nicht zu sperrig? Und wofür das +?«, fragt Bigna.

»Sperrig?«, fragt Reto zurück. »I wo! Solche Abkürzungen sind mittlerweile gang und gäbe. Und das + soll einfach andeuten, dass wir noch lange nicht alle Umstände erfasst haben.«

Während Svenja sagt, »manchmal kommt mir mein Reto vor, als arbeite er an einer Weltkarte im Maßstab 1:1«, kommt der Kellner in Begleitung von zwei anderen Weißbeschürzten. Die drei jonglieren mehrere Teller. Als alle Teller am richtigen Platz sind, beginnt der Kellner behutsam, den Wein zu entkorken. Er riecht am Zapfen und nickt. Dann fragt er, wer probieren möchte. Oskar weist auf Bigna, die dann beim Degustieren gar nicht weiß, wie oft sie noch riechen und den Geschmack des Weines im Gaumen prüfen will. Als sie endlich zustimmend nickt, sind alle erlöst und Svenja sagt, schon im Begriff ihre Haxe anzuschneiden: »Lassen wir es uns *schmecken*. Bis auf Weiteres ein Privileg von uns Menschen.«

Nach den ersten Bissen, als alle die Zufriedenheit mit ihrer Menüwahl mit Blicken und Gesten hinreichend kundgetan haben, hebt Oskar das Glas: »Auf Retos Wein-App!« Noch bevor alle ihr Glas erhoben haben, sagt Bigna mit tadelndem Blick zu ihrem Gatten: »Auf unseren Vater!« Worauf alle andächtig anstoßen und wortlos weiteressen.

Erst als sie mit essen fertig sind, unterbricht Oskar die leicht angespannte Stille mit der Frage an Svenja: »Und du bist also Künstlerin?«

Gerade als Svenja zur Antwort ansetzt, kommt der Kellner wieder und beginnt, nachdem er alle einzeln gefragt hat, ob es ihnen geschmeckt habe, den Tisch abzuräumen. Alle schauen schweigend zu, bis die letzte Brotkrume entfernt ist. Dann erst erwidert Svenja: »Ja. Ich bin Künstlerin. Und du sollst Arzt sein, wie Bigna?«

»Wir führen zusammen die Praxis *Kinderwunsch*«, antwortet Oskar und richtet sich dabei etwas auf.

»Und was macht ihr da so?«, fragt Svenja, als würde ihr der Name noch nichts sagen.

»Heute können sie sogar lesbischen Paaren zu einem Kind verhelfen, und sie warten nur darauf, dass dies bald auch für männliche Paare möglich ist«, kommt Reto seinem Schwager mit einer Antwort zuvor.

»Das ist noch Zukunftsmusik«, sagt Oskar belehrend, bevor er zu Svenja gewandt ausholt. »Grundsätzlich wollen wir nur, ganz ähnlich wie Reto mit seinen Projekten, der Natur etwas nachhelfen. Wenn etwas beim Kindermachen auf natürliche Weise nicht funktioniert, können wir das möglicherweise mit unseren Methoden ausbessern. Zu Beginn boten wir nur Behandlungen an, die die Krankenkasse bezahlt. Dazu gehören Abklärungen, warum es mit der Schwangerschaft nicht klappen will, stimulierende Therapien mit Medikamenten und die Samenspende mit Spermien des Partners. Als die Nachfrage stieg und wir sahen, dass Paare mit einem innigen Kinderwunsch keine Kosten scheuen, nahmen wir dann auch die In-Vitro-Fertilisation und die Samenspende mit Sperma fremder Spender in unser Angebot auf. Diese Art der Samenspende war bis vor Kurzem heterosexuellen Paaren vorbehalten. Wenn lesbische Paare oder alleinstehende Frauen mit einem Kinderwunsch an uns herantraten, verwiesen wir sie an Kliniken im Ausland, wo liberalere Gesetze herrschen. Zum Glück haben nun auch lesbische Paare Zugang zur Samenspende. Will aber eine alleinstehende Frau eine Samenspende oder braucht ein Paar eine Eizellspende, müssen wir sie nach wie vor an Kliniken im Ausland verweisen. Wir arbeiten vor allem mit einer Klinik auf Mallorca zusammen, die auf Kundschaft aus dem deutschsprachigen Raum spezialisiert ist. Auch wenn die Eizellspende bei uns noch verboten ist, dürfen wir die Nachbetreuung der behandelten Frauen übernehmen. Bei Nachfragen nach Leihmutterschaft sind wir im Moment mit Empfehlungen noch zurückhaltend, da Bigna dieser Methode skeptisch gegenübersteht.«

Oskar schaut seine Frau an, als müsste sie das angesprochene Unbehagen selbst erklären. Bigna zögert. Dann fragt sie: »Interessiert euch dieses Thema überhaupt?«

»Sehr sogar«, meint Svenja, und Reto pflichtet mit einem kurzen Nicken bei.

»Also gut«, sagt Bigna langsam. Aber noch bevor sie weiterfahren kann, tritt der Kellner erneut an den Tisch und verteilt die Karte mit den Nachspeisen. Ohne ihren Blick von den schönen Bildern mit Eisspezialitäten, Tortenstücken und anderen Süßspeisen zu nehmen, erklärt Bigna: »Bei der Leihmutterschaft geht es nicht nur um sehr viel Geld. Eine Mutterschaft ist nicht dasselbe wie der Verkauf von Samen- oder Eizellen. Zudem ist eine Schwangerschaft nie ungefährlich. Und was, wenn eine Leihmutter in der Schwangerschaft eine Beziehung zum werdenden Kind entwickelt, die es ihr schwermacht, das Kind nach der Geburt wegzugeben? Vielleicht leidet sie ein Leben lang unter dem Verlust. Darum halte ich die Begründung für das Verbot dieser Praxis für berechtigt.«

»Abgesehen davon, dass auch ein Samenspender eine väterliche Beziehung zu seinem Kind entwickeln könnte«, wendet Oskar ein, »lässt sich doch auch argumentieren, dass eine Leihmutter *so* gut verdient, dass sie oft den Weg aus der Armut findet. Die größte Leihmutterklinik in der Ukraine wirbt sogar damit, dass sich eine Leihmutter mit der Vergütung für ihre Tätigkeit ein kleines Haus kaufen kann.«

»Die Sache wäre nur schon weniger problematisch«, erwidert Bigna, »wenn das Geld vollumfänglich den betroffenen Frauen zugutekäme und nicht andere den großen Reibach machen würden.«

»Also gut, es ist ein großes Geschäft«, gibt Oskar zu. »Aber wie sieht es denn mit anderen Berufen aus, bei denen jemand seinen Körper für Geld zur Verfügung stellt? Profisportler zum Beispiel oder Models? Die setzen ihren Körper auch erhöhten

Risiken aus, werden magersüchtig, hinken im Alter, werden fettsüchtig, wenn ihre Karriere vorüber ist. Aber wie vielen Jungs aus Afrika hat der Fußball nicht schon aus der Armut geholfen? Die Vorteile scheinen immer zu überwiegen.«

»Dass du jetzt nicht gleich auch noch die Prostitution aufgeführt hast, ist alles«, empört sich Bigna.

»Sexarbeit nennen wir das heute«, sagt Oskar provozierend gelassen. »Und wollen damit betonen, dass es primär Arbeit für einen Lohn ist, und Arbeit meistens für Lohn und nicht aus Nächstenliebe geleistet wird. Da muss man gar nicht besondere Beispiele heranziehen. Wer würde schon ohne angemessenen Lohn acht Stunden am Tag auf einem Bürostuhl vor dem Bildschirm sitzen, auch wenn sein Job geistig noch so herausfordernd ist?«

Bigna schüttelt den Kopf. Und, als wäre für sie diese Diskussion beendet, macht sie dem in der Nähe stehenden und schon länger auf die Bestellung wartenden Kellner ein Zeichen. Dieser tritt mit zwei übertrieben großen Schritten an den Tisch und zückt demonstrativ seinen Notizblock.

Ohne sich abgesprochen zu haben, bestellen alle Flan Caramel.

»Das wollte ich ihnen ohnehin empfehlen«, sagt der Kellner. Warum er dann noch länger am Tisch stehen bleibt und sich ausgiebig Notizen macht, ist schleierhaft, trägt aber zur Auflockerung der angespannten Stimmung bei.

Nach einer Weile meint Reto mit Blick zu seiner inzwischen wieder versöhnt wirkenden Schwester: »Ihr seht die Reproduktionsmedizin natürlich von innen. Von außen betrachtet habe ich den Eindruck, als ginge es nur ums große Geschäft. Eine kapitalistische Industrie wie jede andere, die Bedürfnisse für ihre Angebote schafft, indem sie sie abwechslungsweise als normal, menschlich oder natürlich deklariert.«

»Oskar hat natürlich nicht ganz unrecht, wenn er keinen großen Unterschied zwischen Leihmutterschaft, Sport und Prostitution sieht«, stellt Svenja trocken fest. »Er hätte Sterbehilfe und Fitnesswahn auch noch gleich hinzunehmen können.

Seit der Neoliberalismus die Idee des Wettbewerbs von Wirtschaft und Politik auf das Individuum übertragen und jeden zum Unternehmer in eigener Sache gemacht hat, ist der Körper zu einem richtiggehenden Projekt geworden. Ihn für eine erfolgreiche Vermarktung zu pflegen, zu optimieren, ihn allenfalls auch gleich neu zu schaffen und ihn im Falle des Versagens aus dem Rennen zu nehmen, ist schon fast zur Pflicht geworden.«

»Du bemühst den Neoliberalismus etwas vorschnell«, meint Oskar gelassen. »Schon lange, bevor es die Reproduktionsmedizin gab, wurde versucht, die Launen der Natur zu überlisten. Schon im Alten Testament finden sich Beispiele dafür. Als Sarah von Abraham nicht schwanger wurde, stellte sie ihrem Mann ihre Magd Hagar zur Verfügung und er zeugte mit ihr Ismail. Und weil dies Gott gefiel, ermöglicht er Sarah später, auch noch selbst schwanger zu werden, und sie gebar Isaak. Auch die Ehe von Isaak und Rebecca war zuerst kinderlos. Erst als Isaak Gott innig um Nachwuchs gebeten hatte, machte dieser seine Ehe fruchtbar, und sie gebar die Zwillinge Esau und Jakob. Jakob hatte dann gleich zwei Frauen, Rachel und Lea. Da er aber Rachel mehr liebte als Lea, bestrafte ihn Gott mit Kinderlosigkeit. Erst nachdem Lea mehrere Söhne geboren hatte, wurde auch Rachel schwanger und gebar Josef. Davor hatte allerdings Rachel, wie einst Sarah, ihrem Ehemann ihre Magd Bilha zur Verfügung gestellt. Auch aus dieser Verbindung gingen zwei Söhne hervor. Wie du siehst, ist das Problem des unerfüllten Kinderwunsches schon sehr alt und ebenso die Versuche, es zu lösen. Dass die Ehefrau ihrem Mann den Geschlechtsverkehr mit einer anderen Frau erlaubt, damit sie selbst Mutter werden kann, entspricht einer Kombination von Eizellspende und Leihmutterschaft. Und anstatt, dass die Natur bemüht wird, war es damals einfach der Wille Gottes.«

»Ich habe gar nicht gewusst, wie bibelkundig du bist«, sagt Reto. »Aber der Rückgriff auf diese biblischen Geschichten macht die Sache auch nicht besser. Er fügt der Legitimation durch Natürlichkeit und Normalität einfach noch jene der

Gottgefälligkeit hinzu. Dabei geht es doch um das *marktgefällige* Verständnis von Begriffen wie Kinderwunsch, Mutterschaft, Familie, Glück und Gerechtigkeit. Beim Kind, das gewünscht wird, soll es sich ja um ein *eigenes*, ein *leibliches* und nicht um ein Adoptivkind handeln; die Mutterschaft, die hier gemeint ist, wurde gerade noch als eine Reduktion der Frau auf ihre Gebärfunktion kritisiert; und obwohl mittlerweile fast die Hälfte aller Familien Patchwork-Familien sind und neuerdings die Geschlechtsidentität nach Belieben gewechselt werden kann, scheint die ideale Familie für die Reproduktionsmedizin immer noch die Kleinfamilie mit zwei Elternteilen und leiblichen Kindern zu sein. Und wenn von Leihmutterschaft aus altruistischen Gründen die Rede ist, steckt doch dahinter auch nur wieder das Stereotyp der selbstlosen Frau, deren Bewusstsein von Geschlecht gerade noch so weit reicht, dass sie anderen Frauen helfen möchte; die Frau als Krankenschwester – auch wenn wir diese heute *Pflegefachperson* nennen. Aber schon in der Bibel waren die Leihmütter offenbar Mägde, die alles machen müssen, was die Herrschaften wollen. Und was könnte besser zeigen, wozu sie heute gezwungen sind als ein *Black Friday* für Leihmutterschaft, wie er kürzlich von einer Kinderwunschklinik in der Ukraine ausgerufen wurde. Ich jedenfalls sehe darin nur eine logische Konsequenz in der Entwicklung der medizinischen Fortpflanzungsindustrie, auch wenn diese ihren potenziellen Kunden noch so laut eintrichtert, es gäbe so etwas wie ein natürliches Recht auf ein Kind.«

»Das gibt es natürlich nicht«, beschwichtigt Bigna. »Diese Vorstellung ist so absurd wie jene des Designerbabys. Dem sind nicht nur rechtlich Grenzen gesetzt, es ist auch medizinisch gar nicht möglich. Und wenn sich schwerwiegende Krankheiten ausschließen lassen, dann ist das nichts anderes, als heute auch in der Pränataldiagnostik spontan gezeugter Kinder üblich ist. Schaut man sich die Zahlen künstlich gezeugter Kinder genauer an, darf man bezweifeln, dass es der Reproduktionsmedizin möglich ist, etwas als Kinderwunsch oder Mutterschaft zu proklamieren, das nur – wie du es nennst – *marktgefällig* ist. Nur bei etwa 10 % der Paare mit Kinderwunsch ist die Frau nach einem Jahr mit ungeschütztem Geschlechtsverkehr nicht schwanger. Lange nicht alle betroffenen Paare nehmen die Reproduktionsmedizin in Anspruch. Vielleicht gerade einmal eines von tausend. Aber nur etwa die Hälfte der Frauen wird nach einer Behandlung schwanger, oft erst nach mehreren Versuchen, und nur jede Dritte bringt dann auch ein Kind zur Welt. Also höchstens 3 bis 4 % aller Geburten dürften heute aus einer künstlichen Befruchtung hervorgehen. Das ist etwa der Prozentsatz, den man auch für Kuckuckskinder annimmt, also Kinder, deren Vater nicht ihr biologischer Vater ist, sondern eine verschwiegene Affäre der Mutter. Auch die Zahl der Kuckuckskinder wurde lange maßlos überschätzt, wahrscheinlich aufgrund einer Urangst des Mannes. Aber jenseits aller Ängste, Demütigungen und Hoffnungen zeigen die realen Zahlen, dass der Weg zu einem Kind mithilfe der Reproduktionsmedizin selten eingeschlagen wird. Nur wenn der Leidensdruck sehr sehr groß wird, werden die mittlerweile gut bekannten Risiken, die eine Behandlung oft begleiten, in Kauf genommen. Du weißt nicht, liebes Bruderherz, wie viele Tränen ich schon trocknen musste, wenn eine Behandlung wieder und wieder nicht anschlagen wollte, oder eine Schwangerschaft in einer Fehlgeburt endete.«

»Bei allen Zahlen und Schicksalen behält die künstliche Befriedigung des Kinderwunsches für mich etwas Paradoxes«, bemerkt Svenja.

Die Flans werden serviert. Noch mit vollem Mund fragt Oskar süffisant: »Und was erscheint dir denn so paradox?«

»Nun gut«, meint Svenja, etwas unsicher, ob sie nun ihre Nachspeise genießen oder sich auf weitere Diskussionen einlassen soll, »es scheint mir eine ganze Reihe von Widersprüchen zu geben.«

»Die da wären?«, fragt Oskar im selben herablassenden Ton.

»Gerade in einer Zeit, in der die Biologie nichts mehr bedeuten soll, wenn es um die Wahl des Geschlechts geht, wollen sich die Menschen so fortpflanzen, dass Kinder mindestens noch zum Teil biologisch von ihnen abstammen. Das entspricht aber nur der widersprüchlichen Auffassung von Natur, die heute vorherrscht. Da wird von einer Natur gesprochen, deren ursprünglicher Zustand erhalten und wiederhergestellt werden soll, der auch zuweilen nachgeholfen werden muss, aber sobald diese Natur den eigenen Vorstellungen und Interessen einmal zuwiderläuft, wird das als nicht ebenso natürlich empfunden. Jede Einschränkung gilt dann als Kränkung oder gleich als Krankheit, die mit allen Mitteln bekämpft werden muss.«

»So gesehen könnte die moderne Medizin nur noch wenige Krankheiten behandeln«, sagt Oskar kopfschüttelnd. »Je mehr Krankheiten wir behandeln können, desto mehr verändert sich unser Verständnis des Körpers. Man kann auch sagen: Der Körper, der wiederhergestellt werden soll, ist angesichts jedes medizinischen Fortschritts ein anderer. Zudem ist es so, dass Menschen schon immer versucht haben, die Natur in ihre Schranken zu verweisen, sei es nun mit Magie oder der etwas effektiveren modernen Medizin. Du hättest wohl auch nichts gegen die Entfernung eines Hirntumors, wenn dir dies noch viele Jahre deines Lebens ermöglicht, oder gegen ein neues Hüftgelenk, das dir im Alter Schmerzen erspart und deine Mobilität aufrechterhält.«

»Ist das Einsetzen einer Hüftprothese tatsächlich dasselbe wie eine künstliche Befruchtung? Gibt es keinen Unterschied zwischen der Erhaltung von Leben und Lebensqualität und dem Zeugen eines Kindes? Kann hier überhaupt von *Zeugen* gesprochen werden?«

Oskar bemerkt nur trocken: »Die Weltgesundheitsorganisation *WHO* jedenfalls sieht in ungewollter Kinderlosigkeit schon seit den 1960er-Jahren eine Krankheit.«

»Die Frage ist doch«, fährt Svenja unbeirrt fort, »wer definiert, was gesund und was krank ist? Nur medizinische Institutionen? Und nach welchen Gesichtspunkten? Sicher schon lange nicht mehr nach dem ärztlichen Grundsatz ›Vor allem nicht Schaden‹. Ist Kurzsichtigkeit eine Krankheit? Oder die Neigung zu Übergewicht, das bekanntlich viele Krankheiten nach sich zieht? Oder einfach alles, wofür es eine Therapie gibt? Oder gar nur, wofür es eine *lukrative* Therapie gibt? Und wo wird die sinnvolle Heilkunst zur fragwürdigen Optimierung? Wachstumshormone, die man kleinwüchsigen Kindern gibt, wirken auch bei Kindern ohne Defizit. Muss sich die Natur den Möglichkeiten ihrer Optimierung anpassen? Und ist es dasselbe, wenn Erwachsene sich selbst optimieren oder wenn sie es bei ihren Kindern tun?«

»Es gibt Grenzen, es gibt den gesunden Menschenverstand und dann ist da noch die ärztliche Expertise«, antwortet Oskar. »Zum Glück ist die Medizin auch im Zeitalter von Dr. Google noch kein Selbstbedienungsladen, in dem sich jeder mit den ihm sinnvoll erscheinenden Behandlungen eindecken kann. Wir Ärzte und Ärztinnen kennen uns in unseren Fachgebieten aus und raten auch oft von einer Behandlung ab.«

»Oft mag es nur um Ermessensfragen gehen«, sagt Svenja. »Aber wenn im Kinderwunsch ein existenzielles Bedürfnis und in dessen Befriedigung ein wichtiger Beitrag zur persönlichen Identität gesehen wird, dann kann auch ein noch so gut begründeter ärztlicher Rat schnell als Angriff auf die Identität empfunden werden. Um es gar nicht so weit kommen zu lassen, wird dann die reproduktive Autonomie der Frau hochgehalten. Aber wo könnte es eine größere Einmischung von Dritten geben als in der Reproduktionsmedizin?«

Oskar sagt nur: »Die reproduktive Autonomie wird nicht von uns Ärzten *hochgehalten*, sie steht im Gesetz. Zudem wurde sie bereits in den 1960er-Jahren von der *UNO* als Menschenrecht anerkannt.«

»Wenn du im Begriff der reproduktiven Autonomie einen Widerspruch siehst«, ergänzt Bigna, »spiegeln sich darin wahrscheinlich nur zwei alte, sich widersprechende Tendenzen im Feminismus. Geht's um die Erweiterung der weiblichen Selbstbestimmung, um sich über bestehende Schranken hinwegzusetzen und sich selbst verwirklichen zu können, oder um den Abbau oder die Verhinderung zusätzlicher Schranken, innerhalb derer Frauen nicht oder nicht zusätzlich instrumentalisiert werden?«

Oskar nickt zustimmend und ergänzt: »Generell zeigen sich doch in den Widersprüchen und Problemen der Reproduktionsmedizin nur die Widersprüche und Probleme unserer Gesellschaft insgesamt.«

»Meine Rede«, stellt Reto befriedigt fest.

Worauf Oskar sofort zu bedenken gibt: »Aber fast nirgends sind die Gesetze heute so klar und einschränkend wie für die Reproduktionsmedizin und fast nirgends werden zur Anpassung dieser Gesetze an den medizinischen Fortschritt und den gesellschaftlichen Wandel ethische Fragen so ausgiebig diskutiert wie in diesem Bereich. Wie überall, wo eine neue Technologie aufkommt, gab es anfänglich Wildwuchs. Oft stellten sich Ärzte gleich selbst als Samenspender zur Verfügung, eine Auskunftspflicht gegenüber künstlich gezeugten Kindern gab es nicht und Ärzte verpflichteten die Eltern sogar, ihre Kinder über ihre wahre Herkunft *nicht* zu informieren. Heute ist allen bewusst, dass das Wissen um die genetische Herkunft ein wichtiger Puzzlestein in unserer Identität ist. Sogar in der Kinderrechtskonvention der *UNO* ist festgehalten, dass Kinder das Recht haben zu erfahren, wer ihre biologischen Eltern sind. Viele Vorurteile mögen noch von den fragwürdigen Verhaltensweisen in den Anfängen herrühren. Mittlerweile ist aber alles streng geregelt und über allem steht das Kindeswohl.«

»Und?«, fragt Svenja, »fühlen sich die Eltern durch das Auskunftsrecht des Kindes auch wirklich zur Aufklärung über seine Herkunft verpflichtet?«

»Tatsächlich«, erklärt Oskar, »hat sich bis heute nur ein verschwindend kleiner Teil der betroffenen Kinder *offiziell* nach ihrem Erzeuger erkundigt. Aber das dürfte einfach von der mittlerweile sehr guten Aufklärung herrühren. Eine neuere Studie hat ergeben, dass heute mit 16 Jahren mindestens zwei Drittel der Kinder und bei Volljährigkeit fast alle aufgeklärt sind. Eine andere Studie zeigt, dass sich die Aufklärung weder auf das betroffene Kind noch auf das Eltern-Kind-Verhältnis negativ auswirkt, im Gegensatz zur zufälligen Entdeckung, die zu Enttäuschung und Misstrauen führen kann. Dem Kindeswohl scheint also in dieser Hinsicht Genüge getan. Und wenn man bedenkt, dass neueste Studien kaum noch Unterschiede in der physischen und der psychosozialen Entwicklung zwischen spontan und künstlich gezeugten Kindern zeigen, kann man sich fragen, ob das Kindeswohl überhaupt noch der geeignete Aufhänger für das Fortpflanzungsgesetz ist, und ob nicht die Freiheit der Person, sich mit der Erfüllung des Kinderwunsches selbst zu verwirklichen, höher gewichtet werden sollte. Solche Überlegungen werden mittlerweile auch in den zuständigen Ethikkommissionen angestellt. Und …«

»Hab ich's mir doch gleich gedacht«, unterbricht Reto seinen Schwager. »Diese Ethikkommissionen dienen vor allem dazu, die immer größer werdende Machbarkeit zu verfolgen und die gesetzliche Liberalisierung vorzubereiten. Und ihre Argumentation kommt vielfach nicht über den Hinweis hinaus, dass es die anderen schon tun. Die Moral des Schulhofs!«

»So würde ich das nicht sagen«, erwidert Oskar, der, wie schon während seines langen Vortrags, weiter mit dem Kaffeelöffel in der Luft herumfuchtelt. »Ohne Grenzüberschreitungen kein wissenschaftlicher Fortschritt und ohne Liberalisierung kein Nutzen des Fortschritts für alle. Und ist es nicht besser, wir regeln die ohnehin stattfindenden Entwicklungen in unseren eigenen Gesetzen? Damit können wir wenigstens allzu großen Missbrauch verhindern, der zu erwarten ist, wenn wir sie nur wirtschaftlichen Interessen überlassen. Es ist nun mal nicht einfach, aus den Widersprüchen herauszukommen. Es sei denn, wir folgen gleich jenen Nachhaltigkeitsaposteln, die zur Rettung des Planeten ganz auf Kinder verzichten wollen. Die Probleme abzuschaffen, erfordert keine Ethik.«

»Jetzt ist aber genug«, sagt Bigna mit tadelndem Blick in Richtung der beiden Männer. Und demonstrativ zu Svenja gewandt: »Du wolltest doch wissen, was wir in unserer Praxis machen. Also gerade den Auftrag zur Beratung nehmen wir *sehr* ernst. So beantworte ich nicht nur die Fragen der meist etwas verunsicherten Paare. Ich versuche auch, auf Dinge hinzuweisen, die sie in ihrer auf den Kinderwunsch eingeengten Sicht oft übersehen. Neben den Hinweisen auf die Gesetzeslage und die aktuellsten Studien und Diskussionen versuche ich auch immer, mich persönlich einzubringen – spätestens seitdem ich einmal gefragt wurde, ob ich selbst auch Kinder hätte. Ich beginne behutsam. Schildere die unterschiedliche Ausgangslage für Mann und Frau. Dass die biologische Uhr bei der Frau im Gegensatz zum Mann ab Mitte 30 immer schneller tickt. Dass wir jedoch in unserer Praxis nur in Ausnahmefällen Paare behandeln, bei denen die Frau über 40 ist. Natürlich frage ich auch, was bisher unternommen wurde, um schwanger zu werden, und nicht selten empfehle ich einen weiteren Versuch, auf natürlich Weise schwanger zu werden. Zudem versuche ich herauszuhören, ob die vom Gesetz geforderten stabilen Verhältnisse gegeben sind, ob der Kinderwunsch nur einseitig ist oder ob das Paar mit dem Kind bloß eine Beziehungskrise überwinden möchte. Bei diesen Punkten tue ich mich oft schwer. Denn es ist mir natürlich auch bewusst, dass bei jeder Art der Zeugung stabile Verhältnisse durch ein Kind auch erst entstehen können. Oder dass auch bei einer ungewollten Schwangerschaft ein Paar zu den besten Eltern werden kann, vielleicht noch zu besseren als jene, die das Kind mit Liebe überschütten, weil sie ihm genau das Maß an Liebe geben, das es braucht. Und kommt nicht oft nach Jahren zur Sprache, dass im Moment der Zeugung eigentlich kein Einklang puncto Kinderwunsch bestand? Und wie mancher Mann, von dem man es gar nicht erwartet hätte, blüht erst richtig auf als Vater.«

»Das macht die neue Wahrnehmung durch das Kind«, wirft Svenja ein.

»Welche neue Wahrnehmung?«, fragt Bigna verwundert.

»Das muss man erlebt haben. Ein Kind macht die Sinne schärfer, ausdauernder, aufmerksamer, kritischer. Eigentlich seltsam, wird man doch gleichzeitig auch gelassener, geduldiger, pragmatischer, toleranter, fürsorglicher, zärtlicher. Mir hat es viel gegeben, vielleicht wurde ich dadurch erst zur richtigen

Künstlerin, zu einer, die mit dem neuen Sensorium noch besser etwas finden kann. Bei Männern fällt dieser neue Zustand übrigens besonders auf, weil man es bei ihnen eigentlich nicht erwartet. Tom ist ein typisches Beispiel. Aber auch wenn Reto einen Nachmittag mit Eduardo gespielt hat, kommt er mir vor, als sei der aufmerksame Vater aus ihm herausgekommen.«

Bigna schaut Oskar fragend an und fährt dann fort: »Im Beratungsgespräch wahrscheinlich am wichtigsten für unsere Klientinnen und Klienten ist meine Schilderung, warum ich selbst keine Kinder habe. Wahrscheinlich ist es weniger die geschilderte Alternative zu einem Leben mit Kind, die das Paar als Anstoß für eine nochmalige Vergewisserung seines Kinderwunsches nimmt, sondern dass ich mich in dieser intimen Angelegenheit entblöße und ihnen dadurch besonders nahekomme. Ich erzähle ihnen, dass ich durchaus auch einen Kinderwunsch verspürte, aber, als die Zeit zu drängen begann, mir eingestehen musste, dass mir ebenso viel an meinem anspruchsvollen Beruf lag. Ich erwähne auch, dass ich eine gute Mutter sein wollte, wenigstens eine, die sich mehr Zeit nimmt für ihre Kinder als meine eigene Mutter.«

Reto unterbricht seine Schwester und fragt Oskar: »Und *du* wolltest nicht etwas kürzertreten?«

»Nein, wollte ich damals nicht. Lass Bigna weitererzählen.«

»Ich gestehe meinen Klientinnen und Klienten auch, dass ich einen Moment lang an die Eizellvorsorge gedacht habe, bei der Eizellen für eine spätere Befruchtung eingefroren werden. Dass mich dann aber der Gedanke an die vertagte Mutterschaft täglich heimsuchte und mir einen Vorgeschmack davon gab, wie unwirklich sich mein weiteres Leben bis zur Befruchtung einer Eizelle anfühlen könnte. Ich legte also meinen Kinderwunsch nicht auf Eis, sondern verabschiedete mich von ihm und betrachtete mich fortan als selbstbestimmt und glücklich kinderlos, oder kinderfrei, wie es korrekter heißen müsste, da ich überhaupt kein Defizit empfinde. Kinder und Mutterschaft gehören definitiv nicht zu meiner Identität. Ich hoffe unseren Klientinnen und Klienten sowohl verständlich zu machen, dass

Kinder kein Ersatz für eine Karriere sind, dass sich auch ohne Kinder glücklich leben lässt, und dass eine authentische Identität auch in der Einsicht bestehen kann, wann etwas endgültig vorbei ist. Jede zeitliche Beschränkung, nicht nur der Tod, legt einem doch die Fragen nahe, was man kann, was man will, wer man sein will. Nicht nur die Wunscherfüllung trägt zu unserer Identität bei, auch der Zeitdruck, der uns zwingt, nach unserer Identität nicht nur angesichts des Wollens und Wünschens zu fragen, sondern auch angesichts des Könnens. Der Zeitdruck wirkt wie eine Lupe, die aufs Wesentliche fokussiert und zu realistischen Entscheidungen führt. Weiter erzähle ich unseren Klientinnen und Klienten, dass wir die Entscheidung gegen ein Kind gemeinsam gefällt haben und dass mich mein Mann nicht in die eine oder andere Richtung gedrängt hat, weil für ihn auch der Beruf und unsere Beziehung im Vordergrund gestanden hätten und er keinen besonders starken Kinderwunsch verspürte, vielleicht diesbezüglich sogar etwas unsicher gewesen sei.«

»Dazu muss man wissen«, unterbricht Oskar seine Frau und wendet sich Svenja zu, »dass meine eigene Kindheit nicht gerade ideal verlief. Meine Eltern kamen bei einem Eisenbahnunfall ums Leben und ich wuchs bei Pflegeeltern auf, die es sicher gut mit mir meinten, aber für die ihr Engagement für mich in erster Linie religiöse Pflichterfüllung war. Sie waren Mitglieder einer Freikirche und hielten sich ebenso strikt an religiöse wie an weltliche Gebote und erzogen mich in diesem Sinn. Ihre elterliche Liebe war sehr kontrolliert und wenig fühlbar. Erst als ich an die Uni kam, wurde mir bewusst, was ich auch noch brauchte: ein Gefühlsleben und vor allem Freiheit. Die kostete ich dann weidlich aus, bis ich nach dem Studienabschluss in einem Forschungsteam eine Art Familie fand, in der ich mich auch emotional wohlfühlte. Vor allem die gemeinsame Suche im Rahmen unserer wissenschaftlichen Projekte verband uns. Eine richtige Familie war es aber nicht. Vielleicht rührt eine gewisse Unsicherheit in Sachen Familie von daher.«

»Wie es weitergeht in unserer Praxis, wenn sich das Paar für ein Kind entschieden hat, kann dir am besten auch gleich Oskar erzählen«, sagt Bigna.

»Ich hatte einen strengen Tag und bin schon etwas müde«, sagt Svenja und verkneift sich ein Gähnen. Und ihr Blick zu Reto scheint zu fragen, ob sie nicht nächstens den Heimweg antreten sollten. Sie fragt dann aber: »Ist das Kinderkriegen tatsächlich nur noch eine Frage des Wünschens und Wollens? Eine Entscheidung?«

»Heute schon«, antwortet Bigna. »Wahrscheinlich schon für die Generation unserer Eltern. Für deren Eltern möglicherweise noch nicht. Damals gehörte es einfach zur Rolle von Frau und Mann und geschah auch oft ungewollt oder gegen den Willen eines Partners. Aber spätestens seit der Pille ist es eine Entscheidung. Ein Kind spontan zeugen, ist heute gar nicht mehr so verschieden von einer künstlichen Befruchtung. Nicht nur für die Frau, auch für ein Paar. Heute ist doch die Gretchenfrage in jeder Beziehung: Willst du ein Kind?«

Svenja, jetzt wieder ganz wach, schüttelt den Kopf: »Und es einfach geschehen lassen? Ist das Wollen tatsächlich das Gegenteil des Nichtwollens, die Entscheidung *für* das Kind, das Gegenteil der Entscheidung *gegen* oder *vorübergehend* gegen das Kind?«

»Rein logisch vielleicht«, mischt sich Reto ein. »Aber das Kind ist im ersten Fall eine Vorstellung von etwas Konkretem, im zweiten Fall etwas Abstraktes. In der Vorstellung schreit es zwar noch nicht, muss auch nicht mitten in der Nacht gefüttert und regelmäßig von stinkendem Kot befreit werden, es ist auch noch nicht unfolgsam, pubertiert noch nicht und übt noch nicht im Keller stundenlang auf seinem Schlagzeug, aber es lächelt schon und lässt sich herzen; es ist ein hilfloses Baby, völlig abhängig von seinen Eltern.«

»Wir jedenfalls«, sagt Svenja ruhig, »haben es geschehen lassen. Vielleicht war da ein diffuser Wunsch, oder eine Idee, die wir beide hatten, dass das Zusammenleben mit einem Kind gut möglich wäre. Wenn es schon einen guten Grund für den Kinderwunsch geben soll, ist das dann nicht der richtige Mann, die richtige Frau, den Menschen, den man begehrt, die Liebe? Und das Kind ein Zeichen der Liebe? Kann man das heute überhaupt noch so sagen? Die Liebe? So einfach war das bei uns.«

Reto schaut seine Schwester in Erwartung einer Antwort an. Gesagt wird lange nichts. Dann unterbricht Svenja die Stille: »Ich habe gerade kürzlich wieder mit Tom darüber gesprochen und dabei das Gefühl gehabt, als komme das Glück, als das Kind kam, für einen Augenblick zurück. Sicher, wir haben nicht mehr verhütet, aber wir planten nichts, wollten nichts Bestimmtes, waren einfach offen. Und dann passierte es. Ein Ereignis, das das Vorstellungsvermögen und die Entscheidungsfähigkeit eines Menschen übersteigt. Da kann man noch so viel planen, wenn man dem Schicksal nicht einen Türspalt offenlässt, passiert nichts, das richtig glücklich macht. Wenn die Planung aufgeht oder die Hoffnung erfüllt wird, mag man einen Moment zufrieden sein, aber das wahre Glück, das sich in Sekunden ereignet und fürs ganze Leben hält, bringt nur ein nicht geplantes und unverhofftes Ereignis, etwas, von dem man gar wusste, dass es sich ereignen kann. Wer hat nicht schon ein bestimmtes Buch in der Bibliothek gesucht, und dann gerade neben diesem Buch im Regal eins gefunden, das sich als viel interessanter erwies. Während man schnell vergisst, welches das gesuchte Buch war, vergisst man das zufällig gefundene fast nie und die Erinnerung an den Fund freut einen immer wieder. Ich glaube, man nannte diese Art von Schicksal früher Fügung.«

»Wie kommst du nur dazu, den Zufallsfund eines Buches mit der Entscheidung für ein Kind zu vergleichen?«, fragt Bigna halb empört.

»Ansichtssache«, findet Svenja. »Wenn du immer nur ein Ziel vor Augen hast und auf dem Weg dahin Gründe für deine Entscheidungen suchst, ist es natürlich etwas anderes, als wenn du offen bist, nichts Bestimmtes erwartest, und darauf vertraust, dass es schon gut kommt. Dann findest du manchmal das Gleiche in den kleinen Ereignissen des Alltags wie in den großen Ereignissen des Lebens. Die Liebe, das Kinderkriegen, das Leben mit Kindern ist doch im Grunde alles dasselbe. Das erfährt man tagtäglich, wenn man mit Kindern zusammenlebt. Wenn sie unerwartet ein Wort sagen, das es genau trifft, wenn sie dir ganz formell eine Zeichnung überreichen, nur für dich, wenn sie dir nach langem Suchen einen schönen Stein fest in die Hand drücken, damit du ihn ja nicht verlierst, oder wenn sie am Sandkasten in ihre Arbeit versunken und doch irgendwie innig mit den anderen verbunden an etwas Großem bauen, von dem sie ganz genau zu wissen scheinen, was es am Ende wird. In solchen Momenten erübrigen sich alle Fragen. So wie die Kinder einfach da sind, ist man mit ihnen einfach da. Schon gar nicht muss man sich noch fragen, was der Sinn des Lebens ist. Kinder sind das Leben, sein Ursprung, seine Fortsetzung, seine überwältigende Gegenwart.«

»Alle glücklich mit der Wahl der Nachspeise, oder nur zufrieden?«, fragt der Kellner, der schon länger in der Nähe stand und das Gespräch der vier offenbar belauscht hat.

Bigna straft den Kellner mit einem bösen Blick.

Verlegen sagt dieser: »Entschuldigen sie vielmals. Haben sie noch einen Wunsch?«

»Die Rechnung«, sagt Oskar, ohne den Kellner anzusehen.

»Ich möchte noch einen Espresso«, ruft Bigna dem Kellner hinterer und schaut fragend in die Runde. »Drei Espressi!«

Die bestellten Espressi lassen auf sich warten. Nach mehrmaligem Blick auf die Uhr sagt Reto: »Ob jetzt Entscheidung oder spontane Empfängnisbereitschaft, Kindeswohl oder Freiheit zur Selbstverwirklichung, das Problem ist doch, dass immer alles nur aus Sicht der Eltern betrachtet wird. Auch die Bilder in der Broschüre eurer Klinik zeigen wahrscheinlich nur kleine süße Babys und nicht rebellierende Teenager, Alkoholiker Ende Dreißig oder Kinder, die gerade ihren Vater verloren haben und nicht lange davor ihre Mutter.«

»Du kannst einfach nicht damit aufhören«, sagt Bigna.

»Wenn sie von ihrem Kinderwunsch reden«, fährt Reto fort, »reden sie doch meist nur über sich selbst. Sie sprechen von Kindeswohl, meinen aber nur ihr eigenes. Wenn man in ihnen nicht gleich Opfer des Gruppendrucks, wenn auf einmal alle

Bekannten Kinder haben, sehen will, was sind dann ihre Beweggründe? Wollen sie der Nachwelt einfach etwas hinterlassen, das an sie erinnert? Aber warum? Als Akt der Schöpfung, den man selbst ausüben kann? Um sich zu trösten, dass es nach dem Tod endgültig vorbei ist? Um sich im eigenen Kind wiederzuerkennen und sich dadurch selbst nochmals neu zu entdecken, gewissermaßen die eigene Kindheit und Jugend aus zweiter Hand nochmals zu erleben? Vielleicht um sich zu beweisen, dass sie es besser machen als die eigenen Eltern, denen alles angelastet wird, was sie an sich selbst nicht gut finden? Sie wollen doch Kinder meist nicht um ihrer selbst willen, sondern für ihre eigenen Zwecke. Für ihren Narzissmus, als Teil ihrer Identität. Immer geht es nur um sie.«

»Du steigerst dich da in etwas hinein«, meint Oskar. »Wenn du es nicht gerade wie Svenja hältst, gibt es keinen Unterschied zwischen der Sicht der Eltern, die spontan ein Kind zeugen, und jenen, die die Reproduktionsmedizin beanspruchen. Und ob Eltern ihre Kinder nun für die von dir genannten Zwecke einspannen, oder, wie früher, als Altersvorsorge, macht eigentlich auch keinen Unterschied.«

»Da muss ich Oskar sogar einmal recht geben«, sagt Svenja und schaut weiter in die Richtung, aus der der Keller mit den bestellten Espressi endlich kommen sollte.

»Gerade puncto Identität«, meint Reto gereizt, »gibt's doch einen Unterschied. Aber auch hier: pure Elternsicht! Für die Identität der Eltern ist es zwar wichtig, ein eigenes Kind zu haben, aber ob es auch für die Identität des Kindes wichtig ist, eigene Eltern zu haben, scheint zweitrangig.«

»Wie gesagt«, unterbricht Oskar, »dazu gibt es Studien, die zeigen, dass Kinder, die über ihre Zeugung frühzeitig aufgeklärt werden, keinen Schaden nehmen. Darum auch die Frage, ob es noch zeitgemäß ist, alles am Kindeswohl auszurichten.«

»Aber es geht hier doch gar nicht um das Wohl der Kinder bis zu ihrer Volljährigkeit, wozu der Begriff des Kindeswohls normalerweise benutzt wird«, echauffiert sich Reto. »Auf deren Identität mag die Art ihrer Zeugung keine Auswirkung haben.

Aber was ist danach? Identität wird meist erst in späteren Jahren bewusst gebildet und erlebt, oft erst angesichts von Problemen, die die erwachsenen Kinder haben, wenn ihre Beziehung scheitert, wenn sie im Beruf nicht weiterkommen, wenn ihre Eltern sterben? Dann fragen sie nicht nur, was habe ich falsch gemacht, sondern warum ist das gerade mir passiert, wer ist schuld an meinem Unglück, meine Eltern, oder vielleicht doch der Samenspender, die Spenderin der Eizelle, die Leihmutter? Ich weiß nur, dass es sie gibt, vielleicht noch, wie sie aussehen. Aber wer *sind* sie, was habe ich von ihnen, welcher Teil *ihrer* Identität ist in mir?«

Reto hält inne und schaut Oskar eindringlich an: »Gibt es dazu auch Studien?«

»Dazu kann es noch keine Studien geben. Die erste Generation von künstlich gezeugten Kindern ist noch zu jung. Aber in den letzten Jahren haben sich Vereine von sogenannten Spenderkindern gebildet, die auf solche Probleme aufmerksam machen. Fraglich ist, ob die von ihnen geschilderten Probleme auch repräsentativ sind. Schließlich finden sich in solchen Vereinen meist nur Menschen mit Problemen zusammen, zudem stellt sich auch hier die Frage, ob nicht alle, wie auch immer gezeugten Kinder, sich angesichts von Schwierigkeiten und Krisen in ihrem Leben fragen, wer dafür verantwortlich ist.«

»Hier, ich hab's«, sagt Reto, der sein Smartphone hervorgeholt und nach den von Oskar erwähnten Vereinen gegoogelt hat. »Die Website eines Vereins von Spenderkindern mit Erfahrungsberichten! Da ist zu lesen: ›Als ich zehn war, sagte es mir meine Mutter eines Abends am Küchentisch. Zuerst war ich überrascht, dann fragt ich mich: Ja, und jetzt? Erst als in meinen Zwanzigern jemand eine dumme Bemerkung wegen meines Aussehens machte, dachte ich wieder daran. Jetzt aber ganz anders. Ich brachte mein Aussehen fortan ständig mit meinem leiblichen Vater in Zusammenhang und will seither wissen, wer er ist. Aber irgendwie traue ich mich nicht, aktiv zu werden, da ja mit meinen Eltern alles in Ordnung ist. Ich lebe seither mit dieser Spannung. Ich hüte mich davor, in einen Spiegel zu schauen.‹ Und hier schreibt eine Julia: ›Als ich die Diagnose erhielt, fragte ich auf einmal, woher kommt das? Ich wurde früh aufgeklärt und wollte meinen leiblichen Vater nie kennenlernen. Als ich meine Mutter, die offenbar mehr wusste, als sie mir gesagt hatte, nun doch nach ihm fragte, ohne ihr zu sagen, warum, meinte sie nur, er sei schon früh verstorben.‹ Oliver schreibt: ›Sie sagten es mir, als ich acht war. Und sie sagten mir auch, dass ich besser niemandem davon erzählen solle. Natürlich verstand ich es damals noch nicht, außer dass es etwas Geheimnisvolles sein muss. Je älter ich wurde, desto mehr fühlte ich mich als Gefangener dieses Geheimnisses‹. Vroni schreibt: ›Als ich ihn endlich ausfindig gemacht hatte, war ich froh. Vorerst. Denn er wollte mir nach seiner Entdeckung auch ein richtiger Vater sein. Er rief dauernd an, wollte wissen, wie es mir geht und was ich gerade mache. Ich kam mir richtig kontrolliert vor und sah keine andere Möglichkeit, als die Beziehung abzubrechen‹. Und Eva schreibt im letzten Satz ihres Berichtes: ›So schränkte die Emanzipation meiner Mutter meine eigene Emanzipation ganz beträchtlich ein‹. Andere Berichte enden mit Feststellungen wie ›ich fühlte mich einfach nicht vollständig, da fehlte etwas‹, ›immer wieder zeigte sich diese Leerstelle‹, ›was kommt da noch?‹ und ›Wer bin ich – ich meine: wirklich?‹ Diese Zeugnisse sagen doch klar, dass die Frage nach der Herkunft immer weiter geht und von Spannungen, Verunsicherungen, Ängsten, Enttäuschungen, schlechten Gefühlen begleitet sein kann, die dann womöglich nicht nur die Entwicklung der eigenen Identität behindern, sondern selbst Teil von ihr werden.«

Oskar sagt: »Aber eben, wir wissen nicht, wie repräsentativ diese Aussagen sind. Und wir müssten zum Vergleich auch Aussagen von natürlich gezeugten Kindern heranziehen, die sich vielleicht gar nicht so anders ausnähmen. Dazu braucht es Studien.«

Reto kann nur sagen: »Du mit deinen Studien«, denn der Kellner tritt aufgeregt an den Tisch und erklärt: »Die Kaffeemaschine! Wir hatten ein Problem mit der Kaffeemaschine. Jetzt funktioniert sie wieder. Entschuldigen sie die Verzögerung.

Die Espressi kommen gleich. Die gehen natürlich aufs Haus. Darf ich ihnen sonst noch etwas als Wiedergutmachung für ihr geduldiges Warten bringen? Einen Schnaps? Natürlich aufs Haus.«

Niemand möchte etwas. Oskar schüttelt stellvertretend den Kopf und sagt: »Und dann gleich die Rechnung.«

Der Kellner geht. Kommt aber sofort wieder: »Hier schon mal die Espressi. Die Rechnung kommt gleich.«

Während Oskar, Bigna und Reto ihre Espressi hastig trinken, als wollten sie das Lokal jetzt schnellstmöglich verlassen, sagt Svenja: »Bleiben wir doch bei den kleinen Kindern. Dazu gibt es doch Studien. Und wenn ich mich richtig erinnere, sprechen sie von einer tendenziellen Überbehütung bei künstlich gezeugten Kindern. Auch dies nichts Besonders angesichts des allgemeinen Trends. Und der beschäftigt mich manchmal auch, nicht selten mit einem schlechten Gewissen. Mache ich als Mutter genug für den Kleinen, gebe ich ihm genug Zeit, passe ich genug auf ihn auf, denke ich genug an seine Zukunft? Bin ich am Ende eine Rabenmutter? Noch viel mehr als früher wollen heute alle Eltern nur das Beste für ihr Kind, leben schon fast mehr für das Kind als mit ihm. Obwohl sie ständig auf die Eigenständigkeit des Kindes pochen, machen sie ihm ständig Vorgaben, indem sie ihm all das, was sie für das Beste halten, aufdrängen, als wisse es selbst nicht, was es wolle. Aber schränken diese überfrachteten Projektionen des perfekten Kindes nicht dessen Lebenspläne ein? Hat es überhaupt noch die Chance, Fehler zu machen, um aus ihnen etwas zu lernen? Es gehört doch auch zum Elternsein, dass mit einem Kind jemand zu einem stößt, der ganz anders werden könnte als man selbst – und den man gerade darum liebt. Ein Kind erinnert uns auch immer daran, was wir nicht sind, an unser nicht gelebtes Leben, das auch Teil von uns ist, von dem wir zwar keine Erinnerung haben, aber das uns in unseren Sehnsüchten, unserem Begehren, unserer Liebe lebendig macht. Müssen wir das dem Kind zeigen? Sollte uns nicht das Kind genau dies zeigen? Genügt es nicht, das Kind einfach nur aufmerksam zu betrachten, herauszufinden, was es gerade braucht? Ich habe drei Brüder und die Eltern hatten wenig Zeit für uns. Sie haben natürlich auch das Beste für uns gewollt, aber dann nur geschaut, dass nichts aus dem Ruder lief. Wir blieben auch verschont von ihrer aufgestauten abstrakten Liebe. Und ihre alltägliche Liebe mussten wir uns teilen. Ich habe mich schon oft gefragt, ob es nicht für mich und Eduardo besser wäre, er hätte noch Geschwister.«

»Ich kann deine Verunsicherung gut verstehen«, sagt Bigna mitfühlend. »Als alleinerziehende Mutter bist du sicher besonders gefordert.«

»Ich bin keine alleinerziehende Mutter«, erwidert Svenja aufgebracht. »Nur eine Mutter, die nicht mit den Männern, die sie liebt, zusammenlebt. Tom nimmt seine Aufgabe als Vater sehr ernst. Und Reto macht es auch gut.«

Endlich bringt der Kellner die Rechnung. Oskar drängt sich vor beim Bezahlen. Nachdem er sich die Rechnung genauer angeschaut hat, blickt er zu seiner Frau: »Die Espressi stehen nun doch drauf.«

»Du kannst es ja mit dem Trinkgeld korrigieren«, sagt Bigna.

Als alle vor dem Lokal zum Abmarsch bereitstehen, sagt Reto beunruhigt: »Jetzt habe ich doch tatsächlich mein Smartphone liegen lassen. Geht schon mal voraus.«

»Ich warte auf dich«, sagt Bigna.

Als Oskar und Svenja langsamen Schrittes in die steile Flobotstraße einbiegen, sagt Oskar: »Wir haben gar nicht über deine Kunst gesprochen.«

»Wenn es dich interessiert, kann ich dir jetzt noch etwas darüber sagen. Ich kann es kurz machen.«

»Gerne.«

»Das meiste weißt du ja schon über meine Kunst. Es ist wie mit dem Kinderkriegen.«

»Du machst feministische Kunst?«

»Einfach Kunst. Allenfalls weibliche Kunst. Aber nicht Kletterwände aus Brüsten oder eine überdimensionale, von innen beleuchte Vagina. Es ist ein Jammer, dass Kunst von Frauen heute oft nur bei einer Reduktion auf Geschlechtsteile gewürdigt wird. Ich will mich aber nicht auch gleich noch selbst diskriminieren. Zudem traue ich Männern gerade so viel zu wie Frauen. Vielleicht ist es sowieso besser, ich erzähl' dir gar nichts über Kunst, sondern über mich als Künstlerin, wie ich arbeite und was dabei herauskommt, das dann vielleicht Kunst ist.«

Svenja bleibt einen Moment stehen, als wollte sie Oskar fragen, ob er mit ihrem Vorschlag einverstanden ist. Dann fährt sie fort: »Ich habe nicht zuerst eine Idee, was ich machen will, oder eine Botschaft, die ich jemandem aufschwatzen will. Ich will auch niemanden zum Denken anregen, wie es so schön heißt. Ich *will* überhaupt nichts. Ich warte, bis sich etwas andeutet, abzeichnet, Gestalt annimmt. Das Warten übe ich auch. Am frühen Morgen, in der Dämmerung, wenn die Grenze zwischen Traum und Tag manchmal etwas breiter ist, kann es passieren – wenn ich in Form bin.«

»Die Grundlage deiner Kunst sind also Träume?«

»Schon wieder falsch. Der Traum ist ein Chaos. Er verwandelt die wirre Welt von Gedanken, die uns oft beim Einschlafen nicht loslassen, in Bilder, die uns durch ihre Klarheit täuschen. Damit können vielleicht Maler oder Dichter etwas anfangen, ich nicht. Ich warte auf eine Ordnung, die beim Aufwachen manchmal auftaucht und in der Dämmerung für einen Moment schemenhaft stehen bleibt. Diese Spur muss ich erwischen. Am besten gelingt es, wenn der sich abzeichnenden Ordnung noch etwas fehlt, ein Glied aus der Reihe tanzt, sich aber erahnen lässt. Dann beginnt etwas in mir zu arbeiten, das zur Ordnung tendiert, sie begreifbar macht. Ich muss mich nur davor hüten, vorschnell darüber nachzudenken oder es gar in Worte fassen zu wollen. Das ist manchmal schwierig. Aber ich muss es empfinden, körperlich, es mir nicht nur in Bildern, Symbolen, Wörtern vorstellen. Die Natur ist für mich kein

Buch, indem man lesen kann, auch kein Bilderbuch. Und um die natürliche Ordnung geht's mir, um Körper in Raum und Zeit. Körper im Raum zu empfinden, sie aus verschiedenen Perspektiven wahrzunehmen, zu empfinden, wie sie sich zueinander und in unterschiedlichen Stellungen und Umgebungen verhalten. Der erste Schritt besteht immer darin, dem natürlichen Geschehen in meinem eigenen Körper in der Phase des Aufwachens zu folgen. Um es einmal in Anlehnung an Picasso zu sagen: ich suche nicht, ich finde, indem ich mich in den frühen Morgenstunden für die Vorgänge im Körper, die in der Natur aller Menschen liegen, offenhalte, mich dem Schicksal, das auch nicht nur Zufall ist, ausliefere. Dann kann sich das Niemandsland aus der Dämmerung in ein Jedermannsland verwandeln, oder besser: Jederfrausland. Je schneller dies geschieht, desto mehr vermute ich aber eine Täuschung. Und wenn es nur einmal geschieht, ist es wohl völlig subjektiv. Kommt es aber langsam in Gang und kommt es immer wieder, mache ich mich an die Arbeit. Der zweite Schritt ist nämlich Arbeit, harte Arbeit. Es beginnt mit der Konzentration, die es braucht, um den Fund aus der Dämmerung ohne jede Deutung in den Tag hinüberzuretten, um ihn mit dem alltäglichen Raum und der Zeit zu vereinbaren. Welches Material, welche Größe, welche Form, welche Farbe, welche Beleuchtung, wie wirkt es aus diesem Winkel, wie aus jenem? Wie viel Zeit braucht die Betrachterin des Objekts, damit sie genau den Prozess nachvollziehen kann, der sich bei seiner Entstehung abgespielt hat? Denn genau darum geht es. Meine Objekte sollen genau diesen Prozess nachvollziehbar machen, oder genauer: ihn in der Betrachterin auslösen. Dafür kämpfe ich in meinem Atelier Tage und Wochen lang mit den verschiedenen Materialien. Manchmal verfolgt mich die Arbeit bis in den Schlaf und oft erhalte ich beim Aufwachen den entscheidenden Tipp, verstehe erst, was gefehlt hat. Ich experimentiere dann einfach so lange, bis ich selbst zu genau der Betrachterin meiner Objekte werde, die ich bin, weil ich bin wie alle andern. Meine Objekte sind fertig, wenn sich dieses Glücksgefühl der Übereinstimmung einstellt, manchmal ist es auch ein Gefühl des Trostes, zu sein wie alle andern. Wenn ich dann in eine Galerie gehe, wo eins meiner Objekte ausgestellt ist, und die Betrachterinnen beobachte und belausche, und eine sagt, ›das könnte ich auch‹, fühle ich mich bestätigt. Meine Kunst ruft in der Betrachterin die Künstlerin hervor.«

Als sie beim Haus ankommen, stellt Oskar fest: »Wir haben keinen Schlüssel. Wir müssen warten.«

Nach einer Weile fragt er: »Wie wurdest du eigentlich Künstlerin?«

»Das war an einem Sonntagnachmittag, als ich am See spazierte und an Jean Tinguelys maschinenähnlicher Skulptur *Heureka* vorbeikam. Sie war gerade in Bewegung und ich, wie alle anderen auch, blieb stehen und staunte. Diese Maschine hat überhaupt keinen Zweck. Ich erinnerte mich daran, dass ich in meiner Kindheit einmal mit meinen Eltern, die gar nichts mit Kunst am Hut hatten, an der Skulptur vorbeikam und genau dasselbe passierte. Ich wartete dann eine Stunde, bis sich die Maschine wieder für ein paar Minuten in Bewegung setzte. Alle blieben wieder stehen und staunten. Und da dachte ich, ich werde Künstlerin. Also schmiss ich mein Betriebswirtschaftsstudium und wurde Künstlerin.«

»Wahrscheinlich nicht zur Freude deiner Eltern.«

»Anfänglich waren sie skeptisch. Verständlich in einer Arbeiterfamilie, in der jeder Franken für die Ausbildung der Kinder zweimal umgedreht werden muss. Aber dann ermutigten sie mich. Und heute verstehen sie sehr gut, was ich mache, und halten es für richtig und seriös. Meine Mutter brachte es einmal so auf den Punkt: ›Sie arbeitet nicht anders als wir und weiß genau, was sie macht; ihre Objekte zeigen, wie das Wirkliche an der Wirklichkeit entsteht‹.«

»Und ich habe immer gedacht, Künstler nähmen es etwas lockerer mit der Seriosität, seien in erster Linie Lebenskünstler.«

»So ist es ja auch. In erster Linie bin ich Lebenskünstlerin. Meine Wahl der Rolle der Künstlerin bedeutet einfach, dass mir von anderen der Freiraum zugestanden wird, in dem ein

Kunstwerk entstehen kann, der mir also erlaubt, etwas über das Leben auszusagen, wovon im besten Fall alle etwas haben, wenn es etwas von ihnen zeigt. Für viele lässt erst der finanzielle Erfolg die Lebenskünstlerin als *richtige* Künstlerin erscheinen. Das andere Vorurteil ist die Ansicht, das Leiden am Leben sei das größte Kapital der Künstlerin. Wer diese Fehleinschätzungen nicht aushalten kann, sollte nicht Künstlerin werden.«

»Und wie kamst du auf von innen beleuchteten Objekte?«

»Durch mein Talent. Meine Objekte zu fertigen, wird mir nämlich etwas leichter gemacht, weil ich einen besonderen Sinn für den Raum habe. Schon auf dem Gymnasium war die Darstellende Geometrie mein Lieblingsfach. Malen, Musik machen, fotografieren, dichten sind nicht mein Ding. Die Musik ist zu streng für mich, alles andere zu beliebig.«

»Interessant. Und warum ist die Musik zu streng und die Fotografie zu beliebig? Die Fotografie bildet doch nur ab.«

»Überhaupt nicht. Aber es ist schwer zu verstehen, weil unsere Kultur das Sehen und das Bild derart privilegiert. Vielleicht einfach nur, weil die technischen Mittel dazu immer besser werden. Jedes Bild ist aber nur die Ansicht einer Fotografin, enthält Wertungen, Bedeutungen, sehr viel Beliebigkeit. Bei der Musik ist es gerade umgekehrt: nur Klänge und Rhythmen, die innerhalb einer Komposition Sinn machen. Natürlich mit Ausnahme des improvisierten Jazz. Meine Kunst ist allenfalls eine Mischung von Fotografie und Musik, insofern Musik für mich ein unerreichbares Vorbild ist und ich mich von der Vielstimmigkeit der Fotografie permanent abgrenzen will. Meine Objekte sind so etwas wie klangloser Jazz. Aber letztlich sind es einfach mein Staunen und meine Begabung, die mich zu meiner Kunst geführt haben.«

Als Bigna und Reto endlich in die Flobotraße einbiegen, fragt Bigna: »Bist du nun so eine Art Adoptivvater für ihren Sohn?«

»So eine Art. Ich mache einfach, was nötig ist. Nicht nur ihr zuliebe, einfach weil Eduardo da ist. Manchmal macht es Spaß, manchmal ist es anstrengend, manchmal nervtötend. Auf jeden

Fall ist es nicht nur ein Experiment. Im Nachhinein ist es immer sehr befriedigend. Manchmal gibt es einzigartige Momente. Und schöne Erinnerungen.«

»Und, denkt ihr noch an Geschwister für Eduardo?«

»Darüber haben wir noch nie gesprochen. Ich könnte es mir vorstellen. Ich will das ganz Svenja überlassen.«

»Sie scheint eine Expertin in Fragen der Liebe zu sein.«

»Sie ist eigentlich eine Expertin für alles.«

»Warum lebt sie nicht mehr mit dem Vater ihres Sohnes zusammen?«

»Sie sagt, er sei ihr zu schweigsam und arbeite auch ganz anders als sie. Aber wahrscheinlich ist der tatsächliche Grund einfach der, dass sie mit niemandem unter einem Dach leben kann oder will, außer natürlich mit ihrem Sohn. Sie braucht den Raum für die Entstehung ihre Kunst. Tom konnte das wohl nicht verstehen oder akzeptieren und glaubte, sie liebe ihn nicht mehr, worauf er ihr seinerseits die Liebe kündigte. Ich lebe ja auch nicht mit ihr unter einem Dach, und es geht gut. Ich fühle mich ihr fast mehr verbunden als früheren Freundinnen, mit denen ich tagein tagaus zusammensteckte. Die Anziehung mag gerade in der Distanz liegen.«

»Vielleicht«, meint Bigna. »Oskar und ich sind doch in der Praxis schon den ganzen Tag zusammen. Wenn er mir dann zu Hause auch noch stundenlang erzählt, was er in den neuesten Studien wieder gelesen hat, oder ich ihm immer wieder sagen muss, wie er sich anziehen soll, denke ich manchmal auch, getrennt zu wohnen, wäre gar nicht so schlecht.«

»Oskar und seine Studien«, sagt Reto lächelnd.

»Aber du kennst seine Geschichte. Die Wissenschaft ist für ihn so etwas wie eine Religion, und er fühlt sich einfach sicherer, wenn er ihr jeden Tag huldigt. Und die gute Botschaft weitergeben, gehört halt auch dazu.«

Dann gehen Bigna und Reto schweigend nebeneinander, bis sie ihr Elternhaus erreichen.

»Wir haben keinen Schlüssel«, sagt Oskar. »Aber langweilig wurde uns nicht. Svenja hat mir viel über Kunst erzählt.«

Die vier sitzen noch eine Weile im Wohnzimmer und Bigna und Reto schildern, wie der morgige Tag ablaufen soll. Als es klingelt, schreckt Bigna auf und schaut ihren Bruder fragend an?

»Gian-Duri, nehme ich an«, sagt Reto und geht zur Tür. Als er nach einer Weile zurückkommt, bestätigt er: »Gian-Duri. Ich habe unseren angetrunkenen Hotelierssohn auf sein Zimmer gebracht.«

»Euer ausgeflippter Neffe?«, will Svenja wissen.

»Du wirst ihn morgen kennenlernen«, sagt Reto. »Wenn er nicht verschläft.«

Svenja steht auf und nimmt Reto bei der Hand. Als sich die beiden verabschiedet haben, sagt Oskar müde zu Bigna: »Jetzt haben wir gar nicht über euren Vater gesprochen.«

»Das war mir ganz recht so. Ich möchte jetzt sowieso über alles möglich sprechen, nur nicht über meinen Vater. Das würde mich zu traurig machen. Es graut mir, wenn ich an morgen denke, wenn ich unentwegt mit dem Andenken an unsern Vater konfrontiert werde. Am liebsten würde ich mich in mein Schneckenhaus zurückziehen. Zum Glück haben wir so viel zu tun, das lenkt ab.«

»Hoffentlich klappt alles, wie ihr es geplant habt.«

»Ich muss nachher nur noch schnell den Text durchsehen, den mir Norman Scott zur Korrektur geschickt hat. – Und, wie findest du sie?«

»Wen?«

»Na, Svenja.«

»Sympathisch. Anders als wir. Man mag ihre Selbstsicherheit etwas übertrieben finden und ihre Ansichten über Kunst nicht ganz ernst nehmen. Aber das würde sie wohl nicht beeindrucken. Sie scheint zu wissen, was sie macht.«

»Sie gefällt dir!«

»Sie ist sympathisch.«

»Wir würden uns jedenfalls nie erlauben, mit grünen Haaren herumzulaufen.«

»Oder das tiefere Wissen aus dem Dämmerzustand zu beziehen.«

»Sie ist eine Lebenskünstlerin, die in einer Traumwelt lebt.«

»Dass sie eine Lebenskünstlerin ist, sagt sie ja selbst. Und alles, was sie mir über Kunst erzählte, war eine einleuchtende Erklärung, warum sie *nicht* in einer Traumwelt lebt. Sie ist auch eine Art Forscherin. Sie beschäftigt sich mit der menschlichen Wahrnehmung. Und – wahrscheinlich ohne die einschlägigen Studien zu kennen – scheint sie sehr viel davon zu verstehen. Hast du schon eines ihrer Werke gesehen?«

»Bis jetzt nicht.«

»Oder ein Bild davon?«

»Auch nicht. Das wäre auch schwer möglich, weil sie sich verbeten haben soll, dass Bilder von ihren Objekten gemacht werden. Sie glaubt, Bilder würden ihre Werke platt machen.«

»Darum wollte sie mir wohl nichts von ihrer Kunst und ihren Werken erzählen, sondern von sich als Künstlerin.«

»Es ist ja auch immer etwas stoßend, wenn Künstler über Kunst und über ihre Werke sprechen. Meist wollen sie einem nur sagen, was darin zu sehen sein soll. Da sind mir Künstler lieber, die selbst den Verdacht auf Hochstapelei schweigend hinnehmen.«

»Svenja sagte, sie könne falsche Annahmen über Künstler aushalten. Unterschiedliche Ansichten über ihre Werke dürften sie sicher auch nicht irritieren. Sie macht mir sowieso einen recht robusten Eindruck. Ich dachte bis anhin immer, Künstler hätten etwas Zerbrechliches.«

»Sie gefällt dir.«

»Ich finde es mutig, die Sonderrolle des Künstlers zu ergreifen.«

»Der Künstler*in*.«

»Der Künstler*in*. Ob sie von ihrer Kunst leben kann? Ich habe mich nicht getraut, sie danach zu fragen.«

»Anscheinend lebt sie ganz gut davon. Gerade Ärzte sollen ein besonderes Interesse an ihren Objekten zeigen, wohl weil sie in ihren Praxen genug Platz haben, diese aufzustellen. Einer habe ihr auch gesagt, dass er eine Skulptur von ihr wie eine Trophäe empfände, die ihn an den Test des räumlichen Denkens erinnere, den er anlässlich der Zulassungsprüfung zum Medizinstudium bestehen musste. Aber die Motivationen der Käufer scheinen sie weniger zu interessieren als die Möglichkeit, dass die Betrachter genug Platz haben, um ihr Werk aus allen Perspektiven zu sehen. Finanziell braucht sie sich aber auch keine Sorgen zu machen, weil ihr Ex-Mann Tom, zu dem sie immer noch ein gutes Verhältnis hat, sehr erfolgreich ist.«

»Auch Künstler?«

»Klassischer Bildhauer. Svenja erzählte mir, dass er zwar nicht von der Kunst, die ihm besonders am Herzen liegt, leben könne, sondern von Grabsteinen, genauer gesagt der besonderen Art, wie er sie kreiert. Er bedinge sich aus, dass ihm seine Kunden bei der Wahl des Steins und dessen Bearbeitung freie Hand lassen. Zudem wolle er mit möglichst vielen der Hinterbliebenen Gespräche über den Verstorbenen führen, die ihm dann als Grundlage für seine Arbeit dienen. Dass die meisten, die den Verstorbenen gekannt haben, dann in Toms Grabsteinen eine Seite des Verstorbenen, die sie persönlich berührt, wiedererkennen würden, habe ihm einen sehr guten Ruf eingebracht. Er komme kaum nach mit Aufträgen.«

»Dann macht er eigentlich dasselbe wie Svenja.«

»Findest du?«

»Und die Kunst, die ihm am Herzen liegt?«

»Damit scheint er weniger erfolgreich zu sein. Er kreiert kleine Skulpturen aus Gesteinsarten mit wenig Gewicht. Seine Werke sind portabel und lassen sich wie Blumensträuße an verschiedenen Orten aufstellen. Wie Glückssteine im Hosentaschenformat können sie ihre Besitzer überallhin begleiten. Jeder dieser Steine ist eine exklusive Anfertigung, der ebenfalls lange Gespräche mit dem Auftraggeber vorausgehen. Tom sei überzeugt, dass alle Menschen mit einem seiner Steine auf dem

Nachttisch besser schlafen würden, weil sie etwas von sich Greifbares in ihrer Nähe wähnten. Was Svenja jedoch bezweifelt, da im Schlaf unsere sinnliche Wahrnehmung sehr eingeschränkt sei. Sie habe Tom schon oft gesagt, während seine Grabsteine über den ewig Schlafenden immer wach blieben, würden seine Steine auf dem Nachttisch schlafen, wenn ihre Besitzer schlafen. Manchmal gut, manchmal schlecht.«

»Und warum lebt sie nicht mehr mit diesem Tom zusammen?«

»Das ist eine andere Geschichte. Ich bin jetzt müde und muss noch den Text von Norman korrigieren.«

Kurz vor zehn Uhr hält die schwarze Limousine vor der Freitreppe, die zur Kreuzkirche hinaufführt.

»Soll ich sie nicht doch vors Portal fahren, damit sie nicht die steile Treppe hochsteigen müssen?«, fragt der Fahrer. »Es ist schon ziemlich warm für diese Tageszeit.«

»Danke«, sagt Bigna, »wir nehmen die Treppe.«

Bigna steigt als Erste aus. Nebeneinander steigen die vier langsam die Treppe hoch. Noch bevor sie die Mitte erreicht haben, sagt Oskar: »Wir hätten das Angebot des Fahrers annehmen sollen, ich bin schon ganz verschwitzt.«

Erst als sie oben ankommen, sehen sie den Strom von Menschen, der sich aus der Gegenrichtung langsam über den Vorplatz bewegt und durchs Portal in die Kirche drängt. Ein paar Personen warten vor der Kirche. Bigna erkennt den mit seiner schlaksigen Gestalt und seinem roten-blonden Haarschopf herausstechenden Norman Scott und geht auf ihn zu. Scott umarmt sie wortlos. Bigna zieht das korrigierte Manuskript aus der Tasche und reicht es ihm mit dem Hinweis, seine Rede sei anschließend an die des Rektors der Hochschule geplant. Dann wendet sie sich ihrer neben Scott stehenden Tante Elli zu.

»Nun auch noch euren Vater«, sagt Elli leise, als sie ihre Nichte in die Arme nimmt. »Ich kann es immer noch nicht fassen. Dieser verfluchte Gletscher. Aber warum muss man überhaupt auf einen Gletscher gehen? – Übrigens: Romy hat Vater geholt und sie sitzen schon in der Kirche auf den Plätzen, die ihnen der Küster zugewiesen hat.«

»Ich bin Ladina«, stellt sich eine junge Frau mit schwarzem Kraushaar vor.

»Ah, die Studentin. Schön, dass sie gekommen sind und etwas über unseren Vater sagen werden.«

»Ist doch selbstverständlich. Es tut uns allen so leid. Wissen sie, wir hatten ihren Vater mega gern.«

Bigna nickt gerührt. Erst jetzt bemerkt sie den Pfarrer, der links neben ihr steht und Reto und den anderen mit gegen den

Lärm ankämpfender Stimme erklärt, wie sie ihm, wenn er das Zeichen gäbe, folgen und dann in der ersten Reihe Platz nehmen sollen.

Aufgeregt kommt der Küster aus der Kirche und stellt sich neben dem Portal auf: »Kein Platz mehr«, sagt er zu den immer noch unablässig Hereindrängenden. »Sie müssen hier warten. Wir lassen die Tür offen, damit sie etwas von der Trauerfeier mitbekommen.«

»Mich müssen sie aber reinlassen«, sagt ein älterer Herr mit einem braunen Ledermäppchen unter dem Arm.

»Geht nicht. Alles voll. Aus Sicherheitsgründen dürfen nicht mehr als 1400 Personen in die Kirche.«

»Ich bin der Rektor der Hochschule und werde ein paar Worte zur Bedeutung des Verstorbenen sagen.«

»Wenn das so ist«, meint der Küster. »Am besten schließen sie sich der Trauerfamilie an. Sie steht gleich da drüben bei Pfarrer Fischer.«

Der Rektor folgt der Anweisung. Er stellt sich der Familie vor und spricht ihr sein Beileid aus, dann drückt er allen zur Bekräftigung seiner Worte fest die Hand. Als er zuletzt Svenja die Hand reicht, zeigt sein Blick, dass er nicht sicher ist, ob sie auch zur Familie gehört.

Als die Glocken zu läuten beginnen, gibt Pfarrer Fischer ein Zeichen und betritt langsam, gefolgt von der Trauerfamilie und dahinter Norman Scott, Ladina Gredig und Rektor Sprecher die bis auf den letzten Platz gefüllte Kirche. Während die Familie in der vordersten Reihe Platz nimmt, steigt der Pfarrer langsam die steile zur Kanzel empor, wo er sich setzt und nicht mehr zu sehen ist.

Als die Glocken verklungen sind und die Orgel mit einem Stück von Grieg einsetzt, stupst Bigna ihren Bruder, um ihm zu bedeuten, dass er damit aufhören soll, ständig an seiner Krawatte zu nesteln.

Nach dem letzten, langsam verhallenden Ton der Orgel, erhebt sich Pfarrer Fischer und spricht, nachdem er seinen Blick ruhig über die Trauergemeinde schweifen ließ:

»Ihr werdet mich suchen und ihr werdet mich finden. Wenn ihr von ganzem Herzen nach mir fragt, dann lasse ich mich von euch finden. Ich werde euer Schicksal wenden. Ich bringe euch an den Ort zurück, von dem ich euch weggeführt habe.

Liebe Trauergemeinde, wir haben uns in der Kreuzkirche versammelt, um Abschied zu nehmen von Karl Rieter. In Gedanken und mit Gebeten und Musik sind wir ihm nahe. Wir wollen uns gemeinsam an ihn erinnern und Gott bitten, seine Arme weit auszubreiten, um ihn in seiner Ewigkeit zu empfangen. Lasst uns beten.

Trauer und Schmerz ist in uns, großer Gott.
Karl Rieter ist von uns gegangen.
Uns bleibt nur, ihm nachzublicken.
Uns bleibt der Trost, dass du dort in der Ferne stehst,
um ihn zu empfangen.
Sei du nun bei ihm und bei uns, denn wir brauchen Kraft,
dort und hier.
Trage unsere Gedanken, unsere Worte, unsere Liebe
über die Grenze von Leben und Tod hinweg.
Amen.«

Die Orgel spielt eine einfache Melodie, die an das Kommen und Gehen von Wellen am Strand erinnert.

Nach einem Moment der Ruhe erhebt sich der Pfarrer und fragt: »Wer war der Mensch, von dem wir uns hier verabschieden und an den wir uns erinnern wollen? Wer war Karl Rieter, der Freund, mit dem ich früher viele Bergtouren unternommen habe? Wer war er für seine Familie, für seine Kinder, und wer war er als Wissenschaftler und als Warner vor den Folgen des Klimawandels?

Als ich vom Unfalltod Karls hörte, fiel mir ein Psalm Davids ein, der Antworten auf diese Fragen bei Gott findet:

Herr, unser Herr,
wie gewaltig ist dein Name auf Erden,
auch über den Himmel breitest du deine Hoheit aus.
Seh' ich den Himmel, das Werk deiner Finger,
Mond und Sterne, die du hingesetzt hast, frage ich:
Was ist der Mensch, dass du seiner gedenkst,
was des Menschen Kind, dass du dich seiner annimmst?
Du hast den Menschen wenig geringer gemacht als Gott,
hast ihn mit Schönheit, Macht und Würde gekrönt.
Hast ihn als Herrscher eingesetzt über das Werk deiner Hände,
hast ihm alles zu Füßen gelegt.
All die Schafe, Ziegen und Rinder
Und auch die wilden Tiere,
die Vögel des Himmels und die Fische im Meer.
Herr, unser Herr,
wie gewaltig ist dein Name auf Erden.

Wenn der Mensch Gottes Allmacht in der Großartigkeit und Schönheit der Schöpfung erfährt, muss er sich fragen, welche Rolle Gott ihm und seinen Nachkommen, also der ganzen Menschheit in seiner Schöpfung zugedacht hat. Nach seinem Vorbild hat Gott den Menschen geschaffen, aber mit etwas weniger Macht ausgestattet. Der Mensch hat Macht, ist aber nicht allmächtig; er ist nur ein Mitarbeiter Gottes. Wie Gott kann er über die ihm anvertraute Schöpfung herrschen, aber er ist zu schwach, um es immer richtigzumachen. Er kann der Natur und seinen Mitmenschen auch schaden. Für seine Entscheidungen ist er vor Gott und seinen Mitmenschen verantwortlich. Als Kompass hat ihm Gott ein Gewissen und ein Gefühl für Schuld mitgegeben. Fällt er, richtet ihn Gott mit seiner Gnade wieder auf.

Karl Rieter hat die Großartigkeit und Schönheit der Schöpfung schon früh in seiner Kindheit erfahren. Geboren 1957 in Pontresina, wuchs er in einer einmaligen Landschaft auf, in der ihm die Natur in ihren eindrucksvollen Formen von Bergen und Gletschern begegnete. Vor allem die Gletscher hatten es ihm angetan. Sein Leben und das der Gletscher blieben schicksalhaft miteinander verbunden. Zusammen mit seinen Eltern und seinem Bruder Alfredo unternahm der kleine Karl viele Bergtouren rund um den Morteratsch-Gletscher, wodurch sich bei ihm auch ein intellektuelles Interesse an der Berg- und Gletscherwelt entwickelte. So kam es, dass er nach den Schuljahren am *Lyceum Alpinum* in Zuoz der erste der Familie Rieter war, der das Tal verließ, um ein Hochschulstudium zu beginnen.

Eigentlich wollte Karl Geografielehrer werden, aber das Schicksal hatte anderes mit ihm vor. Noch während des Studiums fand er sich anlässlich eines Praktikums wieder auf *seinem* Morteratsch-Gletscher. Karl und sein Studienfreund David interessierten sich für die Geschichte des schon damals immer mehr schmelzenden Gletschers und wollten ihr mit der Entnahme von Eisbohrkernen auf den Grund gehen. Vor allem mit dieser Methode wurde die Klimageschichte unseres Planeten rekonstruiert. Für Karl war sie ein Schlüssel für seine Laufbahn. Als für eine internationale Polarexpedition Spezialisten für Eisbohrkernforschung gesucht wurden, fiel die Wahl auf ihn. Die Teilnahme an dieser und weiteren Expeditionen öffnete ihm die Tür für eine akademische Karriere. Schon 1992 wurde er auf eine Professur für Glaziologie berufen, die die Hochschule, an der er einst studierte, angesichts des dramatischer werdenden Klimawandels eingerichtet hatte. Diese glücklichen Fügungen ergaben sich aber wahrscheinlich nicht nur, weil Karl sehr fleißig war und alles, was er tat, mit Leidenschaft tat, sondern weil er allem gegenüber offen war und sich so auch in unvorhergesehenen Situationen verwirklichen konnte.

Auf einer gemeinsamen Zugfahrt mit seinem Freund David begegnete Karl anfangs der 1980er-Jahre Kathrin. Die beiden kannten sich schon flüchtig von früher. Aus dem Wiedersehen wurde Liebe. Eine Liebe, die die beiden ein Leben lang verband, ihnen zwei Kinder schenkte und Karl über Kathrins tragischen Unfalltod, der sie vor einigen Jahren ebenfalls auf dem Morteratsch-Gletscher ereilte, tröstete. ›Trauer ist das Glück, geliebt zu haben‹, wie es die nigerianische Schriftstellerin Adichie sagt.

An dieser Stelle möchte ich ein Gedicht der von Kathrin verehrten Lou Andreas-Salomé einflechten, das auf Karls Wunsch schon bei der Trauerfeier für Kathrin vorgetragen wurde. Wie schon damals der Sinn des Gedichts nicht der war, der ihm von der Autorin gegeben wurde, hat es jetzt nochmals eine andere Bedeutung. Aber wenn Liebende sich trennen müssen, ist sein Sinn immer derselbe.

Lieg ich einst auf der Totenbahr
– ein Funke, der verbrannt –,
Streich mir noch einmal übers Haar
Mit der geliebten Hand.

Eh' man der Erde wiedergibt,
Was Erde werden muss,
Auf meinen Mund, den Du geliebt,
Gib mir noch Deinen Kuss.

Doch denke auch: im fremden Sarg
Steck ich ja nur zum Schein,
Weil sich in Dir mein Leben barg!
Und ganz bin ich nun Dein.

Schon ein Jahr nach dem Wiedersehen heirateten die beiden und drei Jahre danach kam ihre Tochter Bigna zur Welt und nochmals zwei Jahre später ihr Sohn Reto. Die Liebe zur Natur, das Interesse an ihrer Erforschung, und auch das Verantwortungsbewusstsein gegenüber der Natur hat Karl Rieter an seine Kinder weitergegeben, was sich auch an ihrer Berufswahl zeigt: Bigna wurde Ärztin, Reto Chemiker.

Seine Familie bedeutete Karl viel. Aber er hatte wohl nicht immer genug Zeit für sie, denn nachdem er Professor geworden war, ruhte er sich nicht auf seinen Lorbeeren aus, sondern betrieb weiterhin Forschung, nahm an Polarexpeditionen teil und reiste zu Kongressen auf der ganzen Welt, um von seinen traurigen Erfahrungen mit den schmelzenden Gletschern zu berichten. Ein großes Anliegen war ihm auch die Ausbildung der Studierenden, mit denen er regelmäßig Praktika auf dem Morteratsch-Gletscher durchführte.

Schon früh engagierte sich Karl auch als Warner vor den katastrophalen Folgen des Klimawandels. Das zunehmende Bewusstsein für diese Gefahren machte ihn in den letzten Jahren zu einem gefragten Klimaexperten in den Medien. Mit seinem immer größer werdenden Engagement in der Öffentlichkeit ging er oft an die Grenzen seiner Belastbarkeit. Da blieb noch weniger Zeit für Familie und Freunde. Das letzte Mal, als ich ihn traf, hatte ich den Eindruck, dass er sich deshalb etwas einsam fühlte. Vielleicht rührte dieser Eindruck aber auch daher, dass Karl das Gefühl hatte, dass seine Warnungen und die seiner Kollegen die bedrohte Menschheit nicht mehr rechtzeitig aufzurütteln vermögen, oder einfach nur daher, dass er wusste, dass gegen das Sterben der von ihm geliebten Gletscher nichts mehr getan werden kann.

Erholung fand Karl zeitlebens in seinem Elternhaus in Pontresina, von der ganzen Familie nur *die Villa* genannt. An diesem Ort schnitten sich Tradition, Gegenwart und Zukunft. Hier wurde Karl geprägt, hier traf er sich zu besonderen Gelegenheiten mit seiner Familie, seinen Freunden und Kollegen, und hierher zog er sich zurück, wenn er in Ruhe einen Artikel schreiben oder mit Kathrin allein sein wollte. Für seine Kinder war die Villa während ihrer Schulzeit im nahen Zuoz ein Ersatz für das Elternhaus in der Stadt, für Karls Studierende diente sie als Basislager, wenn es wieder einmal auf den Morteratsch ging. Fast scheint es, als sei die Villa jener kleine Teil der Schöpfung, den Gott Karl und den seinen überlassen hat, um darin den verantwortungsvollen Umgang mit der ganzen Schöpfung zu erwerben, zu hüten und weiterzugeben.

Karl Rieters Leben war ein erfülltes Leben, ein gutes Leben. Das Leben bemisst sich nicht einfach daran, wie lange und intensiv es ist, sondern am Guten, das in ihm geschehen ist, und an der von Gott verliehenen Würde, mit der es jenseits persönlicher Pläne und Ziele angenommen wird.

Nutzen wir einen Moment der Stille, um an Karl Rieter und sein Leben zu denken, um an den Menschen und seine Kinder zu denken.«

Einer der sechs Musiker, die links unter der Kanzel im Kreis sitzen, steht auf, stellt den Notenständer auf die richtige Höhe und hängt sich die Gitarre um. Dann kündigt er an: »*La muntogna da glatsch* von Paulin Nuotclà.«

Schon nach den ersten Takten legt Bigna ihre Hand auf den Arm ihres Bruders. Dieser nickt während des Liedes mehrmals versonnen.

Nachdem das Lied verstummt ist, passiert nichts. Bigna und Reto erheben sich fast gleichzeitig, um Ausschau nach Rektor Sprecher zu halten, der jetzt an der Reihe wäre. Sie sehen ihn aber nirgends. Erst als es etwas unruhig wird in der Kirche, erhebt sich Pfarrer Fischer auf seiner Kanzel. Er entdeckt den Rektor sofort und macht ihm Zeichen, dass er sich für seine Rede vor die Musiker stellen soll. Sprecher steht hastig auf und folgt dem Hinweis.

»Liebe Trauernde«, beginnt er und zieht dabei ein Papier mit Notizen aus der Jackentasche, »als Rektor der Hochschule, an der der Verstorbene einst studierte und dann viele Jahre als Professor gewirkt hat, ist es mir ein besonderes Anliegen, seine Person und seine Verdienste zu würdigen. Ich kannte Kollega Rieter nicht gut, wusste nichts von seiner Herkunft, seiner Familie und seiner Begeisterung für Gletscher, aber bei den wenigen Gelegenheiten, bei denen wir uns begegneten, an geselligen Anlässen oder in Kommissionssitzungen, war sein Hintergrund stets spürbar. Offen und leidenschaftlich, begeistert vom Gegenstand seiner Forschung, aber immer mit Blick aufs große Ganze, ein unermüdlicher Warner vor den Folgen des Klimawandels, der aber nie auf Panik machte, sondern mit seinem profunden Wissen zu überzeugen versuchte – so erlebte ich ihn. Für unsere Hochschule ist sein unerwarteter Tod gleich in mehrfacher Hinsicht ein großer Verlust. Karl Rieter war ein Forscher von Weltruf, der ganz entscheidend zum Standing unserer Hochschule beigetragen hat. Mit seinen unzähligen Publikationen in renommierten Zeitschriften hatte er großen Anteil am guten Abschneiden unserer Hochschule bei internationalen Rankings. Mit seiner Medienpräsenz und seinen Auftritten in der Öffentlichkeit, wie etwa an unseren alljährlichen Nachhaltigkeitstagen, trug er zur Sichtbarkeit und Popularität unserer Hochschule bei. Dass ihm der Preis für gute Lehre gleich zweimal zugesprochen wurde, zeugt davon, dass er auch ein guter und beliebter Lehrer war. Aber auch bei der Einwerbung von Drittmitteln lag er mit seinem Institut immer ganz vorn. Gleich mit mehreren Spin-offs, die aus seinem Institut hervorgegangen sind, unterstrich er die Zukunftsfähigkeit unserer Hochschule. Am bekanntesten ist wohl jenes, das eine 3D-Simulation entwickelte, mit der die Folgen des Klimawandels am Beispiel des Schmelzens eines Gletschers hautnah erlebbar werden. Auf Rieters Initiative geht sodann die Empfehlung zurück, dass bei Reisen unserer Mitarbeitenden an internationale Kongresse auf das Flugzeug verzichtet werden soll. Bereits ist die Zahl der Flüge von Kongressteilnehmenden um 3 % gesunken. Schon vor Jahren war Rieter auch unter jenen, die die sofortige Umrüstung auf LED-Beleuchtung forderten. Heute spart unsere Hochschule dadurch fast 2 % ihres gesamten Stromverbrauchs. Karl Rieter hat uns und der Wissenschaft viel gegeben. Das mag uns Trost sein – zugleich sollte es Ansporn sein, seine Arbeit fortzusetzen und nicht müde zu werden, die Öffentlichkeit über die dramatischen Folgen des Klimawandels aufzuklären und zu nachhaltigem Handeln zu animieren. Die Hochschule, die Kolleginnen und Kollegen sowie die ehemaligen Studierenden und die Mitarbeitenden des Instituts für Geowissenschaften werden das Andenken des Verstorbenen in dankbarer Erinnerung behalten.«

Als der Rektor an seinen Platz zurückkehren will, stolpert er über den schlecht sichtbaren Treppenabsatz und kann sich gerade noch vor einem Sturz retten. Auf das deutlich vernehmbare Aufatmen der Anwesenden reagiert er mit einem gequälten Lächeln und scheint froh zu sein, dass die Musik einsetzt, noch bevor er seinen Platz erreicht.

Bigna lehnt sich an ihren Bruder und flüstert ihm zu: »Das ist aber nicht das Stück aus dem Film über Lorius«.

Reto zuckt mit den Schultern und meint: »Klingt aber ähnlich.«

Nachdem sie das Stück beendet haben, steht einer der Musiker auf und sagt: »Das war *Il faut survivre* aus dem Film *La Glace et le Ciel* über den Glaziologen Claude Lorius.«

Nun nimmt Norman Scott die Stelle seines Vorredners ein. In seiner Rechten hält er das Manuskript seiner Rede. Er blickt kurz auf die erste Seite, beginnt dann aber frei zu sprechen: »Charly und ich wurden geboren in 1957. Ein gutes Omen, weil es war das proklamierte *International Geophysical Year* und viele wissenschaftliche Aktivitäten fanden Platz in den Polarregionen. Es war ein Milestone für die moderne Glaziologie und die Klimawissenschaft als ein Ganzes. Zum ersten Mal es wurde bewiesen, dass die CO_2-Konzentration in der Atmosphäre tatsächlich steigt und dass dies verursacht wird durch die Benutzung fossiler Brennstoffe, das meint vom Menschen. Ich traf Charly für das erste Mal in 1984 auf der *Vostok station* im östlichen Teil der Antarktis. Susi Pauli war auch mit uns. Wir machten eine Menge Forschung zusammen und wurden beste Freunde. Manchmal war unsere Arbeit schwierig. Denn die Temperatur draußen war oft mehr als minus 80 Grad, so dass wir oft steckenblieben beim Extrahieren der Eisbohrkerne. Jedoch, in unseren Kabinen, war es immer sehr heiß, so wir konnten nicht richtig schlafen. Zum Glück gab es auch Unterhaltung. Zum Beispiel den trostreichen Ausblick auf die Landschaft. Oder wir schauten Filme aus den alten Tagen oder spielten eine Partie von Schach. Aber ich erinnere mich gut, dass Charly vorzog die Arbeit der Unterhaltung. Er arbeitete immer. Immer wollte er die Methode der Bohrung von Eiskernen noch perfekter machen. Er gab mehr als der Rest von uns. Das ist, wie er war. Nach einem Jahr hatten wir gute Resultate und konnten zurückkehren. Unsere Wege wurden getrennt.

Aber später trafen wir uns wieder und wieder. Auf Polarexpeditionen, an Kongressen, auf internationalen Klimakonferenzen, in der Villa, auf *seinem* Gletscher. Auch unsere Freundin Susi war oft dabei. Zuletzt trafen wir uns in Grenoble an der Geburtstagsparty unseres Rollen-Modells Claude Lorius. Es war auch ein trauriges Treffen, weil wir nun so viel sicheres Wissen über den Klimawandel und seine dramatischen Folgen haben, und auch wissen, wer schuld ist – jedoch, nichts passiert. Wir wissen alle seit den 1970er Jahre, dass die Atmosphäre immer wärmer wird und dass dies von CO_2-Emisionen kommt. Und es ist klar, der Mensch ist schuldig. Seit der Umweltgipfelkonferenz in Rio de Janeiro in 1992, als die Klimarahmenkonvention vereinbart wurde, haben die Weltklimakonferenzen einander gejagt. Aber mit was für eine Erfolg? Die Texte mit den Vereinbarungen und Absichtserklärungen werden immer länger und die Probleme werden immer komplexer präsentiert, sodass sie fast nicht mehr zu verstehen sind. Jedoch, nach mehr als 30 Jahren sind die Klimaemissionen höher denn je. Aber warum? Vielleicht, weil viele Folgen des Klimawandels nicht unmittelbar sichtbar sind? Nicht so das Schmelzen der Gletscher! Alle können daran sehen, dass es immer wärmer wird! Die Gletscher sind ein Frühwarnsystem, eine Art von Fieberthermometer der Klimaerwärmung. Der berühmte Bergsteiger Reinhold Messner hat gesagt, Gletscher sind ein großes Geschenk für den Menschen, weil es in den Himmel gehobene Seen sind, die ihr Wasser genau dann liefern, wenn es unten im Tal gebraucht wird. Wenn sie verschwinden, verlieren wir dieses himmlische Geschenk. Dann gibt es kein Wasser mehr für die Landwirtschaft, für die Produktion von Elektrizität, für die Kühlung von Atomkraftwerken. Und die Flüsse werden zu Bächen, die nicht länger schiffbar sind. Da sind einige, die noch immer an solchen Konsequenzen zweifeln, weil sie sich erst abzeichnen. Jedoch, einige der Konsequenzen sind auch schon jetzt deutlich sichtbar, wie etwa vermehrter Steinschlag und Erdrutsche, wenn die steilen Bergflanken, die durch die Eismassen gestützt wurden, instabil werden. Charlys Tod durch einen solchen

Steinschlag sollte für uns ein Zeichen sein. Künstliche Beschneidung der Gletscher oder Abdeckung mit weißen Tüchern während des Sommers sind gut gemeint, aber lächerlich angesichts der Aussicht, dass die Schneefallgrenze bis Ende Jahrhundert nochmals um 800 Meter steigt. Wir müssen nicht Symptome bekämpfen, sondern den Klimawandel stoppen *jetzt*. Wir können! Die notwendige Technologie existiert und es bleibt noch etwas Zeit für den Wechsel zu einer CO_2-freien Gesellschaft. Bis 2050 müssen wir klimaneutral sein. Die Frage, wie wir dies schaffen, ist kein technisches, ökonomisches oder wissenschaftliches Problem, es ist ein *soziales* Problem. Wir Menschen stehen uns selbst im Weg. Jeder hat seine eigenen Interessen, Ideen, Meinungen. Optimistisch macht mich, dass die heutige Generation Druck macht. Zum Beispiel mit den *Friday for future*-Demonstrationen überall auf der Welt! Das macht mich hoffnungsvoll. Und gegenwärtig sehe ich mehr Fortschritt in der Privatwirtschaft als in der Politik. Viele Unternehmen machen, was nicht ihrem unmittelbaren Profit dient. Sie produzieren nachhaltige Waren, investieren in erneuerbare Energien, fördern die Elektromobilität, entwickeln neue Technologien. Viele haben entdeckt, dass sie mit den neuen Formen der Energie sogar ein gutes Geschäft machen können. *Shell* hat sich vorgenommen, zum größten Elektrizitätslieferanten der Welt zu werden, und *BP* interpretiert neuerdings seinen Namen als *Beyond Petroleum*. Wenn das nicht vielversprechend klingt! Aber die Politik, was macht die Politik? Immer nur Absichtserklärungen! Noch mehr heiße Luft! Gemacht wird fast nichts. Aber warum? Politiker wollen ihre Wähler nicht enttäuschen. Und die Mehrheit der Menschen sieht nicht, was ihr Interesse angesichts des Klimawandels sein muss. Die größten Probleme sind nicht mangelnde Technologie oder die Wirtschaft. Der Mensch ist das Problem. Er ist dumm, faul, egoistisch, kurzsichtig. Die meisten Menschen sind nicht schlau genug, um zu verstehen, was vor sich geht, oder sehen es zwar, ziehen aber die falschen Schlüsse daraus. Dass der Mensch faul ist, sehen wir daran, dass er, sobald es ihm gut geht, den Status Quo beibehalten will. Der Mensch war auch noch nie gut darin, Probleme gemeinsam zu lösen. Zuerst schaut er immer für sich. Und kurzfristige Probleme beschäftigen ihn immer mehr als langfristige. Die Frage, was verdiene ich heute, ist wichtiger als die Frage, was kann ich tun gegen den Klimawandel. Niemand will aus freien Stücken das auf fossilen Energiequellen basierende System aufgeben. Es ist auch nicht einfach. Das Individuum kann nicht viel entscheiden. Aber es ist nicht genug, organische Lebensmittel oder ein Elektroauto zu kaufen. Persönliche Verantwortung ist gut, aber genügt nicht. Der Wandel muss von oben kommen. Könnt ihr euch erinnern, wie schnell es ging, als der Katalysator obligatorisch wurde oder die Substanzen, die zum Ozonloch führen, verboten wurden? Das zeigt doch klar, sobald die richtigen Leute am richtigen Ort sind, geht es schnell. Vielleicht braucht es einmal eine große Katastrophe, die Massen von Menschen betrifft, bis etwas geschieht. Vereinzelte Bergstürze, Überschwemmungen und Waldbrände, auch wenn sie immer häufiger werden, sind offenbar nicht genug, um den Menschen die Augen zu öffnen. Vielleicht ist eine große Katastrophe notwendig, wie sie Charlys letzte Forschung in der Antarktis als wahrscheinlich erscheinen lässt. Wenn der dortige *Thwaites*-Gletscher schmilzt, verändert dies die ganze Welt. Er gehört zu jenen Elementen, die wir *Tipping points* nennen. Diese lassen das ganze System kippen und sind nicht mehr umkehrbar. Die Folge ist, dass viele Städte an den Küsten untergehen. Vielleicht braucht es so eine Katastrophe, damit wir nicht mehr zur Normalität übergehen können. Sonst heißt es nur immer, dass es ein einzigartiger Unfall war oder nur einzelne davon betroffen wurden, und dass man deswegen nicht gleich das ganze System auf Kosten der persönlichen Freiheit auf den Kopf stellen dürfe. Aber was heißt denn Freiheit? Wir leben doch auch sonst nicht in einer freien Welt. Baugesetze, Verkehrsgesetze, überall Regeln, die uns einschränken. Aber wir stimmen doch überein: oft braucht es Regeln. Die Idee, dass uns niemand Regeln diktieren sollte, ist Nonsens. Wir müssen nur für die *richtigen* Regeln kämpfen.

Charly und ich sind seit mehr als 30 Jahren in der Klimaforschung und für die letzten 20 Jahre sind wir immer wieder in die Öffentlichkeit gegangen. Zuerst dachten wir, wir müssen nur die Fakten auf den Tisch legen, und dann passiert etwas. Aber so war es nicht. Gut, welche Wahl haben wir? Man muss den Menschen nehmen, wie er ist. Auch wenn es oft extrem frustrierend ist. Es ist ein Abnützungskampf. Charly und ich fühlten uns manchmal selbst wie schmelzende Gletscher. Aber wir müssen weiterkämpfen. Jetzt erst recht. Weil mit Charly eine wichtige Stimme gegangen ist. Wie er starb und die Resultate seiner Forschung sollten uns aufrütteln. Wir zeigen unser Andenken und unsere Dankbarkeit für ihn, wenn wir den Klimawandel endlich stoppen.«

Bei den letzten Worten hat Scott sein ungenutztes Manuskript in die Höhe gehoben und damit eine mahnende Bewegung gemacht. Nun steht er noch einen Moment in sich versunken da. Als er bemerkt, dass sich die Musiker hinter ihm bereit machen, richtet er zuerst einen fragenden Blick in Richtung der Trauerfamilie, dann geht er mit großen Schritten an seinen Platz.

Schon nach den ersten Takten des Musikstücks stupst Bigna ihren Bruder erneut. Ihr wiederholtes Nicken soll wohl sagen, dass es nun das vereinbarte Stück *Il était une fois un jardin* aus dem Film über Lorius ist.

Nach der Musik nimmt Ladina Gredig forschen Schrittes die Treppenstufe und stellt sich vor die Musiker. Zuerst lässt sie, etwas scheu, ihren Blick über die Trauergemeinde schweifen, dann beginnt sie mit überraschend fester Stimme: »Es ist eine Ehre für mich, eine riesige Ehre sogar, an dieser Stelle etwas über unseren Lehrer Professor Rieter sagen zu dürfen. Er war ein guter Lehrer, ein Mensch, der uns mit seinem Vorbild mega motiviert hat. Er zeigte uns, dass es nicht geht, die Natur ohne historische Kenntnisse und ohne künftiges Ziel zu erforschen. Sonst interpretieren wir sie einfach nur entsprechend der gerade herrschenden Mode, es kommt aber darauf an, sie jenseits des Zeitgeistes zu verstehen. Nur so können wir sie retten. Mit seinem Interesse, seinem Enthusiasmus, seinem Engagement hat uns Prof. Rieter gezeigt, wie es geht. Damit lebt er in uns allen weiter. Er war wie ein Vater für uns. Lange wusste ich nicht, was ich heute sonst noch sagen soll. Ich wurde etwas überrumpelt mit der Anfrage, ob ich ein paar Worte zu Prof. Rieter aus Sicht einer Studierenden sagen könnte. Doch dann fiel mir ein, was uns und unsere Leidenschaft verband: der Morteratsch-Gletscher. Und meine Vorredner haben mich soeben davon überzeugt, dass dieser Gletscher Prof. Rieter auch mit vielen anderen Menschen verband. Zur Erinnerung an Prof. Rieter möchte ich darum die alte Sage erzählen, woher dieser Gletscher seinen Namen hat. Und diese Sage geht so:

Zwischen den zerklüfteten Eismassen des Pers- und des Morteratsch-Gletschers ragt ein einsames Felsgebilde empor, die Isla persa, *die verlorene Insel. Hier blühen im Sommer Alpenrosen, Disteln und Bergwachholder. Zu beiden Seiten der Insel wachsen noch Tannen und Arven ganz nah am Gletscher. Das deutet darauf hin, dass ein Wald unter ihm begraben liegt. Nicht umsonst erzählte man sich lange Zeit allerlei Geschichten vom Vorrücken des Gletschers und dass sich da, wo jetzt die Gräte und Schründe des Gletschers starren, noch vor 300 Jahren saftige Weiden bis gegen den* Munt pers *hinauf ausdehnten. Das war eine Alp der Pontresiner Bauern. Auf dieser Alp sömmert einst ein junger Senn aus dem Unterland die Herden. Er hieß* Aratsch *und soll ein hübscher Kerl gewesen sein, aber arm.* Annetta, *die Tochter des reichsten Bauern in Pontresina, verliebte sich ihn. Doch ihre Eltern, denen ihr Geld wichtiger war als das Glück ihrer Tochter, kamen dahinter und wollten nichts von der Verbindung wissen. Wenn es ihm gelinge, ließen sie* Aratsch *jedoch wissen, bald selbst wohlhabend zu werden, dann sollte er ihre Tochter zur Frau bekommen. Traurig nahmen die Liebenden im Herbst voneinander Abschied. Unter Tränen gelobte* Annetta *ihrem Liebsten, sie werde auf ihn warten. In ausländischen Kriegsdiensten brachte es* Aratsch *in kurzer Zeit zum Hauptmann. Unterdessen wurde* Annetta, *ohne jede Nachricht von ihm, krank vor Sehnsucht. Als ihre Eltern das sahen, hätten sie noch so gerne in eine Heirat mit* Aratsch *eingewilligt. Vergebens forschten sie nach ihm. Er blieb verschollen.* Annetta *starb vor Kummer. Gerade jetzt kehrte* Aratsch *aus der Fremde zurück. Ohne sich jemandem zu erken-*

nen zu geben, ritt er noch am selben Tag nach Pontresina. Spät am Abend erreichte er Annettas Elternhaus. Da fand er seine Geliebte nach altem Brauch im Totenbaum unter dem Spiegel aufgebahrt und ganz mit Edelweiß und Enzianen zugedeckt. Er war zu spät gekommen. Stumm schaute er auf das schöne, bleiche Gesicht seiner Geliebten. Dann stürmte er hinaus, schwang sich in den Sattel und sprengte nach der Alp, wo er einst das Vieh gehütet und seine Annetta kennengelernt hatte, und weiter bis zum Gletscher, der dahinter lag. Dort spornte er seinen Falben zu einem entsetzlichen Sprung, und Mann und Pferd verschwanden im eisigen Schlund. Niemand hat den Verzweifelten je wieder gesehen. Der unglücklichen Braut aber ließ ihre Treueschwur keine Ruhe auf dem Friedhof in Pontresina. Es trieb sie immer wieder hinauf zu den Orten, wo sie glückliche Stunden verlebt hatte mit Aratsch, und Nacht für Nacht hörten die Sennen und Hirten in der Alphütte ein seltsames Hantieren. Es war, als ob jemand in den Milchkeller trete, dort von einer Gebse zur andern gehe und den Rahm koste, um nachzusehen, ob alles ordentlich besorgt sei. Dazwischen ließ sich eine weibliche Stimme vernehmen, die in einem fort seufzte: ›Mort Aratsch! Mort Aratsch!‹ So grämte sich Annettas Geist auch noch im Tode um den Geliebten. Auf dem Berg sennte damals der alte Barba Gian. Er ließ die rätselhafte Erscheinung gewähren und mit der Zeit sah er sie sogar gern. Denn er bemerkte, dass die Alp, seitdem jene sich zeigte, besser geworden war. Die Kühe gaben mehr Milch, der Rahm wurde fetter und nur noch selten verunglückte ein Stück Vieh. Als Barba Gian in hohem Alter das Sennen aufgab, weihte er seinen Nachfolger in das Geheimnis ein und ermahnte ihn, den wunderbaren Geist zu achten und nicht zu stören. Doch der junge Senn war roh und hartherzig. Er wollte von allem nichts wissen und meinte, er müsse erst selbst untersuchen, was an der Sache sei. Als bei Einbruch der ersten Nacht, die er in der Alp zubrachte, die Gestalt wie immer erschien, ging er ihr leise in den Milchkeller nach, wo er sie zuerst machen ließ. Als sie aber einen Löffel nahm und seufzend im Rahm zu rühren begann, fuhr er sie mit rauer Stimme an und befahl ihr aufzuhören. Er leide nicht, dass jemand in seiner Milch sudle. Und er verfluchte sie und wies die arme Seele für immer aus der Hütte. Annettas Geist warf ihm einen traurigen Blick zu und entfernte sich weinend. Aber plötzlich krachte ein Donnerschlag, und ein furchtbares Gewitter entlud sich über der Gegend. Und *durch das Getöse hörte der Senn aus der Höhe* Annettas *Stimme, die zürnend rief* ›Schmaladida saja quaist' alp e sia pas-chüra!‹ *Das heißt in unserem rätoromanischen Dialekt etwa so viel wie ›Verflucht sei diese Alp samt ihren Weiden!‹ Von dem Tage an wurden die Weiden immer magerer und dürrer, der Segen der Alp war dahin. Sie verfiel und musste nach kurzer Zeit verlassen werden. Der Gletscher rückte schnell vor und bedeckte bald die Alp, die Hütte und das ganze Tal weit gegen den Berg hinauf. Seitdem heißt er* Munt pers, *der verlorene Berg. Nur die* Boval-*Hütte hoch oben am Gletscher und die* Isla persa *erinnern noch an die Weiden der alten Alp. In stillen Nächten vernimmt man bisweilen noch tief unten das Läuten von Herdenglocken und den Jammerruf* Annettas. *Viele wollen sie an nebligen Tagen oder wenn ein Unwetter im Anzug war, wieder gesehen haben, wie sie mit aufgelöstem Haar auf dem Gletscher umherirrte, als ob sie etwas suche. Noch lange aber erhielt sich bei den Pontresinern die Sage von der* Signura da Morteratsch, *deren Klage um den toten Geliebten dem Gletscher den Namen gab.*

Soweit die Sage. Ich kannte sie natürlich vom Hörensagen aus meiner Heimat. Aber vollständig gelesen hatte ich sie zum ersten Mal in einem Buch von Gillette Fallo, der Autorin zahlreicher Kinderbücher, mit denen wahrscheinlich auch einige von ihnen aufgewachsen sind. Und wie immer bei Fallo, wurde nicht nur eine spannende oder rätselhafte Geschichte präsentiert, sondern auch gefragt, was dahinterstecken könnte. Im Fall der Morteratsch-Sage war bei Fallo zu lesen, dass sie uns darum eine zu Herzen gehende zeitlose Geschichte von unerfüllter Liebe und tragischem Tod erzähle, weil sie uns an etwas erinnern wolle, von dem heute nur noch Spuren sichtbar seien. Betrachteten wir nämlich ein Foto von 1880 – es war im Buch abgedruckt –, sähen wir zwar, dass damals das gesamte Tal mit Gletschereis gefüllt gewesen sei, es also keine florierende Alp geben konnte. Wir sollten uns aber durch Bilder, den ersten Eindruck oder die Annahme, dass vor Beginn des Gletscherschwunds alles mit Eis überdeckt war, nicht zum Schluss verführen lassen, dass dies immer so gewesen und die Sage darum reine Fantasie sei. Bei diesen allgemeinen Hinweisen beließ es Fallo und gab der Leserin das Rätsel weiter, was der Sache zugrunde liegen könnte. Ich fand heraus, dass es sich um die kleine Eiszeit handeln musste, die das Vorrücken der Gletscher seit dem 15. Jahrhundert begünstigte und seit Mitte des 19. Jahrhunderts für ihren Rückzug verantwortlich war. Damit war mein Interesse an Gletschern geweckt, und ich entschloss mich, später einmal Glaziologie zu studieren. So wurde Prof. Rieter mein Lehrer. Seine Leidenschaft für Gletscher hatte etwas Ansteckendes und beeindruckte uns umso mehr, als er ja am besten wusste, dass es bald keine Gletscher mehr gibt. Mit seiner Leidenschaft wird er uns immer in Erinnerung bleiben.«

Sich mit dem Handrücken die Tränen aus den Augen wischend geht Gredig geschwind an ihren Platz zurück. Dröhnend setzt die Musik mit dem Stück *Auf dem Gletscher* von Richard Strauss ein.

Nach den letzten, leisen Tönen des kurzen Stücks herrscht eine unheimliche Ruhe. Bis Pfarrer Fischer sich auf der Kanzel erhebt und sagt: »Wir wollen zusammen das Vaterunser beten.«

Nach dem gemeinsamen Gebet setzt die Orgel mit einer Melodie ein, die das Stück von Strauss fortzusetzen scheint, aber kontinuierlich lauter und vielstimmiger wird, das Bersten der Klänge dann aber wieder in einer Linie vereinigt, die Schritt für Schritt verklingt, bis wieder Stille herrscht.

Wieder erhebt sich der Pfarrer. Ruhig sagt er: »Und am Ende bleiben diese fünf Dinge: Liebe, Freundschaft, Leidenschaft, Geduld und Dankbarkeit.« Nach einem Moment der Stille spricht er den Segen. Dann steigt er unter den Klängen der Orgel von der Kanzel, bewegt sich auf die Trauerfamilie zu und reicht allen die Hand. Am Schluss fordert er sie auf, ihm auf dem Weg aus der Kirche zu folgen.

Als sie durchs Portal nach draußen treten, schlägt ihnen eine Hitzewelle entgegen und laute Stimmen aus einer Volksmenge, die im grellen Sonnenlicht wartet.

Eine junge Frau stürmt auf Bigna zu und sagt: »Ich bin Julia. Ich spreche sicher im Namen der ganzen Klimajugend, wenn ich ihnen sage, was sie für einen Super-Vater haben. Er war eine große Inspiration für uns. Wenn nur alle so wären wie er.«

Bigna weiß nicht recht, wie sie auf die enthusiastischen Worte reagieren soll, und lächelt verlegen. Als sie um sich schaut, um einen Überblick zu gewinnen, sieht sie auf der anderen Seite des Platzes Susi Pauli, die im Gespräch mit Norman Scott neben Reto und dem Pfarrer steht. Sie bahnt sich einen Weg durch die Menge, nimmt immer wieder Kondolenzen entgegen, bis sie endlich bei ihrem Bruder und den anderen anlangt. Sofort wird sie von Susi Pauli umarmt. Susi sagt nur: »Das schöne Gedicht.«

Nun hat auch Elli den Weg durch die Menge gefunden und berichtet Bigna: »Romy bringt Vater zurück ins Heim. Es ist alles etwas viel für ihn. Romy kommt später wieder.«

Oskar, der etwas verloren neben den anderen steht und sich gelegentlich den Schweiß von der Stirn wischt, sagt zu Svenja: »Die Musik hat mir sehr gut gefallen. Bigna hatte noch Zweifel, ob die von dir aufgebotenen Musiker die Stücke überzeugend spielen würden.«

Svenja meint nur: »Die können alles. Du kannst ihnen das Kompliment später noch persönlich machen, sie werden auch aushelfen beim anschließenden Leichentrunk.«

Ein junger Mann mit einer Videokamera über der Schulter kämpft sich durchs Gewühl. Als er die Trauerfamilie erreicht, fragt er, ohne sich vorgestellt zu haben, wohl in der Annahme, dass der Kleber auf seiner Kamera mit dem Signet von *Tele 7* genug sagt: »Wer von ihnen ist der Sohn von Klimawarner Rieter? Können sie etwas zum Tod ihres Vaters sagen?«

»Was fällt ihnen ein. Das ist eine Trauerfeier. Verschwinden sie«, herrscht Reto den Videojournalisten an.

»Das ist mir noch nie passiert«, entrüstet sich der Journalist.

»Dann wurde es Zeit. Bitte gehen sie«, sagt Reto, jetzt etwas weniger barsch.

»Wie fahren wir nach Hause?«, will Bigna von ihrem Bruder wissen.

»In der Limousine, die hinter der Kirche wartet, haben sieben Personen Platz. Ich schlage vor, neben Bigna, Oskar,

Svenja und mir fahren Norman Scott, Susi Pauli und Rektor Sprecher mit. Die anderen fahren mit Alfredo.«

»Ich kann auch noch jemanden mitnehmen«, sagt Gian-Duri.

Kaum ist Reto als letzter in die schwarze Limousine gestiegen und hat die Tür hinter sich zugezogen, ärgert er sich erneut über das Gebaren des Journalisten.

»Jetzt beruhige dich«, sagt Bigna.

»Ich kann sie verstehen«, meint Rektor Sprecher. »Aber das ist heute normal. Was glauben sie, wie oft ich als Rektor der größten Hochschule im Land von derartigen Journalisten heimgesucht werde? Früher begnügten sie sich mit *Bad News,* um sie dann als *Good News* zu verkaufen, heute steht die Bewirtschaftung der moralischen Empörung im Vordergrund. Und je mehr sie sich von einer Information für diesen Zweck versprechen, desto aggressiver ihr Auftreten.«

Auf der weiteren Fahrt wird nichts mehr gesprochen.

»Wir haben uns lange nicht mehr gesehen«, sagt Alfredo zu Elli, die als einzige mit ihm im Wagen sitzt.

»Seit der Beerdigung von Kathi nicht mehr. Wie geht's dir?«

»Soweit gut. Immer viel zu tun. Karls Tod kam so überraschend, ich kann es immer noch nicht fassen. Kommt vielleicht noch. Ich musste in den letzten Tagen viel an unsere Kindheit denken, an unsere Schulzeit in Zuoz, auch an euch drei Schwestern.«

»Vor allem an Romy, nehm' ich an.«

»Eigentlich an alle drei. Das war sehr kurz mit Romy. Für uns beide nur ein Abenteuer. Wo ist sie überhaupt?«

»Sie fährt unseren Vater zurück ins Heim und kommt dann wieder.«

»Wollte dein Ex und deine Kinder nicht zur Trauerfeier für Carlo kommen?«

»Sie kamen ja nicht einmal zu Kathis Beerdigung. Was soll ich sagen? Dass sie nichts mehr von mir wissen wollen, ist das eine, aber dass sie sich nicht einmal mehr zu solchen Gesten bequemen – das geht mir nicht in den Kopf.«

»Alles wegen dieser Sache mit dem Schüler?«

»Wenn ich ein Mann wäre, hätten mich wahrscheinlich alle anders behandelt. Ich verlor meinen Job, meine Kinder, meinen Mann. Alles, was ich liebte, noch liebe. Aber mit der Toleranz ist es halt nicht so weit her, wenn sie nicht für die eigene Freiheit eingefordert wird. Da lernt man dieselben Leute, die bei der Heirat von Präsident Macron mit seiner Lateinlehrerin und ebenfalls Mutter von drei Kindern jubelten, weil sie es für die *normalste* Sache der Welt hielten, von einer ganz anderen Seite kennen. Am meisten belastete mich, dass sich auch die Kinder von mir abwandten. Mittlerweile habe ich mich damit abgefunden. Leben müssen wir nach vorn.«

»Gut gesagt. Und was machst du jetzt? Ein neuer Job?«

»Ich betätige mich als Schriftstellerin. Ohne große Ambitionen, einfach als sinnvolle Gestaltung meines Alltags.«

»Schreibst du einen Kriminalroman?«

»Nein, ein Buch über Katherine Mansfield. Die Kür für eine weggeräumte Englischlehrerin, Mutter und Ehefrau.«

»Wer ist Katherine Mansfield?«

»Eine neuseeländisch-britische Schriftstellerin. Sie starb nach einem eher unglücklichen Leben zu Beginn der 1920er-Jahre mit erst 34 Jahren an Tuberkulose.«

»Und sie schrieb Romane?«

»Kurzgeschichten. Sie war eine Meisterin der Kurzgeschichte, eine sehr scharfe Beobachterin. In ihren Geschichten passiert nie viel, aber man hat stets das Gefühl, dabei zu sein wie in einem Film. Und obwohl sie über ganz Verschiedenes schreibt, läuft es meist nach demselben Schema ab: Es beginnt mit einer Idylle, geht dann leicht und unbeschwert voran und nimmt ganz unerwartet eine unheilvolle Wendung. Man sieht erst am Schluss den schwarzen Riss, der von Anfang an durch die Geschichte ging. Meistens wird dieses Schema auf die frühen glücklichen Lebensjahre von Mansfield und den späteren

Konflikt mit ihren Eltern zurückgeführt. Ich dagegen glaube, dass es eher das Schicksal ganz vieler Menschen ausdrückt.«

»Gibt es da einen Unterschied?«

»Natürlich. Das ist das Thema meines Buches.«

»Hier sind wir. Die anderen sind auch schon da und Gian-Duris Sportwagen sehe ich im Rückspiegel. Erzähl mir später noch mehr von dieser unglücklichen Schriftstellerin.«

IM GARTEN

Um ein Uhr haben sich auch die meisten anderen Trauergäste im Garten eingefunden. Von Zeit zu Zeit kommen noch einige hinzu, wahrscheinlich jene, die den Weg nicht kannten. Reto und Gian-Duri sind damit beschäftigt, die vom Catering-Service am Morgen aufgestellten Tische, die nun in der prallen Sonne stehen, in den Schatten zu rücken. Drei der Tische lassen sie an ihrem Ort und stellen neben ihnen Sonnenschirme auf. Als diese Vorbereitungsarbeit abgeschlossen ist, macht Reto den Gästen ein Zeichen, dass sie sich an die Tische stellen könnten und gleich vom Personal bedient würden.

»Willst du nicht endlich deine Krawatte ausziehen?«, fragt Gian-Duri seinen Cousin.

Reto lacht und befreit sich vom ungewohnten Kleidungsstück.. Er bleibt noch ein paar Minuten im Garten stehen, um sich zu vergewissern, dass die Musiker, an denen die Bedienung der Gäste mit Getränken und Häppchen ist, mit ihrem Job zurechtkommen. Dann gesellt er sich zu Bigna, die im Vorraum des Kellers zusammen mit zwei Angestellten des Catering-Services den Nachschub von Speis und Trank bewerkstelligt.

»Scheint alles wie geplant zu klappen«, stellt Reto befriedigt fest.

»Wie schon heute Morgen in der Kirche«, meint Bigna.

»In der Tat. Die Reden, die Musik – einfach alles.«

»Besonders gut gefielen mir die Musiker und der Beitrag dieser Studierenden aus Pontresina.«

»Beides verdanken wir Vorschlägen von Svenja.«

»Ja, was wären wir ohne sie? Wo ist sie überhaupt?«

»Sie unterhält sich draußen angeregt mit Gian-Duri.«

»Als die Studierende die Legende vom Morteratsch-Gletscher erzählte, fühlte ich mich geradewegs in die Kindheit zurückversetzt. Wir haben doch damals alle Bücher von Fallo gelesen, wir haben diese Bücher verschlungen, einige sogar zwei oder drei Mal. *Spurenlesen, Rätsel um Rätsel, Lohn der Ausdauer, Allein mit den Andern* und wie sie alle hießen.«

»Mein Lieblingsbuch von Fallo ist und bleibt *Ganz im Gegenteil.* Ich hatte zwar nach jeder Geschichte das Gefühl, ich könne das Buch beiseitelegen und endlich schlafen, dann musste ich aber noch eine Geschichte lesen und noch eine. Ich glaubte immer, da kommt noch was.«

»Bitte noch eine Platte mit Canapés und eine Flasche Mineralwasser«, verlangt ein hereintretender Musiker.

»Was mir weniger gefallen hat«, sagt Reto, nachdem er die Canapés und das Mineralwasser ausgehändigt hat, »ist die Rede von Scott. Er kann offenbar nicht aus seiner Haut als Klimawarner. Zu Vater hat er nicht viel gesagt.«

»Seine Rede war doch sehr gut«, erwidert Bigna verwundert. »Er hat gemacht, was Vater an seiner Stelle gemacht hätte und ihm damit aus dem Herzen gesprochen. Wie lässt sich jemand besser würdigen? Mich irritierte höchstens ein wenig, dass Pfarrer Fischer das Schicksal im Leben unseres Vaters fast mehr betonte als seine Leistungen.«

»Hat er das?«

»Mir kam es so vor.«

»Wenn man nichts Schriftliches hinterlässt, in dem steht, wer man war oder sein wollte, ist man dem Urteil der anderen unwiderruflich ausgeliefert.«

»Wir wissen nicht, ob er etwas Schriftliches hinterlassen hat, wir haben einfach nichts gefunden.«

»Das spielt nun auch keine Rolle mehr.«

»Dafür war besonders treffend, was der Pfarrer zur Villa sagte.«

»Stimmt. Die Villa. Sie hat uns viel gegeben. Was machen wir jetzt mit der Villa?«

»Darüber sprechen wir ein andermal.«

Svenja betritt aufgeregt den Kellervorraum: »Wir haben gar nicht daran gedacht, dass die meisten Gäste den Weg zum stillen Örtchen nicht kennen. Ich beschrifte gleich ein paar Blätter mit den nötigen Hinweisen und hänge sie gut sichtbar auf.«

Reto hilft ihr. Als sie wieder die Treppe zum Keller hinuntersteigen, hält er seine Freundin am Arm. Er zieht sie zu sich und küsst sie. Svenja fährt ihm mit der Hand übers Haar und sagt: »Alles geht gut.«

»Kennst du Gian-Duri?«, will Reto wissen.

»Wer ist Gian-Duri?«

»Na, der Herr, mit dem du dich so angeregt unterhalten hast, der Sohn von Alfredo, der ausgeflippte Neffe.«

»Wir haben nur über die Bücher von Gillette Fallo gesprochen. Er scheint sie auch alle zu kennen.«

»Das ist ja interessant! Gerade habe ich mit meiner Schwester über Fallos Bücher gesprochen. Wir haben sie damals verschlungen. Mein Lieblingsbuch war *Ganz im Gegenteil.*«

»Meines *Allein mit den Andern*. Vor allem eine Geschichte ist mir geblieben, in der sich ein Mädchen entscheiden muss, ob es allein oder mit seinen Freunden zu einem Bergsee wandern soll. Das Mädchen entschließt sich, allein zu gehen. Weil aber alle Wege zum See gefährlich sind, informiert es jemanden von den anderen über sein Vorhaben, aber mit der Bitte, niemandem etwas davon zu sagen. Mit dem Geheimnis, das die beiden teilen, beginnt eine Freundschaft fürs Leben.«

»Ist das nicht die Geschichte, in der die beiden Mädchen später zusammen eine Reise nach Schweden unternehmen und auf einer Busfahrt einen jungen Mann kennenlernen, in den sie sich beide verlieben?«

»Genau. Aber der Clou der Geschichte ist, dass die Leserin nur erfährt, dass die beiden sich in ihre Reisebekanntschaft verlieben *könnten* und gemeinsam mit dem Typen weiterreisen. Alles bleibt offen.«

»Ich habe auch gedacht, dass sie sich in ihn verlieben«, mischt sich Bigna ein.

»Wie auch immer«, sagt Svenja und geht wieder nach draußen.

Als sie sieht, dass Gian-Duri nun mit jemand anderem im Gespräch ist, geht sie auf Oskar zu, der zusammen mit Rektor Sprecher an einem Tisch im Schatten eines Sonnenschirms steht. Die beiden Männer machen einen etwas verlorenen Eindruck.

»Darf ich mich zu den Herren aus der Wissenschaft gesellen?«, fragt Svenja.

»Darf ich vorstellen«, sagt Oskar zu Rektor Sprecher, »das ist Svenja de Tomaso, die Partnerin des Sohns von Karl Rieter. Sie ist Künstlerin.«

»Sehr erfreut«, sagt Sprecher. »Was für eine Art von Kunst, wenn ich fragen darf.«

»Von innen beleuchtete Objekte.«

»Was muss ich mir darunter vorstellen?«

»Sie müssen die Objekte sehen«, sagt Oskar schnell. »Weder Worte noch Bilder geben eine umfassende Anschauung.«

Svenja lächelt Oskar dankbar zu und sagt dann zu Sprecher: »Ich hatte leider auch nie die Gelegenheit, Karl Rieter besser kennenzulernen.«

»Er war einer der Leuchttürme unserer Hochschule. Ich möchte sogar sagen, zusammen mit Kollega D'Annunzio aus den Neurowissenschaften und Kollega Souchnuti aus der Verhaltensökonomie war er für das Standing unserer Hochschule hauptverantwortlich.«

Zu Oskar gewandt, fährt Sprecher fort: »Sie sind auch Wissenschaftler? Welches Fach, wenn ich fragen darf.«

»Wie Karl Rieters Tochter Bigna bin ich Arzt. Wir führen zusammen eine Praxis für Reproduktionsmedizin.«

»Ah, sie sind zugleich Berufs- und Geschäftskollegen.«

»Auch. Ich bin Bignas Ehemann.«

»Sehr erfreut. Die Reproduktionsmedizin ist übrigens an unserer Hochschule eine Disziplin mit sehr viel Potenzial. Soeben haben wir eine Kollegin aus der Ukraine berufen, die große Erfahrung mitbringt.«

Oskar weiß nicht, was er sagen soll, und ist froh, als einer der Musiker kommt und sich erkundigt, ob er noch etwas Wein nachschenken dürfe.

»Gerne«, sagt Oskar. »Und wenn sie gerade hier sind, möchte ich ihnen meine Anerkennung für die musikalische Darbietung vorhin in der Kirche aussprechen. Ich finde es großartig, wie vielseitig ihr Künstler seid.«

»Jeder ist ein Künstler«, sagt der Angesprochene. »Man muss sich nur trauen. Und jeder hat etwas, das er besonders gut kann. Und jeder findet etwas, was allen etwas bedeutet. Das reicht.«

»Richtig«, sagt Svenja und lächelt ihrem Kollegen komplizenhaft zu.

»Sie kennen sich doch hier aus«, unterbricht der Rektor. »Wo geht's zur Toilette?«

Gleichzeitig deuten Oskar, Svenja und der Musiker auf die gut sichtbaren Blätter mit den roten Pfeilen. Der Rektor entschuldigt sich förmlich und verschwindet.

Svenja kann nur sagen: »Ja, die Wissenschaft«, als Susi an ihrem Tisch erscheint und sich mit den Worten vorstellt: »Ich bin Susi, eine alte Freundin von Karl und Kathi. Ich glaube, wir kennen uns noch nicht.«

Nachdem sich die drei bekannt gemacht haben, fragt Svenja: »War es tatsächlich so schlimm mit dem Einschlafen in der Polarforschungsstation?«

»Das Schlimmste«, sagt Susi. »Immer über 25 Grad. Die Temperatur ließ sich nicht regulieren. Stickige Luft. Wenn man nicht von der täglichen Arbeit todmüde ins Bett fiel, war es eine Qual, bis der Schlaf kam. Was konnte man machen? Einige lasen oder hörten Musik, bis ihnen die Augen zufielen. Karl tüftelte an der Bohrmethode oder schrieb Tagebuch. Einige versuchten es mit Sex, bis sie genug müde waren.«

»Und was war deine Methode?«, will Svenja wissen.

»Ich schrieb an einem Roman.«

»Worüber?«

»Über das Leben meiner Oma. Ich habe sie im Alter oft besucht und sie hat mir ihr ganzes Leben gebeichtet. Sie ist in einem Dorf aufgewachsen, in dem die Landesgrenze mitten durchgeht. Sie hatte von frühester Kindheit an eine Art Grenzbewusstsein entwickelt. Das faszinierte mich. So etwas wie Zugehörigkeit zu einem Ort oder einer Sache kannte sie nicht.

Umso mehr interessierte sie sich für Fremde und alles Fremde. Sie konnte auf jeder Hochzeit tanzen.«

»Wurde der Roman veröffentlicht?«, will Oskar wissen.

»So weit ist es nicht gekommen«, sagt Susi lachend. »Ich habe ihn nicht zu Ende geschrieben. Irgendwo muss das Fragment noch in einer Schublade liegen. Auf den weiteren Forschungsstationen war dann die Zimmertemperatur besser regulierbar oder ich hatte einen Freund.«

Am Tischchen nebenan wird es gerade laut.

»Was heißt sinnlos?!«, herrscht Norman Scott David Frank an. »Da ist noch etwas Zeit, die wir nutzen müssen, um den Klimawandel zu stoppen. Bis 2050 müssen wir klimaneutral sein. Das Ziel zu erreichen von 1.5 Grad Erwärmung gegenüber dem vorindustriellen Niveau ist noch möglich.«

»Aber wenn du den Menschen so nehmen willst, wie er ist, mit all den schlechten Eigenschaften, die du ihm unterstellst, ist es kaum möglich«, erwidert David grinsend.

»Ich bin wirklich schockiert. Du bist der beste Freund von Charly? Du bist doch auch Glaziologe. Dann weißt du auch, dass es fünf vor zwölf ist.«

»Es ist jetzt schon seit vielen Jahren fünf vor zwölf und die Zeit steht nicht still. Auch für uns gibt es etwas zu verstehen. Selbst wenn die schon seit Jahren anvisierten Ziele erreicht werden sollten, was unwahrscheinlich ist, werden wir noch auf Jahrzehnte hinaus mit den irreversiblen Folgen des Klimawandels beschäftigt sein, worauf wir uns jetzt schon praktisch vorbereiten müssen. Schon heute können wir uns mit unserem Wissen beim Schutz der Bevölkerung vor den aktuellen und künftigen Folgen des Klimawandels praktisch einbringen. Von ständiger Belehrung, Empörung auf Vorrat und Schuldzuweisungen hat niemand etwas, im Gegenteil, die Leute stumpfen ab und werden noch untätiger. Aber mit einer Lawinenverbauung über dem Haus oder der Erhöhung eines Deichs ist ihnen geholfen.«

»Alles nur ein Kampf gegen Symptome«, kontert Scott. »Damit wird nur eine neue Normalität suggeriert, in der alle das

Gefühl haben, jede Folge des Klimawandels ließe sich leicht beheben und sie könnten weitermachen wie bisher. Schon heute wird nur noch berichtet von Folgen des Klimawandels, wenn das Matterhorn betroffen ist oder eine bekannte Persönlichkeit vom Steinschlag getroffen wird oder gleich Hunderte von Menschen ums Leben kommen. Sonst ist alles normal. Eine gefährliche Gewöhnung. Wir müssen die Sache an der Wurzel packen.«

Nachdem sich Scott umgesehen hat, als suchte er einen angenehmeren Gesprächspartner, fragt er David inquisitorisch: »Was machst du eigentlich beruflich?«

»Ja, David, altes Haus, das wüsste ich auch gerne«, sagt Susi Pauli, die sich unbemerkt zu den beiden Eiferern gesellt hat.

David reicht den beiden seine Karte.

Scott blickt kurz auf die Karte und steckt sie ein. Dann schaut er suchend um sich und fragt: »Wie lange braucht es zum Flughafen? Mein Flug geht um sieben p.m.«

»Keine Eile«, beruhigt ihn Susi. »Es reicht, wenn du um vier eine Taxe nimmst. Oder du nimmst die Straßenbahn, die ist fast so schnell und du kommst nicht in einen Stau.«

»Danke. Sorry, dass ich habe soeben die Nerven verloren. Aber … .«

»Schon gut«, meint Susi und liest laut vor, was auf Davids Karte steht: *»Nationales Amt für Umwelt- und Bevölkerungsschutz. Sektion Naturgefahren. Dr. David Frank. Glaziologe. Leiter Abteilung Warn- und Informationssysteme.«*

»Ich dachte, du arbeitest immer noch in diesem Projekt in Nepal, wo versucht wird, die gefährlichen Seen, die sich beim Schmelzen der Gletscher bilden, in Schach zu halten.«

»Schon seit vielen Jahren nicht mehr. Nachdem wir nach diesem dramatischen Ausbruch des Sees am *Dig-Tsho*-Gletscher bei allen anderen gefährlichen Seen Frühwarnsysteme installiert und bei einigen für den Fall eines Ausbruchs Entlastungskanäle und Dämme gebaut hatten, übergaben wir das Projekt den lokalen Behörden. Seitdem befasse ich mich vor allem mit den gefährlichen und wahrscheinlich durch den Klimawandel vermehrt auftretenden Wassertaschen in Alpengletschern. Diese unter der Oberfläche liegenden Seen gehören momentan zu den größten Bedrohungen durch schmelzende Gletscher. Sie sind unberechenbar und wir haben immer noch kein System, um sie systematisch aufzuspüren. Wir müssen aufs Geratewohl Bohrungen machen, um sie zu finden, wozu sich eine der einst von Charly entwickelten Methoden gut eignet. Ich bin unter anderem zuständig für diese Bohrungen. Eine Sisyphusarbeit.«

»Interessant«, findet Scott.

»Aber unspektakulär«, meint David. »Manchmal aber auch befriedigend, wenn man auf einen unterirdischen See stößt und dann zur Verhinderung einer Katastrophe eine neue Gefahrenkarte erstellen oder einen Entlastungskanal bauen kann.«

Nun schaut sich David um, als würde er einen neuen Gesprächspartner suchen. Als er Ladina Gredig am Tisch mit Gian-Duri entdeckt, und sie kurz herüberschaut, winkt er sie zu sich. Sie setzt zuerst eine fragende Miene auf, als sei sie nicht sicher, ob sie gemeint ist. Als David mehrmals nickt, winkt sie ihrerseits, er soll doch an ihren Tisch kommen. David verabschiedet sich von Susi und Norman und folgt der Einladung.

»Ich bin David Frank, ein alter Freund von Karl.«

»Karl hat viel von ihnen erzählt, vom Praktikum auf dem Morteratsch, bei dem ihr euch kennengelernt habt, und von Bergtouren, die ihr gemeinsam unternommen habt.«

»Ich wollte Ihnen danken für ihren Beitrag an der Trauerfeier. Sie haben mit der Sage von der *Signura da Morteratsch* die Geschichte des Gletschers, der unser gemeinsames Interesse vor mehr als vierzig Jahren galt, auf poetische Weise aufleben lassen. Das hat mich eindrücklich an Karl und den Beginn unserer Freundschaft erinnert. Ich war gerührt.«

»Sie machen mich jetzt etwas verlegen. Wie ich schon sagte, war es ein Einfall in der Not.«

»Offenbar ein sehr guter«, meint Gian-Duri. »Not macht ja meistens gar nicht erfinderisch, sie lässt einem einfach zu wenig Zeit, um das Falsche zu tun.«

»Ihr kennt euch sicher gut aus in Pontresina«, sagt David.

»Nein«, antworten Ladina und Gian-Duri gleichzeitig.

»Ich habe nur die ersten Lebensjahre in Pontresina verbracht«, fährt Ladina fort. »Dann sind wir nach Basel gezogen und ich habe nur sporadisch meine Großeltern in Pontresina besucht und zweimal in der Villa übernachtet, als wir mit Prof. Rieter für das Praktikum auf den Morteratsch gingen. Leider bin ich Gian-Duri nie begegnet.«

»So ist es mit den meisten, die sagen, sie seien aus Pontresina«, stellt Gian-Duri fest. »Für ihre im Unterland präsentierte Identität macht sich die Herkunft aus den Bergen gut, sonst haben sie mit diesem Touristen-Kaff nichts am Hut. Nimm's nicht persönlich, Ladina.«

»Du hast ja recht. Schon wenn ich meinen Namen ausspreche, horchen die Leute in der Stadt auf, und wenn sie dann noch hören, woher ich komme, genieße ich meist sofort den Bonus der Exotin aus den Bergen. Die sich natürlich nicht anpassen oder integrieren muss wie andere Migranten, sondern ihre Ursprünglichkeit gerade bewahren sollte. Wahrscheinlich, weil es die Leute selbst angenehm an die Ursprünglichkeit ihrer Identität erinnert oder auch, weil sie nach ihrer eigenen Herkunft suchen. Da habe ich es einfacher als jene, die bei der eh schon aufreibenden Dauerbeschäftigung mit der Suche nach ihrer wahren Identität nicht auf diese Ressourcen zurückgreifen können. Irgendwie passe ich gut zu all dem in der Stadt verbreiteten Vintage-Schmarrn aus den Bergen, dem Hirschgeweihmuster auf Bettlaken und Zierkissen, und zur Daunenjacke der modischen Städterin. Aber nicht minder gut komme ich bei all den Naturschützern an, die in ihrer Freizeit lange Reisen mit reichlich CO_2-Ausstoß unternehmen, um in den Bergen zu sehen, was sie überhaupt schützen wollen. Ich erscheine eben echt.«

»Immer etwas von mir zeigen zu müssen, wäre mir zu anstrengend«, sagt Gian-Duri. »Da lobe ich mir mein Leben im Touristen-Kaff.«

»Anstrengend ist es tatsächlich. Zumal immer mehr Eindeutigkeit verlangt wird und jede Diskussion um Gendersternchen, Fleischkonsum und Klimawandel schnell in Streit ausarten kann. Kaum sagst du was, das einem anderen nicht passt, fühlt er sich persönlich angegriffen. Im besten Fall zieht er sich nur beleidigt zurück und meldet sich erst nach ein paar Wochen wieder, und zwar, als müsstest du froh sein, dass er überhaupt noch mit dir spricht. Im schlimmeren Fall tritt er einen Shitstorm gegen dich los, damit auch sonst keiner mehr mit dir spricht, und wenn's ganz schlimm kommt, denunziert er dich gleich bei der Obrigkeit, oder noch schlimmer: bei den Medien, die dann den Shitstorm übernehmen, immer mit der abschließenden Bemerkung ›Es gilt die Unschuldsvermutung‹.«

»Ein Megastress! Immer andere davon überzeugen zu müssen, dass man der ist, der man scheinen will.«

»*Die* ist, die frau scheinen will. Bitte! Aber im Ernst: Wenn ich meine Ruhe haben will, mache ich gerne auf *Ladina aus Pontresina*. Auch wenn ich mir dabei vorkomme wie der *CEO* des umweltverschmutzenden Konzerns, der im Interview schon in den ersten Sätzen einflicht, dass er ein Bauernsohn sei.«

»Billig, aber doch irgendwie beängstigend. Jemand wie David Bowie ist heute kaum mehr denkbar. Wer versteht denn noch, dass er mit seinen androgynen Inszenierungen Geschlechterklischees kritisieren wollte?«

»Schlimmer. Es würde ihm vorgeworfen, dass er nicht berechtigt sei, mit einer ihm nicht zustehenden Identität zu spielen und dadurch jemanden verletzen könnte. Sofort würde sich jemand unwohl fühlen, wenn nicht gar existenziell bedroht.«

»Aber wer kennt denn Bowie überhaupt noch?«

»Und wenn, wird er noch posthum verdammt, wenn nicht gleich aus dem Vokabular gestrichen.«

»Das geht doch gar nicht.«

»Was nicht heißt, dass es nicht versucht wird. Schließlich gibt es auch keine Privatrollen und trotzdem versuchen heute alle, sich genau darin zu verwirklichen.«

»Wenn ich jeweils in einer Disco Bowie auflege, kommt er manchmal noch ganz gut an.«

»Wahrscheinlich nur, weil niemand mehr weiß, wer er ist, oder dann bei älteren Leuten, die noch etwas toleranter sind.

Abgesehen davon, dass sie sich den Disco-Besuch im Edelkurort leisten können und sich auch aus ökonomischen Gründen weniger um eine korrekte Identität bemühen müssen.«

»Versteh' ich jetzt nicht. Aber sei's drum. Ich wäre überfordert, wenn ich mich in der Stadt verwirklichen müsste. Immer schauen, was andere machen, das eigene Verhalten permanent abgleichen, immer darauf bedacht sein, niemandem auf die Füße zu treten, mich immer etwas verängstigt oder bedroht fühlen und keine richtigen Entscheidungen mehr fällen zu können. Das würde mich ganz lahm machen, oder aggressiv. In Pontresina scheint mir alles noch etwas weniger im Fluss, sicherer, überschaubarer, einfacher. Da ist ein Bäcker noch ein Bäcker und nicht jemand, der im Moment als Bäcker arbeitet. Und die Bergführer hatten schon immer verschiedene Jobs. Und die Hoteliers immer schon Leute freundlich bedient, die sie insgeheim verachteten. Jeder hat seine Meinung, aber mit jedem kannst du ein Bier trinken. Oft willst du gerade auf ein Bier mit einem, weil er eine andere Meinung hat.«

»Aber jetzt idealisiert du auch etwas. Ich hab' ja schon bei meinen Stippvisiten gesehen, wie traditionell es hier noch zu und her geht, wie sich die Leute den Touristen anpassen, dass es Gruppendruck und wenig Spielraum für individuelle Entscheidungen gibt. Darum sind meine Eltern damals auch weggezogen. Sagten sie zumindest.«

»Das ist eben der äußere Anschein, der zu falschen Schlüssen führt. Tatsache ist: Im Dorf kann jeder viel mehr sich selbst sein als im Unterland. Die Entscheidungsspielräume sind viel größer, auch weil man sie überhaupt abschätzen kann. Und Entscheidungen sind darum meist viel weitreichender und nicht nur kosmetische Korrekturen an der hübschen Fassade. Sieh nur mich an. Alle haben erwartet, dass ich in Baps Fußstapfen trete und mich in der Hotellerie engagiere. Hat mir aber nicht gepasst. Hab auf meinen inneren Kompass gehört und anders entschieden. Aber alle haben meinen Entscheid akzeptiert. Sich vielleicht nicht gefreut, aber akzeptiert. Sogar der Bap. Ist doch super.«

David, der die Diskussion der beiden aufmerksam, wenn auch gelegentlich mit einer gewissen Irritation verfolgt hat, will von Gian-Duri wissen: »Was genau machst du beruflich in Pontresina?«

»Ich organisiere ab und zu einen Event. Musik, Partys und so. Manchmal mache ich auch DJ oder Outdoor. Läuft gut. Im Dorf kannst du eben noch mit eigenen Ideen etwas bewegen.«

»Du bist nicht an der Hotellerie interessiert?«

»Nichts für mich. Als Hotelier käme ich mir ja vor wie der Bergbauer oder Säumer, den wir den Touristen auf Plakaten und in Werbeprospekten präsentieren, weil die den ursprünglichen Pontresiner so sehen wollen.«

»Hättest du nicht Lust, bei einem Projekt zur Neueinschätzung der Gefahrenlage rund um Pontresina mitzuarbeiten? Wir gleisen da gerade was auf, um die Sicherheit der Schutzbauten angesichts des tauenden Permafrostes neu einzuschätzen. Wir suchen noch Leute mit guten Ortskenntnissen.«

»Welche Schutzbauten? Die Lawinenverbauungen drüben am Schafberg?«

»Die auch. Die stammen noch von Ende des 19. Jahrhunderts. Es geht aber vor allem um die beiden Dämme, die man anfangs der 1990er-Jahren direkt über dem Dorfkern gebaut hat, um die Folgen des tauenden Permafrosts zu bannen. Geplant waren diese Dämme übrigens auch schon Ende des 19. Jahrhunderts. Gebaut hat man sie dann aber erst, als das Geschäft mit dem Tourismus zum wichtigsten Broterwerb geworden war. Solche Verzögerungen sind erstaunlich, wenn man bedenkt, dass die Kosten für die Sicherheitsmaßnahmen nur 10 % der Kosten für den Schadenfall betragen. Nun hat sich die Gefahrensituation noch einmal verschärft. Die Temperaturen des Permafrosts liegen nahe dem Schmelzpunkt.«

»Habe gar nicht gewusst, wie gefährlich wir in Pontresina leben. Und was wäre mein Job?«

»Wenn sich der Permafrost auflöst, bröckelt das Gestein. Das ist an der Oberfläche zunächst nicht sichtbar. Nur Geologen und Ortskundige bemerken die Risse, die sich im Fels bilden. Die Truppe, die täglich um Pontresina durchs Gebiet streift und nach solchen Anzeichen Ausschau hält, könnte noch Verstärkung gebrauchen. Gelegentlich eine bezahlte Wanderung rund ums Dorf wäre doch kein schlechter Nebenverdienst.«

»Verstehe. Zeit habe ich eigentlich. Mal schauen. Schick mir doch eine E-Mail mit weiteren Infos.«

Gian-Duri kritzelt seine E-Mail-Adresse auf einen kleinen Fetzen Papier und reicht ihn David.

»Wie der Pfarrer vorhin erwähnte, waren sie auf der Zugfahrt dabei, als Karl sich in seine Frau verliebte«, sagt Ladina.

»Verliebt haben sie sich wohl erst später. Wir nahmen Kathi nach der gemeinsamen Zugfahrt ins Engadin mit ans Geburtstagsfest von Karls Vater. Tags darauf machten wir zusammen eine Bergtour. Auf dem Rückweg, als wir das Seil bereits abgelegt hatten, rutschte Kathi auf dem Eis aus und Karl konnte sie gerade noch halten, damit sie nicht in eine Spalte fiel. Zum Dank küsste sie ihren Lebensretter. So begann es.«

»Schaut, da drüben kommt der Pfarrer«, sagt Gian-Duri, worauf David stracks auf den Pfarrer zugeht, und ihn fragt: »Sie wollen sicher zu Bigna und Reto? Die machen sich im Keller nützlich, obwohl hier draußen alle gerne ein paar Worte mit ihnen wechseln würden.«

»Vielleicht haben sie sich ja gerade darum zurückgezogen«, meint der Pfarrer.

»Mit ihnen sprechen sie sicher gerne, ich begleite sie kurz rüber«, sagt David und führt den Pfarrer zum Keller.

»Schaut, wen ich euch da bringe.«

Reto und Bigna lassen von ihren Tätigkeiten ab und begrüßen Pfarrer Fischer.

»Schön, dass sie auch gekommen sind«, sagt Reto. »Herzlichen Dank für ihre wunderbare Gestaltung der Trauerfeier. Ganz im Sinne unseres Vaters.«

»Auch meinerseits herzlichen Dank. Wie mein Bruder sagte, es war wunderbar. Der von ihnen gewählte Psalm eignete sich so gut, um das Leben unseres Vaters in Erinnerung zu rufen. Wer er war und wie er war.«

»Ich nehme diesen Psalm in jeder Trauerfeier zum Ausgangspunkt.«

»Wollt ihr euch nicht zu euren Gästen gesellen?«, fragt David. »Einige haben sich nach eurem Verbleiben erkundigt. Ich kann hier im Keller gerne für euch einspringen.«

»Das sollten wir machen«, sagt Bigna ohne große Begeisterung und schiebt ihren Bruder und Pfarrer Fischer sanft Richtung Ausgang.

»Da seid ihr ja«, sagt Susi Pauli und legt Bigna einen Arm um die Schulter. »Ich muss dich etwas fragen. Komm, wir gehen zum freien Tisch da drüben.«

»Was denn?«, will Bigna wissen und folgt Susi zögernd.

»Also, euer Vater und ich waren ja zusammen auf mehreren Expeditionen. Karl führte immer Tagebuch. Über den Alltag in der Forschungsstation, wissenschaftliche und philosophische Fragen, eben über alles, was ihn beschäftigte. Dürfte ich zur Erinnerung an Karl vielleicht einmal in diese Tagebücher sehen?«

»Ich weiß nichts von diesen Tagebüchern«, sagt Bigna. »Zudem müsste ich das mit Reto besprechen. Ich wüsste nicht einmal, ob ich selbst in diesen Tagebüchern lesen würde, ob ich dies überhaupt dürfte.«

»Ich frag' ja nur«, sagt Susi. »Vielleicht denkst du daran, wenn ihr den Tagebüchern eines Tages begegnet. Schön, dass vorhin in der Kirche ein Lied von Paulin Nuotclà gesungen wurde. Es erinnerte mich an Ferien, die ich zusammen mit eurer Mutter in der Villa verbrachte. Kathi hatte eine Schallplatte von Nuotclà, die wir uns immer wieder anhörten, und Kathi übersetzte die Texte aus dem Rätoromanischen für mich. Sie sprach ja so viele Sprachen. Ich neben Deutsch nur Französisch und Englisch.«

»Ja, das Sprachenlernen soll ihr leichtgefallen sein«, sagt Bigna abwesend. »Rätoromanisch hat sie am *Lyceum* in Zuoz gelernt. Reto und ich haben es leider nie gelernt. Immer, wenn wir Kinder etwas nicht hören sollten, wechselten unsere Eltern auf Romanisch. Aber so viele Geheimnisse hatten sie nicht.«

»Ein geheimnisvolles Paar waren sie schon, eure Eltern. Oder, sie machten auf ihre Weise darauf aufmerksam, was an einem Paar geheimnisvoll ist.«

»Was ist denn so geheimnisvoll an einem Paar?«

»Für mich hat ein Paar immer etwas Subversives. Es verweigert sich nicht den anderen, wie es auf den ersten Blick erscheinen mag, aber den Zwängen der Gesellschaft, dem Gesetz, politischem Druck, wirtschaftlichem Profit, allem, dem der einzelne ausgeliefert ist. Zwei sind füreinander da. Haben ihre eigenen Gesetze. ~~Und~~ Ihr Profit ist Liebe, Verantwortung, Zeit, Angst, Hoffnung, Sorge, Freude, Empathie, eben alles, was den Menschen ausmacht. Und wenn das Paar Kinder hat, kann es all dies gemeinsam mit ihnen ausleben und nicht nur flüchtig an jemanden weitergeben. Es bleibt etwas.«

»Oskar würde jetzt wahrscheinlich sagen, die Familie könne auch ein Gefängnis sein, das den Einzelnen allen äußeren Einflüssen ausliefert. Die Tochter will ein Hündchen. Zuerst widerstehen die Eltern ihrem Müden noch. Aber als sie schlechte Schulnoten nach Hause bringt, schenken sie ihr das Hündchen zum Trost oder zum Ansporn. Davon profitiert die Tierfutterindustrie. Und wenn die Tochter keine Zeit mehr hat, um mit dem Hündchen Gassi zu gehen, müssen die Eltern übernehmen.«

»Oskar ist dein Mann?«

Während Bigna und Susi weitere Erinnerungen an Kathi, Karl und die Villa austauschen, haben sich zwei Tische nebenan Reto und der Pfarrer mit Norman Scott auf ein Gespräch eingelassen.

»Wenn ihr mit Charly Bergtouren gemacht habt, hat er sicher viel gesprochen von den dramatischen Konsequenzen des Klimawandels, deren Zeichen ihr habt gesehen?«, fragt Scott.

»Eigentlich nie«, sagt Pfarrer Fischer.

Und Reto ergänzt: »Er deutete da und dort auf eine Veränderung am Gletscher hin. Oder zeigte auf eine Stelle, wo der tauende Permafrost die Steinschlaggefahr erhöht hat und darum ein neuer, sicherer Weg genommen werden sollte. In erster Linie genoss er die Tour. Manchmal war er etwas traurig, dass *sein* Gletscher, der Morteratsch, am Sterben ist und wir dagegen nichts machen können.«

»Er hat nicht gesagt, was wir tun müssen, um die Katastrophe zu vermeiden, deren am meisten sichtbares Zeichen das Schmelzen der Gletscher ist?«, fragt Scott erstaunt.

»Nein«, antwortet Pfarrer Fischer. »Ich hatte auch den Eindruck, dass er vor allem die herrliche Landschaft und die Freundschaft genoss und sich dies nicht durch trübe Aussichten vermiesen lassen wollte. Man muss die Schöpfung zuerst einmal richtig erfahren, um zu wissen, was da gehütet und gerettet werden soll.«

»Dabei hätte er euch so gut zeigen können am Beispiel, was die Zahlen sprechen für eine Sprache.«

»Zahlen und Statistiken sind vielleicht gerade das Problem«, meint Reto. »Sie entwerten nicht nur die sinnlichen Eindrücke, oft verhindern sie gerade, dass wir etwas tun. Zahlen haben immer eine beruhigende Funktion. Wenn wir den Verlust der Biodiversität, das Ausmaßes der jährlich neu versiegelten Erdoberfläche oder den Gletscherschwund numerisch erfassen, scheinen wir die Bedrohung im Griff zu haben. Die Zahlen machen den Verlust fassbar. Gleichzeitig suggerieren sie, wir wüssten auch schon genau, was zu tun ist. Und wie immer in einer derart paradoxen Situation tun wir dann gar nichts, warten zuerst einmal ab. Zahlen fehlt die menschliche Dimension. Meist sind es gute *Geschichten*, die uns zum Handeln animieren.«

»Es muss nicht die Bibel sein«, sagt Pfarrer Fischer. »Es genügt auch ein Buch wie *Silent Spring* der amerikanischen Biologin Rachel Carson.«

»Ich kenne nur den Titel dieses Buches«, stellt Scott fest.

»Das Buch erschien zu Beginn der 1960er-Jahre und gilt als Auslöser der Umweltbewegung«, klärt ihn der Pfarrer auf. »Dieses Buch, das sich liest wie eine Mischung aus Märchen und Öko-Krimi, hat nicht nur unser Verhältnis zur Natur grundlegend verändert, es führte auch schon kurzfristig zum Verbot des Umweltgiftes DDT. Die Autorin führte das Verstummen der Vögel im Frühling auf den Einsatz von giftigen Chemikalien in der Landwirtschaft zurück und zeigte, dass die Natur nicht irgendwo da draußen ist, in Wäldern und Parks, wo wir unsere Freizeit verbringen, sondern dass wir Teil von ihr sind. Das vom Menschen mitverursachte Verstummen des Vogelgezwitschers soll zeigen, dass überall in der Natur der Tod lauert und wir daran schuld sein können. Wenn nicht gleich mit Tod und Weltuntergang gedroht wird, begreifen offenbar viele Menschen nicht, was sie tun und lassen sollen. Darum endet auch das *Neue Testament* mit der Apokalypse, obwohl diese eigentlich den meisten Grundgedanken des Christentums widerspricht.«

»Ich kenne nur den Titel dieses Buches«, wiederholt Scott.

»Es ist gar nicht so unähnlich den Kinderbüchern von Gillette Fallo, woraus die Studierende vorhin zitiert hat«, sagt Reto. »Gute Geschichten, die einem selbst auf die Lösung des Problems kommen lassen. Es ist ja meist nicht große Literatur, die die Welt verändert, sondern Bücher wie *Uncle Tom's Cabin* von Harriet Beecher Stowe oder Jean-Jacques Rousseaus *Julie ou la Nouvelle Héloïse* oder eben Kinder- und Jugendbücher. Wir brauchen Geschichten, die uns bleiben, die wir schon früh in unserem Leben verstehen können. Und es sollten auch Geschichten sein, die uns keine Entscheidungen aufzwingen, damit wir das Gefühl behalten, aus eigenen Stücken auf die Lösung kommen zu können. Solche Geschichten machen Mut.«

»Was ist gute und was ist schlechte Literatur, ist doch eine Frage von Geschmack«, sagt Scott und schaut nervös auf die Uhr. »Ich lese ohnehin nur wissenschaftliche Literatur und Science-Fiction. – Es wird Zeit für mich. Ich muss zum Airport. Ist da ein Taxistand in der Nähe?«

»Ich lasse dir eine Taxe kommen«, sagt Reto und greift zum Telefon. »Sollte in zehn Minuten hier sein.«

Scott bedankt sich und verabschiedet sich von Reto und dem Pfarrer. Dann geht er zu Bigna und Susi Pauli und verabschiedet sich mit einer steifen Umarmung von ihnen.

»Vielen Dank, Norman, dass du von so weit angereist bist und auch für deine eindringliche Rede«, sagt Bigna leise. »Ganz im Sinne unseres Vaters.«

Scott sagt noch: »Ein großer Skeptiker, dein Bruder«, und geht dann geschwind zum Keller, wo er sich förmlich von David verabschiedet. Dann greift er nach seinem auf einem Regal deponierten Rucksack und macht sich auf Richtung Gartentor. Auf dem Weg begegnet ihm noch Rektor Sprecher, von dem er sich mit einem kräftigen Händedruck verabschiedet und mit Bedauern feststellt: »Schade, dass wir nicht mehr über Charly und die Wissenschaft sprechen konnten.«

»Schade«, bedauert auch der Rektor. »Der Klimawandel, was wir dagegen tun müssen und …«. Aber da erscheint schon die Taxe am Gartentor und Scott geht eilends davon. Bei der Hecke dreht er sich noch einmal kurz um und winkt zum Abschied allen zu. Ein paar wenige winken unbeteiligt zurück, um sich dann wieder in ihre Gespräche zu vertiefen.

»Ich hatte eine ganz andere Erinnerung an Norman«, sagt Reto zum Pfarrer. »Ich bin ihm als Kind mehrmals in der Villa begegnet. Wahrscheinlich war ich damals noch zu klein, um zu verstehen, was unser Vater und er diskutierten. Ich konnte mich nur noch an sein Aussehen erinnern, wohl auch, weil es dem unseres Vaters völlig entgegengesetzt war. Vater der strahlende Naturbursche, Norman der blasse Schreibtischgelehrte. Nach der heutigen Begegnung kommt mir Norman vor wie der Bußprediger, den ich als Kind einmal in einem Western gesehen habe.«

»Eine beliebte Figur in Filmen«, meint der Pfarrer. »Die Androhung der Apokalypse wirkt auch auf den Zuschauer im bequemen Sessel attraktiv. Und, weil es mit Bußpredigern ab und zu durchgeht, eine gute Rolle für Schauspieler, in der sie ihre ganze Kunst zeigen können. Bußprediger scheint es überall und zu allen Zeiten gegeben zu haben, vornehmlich in Zeiten großer sozialer Umbrüche mit unsicheren Zukunftsaussichten und großen Verlustängsten. Besonders im ausgehenden Mittelalter hatten sie Hochkonjunktur. Aber entschuldige die

Unterbrechung. Was wolltest du über den Bußprediger im Western sagen?«

»Irgendwo im Wilden Westen kommt ein Fremder in ein Dorf. Er klopft an jede Haustür. Niemand zu Hause. Alle sind auf den Feldern bei der Arbeit. Als sie abends müde nach Hause kommen und den Fremden sehen, glauben sie, auch aufgrund seiner schlaksigen Gestalt und seines ungepflegten Aussehens, er habe Hunger und suche Arbeit. Der Fremde will aber weder eine Verköstigung annehmen, noch will er arbeiten. Stattdessen hält er auf dem Dorfplatz eine Predigt über das nahe Ende der Welt und dass die Bauern aufhören sollen zu arbeiten und sich stattdessen ganz darauf konzentrieren, in den noch verbleibenden Tagen mit sich und Gott ins Reine zu kommen. Am Ende der Predigt lässt er sich dann doch überreden, etwas zu essen. Die Szene wiederholt sich mehrmals, aber es gehen immer weniger Leute auf den Dorfplatz, um dem Prediger zuzuhören und ihm etwas zu essen zu bringen, bis am Schluss niemand mehr hingeht und der Prediger verhungert. Ganz am Ende entbrennt dann noch ein Streit unter den bis dahin friedlichen Dörflern, ob der Fremde nun auf ihrem Friedhof oder außerhalb des Dorfes bestatten werden soll.«

»Ein Gläubiger, der vor allem an sich selbst glaubt«, meint Pfarrer Fischer. »Ein Gläubiger ohne Gott, oder einem Gott ohne Gnade, der wie sein Verkünder nicht *mit* den Menschen spricht, sondern auf sie einredet, der keinen Zweifel zulässt und so den naiven Glauben dem absoluten Wissen gegenüberstellt und beidem nicht gerecht wird. Kurz, einem Gott, der nicht hinter oder über seiner Schöpfung steht und den Menschen aus freien Stücken handeln lässt und ihm bei seinen Verfehlungen vergeben könnte, sondern ein Gott, der mit der Schöpfung zusammenfällt, oder, bei unserem heutigen Naturverständnis, ein Gott, der dasselbe ist wie die Natur. Der Mensch weiß dann vollends nicht mehr, wohin er gehört: einmal ist er die Natur, die er retten will, dann wiederum Opfer der Natur, wenn sie sich ihm entgegenstellt, einmal ist er Gott, der alles unter Kontrolle hat, dann nicht einmal Mensch, der etwas entscheiden kann; das Leidigste aber scheint mir, er verliert in dieser Situation des scheinbaren Entweder-oder die Toleranz seinen Mitmenschen gegenüber. Kein Wunder, dass der Film im Streit endet.«

»So hab' ich das noch nie gesehen«, sagt Reto.

»Das waren nur Gedanken eines alten Pfarrers.«

»Und was wären ihre Gedanken zur gegenwärtigen Konjunktur von Bußpredigern wie Norman?«

»Sichtbare Folgen des Klimawandels, die Pandemie, Kriege, Wirtschaftskrisen – und unsere unbeholfenen Reaktionen darauf. An Zeichen für eine Welt im Umbruch mangelt es nicht. Und noch nie in der Menschheitsgeschichte konnten so viele so vieles verlieren wie heute. Mit welchen Vorstellungen wir auf diese Erschütterungen und Verlustängste reagieren, und was das für Folgen hat, ist eine andere Frage. Manchmal kommt es mir vor, als sei es die Vorstellung, dass auch die Schöpfung nur eine Art Wirtschaftsunternehmen ist, ein komplexer Betrieb, der alles liefern soll, was wir uns wünschen: gute Produkte und Dienstleistungen, gute Arbeits- und Lebensbedingungen, Nachhaltigkeit und Profit und so weiter. Aber wie soll sich einem komplexen Betrieb oder gleich der ganzen Schöpfung der eigene Wille aufzwingen lassen, wenn dies schon im Leben eines Einzelnen nur selten gelingt?«

»Norman würde sagen: Der Mensch ist zu dumm, um dies einzusehen«, meint Reto lachend.

»Ich vermute eher ein Missverständnis. Unter Freiheit wird heute das Recht auf grenzenlose Selbstverwirklichung verstanden. Weil diese aber meist schon an der einfachen Wirklichkeit scheitert, werden nicht einzelne Umstände, sondern die Realität selbst für emanzipationsfeindlich und diskriminierend gehalten. Zwar wird dauernd von Diversität gesprochen, aber nichts wird als unerträglicher empfunden, als eine ungleiche Verteilung. Dieser Widerspruch soll offenbar dadurch beseitigt werden, dass gleich die ganze Wirklichkeit überwunden und eine neue geschaffen werden soll. Der heutige Machbarkeitswahn scheint mir darum weniger von menschlicher Dummheit zu zeugen, sondern eher von narzisstischer Realitätsverachtung. Weil's ums Ganze geht, geht es dann auch nicht mehr um die Realisierbarkeit von diesem oder jenem Anliegen, sondern um die Machbarkeit selbst. Und wenn eine absolut gerechte und nachhaltige Welt machbar erscheint, sind Zweifel oder Kritik an diesem Projekt nicht Ausdruck von Dummheit, sondern von Bösartigkeit. Darum ja auch die Moralisierung von jedem Pipifax und die allgegenwärtige hohe Empörungsbereitschaft. Paradoxerweise scheint gegen den Machbarkeitswahn nur der persönliche Widerstand gegen den Glauben an die schöne neue Welt zu helfen. Die Wurzel des Übels, dass der Einzelne nur noch auf sich selbst setzen will, ist deshalb wohl auch die Medizin, das Übel in Schach zu halten. Wahrscheinlich müssen wir uns dazu nicht einmal allzu sehr anstrengen. Oft geht es tatsächlich mit Dummheit, mit der Dummheit in der Art des Soldaten Švejk, der alles wörtlich nimmt und auf diese Weise den ganz normalen Irrsinn ad absurdum führt. So, mein Lieber, für heute habe ich genug gepredigt, jetzt muss ich gehen.«

»Wollen sie nicht noch etwas bei uns bleiben?«

»Ich habe heute Abend selbst Gäste, für die ich kochen will. Wenn ihr ein Gespräch sucht, meldet euch bei mir. Ich bin für euch da.«

Als sei Scotts Aufbruch ein Zeichen gewesen, verließen die Gäste nach und nach die Trauergesellschaft; Pfarrer Fischer war der letzte. Jetzt stehen nur noch die Angehörigen Karl Rieters und sein Freund David im Garten. Die Hitze der Mittagszeit ist in drückende Schwüle übergegangen, die alle auf der grünen Fläche, eben noch in angeregtem Gespräch, allein und unentschlossen wirken lässt.

»Ich mach' mich dann auch mal vom Acker«, sagt Gian-Duri. »Hab später in St. Moritz noch was laufen.«

Nachdem sich Gian-Duri von allen innig verabschiedet und die Gruppe dadurch wieder etwas in Bewegung versetzt hat, schlägt Reto vor: »Setzen wir uns doch an den großen Tisch im Schatten hinter dem Haus und probieren die Engadiner Spezialitäten, die Onkel Alfredo zum Andenken an Vater mitgebracht hat: Mandeltorte von *Gianotti* und eine Flasche *Iva*-Schnaps. Wo ist Alfredo überhaupt?«

»Er sitzt wahrscheinlich immer noch am Tisch, zu dem du uns gerade beordert hast«, sagt Elli. »Wir haben dort den ganzen Nachmittag zusammengesessen und geplaudert.«

Gerade als sich alle in die von Reto vorgeschlagene Richtung aufmachen, kommt Romy mit Schwung durchs Gartentor. Auf dem Kopf einen breitrandigen Strohhut mit bunter Schärpe.

»Wo bist du so lange geblieben?«, will ihre Schwester wissen.

»Papa ging es nicht so gut. Da bin ich noch eine Weile bei ihm geblieben. Jetzt schläft er.«

»Tatsächlich, da ist er ja«, sagt Bigna, die als Erste ums Eck biegt und Alfredo am Tisch sitzen sieht. »Jetzt fehlt nur noch die Mandeltorte und der Schnaps.«

»Hol' ich euch sofort«, sagt Alfredo, als hätte er schon lange auf Gesellschaft gewartet. »Setzt euch schon mal. Ich bediene euch gleich.«

Im Aufstehen begriffen, erblickt er Romy und ruft ihr zu: »Mit dem Strohhut und dem wallenden Kleid siehst du aus, als kämst du gerade aus einem Lavendelfeld.«

»Ach, du alter Charmeur, hol lieber den Kuchen und den Schnaps.«

»Schenk mir nicht so viel ein«, sagt Elli zu Alfredo. »Nur zum Anstoßen.«

Nachdem er allen einen Schnaps eingeschenkt hat, bleibt Alfredo stehen und hebt sein Glas: »Prost. Lasst uns auf Carlo trinken.«

»Auf Carlo!«

»Auf Karl!«

»Auf Charly!«

»Auf unseren Vater!«

Alfredo zerschneidet die Mandeltorte und verteilt die Stücke. Die anderen schauen ihm schweigend zu.

Nach einer Weile fragt Bigna: »Wie fandet ihr die Trauerfeier? – Sie war genauso, wie ich sie mir vorgestellt habe. Nein, sie war besser.«

Alle nicken zustimmend. Gesagt wird nichts.

»Wem darf ich noch einen Schnaps nachschenken?«, fragt Alfredo.

Nur David und Romy strecken ihr Glas hin.

»Warum hast du dich vorhin mit Norman gestritten?«, will Bigna von David wissen.

»Streit würde ich das nicht nennen. Wir haben etwas unterschiedliche Ansichten, wie man auf den Klimawandel reagieren soll.«

Nachdem David seine Auseinandersetzung mit Norman kurz geschildert hat, stellt Bigna fest: »Unser Vater hat es genau gleich gesehen wie Norman.«

»Da bin ich mir nicht so sicher«, wendet Reto ein. »Vater war in erster Linie Wissenschaftler, Glaziologe. Natürlich war es ihm ein Anliegen, wie wahrscheinlich allen von uns, die aktuelle Klimaerwärmung zu bekämpfen. Aber er war zuerst einmal ein Fachmann für Gletscher. Seine Leidenschaft galt Gletschern, nicht dem Klima, den Folgen des Klimawandels, der Rettung des Planeten, auch wenn seine Forschung für das Verständnis des Klimawandels von großer Bedeutung sein mag.

Aber er war nicht Klimawissenschaftler oder gar Klimawarner von Beruf oder Berufung, er war ein Glaziologe, der mit seiner Expertise als Klimawarner eingespannt wurde. Von den Medien, der Politik, Fachkollegen wie Norman Scott.«

»Genau«, doppelt David nach. »Klimawarner gab es zu unserer Zeit noch nicht. Wir haben uns über unsere Arbeit definiert, die auch etwas mit dem Klima zu tun hat. Charly ist in die Rolle des Klimawarners reingerutscht und hat sie dann sehr überzeugend gespielt. Unklarheiten und Widersprüche brachte er in den Medien selten zur Sprache, was ihm durch die Art der Befragung der meisten seiner Interviewer auch mehr oder weniger verunmöglicht wurde. Journalisten wollen meist nur hören, was sie schon zu wissen glauben. Charly hat darauf reagiert. Er hat niemandem etwas vorgemacht.«

»Was gibt es denn da noch für Unklarheiten und Widersprüche?«, will Oskar wissen. »Haben nicht unzählige wissenschaftliche Studien gezeigt, dass es immer wärmer wird und dass der Mensch dafür verantwortlich ist? Inzwischen dürfte dies doch dem Hinterletzten klar sein. Oder bist du etwa auch einer dieser verkappten Klimaleugner?«

»Das möchte ich mir verbeten haben!«, sagt David zornig, fährt dann aber gelassen fort: »Wann immer Charly und ich uns trafen, sprachen wir über Unklarheiten und Widersprüche, von denen einige die heute gängigen Vorstellungen über den Klimawandel und seine Folgen in die eine oder andere Richtung relativieren. Aber ich glaube nicht, dass sich jetzt jemand in dieser Runde für derartige Fachsimpelei interessiert.«

»Wenn du schon nahelegst, dass es für unseren Vater nur den geringsten Zweifel gab, dass der Klimawandel stattfindet und von uns Menschen gemacht ist, und dass wir den Klimawandel dringend stoppen müssen, genauso wie es Norman gesagt hat, solltest du uns schon erklären, was es da noch für Unklarheiten und Widersprüche gibt«, fordert Bigna. »Ich glaube fast, etwas Neid aus deinen Worten zu hören.«

»Der Neid des kleinen Beamten, der tagelang auf den Gletschern herumstochert und dann in seinem tristen Büro Gefahrenkarten zeichnet, und sich ärgert, nicht auch eine großartige wissenschaftliche Karriere hingelegt zu haben und in der Öffentlichkeit bekannt geworden zu sein?«, fragt David müde lächelnd. »Wahrscheinlich habe ich durch mein unscheinbares Tun schon mehr Menschenleben vor den Folgen des Klimawandels gerettet als lautstarke Mahner wie dieser Norman, die seit 30 Jahren unentwegt von der Rettung der Menschheit sprechen und sogar nicht davor zurückschrecken, eine Trauerfeier als Plattform für ihre Mission zu nutzen.«

»Erzähl' uns doch einfach, was es da noch für Unklarheiten und Widersprüche geben soll«, sagt Oskar gereizt.

»Nun gut. Auf die Gefahr hin, euch zu langweilen, gebe ich euch ein paar Beispiele«, sagt David und schenkt sich noch einen Schnaps nach. »Da sind zuerst einmal die Ereignisse, die häufig mit der gegenwärtigen Klimaerwärmung in Zusammenhang gebracht werden, aber vielleicht gar nichts damit zu tun haben, wie etwa die gefährlichen Wasseransammlungen am Rande oder unter der Oberfläche von Gletschern, mit denen ich mich schon lange beschäftige. Sie scheinen nämlich sowohl beim Rückzug als auch beim Vordringen der Gletscher aufzutreten. Wir haben aber viel zu wenige Daten, um frühere Ereignisse und ihre Häufigkeit seriös rekonstruieren zu können. Das erste Mal, dass der Ausbruch eines Gletschersees größere Beachtung fand, war im Sommer 1892, als beim Ausbruch eines solchen Sees oberhalb von Saint-Gervais am Fuße des Mont Blancs fast 200 Menschen ums Leben kamen, vorwiegend Kurgäste. Wahrnehmung und Bewertung von Gefahren hängen auch davon ab, wer betroffen ist. Wären nur Bergbauern zu Schaden gekommen, hätte man von dieser Katastrophe wahrscheinlich nie etwas gehört. Weil wir es nicht oder nicht genau wissen, heißt dies nicht, dass es nicht auch schon früher Katastrophen gegeben hat, ob nun klimabedingt oder nicht. Auf viele frühere katastrophale Ereignisse lässt sich nur aufgrund von Indizien schließen. Niemand führte systematisch Buch darüber, was nicht heißt, dass die lokale Bevölkerung nicht gut darüber informiert war und auf ihre Weise in Erinnerung behielt und auch praktische Konsequenzen daraus zog.«

»Pontresina zum Exempel!« wirft Alfredo ein. »Das Dorf zerfiel einst in vier Teile. Die Gebiete dazwischen, in denen regelmäßig Lawinen und Muren niedergingen, blieben unbebaut, bis man hier Ende des 19. Jahrhunderts Hotels aufstellte. Jetzt wurde von der Gefahr geredet, als handelte es sich um eine Neuentdeckung, und man begann Verbauungen und Dämmen zu errichten. Bis heute müssen die Anlagen permanent kontrolliert und angepasst werden.«

»Über Pontresina sprach ich vorhin gerade mit Gian-Duri«, sagt David. »Ich habe ihm sogar einen Job angeboten, bei dem es darum geht, die Gefahrensituation durch den tauenden Permafrost neu einzuschätzen. Wir nehmen zwar an, dass der Permafrost bei steigenden Temperaturen taut, aber auch dies ist nicht so klar, denn durch die heute geringeren Schneehöhen im Herbst kann der Boden mehr auskühlen, was dem Tauen entgegenwirkt.«

»Es ist doch nur logisch, dass der Permafrost bei steigenden Temperaturen taut«, meint Oskar.

»Das mag im Allgemeinen so sein«, erwidert David, »aber ich spreche von einem bestimmten Ort, nicht von der ganzen Welt. Auch ich nehme ja an, dass der Permafrost taut, sonst würden wir die Entwicklung nicht exakt beobachten. Aber wie das genau vor sich geht und ob die einfache Gleichung ›kontinuierlich steigende Durchschnittstemperatur gleich kontinuierliches Tauen des Permafrostes‹ stimmt, weiß ich nicht. Wir sollten nicht abweichende und unsichere Daten zum vornherein der Logik allgemeiner Zusammenhänge opfern oder sie einfach als Ausnahme von der Regel abtun. Ich geb' dir ein anderes Beispiel, über das Karl und ich diskutierten: Vor etwa 20 Jahren entdeckte ein Geologe an einem Gletscher ein Stück Holz, das oberhalb der Baumgrenze lag. Bei der Datierung des Holzes zeigte sich, dass es über 4000 Jahre alt war. Der Geologe ging der Sache nach und entdeckte noch weitere Baumstämme mit demselben Alter. Das führte ihn zum Schluss, dass die Alpengletscher während der letzten 10'000 Jahre kleiner waren als heute. Aber was sind die Ursachen? Der Mensch kann es nicht gewesen sein. Ob es die stärkere Strahlung der Sonne ist, wie dieser Geologe meinte, sei dahingestellt. Insbesondere ist angesichts der Tatsache, dass das Schmelzen der Gletscher direkt mit dem Temperaturanstieg zusammenhängen muss, nicht klar, warum die Gletscher am Ende der Kleinen Eiszeit so schnell zu schmelzen begannen und es in den 1880er-, 1920er- und 1980er-Jahren immer wieder kleinere Vorstöße gab.«

»Ich habe immer gedacht, das Schmelzen der Gletscher lässt sich durch die Industrielle Revolution erklären«, sagt Alfredo.

»So einfach ist das nicht«, erwidert David. »Der große, vom Menschen verursachte CO_2-Ausstoß im 19. Jahrhundert setzt erst *nach* dem Beginn des ersten massiven Abschmelzens der Gletscher ein. Wofür genau die Industrielle Revolution verantwortlich ist, ist unklar.«

Mit Blick auf sein Smartphone ergänzt Reto: »Im Dokument, das ich hier gefunden habe, einer *Zusammenfassung für politische Entscheidungsträger* des *IPCC-Sonderberichts über die Folgen einer globalen Erwärmung um 1.5°C gegenüber vorindustriellem Niveau* von 2018, steht zum Begriff ›vorindustriell‹: ›Der mehrere Jahrhunderte umfassende Zeitraum vor Beginn industrieller Aktivitäten im großen Maßstab um 1750‹. Und dann, und jetzt wird's interessant: ›Der Bezugszeitraum 1850–1900 wird als Annäherung für die vorindustrielle mittlere globale Oberflächentemperatur genutzt‹. Ein seltsames Verständnis des historischen Geschehens, das auf die Verfügbarkeit von Messwerten abstellt.«

»Gib es eigentlich irgendetwas, das du nicht mit Google im Internet aufspüren kannst?«, fragt Oskar. »Du kommst mir vor wie manche unserer Patienten, die auch schon immer alles von Dr. Google wissen.«

Reto sagt nur: »Das ist ein Zitat aus einem offiziellen Dokument des *Zwischenstaatlichen Ausschusses für Klimaänderungen* der UN, das jedermann nachlesen kann.«

»In der Tat interessant«, meint Svenja und wendet sich zu David. »Wie würdest du denn das Abschmelzen der Gletscher am Ende der kleinen Eiszeit erklären?«

»Ich habe keine Erklärung«, antwortet David und zieht die Schultern hoch. »Vielleicht gibt es eine ganz einfache Erklärung. Das haben wir kürzlich bei der lange unbeantworteten Frage gesehen, warum die Temperatur an der Erdoberfläche in den letzten beiden Jahrzehnten nicht weiter ansteigt. Die Wärme wird offenbar in die Ozeane abgegeben. Manchmal sind auch Korrekturen früherer Annahmen ganz einfach. Lange wurde wegen des zunehmenden Abschmelzens der Gletscher ein entsprechend größerer Anstieg des Meeresspiegels angenommen. Nun hat man aber festgestellt, dass der Einfluss mancher Gletscher an den Küsten überschätzt wurde, denn deren Eis befindet sich zum Teil unter Wasser. Schmilzt dieses Eis, trägt das nicht zum Anstieg des Meeresspiegels bei, im Gegenteil. Einfach sind die Erklärungen, wenn sie sich wie die letzten Teile eines Puzzles in ein Modell einfügen lassen. Manchmal trifft der Vergleich mit einem Puzzle aber nicht zu und ist sogar irreführend. Denn die Unstimmigkeiten können auch bedeuten, dass die noch fehlenden Teile gar nicht ins selbe Puzzle passen, weil es nicht ein Puzzle mit 500, sondern eins mit 5000 Teilen ist. Will sagen: Ausstehende Erklärungen wie die der Gletscherschmelze Ende der Kleinen Eiszeit könnten auch darauf hinweisen, dass das ganze Klimasystem viel komplexer und dynamischer ist als in den gegenwärtigen Modellen angenommen. Das letzte Mal, als ich mit Charly über einen ungelösten Widerspruch diskutierte, der vielleicht nicht mit den gängigen Modellen vereinbar ist, ging's um den Zusammenhang des Abschmelzens der Gletscher mit der Erdrotation. Die Erde dreht sich nämlich immer schneller. Geht man davon aus, dass der Klimawandel kontinuierlich weitergeht, sollte sich die Erde aber immer langsamer drehen. Das lässt sich mit der Pirouette eines Eiskunstläufers vergleichen: Werden die Arme bei einer Pirouette an den Körper gezogen, nimmt die Beschleunigung zu, werden sie ausgebreitet, nimmt sie ab. Die Umverteilung der Wassermassen aus den abschmelzenden Gletschern in die Ozeane entspricht dieser zweiten Bewegung. Die Tage sollten also länger werden. Aber seit 2016 werden sie kürzer. Nur ein vorübergehendes Phänomen? Was sind seine Ursachen? Es gibt vage Vermutungen: Veränderungen im Inneren des Planeten, Erdbeben, Vulkanausbrüche, der Jetstream, übermäßige Entnahme von Wasser als Trinkwasser und für die Landwirtschaft. Oder hängt es gar mit dem Abschmelzen der Gletscher zusammen? Wir wissen es nicht.«

»Wir wissen es *noch* nicht«, korrigiert Oskar. »Weil die Modelle aufgrund zusätzlicher und genauerer Messdaten immer weiter verbessert werden können, heißt das ja nicht, dass die gegenwärtigen Modelle noch nicht genug deutlich zeigen, was der allgemeine Trend ist und was entsprechend dringend getan werden muss. Ich werde einfach den Verdacht nicht los, dass du den Konsens der Wissenschaftler über die Ursachen des Klimawandels relativieren willst.«

»Mitnichten!« wehrt sich David. »Ich zweifle nur an der Genauigkeit und Reichweite wissenschaftlicher Modelle und an einer weitverbreiteten Modellgläubigkeit, die bei Experten oft noch größer ist als bei Laien. Noch mehr als frühere Modelle vermögen die Simulationen mit den neuen Supercomputern, die ungeheure Datenmengen verarbeiten können, unsere Sehnsucht nach einer berechenbaren und kontrollierbaren Zukunft zu stillen. Gerne halten wir dann die Modelle für die Realität und unsere Entscheidungen schon weitgehend durch Sachzwänge vorgespurt.«

»Oder glauben gleich, überhaupt nicht mehr selbst entscheiden zu müssen«, ergänzt Elli.

»Je komplexer Modelle sind, desto kritischer müssen wir sie hinterfragen«, fährt David fort. »An den einfachen Tatsachen brauchen wir nicht zu zweifeln: Das Klima erwärmt sich, dies hat dramatische Folgen, der Mensch hat einen Einfluss auf die Erwärmung und kann entsprechend etwas dagegen tun. Der Einfluss des Menschen lässt sich aber schwer beziffern und es könnte noch andere Ursachen geben, der Einfluss des Menschen könnte auch viel größer sein, als bisher angenommen. Und was die Folgen angeht, bin ich ohnehin der Meinung, dass sie weit schlimmer sein dürften, als es die aktuellen Modelle nahelegen. Nicht zuletzt, weil diese Folgen nicht erst in ferner Zukunft auftreten werden, sondern bereits da sind – auch wenn sie noch gar nicht oder nur punktuell wahrgenommen werden. Wir müssen gar nicht auf eine Katastrophe wie den Abbruch dieses *Thwaites*-Gletscher warten – der sich ohnehin nicht mehr stoppen lässt –, denn dieser würde den Meeresspiegel nicht schlagartig drastisch ansteigen lassen, sondern erst in den nächsten Jahrzehnten. Weil solche schleichenden Prozesse schwer wahrnehmbar sind, beunruhigen sie uns wenig und scheinen nicht nach sofortigem Eingreifen zu verlangen. Aus demselben Grund dürfte die genaue Bestimmung der Kipppunkte, die heute unter Klimawissenschaftlern als zentrales Problem angesehen werden, nur als rhetorische Floskel für all jene dienen, die mit Androhung des Weltuntergangs den Klimawandel stoppen wollen.«

»Das scheint auch mir eine maßlose Selbstüberschätzung des Menschen«, mischt sich Alfredo ein. »Das käme ja einer Weltrevolution gleich.«

»Was heißt Weltrevolution?«, sagt Svenja. »Es scheint ja nicht einmal möglich, die reichsten 10 % der Weltbevölkerung, die für die Hälfte der gesamten CO_2-Emissionen verantwortlich sind, in die Schranken zu weisen, ja nicht einmal das reichste eine Prozent, das 15 % der Emissionen verursacht, hat irgendwelche Einschränkungen zu befürchten.«

»Was mir nicht klar ist«, sagt Oskar zu David, »wofür all die spitzfindigen Überlegungen, wenn du doch der Meinung bist, dass alles noch viel schlimmer kommt?«

»Einerseits von Berufs wegen, weil ich Wissenschaftler bin, andererseits weil ein Bewusstsein von Unklarheiten und Widersprüchen und eine gewisse Skepsis wissenschaftlichen Modellen gegenüber zu einem ganz anderen Handeln führt, und zwar nicht erst morgen oder übermorgen, sondern jetzt. Nehmen wir zum Beispiel die vorhin angesprochene Berücksichtigung des Abschmelzens von unter dem Meeresspiegel liegenden Teilen von Gletschern. Während die meisten Klimawarner glauben, die ständige Verbesserung der Modelle würde den Leuten die Dringlichkeit eines radikalen Stopps des Klimawandels immer einsichtiger machen, könnte dieses Beispiel gerade das Gegenteil bewirken. Das verbesserte Modell zeigt nun, dass die lebensbedrohliche Erhöhung des Meeresspiegels erst die nächste, nicht schon die eigene Generation betrifft. Also tun wir erst mal gar nichts. Was wir aber jetzt unbedingt tun müssen, und da waren Charly und ich uns einig, … .«

»So genau wollen wir das gar nicht wissen, wenn du damit nur das Andenken an unseren Vater in den Schmutz ziehen willst«, sagt Bigna.

»Ihr habt Onkel David aufgefordert, sich zu rechtfertigen. Dann lasst ihn jetzt auch ausreden«, sagt ihr Bruder.

»Vielleicht ist dies tatsächlich der falsche Anlass, um meine Gedanken zu äußern«, beruhigt ihn David.

»Was Onkel David sagen will«, fährt Reto fort, als hätte er dessen Worte überhört, »ist nur, dass Zweifel immer angebracht sind, weil wissenschaftliche Modelle immer nur Annäherungen an die Wirklichkeit sind. Gerne wird zur Verteidigung nicht ganz passender Modelle gesagt, sie befänden sich noch in den Kinderschuhen und würden im Reifezustand dann sicher passen. Die falsche Kontinuität, die dabei unterstellt wird, verkennt, dass die Annäherung oft etwas ganz anderes ist als die anvisierte Lösung. Meteorologische, ozeanologische, klimatologische Fakten sind nicht reine Laborsachverhalte, die sagen, was ist. Das mag bei einfachen chemischen Experimenten so sein. Aber je komplexer die Zusammenhänge, desto weniger sprechen die Daten für sich, desto mehr müssen sie in Wahrscheinlichkeiten erfasst werden. Aber wie ich vorhin schon Norman zu erklären versuchte, spiegeln uns Zahlen eine falsche Sicherheit vor. Je komplexer die Zusammenhänge, desto mehr müssen Zahlen interpretiert werden, und zwar hinsichtlich bestimmter Zwecke. Und hier kommt dann auch die Ethik ins Spiel. Dass wir heute Supercomputer haben, die Simulationen aufgrund ungeheurer Datenmengen liefern, rüttelt nichts an diesen grundlegenden Problemen, es vermehrt sie nur um die von David kritisierte Modellgläubigkeit, mit der wir uns vor Entscheidungen drücken.«

»Wir sollen wohl gleich ganz auf die Wissenschaft verzichten, sobald wir es mit etwas komplizierteren Sachverhalten zu tun haben und es noch da und dort eine kleine Restunsicherheit gibt?«, wirft Oskar ein. »Mit dieser Einstellung wären wir in der Medizin wohl nicht dahin gekommen, wo wir heute sind. Und es gibt sicher auch in der Klimawissenschaft spezialisierte Ethikkommissionen wie in der Medizin.«

»Davon dürfte es wimmeln, aber das macht die Sache auch nicht besser«, erwidert Reto. »Und wie kommst du darauf, dass ich auf die Wissenschaft verzichten möchte? Wir haben nichts Besseres. Selbst ganz unsichere Modelle für die kompliziertesten Sachverhalte können uns noch eine Orientierung geben. Wir sollten aber einen kritischen Umgang mit der Wissenschaft pflegen, wenn wir sie ernsthaft betreiben wollen. Natürlich müssen wir zuweilen alle Unsicherheiten ausblenden und so tun, als ginge es nur noch um den letzten Stein in der Beweiskette. Der Wissenschaftsfonds würde uns wohl keinen Forschungskredit gewähren, wenn wir in den Anträgen nur schreiben würden, wir seien vom Fach und offen für Neues. So skizzieren wir halt das Puzzle und wie wir die fehlenden Teile finden wollen. Aber du weißt so gut wie ich, dass jeder, der aktiv Forschung betreibt, oft ganz andere Dinge findet, als im Forschungsplan vorgesehen.«

»Das stimmt natürlich«, sagt Oskar.

Reto lehnt sich zurück. Dann isst er das letzte Stück der Torte und sagt mit noch vollem Mund: »An wissenschaftlichen Modellen zweifeln heißt nicht, dass sie wahrscheinlich falsch sind, sondern nur, dass sie falsch sein *könnten*. Wir müssen immer mit allen Möglichkeiten rechnen, vor allem mit dem Schlimmstmöglichen. Und wir sollten nicht immer nach noch mehr Daten und Argumenten suchen, die eine Hypothese bestätigen, denn oft reicht *ein* gutes Argument, um sie zu widerlegen. Leider wird dieses zweite Vorgehen vom Wissenschaftsbetrieb nicht gerade begünstigt.«

»Dass du jetzt auch noch ins gleiche Horn bläst wie Onkel David, irritiert mich«, sagt Bigna zu ihrem Bruder. »Bis jetzt habe ich gedacht, dass du dich nur mit unserem Vater in Bezug auf dich und unsere Mutter schwergetan hast, dass du ihn jetzt auch noch als Wissenschaftler verunglimpfst, finde ich völlig deplatziert.«

»Ich nehme ihn doch gerade als kritischen Wissenschaftler in Schutz. Da waren wir einer Meinung. Das zeigten mir selbst die wenigen Gespräche, die ich mit ihm diesbezüglich führte. Und seine Auffassung von Wissenschaft führte ihn wohl zu ähnlichen Schlussfolgerungen wie Onkel David.«

»So war's«, sagt dieser. »Begonnen bei den Unsicherheiten und fragwürdigen Bewertungen aktueller Klimamodelle bis zu dem, was wir nun dringend machen sollten.«

»Fragwürdig erschien mir allenfalls«, sagt Reto zögerlich, »warum sich Vater in der Öffentlichkeit nie kritisch geäußert hat und einfach im Mainstream mitschwamm.«

»Zu Charlys Ehrenrettung muss ich sagen, dass er nie auf Alarmismus gemacht hat und seine Expertenmeinung nicht dazu missbrauchte, jedes heftige Gewitter vorschnell als untrügliches Zeichen des Klimawandels zu erklären. Es wird einem heute nicht leicht gemacht, sich zu dieser heiklen Thematik in der Öffentlichkeit kritisch zu äußern. Selbst im Freundeskreis ist es mittlerweile nicht mehr so einfach. Es wäre mir darum auch lieber, nicht mehr weiter darüber zu sprechen.«

»Lass uns die Sache lieber zu Ende bringen«, meint Bigna verstimmt. »Dann ist dieses leidige Thema ein für alle Mal vom Tisch und wir können unseren Vater in guter Erinnerung behalten.«

»Sei's drum«, sagt David müde. »Nehmen wir das von Reto vorhin zitierte *UN*-Dokument. Darin wird des Langen und Breiten diskutiert, was die Folgen bei 1.5 Grad Erwärmung im Vergleich zu 2 Grad wären. Natürlich sieht bei 1.5 Grad alles besser aus, vorausgesetzt, die vereinbarten Maßnahmen werden eingehalten. Dieser Vergleich suggeriert nicht nur, dass es eigentlich gar nicht so viel braucht, um die Sache in den Griff zu bekommen, er verschleiert auch, dass die bereits vor 30 Jahren beschlossenen Maßnahmen bis heute kaum umgesetzt wurden und dass schon jetzt bis 2100 mit drei Grad Erwärmung gerechnet werden müsste, aber in Zukunft wohl eher mit vier oder mehr Grad. Zudem wird der Fokus bei den Maßnahmen ganz auf die Reduktion von CO_2-Emissionen gelegt. CO_2 ist aber nur eines der für die Erwärmung verantwortlichen Treibhausgase. Das mit Abstand wichtigste ist Wasserdampf. Sein Einfluss ist aber schwierig zu bestimmen und noch schwieriger einzudämmen. Einfacher ist es bei Methan und Lachgas. Aber auch ihr Ausstoß ist technisch schwierig zu bremsen. Und weil Methan vor allem aus dem Nassreisanbau und der Viehzucht stammt und Lachgas aus der Düngung von Böden, fürchtet die Politik den Konflikt mit der Landwirtschaft. Und wer will heute schon etwas gegen 180 Millionen heilige Kühe in Indien unternehmen, die mit ihren Fürzen die Luft verpesten?«

»Also ist es doch ganz sinnvoll, dass der Fokus auf die Reduktion von CO_2 gelegt wird, dessen Reduktion machbar erscheint «, meint Oskar.

Und Bigna ergänzt: »Menschen können nun mal nur Entscheidungen treffen, wenn ihnen genau erklärt wird, worum es geht. Und das geht halt oft nur mit Vereinfachungen. Aber dadurch werden doch auch diffuse Ängste beseitigt, die uns meist nur hemmen, etwas zu tun. Sobald wir wissen, wovor wir uns eigentlich fürchten müssen, fällt es uns leichter, auch praktisch etwas dagegen zu unternehmen.«

»Es wäre ein guter Anfang«, sagt David. »Nur eben, bis dato ist noch kaum etwas geschehen. Und dass wir nichts tun, uns dafür in endlosen Versprechungen ergehen, was wir eigentlich tun wollen, hängt gerade mit der simplifizierenden Interpretation des Klimasystems zusammen, die eine eindeutige und einfache Lösung nahelegt. Man erhält den Eindruck, als sitze dieses System im Moment wie ein Schlitten in einer kleinen Mulde fest, die nur durch einen kurzen Hang von einem tiefen Tal getrennt ist, und man müsse nur eine geringe Mehrleistung aufbringen, will sagen, die CO_2-Emissionen reduzieren, um den Schlitten über die Krete zu schieben, damit er dann von selbst mit Schuss ins Tal saust. Und wenn der natürliche Lauf der Dinge wieder hergestellt ist, sollen dann auch gleich die ausgeblendeten Ursachen mitbehoben und alle katastrophalen Folgen gebannt sein. Als ginge alles in einem Aufwasch. Aber die CO_2-Reduktion ist nicht der alleinige Hebel, mittels dem sich das ganze System steuern lässt, so eine Art Drehschalter, mit dem sich die Temperatur auf 1.5 Grad einstellen lässt.«

»Und ob die gut gemeinten Erklärungen etwas fruchten, wenn sie den aktuellen Interessen der Leute nicht entgegenkommen, ist auch zu bezweifeln«, sagt Svenja.

»Praktisch ist es aber schon, wenn jeder mit dem Kauf eines E-Autos oder der Installation einer Wärmepumpe für sein Häuschen glaubt, etwas zur Lösung des Problems beitragen zu können«, meint Romy. »Er muss sich dann gar nicht fragen, ob es nicht gescheiter wäre, aufs Auto zu verzichten und in einem Mehrfamilienhaus zu wohnen.«

»Um sich nicht schuldig zu fühlen, und weiterzumachen, wie gehabt«, sagt David, »genügt leider schon das Versprechen, sich künftig zu bessern. Unternehmen, Länder, Städte – alle verkünden, ihren CO_2-Ausstoß bis spätestens 2050 auf netto null zu reduzieren, und alles wird jetzt schon auf dieses Ziel hin als nachhaltig deklariert. Keine Pommes Chips-Tüte mehr ohne den Aufdruck *nachhaltig*, keine Bank ohne nachhaltige Vermögensverwaltung, kein Supermarkt ohne Nachhaltigkeitswochen – überall Ausverkauf der guten Absichten. Derzeit ist eine Umstellung zwar noch nicht möglich, teilweise vielleicht bis 2030, ganz sicher aber bis 2050. Ganz sicher ist aber nur die Verbesserung des Images im Moment. Und schuldig sind dann schon jene, die keine Besserung versprechen. Und die Schuldigsten von allen jene, die mit ein paar lausigen Fakten die Wirkung der guten Absichten infrage stellen.«

»Und da glaubt dieser Norman tatsächlich, von der Privatwirtschaft sei mehr zu erwarten als von der Politik«, sagt Reto grinsend. »Nach *Shells* vollmundiger Ansage macht der Anteil grüner Energie am Gesamtgewinn heute gerade mal 3 % aus! Auch bei den zukunftsträchtigen Technologien, die aus der Wirtschaft kommen sollen, sieht es nicht sehr rosig aus. Zwar gibt's viele Vorschusslorbeeren für die unzähligen Start-ups, die den Kapitalismus grün machen wollen, aber wie bei allen anderen Start-ups, ist die Hälfte davon nach fünf Jahren bereits wieder verschwunden. Die erfolgreichen unter ihnen werden oft von großen Konzernen geschluckt, im besten Fall von solchen, die damit nicht nur ihr Image grün aufpolieren wollen. Beim Stopp des Klimawandels auf die Wirtschaft zu setzen, ist schon sehr naiv. All die Versprechungen der Firmen, durch Verzicht oder technische Innovationen gegen den Klimawandel zu kämpfen, sind weitgehend Greenwashing!«

»Dann wären für euch auch die Hinweise auf Nachhaltigkeit in der Werbung für meine Hotels nur Greenwashing?«, will Alfredo wissen. »Ich habe doch ziemlich viel Geld investiert für eine Solaranlage und die Verbesserung der Isolation.«

»Alle Maßnahmen sind gut – wenn sie umgesetzt werden. Das ist nicht die Frage«, sagt David. »Die Frage ist, ob wir nicht mehr tun könnten, von dem uns die Einschränkung auf die CO_2-Reduktion und die Beruhigung unseres Gewissens durch leere Versprechungen abhalten. Wenn mehr als 30 Jahre lang wenig bis nichts von allem, was beschlossen und mehrfach bekräftigt wurde, umgesetzt wird, und nur die Versprechungen kontinuierlich zunehmen, sodass am Schluss sogar Klimaexperten daran glauben, muss doch etwas faul sein. Aber die Zeit läuft. Wir sollten uns endlich damit abfinden, dass wir den Klimawandel nur geringfügig eindämmen können und uns auf die weitere Erwärmung und ihre Folgen einstellen müssen.«

»Tatsächlich glaube ich auch manchmal, dass wir auf dem falschen Schlitten sitzen«, sagt Romy. »Das Verständnis der Klimafrage läuft immer mehr auf die Frage hinaus ›Bin ich schuldig?‹ Aber wenn ja, bin ich es sicher nicht allein. Wer aber ist der Schuldigste von allen, wenn nicht ich? Der Hauptschuldige, das sind die anderen. Dann bin auch ich ihr Opfer. Also genügt es, meine Identität als Opfer zu verteidigen. Klima-Aktivismus als Schuldzuweisung scheint nur eine übertriebene Beschäftigung mit sich selbst zu sein.«

»Wir sollten uns nicht bei der Psychologie aufhalten«, meint David. »Das lenkt auch nur davon ab, was wir im Moment tun müssen, nämlich nicht länger alles auf die Karte CO_2-Reduktion setzen, sondern uns mit einer Reihe praktischer Maßnahmen an die Erwärmung anpassen, um uns zumindest vor den schlimmsten Folgen zu schützen, von denen uns einige schon jetzt immer häufiger bedrohen und von denen einige noch Jahrhunderte andauern werden. Der Schwerpunkt sollte möglichst schnell auf mehr Schutz und Anpassung gelegt werden. Dafür ist das Fenster auch nicht ewig offen. Deiche zu erhöhen oder Wälder mit feuerresistenten Baumarten aufzuforsten, braucht auch seine Zeit. Alle Hoffnung auf die kaum vom Fleck kommende Reduktion des CO_2-Ausstoßes zu legen, könnte noch zu einer Art Selbstmord aus Angst vor dem Tod führen.«

»Aber wenn wir den Fokus auf Anpassungsmaßnahmen legen, ist den Leuten der Klimaschutz doch bald einmal egal«, gibt Oskar zu bedenken.

»Ganz im Gegenteil«, erwidert David. »Das ist etwa so, als würdest du als Arzt einem Patienten ein blutdrucksenkendes Mittel vorenthalten, weil er sonst nicht motiviert wäre, abzunehmen oder mit dem Rauchen aufzuhören. Die Anpassung verhindert nicht eine Globallösung, sondern kann sogar dazu ermutigen, indem sie die Menschen auf ihre innovativen Fähigkeiten aufmerksam macht und ihnen aus der Opferrolle heraushilft.«

»Auch die beste Symptombekämpfung bringt auf die Dauer nichts«, doppelt Oskar nach. »Es ist immer viel sinnvoller, das Übel an der Wurzel zu packen. Denn dadurch würden mit Sicherheit irgendwo Katastrophen verhindert, während die Anpassung nirgendwo völlige Sicherheit garantiert, aber überall Kosten verursacht.«

»Völlige Sicherheit?«, fragt David lachend. »Die gibt es nie. Und die Kosten sind schon gar kein Argument, weil sie bei noch so vielen Anpassungsmaßnahmen höchstens einen Bruchteil der Kosten für eine Gesamtlösung ausmachen. Die enormen Kosten sind ja gerade ein Grund, warum es mit der Globallösung nicht vorwärtsgeht.«

»Kann man eure Diskussion so zusammenfassen: Das eine tun und das andere nicht lassen?«, fragt Romy und hält die Hand vor den Mund, um ihr künstliches Gähnen zu verdecken.

»Das wäre nun wirklich zu einfach«, sagt Oskar.

»Viel zu einfach«, meint auch David, »jetzt, wo es konkret wird. Manchmal kommt es mir vor, als scheuten all jene, die immer gleich das große Ganze umkrempeln wollen, einfach nur den Widerstand des Konkreten. Eine im Falle der Anpassungsmaßnahmen völlig unberechtigte Scheu! Denn diese Maßnahmen sind meist einfach umsetzbar und in ihrer Wirksamkeit gut abschätzbar, gerade weil sie nur in konkreten lokalen Zusammenhängen möglich sind. Darum haben wir auch schon große Erfahrung mit ihnen. Wie Deiche gebaut und erhöht werden können, wissen die Ingenieure. Dasselbe gilt für Lawinenverbauungen, Dämme, Entlastungskanäle und so weiter. Die große Wirksamkeit dieser Maßnahmen wird auch dadurch belegt, dass es zwar immer mehr Naturkatastrophen und immer mehr Menschen auf der Welt gibt, aber die Todesfälle durch diese Katastrophen enorm zurückgegangen sind. Die meisten dieser Maßnahmen müssen wir nicht neu erfinden, wir kennen sie schon lange, wir müssen sie nur ergreifen, ausbauen, allenfalls verbessern. Die Wissenschaft wird uns dabei ganz praktische Dienste leisten und nicht nur als Kompass in unbekanntem Gelände dienen. Auch die gesellschaftlichen Institutionen, die für die Anpassungsmaßnahmen nötig sind, existieren bereits. Küstenschutz, Waldmanagement, Frühwarnsysteme und Katastrophenschutz, auch Bauämter, die Sicherheitsvorschriften erlassen und Umzonungen vornehmen, wenn sich die Gefahrenlage ändert – alles schon da. Wenn wir im Winter heizen können, dann können wir bei zunehmender Hitze im Sommer auch kühlen. Und die Erstellung gekühlter Schutzräume, die es vor allem im Globalen Süden braucht, sollte auch kein Problem sein, wenn man sich die Bauten in Dubai oder Abu Dhabi ansieht. Der Hitze lässt sich zudem mit der Einführung einer nachmittäglichen Siesta begegnen, wie sie in heißen Ländern schon lange Tradition hat. Auch auf Bewässerung, die bei zunehmender Trockenheit immer wichtiger wird, verstehen wir uns schon seit Langem. Zur Verhinderung großer Waldbrände müssen wir die schnell entflammbaren Fichten gegen andere Baumarten austauschen, künstliche Brandschneisen schlagen und das Totholz aus dem Wald räumen. Zudem können wir uns bei den Indigenen erkundigen, wie Brände durch gezieltes Feuerlegen in Schach gehalten werden können. Mit der ständigen Beobachtung der Gefahrenlage und entsprechender Anpassung von Gefahrenkarten können wir verhindern, dass sich Menschen in Gefahrengebiete begeben oder darin Häuser und Hotels bauen.«

»Und altes Wissen, wo sich schon immer Gefahrenzonen befunden haben, ernst zu nehmen«, ergänzt Alfredo.

»Das natürlich auch«, meint David. »Es wird aber immer Gefahren geben, gegen die wir nichts unternehmen können, die wir einfach hinnehmen müssen und vor denen wir nur warnen können. Aber es wäre doch gut gewesen, die Gefahrenzone, in der Charly ums Leben kam, wäre rechtzeitig erkannt und gut markiert worden.«

»Hast du dich geachtet, ob es eine Warnung gab?«, will Bigna von ihrem Bruder wissen.

»Es gab keine Warnung«, winkt Reto ab.

»Wahrscheinlich hinkt man auch hier mit Anpassungsmaßnahmen hinterher«, meint David. »Oft fehlen Mittel und Personal, weil Anpassung als zweitrangig, wenn nicht gar als irreführend gilt. Anpassung klingt natürlich auch weniger heroisch als Kampf um Netto-Null, sie riecht nach Mitläufertum und Duckmäuserei, nach vorweggenommenem Eingeständnis einer Niederlage. Das liegt aber einfach daran, dass wir Anpassung bisher als Gegenteil von Fortschritt empfanden, auch als Gegenteil der Beherrschung der Natur. Künftig besteht der Fortschritt aber darin, dass wir uns der sich wandelnden Natur anpassen.«

»Anpassung gut und recht«, sagt Oskar. »Aber woher soll das Wasser kommen, wenn die Gletscher einst geschmolzen sind?«

»Zuerst einmal können wir sehr viel Wasser sparen. Unser verschwenderischer Umgang mit Wasser zeigt sich etwa daran, dass die Herstellung einer Jeans rund zehn Mal so viel Wasser braucht, wie ein Mensch in einem Jahr trinkt. 70 % des weltweiten Wasserverbrauchs gehen auf Kosten der Landwirtschaft. Auch hier ist das Sparpotential riesig. Es könnten weniger wasserintensive Pflanzen angebaut werden, Gerste und Hirse statt Weizen und Mais, Yams und Süßkartoffeln statt Blumenkohl und Kartoffeln. Aber zurück zu deiner Frage: Wenn die Gletscher weg sind, heißt dies ja nicht, dass es nicht mehr regnet, sondern nur, dass uns das Wasser im Sommer fehlen wird. Wir müssen also anstelle von Gletschern Anlagen aufstellen, die das Wasser, das wir im Sommer brauchen, im Winter speichern. So etwas ist im Morteratsch-Gebiet bereits versuchsweise im Einsatz. Wir nennen es in Anlehnung an buddhistische Monumente *Eis-Stupa.* Es handelt sich um ein kegelförmiges Holzgerüst, auf dem sich Schnee ablagert und gefriert. Solche *Eis-Stupas* können bis zu 30 Meter hoch werden und Millionen Liter Wasser speichern. Mit ganzen Farmen solcher Eis-Stupas können die schwindenden Gletscher dereinst ersetzt werden. Charly hat das Projekt auf dem Morteratsch mit großem Interesse verfolgt. Vielleicht hätte er sein enormes Wissen über Gletscher sowieso besser Projekten dieser Art gewidmet, anstatt seine ganze Energie in seine Funktion als Klimawarner zu stecken. Aber wir haben in Gottes Namen nur ein Leben. Und wenn wir tatsächlich etwas für die nächsten Generationen tun und nicht immer nur davon reden wollen, dann müssen wir dieses eine Leben nutzen. Und zwar jetzt. Niemand wird dereinst nach unseren Absichten und Versprechen fragen. Auch in Zukunft wird noch gelten, was im Johannes-Evangelium steht: An ihren Taten sollt ihr sie erkennen.«

»Lass den anderen auch noch etwas vom Schnaps«, ermahnt Alfredo David, der sich immer wieder das Glas nachfüllt.

»Wenn ich schon gegen meinen erklärten Widerwillen genötigt werde, meine Ansichten zum Klimawandel auszubreiten«, rechtfertigt sich David, »brauche ich genug Spiritus, damit mir die Worte leichter über die Lippen gehen. Aber ich bin gleich fertig. Zum Schluss noch dies: Wir dürfen nicht nur die Nachteile der Klimaerwärmung sehen und an Anpassungen im Sinne der Schadenbegrenzung denken. Wir sollten auch die Vorteile sehen. Das Verschwinden der Gletscher etwa hat den Vorteil, dass keine gefährlichen Gletscherseen mehr entstehen und auch keine anderen Gefahren mehr von Gletschern ausgehen können. Wenn die Baumgrenze aufgrund höherer Temperaturen steigt, verbessert dies den Schutz vor Lawinen. Wenn es im Winter weniger Schnee gibt, gibt es auch weniger Autounfälle. Und weil schon immer mehr Menschen an Kälte als an Hitze starben, ist auch hier mit einer Verbesserung zu rechnen. Da der Energieaufwand für das Kühlen im Sommer schon heute viel geringer ist als der fürs Heizen im Winter, dürfte der Energieaufwand insgesamt kleiner werden. In einer wärmeren Welt lassen sich auch mehr Lebensmittel produzieren. Es lässt sich mehr Gemüse und Obst anbauen, und Getreide und Kartoffeln in immer höheren Lagen. Anstatt dass die meisten Bergbauern wie heute nur Graswirtschaft betreiben, ihr Vieh den Himmel voll furzen lassen und mit ihrer Jauche den Boden verseuchen, können sie dereinst Getreide-, Obst- oder Weinbauern werden. Auf diese Weise hat sich die Landwirtschaft über Jahrtausende und ganz ohne die nur schwer durchsetzbare Steuerung durch die Politik immer wieder dem Wandel des Klimas angepasst.«

»Jetzt hattest du mich schon fast überzeugt«, sagt Oskar. »Aber nun auch noch die Vorteile des Klimawandels rühmen – mehr Zynismus geht nicht. Nun ja, ein Vorteil wird wohl sein, dass die abschmelzenden Gletscher da und dort verschollene Gegenstände und tote Körper freigeben, auch wenn sie nicht gleich so spektakulär sind wie Ötzi. Möglicherweise kommt auch Kathis Leiche eines Tages zum Vorschein und dann wissen wir vielleicht auch, was damals wirklich geschah.«

Niemand sagt etwas. Bigna schaut ihren Mann vorwurfsvoll an. Die anderen starren auf den Tisch, auf die fast leere Schnapsflasche, auf die Krümel auf ihren Tellern.

»Ich glaube, es wird Zeit für mich zu gehen«, sagt David, ohne jemanden anzusehen. Er erhebt sich ruckartig und verabschiedet sich wortlos von allen mit einem laschen Händedruck.

Romy begleitet ihn zum Gartentor und umarmt ihn. »Das hätte nicht passieren dürfen«, sagt sie.

»Ich bin selbst schuld«, meint David. »Ich habe zu viel getrunken und vergessen, dass meine Freundschaft mit Charly und Kathi das Aussprechen von Zweifeln und unausgegorenen Gedanken einschloss. In ihrer Gegenwart musste ich mich nie zurückhalten oder verstellen. Mit dem Tod der beiden ist mir nun auch die Sprache genommen worden, innerhalb derer wir uns frei bewegen konnten. Ich muss erst noch lernen zu schweigen, wenn ich mich künftig frei fühlen will.«

»Jetzt übertreibst du.«

»Vielleicht.«

»Sehen wir uns?«

»Wann immer du willst.«

Als sich Romy wieder zu den anderen setzt, fragt ihre Schwester: »Was hat er gesagt?«

»Nichts.«

»Wie, nichts? Ausgesehen hat es, als hättet ihr Vertraulichkeiten ausgetauscht. Hat er sich wenigstens dafür entschuldigt, dass er gleich auch noch von den Vorteilen der Klimaerwärmung schwärmte. Unsäglich! Er war ja betrunken.«

»Er braucht sich für nichts zu entschuldigen.«

»Nimmst du ihn jetzt auch noch in Schutz?«

»Es setzt ja wohl dem Fass die Krone auf, in Davids Gegenwart die letzte Tour unserer Schwester nur schon zu erwähnen. Und dann gleich noch anzudeuten, ihn könnte irgendein Verschulden treffen. ›Was damals wirklich geschah‹ – *das* ist unsäglich! Wir wissen doch alle, wie es ihn getroffen hat: Dass er sie nicht retten konnte, dass sie nie gefunden wurde, dass sein bester Freund seine große Liebe verloren hat. Was immer geschehen ist – er fühlt sich schon genug schuldig.«

»Meine Formulierung war vielleicht etwas unbedacht«, sagt Oskar.

»Ach, sag' jetzt einfach nichts«, sagt Romy und schenkt sich noch einen Schnaps ein und trinkt ihn ex.

»Hör auf zu trinken«, sagt Elli.

»Hör auf zu trinken«, äfft sie Romy nach. »Warum ist eigentlich dein Ex-Mann nicht zur Beerdigung gekommen und auch keines deiner Kinder?«

»Hört doch auf zu streiten«, sagt Bigna, noch bevor Elli eine Antwort geben kann.

»Wir streiten nicht«, sagt Elli. »Wir sind einfach Schwestern.«

»Wir haben uns einander nicht ausgesucht«, ergänzt Romy trocken. »Es ist unser Los, Schwestern zu sein. Da ist Streit sinnlos.«

»Meinst du das im Ernst?«, fragt Bigna.

»Das verstehst du nicht«, antwortet Elli für ihre Schwester.

»Habt ihr das auch gemerkt?«, fragt Alfredo. »Ein Regentropfen.«

»Tatsächlich«, bestätigt Bigna. »Jetzt merke ich es auch. Es beginnt zu regnen, ein Gewitter, kein Wunder bei dieser Schwüle.«

»Gehen wir geschwind ins Haus«, schlägt Reto vor. »Lasst nur alles stehen, ich räume später auf.«

Bis auf Romy und Alfredo erheben sich alle und gehen ins Haus. Erst als es heftig donnert, folgen die beiden. Sie schaffen es gerade noch unters Dach beim Eingang, als es wie aus Kübeln zu regnen beginnt. Hier bleiben sie eine Weile stehen und schauen in den Regen, der wie ein Vorhang durch den Garten zieht.

»Liebst du ihn noch?«, fragt Alfredo vorsichtig.

»Irgendwie schon. Warum hätte ich mich vorhin sonst so aufgeregt? Aber darum fragst du ja. Ich hatte schon vor 40 Jahren begriffen, dass es nie etwas wird mit uns. Die kurzen Versuche in unseren Dreißigern bestätigten nur den ersten

Eindruck. Für größere Projekte ist er nicht zu haben. Ehe, Kinder, nur schon eine längere Beziehung ist nichts für ihn. Ich hatte zwar immer das Gefühl, als würde er sich danach sehnen. Aber das ist ein Missverständnis, weil er immer so hilfsbereit ist. Er ist nur ganz zu haben, wenn Not am Mann ist. Er will sich nie Illusionen machen, sich keinen großen Zielen hingeben. Das hat auch etwas Ansteckendes. Nicht gut für die Liebe.«

»Geschwister streiten sich jedenfalls auf ihre eigene Art«, sagt Elli, die es sich auf dem Sofa bequem gemacht hat. »Nur schon, weil sie bis am Schluss Geschwister bleiben. Ich würde eher von vorübergehenden Unstimmigkeiten sprechen.«

»Du kannst doch alles beschönigen«, meint Romy kopfschüttelnd.

»Was meinst denn du dazu, Alfredo?«, will Elli wissen.

»Ich kann nicht mitreden. Ich hatte eigentlich nie Streit mit Carlo, nicht einmal Unstimmigkeiten. Schon als Kinder hatten wir teils genau die gleichen, teils ganz verschiedene Interessen. Wir kamen uns nie in die Quere. Auch später nicht. Da gingen wir ja verschiedene Wege.«

»So richtig streiten wir uns eigentlich auch nie«, bemerkt Bigna mit fragendem Blick zu ihrem Bruder.

»Wir haben manchmal verschiedene Ansichten«, meint dieser achselzuckend und schiebt lachend nach: »Normalerweise respektieren wir unsere unterschiedlichen Profile.«

»In eurer Generation wachsen Geschwister ja fast auf wie Einzelkinder. Die streiten sich anders«, sagt Elli. »Ich habe es bei meinen Dreien gesehen. Für die war Streit eher eine Art Selbstverteidigung ohne dieses andauernde gegenseitige Ausloten von Positionen.«

»Streit unter Geschwistern kenne ich aber auch«, wendet Svenja ein. »Wobei ich sagen muss, dass eigentlich nur meine drei älteren Brüder ständig stritten. Mich ließen sie in Frieden. Manchmal hörten sie sogar auf zu streiten, wenn ich ihnen sagte, dass ich Ruhe brauche, um für die Schule zu lernen. Manchmal hatten sie Respekt vor mir, manchmal nahmen sie mich gar nicht wahr.«

»Was machen deine Brüder beruflich?«, fragt Oskar.

»Alles Handwerker. Gute Brüder. Sie streiten immer noch. Sport, Politik, Frauen. Sie scheinen das einfach zu brauchen, damit ihnen nachher das Bier besser schmeckt. Manchmal spreche ich ein Machtwort, wenn sie es übertreiben. Dann lachen sie, als wäre nichts gewesen, und machen sich lustig über mich. Ich muss dann jeweils auch lachen. Wie schon gesagt: gute Brüder. Sie kommen immer an meine Ausstellungen, auch wenn sie nicht ganz verstehen, was ich eigentlich mache. Oft ruft einer von ihnen an, wenn er einen Rat braucht. Ohne ihr Problem genau zu kennen, sage ich ihnen einfach etwas Vernünftiges. Sie machen dann meistens, was ich ihnen rate. Aber keiner würde das vor dem anderen zugeben.«

»Das von allen geliebte Nesthäkchen«, meint Romy grinsend. »Da hat man es immer etwas einfacher. Man muss sich weder gegen große Schwestern auflehnen, noch sich ihrem Einfluss entziehen.«

»Und, musstest du dich gegen Elli eher auflehnen oder sich ihrem Einfluss entziehen?«, will Alfredo wissen.

»Immer musste sie sich gegen mich auflehnen, demonstrativ«, sagt Elli. »Ich weiß heute noch nicht, ob sie es mit der Zeit aus Prinzip machte oder einfach, um mich zu ärgern.«

»Meistens habe ich mich gar nicht aufgelehnt, sondern einfach versucht, mich deiner Fuchtel zu entziehen. Und wenn es mir einmal gelang, hast du es natürlich nicht gemerkt. Aber zugegeben, ich verstand es nicht so gut wie Kathi, meinen Kopf elegant durchzusetzen oder überhaupt unter dem Rader der Älteren zu bleiben. Wie sie das gemacht hat, ist mir immer noch schleierhaft.«

»Wem sagst du das«, meint Elli. »Unsere kleine Schwester war eine Meisterin, ihren Weg reibungslos und von uns schier unbemerkt zu gehen. Nicht nur *wie* sie das gemacht hat, ist mir schleierhaft, auch *was* sie eigentlich gemacht hat, weiß ich bis heute nicht genau. Von Zeit zu Zeit verblüffte sie uns mit etwas, das darauf schließen ließ, was sie so trieb.«

»Vielleicht haben wir ihr auch zu wenig Beachtung geschenkt, weil wir mit uns so beschäftigt waren.«

»Nicht mit uns selbst, wie Einzelkinder. Es waren sehr emotionale Auseinandersetzungen, die viel Kraft und Zeit brauchten. Eigentlich absurd, im Nachhinein betrachtet, jetzt, wo wir nicht mehr gleich in die Luft gehen oder einschnappen.«

»Was ist denn an Einzelkindern so verschieden?«, will Bigna wissen.

»Eigentlich alles«, meint Romy.

»Zumindest vieles«, relativiert Elli.

»Mag sein für die ältesten Geschwister nur vieles. Das sind auch schon fast Einzelkinder.«

»Von wegen.«

»Ich würde sagen: Toleranz«, mischt sich Alfredo ein. »Ich wurde mir dessen zum ersten Mal richtig bewusst, als ich so verständnisvoll reagierte, als mir mein Sohn offenbarte, er werde niemals meine Nachfolge als Hotelier antreten. Es freute mich natürlich nicht, aber ich kann es akzeptieren. Woher sollte ich Toleranz gelernt haben, wenn nicht mit Carlo, der ganz anders ist als ich? Geschwister lernen Toleranz, weil sie miteinander leben müssen. Davon bin ich überzeugt.«

»Kann man das so sagen?«, fragt Elli.

»Wenn damit gemeint ist, leben und leben lassen und nicht gleich das Gespräch oder die Beziehung abbrechen, wenn etwas nicht passt, hat Alfredo sicher recht«, meint Romy. »Als Bruder oder Schwester kann man ja schlecht damit drohen, das Gespräch oder die Beziehung abzubrechen. Man bleibt immer Bruder oder Schwester, wie man immer Kind seiner Eltern und Eltern seiner Kinder bleibt. Diese Beziehungen sind nicht kündbar.«

»Für sie gilt immer: Bis dass der Tod euch scheidet«, ergänzt Elli.

»Eigentlich paradox«, meint Romy. »In einer Liebesbeziehung ist das der Traum, bei Geschwistern die Wirklichkeit. Und noch absurder, wenn man bedenkt, dass die Beziehung unter Geschwistern selten romantisch ist. Aber hat man eine Wahl? Sie sind schon da oder kommen ungewünscht. Das Schicksal setzt einen mit diesen Fremden ungefragt in ein Boot. Erst muss man mit ihnen vertraut werden, dann mit ihnen auskommen, bestenfalls kann man sich mit ihnen anfreunden. Freiwillig hätte ich mich wohl nicht mit meinen Schwestern befreundet. Mit Kathi vielleicht. Und Geschwisterliebe ist ohnehin ein irreführender Begriff. Zur Liebe sind Geschwister doch gänzlich ungeeignet. Zwar fremd, aber zu wenig fremd. Zu viel Nähe zueinander und zu viel Wissen übereinander, aber viel zu wenig Freiwilligkeit und noch weniger Geheimnis. Da lässt sich nichts idealisieren, da macht sich niemand etwas vor. Ist es nicht die Angst jedes Liebespaares, sich eines Tages wie Geschwister zu empfinden?«

»Und warum ist Inzest unter Geschwistern gesetzlich verboten?«, fragt Oskar spitz.

»Wir sprechen von der Liebe und nicht von Gesetzen«, sagt Romy amüsiert.

»Moralisch macht das Inzestverbot durchaus Sinn«, meint Bigna. »Die menschliche Gesellschaft bliebe auf die Familie beschränkt, wenn sich deren Mitglieder nur miteinander einließen. Darum das Gebot: Sex nur mit Fremden. Auch der Inzest von Bruder und Schwester würde die menschliche Gesellschaft fundamental infrage stellen.«

»Wir sprechen von der Liebe und nicht von Sex«, betont Reto.

»Genau«, bestätigt Romy. »Selbst, wenn beides manchmal etwas miteinander zu tun hat.«

»Ich konnte beides leider nie voneinander trennen«, sagt Elli seufzend. »Und das war dann auch der Vorwurf meines Ex. ›Du liebst diesen Schnösel?‹ fragte er. Ich war nie gut im Lügen. Das hätte es uns vielleicht leichter gemacht.«

»Ja, lügen haben wir schlecht gelernt«, meint Romy. »Vielleicht braucht es dazu Eltern, die einem etwas verbieten. Wir hatten nur uns und unseren Vater. Keine wurde bevorzugt. Alle waren sich der Notsituation ohne Mutter bewusst. In unseren ausgesprochenen und unausgesprochenen Geboten stand Gerechtigkeit zuoberst. Das zweite Gebot lautete: ganz genau hinschauen. Mit falschen Karten zu spielen, wäre uns so verwerflich wie lächerlich vorgekommen. Und so arrangierten wir uns mit den Gegebenheiten und lernten in den Spielräumen mit unseren Rollen umzugehen. Manchmal gerieten wir aneinander, zankten uns, schwiegen drei Tage, versöhnten uns wieder, ohne ein Wort, ganz selbstverständlich. Vielleicht mit einer Geste, einem Augenzwinkern, manchmal auch mit einer Umarmung. Im Nachhinein mussten wir oft über uns selbst lachen. Das hatte auch den Vorteil, dass wir uns selbst nie zu ernst nahmen und gleich auch noch den Rest der Welt mit etwas mehr Ironie bewältigen konnten als andere.«

»Ich möchte nicht unhöflich sein«, unterbricht Alfredo, »aber ich bin mittlerweile etwas hungrig. Sind da nicht noch ein paar Schnittchen vom Apéro übrig?«

Reto und Bigna stehen gleichzeitig auf und gehen in die Küche.

»Und vielleicht ist auch noch etwas vom Wein da«, ruft ihnen Romy hinterher.

Elli schaut ihre Schwester eindringlich an und bemerkt: »Es ging lange, bis wir Freundinnen wurden. Ich musste zuerst wieder allein sein. Da kam die Kindheit schneller zurück als die Hoffnung auf eine bessere Zukunft. Nicht die Kindheit all der Beleidigungen, kleinen Verletzungen, gedankenlosen Äußerungen, dummen Sprüche. Die Kindheit als Heimat, als dieses warme Gefühl dazuzugehören, dieses ewige Vertrauen, mit dem man seinen Geschwistern noch bei jedem richtigen Streit Kredit gewährt, auch ohne Aussicht, je wieder etwas zurückzubekommen. Dass die Kindheit der Nährboden meiner Unabhängigkeit und meiner Individualität ist, und du meine beste Freundin bist, realisierte ich dann aber erst richtig bei Kathis Tod.«

»Ach Schwesterherz, dass uns immer der Tod eines Menschen an das Wichtige im Leben erinnern muss.«

»Wer nimmt noch Wein?«, fragt Bigna, nachdem sie die Platte mit den restlichen Schnittchen aufgetischt hat.

»Ich«, sagen Elli und Romy gleichzeitig und müssen lachen.

»Trinken wir auf Kathi«, sagt Elli und wischt sich die Tränen aus den Augen.

»Auf unsere kleine Schwester.«

»Auf die jüngsten Schwestern«, sagt Svenja. »Was wäre die Welt ohne uns? Erzählt doch etwas von eurer kleinen Schwester. Wie war sie denn so?«

»Schwierig zu sagen«, meint Elli. »Einerseits war sie wahrscheinlich eine ganz typische jüngste Schwester, andererseits wissen wir eben nicht so genau, wer sie wirklich war. Sei's, dass wir ihr zu wenig Beachtung schenkten, sei's, dass sie zu wenig von sich preisgab. Wir mussten uns nur schon zusammenreimen, was sie in unserer Abwesenheit eigentlich machte. Und wer sie war, fragte ich mich erst, als sie nicht mehr da war.«

»Und, wie sind typische jüngsten Schwestern?«, will Svenja wissen.

»Wenn ich an Kathi denke, wie wir sie wahrgenommen haben«, antwortet Elli mit Blick zu Romy, »fällt mir natürlich zuerst ihre Großzügigkeit ein. Noch während wir beim Essen genau prüften, ob wir die gleich großen Portionen erhalten hatten, fragte sie schon, ob sie jemandem etwas abgeben könne. Nicht nur, dass wir genug bekamen, war ihr immer ein Anliegen, ihr Altruismus war allgemeiner Art; für sie bestand die ganze Welt aus Brüdern und Schwestern, denen nicht nur in der Not geholfen werden muss, sondern einfach, weil sie da sind. In ihrer freigiebigen und selbstlosen Art wirkte sie zuweilen etwas naiv, oder wir unterstellten ihr gewisse Absichten, wo in Wahrheit nichts war – nur unsere Unterstellungen. Wir glaubten wohl, alles, womit wir uns schwertaten, könne auch ihr nicht leicht von der Hand gehen.«

»Für sie war immer alles so selbstverständlich«, ergänzt Romy. »Nicht der Rede wert, sagte sie immer, wenn sich jemand bei ihr bedankte. Was ihr richtig erschien, machte sie einfach. Ohne große Worte, überhaupt meist ohne Kommentar und schon gar nicht wäre ihr in den Sinn gekommen, etwas an die große Glocke zu hängen. Sie musste nicht immer lange das Dafür und das Dawider abwägen. Darum war sie auch in allem so schnell. Dieweil wir noch studierten, was nun zu tun sei, was uns zum Vorteil oder zum Nachteil sein könnte, hatte sie die Sache meist schon erledigt – zum Vorteil aller.«

»Natürlich profitierte sie auch von uns älteren. Bei Problemen, die uns anfänglich kaum lösbar schienen, dann aber oft ganz einfach zu lösen waren, wusste sie ja, dass es geht. Sie musste für nichts kämpfen. Sie konnte sich immer ins gemachte Nest setzen.«

»Sie musste sich auch nie gegen eine von uns auflehnen. Ich hatte schon viel für sie vorgespurt.«

»Jetzt kommt wieder diese Platte. Als hättest du dich dauernd mit mir anlegen müssen, um dein Selbstbewusstsein zu entwickeln, um zu zeigen, dass du mehr als nur eine Schwester bist. Das begann schon bei den Kleidern. Wenn du einmal einen Mantel von mir nachtragen solltest, machtest du gleich einen Aufstand. Für Kathi war es nie ein Problem, etwas von uns nachzutragen, ihr hat es sogar gefallen. Sie machte aus allem das Beste. Sowieso stimmt es nicht ganz, dass sie sich immer nur ins gemachte Nest setzen konnte. Das sahen wir spätestens, als sie in der Schule nicht nur in den Fächern brillierte, in denen sie den Stoff schon von uns kannte, sondern auch noch in Mathematik, wofür wir ihr wirklich keine Vorbilder sein konnten. Wir respektierten sie einfach zu wenig in ihrer Eigenständigkeit. Auch, weil sie sich selbst nichts aus ihren Fähigkeiten machte und ihre Erfolge immer für ganz selbstverständlich hielt. Erinnerst du dich noch an unser Missverständnis, als sie uns bat, unbedingt am Besuchstag ~~in~~ ihrer Schule teilzunehmen? Wir glaubten, sie wolle uns einfach nur zeigen, was für ein kluges Köpfchen sie ist. Aber weit gefehlt. Sie wollte uns zeigen, wie gerne sie in die Schule geht, wo sie sich wohlfühlt, wer ihre Schulfreundinnen sind. Und die haben sie bewundert, nicht weil sie Klassenbeste war, sondern weil sie so gar kein Aufheben um ihre Person machte und bei jeder Untat mit dabei war.«

»Sie hat uns noch öfter den Spiegel vorgehalten. Wir hätten das natürlich niemals zugegeben. Meist taten wir so, als hätten wir das immer schon so gesehen, als wären wir schon immer ihrer Meinung gewesen. Und weil uns dann doch etwas unwohl war, gaben wir ihr Vorschuss auf alles, was sie tat. Vielleicht konnten wir ihr darum auch nie richtig böse sein. In diesem Schonraum konnte sie dann auch alle Regeln elegant umschiffen. Sie bekam eigentlich immer, was sie wollte. *Sie* war die Rebellin, wenn auch heimlich.«

»Wie du die Sache wieder drehst. Einfach um zu zeigen, dass du nicht die Einzige warst, die sich gegen mich auflehnen musste. Sie hat doch einfach nur in unserem Schatten ihr Ding gemacht und wenn sie schon an uns dachte, dann immer nur positiv. Das zeigte doch auch unsere völlig falsche Einschätzung, warum sie uns dauernd Postkarten schickte. Kaum war sie aus dem Haus, erhielten wir schon eine Postkarte von ihr. Wir glaubten, dass sie uns nur zeigen wollte, an was für einem besonderen Ort sie gerade wieder war, um sich interessant zu machen: in Paris, in Moskau, in Orta, auf der Isle of Skye und wer weiß wo noch. Bis sie uns sagte, wie praktisch so eine Postkarte doch sei, damit sie uns ein Lebenszeichen geben könne, damit wir uns keine Sorgen um sie machen müssten.«

»Jede ihrer Postkarten kam mir vor wie eine Haifischflosse, die zeigte, wo sie gerade war. Was sie da machte, blieb unter der Oberfläche.«

»Bis sie dann überraschend auftauchte. Das war dann aber oft ein Ereignis, wie wenn ein Walfisch auftaucht. Weißt du noch, als sie an der Hochzeit von Laura diese Schiller-Gedichte rezitierte?«

»Ja sicher. Ich weiß es noch ganz genau, jedes Wort, das sie sagte. Nachdem einige Toasts auf das Brautpaar ausgebracht worden waren, stand sie auf, wahrscheinlich schon leicht beschwipst, und sagte, ›der Reden sind genug geschwungen, hört, was des Dichters Wort zu Lauren euch zu sagen hat. Ich künd' es euch, dass ihr es wisst für alle Zeit‹. Dann trug sie ein Liebesgedicht von Schiller vor mit dem Titel *Fantasie an Laura*. Sie rezitierte das Gedicht in seiner ganzen Länge. Schon das erstaunte alle, uns wohl am meisten. Als sie fertig war, sagte sie, es gäbe noch zwei weitere Gedichte von Schiller an Laura, aber das würde wohl zu weit gehen. Jemand plärrte ›nur weiter‹. Und sie ›nun gut, wenn einer nur des Dichters Worten zugetan und mir als ihrer Stimme, so will ich ihm die Gunst erweisen‹. Dann rezitierte sie die beiden Gedichte, ebenfalls in ganzer

Länge. Erstaunlicherweise hörten ihr alle ganz aufmerksam zu. Als sie fertig war, war es mäuschenstill im Saal. Alle waren ergriffen. Ich war platt. Kathi fragte belustigt in die Stille, ›was ist los, warum trinkt ihr nicht?‹ Mit Tränen in den Augen sagte die Braut: ›Du …‹, mehr brachte sie nicht heraus. Kathi sagte nur ›Ach ich. Prost‹. Als ich sie dann fragte, wie sie zu den Gedichten gekommen sei, und warum sie sie auswendig gelernt habe, erklärte sie, sie hätte uns einmal belauscht, als wir diskutierten, wie sinnvoll es sei, in der Schule noch Gedichte auswendig zu lernen. Elli hätte gesagt, dass dies immer sinnvoll bleiben werde, denn die wesentlichen Dinge müsse man im Herzen tragen, nur so würden sie stark und zäh. Ich dagegen hätte behauptet, dass dies nicht nur Zeitverschwendung sei, sondern eine konservative Einstellung anstelle von Flexibilität nach sich ziehe. Sie hätte daraufhin die Probe aufs Exempel machen wollen und sich gleich den Band *Sämtliche Gedichte und Balladen* von Friedrich Schiller aus dem elterlichen Bücherregal geschnappt. Und weil ihr die Gedichte so gefallen hätten, hätte sie sie eins nach dem andern auswendig gelernt. Ob das irgendetwas in ihr stark und zäh gemacht habe, wisse sie nicht. Aber manchmal, wenn sie irgendwo warten müsse, würde sie ein Gedicht stumm aufsagen und sich daran freuen. Jedenfalls könne sie nun die Gedichte jederzeit rezitieren. Zum Schluss sagte sie, wie immer: ›Praktisch, nicht?‹.«

»Nicht minder überrascht waren wir, als wir sie zum ersten Mal Italienisch sprechen hörten. Das war in Venedig, als man uns statt des reservierten Zimmers eine Besenkammer geben wollte. Elli und ich suchten ein paar Worte auf Italienisch zusammen, um uns bei dem aufgeblasenen Typen an der Rezeption zu beschweren. Der grinste nur blöde und macht noch einen dieser Macho-Sprüche. Dann sagte Kathi ›lasst mich mal‹, und machte ihm auf Italienisch Beine. Wir verstanden kein Wort. Nur der Schluss ist mir geblieben. Als der Pomadierte etwas sagen wollte, schaute sie ihn nur böse an und sagte langsam ›*Devo dirtelo di nuovo?*‹. Dem blieb die Spucke weg und er gab uns dann sogar ein besseres Zimmer als das von uns reservierte. Auf unsere Frage, woher sie so gut Italienisch könne, in der Schule besuche sie ja noch keinen Italienischunterricht, sagte sie nur, sie würde immer die neuesten *Canzoni* nachsingen, und wenn sie einmal ein Wort nicht verstünde, greife sie zum *Dizionario*. Wir wussten zwar, dass sie sich immer die neuesten Platten der *Cantautori* besorgte und ab und zu einen ihrer Hits trällerte, aber dass sie dadurch gleich Italienisch gelernt hatte, überraschte uns dann doch. So war sie, unsere kleine Schwester, immer für eine Überraschung gut.«

»Manchmal hatte ich den Eindruck, als bestünde ihr ganzes Leben aus Liedern, von denen ihr immer eins einfiel, um sich und anderen die Welt zu erklären. Wenn wir an einem verregneten Morgen miesepetrig am Küchentisch saßen, schwebte sie auf dem Weg nach irgendwo zum Frigo und sang mit der ganzen Melancholie eines Claudio Villa *Buongiorno tristezza*. Und flugs, ging es uns besser. Warum nicht einmal der Traurigkeit einen schönen Tag wünschen und der Langeweile und Unentschlossenheit etwas Positives abgewinnen? Wenn wir über einen Typen lästerten, der seine Freundin betrogen hatte, meinte sie nur, jetzt heißt es für diesen Marcel wie im Lied von Gianni Morandi *In ginocchio da te*. Und wenn sich andere in philosophischem Geschwafel ergingen, fiel ihr immer ein Liedchen ein, das die Sache auf den Punkt brachte. Es genügte die rhetorische Frage ›Ihr wollt also sagen, wie es Claudio Baglioni einst sang, *La vita è adesso* – und der Traum ist immer?‹.«

»Wenn Kathi uns auch immer wieder mal zeigte, was in ihr steckte – wir vergaßen schnell. Und dann war sie halt wieder unsere kleine Schwester, unauffällig, uninteressant, anspruchslos, einfach da. Auch wenn uns spätestens seit unserer gemeinsamen Schulzeit in Zuoz auffiel, dass sie von anderen ganz anders wahrgenommen wurde, hinterließ dies bei uns keinen bleibenden Eindruck. Natürlich fragten wir uns, wenn wieder einer unserer Favoriten an der Tür stand und sich nach ihr erkundigte, was hat die, was wir nicht haben? Und wenn wir andere über sie sprechen hörten, konnten wir kaum glauben, dass es sich um unsere kleine Schwester handelte. Erschien sie uns geduldig und genügsam, so redeten andere von ihrer Ungeduld und ihrer fordernden Art. Glaubten wir, sie sei nur schwer aus der Ruhe zu bringen, hörten wir, dass sie auch mal explodieren könne, wenn es ihr nicht schnell genug gehe. Und glaubten wir, dass sie uns mehr oder weniger folge, manchmal sogar etwas zu angepasst sei, wurde sie von ihren Lehrern öfter für ihren besonderen Eigensinn gemaßregelt. Aber auch ihre Mitschüler schilderten sie meist voller Bewunderung als schwer kontrollierbar, schwer zu beeindrucken, absolut eigenständig und unerschütterlich. Wenn sie auch noch gleich von ihrem Mut schwärmten und erzählten, sie sei wohl die Einzige, die keinem Konflikt aus dem Weg gehe, schauten wir uns nur verwundert an. Redeten sie wirklich von Kathi, die wir zuweilen als geradezu harmoniesüchtig empfanden? Führte sie am Ende ein Doppelleben?«

»Es erstaunt mich, das von unserer Mutter zu hören«, sagt Reto mit Blick zu seiner Schwester. »Ich habe sie auch immer als konfliktscheu empfunden.«

»Sie schien mir eine geradezu körperliche Abneigung gegen jede Art von Streit zu haben«, stimmt Bigna zu.

»Sie hing wahrscheinlich zu sehr an ihren Nächsten«, meint Alfredo. »Und wie ihr Schwestern ihr nicht böse sein konntet, wollte sie niemandem in ihrer Nähe böse sein, und ließ es nur in der weiteren Umgebung darauf ankommen.«

»Oder sie setzte sich mittels ihres inneren Konsuls durch«, sagt Reto lachend.

»Was ist ein innerer Konsul?«, will Alfredo wissen.

»Den kennen nur wir und unser Vater«, sagt Bigna. »Immer wenn unsere Mutter ahnte, dass etwas nicht in ihrem Sinne geschehen könnte, antwortete sie uns auf unsere Fragen und Vorschläge, dass sie zuerst noch mit ihrem inneren Konsul Rücksprache nehmen müsse. Was aussah wie eine Bedenkzeit für sie, war in Wirklichkeit eine Bedenkzeit für uns. Und meist kamen wir schon nach kurzer Zeit zu genau den Schlüssen, die auch ihr innerer Konsul gezogen hatte. Sie sagte dann jeweils nur: eben.«

»Ganz unsere Kathi!«, sagt Elli.

»Wie ging doch gleich das Gedicht, das Tante Erna, die dumme Nuss, an Kathis Hochzeit vortrug? ›Unsere Kathi sanft und still, kriegt doch immer, was sie will‹.«

»Vielleicht war sie letzten Endes auf ihre Art viel egoistischer als wir, die wir meinten, die ganze Welt funktioniere gleich wie unsere kleine schwesterliche Welt. Sie konnte differenzieren und nahm sich von allem das Beste.«

»Keine Frage! Das konnte sie«, bestätigt Romy. »Gerade, was Männer angeht. Da hat sie nie etwas anbrennen lassen. Sie hat mir sogar mal einen Freund ausgespannt. Robi. Er war gar nicht so übel. Als ich sie zur Rede stellte, meinte sie nur, ›du liebst doch diesen Robi nicht wirklich, und den Rest musst du schon mit ihm besprechen, ich kann nichts dafür, dass er sich in mich verliebt hat‹. Mit beidem hatte sie natürlich recht. Als ich Robi zur Rede stellte, sagte er nur, er könne nichts dafür, er hätte sich einfach in sie verliebt. Dümmer geht's wohl nicht. Ich hab' ihm gleich den Laufpass gegeben, was Kathi wiederum nicht verstehen konnte.«

»Es war auch nicht so schwer, sich in sie zu verlieben«, sagt Elli. »Sie war die Schönste von uns.«

»Das würde ich nicht sagen«, meint Alfredo. »Die schönste warst du. Alle meine Kollegen waren damals dieser Meinung.«

»Darum hat sich auch kaum einer getraut, dich anzusprechen«, sagt Romy. »Das Schicksal schöner Frauen! Die dann leider auch weniger Vergleichsmöglichkeiten haben.«

»Dass du mich immer wieder auf meine Geschichte ansprechen musst. Es ist mir schon klar, dass ich mit Herb auf die Schnauze gefallen bin.«

»Was Kathi so anziehend machte, war nicht ihre Schönheit, obwohl sie natürlich auch gut aussah. Sie hatte dieselben schwarzen Locken wie du, sodass man euch auch ansah, dass ihr Schwestern seid. Bei mir war es nicht so offensichtlich.«

»Wahrscheinlich war es weniger dein Aussehen, sondern deine provokative Art, mit der du dich auffällig von uns unterschieden hast. Du musstest andere immer auf dich aufmerksam machen, Männer ganz besonders.«

»Wie solltest ich sonst den richtigen kennenlernen? Auf mich flogen sie nicht. Oder, Alfredo?«

»Ich fand dich eigentlich sehr attraktiv, war aber auch nicht traurig, als du mich auf dich aufmerksam gemacht hast.«

»Viel weiter als ich hast du es ja nun auch nicht gebracht«, sagt Elli.

»Weit genug.«

»Wenn du jetzt glücklich bist.«

»Glücklich genug.«

»Es war wahrscheinlich ihre Lässigkeit, die Kathi so attraktiv machte«, meint Alfredo.

»Du sagst es. Fast wie Elli, aber lässig. Ihr leicht schleppender Gang, immer in Bewegung, aber nie nervös, das ironische Lächeln um ihren Mund, die ein wenig nach innen gestellten Zähne, der unternehmungslustige Blick ihrer klaren grünen Augen. Man wusste auch nie recht, ob sie in einen hinsah oder einem ihr Inneres zeigte. Man fühlte sich immer gleich mit ihr verbunden. Alles, was an ihr nicht so sicher oder nicht so perfekt erschien – bei ihr wirkte es anziehend.«

»Sie hatte den *Groove*«, kommentiert Svenja.

»Es wäre ihr auch nie in den Sinn gekommen, sich länger vor den Spiegel zu stellen, um sich zurechtzumachen, etwas an sich zu verschönern. Elli und ich konnten uns ganz allein um die Aufenthaltszeit im Badezimmer streiten.«

»Ungeschminkt sah sie am besten aus.«

»Was heißt ungeschminkt? Sie sah noch gut aus, wenn sie in den Schlamm gefallen war.«

»Ich habe mich immer gefragt, ob sie sich ihrer Wirkung auf andere bewusst war.«

»Es sah nie danach aus, als wollte sie mit ihren Reizen bewusst jemanden für sich begeistern. Es geschah einfach. Sie tauchte irgendwo auf, plauderte, tanzte, trank zwei Bier, und zack – war sie wieder weg. Oft in Begleitung. Selten brachte sie einen ihrer Freunde irgendwohin mit. Wenn wir mal nachfragten, tat sie, als sei alles ganz unverbindlich, nicht der Rede wert oder schon lange vorbei. Bis Karl kam.«

»Es hat aufgehört zu regnen«, sagt Bigna, die am offenen Fenster in die Dämmerung hinausschaut. »Wollen wir noch den Garten aufräumen?«

»Ich übernehme das«, antwortet Reto und steht auf.

»Es ist euch peinlich, wenn wir alten Tanten über das Liebesleben eurer Mutter sprechen«, sagt Elli.

»Nein nein«, erwidert Bigna. »Erzählt nur weiter.«

»Es muss euch auch nicht peinlich sein«, meint Romy. »Als Kathi euren Vater traf, gab sie uns nämlich eine Lektion in Sachen Liebe. Und ihr seid die Kinder dieser Liebe.«

»Schon bei der Einladung zu ihrem Geburtstagsessen sagte sie uns ›Es kommt dann noch jemand‹. Wir dachten uns nichts dabei. Wir begriffen auch noch nicht, als wir keine rauschende Party mit vielen Gästen, sondern nur Kathi und Karl antrafen. Auch als sie uns Karl ganz förmlich als ›meinen Freund‹ vorstellte, begriffen wir noch nicht. Natürlich kannten wir Karl aus der Schulzeit und dachten, er sei ihr aktueller Liebhaber, vielleicht auch nur ein Lückenbüßer. Erst als wir im Laufe des Abends sahen, wie sich die beiden verhielten, begannen wir zu verstehen, um was es da ging. Sie machten nicht nur den Eindruck eines frisch verliebten Paares, man hatte das Gefühl, sie wären schon ewig zusammen. Und sie sprachen von baldiger Hochzeit und Kindern, als handelte es sich dabei nur um nebenher auch noch zu erledigende Angelegenheiten. Dass alles sehr ernst war, machte mir Kathi dann beim Abschied nochmals deutlich, als sie mich innig umarmte und mir ins Ohr flüsterte ›Zum Glück habe ich ihn gefunden. Ich spürte es beim ersten Kuss auf dem Gletscher, als er mir das Leben gerettet hat‹.«

»Schon kurz darauf heirateten sie und bald kamt ihr zur Welt. Dass gerade Kathi ihr Leben als Mutter und Hausfrau einrichtete, war eine weitere Überraschung. Und sie hatte es nicht leicht, denn Karl war ja immer wieder viele Monate abwesend auf seinen Expeditionen.«

»Unsere Mutter hat sich also für die Familie aufgeopfert und unserem Vater den Rücken für seine wissenschaftliche Karriere freigehalten«, stellt Reto fest.

»Nach außen mag es so ausgesehen haben«, meint Elli. »Was Kathi nach ihrer Heirat und nach eurer Geburt machte, wissen wir aber nicht so genau. Eigentlich wissen wir es überhaupt nicht.«

»Sie war geschäftig wie eh und je. Immer unterwegs. Und sicher nicht nur für euch Kinder da«, ergänzt Romy. »Sonst wäre ich ja bis zu eurem Schuleintritt nicht mehrmals wöchentlich an die Flobotstraße gekommen, um euch zu hüten. Aber wie sie ihre Zeit genutzt hat, blieb mir ebenso verborgen wie in unserer Kindheit und Jugend. Erst als ihr in die Schule kamt und sie für diverse Zeitungen Literatur- und Theaterkritiken zu schreiben begann, wurde ihre Tätigkeit fassbarer.«

»Sie wollte ihr Studium eigentlich auch mit einer Doktorarbeit abschließen und Lehrerin werden wie ich«, sagt Elli. »Mit beidem hat sie begonnen, dann aber beides schon nach kurzer Zeit aufgegeben. Für mich ganz unverständlich, wenn man bedenkt, mit welchem Elan sie zuvor an ihre Masterarbeit ging, wie schnell sie die hinbekam und was für ein positives Echo sie darauf erhalten hatte.«

»Diese Arbeit ist ihr wohl auch leichtgefallen«, meint Romy, »weil Lou Andreas-Salomé, über die sie schrieb, eins ihrer großen Vorbilder war. Sie verehrte diese Frau und wusste alles über sie. Kathis Arbeit trug den sinnigen Titel *Die fröhliche Wissenschaft der Frau von Salomé*, erhielt gleich mehrere Auszeichnungen der Uni und wurde sogar in Buchform veröffentlicht. Alle haben sich gefragt, warum sie bei diesen guten Voraussetzungen nicht mit einer Dissertation weitermachte.«

»So großartig fand ich Kathis Arbeit über Lou Andreas-Salomé nun auch wieder nicht«, wirft Elli ein. »Eine sehr unkritische Darstellung. Eigentlich nur eine Aneinanderreihung vielsagender Zitate, die sie präsentierte, als wären es Lebensprinzipien, die sich jeder Mensch zu eigen machen sollte. Vorangestellt hat sie ihrem Werk ein heute oft auf Zuckerbeutelchen abgedrucktes Zitat ihrer Heldin *Die Welt, sie wird dich schlecht begaben, glaube mir's! Sofern du willst ein Leben haben: raube dir's!*«

»Wer ist diese Lou Andreas-Salomé?«, fragt Alfredo. »Der Pfarrer hat sie heute Morgen auch schon erwähnt und ein Gedicht von ihr rezitiert. Ein sehr schönes Gedicht.«

»Da gäbe es viel zu erzählen«, sagt Elli. »Aber *long story short*: Louise von Salomé war die verhätschelte Tochter eines russischen Generals mit deutschen Wurzeln. Sie wurde in den 1860er-Jahren in St. Petersburg geboren. Schon als Kind interessierte sie sich für Philosophie und Theologie und studierte später in Zürich, wo Frauen schon früh zum Studium zugelassen wurden. Anlässlich eines Kuraufenthaltes in Rom stellte sie der Arzt und Philosoph Paul Rée seinem Freund Friedrich Nietzsche vor. Die beiden Herren waren so fasziniert von ihr, dass sie sie gleich heiraten wollten. Davon wollte sie aber nichts wissen. Dasselbe spielte sich dann noch mit unzähligen Männern ab, die ihr begegneten. Bekannt für das Verhältnis der drei ist ein Foto, das in Luzern gestellt wurde, auf dem die beiden Philosophen ein Leiterwägelchen ziehen, auf dem Lou kniet und die beiden Herren mit einer Peitsche antreibt. Die drei hielten sich oft in der Schweiz auf, auch immer wieder im Engadin.«

»Das Foto sagt mir etwas«, meint Alfredo.

»Mit irgendeiner Extravaganz ist Lou Andreas-Salomé vielen bekannt, was sie wirklich gemacht hat, wissen wenige. Nach der gescheiterten *ménage à trois* ganz ohne Sex begann Lou zu schreiben, anfangs unter dem Pseudonym Henry Lou. Romane, Gedichte, philosophische Essays. Über alles, was sie gerade interessierte, sei es Erotik, Narzissmus, Reiseberichte, Literaturkritik, sogar Kinderbücher. Nie belehrend, nie in erzieherischer Absicht, sie wollte auch ihren Lesern die absolute Freiheit lassen. Zur Frau Andreas wurde sie, als sich ein hübscher Orientalist dieses Namens in sie verliebte. Sie erwiderte zwar seine Gefühle, heiraten wollte sie deswegen aber auch ihn nicht. Erst als er sich vor ihr ein Messer in die Brust rammte, willigte sie ein, unter der Bedingung *no sex*. Neben ihrem Ehemann hatte sie dann aber mehrere Liebhaber, mit denen sie es anders hielt.

Der bekannteste war der wesentlich jüngere Rainer Maria Rilke, der sich ihretwegen Rainer statt René nannte. Viele seiner Liebesgedichte gelten ihr. Auf ihren Reisen durch Europa traf sie mit unzähligen Geistesgrößen ihrer Zeit zusammen. Sie war auch mit fast allen bedeutenden Feministinnen ihrer Zeit persönlich bekannt. Mit ihrer selbstbestimmten Lebensführung, Unabhängigkeit und Missachtung jeglicher Konventionen galt sie diesen zwar als Vorbild. Da sie sich aber in ihren Texten widersprüchlich oder zumindest unklar zur Emanzipation der Frau äußerte und sich nach eigenen Worten auch nicht sonderlich dafür interessierte, wurde ihr schon früh auch Antifeminismus unterstellt.«

»Wahrscheinlich war sie einfach, wie viele heutige Frauen, schon so emanzipiert, dass sie gar nicht verstand, wofür die Feministinnen noch kämpfen«, meint Romy.

»Es gibt noch viel zu tun«, sagt Svenja. »Und es wird immer schwieriger, wenn die einen meinen, es sei bereits alles erreicht, die anderen sich streiten, um was es eigentlich geht, und weibliche Selbstverwirklichung immer mehr zu einer Frage der Identität wird. Sogar zur Frage, in welchem Geschlecht man sich verwirklichen will.«

»Und es wird noch schwieriger«, sagt Romy. »Wenn ich höre, dass künftig statt von *Frau* nur noch von ›Körpern mit Vagina‹ gesprochen und das Wort *Frau* auch gleich noch aus Gesetzestexten entfernt werden soll, frage ich mich, ob wir in der Gesellschaft noch irgendetwas bedeuten, wofür sich gemeinsam eintreten lässt. Und wie sollen sich dann die Männer feministisch engagieren? Gerade noch glaubte ich an einen Feminismus für alle.«

»Für alle diese Widersprüche steht das Leben der Lou Andreas-Salomé«, bemerkt Elli. »Allen voran der Widerspruch, dass sie die Rolle der Frau für die Männer perfekt spielte, aber überhaupt keine Rolle spielen wollte, und ihr Leben als absolut selbst gemacht betrachtete. Ich, ich, ich. Als sie sich in ihrer zweiten Lebenshälfte für die Psychoanalyse begeisterte, wohl auch zum besseren Verständnis ihrer eigenen Geschichte, wurde sie von Freud sofort in seinen Zirkel aufgenommen und in den höchsten Tönen gelobt. Bis zu ihrem Lebensende praktizierte sie in Göttingen als Psychoanalytikerin, ein damals noch wenig einträglicher Job. Als ihr einer ihrer Patienten zur Aufbesserung ihrer Finanzen riet, im Garten Kleinbiber zu züchten – ein lukratives Geschäft in Zeiten, als noch Pelz getragen werden durfte – schaffte sie sich sofort ein paar Tiere an. Aus dem Geschäft wurde aber nichts, weil sie es nicht übers Herz brachte, die Tiere zu töten. Sie unterhielt sich lieber mit ihnen.«

»Und was hat es mit der *Fröhlichen Wissenschaft der Frau von Salomé* auf sich?«, will Oskar wissen.

»*Die fröhliche Wissenschaft«,* erklärt Elli, »ist ein Werk von Nietzsche, in dem er Fragen der Moral, Erkenntnis, Religion, Tugend, Frauen und Kunst diskutiert. Er entwirft dabei das Bild eines Menschen, der selbstständig, ganz ohne göttliche Hilfe, Wissenschaft und Kunst vereint und sein Schicksal fröhlich akzeptiert. Das Buch besteht aus vielen Aphorismen und Gedichten. Nietzsche erwähnt hier zum ersten Mal seine Lehre von der *ewigen Wiederkehr des Gleichen* und hier findet sich auch sein berühmter Satz *Gott ist tot.* Der Mensch muss selbst etwas aus seinem Leben machen und ist selbst für sein Schicksal verantwortlich. Unser Schwesterchen wollte mit ihrer Zitatensammlung zeigen, dass die meisten Gedanken Nietzsches ein Pendant bei Lou Andreas-Salomé haben, wenn nicht gar von ihr stammten. Das ist nicht unwahrscheinlich. Ein Liebhaber Lous soll einmal gesagt haben, dass ein Mann neun Monate nach einer Begegnung mit ihr ein bedeutendes Buch schreibe. Wenn man sie nicht darauf beschränkt, mit der Fruchtbarkeit ihrer Gedanken eine Muße großer Männer gewesen zu sein, hat sie wahrscheinlich auch substanziellen Anteil an ihren Werken.«

»Ging es Kathi nicht auch darum zu zeigen«, wendet Romy ein, »dass Lou sowohl viel radikaler als auch viel menschlicher war als Nietzsche? Wenn Nietzsche sagte, Gott ist tot, fragte sie, ob er überhaupt gelebt hat, und wenn er vom Übermenschen daher schwadronierte und damit vor allem den Mann der Zukunft meinte, sprach sie von der ursprünglichen Ganzheitlichkeit des Menschen, nach der sich vor allem Frauen sehnen. Das Glück lag für sie nicht in ferner Zukunft, sondern in einer Gegenwart, in der versucht wird, die Sehnsucht nach dem Ursprung durch Kultur, Religion, Kunst und Sex zu stillen. Ich kann die Lektüre von Kathis Buch nur empfehlen. Karl soll sogar ein Exemplar davon in die Antarktis mitgenommen haben. Ich habe daraus einen Kalender mit 365 Zitaten gemacht, der noch immer in meiner Küche hängt. Praktisch, nicht?«

»Ich muss dieses Buch auch einmal lesen«, sagt Alfredo. »Und den Spuren dieser Frau von Salomé im Engadin muss ich auch einmal nachgehen. Wenn ich schon in den Werbeprospekten für meine Hotels auf all die berühmten Männer hinweise, die das Engadin für ihr Werk so inspirierend fanden, sollte auch eine so interessante Frau wie diese Lou Andreas-Salomé nicht fehlen.«

»Mir ist dieses Buch unserer Mutter noch nie begegnet«, sagt Bigna. »Ich hörte zum ersten Mal ansatzweise davon, als Onkel David kürzlich erzählte, wie sich unsere Eltern auf einer Zugfahrt ins Engadin kennengelernt haben.«

»Tatsächlich erstaunlich, dass sie bei all den positiven Reaktionen auf ihre Masterarbeit nicht weitergemacht hat mit einer Doktorarbeit«, meint Reto. »Wisst ihr wenigstens, um was es da gehen sollte?«

»Ich weiß nur«, sagt Elli, »dass sie sich mit dem Griselda-Thema beschäftigte. Heute ein weitgehend unbekannter und auch sehr irritierender literarischer Stoff, mit dem sich früher viele bedeutende Autoren beschäftigten, von Boccaccio, über Petrarca und Chaucer bis zu Gerhardt Hauptmann und Jean-Paul Sartre. Es gibt auch mehrere Griselda-Opern, die bekanntesten stammen von Scarlatti und Vivaldi. Seit Barockopern wieder hoch im Kurs stehen, hört man auch ab und zu wieder von Griselda.«

»Ich gehe nie in die Oper«, sagt Svenja. »Zu elitär. Um was geht's bei diesem Griselda-Thema?«

»Um die rätselhafte Geduld einer Frau mit ihrem Mann, der sie grausamen Prüfungen unterwirft«, antwortet Elli.

Reto schaut seine Schwester vielsagend an.

»Und Kathi sagte«, fährt Elli fort, »sie hätte dieses Rätsel nun ein für alle Mal gelöst. ›Wenn das kein Grund ist, mit deiner Diss durchzustarten‹, ermutigte ich sie. Und ich fragte sie dann noch, warum sie meine, die Erste zu sein, die dieses Rätsel gelöst habe. Sie sagte nur, dass sie sicher nicht die Erste und nicht die Einzige sei. Auf meinen Einwand, wenn dem so sei, hätten doch sicher auch schon andere darüber geschrieben, antwortete sie nur lachend ›eben nicht‹. Auch wenn sie für mich in Rätseln sprach, ermutigte ich sie nochmals, die Doktorarbeit zu schreiben, damit sie etwas fürs Leben habe. Worauf sie fragte: ›Was hat mein Leben mit ein paar verschriebenen Seiten Papier zu tun?‹. Mehr kann ich euch zum Scheitern von Kathis Doktorarbeit nicht sagen. Allenfalls noch, dass ich kurz nach diesem Gespräch einer ihrer Kolleginnen begegnete, mit der sie sich über Jahre in einem feministischen Lesekreis getroffen hatte. Und die erzählte mir, Kathi hätte sich überraschend aus der Runde verabschiedet und alle mit der Bemerkung vor den Kopf gestoßen, sie hätte nun genug Zeit mit reden verschwendet. Als Kathi kurz nach ihrem Abgang die Runde zum Essen eingeladen hätte, als sei nichts gewesen, seien alle der Einladung unter einem Vorwand ferngeblieben. Seitdem hätten sie nichts mehr von ihr gehört.«

»Ich muss mich langsam auf den Heimweg machen«, sagt Alfredo.

»Willst du jetzt tatsächlich noch ins Engadin fahren?«, fragt Elli besorgt. »Du kannst bei mir übernachten und morgen fahren.«

»Danke. Aber es wartet viel Arbeit auf mich. Ich fahre heute noch.«

»Wie du willst. Ich mache mich dann auch mal auf. Begleitest du mich, Romy?«

»Ich möchte noch etwas bleiben und mich mit Svenja unterhalten. Wir kamen noch gar nicht dazu, uns über Kunst auszutauschen.«

»Wenn du noch länger bleiben willst, kannst du auch hier übernachten«, sagt Reto zu Romy.

»Eine gute Idee.«

»Wir sollten auch gehen«, sagt Bigna mit einem auffordernden Blick zu Oskar. »Ich melde mich morgen mal, um zu besprechen, was noch alles zu tun ist.«

Nach der allseitigen Verabschiedung geht Reto zum Aufräumen in den Garten.

Als Romy mit Svenja allein ist, sagt sie nachdenklich: »Schon eigenartig, dass ich mich auch heute noch immer im ersten Moment, nachdem Elli gegangen ist, so richtig frei fühle. Als hätte ich sturmfreie Bude. Wie nachhaltig die in der Kindheit geprägten Gefühle doch sind!«

»So kenne ich das gar nicht. Wahrscheinlich, weil mir als Kind niemand besondere Beachtung geschenkt hatte. Ich habe nur so ein allgemeines Gefühl mitbekommen, dass hinter mir immer Arme geöffnet sind, in die ich mich fallen lassen kann, wenn ich einmal ausrutsche.«

»Du Glückliche. Dann kennst du auch nicht das Gefühl, als würde gleich jemand den Satz, den du begonnen hast, fertig machen? Oder als könnte niemand, was du sagst, unkommentiert stehen lassen?«

»Nein, kenne ich nicht. Das dürfte auch damit zu tun haben, dass in unserer Familie dem Wort keine besondere Beachtung geschenkt wurde. Niemand hatte das Gefühl, alles aussprechen und zu allem etwas sagen zu müssen. Ein Wort zu viel oder ein falsches Wort wurde überhört. Auch wenn wir einander ins Wort fielen, störte das niemanden. Wir machten uns auch nicht viel daraus, was andere sagten. Wir versuchten, ganz wie es David vorhin formuliert hat, andere an ihren Taten zu erkennen.«

»Gute Voraussetzungen, um Künstlerin zu werden.«

»Und es erklärt auch, warum ich nicht Wortkünstlerin geworden bin. Woher mein Drang kommt, anderen etwas zu zeigen, weiß ich nicht.«

»Du willst einfach zeigen, dass du da bist, dass du dazugehörst.«

»Ist das der Fluch der jüngsten Schwester? Sie muss etwas Besonderes machen, um zu zeigen, dass sie da ist, dass sie dazugehört?«

»Vielleicht. Wenn ich an Kathi denke, war das Einzige, worüber sie sich je beklagt hat, dass wir sie auf einer Party aus dem Zimmer schickten, weil wir mit den Jungs knutschen wollten. Als wir aus dem Zimmer kamen, saß sie weinend vor der Tür. Ich nahm sie in den Arm und versuchte, sie zu trösten. Ich sagte ihr, sie sei halt noch zu jung, um mit Jungs rumzumachen, und Elli und ich hätten die Verantwortung, und bald sei sie alt genug. Sie schien gar nicht zuzuhören und sagte schluchzend, ›Ich will doch einfach nur zu euch gehören‹. Elli sagte ›aber du gehörst doch zu uns‹. Elli verstand nichts.«

»Die Ohnmacht eines Menschen zu verstehen, macht einen auch hilflos. Kathi hatte keine Chance, euch zu zeigen, dass sie da ist. Eine Künstlerin kann noch so der Meinung sein, sie arbeite nur, um mit sich selbst Kontakt aufzunehmen, sich selbst etwas klarzumachen – ganz ohne Publikum geht es nicht.«

»Möchtest du auch noch etwas zu trinken?«, fragt Romy, schon im Aufstehen begriffen.

»Warum nicht?«

»Karl hatte doch diesen Whiskey, der ihn an seinen Aufenthalt in der Antarktis erinnerte.«

Während Romy zuerst in der Küche sucht, dann in Karls Arbeitszimmer, stellt sich Svenja ans Fenster und hält Ausschau nach Reto. Als sie ihn erblickt, winkt sie kurz. Reto erwidert mit einer Geste, als würde seine Arbeit noch länger dauern.

»Elli machte es eigentlich ganz gut«, sagt Romy, als sie mit dem Whiskey und drei Gläsern ins Wohnzimmer zurückkommt. »Es war auch schwierig für sie, als sie nach dem frühen Tod unserer Mutter viele von deren Aufgaben übernehmen musste. Sie tat es unaufgefordert, einfach, weil sie sah, was zu tun war. Und wir waren heilfroh, dass sie es machte, denn Tante Erna, Vaters Schwester, die unsere Mutter ersetzen wollte, mochten wir gar nicht. Elli nahm ihre Aufgabe gewiss auch darum besonders ernst, damit wir von dieser Tante verschont blieben. Durch die mehrfache Überforderung hat Elli dann mit ihrem vorbildlichen Verhalten wahrscheinlich sich selbst noch nachhaltiger geprägt als uns zwei jüngeren. Ihre unumstößlichen Ideale, ihr mangelndes Vertrauen in andere, ihr Kontrollwahn, auch ihre Phobien – alles dürfte daherkommen.«

»Was für Phobien?«

»Zum Beispiel Flugangst. Sie benutzt auch nie den Lift.«

»Und dass sie Lehrerin wurde, war auch kein Zufall.«

»Sicher nicht. Und auch nicht, dass sie Anglistik studierte und eine Doktorarbeit über Katherine Mansfield schrieb. Sie hatte in ihrem letzten Jahr am *Lyceum* eine kurze Urlaubsliebe mit einem Neuseeländer in Italien. Später erfuhr sie, dass er unter tragischen Umständen ums Leben gekommen war. Für Elli alles Zeichen, die weitere Entscheidungen überflüssig machten. Für sie entschieden entweder höhere Mächte oder sie entschied selbst. Entscheidungen von anderen oder gemeinsamen Entscheidungen misstraute sie grundsätzlich. Uns vertraute sie zuletzt. Nicht einmal ihre Kinder durften wir hüten. Lieber engagierte sie ihr völlig unbekannte Kindermädchen, darunter auch einmal eine Drogendealerin, die die Verteilung des Stoffes als Spaziergänge mit den Kindern tarnte. Kathi hatte da viel mehr Vertrauen und schätzte es, wenn ich das Kinderhüten übernahm. Ich machte es gerne, nicht nur aus Pflichtbewusstsein, und war traurig, als Bigna und Reto nach Zuoz ins Internat gingen und ich sie nur noch selten sah.«

»Ich traute mich vorhin nicht zu fragen, was das für eine Geschichte ist, auf deren Anspielung Elli so gereizt reagierte.«

»Eine tragische Geschichte. Das Scheitern ihrer Ehe und der Verlust ihrer Kinder. Und es traf ausgerechnet sie mit ihren Idealen von Liebe, Partnerschaft und Familie. Während wir ausprobierten, was Liebe und Partnerschaft für uns bedeuten könnten, oder auch einfach nur Sex haben wollten, war sie immer sehr zurückhaltend. Sie hatte nur ganz wenige kurze Beziehungen, bis sie zu verstehen glaubte, dass sie auf Mr.

Right warten musste. Und der erschien dann auch in Gestalt von Herbert, einem gutaussehenden Juristen. Auch er mit Prinzipien und dem Wunsch nach einer Familie wie aus der Nutella-Werbung. Wie dieser Oskar seine Identität als Wissenschaftler wie eine Monstranz vor sich herträgt, zeigte sich Herbert bei jeder Gelegenheit als Kämpfer für das Recht. Aber im Gegensatz zum steifen Oskar hatte Herb Einfühlungsvermögen und Humor. Elli gefiel's. Ihre Partnerschaft schien ideal und wurde uns bei jeder Gelegenheit vordemonstriert. Gleichberechtigung wie aus dem Bilderbuch. Herb gründete seine Kanzlei und Elli arbeitete als Englischlehrerin am Gymnasium. Die Reisen der beiden hießen Bildungsreisen und sie hatten einen Freundeskreis aus gleich erlesenen Paaren. Als sie dann auch noch drei Kinder bekamen, einen Jungen und zwei Mädchen, schien das Glück perfekt. Als die Kinder älter waren und Elli wieder voll zu arbeiten begann, geschah das Undenkbare. Elli verliebte sich in einen Schüler und begann eine Affäre mit ihm. Ich sah den Jungen nur einmal. Wirklich süß, aber ein Show man par excellence. Das machte alles noch unverständlicher. Herb gab sich zuerst ganz aufgeschlossen, sprach sogar uns gegenüber von Ellis ›kleinem Abenteuer‹. Als er sie dann aber einmal fragte ›Du liebst diesen Schnösel doch nicht etwa?‹ und sie antwortete ›doch, ich liebe ihn‹, war's aus. Er wollte sich sofort scheiden lassen und machte sich vor den Kindern über ihre Mutter lustig. Er ließ sich dann auch scheiden. Das Gymnasium legte Elli die Kündigung nahe und die guten Freunde hatten sich schon lange verabschiedet. Zu guter Letzt erklärten Ellis Kinder in corpore, sie wollten nichts mehr mit ihr zu tun haben. Das traf sie am meisten.«

»Und jetzt lebt Herb mit einer 20 Jahre Jüngeren zusammen und die Kinder finden's ganz okay.«

»Bingo. 18 Jahre jünger. Manchmal kommt es mir vor, als würden gewisse Männer nur auf eine Gelegenheit warten, um mit neuen Idealen, das heißt jungen Frauen, nochmals von vorn beginnen zu können.«

»Und, Elli hat ihre Ideale auch der Wirklichkeit angepasst?«

»Im Gegenteil! Wir glaubten anfangs noch, sie käme aufgrund der Diskrepanz zwischen ihren hehren Idealen und der grausamen Wirklichkeit ganz von selbst auf einen entspannteren Umgang mit ihrer neuen Situation. Als davon nichts zu sehen war, versuchten wir gutschwesterlich, sie zu etwas mehr Lässigkeit im Umgang mit sich und der Welt zu animieren. Ohne Erfolg. Sie fand unseren gutgemeinten Versuch ebenso fehl am Platz wie Mitleid. Sie setzte jetzt erst recht auf ihre Ideale, um es der Welt zu zeigen. Irgendwie hatte sie ja immer schon gewusst, dass es einen Mr. Right nicht wirklich gibt, und dass auch die am besten erzogenen Kinder ganz undankbar sein können, und dass es darum am besten ist, allein weiterzumachen. Und wie versuchen Akademikerinnen Dinge zu bewältigen, die sie psychisch überfordern? Sie schreiben ein Buch! Und jetzt schreibt sie wieder über Katherine Mansfield und ihr trauriges Schicksal. Wenn sie bei ihrer Arbeit nicht weiterkommt, macht sie lange Wanderungen. Gesellschaft braucht sie nicht. Ich bin jetzt ihre beste Freundin.«

»Es ist nun mal nicht einfach, sein Verhalten zu ändern. Damit entwertet man auch immer die eigene Geschichte. Und wer ist man dann noch? Elli macht jedenfalls keinen verbitterten Eindruck. Alle, die an etwas arbeiten können, können nicht völlig unglücklich sein.«

»So ganz geht Elli noch nicht auf in ihrer Arbeit. Sonst müsste sie sich nicht immer wieder durch kritische Bemerkungen von anderen abgrenzen, besonders von mir. Zu ihrem Ex und ihren Kindern sagt sie nie etwas Negatives, als wäre alles, was sie taten, verzeihlich. Wahrscheinlich auch, weil sie sich schuldig fühlt. Auch Kathi verschonte sie immer mit Kritik, die hatte ja auch alle ihre Ideale besser als sie selbst umgesetzt. Also blieb ich. Was musste ich mir nicht schon alles anhören! Zuerst hielt sie mir vor, ich würde in einem künstlichen Paradies der Kinderlosigkeit leben. Absurd! Ich habe mir das ja nicht ausgesucht. Kinder haben sich einfach nicht ergeben. Dann hat sie sich auf die Kritik an meiner Tätigkeit als Kunstvermittlerin verlegt. Einmal wirft sie mir vor, ich wolle mit allen nur Geschäfte machen, dann wieder bemäkelt sie, ich wolle es immer allen recht machen, oder sie bezichtigt mich gleich, keine Prinzipien zu haben und meine Seele zu verkaufen. Natürlich habe ich Prinzipien. Und woher sollten sie kommen, wenn nicht von ihr? Aber ich versuchte immer, mit Prinzipien so umzugehen, dass meine Seele keinen Schaden nimmt. Selbstverwirklichung war für mich nie die Verwirklichung irgendwelcher Prinzipien, sondern der lockere Umgang mit ihnen, eine Frage der Balance. Die habe ich nach einigem Herumtasten in meinem Job als Kunstvermittlerin gefunden.«

»Das ist ja so wenig ein zertifizierter Beruf wie Künstlerin«, stellt Svenja lachend fest. »Wie wird man Kunstvermittlerin?«

»Durch eine Reihe kreativ genutzter Zufälle. Aber auch durch Aufmerksamkeit, Interesse, diplomatisches Geschick, Flexibilität, Lust am Unterwegssein, Unabhängigkeit, Ungebundenheit – eben alles, was ich an mir schätze«, antwortet Romy und schenkt sich noch einen Whiskey nach. »Es begann mit meinem Studium der Kunstgeschichte beziehungsweise dessen Abbruch nach einigen Semestern. Schon die Wahl des Faches war Zufall. Ich hatte mit Kunst bis dahin wenig am Hut. Ich wollte einfach etwas ganz anderes machen als Elli. Es kam mir dann aber schon nach kurzer Zeit vor, als würde mein Leben durch die akademische Beschäftigung mit Kunst selbst musealen Charakter annehmen. Freiheit und Lebendigkeit waren in Gefahr. Verstärkt wurde dieser Eindruck noch durch meine stundenweise Tätigkeit als Museumsaufsicht, mit der ich mein studentisches Einkommen aufbesserte. Ich kam mir bald selbst vor wie ein Ausstellungsobjekt, das die Museumsbesucher genauso verzückt anglotzen wie die Werke der alten Meister. Als ich einem Herrn einmal sagte, er solle doch lieber auf den Hintern der Venus schauen, den François Boucher so schön gemalt habe, und sich der Idiot bei der Museumsleitung über mich beschwerte, stellte man mich vor die Tür. So etwas wäre heute nicht mehr möglich. Damals war es aber für mich das Zeichen, auch noch gleich das Studium zu schmeißen. Aber wie sollte es weitergehen? Mein Interesse an Kunst war da, aber an lebendiger Kunst, an Kunst, die sich in der Gegenwart abspielt, die nicht nur Erinnerung ist, nicht nur Denkmäler, die etwas bestätigen, sondern die etwas in Bewegung setzen; vielfältige und widersprüchliche Kunst, ironische Kunst, verstörende Kunst. Damit wollte ich etwas anfangen. Aber wie und wo? Da begegnete ich zufällig einem Mitglied der Museumsleitung, die mich gefeuert hatte, und erzählte ihr von meinen Ansichten. Sie sagte nur ›Da habe ich etwas für sie‹, und gab mir eine Adresse. Schon tags darauf konnte ich mich bei der Galerie *Bords Flous* vorstellen, wo ich dann viele Jahre arbeitete und am Schluss die Leitung übernahm. Im Laufe meiner Zeit als Galeristen veränderte sich die Kunstszene aber stark, so dass ich auch hier immer mehr die lebendige Kunst suchen musste.«

»Viele Künstlerinnen wollen heute gleich Werke fürs Museum schaffen. War es das?«

»Auch, aber das wollten wahrscheinlich viele auch schon früher. Vor allem der Käuferkreis hat sich verändert und auch die Käufer. Das sieht man nicht bei einer Vernissage, da kommen immer noch jene, die gerne miteinander und mit den Künstlern über die Ausstellungsstücke diskutieren und ein Glas Wein trinken wollen. Die am Kauf Interessierten kommen heute meist zu einer individuellen Beratung. Sie sind mit den Jahren immer jünger geworden. Es sind Banker, IT-Entwickler, Anwälte und Ärzte. Die meisten vermögend. Darunter viele, die in Kunst investieren wie in Aktien. Dazu geeignete Werke gab's in meiner Galerie natürlich nicht. Aber wer viel Geld in Kunst steckt, die er dann nur in den Tresor stellen kann, umgibt sich auch sonst gerne mit Kunst, und zwar mit jener, die zu ihm passt, die seine Identität zum Ausdruck bringt. Er sucht nicht mehr nach etwas Bestimmtem, er will nur noch Selbtbestimmtes. Er will sich nicht nur schmücken mit einem Bild oder sucht gar eine Auseinandersetzung damit. Das Bild soll ihn authentisch erscheinen lassen, zeigen, wer er wirklich ist. Was eben noch als Angeberei oder Hochstapelei erschien, ist jetzt der Versuch, jede Täuschung auszuschließen.«

»Mir kommt es manchmal vor, als wollten heute alle aus sich ein Kunstwerk machen – mit Ausnahme der Künstlerinnen. Wir wählen immer noch ganz traditionell eine Rolle, die uns den Spielraum gibt, etwas aus uns machen zu können, womit wir uns aber nicht identifizieren müssen. Unser Credo ›Verliere dich!‹ – um etwas zu finden, scheint nicht mehr besonders zeitgemäß angesichts des gegenwärtigen Imperativs ›Identifiziere dich!‹.«

»Darum kann heute auch alles Kunst sein. Alles, was zur Identifikation dienen kann, alles, womit sich die innere als äußere Identität zeigen lässt. Nur *authentisch* muss es sein. Als Galeristin wurde ich so immer mehr zur Anlaufstelle für Authentizität, gewissermaßen zur ersten Vertreterin des Publikums, ohne dessen Zeugnis es keine Authentizität gibt. Ich fühlte mich erneut auf dem Weg ins Museum. Ich schien nur noch allen zu helfen, ein Denkmal aus sich zu machen. Dabei ging es mir doch eigentlich darum, anderen mit Kunst allerlei Orientierungshilfen zur Selbstverwirklichung an die Hand zu geben. Aber obwohl jetzt alle von Diversität reden, scheint Vielfalt immer weniger gefragt und Offenheit suspekt. Eine Galeristin muss neuerdings eine Expertin für Eindeutigkeit sein, sie muss bestätigen, dass ein Kunstwerk passt wie eine neue Hose oder eine neue Aktentasche, und das nicht nur äußerlich. Da wirkt es unprofessionell, wenn nicht gar respektlos, ganz *unverbindlich* etwas zeigen zu wollen. Natürlich ahnen alle, dass sich die meisten Kunstwerke als Flops herausstellen werden. Darum soll die Galeristin dann auch noch gleich Auskunft geben, was bleibenden Wert hat. In all diesen neuen Funktionen, die auch eine künstliche Intelligenz übernehmen könnte, kam ich mir immer überflüssiger vor.«

»Zu meiner Schande muss ich sagen, dass ich mich noch nie mit Galeristinnen und ihren Interessen und Nöten beschäftigt habe. Ich wollte immer nur, dass sie meine Objekte für die Betrachterinnen gut sichtbar ausstellen und meine Werke verkaufen. Und wie hast du zum Umgang mit lebendiger Kunst zurückgefunden?«

»Als Kunstvermittlerin! Das kam so: Ich traf eine Schulfreundin, die gerade ein altes Bauernhaus im Engadin geerbt hatte und nicht wusste, was damit anfangen. Sollte sie es verkaufen, vermieten, selber nutzen? Sie wohnte in einem modernen Haus gleich nebenan. Als sie mich durch das alte Haus geführt hatte und wir am Ende der Besichtigung in der großen Eingangshalle standen, dem *Sulèr*, in den locker ein Traktor mit Anhänger passt, kam mir die Idee, dass dieser Raum geeignet wäre für die Präsentation von Objekten, für die wir in der Galerie zu wenig Platz hatten. Dieser Raum, indem einst viel Betrieb war, wirkte kalt und steinern und verlangte geradezu, mit etwas Lebendigem ausgestattet zu werden. Ich schlug vor, das Haus einstweilen als Dependance unserer Galerie zu nutzen. Der Vorschlag gefiel meiner Kollegin und wir richteten bald darauf eine Ausstellung ein. Sie behielt das Haus und es finden darin bis heute Ausstellungen statt. Die Nutzung alter Engadinerhäuser als Galerien hat seitdem Schule gemacht. Auch viele Private sammeln mittlerweile Kunst für Häuser und einige öffnen von Zeit zu Zeit die Tür für Interessierte. Eine vielfältige Szene mit lebendiger Kunst ist so in den letzten Jahren entstanden. Und als Kunstvermittlerin versuche ich… .«

»Die von dir geschilderten Räume wären auch ideal für die Präsentation meiner Objekte«, unterbricht Svenja.

»Vor lauter Geschichten über mich und meine Schwestern habe ich ganz vergessen zu fragen, was für Kunst du eigentlich machst.«

»Von innen beleuchtete Objekte. Höchstens so groß wie ein Mensch.«

»Kannst du mir etwas zeigen?«

Svenja verneint und erklärt Romy, warum sie keine Bilder ihrer Objekte machen will und worin ihre Kunst besteht: »Ich suche nicht das Authentische, Einzigartige, sondern lasse mich eher vom Allgemeinen ansprechen, das überall drinsteckt. Ich verstehe mich als eine Art Resonanzkörper oder Spiegel, indem sich Allgemeingültiges zeigen kann. Es geht mir nicht um irgendwelche Gegenwelten. Ich begnüge mich mit kleinen Grenzüberschreitungen, leisen Verfremdungen, wie sie schon in der Annäherung an die Wirklichkeit möglich sind, und auf diese Weise die Realität am Realen zeigen. Dazu muss ich nicht die Welt aus den Fugen zeigen. Oft lässt sich das mit der bloßen Umkehrung oder Neuanordnung ein und derselben Welt erreichen, ganz ähnlich wie beim Karneval oder einem Kaleidoskop. Ich halte meine Ansicht ins Licht und drehe so lange, bis ich das Gefühl habe, dieselbe Ansicht wiederzusehen. Wenn es mir dann noch gelingt, die geringfügige Differenz im Material einzufangen, steht das Objekt. Der Rest liegt bei der Betrachterin. Besonders geeignet für eine neue Arbeit ist die Morgendämmerung, das langsame Erwachen, bei dem man erst Ahnungen hat. Das Betrachten wird dann eher von der Abenddämmerung begünstigt, wenn man schon etwas müde ist und sich generell fragt, was Täuschung ist und was Realität. Dann können auch kleine Unterschiede groß werden. Bestenfalls trifft sich meine Ansicht mit jener der Betrachterin. Noch besser ist, wenn jemand meint, ›das kann ich auch‹. Im Grunde sind wir doch alle Künstlerinnen, die meisten haben einfach nicht den Mut dazu.«

»Ist das eine Mutfrage?«

»Für mich war es das. Vielleicht aufgrund meiner Herkunft.«

»Ich für meine Person hatte nie das Bedürfnis, etwas Bleibendes hervorzubringen. Mir genügt es, soweit kreativ zu sein, bis etwas für mich oder für andere passt.«

»Menschen sind verschieden.«

»Manchmal sehr verschieden, wenn man sie näher kennenlernt. Vorstellen kann ich mir deine Objekte schon. Die würden eigentlich ganz gut in den *Sulèr* eines Engadinerhauses passen. Jetzt müsste ich sie natürlich noch sehen, von nahe, aus der Distanz, von verschiedenen Seiten.«

»Besuche doch meine aktuelle Ausstellung in der Galerie *Weile*«, sagt Svenja und reicht Romy eine Karte mit Anschrift und Öffnungszeiten.

»Kannst du von deiner Kunst leben?«, will Romy wissen, während sie die Karte genauer anschaut.

»Eigentlich ganz gut. Der größte Teil meiner Käuferinnen sind Ärztinnen und Anwältinnen. Sie haben Geld und genug Platz in ihren Praxen. Neuerdings habe ich auch vermehrt Käuferinnen, die ein Objekt in den Garten stellen. Die LED-Lichter im Inneren meiner Objekte lassen sich ja einfach mit Strom aus Solarzellen versorgen. Das gibt der Kunst einen grünen Anstrich und nimmt ihr so das Elitäre. Für grüne Kunst legen die Kundinnen gleich noch etwas mehr drauf.«

»Eigentlich paradox. Die moralische Aufwertung der Kunst zahlt sich auch noch aus. Zum Glück hast du dies nicht im Beisein meiner Schwester Elli gesagt.«

»Du wolltest mir erzählen, was du als Kunstvermittlerin machst.«

»Mittlerweile, seit ich etwas bekannter bin in der Szene, versuche ich aufgrund längerer Gespräche und Besichtigungen der Örtlichkeit, wo ein Objekt hinkommen soll, geeignete Werke und Künstler zu finden. Manchmal nehme ich einen infrage kommenden Künstler auch gleich zu einem Gespräch oder einer Besichtigung mit. Vielleicht hat er etwas Passendes, vielleicht bekommt er auch eine Vorstellung, was er Passendes schaffen könnte. So oder so versuche ich, Künstler und Käufer miteinander ins Gespräch zu bringen. In Ellis Worten bin ich ›eine Art Kupplerin bei dieser ekelhaften Verkunstung des Engadins, bei der es nur um Geld und Ansehen, aber zuletzt um Kunst geht‹. Aber immer noch besser, als sich für die Täuschungsversuche einspannen lassen, mit denen Kunden der Welt ihre wahre Identität vorgaukeln wollen. Die Verkunstung der eigenen Person mit allen möglichen Mitteln ist doch auch eine Entkunstung der Kunst. Wenn alles Kunst ist, ist nichts mehr Kunst und schon gar nicht lebendige Kunst. Diese braucht neben geeigneten Räumen Kunstwerke, Künstler und Käufer, die sich durch Offenheit auszeichnen – und jemanden wie mich, der alles zusammenbringt.«

»Für deine Schwester ist Kunst anscheinend immer noch interesseloses Wohlgefallen; die Künstlerin ein unnachahmliches Genie, das seine Werke jenseits aller materiellen Interessen hervorbringt; die Kunstsammlerin eine nur am inneren Wert von Kunstwerken interessierte freigiebige Mäzenin; und die Kunstbetrachterin eine gründlich vorgebildete Person, die eigens zur Betrachtung von Kunstwerken anreist. Das alles gab es auch schon früher nicht.«

»Derart antiquierte Ansichten hat Elli wohl auch wieder nicht. Sie versteht einfach nicht, dass ich bei meiner Tätigkeit meine Ansichten und Prinzipien nicht zum Vorneherein zur Schau stellen kann, sondern tastend vorgehen muss. Sie beurteilt nur, was rauskommt, und da mag es manchmal aussehen, als hätte ich nicht nach dem Passenden gesucht, sondern etwas passend zu machen versucht, meine Kunden zu etwas überredet, oder, noch schlimmer, einen Künstler zu etwas überredet. Ich vermittle doch nur Kunst, die die Leute möchten. Aber oft wissen sie gar nicht recht, welches Bild an welche Wand passt, welches Objekt in welchen Raum. Ich muss ihnen zuerst eine Vorstellung davon geben. Bei den Künstlern ist es nicht anders. Aber warum ihnen nicht sagen, dass sich eins ihrer Bilder mit etwas kleineren Maßen im Treppenhaus eines Kunden gut machen würde und eins mit etwas größeren Maßen in seinem Wohnzimmer? Oft höre ich meinen Kunden lange zu, was sie wollen, bis mir ein Künstler einfällt, der das Gewünschte liefern könnte. Dann erzähle ich ihm davon. Schildere ihm auch den Kunden und beschreibe den Ort, wo das Werk hin soll. Manchmal geht einer darauf ein. Oft kommt etwas für alle Passendes heraus, manchmal auch nicht. Ich überrede aus Prinzip niemanden, ich versuche nur zu vermitteln, damit alle Beteiligten möglichst viel von der Kunst haben.«

»Du musst dich nicht rechtfertigen, weil du mit Kunst alle glücklich machen willst.«

»Das hat Kathi auch gesagt. Und doch habe ich immer dieses Gefühl, mich vor Elli rechtfertigen zu müssen, so haltlos ihre Unterstellungen auch sind.«

»Du und Kathi ward euch sehr ähnlich?«

»Was die großen Ziele angeht, war wohl Elli ihr Vorbild. In praktischen Dingen waren wir uns ähnlicher. Aber weil ich zu wenig von ihr wusste, kann ich nicht genau sagen, was wir gemeinsam hatten. Nur als sie als Literatur- und Theaterkritikerin zu arbeiten begann, wurde sie für mich etwas greifbarer. Auch als Frau von Karl und Mutter von Bigna und Reto vermochte ich sie nie so recht zu durchschauen.«

»Reto erzählt mir nie von ihr. Immer, wenn das Thema auf seine Mutter kommt, blockt er ab. So viel wie heute habe ich noch nie über sie gehört. Von Reto habe ich bislang nur erfahren, dass sie sich im Schatten ihres berühmten Mannes nicht hätte verwirklichen können und es nur zur Gelegenheitsjournalistin gebracht hätte. Reto sagt zwar, das sei nur eine Vermutung. Wie alle wichtigen Fragen kann er auch diese noch nicht mit *Google* klären.«

»Retos Eindruck überrascht mich nicht, zumal Kathi nur gelegentlich und dann auf einmal gar nichts mehr veröffentlichte. Obwohl sie stets geschäftig wirkte und selten ohne ihre *Hermes Baby* unterwegs war.«

»Worüber hat sie geschrieben?«

»Über alles. Alles, was sie interessierte. Sie schien nie etwas gesucht zu haben, um es dann kritisch zu beleuchten. Sie las Bücher, ging ins Theater, ins Kino, in Konzerte und schilderte dann ihre Eindrücke. Oder sie schrieb eine Kolumne über ihre letzte Wanderung, auf der sie festgestellt hatte, dass es keine Zeitangaben mehr auf den Wegweisern gibt. Daraus konnte sie auf kürzeste Art eine Zeitdiagnose mit allerhand philosophischen und soziologischen Implikationen entwickeln. Alle ihre Artikel waren eigentlich nur schlagfertige Kommentare und scharfsinnige Analysen von zufälligen Ereignissen in ihrem Leben. Oft waren es nicht neue Bücher, die sie besprach, sondern einfach ihre aktuelle Lektüre. Sie leitete ihre Rezension dann mit den Worten ein ›Ein wieder zu entdeckender Klassiker‹ oder ›Ein zu Unrecht vergessener Autor‹. Ihre Besprechungen folgten meist folgendem Schema: Zuerst beleuchtete sie ein

Werk aus allen möglichen Perspektiven, sodass man das Gefühl hatte, sie suche nur nach den guten Qualitäten. Dann fragte sie, was die Absicht des Autors war, und zeigte, was er machte. Das gab einem das Gefühl, als wolle sie einen Autor nur an seinen eigenen Ansprüchen messen. Man sah zuerst immer nur das Wohlwollen der Rezensentin und rechnete darum nicht mit dem Schluss, der meist wie ein Knall kam. In wenigen Sätzen, oft nur Worten, brachte sie ihre Gesamteinschätzung auf den Punkt. Oft musste man die Rezension gleich nochmals lesen, weil man glaubte, etwas übersehen zu haben, konnte dann aber nur feststellen, dass es gar keinen anderen Schluss geben konnte. Einmal schrieb sie ›Ein Meisterwerk! Wenn Sie es bei der ersten Lektüre noch nicht gemerkt haben, lesen sie das Buch einfach nochmals‹. Mehrheitlich waren ihre Urteile aber weniger positiv, oft vernichtend, wenn sie etwa schrieb ›Noch einer, der die Bügelfalte zum Kunstprinzip erhoben hat‹ oder ›Auch nobilitierter Kitsch ist Kitsch‹. Zum Werk eines preisgekrönten Autors schrieb sie einmal ›Ein guter Roman enthüllt der Leserin die Wahrheit seiner Protagonisten, dieser Roman aber die Wahrheit über den Autor‹. Oft beließ sie es bei Satzanfängen wie ›Nicht immer ist Langweile etwas Schlechtes, …‹ oder ›Eigentlich liebe ich Kinderbücher, …‹. Kathis Besprechungen nahmen einen auf eine seltsame Weise gefangen. Es waren kurze, in sich abgeschlossene Texte mit Sogwirkung. Sie schienen leicht und geschmeidig und ohne große Anstrengung geschrieben, aber das stimmte nicht, wie sie mir einmal erklärte. Da ein Text für sie aus einem Guss sein müsse, schreibe sie ihn jeweils nie um, sondern beginne immer wieder von vorn, bis alles stimme, so erschöpfend die Arbeit auch manchmal sei. Wenn ihr etwas gar nicht gelingen wolle, werfe sie auch den siebten Versuch in den Papierkorb oder lasse es ganz. Wie die von ihr verehrten *Cantautori* übte sie sich in der *Sprezzatura,* der in Italien hochgelobten Fähigkeit, auch anstrengende Tätigkeiten leicht und mühelos erscheinen zu lassen. Vieles hatte bei ihr diesen Anstrich, auch ihre Beziehung zu Karl.«

»Kathi war also eitel.«

»Warum eitel?«

»Sie wollte den Leserinnen ihre Sichtweise und damit die richtige Sichtweise auf sich aufzwingen, anstatt sie nur auf verschiedene Perspektiven aufmerksam zu machen.«

»Vielleicht wollte sie auch nur provozieren, andere mit ihrem übertrieben harten Urteil zu eigenen Ansichten herausfordern. Ihre Artikel scheinen ihr auch darum nicht immer leicht von der Hand gegangen zu sein, weil sie oft mit sich selbst nicht einer Meinung war. Dennoch glaubte sie, ganz wie Elli, sich entscheiden oder einer auf höherer Ebene schon getroffenen Entscheidung folgen zu müssen. Nur eine Künstlerin kann alles offenlassen.«

»Unterhaltet ihr euch gut?«, fragt Reto, der klitschnass ins Wohnzimmer tritt.

»Regnet es wieder?«, fragt Svenja mit Blick zum Fenster.

»Wie du siehst. Ich muss zuerst einmal trockene Kleider anziehen. Bin gleich wieder bei euch.«

»Warum hat er nicht früher Schutz gesucht vor dem Regen?«, wundert sich Romy.

»Er will jede angefangene Arbeit zu Ende bringen«, stellt Svenja fest, »auch wenn es harzig vorangeht und sogar, wenn er vermutet, dass das Ergebnis nicht gut sein wird. Ich schätze diese Haltung sehr an ihm. Man weiß ja nie, was rauskommt, wenn man nicht bis zum Schluss durchhält. Manchmal kann etwas rauskommen, an das man gar nicht gedacht hat, das aber auch gut ist, oft sogar besser. Reto ist nur etwas unzufrieden, weil ihm seine Einstellung natürlich nur bei kleineren Projekten zugutekommt. Er weiß aber auch, wann Schluss ist. Ich sehe darin kein Problem. Als Künstlerin arbeite ich auch nicht an *einem* Werk, sondern an immer neuen Werken. Viel Arbeit endet in Ruinen. Was soll's? Du bist vorhin bei der Beziehung von Kathi und Karl stehen geblieben. Darüber wüsste ich gerne mehr. Von Reto werde ich es nicht erfahren.«

»Ihre Beziehung! Sie hatte etwas Leichtes, etwas Selbstverständliches. Einige hielten sie für geheimnisvoll, andere für schwach und oberflächlich, wahrscheinlich auch, weil das Zusammenleben der beiden eher als Abfolge längerer und kürzerer Treffen und nicht als ein ständiges Zusammenleben erschien. Einmal war Kathi mit Freunden ein paar Tage in der Villa und Karl mit den Kindern zu Hause. Oder Karl war in Grönland und Kathi in Paris. Manchmal brachte Karl von einem Kongress ein paar Kollegen mit nach Pontresina, um mit ihnen einen Artikel zu schreiben, und Kathi besuchte die Arbeitsgruppe und kochte für sie. Gerade zurück von zwei Ecken auf der Welt machten sie tags darauf eine gemeinsame Bergtour und am Abend kochte Karl aufwendig für ein Candlelight Dinner. Und am nächsten Tag gingen beide schon wieder ihrer eigenen Wege. Sie konnten es ebenso gut allein wie zu zweit und mit anderen zusammen. In ihrer Gegenwart fühlten sich alle entspannt, oft so entspannt, dass sich Kathi einmal überlegt hat, wie man auch die liebsten Gäste nach sechs Stunden auf höfliche Weise wieder loswird. Ich habe nie herausgefunden, was ihr dazu eingefallen ist. Wahrscheinlich eine Maßnahme, die heimlich am besten wirkt. Im Grunde waren sie sehr ähnlich, Kathi und Karl, unternehmungslustig, sportlich, spontan – aber doch genug fremd, dass sie füreinander immer interessant und anziehend blieben. Mein Eindruck beim Geburtstagesessen, bei dem sie uns Karl als ihren Mann fürs Leben vorgestellt hatte, hat sich nie verändert. Sie wirkten gleichzeitig verliebt, als könnte es keine weiteren Überraschungen mehr geben, und wie ein altes Paar, das nichts mehr überraschen kann. Schaute man nur kurz hin, was sie gerade machten, wäre man vielleicht nicht darauf gekommen, dass sie überhaupt ein Paar waren; jedenfalls konnte man leicht einen falschen Eindruck gewinnen. Vielleicht kommt auch Retos Einschätzung daher. Nur wer länger hinschaute, sah, wie komplementär ihre Leben waren, und musste vermuten, dass da noch etwas Tieferes gab, das sie zusammenhielt. Gleichberechtigt zu leben, heißt ja nicht, gleich zu leben. Man muss nicht immer alles teilen und gegeneinander aufrechnen. Ihre Großzügigkeit machte es den beiden leicht. Wenn ich daran denke, was sie gemeinsam hatten und wie unabhängig sie gelebt haben, scheint sogar ihr Tod zu ihnen zu passen. Selbst in ihrem Tod bleibt Kathi geheimnisvoll. Ihr Verschwinden kommt mir manchmal vor, als hätten wir sie nur vorübergehend aus dem Blick verloren, und sie könnte jederzeit irgendwo wieder auftauchen.«

»Was meinst du, empfinden sich geheimnisvolle Menschen selbst auch als geheimnisvoll?«

»Schwierige Frage.«

»Da bin ich wieder«, sagt Reto und lässt sich in den Sessel gegenüber den beiden Frauen fallen. »Habt ihr auch noch etwas vom Whiskey für mich übriggelassen?«

Romy schiebt ihm die Flasche und ein Glas hin und sagt: »Frisches Eis musst du dir selber holen.«

Während sich Reto einschenkt, fragt er müde: »Habt ihr euch über Kunst unterhalten?«

»Auch«, antwortet Svenja. »Zuletzt hat mir Romy von deinen Eltern und ihrer wunderbaren Beziehung erzählt.«

»Wunderbar«, wiederholt Reto stirnrunzelnd.

»Ich hatte den Eindruck. Wir sind beim Gespräch über deine Eltern bei der Frage stehengeblieben, ob geheimnisvolle Menschen sich selbst auch als geheimnisvoll empfinden?«

»Und?«

»Wir haben noch keine Antwort. Was meinst du?«

Reto hebt sein Glas auf Augenhöhe und schaut es eingehend an, als würde er die Glasbläschen sehen, die aus den Eiswürfeln an die Oberfläche aufsteigen. Nach einer Weile sagt er: »Unser Vater war nicht geheimnisvoll. Es war immer offenkundig, was er machte. Für ihn stellt sich die Frage also nicht. Unsere Mutter war in der Tat geheimnisvoll. Ihr Schwestern habt sie offenbar schon in der Kindheit so wahrgenommen. Was sie zeit ihres Lebens machte, wird mir für immer ein Rätsel bleiben. Ebenso, warum sie ihre Selbstverwirklichung zugunsten der Karriere unseres Vaters hintanstellte. Ob ihr bewusst war, was für Opfer sie brachte und warum sie es tat? Aus Liebe? Oder war es einfach ihre Entscheidung, wie Bigna meint? Auch wenn Vater verharmlosend sagte, sie sei nur etwas erschöpft von ihrer Arbeit, scheint sie gelitten zu haben. Vielleicht, weil ihr alles bewusst war, und sie nichts dagegen tun konnte, vielleicht aber gerade, weil es ihr gar nicht bewusst war. In diesem Fall könnte sie sich selbst geheimnisvoll vorgekommen sein. Ich bin zu müde, um über solche Fragen nachzudenken.«

Svenja und Romy schweigen.

Reto hebt wieder das Glas und schaut es genauer an. Dann stellt er es, ohne einen Schluck getrunken zu haben, auf den Tisch und sagt: »Ihr entschuldigt mich. Es war ein anstrengender Tag. Ich muss jetzt schlafen. Wer unsere Mutter wirklich war, werden wir wohl nie erfahren.«

AUFRÄUMEN

IM SPIEGEL DER VILLA

»Im Herbst hat es mir hier immer am besten gefallen«, sagt Reto, als er aus dem Auto steigt und seine Schwester begrüßt, die ihm über den Kiesplatz entgegenkommt.

»Hast du kein Gepäck dabei? Wir wollen ja eine ganze Woche bleiben.«

»Nur die Urne mit Vaters Asche. Sonst ist doch alles im Haus, was wir brauchen.«

»Kann sein. Ich habe mich im Haus noch nicht umgeschaut. Ich bin auch eben erst angekommen.«

»Wann warst du das letzte Mal hier?«

»Im letzten Herbst, als ich mit Vater zu Alfredos Geburtstagsfeier anreiste. Es war aber keine Zeit, mich im Haus umzusehen. Vater blieb länger, ›um Ordnung zu machen‹, wie er sagte.«

»Als ich mit Vater im Sommer zu seiner letzten Tour aufbrach, war ich auch nur schnell im Haus, um die Ausrüstung zu holen. Es ist mindestens sieben Jahre her, dass ich das letzte Mal längere Zeit hier war. Mutter lebte noch und ich machte eine Wanderung mit ihr zur Segantini-Hütte. Ich kann mich noch gut daran erinnern, weil sie mir auf dieser Wanderung so erschöpft vorkam. Ich fragte immer wieder ›Was hast du?‹, und sie sagte immer nur ›Nichts. Was soll ich haben?‹«

»Der Weg zur Segantini-Hütte ist aber auch steil.«

»Lass uns reingehen.«

»Willst du die Urne nicht mitnehmen?«

»Ich lasse sie im Kofferraum. Wir werden dann wohl mit dem Auto in die Nähe des Gletschers fahren, wenn wir die Asche verstreuen.«

Nachdem sie die Villa betreten haben, sagt Bigna: »Ich kam noch gar nicht dazu zu lüften«. Sofort macht sie sich daran, mehrere Fenster zu öffnen.

Gerade als sie sich zu ihrem Bruder an den Küchentisch setzen will, gibt es einen lauten Knall. Die beiden drehen sich erschrocken um.

»Die Fensterscheibe!«, sagt Reto und geht ins Wohnzimmer. »Der Durchzug hat das Fenster zugeschlagen und die Scheibe ist in die Brüche gegangen.«

»Wie ungeschickt von mir. Ich hätte es wissen müssen. Unsere Eltern haben uns oft genug gemahnt, in diesem Raum nicht gleichzeitig mehrere Fenster zu öffnen.«

»Das ist schon öfter passiert«, beruhigt Reto. »Ich kann mich an eine Party erinnern, an der der Rauch vom Kiffen im Wohnzimmer zum Schneiden dick war, und meine damalige Freundin Lily alle Fenster aufriss, worauf prompt dieselbe Scheibe zersprang wie jetzt.«

»Alfredo hat sicher einen Handwerker an der Hand, der die Scheibe schnell ersetzen kann. Soll ich ihn anrufen?«

»Das hat Zeit. Lass uns zuerst einmal nachsehen, ob Alfredo den Sommer über etwas am Haus verändert hat. Vielleicht hatte er sich schon darauf eingestellt, dass wir ihm die Villa überlassen, und bereits einiges für die Übernahme vorbereitet.«

»Vielleicht hätten wir sein Angebot doch nicht ausschlagen sollen. Natürlich hatte er recht, dass die Villa auch sein Elternhaus sei und wir die Villa schon lange nicht mehr besucht hätten und vielleicht nie mehr regelmäßig besuchen würden.«

»*Du* hattest doch Bedenken, dass es ihm nur darum gehe, die Villa seinem Hotel-Imperium einzuverleiben und damit auch gleich noch viele unserer persönlichen Erinnerungen zu verscherbeln.«

»Mit Alfredos Geschäftstüchtigkeit hast du dich doch auch nie recht anfreunden können.«

»Stimmt schon. Aber wir hätten früher darüber sprechen sollen, was wir mit dem großen Haus machen wollen. Verkaufen können wir es jetzt nicht mehr.«

»Schauen wir uns das Haus zuerst einmal genauer an. Vielleicht hat es Onkel Alfredo tatsächlich nicht nur selbstlos gehütet. Oder Vater, der als letzter von uns längere Zeit hier war, hat etwas verändert.«

Nach einem ersten kurzen gemeinsamen Rundgang stellt Bigna fest: »Alles beim Alten, nichts verändert.«

»In der Tat. Als wäre die Zeit stehen geblieben. Die Zeit unserer Kinder- und Jugendtage.«

Als sie sich nach der Besichtigung der Innenräume auch noch draußen umsehen, fragt Reto besorgt: »Was sollen wir nur mit einem Haus mit zwölf Zimmern machen? Jetzt haben wir es. Oder besser: Es hat uns.«

»Nutzen wir es doch einfach wieder als Ferienhaus, wie unsere Eltern. Was für unsere Eltern gut funktionierte, kann auch für uns gut funktionieren. Jedes Jahr ein paar Wochen und einige verlängerte Wochenenden hier zu verbringen, kann ich mir für mich und Oskar gut vorstellen. Die Landschaft ist einmalig und das Haus voller Erinnerungen, eine Art vorgeschobenes Basislager unserer Identität.«

»Dann nutzen wir die Villa künftig wieder als Ferienhaus. Zu diesem Zweck sollten wir sie etwas entrümpeln und auf den neuesten Stand bringen.«

»Machen wir zuerst eine Bestandsaufnahme. Sehen wir uns in den nächsten Tagen alles genauer an, trennen uns von Überflüssigem und räumen auf, dann sehen wir, was es an neuer Einrichtung braucht.«

»Statten wir doch Alfredo einen kurzen Besuch ab und sagen ihm, was wir vorhaben. Dann können wir ihn auch gleich nach einem Handwerker fragen.«

Sie treffen Alfredo in der Lobby des ältesten der Rieter-Hotels, wo er gerade mit Gästen im Gespräch ist. Er entschuldigt sich aber sofort, als er Bigna und Reto sieht, begrüßt sie mit einer Umarmung, als seien die verlorenen Kinder endlich zurück, und schlägt vor, bei diesem herrlichen Wetter einen Drink auf der Terrasse zu nehmen.

»Wir wollen die Villa weiterhin als Ferienhaus nutzen und werden uns in den nächsten Tagen damit beschäftigen, wie wir sie zu diesem Zweck am besten einrichten«, erklärt ihm Reto.

»Wunderbar, meine Lieben! Dann sehen wir uns in Zukunft wieder öfter. Ihr sagt mir, wenn ihr meine Hilfe braucht«, sagt Alfredo gut gelaunt. Dann erzählt er den beiden das Neueste aus dem Dorf und der Region, als möchte er ihnen die wichtigsten Orientierungspunkte für ihre nun wieder längeren Aufenthalte geben.

»Wollt ihr mir heute Abend nicht beim Essen Gesellschaft leisten? Um sieben in der Arvenstube?«

»Gerne«, sagt Reto sofort, ohne die Reaktion seiner Schwester abzuwarten.

»Sehr gerne«, doppelt Bigna nach.

Auf dem Rückweg zur Villa fragt sie ihren Bruder: »Was meinst du, hat er uns nur vorgespielt, dass wir hier willkommen sind?«

»Ich hatte nicht das Gefühl. Er freut sich wirklich. Dass er mit uns kein Geschäft machen konnte, hat er als Geschäftsmann sicher schnell weggesteckt. Und hilfsbereit war er schon immer.«

»Lass uns mit der Küche beginnen«, schlägt Bigna vor, als sie in der Villa zurück sind. »Und dann schauen wir uns im Wohn- und im Esszimmer genauer um. Den Räumen im Obergeschoss widmen wir uns morgen. Was wir mit unseren angestammten Zimmern machen, kann jeder selbst entscheiden.«

Als sie in der Küche feststellen, dass die alte Kaffeemaschine nicht mehr funktioniert, schlägt Bigna vor, gleich eine neue zu kaufen. Reto meint jedoch: »Wir können die alte auch reparieren lassen. Eine gleich schöne Maschine finden wir ohnehin nicht mehr. Ich glaube, Großvater Gian hatte sie einst in Italien für eines seiner Hotels gekauft, und als sie dann Alfredo nicht mehr modisch genug fand, hat er sie unseren Eltern abgetreten.«

»Dann müssen wir in den nächsten Tagen auf die Maschine verzichten. Und die Reparatur kommt sicher fast so teuer wie eine neue Maschine.«

Nach längerer Diskussion einigen sie sich darauf, eine neue Maschine zu kaufen, die der alten ähnlichsieht. »Das sollte kein Problem sein«, meint Reto, »heute gibt es schon fast von allem eine Vintage-Version. Und es würde mich wundern, wenn es im mondänen St. Moritz kein Geschäft gäbe, das solche Maschinen führt. Wir sind sicher nicht die Einzigen, die ihr Feriendomizil so einrichten wollen, dass sie sich darin zu Hause fühlen, und nicht die einzigen, für die das heißt, dass alles so sein soll wie früher.«

»Neue Pfannen und Schüsseln wären auch kein Luxus«, meint Bigna und notiert dies gleich auf ihrer Einkaufsliste.

»Und das Geschirr?«

»Das mit dem Rosenmuster? Auch eine schöne Erinnerung. Da braucht es nichts Neues.«

»Aber neue Kochlöffel braucht es. Und wir sollten auch gleich einen Vorrat an Lebensmitteln einkaufen.«

Während Reto ins Wohnzimmer wechselt, fährt Bigna mit weiteren Einträgen auf ihrer Liste fort.

Nach einer Weile ruft Reto: »Hier sollten die Vorhänge weg. Die stammen wohl noch aus dem vorletzten Jahrhundert.«

»Du musst mich nicht anschreien«, sagt Bigna, die mit ihrer Liste bereits hinter ihm steht.

»Ich dachte, du seist noch nebenan«, entschuldigt sich Reto. »Diese schweren samtenen Vorhänge mit den dicken Kordeln haben mich schon immer gestört. Die passen nicht zu uns.«

»Was schwebt dir vor?«

»Schwer zu sagen. Vorhänge braucht es, sonst kommt man sich hier drin so ausgestellt vor. Aber etwas Leichtes, Helles sollte es sein.«

»Solche Vorhänge können wir dann nicht mehr benutzen, um Verstecken zu spielen. Erinnerst du dich noch?«

Reto nickt nur andächtig und meint: »Beschäftigen wir uns ein andermal mit den Vorhängen.«

Als sie gemeinsam die alte Kaminuhr mit dem Glassturz betrachten, sagt Bigna: »Auch diese Uhr, wie fast alles hier drin, stammt noch aus der Zeit des Baus der Villa. Haben unsere Eltern eigentlich nie versucht, sich nach ihrem persönlichen Geschmack einzurichten?«

»Das wäre mir nie aufgefallen. Vielleicht hat ihnen die Einrichtung gefallen oder sie haben sich mit dem Vorhandenen arrangiert oder es hat sie gar nicht interessiert.«

»Für sie musste es hauptsächlich zweckmäßig sein. Ihr Geschmack war nicht so persönlich. Sie hätten höchstens etwas entfernt, wenn es sie gestört hätte.«

Im kleinen Schrank hinter der Tür findet Reto einige Fotoalben. Er murmelt vor sich hin: »Die standen doch immer auf dem Regal dort drüben, wo jetzt die Bildbände *Gletscher der Welt* stehen. In diesem Schrank wirken die Alben, als warteten sie auf ihre Entsorgung.«

»Wirken sie nicht eher, wie ein wohlbehüteter Schatz?«

»Lass uns einen Blick in die Alben werfen«, schlägt Reto vor, greift sich das letzte Album in der Reihe und setzt sich zu Bigna aufs Sofa.

Beim Durchblättern fällt ihnen auf, dass da und dort ein Bild fehlt. Zwischen den vergilbten Fotoecken ist es leer. Dasselbe stellen sie fest, als sie sich das zweite Album anschauen.

»Das sind wahrscheinlich die Bilder, die Onkel Alfredo für seine Hotelgeschichte benutzt hat«, vermutet Bigna.

»Wir können ihn nachher fragen.«

»Wie wäre es, wenn wir einige der Bilder aus den Alben nähmen und sie hübsch gerahmt aufhängen?«

»Hier im Wohnzimmer?«

»Überall, wo sie passen. Hier, im Salon gegenüber, im Treppenhaus, in den Schlafzimmern im oberen Stockwerk.«

»Sind die Fotos nicht zu klein?«

»Dann lassen wir sie vergrößern.«

»Das wäre eine Verfälschung.«

»Das finde ich nicht. Wenn du dich an etwas ungefähr erinnerst und dich dann konzentriert zu erinnern versuchst, ist die deutliche Erinnerung doch auch keine Fälschung.«

»Da bin ich mir nicht so sicher. Wie sich dunkle schwarze Punkte unter dem Mikroskop als lebendige kleine Tiere entpuppen können, können Erinnerungen, genauer betrachtet, auf einmal als etwas ganz anderes erscheinen. Aber meinetwegen, hängen wir auch ein paar Vergrößerungen auf.«

»Wir sollten auch ein paar der Bilder, die unsere Eltern und ihre Vorfahren aufgehängt haben, ersetzen.«

»Warum? Die zeigen doch auch unsere Geschichte.«

»Die Bilder sind zum Teil sehr unpersönlich. Zum Beispiel das Ölgemälde mit dem Hafen von Bordeaux im Treppenhaus oder das Foto da drüben mit der *Akropolis*. Die ist so schon tausendfach abgelichtet worden.«

»Für unsere Eltern war es eine Erinnerung an ihre Griechenlandreise.«

»Aber woran erinnert das Bild uns? Es zeigt ja nicht einmal unsere Eltern auf dieser Reise. Beim Bild hier drüben ist es ganz anders. Es zeigt unseren Vater mit seinem großen Vorbild Claude Lorius.«

»Dann umgeben wir uns halt nur mit Bildern, die für *uns* eine Bedeutung haben. Ich überlasse das ganz dir.«

»Es ist fast sieben. Alfredo erwartet uns sicher schon. Wir dürfen nicht vergessen, ihn nach den fehlenden Fotos zu fragen.«

»Und nach einem Handwerker, der die Scheibe ersetzt.«

»Haben sie reserviert?«, fragt die Dame im Trachtenkleid am Eingang zur bereits gut gefüllten Arvenstube.

»Wir sind mit Alfredo Rieter verabredet«, sagt Bigna.

»Schauen wir mal«, sagt die Empfangsdame und sucht im vor ihr ausgebreiteten Buch nach der Reservation. »Dort in der Ecke, unser bester Tisch. Der Chef kommt sicher gleich.«

Als sie sich gesetzt und einen Überblick verschafft haben, stellt Reto fest: »Wir sind die jüngsten hier. Sonst nur ältere Semester.«

»Man muss es sich leisten können, hier zu dinieren«, bemerkt Bigna. »Ist dir aufgefallen, dass in diesem Raum absolut nichts verändert wurde seit unserer Kindheit? Das Mobiliar, die Schwarz-Weiß-Bilder aus der Gründerzeit, die Gamsgeweihe – alles wie damals.«

»Nur die Tischdekoration ist neu. Sie soll wohl lokales Handwerk vortäuschen. Und die unappetitlichen Lampenschirme aus Pergament wurden durch eine diskrete Deckenbeleuchtung ersetzt.«

»Da seid ihr ja«, begrüßt Alfredo seine Gäste überschwänglich. »Ich musste nur noch schnell einer Dame, die morgen zum Gletscher wandern will, den Weg erklären. Die älteren Herrschaften kennen sich oft noch nicht so gut aus mit den digitalen Orientierungshilfen. Und die Wegweiser sind auch nicht mehr das, was sie einmal waren. Auch deswegen habe ich Ladina engagiert. Sie macht in ihren Semesterferien Führungen zum Gletscher und versorgt die Gäste auch noch gleich mit glaziologischen Informationen. Sie kommt sehr gut an.«

»Die Studierende, die an Vaters Trauerfeier sprach?«

»Genau die. Gian-Duri hat mich auf sie aufmerksam gemacht. Die beiden sind öfter zusammen unterwegs. Sie scheinen sich gut zu verstehen. Sie hat ihm auch den Tipp mit dem Musiklokal gegeben.«

»Möchten sie schon mal einen Apéro?«, fragt der Kellner im Trachtenjanker, während er die Speisekarten verteilt.

»Musiklokal?«, hakt Reto nach der Bestellung nach.

»Er will es *Ziggy's* nennen. Eigentlich ein ganz normales Kaffee, das aber erst am frühen Nachmittag aufmacht, dafür bis Mitternacht geöffnet bleibt. Es soll nur Musik aus den 1970er-Jahren ab Konserve gespielt werden. Also ein Angebot für Gäste in meinem Alter. Gian-Duri ist sich noch nicht sicher, ob er die Songs in zufälliger Folge abspielen will oder Thementage machen soll, an denen er jeweils innert zwei Wochen das ganze Musikspektrum der damaligen Zeit Revue passieren lässt: am Montag Jazz, am Dienstag Punk, am Mittwoch Folk, am Donnerstag Rock, am Freitag Heavy Metal, am Samstag Disco. Es freut mich, dass mein Sohn einmal etwas anreißt, mit dem er sich dem Hotelgeschäft annähert. Sein Projekt passt wunderbar zum Profil unserer Hotels. Unsere Gäste suchen meist nicht nur Entspannung und manchmal auch Trost in der Natur, sie wollen sich der Zeiten in ihrem Leben erinnern, wo sie noch frei und ungebunden waren, noch keine elterlichen, beruflichen und anderweitigen Pflichten hatten.«

»Darf ich stören?«, fragt der Kellner und verteilt die Getränke. »Haben sie schon etwas gefunden in der Karte?«

»Das haben wir ganz vergessen – vor lauter Begeisterung für Gian-Duris Projekt«, sagt Alfredo halb entschuldigend. »Lassen sie uns noch ein paar Minuten.«

Die drei versenken sich in die Speisekarte.

»Den Rehrücken kann ich sehr empfehlen«, sagt Alfredo, »gibt's aber nur ab zwei Personen. Auch unsere *Capuns* sind sehr beliebt, und die gibt's jetzt auch vegetarisch«.

»Dann nehmen wir doch den Rehrücken«, meint Reto mit Blick zu seiner Schwester.

»Ich versuche die vegetarischen Capuns«, meint diese und klappt die Speisekarte zu.

Nach seiner Zustimmung zum Rehrücken fährt Alfredo fort: »Ich habe mich in die Idee von Gian-Duris Projekt richtig verliebt. Nächsten Sommer will er starten. Ich kann's kaum erwarten. Ich werde wohl selbst oft im *Ziggy's* einen Drink nehmen, um meinen alten Helden des Musikhimmels zu lauschen und in Erinnerungen zu schwelgen: *Led Zeppelin, The Who, Ten Years After, Rory Gallagher, Pink Floyd, Santana, Emerson, Lake & Palmer, Genesis, Yes, Weather Report, David Bowie, Roxy Music, Kris Kristofferson, Neil Young, Bob Marley, Jimmy Cliff, The Sex Pistols, Blondie, Patti Smith,* auch heimische Größen wie *Rumpelstilz* oder *Paulin Nuotclà*, sogar *Krautrock* und *Abba*, und immer wieder *Bob Dylan* und die *Rolling Stones*.«

»Sehr widersprüchliche Stilrichtungen«, stellt Bigna fest. »Da empfehlen sich die Thementage.«

»Ich würde eher sagen *vielseitig*«, meint Alfredo. »Wir orientierten uns damals nach allen Seiten. Natürlich hatten wir auch unsere Favoriten, aber die konnten wechseln. Ich zum Beispiel stand zuerst besonders auf *Santana*, später auf *Blondie*, Carlo hatte es zuerst mit *Neil Young*, eine Zeit lang war er ganz verrückt nach *Cockney Rebel* und spielte unaufhörlich deren Hit *Sebastian*. Im Alter kehrte er zu *Bob Dylan* zurück. Zudem mochten er und Kathi klassische Musik, die mir weniger sagte. Und Kathi hatte es seit je mit ihren *Canzoni italiane*. Die sollte Gian-Duri auch in sein Programm aufnehmen. Wir haben hier viele italienische Gäste. Und warum nicht auch ein paar französische

Hits aus dieser Zeit. *Alain Barrière, Michel Polnareff, Johnny Hallyday*. – Unsere Zeit!«

»Angesichts der Vielfalt«, unterbricht Reto die Schwärmerei seines Onkels, »ist es wahrscheinlich am besten, Gian-Duri macht einen Testlauf mit den beiden ihm vorschwebenden Varianten und schaut, wie das Publikum reagiert.«

»Soviel ich weiß, hat er dies vor. Er stellt sich in diesen Dingen ganz praktisch an und war bisher mit allem, was er anpackte, sehr erfolgreich. Leider konnte ich bis dato wenig mit seinen Projekten anfangen.«

»Den Wein haben die Herrschaften auch schon gewählt?«, fragt der am Tisch erscheinende Kellner vorsichtig und zeigt auf die neben Alfredo liegende Weinkarte.

Dieser nimmt den Hinweis lächelnd auf und beginnt sogleich, in der schweren ledergebundenen Karte zu blättern.

»Kann man die Kundschaft heute noch mit ›Herrschaften‹ ansprechen?«, fragt Bigna stirnrunzelnd.

»Wir haben die Beliebtheit einiger neuerdings empfohlenen Sprachregelungen auf einen Vorschlag von Gian-Duri hin mit einer Umfrage unter unserer Kundschaft systematisch abgeklärt«, antwortet Alfredo zu Bignas Erstaunen. »Die allermeisten schätzen die in die Kritik geratenen tradierten Redensarten, also behalten wir sie bei. In ein paar Jahren machen wir wieder eine Umfrage.«

»Ist das nicht etwas opportunistisch?«, wendet Bigna ein.

»Das Hotelgewerbe ist keine Erziehungsanstalt«, sagt Alfredo, ohne seinen Blick von der Weinkarte zu nehmen. »Ich schlage einen Tropfen aus der Region vor. Wie wär's mit einem *Maienfelder*? Auch ein *Veltliner* schmeckt gut in der Höhe.«

»Was meint deine Wein-App dazu?«, fragt Bigna ihren Bruder augenzwinkernd und erklärt Alfredo, wie Retos noch nicht ganz vollkommene Erfindung funktionieren soll.

»Verlassen wir uns doch für dieses Mal auf Alfredos Empfehlung«, meint Reto schmunzelnd. »Aber ich wurde gerade darauf aufmerksam gemacht, dass wir die Höhe über Meer, in der der Wein genossen wird, in die Liste der Entscheidungskriterien aufnehmen müssen.«

Nachdem Alfredo den Kellner zu sich gewunken und eine Flasche *Veltliner* bestellt hat, will er wissen: »Was macht ihr nun mit dem Haus in der Stadt? Oder habt ihr es schon verkauft?«

»Wir sind noch unschlüssig«, antwortet Bigna. »Bis auf Weiteres verbringt Reto seine Wochenenden im Haus und seine Freundin Svenja hat sich in den Kellerräumen ein Atelier eingerichtet, wo sie an ihren von innen beleuchteten Objekten herumwerkelt.«

»Sie *arbeitet* an ihren von innen beleuchteten Objekten«, sagt Reto.

»Wie auch immer. Wir behalten das Haus einstweilen. In ein paar Jahren sehen wir, ob wir es verkaufen, vermieten oder selber nutzen wollen. Das Haus hat für uns keine besondere Bedeutung. Als die Stadt zu unserem Lebensmittelpunkt wurde, verbrachten wir anfangs nur wenig Zeit zu Hause und dann zogen wir aus, um uns von unseren Eltern abzunabeln. Wir fühlten uns bald nur noch als Gäste im Elternhaus. Wir hängen mehr an der Villa, in der wir in unserer Kindheit und Jugend viel Zeit verbrachten.«

»Apropos Villa. Da ist uns ein Malheur passiert. Beim Lüften ging eine Fensterscheibe in die Brüche. Du hast nicht zufällig einen Handwerker an der Hand, der das in Ordnung bringen könnte?«

»Ich schicke euch gleich morgen Franco rüber, damit ihr nicht länger im Durchzug stehen müsst. Zu dieser Jahreszeit wird es in den Nächten schon empfindlich kühl.«

Der Kellner bringt den Wein, präsentiert seinem Chef die Flasche und fragt dann der Form halber: »Wem darf ich den Wein zum Probieren geben?«

Alfredo weist lächelnd auf Reto hin, mit der Bemerkung: »Damit du entscheiden kannst, ob du das Kriterium der Höhe, in der der Wein genossen wird, in deine App einbauen willst.«

»Was wir auch noch fragen wollten«, sagt Bigna, während ihr Bruder den Wein probiert, »in den Fotoalben unserer Eltern fehlen einige Bilder. Sind das nicht zufällig die Bilder, die du für das Buch über die Hotelier-Dynastie Rieter verwendet hast?«

»Natürlich«, entfährt es Alfredo. »Ich habe mir erlaubt, einige Fotos aus den Alben zu nehmen und habe dann ganz vergessen, sie wieder einzukleben. Entschuldigt mein Versäumnis. Sobald ich Zeit habe, werde ich die Bilder suchen und euch zurückgeben.«

»Bigna will einige der Fotos aus den Alben, auf denen wir und unsere Eltern zu sehen sind, rahmen und im Haus aufhängen«, sagt Reto.

»Wollt ihr nicht lieber ein paar hübsche Gemälde aufhängen? Eure Tante Romy hat sicher einige Künstler an der Hand, die über das Passende verfügen oder extra für euch anfertigen können. Romy ist mir oft behilflich, wenn ich für die Ausstattung von Hotelzimmern etwas benötige.«

»Zu unpersönlich«, meint Bigna.

»Wo die Fotos zu klein sind, lassen wir Vergrößerungen machen«, ergänzt Reto.

»Wie ihr meint. Ich gebe euch die entwendeten Bilder so schnell wie möglich zurück.«

Alfredo schaut sich um, als wolle er sich versichern, dass es all seinen Gästen in der Arvenstube behagt. Eine Dame am Nebentisch nickt ihm freundlich zu, ebenso ein älteres Paar zwei Tische weiter. Zufrieden wendet sich Alfredo wieder Bigna und Reto zu mit der Frage: »Wollt ihr mir den Unterhalt der Villa weiterhin überlassen, selbstverständlich unentgeltlich, oder wollt ihr das selber übernehmen?«

Während sich Bigna und Reto verunsichert anschauen und mit einer Antwort zögern, werden der Rehrücken und die *Capuns* aufgetischt.

»Lasst es euch schmecken«, sagt Alfredo, als hätte er selbst gekocht.

Nachdem Bigna ihre *Capuns* als einmalig gerühmt hat, meint sie: »Wir überlegen uns das noch mit dem Unterhalt. Zuerst einmal müssen wir das Haus aufräumen und nach unserem

Geschmack einrichten. Schauen wir mal, wie weit wir innert einer Woche kommen.«

»Ihr wisst, wo ihr mich findet, wenn ihr Hilfe braucht«, sagt Alfredo und schenkt seinen beiden Gästen Wein nach.

Als er nach dem Essen persönlich den kleinen Wagen mit den Spirituosen zum Tisch schiebt, winken Bigna und Reto dankend ab. Ihr Onkel fragt, während er sich einen Cognac einschenkt, ob sie noch einen Kaffee wünschten. Auch dies lehnen sie dankend ab. Nachdem Alfredo seinen Cognac genüsslich getrunken und sein Glas wie ein Schlusszeichen für den gemeinsamen Abend vor sich hingestellt hat, bedanken sich Bigna und Reto und machen sich auf den Heimweg.

Als Reto am folgenden Morgen schlaftrunken die breite Treppe hinuntertorkelt, vernimmt er zu seiner Überraschung Stimmen. Eine davon ist sehr laut und mit italienischem Akzent. Im Wohnzimmer findet er Bigna bei der zerbrochenen Fensterscheibe in angeregtem Gespräch mit einem älteren Herrn in blauer Latzhose.

»Buongiorno dormiglione«, begrüßt der Handwerker Reto mit noch lauterer Stimme. Dann sagt er, schon auf dem Weg zur Tür: »Die Maße habe ich und bestelle die Scheibe sofort. Es kann aber drei bis vier Tage dauern. Ich komme aber gleich nochmals mit einer Plastikfolie, um das Fenster abzudichten, damit ihr nicht frieren müsst.«

»Ich kann ihnen nicht einmal einen Kaffee anbieten«, sagt Bigna entschuldigend. »Unsere Kaffeemaschine ist kaputt.«

»Non importa«, sagt der Handwerker lachend und verabschiedet sich mit einem schallenden ›Torno subito!‹

»Wie kann man nur um diese Zeit schon so wach sein«, sagt Reto.

»Jetzt sind wenigstens auch wir hellwach und können mit der Inspektion des Hauses fortfahren«, meint Bigna und schlägt vor, mit dem Salon nebenan weiterzumachen.

»Diesen Raum haben wir nur zum Essen benutzt, wenn Gäste da waren. Sonst haben wir immer in der Küche oder auf der Terrasse gegessen.«

»Und an verregneten Nachmittagen und Winterabenden, wenn es früh dunkelte, haben wir hier drin mit unseren Eltern und Nachbarskindern gespielt: *Mensch-ärgere-dich-nicht, Monopoly, Mister X* und wie die Spiele alle hießen.«

»Mein Lieblingsspiel war *Scrabble*. Aber dazu musste ich euch immer überreden.«

»Wir wollten immer gewinnen, aber Mutter sagte einmal, dass wir beim Spielen lernen sollten zu verlieren.«

»Sagte sie nicht, wir sollten lernen, nicht aufzugeben, wenn wir einmal verloren haben?«

»Ist da ein Unterschied?«

»Stand die Truhe mit den Spielen nicht dort drüben?«

»Vielleicht ist sie jetzt in einem der Hotels von Alfredo. Die Truhe ist doch ein Erbstück von Großvater Gian.«

»Nutzen wir den Salon doch auch in Zukunft zum Essen, wenn wir Besuch haben, dann können wir alles so belassen, wie es ist – den großen runden Tisch und die geschnitzten Stühle aus Arvenholz, den gold-gerahmten Spiegel über der Kommode und die Vitrine mit dem Geschirr und den Kristallgläsern. Auch die Vorhänge hier lassen wir vorerst einmal hängen. Nur das Bild neben dem Spiegel muss weg.«

»Geht der Bildersturm weiter.«

»Das Bild ist doch nur eine billige Kopie von Segantinis Gemälde *La notte*, wie sie hier in jedem zweiten Haus hängt.«

»Für mich trotzdem eine schöne Erinnerung, vielleicht, weil es so ein trauriges Bild ist. Nie begriff ich besser, was Einsamkeit und Vergänglichkeit sein könnten, als wenn ich vor dieser Winterlandschaft im Licht der hereinbrechenden Nacht stand.«

»Dann lassen wir es halt hängen.«

»Eher entfernen wir den Spiegel. Er ist fast blind und hat überall schwarze Flecken.«

»Warum hat ihn Vater nur hängen lassen, als er hier Ordnung machte?«

»Der Spiegel wurde auch früher nie benutzt. Er sollte wohl nur den Raum noch tiefer machen und der vergoldete Rahmen wirkt auch jetzt noch schön.«

»Torno con il materiale«, ertönt es unter lautem Klopfen an der Haustür.

Bigna öffnet dem Handwerker und geleitet ihn ins Wohnzimmer. In Windeseile befestigt er die Folie, macht einen Test, ob sich das Fenster korrekt öffnen und schließen lässt, und verabschiedet sich, noch bevor ihm Bigna ein Trinkgeld geben kann, mit einem kurzen ›Bella giornata. A presto‹.

»Machen wir oben weiter«, schlägt Reto vor, als sie wieder allein sind. »Am besten, wir beginnen gleich mit unseren Zimmern.«

»Die richten wir individuell ein«, sagt Bigna so entschieden, dass Reto sofort davon ablässt, die Tür seines Zimmers aufzustoßen.

»Dann beginnen wir mit den beiden Gästezimmern.«

Als sie das Zimmer neben der Treppe öffnen, schlägt ihnen der muffige Geruch von altem Holz entgegen. Im Zimmer steht nur ein Bett, ein kleiner Schreibtisch und zwei Stühle.

»Wo ist das Bild des Morteratsch-Gletschers und der ovale Spiegel? Und lag da nicht ein Teppich? Und die rot-weiß karierten Kissen und Decken sind auch nicht mehr da.«

Ebenso kahl präsentiert sich das nebenan liegende Gästezimmer mit den zwei Betten.

»Wir sollten die Zimmer etwas beleben«, schlägt Reto vor, »sonst können wir hier keine Gäste beherbergen.«

»Das hat Zeit«, meint Bigna. »Zuerst sollten wir die Räume, die *wir* in nächster Zeit nutzen wollen, aufräumen und nach unserem Geschmack einrichten.«

Überraschenderweise sind die beiden gegenüberliegenden Arbeitszimmer der Eltern ebenfalls bis auf wenige Möbel leergeräumt.

»Wer hat die Zimmer ausgeräumt?«, wundert sich Bigna. »Die Stapel von Büchern und Papieren auf den Schreibtischen sind verschwunden, die Bücherregale gähnend leer und auch hier kein einziges Bild mehr an den Wänden. Auch Mutters *Hermes Baby*, die immer neben dem Schreibtisch stand, ist verschwunden. Vom früheren Leben in diesen Zimmern ist nichts geblieben.«

»Vielleicht meinte Vater, als er im letzten Sommer sagte, er wolle im Haus Ordnung machen, er wolle die Zimmer ausräumen. Aber warum? Und wo sind all die Sachen hin?«

»Vielleicht im Abstellraum«, meint Bigna.

Tatsächlich finden sie in der geräumigen Rumpelkammer am Ende des Flurs neben Möbeln, Spiegeln, Bildern, Teppichen und ein paar Spielsachen, die wohl noch aus der Zeit des Baus der Villa stammen, alles, was in den leer geräumten Zimmern fehlt, auch die Schreibmaschine. Die Truhe mit den Gesellschaftsspielen steht ebenfalls hier. Die Bücher sind wahllos aufeinandergestapelt, die Ordner und mehrere Bündel von losen Papieren stecken in Kartonschachteln, als warteten sie auf ihre baldige Entsorgung.

»Vater wollte sich vielleicht alles, was ihn an die Vergangenheit erinnerte, aus den Augen schaffen«, meint Reto. »Aber warum hat er dann sein Arbeitszimmer ausgeräumt?«

»Oder er hat die Zimmer nur vorübergehend ausgeräumt, um sie dann neu einzurichten. Neue Teppiche, neue Tapeten, andere Bilder.«

»Schauen wir uns noch das Schlafzimmer an. Vielleicht stehen hier auch nur noch die Betten, die Kommode und der Kleiderschrank.«

Vor der Tür des Schlafzimmers sagt Bigna: »Ich war zuletzt als kleines Kind hier drin, als ich manchmal zum Kuscheln zwischen Mama und Papa unter die Decke in ihrem großen Bett schlüpfte. Später war das Schlafzimmer tabu, ohne dass uns die Eltern den Zutritt verboten hätten.«

»Hier sieht alles unverändert aus«, sagt Reto.

»Bis auf die vielen Bilder, die auf der Kommode stehen. Da stand doch früher nur eine weiße Waschschüssel mit einem großen Krug, zur Erinnerung an Zeiten, als es noch kein fließendes Wasser im Haus gab.«

»Hingen nicht einige der nun fein säuberlich gerahmten Bilder auf der Kommode früher in den Arbeitszimmern? Zum Beispiel dieses mit Vaters Vorbild Lorius in der Mitte, rechts davon Vater und Susi Pauli, links Norman Scott. Wahrscheinlich wurde es an der Geburtstagsparty von Lorius aufgenommen, die Norman an der Trauerfeier erwähnte. Einige der Bilder habe ich noch nie gesehen. Viele zeigen typische Landschaften und Wahrzeichen von Städten: Den *Tower of London*, die Seufzerbrücke in Venedig, den *Kreml*, nochmals die *Akropolis*, den *Fujiyama* und den *Kilimandscharo*, den sie einmal zusammen bestiegen haben. Alles Ferienerinnerungen, die du wahrscheinlich am liebsten entfernen möchtest. Nur fünf Bilder, auf denen Menschen zu sehen sind. Neben dem mit Lorius eins von unserer Familie auf einer Wanderung zur *Boval*-Hütte ein Jahr, bevor wir ins *Lyceum* eintraten, eins von Mutter als junger Frau, eins von Vater als jungem Mann und eines mit Mutter, Vater und Onkel David in jungen Jahren.«

»Ich gleiche Mutter aufs Haar. Bis auf die grünen Augen«, sagt Bigna, während sie das Bild ihrer Mutter so neben sich hält, dass ihr Bruder die Ähnlichkeit überprüfen kann.

»Du hast die blauen Augen von Tante Elli.«

»Aber du, du gleichst weder Vater noch Mutter auf diesen Bildern.«

»Das fällt mir auch auf«, sagt Reto, der die Bilder seiner Eltern in die Hand nimmt, um sie sich genauer anzuschauen. »Nicht die geringste Ähnlichkeit! Obwohl ich immer geglaubt habe, dieselbe Mundpartie wie Vater zu haben. Aber so genau konnte ich das ja nie sehen, weil er immer einen Bart trug.«

»Vaters Absicht, im Haus Ordnung zu machen, war es wohl, das Schlafzimmer zum Zentrum seiner Erinnerungen zu machen, sich nur mit dem zu umgeben, was ihm wichtig war, woran er sich erinnern wollte, und mit weniger wichtigen oder lästigen Erinnerungen aufzuräumen«, sagt Bigna, während sie die Türen des Kleiderschranks in der hinteren Ecke des Zimmers zaghaft öffnet.

Als sich auch Reto dem Schrank nähert, fragt er: »Was sind das für graue Kisten im Fuß des Schrankes?«

»In dieser sind Bücher«, antwortet Bigna, als sie eine der Kisten heraushebt. »Zuoberst liegen zwei Exemplare von Gillette Fallos *Die Stunde ohne Eltern.* In der zweiten Kiste hat's mehrere Bündel mit Broschüren mit dem Titel *Lou Andreas-Salomé im Engadin. Sonderausstellung im Nietzsche-Haus, Sils-Maria. 4. Juni – 31. Oktober 1982.* In der dritten Kiste ist ein roter Ordner, auf dessen Rücken steht *Dissertationsprojekt Katharina Peter (1982 –)* sowie mehrere Bücher, zuoberst Giovanni Boccaccios *Decamerone.* Und in der vierten Kiste sind drei schwarze Notizbücher und ein gelber Schuber beschriftet mit *Korrespondenz 1995 – (Gastprofessur Wien, etc.).*«

»Sind auch in diesen Kisten nur die wichtigsten Erinnerungen, die unser Vater behalten wollte?«

»Macht den Anschein. Wir wissen es, wenn wir einen genaueren Blick drauf werfen.«

»Beginnen wir mit den Büchern von Gillette Fallo. Was konnte die Aufbewahrung von Kinderbüchern für unseren Vater für einen Wert haben?«

»*Die Stunde ohne Eltern*«, kommentiert Reto, als er die beiden obersten Bücher aus der grauen Kiste nimmt und eins davon seiner Schwester reicht. »Ich glaube, es war Fallos erstes Buch.«

»Kann sein«, meint Bigna, als sie das Buch aufschlägt und sich das Impressum näher ansieht. »1983, das Jahr vor meiner Geburt. An dieses Buch mag ich mich nicht mehr erinnern. Ich weiß gar nicht, ob ich alle Fallo-Bücher gelesen habe. Weißt du, wie viele es gibt?«

»Zehn. Genau zehn. Und alle beinhalten genau zehn Geschichten und haben genau 237 Seiten. Ich habe alle gelesen. Als ich Svenja kennenlernte, kamen wir in einem unserer ersten Gespräche auf Fallos Bücher. Dieser gemeinsame Anker in unserer persönlichen Geschichte war fast eine Art Lackmus-Test für unsere gegenseitige Sympathie. Svenja war erstaunt, dass ich nicht alle Titel kannte, und brachte mir beim nächsten Treffen gleich die fehlenden mit, die ich dann in kurzer Folge las. Das zehnte und letzte stammt von 2015. Danach erschien meines Wissens keines mehr. Svenja hätte es mir sicher gesagt.«

Reto wendet sich wieder der Kiste mit den Büchern zu. Beim Herausnehmen weiterer Bände, die er vor sich aufstapelt, stellt er fest: »Nur Bücher von Gillette Fallo. Von jedem zwei Exemplare. *Rätsel um Rätsel, Spurenlesen, Lohn der Ausdauer, Allein mit den Andern, Lob der Langeweile, Ganz im Gegenteil, Nahe Ferne, Spiel um Spiel, Gelassen sein.* – Alle zehn Bände, das gesamte Werk.«

Bigna nimmt *Rätsel um Rätsel* vom Stapel, blättert etwas darin und sagt: »Alle Bücher von Fallo, die ich gelesen habe, könnten eigentlich diesen Titel tragen.«

»Alle Bücher von Fallo könnten alle Titel ihrer Bücher tragen. Das gilt auch für die meisten der 100 Geschichten.«

»*Rätsel um Rätsel* habe ich mehrmals gelesen.«

»Vielleicht kommt es dir auch nur so vor, weil es eben bei Fallo immer um Rätsel geht. Ich hatte beim Lesen dieser Bücher zwar stets das Gefühl, das war es jetzt, jetzt weiß ich es, wollte aber immer weiterlesen, weil ich am Schluss immer glaubte, da ist noch ein Rätsel.«

»Es waren immer zwei Arten von Rätseln: Zuerst musste herausgefunden werden, worin das Rätsel eigentlich besteht, um was für ein Problem es überhaupt geht; dann wurden verschiedene Lösungen vorgeschlagen, die einen auf den ersten Blick alle gleich gut erschienen. Dieser kleinen Tragödie konnte man nur entgehen, indem man sich für eine der Lösungen entschied. Nie wusste man aber zu hundert Prozent, ob es die beste war, aber durch diese Unsicherheit behielt man nicht nur die Geschichte im Gedächtnis, sondern wurde auch immer kreativer bei der Lösung weiterer Rätsel und mutiger bei den Entscheidungen.«

»Waren es nicht immer mehr als diese zwei Arten von Rätseln? Die Welt erschien in Fallos Büchern voller Rätsel, die immer wieder in einem neuen Licht erschienen. Und durch die Beschäftigung mit ihnen erfuhr man wie nebenbei mehr über die Welt. Fallo verstand es wie keine zweite, einen von Beginn weg so in ihre Geschichten einzubeziehen, dass man immer glaubte, es mit der ganzen Welt zu tun zu haben. Ich fühlte mich beim Lesen nicht nur sofort als Teil der Geschichte, sondern auch auf du und du mit der ganzen Welt. Und ich fühlte mich auch immer ernst genommen, nicht nur als Zaungast in der Welt der Erwachsenen.«

»Das schaffte Fallo wahrscheinlich durch ihren besonderen Stil. Viele der Geschichten erzählte sie in der Ich-Form, wodurch das Gefühl entstand, als vertraute sie einem ein Geheimnis an. Einmal skizzierte sie etwas nur, wodurch sie einen zwang, die Gedanken selbst zu vervollständigen, ein andermal wieder ging sie dermaßen ins Detail, dass sie einem volle Konzentration abverlangte. Auf die eine oder andere Weise zog sie einen in die Geschichte hinein. Selbst Langeweile und Wiederholung verstand sie zu diesem Zweck einzusetzen. Wenn man einmal das Gefühl hatte, dass etwas nicht weitergeht oder schon wieder kommt, war die nachfolgende Überraschung nur noch größer und man war sofort wieder mitten in der Geschichte.«

»*Lob der Langeweile* hieß sogar eins der Bücher«, sagt Reto, während er besagten Titel im Stapel vor sich sucht. »Vielleicht habe ich am meisten aus jenen Geschichten gelernt, in denen Fallo zeigt, was gemeinhin für unnütz geltende Handlungen für einen Sinn haben können: nervtötende Langeweile, endlose Wiederholungen, quälende Ausdauer, Detailversessenheit, endlose Geduld. In meinem Lieblingsbuch *Ganz im Gegenteil* trieb Fallo diese Art von Aufklärung auf die Spitze. Aber nie ging es ihr nur ums kritische Denken, sie brachte einen zum Sehen und im Verlauf einer Geschichte um die Veränderung der Sichtweise.«

»Es fällt mir erst jetzt auf, dass sie eigentlich genau so geschrieben hat, wie sich Kinder entwickeln: Kinder finden interessant, was den Erwachsenen langweilig erscheint, oft versinken sie völlig in ihrer Beschäftigung und es stört sie auch nicht, immer wieder dasselbe zu tun. Zeit spielt für sie keine Rolle. Eindrücke und Erfahrungen sind nicht einfach nur Informationen für das kindliche Denken, sondern formen es, wozu es die unendlichen Wiederholungen braucht. So wie Kinder unbewusst einem Pfad zu folgen scheinen, der sie zum sinnvollen Sprechen, Denken und Handeln führt, wusste man auch bei Fallos Geschichten nie, worauf es hinausläuft. Auch wenn dann am Schluss alles klar war, blieb es offen.«

»Das Gegenteil von dem, was vielen heutigen Eltern vorschwebt, die glauben, das Leben des Kindes müsse dauernd interessant sein und dies auch noch gemäß elterlichen Vorstellungen, anstatt dem Kind Zeit zu lassen, erst einmal herauszufinden, wofür es sich interessiert. Die zur Entwicklung eigener Interessen oft nötige Langeweile wird dann auch noch für mangelndes Interesse und Undankbarkeit des Kindes gehalten.«

»Wobei es für Eltern auch nicht immer einfach ist, sich der Tyrannei all der Angebote zu entziehen, die ihnen zum Wohl ihrer Kinder aufdrängt werden. Unsere Eltern mussten sich noch nicht damit befassen, dass ihre Kinder das Smartphone gar nicht mehr aus der Hand geben wollten.«

»Wahrscheinlich hätte es sie nicht sonderlich beschäftigt. Die Benutzung des Smartphones ersetzt heute einfach den Tagtraum und alle anderen abschweifenden Beschäftigungen, wenn wir uns allein unterhalten müssen oder wollen. Sagten unsere Eltern und Tanten nicht immer etwas in diese Richtung, wenn sie uns Bücher schenkten? Gab es über den Zusammenhang von Tagtraum und dem Lesen nicht auch eine Geschichte in einem von Fallos Büchern?«

»Vielleicht in *Allein mit den Andern*«, mutmaßt Bigna.

Als Reto das Buch mit diesem Titel aus dem Stapel herauszieht und das Inhaltsverzeichnis durchgeht, aber keinen Hinweis auf eine Geschichte zum gesuchten Thema findet, meint er: »Unglaublich, über wie viele verschiedene Themen Fallo geschrieben hat. Nur schon in diesem Band: Geselligkeit, Freundschaft, Einsamkeit, Glück, Trauer, Solidarität, Eigensinn, Lust, Zweisamkeit, Heimlichkeiten, Offenheit. Und sie hat es immer wieder geschafft, mich für Themen zu interessieren, auf die ich selbst nicht gekommen wäre und die nicht gerade in Mode waren.«

Während Bigna das zweite Exemplar von *Allein mit den Andern* aufschlägt, fragt sie: »Ging es bei Geselligkeit nicht um Stachelschweine?«

»Genau. Fallo geht von einem Text des Philosophen Schopenhauer aus«, antwortet Reto und liest das Zitat im Buch gleich vor: »*Eine Gesellschaft Stachelschweine drängte sich an einem kalten Wintertage recht nah zusammen, um sich durch die gegenseitige Wärme vor dem Erfrieren zu schützen. Jedoch bald empfanden sie die gegenseitigen Stacheln, welches sie dann wieder voneinander entfernte. Wann nun das Bedürfnis der Erwärmung sie wieder näher zusammenbrachte, wiederholte sich jenes zweite Übel, so dass sie zwischen beiden Leiden hin und her geworfen wurden, bis sie eine mäßige Entfernung voneinander herausgefunden hatten, in der sie es am besten aushalten konnten. So treibt das Bedürfnis der Gesellschaft, aus der Leere und Monotonie des eigenen Innern entsprungen, die Menschen zueinander; aber ihre vielen widerwärtigen Eigenschaften und unerträglichen Fehler stoßen sie wieder voneinander ab. Die mittlere Entfernung, die sie endlich herausfinden, und bei welcher ein Beisammensein bestehen kann, ist die Höflichkeit und feine Sitte. Dem, der sich nicht in dieser Entfernung hält, ruft man in England zu: keep your distance! Vermöge derselben wird zwar das Bedürfnis gegenseitiger Erwärmung nur unvollkommen befriedigt, dafür aber der Stich der Stacheln nicht empfunden. – Wer jedoch viel eigene, innere Wärme hat, bleibt lieber aus der Gesellschaft weg, um keine Beschwerde zu geben, noch zu empfangen.* In der daran anschließenden Geschichte schildert Fallo nicht nur mit konkreten Beispielen, welche Arten von Geselligkeit es gibt und welche Arten der Höflichkeit und der feinen Sitten, sondern auch welche Formen möglicher Halbdistanz. Und weil alle Menschen verschieden sind, oder in Schopenhauers Worten: über ihr je eigenes Maß an ›innerer Wärme‹ verfügen, muss am Schluss auch hier jeder selbst entscheiden, was für ihn unter welchen Bedingungen am vorteilhaftesten ist.«

»Das mochte ich an Fallos Geschichten am meisten, dass sie am Schluss immer offen blieben, dass man als Leserin selbst entscheiden musste, schon als Kind selbst entscheiden durfte.«

»Bis auf die Geschichte mit der Intelligenz. Die einzige Geschichte, bei der es am Schluss nichts zu entscheiden gab. Sie ist mir wahrscheinlich auch nur darum geblieben, weil es die einzige Geschichte dieser Art war, auch die einzige, die mir nicht gefiel.«

»Daran kann ich mich gar nicht erinnern. Nur an die Geschichte mit der Dummheit.«

»Das war doch die Geschichte«, sagt Reto, während er auf der Suche nach der Geschichte den Band *Allein mit den Andern* durchblättert.

»Du hast recht«, sagt Reto, als er die Geschichte gefunden hat. »Der Titel lautet tatsächlich *Die Prinzipien der menschlichen Dummheit* und basiert auf einem Aufsatz des italienischen Wirtschaftshistorikers Carlo Maria Cipolla mit demselben Titel. Cipolla teilt die Menschen in vier Typen ein: die Dummen, die Intelligenten, die Hilflosen und die Diebe. Ausgangspunkt seiner Überlegungen sind folgende vier Auswirkungen menschlichen Verhaltens: Wir können durch unser Verhalten anderen einen Vorteil verschaffen, wir können uns selbst einen Vorteil verschaffen, wir können andere benachteiligen oder wir können uns selbst benachteiligen. Intelligent handeln wir nach Cipolla, wenn unser Handeln uns selbst und anderen dient, räuberisch handeln wir, wenn unser Handeln anderen schadet und nur uns selbst dient, hilflos handeln wir, wenn unser Handeln uns selbst schadet und nur anderen dient, und dumm handeln wir, wenn unser Handeln sowohl uns selbst als auch anderen schadet. Fallo spielt dann nach Cipollas Vorbild an Beispielen durch, was diese vier Typen menschlichen Handelns für Auswirkungen auf die Gesellschaft haben. Wer nützt und wer schadet der Gesellschaft? Der hilflose Mensch nützt der Gesellschaft, weil er anderen hilft, wird aber leicht ausgenutzt, besonders von Dieben. Letztere bereichern sich selbst ohne Rücksicht auf andere, was der Gesellschaft schadet. Der Intelligente hilft nicht nur sich selbst, sondern auch anderen, was ebenfalls der Gesellschaft zugutekommt. Der Dumme aber bereitet anderen nur Probleme, ohne dass er selbst einen klaren Nutzen davon hätte. Darunter leidet die Gesellschaft am meisten. Dumme sind sogar gefährlicher als Diebe, weil wir die Logik eines Diebes nachvollziehen können, die irrationalen Beweggründe der Dummen uns aber schleierhaft bleiben. Darum sind wir den Dummen hilflos ausgeliefert. Wir müssen uns also nicht vor den Dieben fürchten, sondern vor den Hilflosen und Dummen. Und am besten entkommen wir ihnen, wenn wir nach Intelligenz streben. Dies ist auch moralisch richtig.«

»Genau so ist es doch«, unterbricht Bigna. »Darum ist Bildung ja auch ein Wert an sich.«

»Und die höhere Dummheit?«, fragt Reto amüsiert. »Robert Musil nannte sie eine Krankheit. Diese offensive Halbbildung in gewissen Kreisen, deren Mitglieder meinen, weil sie über etwas Bildung verfügen, könnten sie gleich zu allen komplexen Sachthemen kompetent Stellung nehmen. Zu Musils Zeit war es wohl so, dass jemand, der Latein gelernt hatte und ein paar Gedichte von Schiller auswendig konnte, glaubte, nun auch noch in Sachen Welthandel oder Relativitätstheorie mitreden zu können. Heute scheint es umgekehrt eher so zu sein, dass sich Wirtschaftswissenschaftler und Naturwissenschaftler bemüßigt fühlen, uns ständig die ganze Welt zu erklären. Und wenn sie nicht ernst genommen werden, sind sie nicht nur beleidigt, sondern bezichtigen andere der mangelnden Intelligenz. Du erinnerst dich doch sicher noch an diesen Norman Scott, der glaubt, die Klimawissenschaftler müssten den Politikern nur sagen, worum es eigentlich geht, und dann geschähe auch schon etwas? Wenn dann nichts geschieht, zweifelt so einer aber nicht an der eigenen Intelligenz, sondern erklärt gleich *den* Menschen für dumm.«

»Kaum einer zweifelt an der eigenen Intelligenz, so wie alle besser Auto fahren können als andere und umweltbewusster leben als andere. Wir wissen doch schon lange, dass das nichts mit wirklicher Intelligenz zu tun hat. Das sind einfach Selbstüberschätzungen.«

»Dann weißt du also auch wie Fallo, was Intelligenz wirklich ist, und dass Kinder dazu erzogen werden müssen? Aber das ist doch gerade das Problem, wir wissen gar nicht so genau, was Intelligenz ist. Jeder Einzelne mag es genau wissen und nur seiner Intelligenz vertrauen. Ethisch betrachtet bloßer Egoismus. Von der Intelligenz im Allgemeinen haben wir nur sehr ungefähre Vorstellungen. Das zeigt sich ja besonders deutlich in den gegenwärtigen Diskussionen um die Künstliche Intelligenz, und wie sie unser Leben und unsere Gesellschaft verändern wird. Jetzt wollen uns die Neurowissenschaftler und Programmierer im Verbund die ganze Welt erklären, weil sie sich herausnehmen zu wissen, was Intelligenz ist. Aber die höhere Intelligenz dieser Leute besteht doch gerade darin, dass sie immer schon voraussetzen, was Intelligenz eigentlich ist, und darum auch immer schon so genau wissen, was die Gesellschaft, das Leben, der Mensch ist. Es sind die Theologen von heute, aber ganz ohne Verständnis für den Glauben.«

»Wenn wir noch nicht alles über Intelligenz wissen, heißt dies ja noch nicht, dass wir gar nichts wissen. Für mich ist Intelligenz einfach das Zurechtfinden in unterschiedlichen Situationen, Flexibilität, die Zielgerichtetheit des Denkens und die

Fähigkeit, Gelerntes anhand neuer Erfahrungen laufend situationsgerecht zu modifizieren.«

»Und weil Intelligenz umstandsbedingt ist und auf Lernen basiert, gibt es keine objektive, losgelöste Intelligenz. Vielleicht gibt es sie in Maschinen, aber im Menschen sicher nicht. Intelligenz ist zuallererst einmal etwas Offenes, etwas, das sich nur scheinbar für Entscheidungen eignet und immer erst im Nachhinein beurteilt werden kann.«

»Wenn die meisten Entscheidungen nur Täuschungen wären, hieße das, dass wir gar nicht mehr wissen, wer wir sind.«

»Ist das nicht sowieso eine Glaubensfrage?«

»Für dich vielleicht.«

»Möglicherweise wollte Fallo nur provozieren«, sagt Reto versonnen. »Wenn jeder am Schluss darüber nachdenkt, auf welche Intelligenz er vertraut und sich damit seines Egoismus bewusstwird, hätte auch diese Geschichte ein offenes Ende.«

»Möchlicherweise«, wiederholt Bigna.

Reto schweigt. Dann schaut er wieder ins Buch *Allein mit den Andern* und sagt: »Auch die folgende Geschichte über Freundschaft basiert auf dem Gedanken eines Philosophen. Blaise Pascal schrieb: *Wenn alle Menschen wüssten, was sie voneinander sagen, gäbe es keine vier Freunde auf der Welt.* Fallo zeigt dann aber mit ihrer Geschichte, dass es diese vier Freunde manchmal auch gerade deshalb geben kann. Weil Robert immer alles ausplappert, tun es ihm die anderen gleich, und so gibt es unter den vier Freunden keine Geheimnisse. Gerade das macht ihre Freundschaft aus. Erst als sich einer von ihnen verliebt, beginnt die Freundschaft zu wanken.«

Während Bigna und Reto damit fortfahren, die Bücher Fallos durchzublättern, erwähnen sie bei jeder Geschichte, was ihnen davon geblieben ist. Zu Einsamkeit fällt Bigna ein: »Im Laufe der Geschichte verwandelt sich die traurige Einsamkeit der kleinen Helena zur Einsicht, dass sie zuweilen ganz gerne allein ist, um sich eingehend mit einer Sache beschäftigen zu können, und dass sie sich durch die selbstständige Bewältigung von Problemen immer mehr dazu ermutigt fühlt, auf andere zuzugehen.«

»Von der Geschichte über Glück ist mir geblieben, wie wenig wahres Glück in der Erfüllung von Plänen liegt und wie viel im Ästimieren schicksalhafter Fügungen. Und wie gerne wir uns täuschen lassen und uns selbst täuschen, um etwas Glück zu empfinden. Etwa wenn wir bei Erfolgen meinen, ganz allein für diese verantwortlich zu sein, aber bei Misserfolgen gerne die Umstände und unsere Mitmenschen dafür verantwortlich machen.«

»Dass Trauer auch ein Glück sein kann, habe ich auch bei Fallo erfahren. Sie schrieb in der Geschichte über Barbara, deren Freund Rolf auf einer gemeinsamen Bergtour ums Leben kommt und die sich danach Vorwürfe über eine mögliche Mitschuld an seinem Tod macht, dass Barbara erst wieder glücklich wird, als sie sich ihre Liebe zu Rolf vergegenwärtigt.«

»Hat das nicht auch Pfarrer Fischer in seiner Trauerrede gesagt, als er diese afrikanische Schriftstellerin zitierte?«

»In der Geschichte über Solidarität zeigt Fallo an verschiedenen Beispielen, dass Solidarität immer ein Tun erfordert, und nicht ein Sein, und wir darum Spendenbereitschaft erwarten, aber keine Opferbereitschaft. Niemand erwartet, dass sich jemand einem bewaffneten Bankräuber in den Weg stellt oder sich zur Rettung eines Kindes in die Hochwasserfluten stürzt.«

»An diese Geschichte über Solidarität erinnere ich mich gut. Vielleicht auch, weil ich sie heute noch nicht ganz verstehe. Da leuchtete mir schon eher ein, was Fallo zum Eigensinn geschrieben hat. Auch bei dieser Geschichte startet sie mit der Ansicht eines Philosophen. Diesmal ist es Hegel. Er sah im Eigensinn die Haltung, *nichts in der Gesinnung anerkennen zu wollen, was nicht durch den Gedanken gerechtfertigt ist.* Zuerst zeigt Fallo an einer Reihe unsäglich lustiger Beispiele von Starrsinn, Sturheit, Dickköpfigkeit oder Unbelehrbarkeit, dass Eigensinn nichts dergleichen ist. Dann schildert sie den Alltag einiger eigensinniger Menschen, die ihre klaren und festen Überzeugungen bewusst der Kritik aussetzen, aber sich nicht schon beim ersten ablehnenden Lüftchen verbiegen lassen, sondern ihren Standpunkt nur kontinuierlich überdenken und angesichts besserer Argumente auch manchmal ändern. Dem bloßen äußeren Druck von Autoritäten und dem Mainstream gegenüber bleiben sie standhaft. Die Geschichte endet mit dem Tipp, auch in diesen Fällen nicht die Geduld zu verlieren, und das Gegenüber eher ins Leere laufen zu lassen, in der Hoffnung, dass es aus seinem Scheitern etwas lernt, als auf der eigenen Meinung zu beharren. Lieber selbst das Richtige tun, als andere starrsinnig vom richtigen Tun überzeugen wollen.«

»Ich mochte an den Beispielen von Fallos eigensinnigen Figuren besonders, dass es Kinder und Jugendliche sind, deren Eigensinn nicht nur als Entwicklungsphase dargestellt und so als eine vorübergehende Episode relativiert wird. Sowieso leben Fallos Geschichten davon, dass Kinder im Mittelpunkt stehen, ob einzelne Kinder, Kindergruppen, Geschwister oder Freunde. Immer machen sie ihre Erfahrungen unabhängig von Erwachsenen und lösen ihre Probleme selbstständig. Erwachsene spielen bei Fallo nur am Rande eine Rolle, geben da und dort eine Hilfestellung und selten einmal ein Vorbild. Das ermutigte mich, die Dinge auch selbst in die Hand zu nehmen.«

»Aber was ist mit der Geschichte, in der Fallo das italienische Sprichwort, dass eine gute Mama gleich viel Wert ist wie hundert Lehrer, so uminterpretiert, dass eine gute Mutter auch hundert Kinder erziehen kann, und nicht nur ihre eigenen?«

»Diese Geschichte ist mir nicht mehr präsent. Die Idee einer solchen guten Mutter als Vorbild für alle scheint mir aber auch reichlich skurril.«

»Kann sein, dass sich die Geschichte in einem der späteren Bücher findet, die du nicht gelesen hast. Aber es gibt doch auch schon in früheren Büchern Geschichten mit vorbildlichen Erwachsenen, zum Beispiel die Geschichte von Heinrich Schliemann, der die griechische Mythologie ernst nahm und die von den meisten seiner Zeitgenossen als nur in der Vorstellung existierende Stadt Troja suchte. Ich glaube, diese Geschichte findet sich in *Spurenlesen* oder *Lohn der Ausdauer*. Ob der anfänglich von seinen Zeitgenossen verlachte Schliemann Troja tatsächlich gefunden hat, ist ja bis heute strittig, aber mit seiner Überzeugung machte er eine ganze Reihe anderer wichtiger Entdeckungen und mit seinem Vorgehen war er ein Wegbereiter der modernen Archäologie. Für Fallo scheint Schliemann der Inbegriff eines Vorbilds für den Glauben an sich selbst und für unendliche Ausdauer zu sein.«

»Oder für einen Erwachsenen, der sich seinen kindlichen Glauben erhalten hat und seine Ziele mit derselben Ausdauer verfolgt, die das Kind aus seinen eigenen Fehlern lernen lässt«, wendet Bigna ein, die in der Zwischenzeit die Schliemann-Geschichte in den vor ihr liegenden Büchern gesucht und sie in *Spurenlesen* gefunden hat.

»Hier findet sich übrigens auch die Geschichte von der *Signura da Morteratsch*, die die Studentin anlässlich von Vaters Trauerfeier vorgetragen hat«, stellt sie beim weiteren Durchblättern fest.

Während Bigna den Anfang dieser Geschichte liest, greift Reto nach dem untersten Buch im Stapel. Er blättert *Gelassen sein* durch, liest da und dort einen Abschnitt, blättert weiter, bis er bei der letzten Geschichte anlangt, die ebenfalls den Titel *Gelassen sein* trägt. Er liest die Geschichte, bis er von seiner Schwester mit der Frage unterbrochen wird: »Ist das das letzte Buch von Fallo?«

»Ja, und die letzte Geschichte. Gewissermaßen das Ende ihres gesamten Werkes. Es geht um Gelassenheit. Auch hier geht Fallo vom Zitat eines Philosophen aus, und zwar von Jean-Paul Sartre: *Die Hölle, das sind die anderen.*«

»Was hat das mit Gelassenheit zu tun?«

»Fallo nimmt an, dass nur, wer andere *nicht* als die Hölle betrachtet, gelassen sein kann. Sie gibt zuerst Beispiele von drei ganz unterschiedlichen Schwestern, deren Verhalten zeigen soll, wie Gelassenheit erfordert, sich mit unerwarteten Situationen und anderen Menschen zu arrangieren und mit verschiedenen Rollen umzugehen, und dass sie einem nicht geschenkt wird, sondern nur durch langwieriges Ausprobieren erworben werden kann. Wobei dies weniger eine gezielte Arbeit ist, sondern eine spielerische und weitgehend unbewusste Auseinandersetzung mit einer Umgebung, die die Vorstellungskraft und Toleranz erweitert. Nur wer davon genug hat, kann sich gemäß Fallo Gelassenheit verschaffen. Ohne ausreichende Vorbereitung in den Kinder- und Jugendjahren bleibt Gelassenheit etwas, das wir leicht verlieren, und, weil wir es nicht leicht wiederfinden, oft gar nicht mehr danach suchen. Gelassenheit als Fähigkeit, sich nicht aufzuregen oder aufregen zu lassen, ist für Fallo eine Art Präventivmaßnahme zur Herstellung des inneren Gleichgewichts, oder, wie Psychologen sagen würden: eine weitgehend unbewusste Form der Selbstkontrolle. Gelassen sein bedeutet aber nicht nur, die störenden Impulse des Körpers, ob Hunger, Hitze oder Ekel, sondern auch seine Sehnsüchte in den Griff zu bekommen. Das beginnt in der frühesten Kindheit, in der das Baby zu schreien aufhört, sobald es sich vorstellen kann, dass die Mutter wiederkommt und dass es von den Eltern nicht allein gelassen wird. Diese Sehnsucht überträgt sich später auf andere nahestehende Menschen, auf Freunde, die Geliebten, die eigenen Kinder. Um unsere Sehnsüchte nicht als dauernde Aufregung zu erleben, müssen wir die Vorstellung einer vertrauenswürdigen Anerkennung unserer Person entwickeln – und die kann nur von anderen kommen. Das heißt aber, nur wer andere nicht als die Hölle betrachtet, kann gelassen sein. Für welche der Schwestern, von denen Fallo in ihrer Geschichte ausgeht, dies zutrifft, bleibt unklar.«

»Das ist der Schluss von Fallos Werk?«, fragt Bigna ungläubig.

»Inhaltlich. Formell endet es mit einem persönlichen Statement«, antwortet Reto und liest seiner Schwester die letzten Zeilen des Buches vor: »*Nachdem Gillette Fallo euch alle Geschichten erzählt hat, die ihr eingefallen sind, und vom Schreiben etwas müde geworden ist, wird sie ihr Arbeitszimmer räumen, ihre Schreibmaschine in die Rumpelkammer stellen und sich auf langen Wanderungen von der Arbeit erholen. Nach dem gemeinsamen Weg von* Die Stunde ohne Eltern *bis* Gelassen sein *mischt sie sich nicht mehr in euer Leben ein, im Glauben daran, es euch in dieser komplexen Welt etwas leichter gemacht zu haben. In der Welt der Erwachsenen angekommen, werden sich die einen dann und wann an meine Bücher erinnern, andere werden auf sie als abgeschlossenes Kapitel ihrer Kindheit zurückblicken und wieder andere werden sie ganz vergessen. Was meine Geschichten euch sagen, musste schon immer jede und jeder für sich selbst entscheiden«.*«

Bigna streckt die Hand aus nach dem Buch *Gelassen sein*, als wollte sie mit eigenen Augen lesen, was Reto ihr eben vorgetragen hat. Als sie das Buch auf der Suche nach dem letzten Kapitel durchblättert, segelt aus den Seiten ein gefaltetes Blatt zu Boden. Bigna hebt es auf und entfaltet es vorsichtig. »Ein Brief des *Inventa*-Verlags an Katharina Peter vom 21. Oktober 1983.«

»Lies vor«, verlangt Reto neugierig.

»*Liebe Kathi,*

danke für Dein Manuskript. Eigentlich habe ich nicht erwartet, dass es sich um ein Kinderbuch handelt. Wir sind ja auch kein Kinderbuch-Verlag. Angekündigt hattest Du das Manuskript Deiner Dissertation über diese Griselda-Geschichte. Natürlich kann ich verstehen, dass Du im Hinblick auf die ungewisse wissenschaftliche Karriere Deines Mannes und die baldige Geburt Deines Kindes etwas zum Familieneinkommen beisteuern möchtest und dass sich zu diesem Zweck eine literaturwissenschaftliche Abhandlung weniger eignet als ein Kinderbuch. Nicht verstanden habe ich, was Du damit meinst, dass Du deine Konsequenzen aus der Beschäftigung mit der Griselda-Geschichte gezogen hast. Schon eher leuchtet mir ein, dass das Verfassen von Kinderbüchern Deinen vielfältigen Interessen entspricht und Deinem Bedürfnis entgegenkommt, etwas zu bewirken. Du warst schon im Lyceum *stets an allem interessiert und wolltest immer die ganze Welt verändern. Wie auch immer. Als ich Sofie von Deinem Kinderbuch-Manuskript erzählte, meinte sie, wir führten doch auch eine Reihe für pädagogische Literatur und da ließe sich ein Kinderbuch sicher unterbringen. Noch besser war aber Sofies Vorschlag, dein Manuskript unseren Zwillingen zum Lesen zu geben. Als sie erst einmal damit begonnen hatten, rissen sie sich Dein Manuskript förmlich aus den Händen. Als wir das Buch dann selbst lasen, verstanden wir sofort, was die beiden so gefesselt hat. Zuerst natürlich Dein Stil. Man* muss *Deinen Geschichten folgen und ändert seine Sichtweise beim Lesen Satz für Satz in die von Dir angedeutete Richtung, ohne je das Gefühl zu haben, manipuliert zu werden, worin man am Schluss jeweils auch noch dadurch bestätigt wird, dass die Geschichten nur thematisch abgeschlossen sind, sonst aber offen bleiben. Manchmal habe ich mich gefragt, ob du nicht zu sehr ins Detail gehst, aber nur um dann gleich zu merken, wie sich die Dinge in Deiner exakten Darstellung meist als etwas ganz anderes entpuppen als erwartet. Wie heißt es doch: ohne Anschauung keine Erkenntnis! Um richtig zu denken, muss man sich der Welt aussetzen, wie sie ist. Du betreibst auch keine Faktenhuberei, sondern behältst den Blick fürs sprechende Detail. An anderen Stellen, wo du im Ungefähren bleibst, zog es mich unversehens in die Geschichte hinein, oder ich machte die Geschichte fertig mit meinen eigenen Gedanken. Du umgehst auch geschickt die sonst in dieser Art von Literatur verwendeten Vorbilder und Helden, mit denen eine erzieherische Wirkung erzielt werden soll. Die Unabhängigkeit, zu denen Du die jungen Leserinnen und Leser führen willst, müssen sie in sich entdecken: Erziehung durch eine unterhaltsame Beschäftigung mit sich selbst angesichts immer wieder neuer Gegebenheiten. Sofie sieht in Deinem Buch sogar ein Pendant zu den von Maria Montessori entwickelten Unterrichtsmaterialien, den ›vorbereiteten Umgebungen‹, mit denen das Kind auf unterhaltsame Weise die in ihm angelegten Fähigkeiten, die Welt zu begreifen, aus sich heraus entwickeln soll; mit den Unterschieden, dass sich das ältere Kind bei der Lektüre als unabhängig wahrnimmt und dass es in Deinen Geschichten oft um die Selbstverwirklichung der Person im Umgang mit ihrem Umfeld geht. In Sofies Worten lieferst Du eine Art ›kosmische Erziehung‹ à la Montessori, in deren Mittelpunkt aber weniger die Kenntnis der physischen Welt, sondern der Umgang mit gesellschaftlichen Rollen steht. Ein Problem wäre dann höchstens, dass die Rollen heute immer mehr von ihrer orientierenden Funktion verlieren. Wir glauben aber, ein anschauliches Beispiel für Deine Art von Pädagogik würde sich neben den sonst etwas kopflastigen und von fachwissenschaftlichem Jargon strotzenden Büchern in unserer pädagogischen Reihe ganz gut machen. Kurz: Wir machen das Buch. Über einige Punkte müssen wir uns natürlich noch eingehender unterhalten, etwa Deinen Vorschlag, das Buch als* Philosophische Anthropologie für junge Menschen *anzukündigen, oder Deine Absicht, diesem ersten Buch in den kommenden Jahren neun weitere Bücher derselben Art folgen zu lassen. Sofie spöttelte, Du wollest wohl eine Art* Dekameron *für Kinder schreiben, womit Du dich vielleicht etwas übernehmen könntest. Beginnen wir mal mit dem ersten Buch* Die Stunde ohne Eltern *(eine Anknüpfung an Lou Andreas-Salomés* Die Stunde ohne Gott *mit noch realistischeren Kindergeschichten?) und schauen, wie es ankommt. (Wobei Deine Idee natürlich bestechend ist, die Themen und Geschichten der Bücher kontinuierlich der Entwicklung vom Kind, das gerade lesen kann, bis zum Jugendlichen, der sich von seinen Eltern ablöst, anzupassen). Und willst Du wirklich unter einem Pseudonym schreiben? Und wie kommst Du auf* Gillette Fallo*?*

Herzliche Grüße

Dein alter Schulfreund Andy.«

»Unsere Mutter hat also die Bücher geschrieben«, sagt Reto. »Jetzt wissen wir, was sie gemacht hat und warum sie in den letzten Jahren manchmal erschöpft wirkte. Sie hat also doch eine Art Doppelleben geführt.«

»Unglaublich«, sagt Bigna. »Unsere Mutter ist Gillette Fallo. Lass uns nachsehen, ob es in den anderen Büchern noch weitere Briefe stecken.«

Nach längerem erfolglosem Suchen sagt Reto erschöpft: »Es ist bereits gegen eins und ich habe noch nicht einmal eine Tasse Kaffee getrunken.«

»Suchen wir nachher weiter«, schlägt Bigna vor. Während sie den letzten Band in die graue Kiste zurücklegt, spricht sie nochmals ungläubig vor sich hin: »Unsere Mutter war Gillette Fallo.«

In der Küche finden sie zwar noch eine Dose mit Kaffeepulver, aber keine Filtertüten, um ihn aufzubrühen. Auch andere Getränke oder frische Esswaren sind nirgends zu finden.

»Wenn wir etwas essen oder trinken wollen, müssen wir auswärts gehen oder zuerst im Dorf einen Einkauf machen«, meint Bigna.

»Wollen wir nicht gleich nach St. Moritz fahren?«, schlägt Reto vor. »Dort gibt es mehr Einkaufsmöglichkeiten als hier. Du hast gestern auf deiner Liste eine ganze Menge notiert. Und in St. Moritz finden wir sicher auch ein Geschäft mit unserer Kaffeemaschine.«

Nach den Einkäufen in St. Moritz bei einem Imbiss in der *Chamanna Jacques* fragt Reto seine Schwester: »Warst du eigentlich schon mal im Nietzsche-Haus in Sils-Maria?«

»Noch nie. Eigentlich eine Schande, wenn man bedenkt, dass wahrscheinlich jeder zweite Tourist schon dort war, und wir, deren zweite Heimat ganz in der Nähe liegt, noch nie. Machen wir doch gleich einen Abstecher nach Sils, bevor wir mit dem Aufräumen fortfahren. Das ist ein Katzensprung.«

»Gute Idee«, sagt Reto zustimmend und ist schon dabei, sich mit seinem Smartphone nach den Öffnungszeiten des Nietzsche-Hauses zu erkundigen. »Geöffnet von 15 bis 18 Uhr. Wir kommen gerade richtig.«

Nach der viertelstündigen Fahrt entlang dem wellengepeitschten Silvaplanersee schlendern sie durch das Touristendorf, wo es von älteren Wanderern und jungen Bikern, die von ihren Touren zurückkommen, nur so wimmelt. In der Mitte des Ortes finden sie das Nietzsche-Haus, an dem sie früher achtlos vorbeigegangen sind.

»Im Eintrittspreis inbegriffen ist der Besuch der aktuellen Wechselausstellung *Oberengadiner Kunstlandschaften*«, informiert der freundliche Herr im Empfangsraum. »Dieses Jahr zeigen wir Werke von Dürrenmatt, Flora, Guidon, Hesse, Richter, Varlin, Vinzens und Vital«.

»Hermann Hesse?«, fragt Bigna.

»Hermann Hesse«, bestätigt der Herr am kleinen Tisch mit der Kasse. »Er hat fast noch besser gemalt als geschrieben. In seinen alten Tagen war er oft in Sils, wie auch Thomas Mann und Friedrich Dürrenmatt. Oben im *Waldhaus* haben sie es sich gut gehen lassen. Das Waldhaus ist ein richtiggehendes Künstlerhotel, wer war nicht alles schon da: Kurt Tucholsky, Erich Kästner, Max Reinhardt, Marc Chagall, Luchino Visconti, Thomas Bernhard, Joseph Beuys, Peter Handke, Gerhard Richter, David Bowie, Rod Stewart. Die Liste könnte noch verlängert werden.«

»Imposant«, kommentiert Reto.

»Wahrlich. Ich wollte sie noch darauf hinweisen, dass die einzelnen Exponate nur knapp beschriftet sind. Zusätzliche Erläuterungen finden sie im Textheft oder auf der mobilen Website. Mittlerweile besuchen auch viele junge Menschen unser Museum. Sie finden Nietzsche geil.«

Beim Betreten des ersten Ausstellungsraumes mit Dokumenten zu Nietzsches Kindheit und Jugend, seinem Studium und seiner Zeit als Professor in Basel zückt Reto sein Smartphone, um besagte Erläuterungen abzurufen.

»Was ist das nur für eine grässliche grüne Hintergrundfarbe, auf der die Exponate in den Vitrinen ausgestellt sind?«, fragt Bigna im Flüsterton.

»Es ist die Hintergrundfarbe von Nietzsches originalen *Zarathustra*-Bücher, ein dezentes Türkis«, erklärt ihr Reto, der den Hinweis auf der Website gefunden hat.

Auf ihrem Rundgang durch die Ausstellungsräume verweilen sie da und dort bei einer der roten Tafeln, die über Grundbegriffe und Stichworte von Nietzsches Philosophie orientieren. Bei einer Tafel zur *Genealogie der Moral* bleiben sie etwas länger stehen. Nach einer Weile liest Reto den Satz vor: »*Die Einzelnen sollen über moralische Werte autonom entscheiden, sie umwerten und als souveräne Individuen neu schaffen lernen.*« Und fragt: »Glaubst du, dass es diese souveränen Individuen gibt?«

»Ganz gewiss.«

»Ob Nietzsche wohl auch an Kinder gedacht hat bei seiner Neukonzeption der moralischen Entwicklung.«

»Vielleicht hat er nicht an Kinder gedacht, aber seine Forderung können Kinder und junge Menschen wohl eher erfüllen als angepasste Erwachsene.«

»Hier ist das Bild mit dem Leiterwagen, von dem Elli gesprochen hat«, sagt Reto und sucht gleich auf der Website nach weiteren Informationen: »Hier steht: *Zwischen dem 13. und dem 16. Mai 1882 wurde das Bild im Fotoatelier Jules Bonnet in Luzern gemacht. Die meisten Requisiten für das Bild waren im Photostudio vorhanden. Der Handkarren wurde bei einem benachbarten Wagenmacher ausgeliehen. Laut Lou Andreas-Salomé war es Nietzsche, der das Arrangement machte. Sie schreibt in ihrem Lebensrückblick über die Entstehung des Bildes: ›Gleichzeitig betrieb Nietzsche auch die Bildaufnahme von uns Dreien, trotz heftigem Widerstreben Paul Rées, der lebenslang einen krankhaften Abscheu vor der Wiedergabe seines Gesichts behielt. Nietzsche, in übermütiger Stimmung, bestand nicht nur darauf, sondern befasste sich persönlich und eifrig mit dem Zustandekommen von den Einzelheiten – wie dem kleinen (zu klein geratenen!) Leiterwagen, sogar dem Kitsch des Fliederzweiges an der Peitsche usw.‹«*

»Nietzsches Inszenierung schien ihr widerstrebt zu haben«, meint Bigna lächelnd.

»Aber weil ihr eine dominante Rolle zugedacht war, machte sie mit.«

»Oder weil sie die beiden und vielleicht auch sich selbst nicht so ernst genommen hat.«

»Was wäre wohl aus den dreien geworden, wenn es die Pille damals schon gegeben hätte?«

Im Aufstieg zum Obergeschoss, wo über Nietzsches sieben Sommer in Sils informiert wird, bleibt Bigna vor einer Steintafel stehen, auf der in goldenen Lettern steht *Hier sann und schaffte Friedrich Nietzsche 1881–1888*, und fragt ihren Bruder: »Wo sann und schaffte unsere Mutter all die Jahre, dass wir gar nichts davon merkten? Es will mir immer noch nicht in den Kopf, dass unsere Mutter und Gillette Fallo ein und dieselbe Person sind, und 30 Jahre lang unbemerkt ein Werk schaffen konnte, mit dem sie Tausenden von Kindern den Weg ins Leben erleichterte, uns eingeschlossen.«

»Sie war nicht nur *unsere* Mutter. Verstehst du jetzt ihre Abänderung des Sprichworts *Una buona mamma …*? Sie wollte nur kein persönliches Vorbild sein.«

»Hier hat er also geschrieben«, sagt eine ältere Dame mit einer runden schwarzen Hornbrille zu ihrem Begleiter. »Diese Einfachheit, diese Kargheit. Hier hatte er Raum für seine Gedanken.«

»Hatte er seine Einfälle nicht auf ausgedehnten Wanderungen in der Umgebung?«, wirft der Angesprochene ein.

»Lassen wir doch das junge Paar vor«, sagt die Dame mit der strengen Brille und lächelt Bigna und Reto gönnerhaft an.

Reto hat beim Warten auf einen Blick in Nietzsches Arbeitszimmer bereits auf der Website die dazugehörigen Informationen gefunden und liest sie bei der Betrachtung des Zimmers vor: »*Das Zimmer ist in seinem schlichten Originalzustand erhalten. Das Mobiliar stammt aus dem ältesten Silser Hotel,* Alpenrose, *in dem der Philosoph das Mittagessen einzunehmen pflegte. Links neben dem Fenster ist an der Wand ein Stück der Tapete zu sehen, die Nietzsche im Sommer 1883 auf eigene Kosten und nach einem selbst ausgewählten Muster anfertigen und anbringen ließ. Es ist kein Zufall, dass auch die Tischdecke, wie die Tapete, in grünen Tönen gehalten ist. Auch in diesem Fall bestimmte der Philosoph selbst, welche Farbe der Stoff haben sollte. Nietzsche hat den* nächsten Dingen*, die unseren Alltag ausmachen, große Aufmerksamkeit geschenkt, denn er wusste um ihren unmittelbaren Einfluss auf Körper und Geist.*«

»Ein trister Raum, in dem mir kein vernünftiger Gedanke kommen würde, und immer dieses Grün«, sagt Bigna, nachdem sie sich vergewissert hat, dass keine anderen Museumsbesucher mehr in der Nähe sind.

»Kein Wunder, dass der Kerl verrückt wurde.«

»*Geistige Umnachtung* heißt das bei einem Philosophen«, sagt Bigna. »Aber später wurde festgestellt, dass es Syphilis war.«

»Wollen wir uns auch noch die Bilder in der Sonderausstellung ansehen?«

»Gehen wir lieber noch auf einen Sprung ins benachbarte Hotel *Edelweiß*, in dem Nietzsche zuweilen Zuflucht suchte, wenn es ihm in seiner engen Kammer zu kalt war. Ich habe diesen Hinweis vorhin im Kommentar zu einer alten Gästeliste des Hotels gelesen.«

»Gerade die richtige Zeit für einen Drink in der Hotelbar«, sagt Reto zustimmend.

»Ich dachte eher, wir schauen uns am Ort um, wo unsere Mutter einst anlässlich ihrer Mitarbeit an der Ausstellung *Lou Andreas-Salomé im Engadin* einquartiert war.«

»Auch gut.«

Beim Betreten der Eingangshalle des Hotels durch die japanisch anmutende gläserne Schwingtür stellt Bigna fest: »Auch hier dominiert grün. Die Teppiche, die Sitzpolster im Raum dort hinten – alles grün.«

In der großen, mit Arvenholz getäfelten Halle ist niemand, auch die Rezeption rechter Hand ist nicht besetzt. Als sie im links angrenzenden Raum die Bar entdecken, meint Reto: »Zu deiner Beruhigung, die Barhocker sind rot.«

»Sind wir die einzigen hier?«, fragt Bigna, als sie sich auf den Barhocker geschwungen hat. »Niemand da?«

Gerade als Reto nochmals aufstehen will, um nachzusehen, öffnet sich die Tür neben der Bar und ein Herr mit einer silbernen Schale voller Eiswürfel kommt herein. »Allegra«, sagt er zur Begrüßung und stellt die Schale auf den Tresen. »Haben die Herrschaften die Wanderung zum *Zarathustra*-Stein genossen?«, will er wissen, als er mit Schwung eine Flasche Champagner aus dem Kühlschrank nimmt und sie in die Schale mit dem Eis legt.

»Sie müssen uns verwechseln«, sagt Reto lächelnd.

»Entschuldigen sie!«, sagt der Barkeeper, während er in einem Schrank unter dem Tresen etwas sucht. »Sie sind doch das Paar, das zum Stein mit dem *Zarathustra*-Gedicht auf der Halbinsel *Chastè* wollte.«

»Sie verwechseln uns schon wieder«, sagt Reto. »Wir sind heute zum ersten Mal hier.«

Der Barkeeper erhebt sich langsam, schaut seine Gäste genauer an und sagt dann kopfschüttelnd: »Entschuldigen sie vielmals. Ich war abgelenkt. Für meine Unaufmerksamkeit möchte ich mich mit einem Drink entschuldigen. Was darf ich ihnen bringen?«

»Das ist sehr nett«, sagt Bigna. »Wir sind eigentlich hier, weil wir sehen möchten, wo unsere verstorbene Mutter einquartiert war, als sie vor vielen Jahren an einer Ausstellung im benachbarten Nietzsche-Haus mitarbeitete.«

»Ich lasse ihnen gleich jemanden kommen, der ihnen das Haus zeigt«, sagt der Barkeeper dienstbeflissen und verschwindet durch die Tür neben der Bar.

Nach ein paar Minuten kommt er in Begleitung einer Dame mittleren Alters zurück: »Darf ich vorstellen, Frau Gredig, die Gouvernante.«

»Allegra. Schön, dass sie sie sich für unser Haus interessieren. Ihre Frau Mama war also schon hier.«

»Das ist Jahrzehnte her und wir wissen nur aus zweiter Hand davon«, sagt Bigna und stellt sich der Gouvernante vor.

»Dann sind sie die Tochter des bekannten Klimaforschers Karl Rieter, der kürzlich verunglückt ist. Mein herzliches Beileid. Gian-Duri hat mir von diesem tragischen Unfall erzählt. Ich sehe ihn wieder öfter, seit er mit meiner Cousine Ladina befreundet ist.«

»Kleine Welt«, meint Reto.

»Kleine Welt«, sagt auch Frau Gredig. »Dann wollen wir mal einen kleinen Rundgang durchs Haus machen.«

In einem der Zimmer im ersten Stock sagt Frau Gredig: »Hier drin hatte Nietzsche einst übernachtet, als es ihm nach einem Kälteeinbruch im Juni 1883 in seinem Zimmerchen im Haus Durisch drüben zu kalt war. Leider war er so arm, dass er sich nur eine Nacht bei uns leisten konnte. Wenn er wüsste, was er mit seinem Nachruhm für eine Bedeutung für den Tourismus hatte. Wobei zu sagen ist, dass der Tourismus hier auch schon zu seiner Zeit blühte. Wenn man seine Selbstdarstellung als ›Einsiedler von Sils-Maria‹ liest, könnte man meinen, dass er sich hier tatsächlich in der Bergeinsamkeit ›über allen menschlichen Dingen‹ fühlen konnte. Aber schon damals fielen die Touristen in den Sommermonaten in Scharen in Sils ein und Nietzsche war nur einer von ihnen. Auch sonst hatte der Mann eine blühende Fantasie. Wenn man liest, was er über den kleinen Felsbrocken auf dem Weg nach Surlej geschrieben hat, bei dem ihm der zentrale Gedanke für seinen *Zarathustra* eingefallen sein soll, könnte man meinen, es müsste sich um eine riesige Felspyramide handeln.«

»Wahrscheinlich verzerrte die Größe seines Gedankens die Wahrnehmung des Felsbrockens«, meint Reto.

»Sonst waren seine Beschreibungen der Umgebung eigentlich sehr realistisch«, bemerkt Frau Gredig. »Oder sie waren realistisch, weil er sich oft verlaufen hat und seine Erinnerung an die Landschaft eher von Ängstlichkeit als von Euphorie geprägt war. Obwohl er immer wieder zur Halbinsel *Chastè* wanderte, für ihn die ›schönste Stelle des Engadins‹, soll er sich mehrfach verlaufen haben. Heute hat es überall Wegweiser auf dem Weg dorthin, damit sich niemand mehr verirrt.«

Beim Verlassen des durch Nietzsche berühmt gewordenen Zimmers fragt Frau Gredig: »Interessiert sie auch unser Wellness-Bereich?«

»Wir würden lieber noch das *Grand Restaurant* sehen«, sagt Bigna, »wo Nietzsche einen Stammtisch gehabt haben soll und später wahrscheinlich auch unsere Mutter mehrmals dinierte.«

»Natürlich«, meint Frau Gredig und geht forschen Schrittes voran.

Beim Betreten des riesigen, menschenleeren Saales ruft Reto aus: »Wie ein Museum!«

»Wenn hier am Morgen gefrühstückt und am Abend getafelt wird, ist der Raum voller Leben«, entgegnet Frau Gredig. »Auch wenn hier noch alles genauso aussieht wie zu Nietzsches Zeiten.«

Als Bigna auffällt, dass auch die beiden riesigen Spiegel gegenüber der Eingangstür grün gerahmt sind, fragt sie Frau Gredig: »Wissen sie, was es mit dem Grün auf sich hat, das einem hier überall begegnet und schon von Nietzsche besonders geschätzt wurde?«

»Keine Ahnung. Das ist mir noch nie aufgefallen. Vielleicht versuchte man früher, etwas von der grünen Außenwelt in die Innenräume hereinzuholen. Wahrscheinlich hat es gar keine tiefere Bedeutung. Hier passt das Grün einfach gut zu den korallenroten Vorhängen und Polsterbezügen der Stühle.«

»Dieser große Raum hat etwas von einer Kirche«, meint Reto, der schon eine Weile die mit Blumenranken verzierte Kassettendecke betrachtet. »Die schmalen hohen Fenster im neugotischen Stil, die Empore mit dem schmiedeeisernen Geländer, das umlaufende Wandtäfer mit Zinnen – das alles würde man nicht erwarten in einem Gebäude, das äußerlich einem italienischen Palazzo ähnelt.«

Nachdem sie sich bei Frau Gredig für die Führung bedankt und verabschiedet haben, setzen sie sich wieder an die Bar, wo sie immer noch die einzigen Gäste sind.

»Hat es ihnen gefallen?«, will der Barkeeper wissen, der wieder gedankenverloren hinter dem Tresen herumhantiert. Ohne eine Antwort abzuwarten, fragt er dann: »Was darf ich ihnen anbieten?«

Bigna bestellt einen *Martini bianco*, Reto ein kleines Bier.

Als die Getränke und eine Schale mit Oliven und eine mit Nüsschen vor ihnen stehen, schlägt Bigna vor: »Setzen wir uns doch da drüben aufs Sofa.«

»Vielleicht etwas bequemer«, stimmt Reto zu und geht mit seinem Getränk und den Oliven voran.

Eine Weile sitzen sie entspannt und schweigend in den Polstern, nippen dann und wann an ihren Getränken und schauen auch einige Male amüsiert zur Bar hinüber, wo der Barkeeper immer noch, offenbar in Erwartung vieler weiterer Gäste, eifrig seinen Vorbereitungen nachgeht.

Als ein Herr mit Filzhut und einem über den Arm geschlagenen Mantel den Raum betritt, aber nur um sich kurz umzusehen, fragt Bigna: »Ob unsere Mutter wohl auch einmal hier saß?«

»Schon möglich«, meint Reto. »Wir wissen so wenig über sie.«

»Und doch so viel. Mit ihren Büchern war sie immer bei uns. Und vielleicht war sie uns als Gillette Fallo näher als Katharina Peter. Welche Mutter spricht schon so oft und so direkt mit ihren Kindern ungefragt über die großen Fragen des Lebens und auf den ersten Blick kleinen Abenteuern des Alltags?«

»Ich habe mich manchmal gefragt, warum auf den Umschlägen der Bücher keine Bilder von Fallo zu sehen sind, warum in der Öffentlichkeit keine Bilder von ihr kursieren und auch keine Interviews, habe mir aber nichts weiter dabei gedacht. Nie fanden wir nur den geringsten Hinweis für ihre Tätigkeit als Kinderbuchautorin. Auch nicht nach ihrem Tod.«

»Vielleicht hat Vater allfällige Hinweise auch entsorgt, weil er die Tätigkeit seiner Frau uns und anderen gegenüber weiterhin geheim halten wollte.«

»Wer wusste wohl sonst noch von Mutters Geheimnis? Ihre Schwestern? Susi Pauli? Onkel David? Alfredo? Wir wissen nicht einmal, ob es Vater wusste. Fragen können wir ihn jetzt nicht mehr. Sicher ist nur, dass das Verlegerehepaar Andy und Sofie über alles gut informiert war. Hast du die Namen der beiden je gehört?«

Als Bigna verneint, zieht Reto sein Smartphone heraus und googelt ›*Inventa*-Verlag‹. Als er etwas gefunden hat, sagt er: »Der Verlag scheint nicht mehr zu existieren. Lediglich beim Kinderbuchverlag *Menschenskind* findet sich ein Vermerk, dass der einstige Wissenschaftsverlag *Inventa*, der am Schluss nur noch Kinderbücher herausgegeben habe, 2015 übernommen worden sei. Personen mit den Vornamen Andy und Sofie werden nirgends erwähnt.«

»Ist das nicht das Jahr, in dem das letzte von Fallos Büchern erschien?«

»Richtig. *Gelassen sein* erschien in diesem Jahr. Damit hatte unsere Mutter das letzte der zehn angekündigten Bücher vorgelegt. Sie hat ihren von Sofie bespöttelten Plan tatsächlich umgesetzt. Vielleicht am Schluss unter größten Anstrengungen. Darum wirkte sie immer so erschöpft.«

»Warum nur wollte sie ihr Leben als Kinderbuchautorin vor uns bis zum Ende geheim zu halten? Als wir erwachsen waren, hätte sie es uns sagen können.«

»Ist das Einzige, was dich interessiert, warum sie uns etwas vorgemacht hat? Denke lieber daran, was sie uns mit ihren Büchern alles gegeben hat.«

»Zweifellos. Sie hat uns damit geprägt. Für das Kind sind Eindrücke und Erfahrungen ja nicht einfach Inhalte für sein Denken, sondern formen es. Ein Prozess, der viel Zeit benötigt und endlose Wiederholungen. Darum ist das Kind auch so langsam und will immer wieder dasselbe tun, dieselben Geschichten hören, dieselben Geschichten lesen. Unsere Mutter wusste offenbar sehr genau, dass Geduld der Modus des Lernens ist, nicht nur ein einmaliges Aufnehmen und Ablegen von Informationen wie in einem Computer. Ich habe viel fürs Leben aus ihren Büchern gelernt: Meine Freude am Experimentieren, mein Interesse für die Chemie, dass jedes gescheiterte Projekt den Keim für ein neues in sich trägt – meine ganze Haltung der Welt gegenüber.«

»Mutter hat uns viel mehr erzogen, als wir glaubten. Nicht mit ihrem Vorbild. Gegen verführerische Vorbilder hat sie uns geimpft, unser Immunsystem gestärkt, um das zu werden, was wir werden wollten. Mit ihrer Hilfe gelang es uns, unsere eigene Identität zu entwickeln, uns selbst zu verwirklichen.«

»Unsere Unterhaltung mit ihren Büchern war eine Art Tarnung ihrer Erziehung, die in aller Offenheit praktiziert nicht gut funktioniert hätte.«

»Man könnte ihr einzig vorwerfen, dass sie uns mit der Vielfalt ihrer Interessen manchmal etwas verunsichert und uns mit ihren fesselnden Geschichten zu stark für sich eingenommen hat, zu sehr auf unsere Selbstständigkeit vertraut und ihren Stil der Wahrheit gegenüber bevorzugt hat.«

»Abgesehen davon, warum sie *under cover* operierte, nimmt mich wunder, wie sie überhaupt auf die Idee kam, Kinderbücher zu schreiben?«

»Wie aus dem Brief des Verlegers hervorgeht, wollte sie etwas dazuverdienen angesichts der unsicheren wissenschaftlichen Karriere ihres Mannes. Sie wollte unabhängig und eigenständig sein.«

»Aber warum gerade Kinderbücher?«

»Damit konnte sie ihre Rollen als sorgende Mutter, unabhängige Partnerin und vielseitig interessierte Literaturkritikerin elegant unter einen Hut bringen. Hätte sie wissenschaftliche Abhandlungen oder Romane geschrieben, wäre ihr dies kaum gelungen. Wir erfahren vielleicht mehr über ihre wirklichen Beweggründe, wenn wir uns morgen noch den roten Ordner mit den Materialien für ihre nie geschriebene Dissertation anschauen. Wenn du dich an den Brief des Verlegers erinnerst, könnte der Schlüssel für ihre Entscheidung in ihrer Beschäftigung mit dieser Griselda-Geschichte liegen.«

»Oder wir finden einen Hinweis im mit *Korrespondenz* beschrifteten Schuber.«

»Lass uns morgen mit der Durchsicht des Griselda-Ordners beginnen.«

»Und warum gerade das Pseudonym Gillette Fallo? Das wollte auch der Verleger wissen.«

»Wenn ich es mir recht überlege, heißt *fallo* auf Italienisch ›mach es einfach‹, *›just do it‹*. Das würde passen. Aber *Gillette,* der Name einer Rasierklinge?«

»Da sind sie ja wieder«, sagt der Barkeeper, als ein älteres Paar in Wanderausrüstung den Raum betritt. »Wie war ihr Ausflug zum Nietzsche-Gedenkstein?«

»Schön«, sagt die Frau, und stellt ihre Wanderstöcke an den Tresen. »Aber unsere Ausrüstung war für diesen Spaziergang etwas übertrieben. Eine halbe Stunde hin, eine halbe zurück, überall Wegweiser, eine Massenwanderung von anderen Neugierigen. Und wir mit einer Ausrüstung fürs Hochgebirge. Wir haben uns ganz auf ihre Empfehlung verlassen.«

»Man weiß nie«, rechtfertigt sich der Barkeeper. »Hier in den Bergen kann das Wetter schnell umschlagen. Es kann sogar mitten im Sommer schneien. Auch wenn nur Nebel aufzieht und man sich verläuft, ist man froh, eine warme Jacke und etwas Proviant im Rucksack zu haben. Das wusste schon Nietzsche, der sich hier in der Umgebung öfter verirrt hat.«

»Da haben sie auch wieder recht«, sagt die Dame.

»Vorbereitung auf das Unvorhersehbare ist alles«, ergänzt ihr Begleiter.

»Stimmt«, sagt Reto leise zu seiner Schwester. »Auch wenn heute dank der neuen Medien immer mehr vorhersehbar ist. Ein Blick auf das Radar der Wetter-App, und man weiß, wie sich das Wetter in den nächsten Stunden entwickelt.«

»Wollen wir zum Abschluss des Tages auch noch einen kleinen Spaziergang machen?«, fragt Bigna. »Zum Beispiel zu diesem Nietzsche-Gedenkstein?«

»Warum nicht«, meint Reto, erhebt sich langsam aus dem Polster und streckt sich.

Als sie beim Verlassen des Hotels noch an der Bar vorbeigehen, um sich zu verabschieden und sich für die offerierten Drinks zu bedanken, sagt Reto beiläufig: »Wir statten der Halbinsel *Chastè* auch noch einen Besuch ab.«

»Ist es nicht etwas spät?«, fragt der Barkeeper stirnrunzelnd.

»I wo!« meint die Dame mit den Wanderstöcken. »Nur etwa ein Stündchen. Für junge Leute wie sie keine Sache. Gehen sie auf dem Weg nach Sils-Baselgia direkt über das große Feld zum See und dann durch den Wald über die Krete, das ist kürzer als der Weg dem Ufer entlang. Viel Vergnügen. Es lohnt sich.«

Nachdem sie das Dorf verlassen und über das freie Feld zum See das Wäldchen auf der Halbinsel erreicht haben, fragt Bigna: »Sollen wir wirklich weitergehen? Es dämmert schon.«

»Im Wald ist es immer etwas dunkler«, meint Reto, beschleunigt aber seinen Schritt.

Als sie die Spitze der Halbinsel erreichen, ist es schon so dunkel, dass sie den Gedenkstein mit dem Gedicht nicht auf Anhieb finden. Und als sie ihn endlich gefunden haben, ist es schon zu dunkel, um das in den Stein gemeißelte Gedicht zu entziffern.

»Kein Problem«, sagt Reto und zückt sein Smartphone. Schnell hat er gefunden, was er suchte, und liest das Gedicht auf dem hell leuchtenden Bildschirm laut vor:

»O Mensch! Gib Acht!
Was spricht die tiefe Mitternacht?
›Ich schlief, ich schlief –,
Aus tiefem Traum bin ich erwacht: –
Die Welt ist tief,
Und tiefer als der Tag gedacht.
Tief ist ihr Weh –,
Lust – tiefer noch als Herzeleid:
Weh spricht: Vergeh!
Doch alle Lust will Ewigkeit –,
– will tiefe, tiefe Ewigkeit!‹«

»Schön«, bedankt sich Bigna flüchtig. »Aber jetzt sollten wir schleunigst zurück.«

Als sie auf demselben Weg, auf dem sie gekommen sind, den Rückweg antreten, ist schon nach wenigen Metern nicht mehr zu erkennen, wo es weitergeht.

»Kannst du nicht auf *Google Maps* oder auf einer anderen deiner schlauen Apps nachsehen, wo wir durchmüssen?«, fragt Bigna ihren Bruder entnervt.

»Hier, ich hab's. Immer geradeaus.«

»Was heißt ›Immer geradeaus‹? Die App nützt uns doch in der Dunkelheit gar nichts. Wir wissen nur theoretisch, wo's durchgeht, *sehen* es aber nicht. Von wegen ›Nur ein Stündchen‹.«

»Jetzt reg' dich nicht unnötig auf«, beruhigt Reto. »Tasten wir uns ganz langsam voran.«

Nachdem sie zum zweiten Mal den schmalen Pfad verloren haben und im Dickicht nicht weiterkommen, sagt Bigna bestimmt: »Wir müssen einfach abwärtsgehen, bis wir auf den Uferweg stoßen.«

Vorsichtig durch das Unterholz stapfend, treffen sie tatsächlich schon nach wenigen Minuten auf den Weg am Ufer und sehen auch schon die ersten Lichter des Dorfes. Auf dem Weiterweg sprechen sie kein Wort mehr miteinander, auch nicht auf ihrer Rückfahrt nach Pontresina.

Als Reto am darauffolgenden Tag gegen zehn Uhr das lichtdurchflutete Wohnzimmer betritt, findet er hier seine Schwester, die schon voller Elan beim Aufhängen der Bilder ist. Er lässt sich aufs Sofa fallen und beobachtet sie bei ihrer mit Hingabe ausgeführten Tätigkeit. Wenn sie ein Bild aufgehängt hat, tritt sie jeweils einen Schritt zurück und prüft, ob das Bild richtig hängt, und auch, ob es sich im Verhältnis zu den anderen Bildern am richtigen Ort befindet. Manchmal verschiebt sie ein Bild geringfügig, damit es sich einfügt, einmal wechselt sie den Rahmen eines Bildes, damit es besser zur Geltung kommt, ein andermal sucht sie nach einem passenderen Bild in einem der Alben. Auch die geringe Größe der Fotos scheint es zu erschweren, aus ihnen ein stimmiges Ganzes zu machen.

»Wo hast du die Rahmen her?«, will Reto wissen.

Ohne von ihrer Tätigkeit abzulassen, erklärt Bigna: »Die habe ich gestern in einem Antiquitätengeschäft erstanden, als du auf der Suche nach einem Haushaltwarenladen warst.«

»Die neue Kaffeemaschine!« entfährt es Reto. »Wir haben sie gestern nach unserer schweigsamen Heimreise im Auto gelassen.«

»Ich habe sie bereits reingeholt und ausgepackt«, sagt Bigna trocken. »Du musst sie nur noch installieren.«

Nachdem Reto die Maschine aufgebaut und dann sein Werk mit der danebenstehenden kaputten Maschine verglichen hat, stellt er fest: »Die gleicht der alten überhaupt nicht. Einfach ein Modell aus derselben Zeit. Ein nachgemachtes Modell. Eine Täuschung. Immerhin wird sie uns an die alte Maschine erinnern.«

Mit den ersten beiden Tassen Kaffee aus der neuen Maschine kommt Reto ins Wohnzimmer zurück und stellt sie behutsam auf den Tisch. Er setzt sich hin und schaut seiner Schwester weiter zu.

»Das sind wir«, murmelt Bigna zufrieden, nachdem sie ihr Werk abgeschlossen und es aus verschiedenen Winkeln betrachtet hat. »Gefällt es dir?«

»Sieht gut aus. Ich hatte gestern befürchtet, so eine Bildergalerie wirke schnell überfrachtet, aber in diesem großen Raum fallen die vielen Bilder nicht zu stark auf.«

»Ich meinte, ob es für *dich* stimmt. Ob du in der Auswahl und Zusammenstellung der Bilder auch dich wiedererkennst?«

Reto erhebt sich und nähert sich langsam der mit den Bildern dekorierten Wand. Er betrachtet jedes Bild genau, tritt dann und wann einen Schritt zurück, um einen besseren Überblick zu gewinnen, und sagt schließlich: »Ja, gefällt mir. Es ist unsere Geschichte, mindestens soweit sie sich mit den Bildern aus den vorgefundenen Fotoalben darstellen lässt. Einige Bilder müssen wir unbedingt vergrößern, zum Beispiel das neben dem Fenster, auf dem die ganze Rieter-Sippe bei einem Sportanlass des *Lyceums* in Zuoz zu sehen ist. Oder das beim blinden Spiegel, das uns mit anderen Kindern bei der Eröffnung des Hallenbades im Hotel Kronenhof drüben zeigt. Und einige zusätzliche Bilder würden sich auch gut machen, unsere Geschichte hört ja nicht in dem Moment auf, als niemand mehr die Fotoalben nachführte.«

»Vielleicht finden wir noch irgendwo eine Schachtel mit alten Fotos. Ich meine Fotos unserer Eltern. Ich habe zwar zu meinem 16. Geburtstag eine gute Kamera erhalten, aber sie nicht viel benutzt und ganz damit aufgehört, als das Fotografieren mit dem Smartphone aufkam. Leider habe ich die Bilder nur selten abgespeichert. Ich muss nächstens einmal alle Datenträger durchsuchen. Vielleicht finde ich auch noch ein paar alte Bilder auf meinem *Facebook*-Account, die sich zur Ergänzung der bereits aufgehängten eignen.«

»Dafür hat es aber nun kaum noch Platz an den Wänden im Wohnzimmer«, meint Reto spöttisch.

»Dann hänge ich die Bilder in meinem Zimmer auf«, erwidert Bigna gelassen. »Ich habe ohnehin im Sinn, auch in meinem Zimmer die alten Erinnerungen aufleben zu lassen.«

»Daran habe ich vorhin auch gedacht, wobei ich mir vorgestellt habe, einige Gegenstände aus der Rumpelkammer aufzuhängen, etwa das alte Bergseil, die Steigeisen und den Eispickel von Großvater Gian und andere Erinnerungen an unsere Vorfahren.«

»Und ausgerechnet du hast mich gestern verdächtigt, aus dem Haus ein Museum machen wolle«, meint Bigna lachend.

»Was mir auch jetzt wieder aufgefallen ist«, sagt Reto, indem er sich nochmals einem der von Bigna aufgehängten Fotos zuwendet, »wie wenig ich unserem Vater gleiche.«

»Du hast doch selbst gesagt, dies sei nicht leicht zu sehen, weil Vater immer einen Bart trug. Zudem hast du in deinem Verhalten viel mit Vater gemeinsam, was auf Bildern nicht zum Ausdruck kommt.«

»Zum Beispiel?«

»Zum Beispiel deine Macken.«

»Was für Macken?«

»Zum Beispiel, dass du im Dunkeln schlecht sehen kannst, dass bestimmte Dinge immer an einem festen Ort stehen müssen, oder auch, dass du immer etwas machen musst. Wie Vater. Immer musste er etwas machen.«

»Du doch auch.«

»Er war ja auch mein Vater.«

»Stimmt auch wieder.«

»Was mir erneut aufgefallen ist beim Aufhängen der Bilder: Wie unpersönlich unsere Eltern manchmal erscheinen. Unser Vater macht immer den Eindruck eines Forschers oder eines Professors und unsere Mutter erscheint immer nur – als Mutter.«

»Und wir Kinder erscheinen immer nur – als Kinder.«

»Mach dich nur lustig! Hast du nicht den Eindruck, dass die Menschen auf diesen Bildern fast weniger wichtig erscheinen als Landschaften und Denkmäler?«

»Wenn ich die Bilder anschaue und mich erinnere, dann nicht. Für mich sind die Bilder authentisch.«

»Was authentisch ist, müssen andere entscheiden.«

»Lassen wir die anderen entscheiden«, sagt Reto und wendet sich von den Bildern ab.

»Hast du nicht vorhin Kaffee gebraut mit der neuen Maschine?«

»Steht dort drüben auf dem Tisch. Aber ist mittlerweile sicher kalt. Soll ich neuen machen?«

»Wir sollten endlich frühstücken. Es ist schon elf und ich habe Heißhunger!«

»Lassen wir doch das verspätete Frühstück aus und nehmen einen Lunch drüben im *Kronenhof*«, schlägt Reto vor. »Wenn wir schon dabei sind, alte Erinnerungen aufleben zu lassen, ist das jetzt genau der richtige Ort.«

»Gute Idee«, stimmt Bigna zu. »Was haben wir nicht alles gefeiert im *KroHo*? Die Hotels unserer Familie kamen ja für besondere Anlässe nie infrage, da wir uns dort nicht als Gäste gefühlt hätten, wie Vater jeweils sagte.«

Als sie durch die Eingangshalle des alten Hotelpalasts schlendern und sich all die Neuerungen seit ihrem letzten Besuch ansehen, ruft eine Stimme laut: »Bigna e Reto! Bun di, chara parentella!«

Es ist Gian-Duri, der mit einem jungen Herrn im dunklen Anzug in einem der blauen Sessel neben dem Flügel sitzt. Er steht flink auf, begrüßt Cousin und Cousine mit einer Umarmung und sagt erfreut: »Schön, dass wir uns künftig wieder öfter sehen. Papa hat es mir schon gesagt.« Dann stellt ihnen Gian-Duri den Herrn im dunklen Anzug vor: »Das ist Marco, der neue Manager. Ich bespreche mit ihm gerade mein Projekt eines Musiklokals. Er will mir noch nicht recht glauben, dass sich seine Kundschaft für so etwas interessieren könnte.«

»Wir haben schon von deinem Projekt *Ziggy's* gehört«, sagt Reto. »Eine gute Idee. Dein Vater hat geschwärmt. Ich werde sicher auch öfter da sein.«

»Wir wollten eigentlich etwas essen hier«, sagt Bigna zu Gian-Duri. »Willst du uns nicht Gesellschaft leisten?«

»Gerne. Ich habe heute nichts mehr vor und Marco werde ich ein andermal von meinem Projekt überzeugen.«

Der Manager führt die drei in den *Salon Roseg* und platziert sie an einem der Tische mit Aussicht auf die Berge.

»Und jetzt seid ihr mit aufräumen beschäftigt?«, fragt Gian-Duri.

»Heute schon mit einrichten«, antwortet Reto. »Bigna hat das ganze Wohnzimmer mit alten Fotos tapeziert.«

»Ich habe mit den Bildern unsere Geschichte nachzuzeichnen versucht«, sagt Bigna pikiert.

»Mit was für Bildern?«, will Gian-Duri wissen.

»Mit Bildern aus alten Fotoalben«, erklärt ihm Reto.

»Sind die Fotos nicht zu klein?«

»Sie sind hauptsächlich für uns, und wir wissen, was die Bilder zeigen«, sagt Reto. »Und einige der Bilder werden wir noch vergrößern lassen.«

»Und auch noch zusätzliche Bilder aus neuerer Zeit aufhängen, wenn wir denn noch welche finden«, ergänzt Bigna.

»Das wird schwierig«, meint Gian-Duri. »Seit wir nur noch mit dem Smartphone fotografieren, schwimmen wir in Bildern, und die Auswahl wird immer schwieriger, weil wir uns kaum noch entscheiden können, welche Bilder einzigartig sind. Darum speichern wir die Bilder auch nur noch selten ab, was es nochmals schwieriger macht. Und wenn wir sie abspeichern, fehlt uns eine natürliche Ordnung, um die Bilder leichter wiederzufinden. Aber an einer solchen Ordnung fehlt es uns ja heute überall. Daher wahrscheinlich der gegenwärtige Fimmel, unter Anleitung eines Aufräum- und Wegwerf-Gurus endlich einmal Ordnung zu machen. Aber das führt doch höchstens zu einer theoretischen Ordnung, man kommt sich einen Moment lang selbst aufgeräumt vor. Was für eine Täuschung! Wie lässt sich sagen, was überflüssig und was wichtig ist, was weg muss und was Bestand haben soll? Die einzige Ordnung, die wir brauchen können, liefert nur das Leben. Gibt es eine schönere Form der Liebe zu den Dingen, als mit ihnen zusammen mehr oder weniger unordentlich zu altern? Das denke ich jedes Mal, wenn ich meine Schallplattensammlung zu irgendeinem Zweck neu ordnen will – und es dann doch lasse.«

»Ist es nur eine Frage der Ordnung?«, wendet Reto ein. »Früher wurden Bilder meist zur Dokumentation spezieller

Ereignisse gemacht, heute meist nur noch zur permanenten Selbstdarstellung, mit der wir zeigen wollen, wo wir gerade sind, dass wir noch da sind, wer wir sind.«

»Das stimmt natürlich auch«, sagt Gian-Duri nachdenklich. »Im besten Fall befriedigen diese Bilder noch unsere Eitelkeit statt unsere Erinnerung. Wahrscheinlich denken viele, dass das tatsächlich sie sind auf den Bildern. Aber sind sie es wirklich in den ständig wechselnden Kontexten und abgeschnitten von ihrer Geschichte? Oder glauben sie, dass sie es sein müssen, weil sie so austauschbar und zeitlos erscheinen? Eine schwache Orientierung.«

»Das geht aufs Haus. Mit der Empfehlung des Direktors«, unterbricht der lautlos an den Tisch herangetretene Kellner und serviert elegant drei Gläser Champagner und eine Schale mit Nüssen.

»Wie aufmerksam«, sagt Gian-Duri und erhebt sein Glas zum Anstoßen. »Auf die Ordnung der Reichen und Schönen. Trotz der großen Geschichte ist im *KroHo* noch alles, wie es immer war. Hier wissen die Gäste noch, wer sie sind.«

»So ist es«, sagt der immer noch am Tisch stehende Kellner mit einem verstohlenen Lächeln und reicht den dreien die Speisekarte in Form eines in Leder eingeschlagenen Tablets.

»Ich nehme das Soja-Gulasch mit hausgemachten Spätzle und zur Vorspeise einen Randensalat«, sagt Bigna, kaum hat sie die Seite mit vegetarischen Speisen auf der digitalen Karte gefunden.

Der Kellner wartet, bis sich auch Reto und Gian-Duri entschieden haben. Beide nehmen das Club-Sandwich.

»Auch das Club-Sandwich hat sich im Laufe der Geschichte nicht verändert«, kommentiert der Keller die Bestellung.

Nachdem sich der Kellner ebenso lautlos entfernt hat, wie er gekommen ist, fragt Bigna ihren Cousin: »Ob es hier im *KroHo* wohl auch eine so schön aufgemachte Hotel-Geschichte gibt, wie sie dein Vater für seine Hotels hat erstellen lassen?«

»Meines Wissens nicht. Dafür haben sie hier eine großartige Website mit vielen Infos, schönen Bildern und allerhand Animationen. Du kannst sie dir gleich auf deinem Tablet mit der Speisekarte ansehen.«

Sofort vertiefen sich die drei in die Website des Hotels.

»Sehr schön gemacht«, kommentiert Reto.

Nach einer Weile bemerkt Bigna: »Ich habe zwar gewusst, dass der *KroHo* aus dem ehemaligen Gasthaus *Rössli* entstanden ist, dass es aber von Anfang an im Keller eine Weinhandlung für Veltliner Weine gab, die dann in den Krisenjahren des Ersten und Zweiten Weltkriegs das Überleben des Hotels sicherten, ist mir neu.«

»Ich wusste auch nicht, dass der *KroHo* schon lange nicht mehr in den Händen der Gredigs ist, sondern jetzt Privatinvestoren gehört«, sagt Reto.

»Schon über 30 Jahre«, meint Gian-Duri. »Mal schauen, wie lange wir unsere Hotels noch halten können. Die alten Kästen zu renovieren, geht massiv ins Geld. Und wer soll es überhaupt noch machen? Bap, solange er kann. Ich bin leider kein sicherer Wert. Aber wer weiß, was das Alter bringt.«

»Hier!«, sagt Bigna, als hätte sie nochmals eine besondere Entdeckung gemacht. »Zu den Umgestaltungen seit 2016 durch den französischen Stararchitekten Rochon steht: *Die Farbgebung soll an die Berge und den Himmel im Engadin sowie an das pudrige Weiß der Berggipfel erinnern, weshalb der Architekt auf verschiedene Grün- und Blautöne sowie beige- und cremefarbene Nuancen zurückgriff.«*

»Bingo«, meint Reto. »Das war doch auch die Vermutung der Gouvernante im *Edelweiß*.«

»Habt ihr euch auch schon angesehen, was sie hier für ein Kinderprogramm anbieten?«, fragt Gian-Duri grinsend. »Ich lese vor: *Im Sommer wie im Winter überzeugt das Very Important Kids (V.I.K.) Programm mit professioneller Rundum-Betreuung im hauseigenen Kindergarten und abwechslungsreichen Aktivitäten für Kinder von drei bis zwölf Jahren. So erhalten die Sprösslinge beim Check-in ein V.I.K.-Armband, das den ganzen Tag über kostenfrei und uneingeschränkt heiße Schokolade, Sirup und Eiscreme garantiert und auch die Reinigung der Schmutzwäsche für Kinder bis zwölf Jahre beinhaltet.* Und so weiter und so fort. Da haben die Alten ihre Ruhe und können sich ganz sich selbst widmen.«

»Es ist mir schon vorhin aufgefallen, wie ruhig es hier ist«, sagt Bigna. »Alle Kinder sind im Kindergarten oder werden sonst vom Haus betreut.«

»Aber da drüben sitzen doch mehrere Familien mit Kindern«, wendet Reto ein.

»Aber die nimmt man gar nicht wahr«, meint Bigna, »weil ihnen die Eltern ihre Smartphones zum *Gamen* oder *Chaten* überlassen haben. Die Eltern wollen einfach ihre Ruhe haben.«

»Aber schaut nur die Alten da drüben, die hängen auch ständig an ihrem Smartphone«, feixt Gian-Duri. »Heute gibt's ja bald keine Diskussion mehr, für die nicht zusätzliche Informationen gegoogelt werden, keine Meinung des Gegenübers, die nicht flugs überprüft werden muss. Und wenn einer allein ist, versinkt er erst recht in seinem kleinen Gerät. Jetzt sitzen wir im Raum mit der schönsten Aussicht, und wo schauen die Leute hin? Seit es das Smartphone gibt, ist nicht nur bei Kindern Schluss mit Langeweile. Ach, was waren das für Zeiten, als man die Langeweile noch genoss, als man an einem verregneten Nachmittag im Zimmer auf seinem Bett lag und einem die ganze Welt durch den Kopf ging: Erinnerungen, Gedanken, Fantasien, Wünsche. Das geht jetzt alles durch diese kleine Teufelsmaschine, und jeder hat auch gleich noch das Gefühl, er könne sich die Welt durch diesen ausgelagerten Teil seines Gehirns nach seinen Wünschen einrichten. Das ist auch schlecht für mein Musik-Projekt. Alle, die sich noch dafür interessieren könnten, stellen sich heute gleich ihre persönliche Playlist zusammen und fühlen sich übergangen, wenn sie einen Abend lang die vom Veranstalter getroffene Auswahl serviert bekommen. Darum tüftle ich immer noch an der idealen Auswahl. Womit erreiche ich noch alle aus dem anvisierten Publikum? Während die Jungen oft nur vorgeben, in ihrer Identität ganz einzigartig zu sein, aber doch nur dem herrschenden Geschmack ihrer Blase folgen, ist der übertriebene Individualismus der

Alten weit exklusiver, zumal sie sich ihn auch finanziell leisten können.«

Reto, immer noch ins Tablet versunken, sagt verwundert: »Dass es die Kegelbahn hier immer noch gibt! Früher gab's in jedem zweiten Restaurant eine Kegelbahn, heute findet man sie nur noch im Fünf-Sterne-Grandhotel.«

»Lasst uns doch nach dem Essen eine Runde kegeln«, schlägt Gian-Duri vor.

»Vielleicht ein andermal«, winkt Bigna ab. »Wir haben noch viel mit aufräumen zu tun. Und wenn wir noch mehr Entdeckungen machen wie gestern, benötigen wir noch viel mehr Zeit als geplant. Du glaubst nicht, was wir gestern herausgefunden haben. Unsere Mutter war Gillette Fallo. Sie hat all die Kinderbücher geschrieben. Unglaublich! Nicht?«

»Eure Mutter?! Tatsächlich unglaublich. Na, sie hatte schon etwas Geheimnisvolles, Tante Kathi. Sie war eigentlich gar keine Tante, wie man sie sich so vorstellt. Und ob ihr's mir nun glaubt oder nicht, wenn ich die Bücher von Fallo las und mich fragte, wie diese Frau wohl aussehen könnte, von der es ja nie ein Bild gab, musste ich manchmal unweigerlich an eure Mutter denken. Der Mensch, den man kennt, kann anscheinend nicht völlig unter einem anderen Namen verschwinden.«

»Wir hatten nicht mal eine Ahnung«, sagt Bigna. »Ich glaubte immer, das Verhältnis zwischen uns und unserer Mutter sei zu distanziert. Nun war es wohl gerade umgekehrt, uns fehlte eine gewisse Distanz, sie war uns zu nahe, sie hat unsere Gefühlswelt derart geprägt, dass es keinen Raum für Vermutungen mehr gab, in denen sich manchmal eine Ahnung abzeichnet.«

»Gerade, weil wir es jetzt wissen, ist sie mir noch etwas fremder geworden«, meint Reto. »Das gelüftete Geheimnis macht sie für mich nur noch geheimnisvoller. War sie als Gillette Fallo wirklich unsere Mutter?«

»Wer soll sie denn sonst gewesen sein?«, fragt Bigna ihren Bruder mit einem ungläubigen Blick.

»Ich spreche übrigens oft mit Ladina über die eine oder andere Geschichte von Fallo«, sagt Gian-Duri. »Ladina ist der Meinung, Fallo habe ihr die Liebe fürs Lesen, für die Wissenschaft, eigentlich für alles mitgegeben. Fallos Bücher seien für sie wie ›unsichtbare Leuchttürme fürs Leben‹. Eigentlich ein Widerspruch, aber irgendwie doch kein Widerspruch. Nun gut, dann treffen wir uns ein andermal zum Kegeln. Wer weiß, was ihr noch für Entdeckungen macht.«

Schweigend warten die drei, bis der Lunch aufgetragen wird. Reto schaut aufs Tablet, Bigna lässt ihren Blick über die Gäste an den Nebentischen schweifen, Gian-Duri genießt die Aussicht auf die gegenüberliegenden Berge.

Zurück in der Villa bemerkt Reto auf dem Weg ins Obergeschoss: »In der Eingangshalle würde sich ein Objekt von Svenja gut machen.«

»Und du verdächtigst mich, aus der Villa ein Museum machen zu wollen«, sagt Bigna spöttisch.

»Ich meinte, ein Museum aus *unserer* Geschichte.«

»Wenn schon.«

»Svenja versucht in ihren Kunstwerken immer, möglichst alle Perspektiven zu berücksichtigen. Und die Wahl einer besonderen Wirkung des Lichts heißt für sie, auch dem Schatten eine Bedeutung zu geben.«

»Lass uns ein andermal darüber reden. Jetzt wollen wir uns zuerst mit dem befassen, was uns unsere Eltern hinterlassen haben.«

Im elterlichen Schlafzimmer wendet sich Bigna sofort der Kiste mit den Unterlagen der nie geschriebenen Dissertation ihrer Mutter zu. Zuerst nimmt sie den mit *Dissertationsprojekt Katharina Peter (1982 –)* beschrifteten roten Ordner heraus. Dann nimmt sie Buch für Buch aus der Kiste und liest bei jedem den Namen des Autors und den Titel vor. »Dann sind da noch ein paar Fotokopien von Textauszügen. Und sieh da, zuunterst in der Kiste liegen zwei Schallplattenalben, eine Aufnahme der Oper *Griselda* von Alessandro Scarlatti dirigiert von Nino Sanzogno und eine Aufnahme der Oper *Grisélidis* von Jules Massenet dirigiert von Robert Alpress. Und ganz zuunterst das Programmheft einer Aufführung der Oper *Griselda* von Antonio Vivaldi im *Grand Théâtre de Genève* anno 1982.«

»Wollen wir uns eine der Platten anhören?«, fragt Reto. »Stand da nicht ein alter Plattenspieler in der Rumpelkammer?«

»Ob der noch geht?«, fragt Bigna gedankenversunken. »Schauen wir uns doch lieber zuerst den roten Ordner an. Vielleicht erfahren wir etwas über die Entschlüsse unserer Mutter, nur Kinderbücher zu schreiben und auf eine Karriere als Literaturkritikerin zu verzichten.«

»Was heißt *nur*? Als Literaturkritikerin wäre sie wahrscheinlich unter ferner liefen gewesen, als Kinderbuchautorin war sie ein Monument – wenn auch unter fremdem Namen. Aber das scheint höchstens für uns ein Problem zu sein, weil wir unsere Identität nicht mit ihrem großen Namen verbinden können.«

»Für sie bedeutete Identität offenbar etwas anderes, sonst hätte sie vielleicht an uns gedacht.«

»Werfen wir einen Blick in den roten Ordner!«

Bigna öffnet den Ordner und liest die Auflistung auf der ersten Seite vor:

»Griselda. Interpretationen aus sechs Jahrhunderten. *(Arbeitstitel)*

(vielleicht besser: Griselda bei und nach Boccaccio, *oder* Griselda – von Boccaccio bis Berger, Griseldas unzeitgemäße Geduld, Das vielsagende Schweigen der Griselda, Die Weisheit der Griselda, Griselda heute, Die Lehren der Griselda, Das Rätsel der Griselda, Griseldas Rätsel, *??? – später entscheiden!)*

1. Einleitung (Aufbau, Argumentation, Hypothesen)
2. Griselda – Letzte Novelle von Boccaccios Dekameron *(1350)*
3. Francesco Petrarcas ›Übersetzung‹ ins Lateinische (1373)
4. Geoffrey Chausers Clerk's Tale *(1393)*
5. Erhart Grosz' Grisardis *(1436)*
6. Hans Sachs' Griselda-Comedi *(1546)*
7. Griselda im 17. und 18. Jahrhundert
8. Griselda im 19. und 20. Jahrhundert
9. Einige Interpretationen
10. Fazit.«

»Sie hatte viel vor, unsere Frau Mama«, meint Reto. »Vielleicht ist sie selbst erschrocken ob dem Umfang ihres Projektes und hat sich darum nicht getraut weiterzumachen.«

»Vielleicht. Aber warum hat sie dann ein anderes monumentales Werk in Angriff genommen?«, fragt Bigna nachdenklich und beginnt, die folgenden Seiten des Ordners durchzusehen. Dann beginnt sie vorzulesen: »Unter *Einleitung* – offensichtlich erst ein stichwortartiger Entwurf – steht:

- *Da der Wandel in der Bearbeitung des Griselda-Stoffes mehr oder weniger dem Wandel der gesellschaftlichen Verhältnisse und dem Zeitgeist folgt, behandle ich die Werke in chronologischer Reihenfolge.*
- *Angesichts der schieren Zahl der Bearbeitungen des Stoffes (nur schon vom 14. bis zum 18. Jahrhundert über 120!) beschränke ich mich auf einfach zugängliche Werke in den mir geläufigen Sprachen.*
- *Wie Laserstein (1926) in ihrem bislang umfangreichsten Werk zur Geschichte des Griselda-Stoffes, gehe ich davon aus, dass Boccaccio den Stoff in die Literatur einführte, aber keine Lösung der behandelten Probleme lieferte, und alle weiteren Bearbeitungen des Stoffes genau dies beabsichtigen, indem sie die Motivation und Psychologie der handelnden Figuren zu ergründen versuchen.*
- *Anders als Laserstein und andere frühere Interpreten nehme ich jedoch nicht an, dass diese Lösungen im Laufe der Geschichte immer besser werden oder gar in eine endgültige ›Lösung‹ münden. Das mag in einem historischen Kontext so erscheinen. Jenseits davon sind alle Lösungen gleich fragwürdig.*

Dann folgen die Hypothesen

1. *Was bei Boccaccio als Tatsachenbericht beginnt, wird im Laufe der Geschichte immer mehr mit zusätzlichen Beschreibungen von Charakteren und ihren Motiven und Gefühlen sowie moralischen Überlegungen und Aufforderungen angereichert und endet im 20. Jahrhundert als naturalistisches Psychodrama.*
2. *Während die Interpretation bei Boccaccio der Leserin überlassen bleibt, wird sie durch spätere Autoren (darunter eine einzige ernstzunehmende Frau) zunehmend eingeschränkt, bis sie sich durch die geforderte Einsicht in die Natur der Geschlechter ganz erübrigt.*
3. *Dass Boccaccio mit seiner Griselda nur an alte Volkserzählungen angeknüpft haben soll, ist eine Projektion aus moralisierender und psychologischer Sicht, die Boccaccios Geschichte ihr zeitloses aufklärerisches Potenzial nimmt.*
4. *Die Behandlung des Griselda-Stoffes wird im Laufe der Zeit immer frauenfeindlicher. Am Schluss soll das Rätsel durch die Einsicht gelöst werden, dass alle entweder wissen, was ein richtiger Mann und eine*

richtige Frau oder was eine richtige Mutter ist. Diese Illusion geht jedes Mal auf Kosten der Frau.

5. *Das Interesse am Griselda-Stoff erlischt im Laufe des 20. Jahrhunderts aufgrund der Möglichkeit für Frauen, sich selbst in allen Rollen zu verwirklichen. Die feudale Macht des Mannes lebt höchstens noch als einfach zu entlarvende Ideologie fort.*
6. *… .«*

»Ja? Was besagt die 6. Hypothese?«, fragt Reto gespannt.

»Da stehen nur drei Punkte. Und damit ist die *Einleitung* zu Ende«, antwortet Bigna und blättert weiter. »Als Nächstes folgt die Griselda-Geschichte aus Boccaccios *Dekameron*. Offenbar in ihrer ganzen Länge. Mit einer kleinen Einleitung und einigen in Klammern gesetzten Anmerkungen. Auf den folgenden Blättern dann Eintragungen zu Übersetzungen, Adaptionen und Interpretationen. Teils längere, teils kürzere Zusammenfassungen, teils längere, teils kürzere Kommentare. Am Schluss oft eine kurze Gesamtbeurteilung. Hier zum Beispiel zu Ludwig Bergers *Griseldis*: *›Mit dem letzten Versuch, aus der Griselda-Geschichte etwas Neues zu machen, setzte er auch in sprachlicher Hinsicht neue Maßstäbe, zu deren Beurteilung mir die Worte fehlen. Vielleicht treffen es Bergers eigene Worten noch am besten: ›wundweher Weinschmerz‹.«*

»Wundweher Weinschmerz!« wiederholt Bigna lachend. »Ich muss gestehen, ich kenne diese Griselda-Geschichte überhaupt nicht, die Jahrhunderte lang die Geister bewegt hat.«

»Ich ebenso wenig. Da scheint ein wichtiges Stück europäischer Kulturgeschichte an uns vorbeigegangen zu sein.«

»Wir sollten die Unterlagen lesen«, meint Bigna. »Die Kulturgeschichte interessiert mich weniger. Mich interessiert, was unsere Mutter an diesem Griselda-Stoff so faszinierend fand – und dann doch nichts daraus gemacht hat.«

»Dann lies doch mal Boccaccios Griselda-Geschichte vor, wenn sie sich schon in ihrer ganzen Länge vorfindet.«

Bigna setzt sich mit dem roten Ordner auf den Polstersessel neben der Kommode und beginnt vorzulesen:

»Giovanni Boccaccio, Das Dekameron, *München: Winkler-Verlag* 1964 *(Orig. 1859; übersetzt von Karl Witte; Titel Originalausgabe:* Il Decamerone*; entstanden zw. 1348 und 1353; 1470 erstmals in gedruckter Form in Venedig erschienen; verfasst in florentiner Italienisch).*

- *Sammlung von 100 Novellen.*
- *Rahmenhandlung (*cornice*): Während der Pest in Florenz flüchtet eine Gruppe junger Adliger (7 Frauen und 3 Männer) auf ein Landgut außerhalb der Stadt. Hier vertreiben sie sich die Zeit mit dem Erzählen von Geschichten, Gesang und Tanz. Jeden Tag wird eine Königin oder ein König bestimmt, der ein Thema vorgibt, zu dem jede/r eine Geschichte vortragen muss. Nach 14 Tagen und 10 x 10 Geschichten kehrt die Gruppe (*brigata*) nach Florenz zurück.*
- *Boccaccio betont mehrfach, dass er in erster Linie zum Trost, zur Unterhaltung und im Interesse der Frauen schreibt, die zu seiner Zeit in häuslicher Isolation leben und von freier Rede ausgeschlossenen sind.*
- *Boccaccio stellt jeder Novelle eine kurze Zusammenfassung voran, wohl um die Interpretation in eine bestimmte Richtung zu lenken. Bei der letzten, der ›*Griselda-*Novelle‹ fehlt ein solcher Hinweis.*

Zehnter Tag, Zehnte Geschichte (S. 830-846)

*Als die lange Geschichte des Königs, die dem Anschein nach allen gefallen hatte, zu Ende war, sprach Dioneo lächelnd: ›…Meine gefälligen Damen, wie es mir scheint, hat der heutige Tag nur Königen, Sultanen und dergleichen Leuten gehört. Um mich also nicht allzu weit von euch zu entfernen, will ich euch von einem Markgrafen erzählen; doch nicht eine großmütige Handlung, sondern eine törichte Rohheit (*matta bestialità; Hauptbezugspunkt aller Weiterentwicklungen und Interpretationen der Griselda-Geschichte, Anm. KP), *wiewohl sie am Ende ihm zum Guten ausschlug. Indes rate ich niemandem, ihm darin zu folgen; denn wahrlich, es ist sehr zu bedauern, dass ihm Gutes daraus erwuchs.*

Schon lange ist es her, dass unter den Markgrafen von Saluzzo (Kleinstadt im Piemont; wahrscheinlich wählte Boccaccio den Ort im Hinterland, um seine Geschichte an einfachen ländlichen, noch weitgehend feudalen Verhältnissen besser abhandeln zu können als am Bsp. der fortschrittlichen Stadt Florenz, KP*) das Haupt des Hauses ein junger Mann war, der Gualtieri hieß und unbeweibt und kinderlos seine Zeit mit nichts anderem verbrachte als mit der Jagd und dem Vogelstellen und nicht daran dachte, eine Frau zu nehmen und Kinder zu haben, weshalb er für sehr weise zu halten war. Seinen Leuten (*uomini, also nicht zu übersetzen mit Vasallen, Lehensleute usw., besser: Untertanen, Volk; wichtig für Interpretation! KP) *gefiel dies jedoch keineswegs, und öfters baten sie ihn, sich zu vermählen, damit nicht er ohne Erben und sie ohne Herrn blieben. Auch erboten sie sich, ihm eine Gemahlin zu suchen, von solchen Eigenschaften und von solchen Eltern stammend, dass man Gutes von ihr erhoffen könnte, ihrem Gemahl aber durch sie nur Freude erwüchse.*

Doch Gualtieri erwiderte ihnen: ›Meine Freunde, ihr nötigt mich, zu tun, was niemals zu tun ich fest entschlossen war, indem ich erwog, wie schwer es sei, ein Weib zu finden, das mit den Gewohnheiten des Gatten wohl übereinkommt, welch ein Überfluss am Gegenteil vorhanden sei und welch trauriges Leben der führe, der auf eine Gattin trifft, die nicht zu ihm passt. Zu sagen, dass ihr euch getraut, an den Sitten der Väter und Mütter die Töchter zu erkennen, und daraufhin zu glauben, dass ihr mir eine aussuchen könntet, die mir sicher gefallen werde, ist eine Torheit. Ich wenigstens weiß nicht, wie ihr die Väter erkennen und die Geheimnisse der Mütter entdecken wollt, und selbst wenn ihr es vermöchtet, wie oft sind die Töchter den Vätern und Müttern unähnlich! Weil ihr mich aber einmal in diese Ketten schmieden wollt, so will ich es zufrieden sein. Damit ich mich jedoch, wenn es übel ausschlagen sollte, über niemand anders als über mich selbst zu beklagen habe, so will ich selbst der Finder sein. Zugleich aber versichere ich euch, wenn die, welche ich wählen werde, sei sie auch, wer sie wolle, von euch nicht als eure Herrin geehrt wird, dann sollt ihr zu eurem großen Schaden erfahren, wie schwer es mir fällt, mich gegen meinen Wunsch zu vermählen.‹ Die wackeren Männer erwiderten, dass sie damit zufrieden seien, wenn er sich nur entschließen wolle, eine Gemahlin zu nehmen.

Schon lange hatte Herr Gualtieri Wohlgefallen an einem armen Mädchen gefunden, das in einem Dorfe nahe bei seinem gewöhnlichen Aufenthaltsort wohnte, und da er sie auch schön fand, glaubte er, dass er mit ihr ein recht zufriedenes Leben werde führen können. Ohne daher weiter zu suchen, beschloss er, diese zu ehelichen. Er ließ sich den Vater rufen und wurde mit diesem, der ein ganz armer Mann war, einig, sie zur Frau zu nehmen. Alsdann ließ Gualtieri alle seine Freunde aus der Umgegend zusammenrufen und sprach zu ihnen: ›Meine Freunde, es hat euch gefallen und ist noch immer euer Wunsch, dass ich mich entschließe, eine Frau zu nehmen. Nun bin ich dazu entschlossen, mehr um euch gefällig zu sein, als weil ich nach einer Frau verlangte. Ihr wisst, was ihr mir versprochen habt, dass ihr nämlich, wen ich auch zur Frau nehmen möchte, zufrieden sein und sie als Herrin ehren wollt. Nun ist die Zeit gekommen, wo ich im Begriff stehe, mein Versprechen zu halten, aber auch verlange, dass ihr das eurige haltet. Ich habe eine Jungfrau nach meinem Herzen nahe von hier gefunden, die ich zur Gattin zu nehmen und daher in wenigen Tagen in mein Haus zu führen gedenke. Tragt daher Sorge, wie das Hochzeitsfest glänzend zu veranstalten und die Braut ehrenvoll zu empfangen sei, damit ich mit eurem Worthalten mich ebenso zufrieden erklären könne, wie ihr Grund haben sollt, mit dem meinigen zufrieden zu sein.‹

Die guten Männer erwiderten voller Freude, das sei ihnen genehm und sie sähen die Erwählte, möchte sie auch sein, wer sie wolle, für ihre Herrin an und ehrten sie in allen Stücken als Herrin. Hierauf rüsteten sie sich alle, das Fest schön, groß und fröhlich zu machen, und dasselbe tat Gualtieri. Er ließ die Hochzeit auf das prächtigste und schönste vorbereiten und viele seiner Freunde und Verwandten und vornehme Edelleute und andere Nachbarn dazu einladen. Ferner ließ er eine Menge schöner und reicher Kleider nach dem Maße eines Mädchens zuschneiden, das ihm von der gleichen Gestalt zu sein schien wie die Jungfrau, die zu heiraten er beschlossen hatte. Auch besorgte er Gürtel und Ringe und einen reichen und schönen Brautkranz samt alledem, was einer Neuvermählten sonst noch gebührt.

Als nun der Tag gekommen war, den er zur Hochzeit bestimmt hatte, stieg Gualtieri in der zweiten Morgenstunde zu Pferde und mit ihm alle die, welche ihn zu ehren gekommen waren, und nachdem er alles Nötige angeordnet hatte, sprach er: ›Ihr Herren, nun ist es Zeit, die Braut zu holen.‹ Darauf machte er sich mit seiner ganzen Begleitung auf den Weg, und als sie das Vaterhaus des Mädchens erreicht hatten, fanden sie diese in großer Eile mit Wasser vom Brunnen zurückkehren, weil sie dann mit anderen Frauen ausgehen wollte, um die Braut des Herrn Gualtieri kommen zu sehen. Als Gualtieri sie erblickte, rief er sie bei ihrem Namen, nämlich Griselda (Namensbedeutung: Wortzusammensetzung aus *gris* = grau (Altfranzösisch) und *hiltja* = der Kampf (Althochdeutsch). Also: graue Kämpferin, KP), *und fragte sie, wo ihr Vater sei. Verschämt antwortete sie ihm: ›Mein Gebieter, er ist im Hause.‹*

Nun stieg Gualtieri vom Pferde, befahl jedermann, ihn zu erwarten, trat allein in die ärmliche Hütte, wo er ihren Vater fand, der Giannucole hieß, und sagte zu ihm: ›Ich bin gekommen, um die Griselda zu freien. Zuvor will ich jedoch in deiner Gegenwart sie über etwas fragen.‹ Und nun fragte er sie, ob sie, wenn er sie zur Frau nähme, immerdar bestrebt wäre, ihm zu Gefallen zu leben und sich über nichts, was er auch sagen und tun möchte, zu erzürnen, ob sie gehorsam wäre und viele ähnliche Dinge, welche sie sämtlich mit Ja beantwortete. Hierauf nahm Gualtieri sie bei der Hand, führte sie hinaus, ließ sie in Gegenwart seiner ganzen Begleitung und aller übrigen Personen sich nackt auskleiden und ihr dann die Kleider anlegen, die er für sie hatte machen lassen und die auf seinen Befehl herbeigebracht worden waren, ließ sie beschuhen und auf ihr Haar, so verworren es auch war, einen Kranz setzen. Dann aber sprach er, während sich noch alle über dieses Verfahren wunderten: ›Ihr Herren, diese ist es, die nach meiner Absicht meine Frau werden soll, wofern sie mich zu ihrem Manne will.‹ Dann wandte er sich zu ihr, die zweifelnd und sich schämend dastand, und sagte: ›Griselda, willst du mich zu deinem Manne?‹ Sie aber antwortete: ›Ja, mein Gebieter.‹ – ›Und ich‹, sprach er, ›will dich zu meiner Frau.‹ Und so verlobte er sich mit ihr in aller Gegenwart. Dann hieß er sie ein Ross besteigen und führte sie ehrenvoll begleitet nach seinem Hause.

Hier war die Hochzeit groß und prächtig und die Festlichkeiten nicht anders, als wenn er die Tochter des Königs von Frankreich heimgeführt hätte. Die Braut aber schien mit den Kleidern auch Gesinnung und Sitten gewechselt zu haben. Sie war, wie wir schon sagten, schön von Antlitz und Gestalt, und so schön sie war, so anmutig, gefällig und gesittet wurde sie nun, so dass man nicht mehr geglaubt hätte, sie sei die Tochter des Giannucole und eine Schafhirtin gewesen, sondern das Kind eines adeligen Herrn, wodurch sie denn einen jeden in Erstaunen versetzte, der sie vorher gekannt hatte.

Dabei war sie ihrem Manne so gehorsam und so dienstbeflissen gegen ihn, dass er sich für den glücklichsten und zufriedensten Menschen auf der Welt hielt; gegen die Untertanen ihres Gemahls aber war sie so freundlich und wohlwollend, dass keiner darunter war, der sie nicht mehr als sich selbst geliebt und ihr mit Freuden Ehrfurcht bewiesen hätte. Alle beteten für ihr Wohl, ihr Glück und ihre Erhebung, und diejenigen, welche sonst häufig gesagt hatten, Gualtieri habe unverständig gehandelt, sie zur Frau zu nehmen, beteuerten nun, er sei der verständigste und scharfsinnigste Mann auf der Welt gewesen, weil kein anderer als er vermocht hätte, ihre hohe Tugend, versteckt unter ärmlichen Lumpen und bäuerischer Kleidung, zu erkennen. Und kurz, nicht nur in ihrer Markgrafschaft, sondern überall wurde, ehe eine lange Zeit verstrichen war, von ihrer Tugend und ihren guten Werken rühmend gesprochen, und alles, was man viel leicht gegen ihren Gemahl gesagt haben mochte, als er sie zur Braut erwählte, verwandelte sich in das Gegenteil.

Nicht lange war sie mit Gualtieri vermählt, als sie guter Hoffnung ward und zur gebührenden Zeit eine Tochter gebar, über welche Gualtieri die größte Freude hatte. Bald darauf verfiel er jedoch auf den seltsamen Gedanken, durch langwierige Erfahrung und fast unerträgliche Proben ihre Geduld prüfen zu wollen. Zuerst fing er an, sie durch Worte zu kränken, indem er unwillig tat und sagte, seine Untertanen seien um ihrer niederen Geburt willen sehr unzufrieden mit ihr, am unzufriedensten aber, seit sie sähen, dass Griselda ihm Kinder bringe, wie sie denn über die Tochter, welche sie geboren, voller Missvergnügen unablässig murrten.

Als die Frau diese Worte vernahm, sprach sie, ohne den Ausdruck ihrer Züge oder ihre guten Vorsätze im mindesten zu ändern: ›Mein Gebieter, tue mit mir, was deinem Glauben nach deiner Ehre und Ruhe am förderlichsten ist. Ich werde mit allem zufrieden sein, da ich erkenne, wieviel geringer ich bin als jene und wie wenig ich der Ehre würdig war, zu der du mich durch deine Güte erhoben hast.‹ Diese Antwort war dem Gualtieri sehr angenehm, da sie ihm zeigte, dass die Ehre, welche er oder andere ihr erwiesen, auch nicht den kleinsten Stolz in ihr erweckt hatte.

Kurze Zeit darauf schickte er jedoch, nachdem er mit ganz allgemeinen Worten seiner Frau mitgeteilt hatte, seine Untertanen wollten die von ihr geborene Tochter nicht dulden, einen insgeheim unterwiesenen Diener zu ihr, der mit gar betrübten Gebärden zu ihr sagte: ›Madonna, wenn ich nicht sterben will, muss ich tun, was mein Herr mir geboten hat. Er hat mir befohlen, diese Eure Tochter zu nehmen und sie ...‹ und mehr sagte er nicht. Als die Dame diese Worte vernahm, das Antlitz des Dieners sah und zugleich sich der Worte ihres Gemahls erinnerte, erriet sie, dass jenem befohlen sei, ihr Kind zu töten. Rasch nahm sie es daher aus der Wiege, küsste und segnete es, und so groß auch der Schmerz war, den sie im Herzen fühlte, so legte sie dennoch, ohne die Miene zu verändern, dem Diener das Kind in den Arm und sprach: ›Nimm sie hin und tue alles, was dein und mein Herr dir geboten hat. Nur dafür trage Sorge, wenn er dir nicht ausdrücklich das Gegenteil befohlen hat, dass nicht Tiere oder Raubvögel sie verschlingen.‹ Der Diener nahm das Kind, und als er Herrn Gualtieri berichtete, was seine Gattin gesagt hatte, staunte dieser über ihre Standhaftigkeit und schickte den Diener mit der Kleinen nach Bologna zu einer Dame seiner Verwandtschaft, welche er bat, sie sorgfältig zu erziehen und auszubilden, ohne ihr jedoch je zu entdecken, wessen Tochter sie sei.

Nach einiger Zeit geschah es, dass die Frau von neuem schwanger wurde und zur rechten Zeit ein Söhnlein gebar, was Herrn Gualtieri sehr erwünscht war. Da ihm aber, was er getan hatte, immer noch nicht genug dünkte, sprach er eines Tages, um sie mit noch größerem Schmerz zu verwunden, zornigen Angesichts zu ihr: ›Frau, seitdem du diesen Knaben geboren hast, weiß ich mit meinen Leuten auf keine Art mehr auszukommen, so bitter beschweren sie sich darüber, dass ein Enkel des Giannucole nach mir über sie regieren solle. Daher fürchte ich, wenn ich nicht vertrieben werden will, gezwungen zu sein, wieder ähnlich zu handeln wie früher, und schließlich werde ich noch dich wegschicken und eine andere Frau nehmen müssen.‹

Die Dame hörte ihn mit geduldigem Mute an und antwortete nur: ›Mein Gebieter, sorge nur, deine Ruhe zu gewinnen und deinem Wunsche zu genügen. Meinetwegen aber mache dir keinerlei Gedanken, denn alles ist mir lieb, wenn ich sehe, dass es dir gefällt.‹ Wenige Tage darauf sandte Gualtieri in derselben Art, wie er nach der Tochter verlangt hatte, nach dem Sohn, und auf die gleiche Weise machte er sie glauben, dass er ihn getötet habe, während er ihn, wie die Tochter, heimlich nach Bologna schickte, um ihn dort aufziehen zu lassen. Auch bei diesem Anlass verriet die Frau weder in Worten noch in Gebärden mehr von ihrem Schmerz, als sie bei ihrer Tochter getan hatte, worüber Gualtieri sehr erstaunte und bei sich selbst beteuerte, kein anderes Weib vermöge Gleiches zu leisten. Hätte er nicht gesehen, wie zärtlich sie gegen ihre Kinder gewesen war, solange ihm dies gefiel, so hätte er geglaubt, sie handele so, weil sie sich nichts aus ihnen mache, während er jetzt in ihrem Benehmen ihre Weisheit erkannte.

Seine Untertanen glaubten, er habe die Kinder wirklich töten lassen, und tadelten ihn deshalb bitter. Wenn sie ihn aber für einen grausamen Mann hielten, so hatten sie mit der Frau das größte Mitleid. Diese jedoch erwiderte den Frauen, die vor ihr über ihre so getöteten Kinder wehklagten, immer nur: sie sei mit allem zufrieden, was dem gefalle, der die Kinder gezeugt habe.

Manche Jahre waren seit der Geburt der Tochter verstrichen, als es Herrn Gualtieri an der Zeit schien, die Geduld seiner Gattin einer letzten Probe zu unterwerfen. Er äußerte daher vor vielen der Seinigen, dass er es auf keine Weise mehr ertragen könne, die Griselda zur Frau zu haben und jetzt wohl einsehe, wie übel und jugendlich unbedacht er gehandelt habe, als er sie genommen. Daher wolle er nach Kräften versuchen, beim Papst eine Dispens zu erwirken, um eine andere Gattin wählen und Griselda verlassen zu können. Von gar vielen wackeren Männern wurde er deshalb hart getadelt; allein er antwortete ihnen nur, dass es einmal so sein müsse. Als die Frau diese Nachrichten vernahm, machte sie sich darauf gefasst, in ihr väterliches Haus zurückkehren und vielleicht, wie sie einst getan, die Schafe hüten zu müssen, dabei aber eine andere den besitzen zu sehen, den sie von ganzer Seele liebte. Wie sehr sie sich aber auch innerlich darüber betrübte, so schickte sie sich doch an, so wie sie die anderen Kränkungen des Schicksals ertragen hatte, nun auch diese mit fester Stirne zu bestehen.

Nicht lange darauf ließ Herr Gualtieri sich erdichtete Briefe einhändigen, als wären sie von Rom gekommen, und machte seine Untertanen glauben, der Papst habe ihm durch diese Dispens erteilt, dass er eine andere Frau nehmen und Griselda verstoßen könne. Deshalb ließ er denn diese vor sich kommen und sprach in Gegenwart vieler zu ihr: ›Frau, durch die Erlaubnis des Papstes kann ich mir eine andere Gemahlin nehmen und dich verlassen, und weil meine Vorfahren Herren von hohem Adel und Gebieter dieses Landes gewesen sind, während die deinen nur Bauern waren, so will ich, dass du nicht länger meine Gattin seiest, sondern mit der Mitgift, die du mir zugebracht hast, nach Giannucoles Haus zurückkehrst. Ich aber werde eine andere heimführen, die ich als zu mir passend gefunden habe.‹

Als die Frau diese Worte vernahm, hielt sie nicht ohne große, die weibliche Natur übersteigende Kraft und Anstrengung ihre Tränen zurück und erwiderte: ›Mein Gebieter, ich habe immer erkannt, dass meine geringe Geburt sich zu Euerem Adel in keiner Weise fügen will, und was ich im Verhältnis zu Euch gewesen bin, das habe ich immer als Eure und Gottes Gabe betrachtet, niemals aber für ein Geschenk angesehen und mir zugeeignet, sondern es stets nur als geliehen betrachtet. Es gefällt Euch nun, es zurückzufordern, und mir muss es gefallen und gefällt es, Euch dasselbe zurückzugeben. Hier ist Euer Ring, mit dem Ihr mich gefreit; nehmt ihn zurück. Ihr befehlt mir, dass ich die Mitgift mit mir nehme, die ich Euch zugebracht. Dazu werdet Ihr weder eines Zahlmeisters noch einer Börse oder eines Saumrosses bedürfen; denn es ist mir nicht entfallen, dass Ihr mich nackt erhalten habt. Und wenn es Euch geziemend dünkt, dass dieser Leib, in dem ich von Euch erzeugte Kinder getragen habe, von jedermann gesehen werde, so will ich nackend wieder fortgehen. Doch bitte ich Euch zum Lohn für meine Jungfräulichkeit, die ich Euch zubrachte und die ich nicht mit hinwegnehme, dass es Euch gefalle, mir wenigstens ein einziges Hemd über meine Mitgift hinaus zu gönnen.‹

Gualtieri, dem der Sinn mehr nach dem Weinen stand als nach sonst etwas, beharrte in strenger Gebärde und sprach: ›So nimm denn ein Hemd mit.‹

Alle, die umherstanden, baten ihn, dass er ihr wenigstens ein Kleid schenken möge, damit man diejenige, die dreizehn Jahre und länger seine Gemahlin gewesen, nicht so armselig und schmählich aus dem Hause scheiden sehe, wie es wäre, wenn sie im Hemd ginge. Allein die Bitten waren umsonst, und so verließ die edle Frau im Hemde, barfuß und barhäuptig, nachdem sie alle Gott empfohlen hatte, sein Haus und kehrte unter den Tränen aller, die sie sahen, zu ihrem Vater zurück. Giannucole aber, der es nie hatte glauben wollen, dass Gualtieri in Wahrheit seine Tochter als Frau behalten wolle, und der diesem Fall täglich entgegensah, hatte ihre alten Kleider aufgehoben, wie sie an dem Morgen, da Gualtieri sich mit ihr verlobte, sie abgelegt hatte. Diese brachte er ihr, und sie legte sie wieder an, übernahm aufs Neue die kleinen Dienstleistungen im väterlichen Hause, die sie einst zu tun gewohnt war, und ertrug den furchtbaren Schlag des feindlichen Geschicks mit starker Seele.

Nachdem Gualtieri so getan hatte, gab er seinen Leuten gegenüber vor, er habe die Tochter eines Grafen von Panago zur Braut erwählt, und schickte, während er großartige Vorbereitungen zur Hochzeit traf, nach

Griselda, dass sie zu ihm komme. Als sie kam, sprach er zu ihr: ›Ich stehe im Begriff, die Braut heimzuführen, die ich neuerdings erwählt habe, und gedenke sie bei ihrer Ankunft zu ehren. Nun weißt du, dass ich im Hause keine Frauen habe, welche die Zimmer auszuschmücken und vieles andere so zu besorgen verständen, wie es sich für ein solches Fest ziemt. Du kennst diese häuslichen Angelegenheiten besser als sonstwer. Bringe du also alles in Ordnung, was hier nötig ist, und lasse die Damen dazu einladen, die du meinst, und empfange sie dann, als wärest du die Frau vom Hause. Nachher, wenn die Hochzeit vorüber ist, kannst du dann wieder heimgehen.‹

Wiewohl jedes dieser Worte ein Messerstich für Griseldas Herz war, da sie der Liebe, die sie für ihn hegte, nicht ebenso wie dem Glücke hatte entsagen können, so antwortete sie doch: ›Mein Gebieter, ich bin willig und bereit.‹ Und so kehrte sie mit ihren Kleidern von grobem Romagna-Tuch in dasselbe Haus zurück, das sie kurz zuvor im Hemde verlassen hatte, fing an, die Gemächer auszukehren und in Ordnung zu bringen, die Wandteppiche aufzuhängen, über die Bänke in den Sälen Decken auszubreiten, die Küche zu bestellen und nicht anders an alles Hand zu legen, als wäre sie eine geringe Magd des Hauses. Auch gönnte sie sich nicht eher Ruhe, als bis sie alles so besorgt und ausgerichtet hatte, wie es sich geziemte. Nachdem sie darauf in Gualtieris Namen alle Damen der Umgegend hatte einladen lassen, erwartete sie das Fest. Als der Hochzeitstag gekommen war, empfing sie, wie ärmliche Kleider sie auch trug, doch mit dem Mute und Anstand einer Edelfrau und mit heiterem Gesichte alle Damen, die zur Hochzeit herbeikamen.

Gualtieri, dessen Kinder in Bologna sorgfältig von seiner Verwandten erzogen worden, die in das Haus der Grafen von Panago vermählt war, hatte inzwischen, als die Tochter zwölf Jahre alt und das schönste Geschöpf war, das man je gesehen hatte, der Sohn aber sechs Jahre zählte, nach Bologna geschickt und seinen Verwandten gebeten, dass es ihm gefalle, mit eben dieser Tochter und dem Söhnlein nach Saluzzo zu kommen. Auch hatte er ihn ersucht, für eine schöne und ehrenvolle Begleitung Sorge zu tragen und jedermann zu sagen, dass er die Jungfrau dem Gualtieri als Gemahlin zuführe, ohne irgendwen erraten zu lassen, wer sie sei.

Der edle Mann hatte gehandelt, wie der Markgraf ihn gebeten, und gelangte, nachdem er sich auf den Weg gemacht, in einigen Tagen mit der

Jungfrau, ihrem Bruder und einem stattlichen Gefolge um die Stunde des Imbisses nach Saluzzo, wo er alle Einheimischen und viele Nachbarn aus der Umgegend versammelt fand, um Gualtieris neue Gemahlin zu erwarten. Als diese von den Damen empfangen worden und in den Saal gelangt war, wo die Tische gedeckt waren, trat Griselda, so wie sie war, ihr freudig entgegen und sprach: ›Willkommen sei meine Gebieterin.‹

Die Damen, welche Gualtieri vielfach, aber umsonst gebeten hatten, dass er entweder Griselda in ihrer Kammer bleiben lassen oder ihr eines von den Kleidern leihen möchte, welche einst die ihrigen gewesen waren, damit sie nicht in solchem Gewand vor seinen fremden Gästen erschiene, wurden nun zu den Tischen geführt, und man fing an, sie zu bedienen. Von jedermann wurde die Jungfrau betrachtet, und alle Welt sagte, dass Gualtieri einen guten Tausch gemacht habe. Vor allem aber lobte Griselda sowohl sie als auch ihren kleinen Bruder.

Gualtieri schien es nun, als habe er von der Geduld seiner Gattin so viele Proben gesehen, wie er nur irgend wünschte. Da er wahrnahm, dass der Wechsel der Dinge sie nicht im mindesten verändere, obwohl er gewiss war, dass dies nicht aus geistiger Beschränktheit geschehe, denn er hatte sie als äußerst klug (ingegno = Intelligenz[?]; spielt in fast allen Novellen eine entscheidende Rolle; wird mit guten und mit schlechten Absichten, sowohl offensichtlich wie auch als List und Täuschung verwendet; scheint stets daran gemessen zu werden, ob sie ihr Ziel erreicht; der erfolgreiche Einsatz von ingegno führt selten auf direktem Weg ans Ziel. KP), *erkannt, glaubte er, dass es nun an der Zeit sei, sie von den bitteren Gefühlen zu erlösen, welche sie, wie er wohl erriet, unter ihrem unveränderten Antlitz verborgen hielt. Deshalb ließ er sie in Gegenwart aller zu sich rufen und sprach lächelnd: ›Nun, was hältst du von unserer neuen Gemahlin?‹*

›Mein Gebieter‹, antwortete Griselda, ›ich halte viel Gutes von ihr, und ist sie so verständig, wie sie schön ist, was ich glaube, so zweifle ich durchaus nicht, dass Ihr als der zufriedenste Herr von der Welt mit ihr leben werdet. Doch ich beschwöre Euch, soviel ich vermag, erspart ihrem Herzen die Stiche, welche die andere, die einst Euer war, von Euch erhielt. Denn ich glaube kaum, dass sie dieselben zu ertragen vermöchte, teils weil sie jünger ist, teils weil sie in einem bequemen Leben aufgewachsen ist, während jene von klein auf in beständigen Mühen gelebt hatte.‹

Als Gualtieri sah, dass sie fest daran glaubte, jene solle seine Gattin werden, und dessen ungeachtet in allen Stücken nur gut von ihr sprach, befahl er ihr, sich neben ihn zu setzen und sprach: ›Griselda, es ist endlich Zeit, dass du die Frucht deiner langen Geduld genießest und diejenigen, die mich für grausam, ungerecht und vernunftlos erachtet haben, nun erkennen, dass ich alles, was ich auch unternahm, nur für einen vorausbestimmten Zweck tat, nämlich dich zu lehren, Frau zu sein, sie aber, eine solche zu wählen und zu behandeln, und mir selbst, solange ich mit dir zu leben hätte, beständige Ruhe zu bereiten.

Als ich mich entschloss, eine Frau zu nehmen, hatte ich große Furcht, dass mir dies nicht gelänge, und dies war der Grund, weshalb ich, um dich zu prüfen, dich in so vielfacher Art, wie du weißt, gekränkt und verletzt habe. Weil ich aber niemals gesehen habe, dass du in Worten oder Taten dich von meinen Wünschen entfernt hättest, und weil ich überzeugt bin, dass ich durch dich das Glück erreichen kann, das ich begehrte, so gedenke ich dir auf einmal all das wiederzugeben, was ich dir einzeln zu vielen Malen raubte, und durch die höchsten Freuden die Wunden zu heilen, die ich dir zufügte. So empfange denn freudigen Herzens diese, die du für meine Braut hieltest, und ihren Bruder als deine und meine Kinder. Sie sind dieselben, welche du und viele andere seit langen Jahren grausam von mir ermordet wähnten, und ich bin dein Gemahl, der dich über alles liebt und glaubt, sich rühmen zu können, dass kein anderer lebt, der soviel Ursache hat, sich seiner Gattin zu freuen.‹

Nach diesen Worten umarmte und küsste er sie, und während sie vor Freuden weinte, stand er mit ihr vom Tische auf und ging dorthin, wo die Tochter saß, ganz erstaunt über alles, was sie hörte. Zärtlich umarmten beide sowohl sie als auch ihren Bruder und klärten sie und alle andern, die anwesend waren, über die Täuschung auf. Fröhlich erhoben sich die Damen von den Tischen und traten mit Griselda in ein Gemach, wo sie sie mit besserer Hoffnung entkleideten und ihr eines ihrer eigenen reichen Gewänder anlegten. Dann aber führten sie Griselda als die Edelfrau, als welche sie selbst in Lumpen erschienen war, in den Saal zurück. Hier freute sie sich ihrer Kinder unaussprechlich. Jeder andere war froh über dieses Ereignis, und Freude und Festlichkeit verdoppelten sich und währten noch mehrere Tage lang. Den Gualtieri aber hielt man von nun an für einen weisen Mann, wiewohl man die Proben, denen er seine Gattin un-

terworfen, für hart und unerträglich hielt. Vor allen aber ward Griselda für verständig gehalten.

Der Graf von Panago kehrte nach einigen Tagen heim nach Bologna, und Gualtieri nahm nun den Giannucole von seiner Arbeit hinweg und richtete ihn ein, wie es seinem Schwiegervater geziemte, so dass er geehrt und mit großer Freude lebte und sein Alter bei ihm beschloss. Später vermählte Gualtieri seine Tochter an einen Mann von hohem Stande und lebte lange und glücklich mit Griselda, die er stets in hohen Ehren hielt. Was sollen wir hier nun anders sagen, als dass auch in die Hütten der Armen göttliche Genien vom Himmel niedersteigen, wie es in den Häusern der Könige solche gibt, die würdiger wären, Schweine zu hüten, als über Menschen zu herrschen? Wer außer Griselda hätte nicht nur mit trockenem, sondern auch mit heiterem Auge die rauen, bis dahin unerhörten Proben zu bestehen vermocht, welchen Gualtieri sie unterwarf? Diesem aber wäre es vielleicht ein wohlverdienter Lohn gewesen, wenn er auf eine gestoßen wäre, die sich, als er sie im Hemd aus dem Hause jagte, von einem andern ihr Pelzlein so hätte schütteln lassen, dass ihr ein schönes Kleid daraus erstanden wäre!‹

Hier endet die Geschichte«, sagt Bigna und schaut ihren Bruder fragend an.

»Eine seltsame Geschichte«, meint Reto. »Ich ahne zwar, warum sich unsere Mutter dafür interessiert hat, aber die Geschichte selbst bleibt rätselhaft.«

»Das schreibt sie auch auf der nächsten Seite:

- *Die Motive des Grafen, der Griselda und des Volkes bleiben rätselhaft. Fest steht nur, dass Geduld zum Ziel führt, was die ganze Sache in unserer Zeit ohne viel Sinn für Geduld noch rätselhafter macht.*
- *Die Geschichte wird wohl nur im Kontext des ganzen Dekamerons oder in Bezug zu einzelnen Novellen (zum Beispiel Falken-Novelle oder Novelle der Gillette de Narbonne) verständlich.*
- *Jedenfalls sollte der auf die Griselda-Novelle folgende Text berücksichtigt werden.«*

»Und, was steht im auf die Griselda-Novelle folgenden Text?«

»Da ist kein zusätzlicher Text.«

»Dann bemühe ich mal *Google*«, meint Reto und startet eine Suche nach dem fraglichen Text. »Hier, ich hab's. Den kompletten Text des *Dekamerons*. Der auf die Griselda-Geschichte folgende Text, also der Schluss des 10. Tages, lautet wie folgt:

Die Erzählung des Dioneo war zu Ende, und viel hatten die Damen darüber gesprochen, hin und her, und die eine tadelte dies, während die andere damit Zusammenhängendes lobte. Da erhob der König den Blick zum Himmel, und wie er sah, dass die Sonne schon zur Abendstunde niedersank, begann er, ohne sich von seinem Sitz zu erheben, also: ›Wie ich glaube, wisst ihr, reizende Damen, dass die Weisheit der Sterblichen nicht allein darin besteht, sich des Vergangenen zu erinnern oder das Gegenwärtige zu erkennen, sondern, wie von den klügsten Männern für die größte Weisheit erachtet wird, aus dem einen und dem andern das Zukünftige vorherzusehen. Wie ihr wisst, sind es morgen vierzehn Tage, dass wir Florenz verließen, um uns zur Erhaltung unserer Gesundheit und unseres Lebens einige Erheiterung zu gewähren und dem Trübsinn, dem Schmerz und der Angst zu entgehen, die man in unserer Vaterstadt, seitdem diese traurige Pestzeit begonnen, beständig vor Augen hat.

Dies haben wir nun, meinem Urteil nach, in allen Ehren getan. Denn, habe ich recht zu beobachten gewusst, so ist trotz all der lustigen und vielleicht die Sinnenlust anregenden Geschichten, trotz unseres beständigen guten Essens und Trinkens, trotz Spielens und Singens – welches doch alles Dinge sind, die schwache Gemüter vielleicht zu minder ehrbaren Betragen verlocken könnten – doch keine Gebärde, kein Wort, keine Handlung, weder von eurer noch von unserer Seite vorgekommen, die zu tadeln wären. Vielmehr schien alles, was ich sah und hörte, mir nur von stetem Anstande, steter Eintracht und brüderlicher Vertraulichkeit zu zeugen. Ohne Zweifel ist mir dies um eurer und meiner Ehre und um unseres gemeinsamen Vorteils willen gar lieb. Damit aber nicht etwa durch die lange Vertraulichkeit entstehe, was zu Verdruss ausschlagen könnte, und niemand Grund habe, unser langes Verweilen zu bekritteln, so wäre ich der Meinung, dass es, so es euch genehm, nun angemessen sei, wieder dahin zurückzukehren, von wo wir geschieden sind, da doch ein jeder an seinem Tag an der Ehre, die noch bei mir ruht, seinen Anteil gehabt.

Überdies könnte, wenn ihr alles wohl erwägt, unsere Gesellschaft, von der schon mehrere andere Gruppen hier in der Gegend Kunde erhalten, sich leicht auf eine solche Weise vermehren, dass wir alle unsere Freude daran verlören. Billigt ihr daher meinen Rat, so will ich die mir überlieferte Krone bis zu unserer Abreise, die, wie ich denke, morgen früh sein soll, aufbewahren. Beschließt ihr aber anders, so habe ich schon jemanden im Sinne, den ich für den folgenden Tag krönen möchte.‹

Lange währte hierüber das Gespräch der Damen und der jungen Männer. Endlich aber erkannten sie den Vorschlag des Königs für nützlich und angemessen und beschlossen, so zu tun, wie er gesagt hatte. Er ließ daher den Seneschall rufen, um mit ihm über die Anstalten für den folgenden Morgen zu sprechen, entließ die Gesellschaft bis zur Essensstunde und stand auf. Die Damen und die anderen beiden jungen Männer erhoben sich gleichfalls, und nicht anders, als sie es gewohnt waren, überließ sich der eine diesem, der andere jenem Vergnügen.

Als die Stunde des Mahls gekommen war, versammelten sie sich mit großer Lust dazu. Danach begannen sie wieder mit Gesang und Spiel und Ringeltanz.

Nun folgt noch ein längeres Lied. Es geht um Eifersucht. Das lass' ich weg. Ganz am Schluss steht:

Sobald der neue Tag erschien, erhoben sie sich, während der Seneschall ihr Gepäck bereits vorausgeschickt hatte, und kehrten unter der Führung des verständigen Königs nach Florenz zurück. Hier verließen die drei jungen Männer die sieben Damen in Santa Maria Novella, von wo sie mit ihnen aufgebrochen waren, nahmen von ihnen Abschied und gingen, wohin es ihnen gefiel. Die Damen aber kehrten, als es ihnen an der Zeit schien, in ihre Wohnung zurück.

Das war's. Viel schlauer bin ich aber auch jetzt nicht.«

»Die Griselda-Geschichte muss also auch schon ihren unmittelbaren Zuhörerinnen rätselhaft vorgekommen sein«, meint Bigna. »Warum hätten sie sonst lange über ihren Sinn diskutieren müssen? Aber der Schluss ist klar: Die Herren machen nach ihrem Exil, was sie wollen, und die Frauen gehen zurück an ihren angestammten Platz, ins Haus. Aber was machen sie jetzt?«

»Sie warten auf bessere Zeiten«, meint Reto achselzuckend. »Die Pest ist ja noch nicht vorbei.«

»Vielleicht sollten wir zusätzlich noch die beiden Novellen lesen, auf die Mutter in der Klammerbemerkung hinweist«, schlägt Bigna vor. »*Google* doch gleich mal diese Falken-Novelle und die Novelle der Gillette de Narbonne.«

»Geht das nicht etwas zu weit?«, meint Reto missmutig, bevor er die verlangte Suche aufnimmt.

Nach einer Weile fragte er: »Tun's nicht auch Zusammenfassungen dieser Novellen, wie ich sie hier auf der Website eines Boccaccio-Forschungsinstitutes gefunden habe?«

»Dann lies halt vor, was du gefunden hast.«

»Zur Falken-Novelle steht hier: *9. Novelle des 5. Tages, an dem Glücksfälle, die nach widrigen und betrübenden Ereignissen Liebende betroffen haben, das Thema bilden. Im Mittelpunkt der Geschichte steht Ritter Federigo degli Alberighi, der sich in die adlige Florentinerin Monna Giovanna verliebt. Er versucht, sie mit Geschenken, Festen und Turnieren zu beeindrucken, bis er seinen ganzen Besitz verloren hat und ihm nur noch ein kleines Landgut und sein geliebter Falke bleiben. Monna Giovanna erwidert seine Liebe nicht. Weil ihr Gatte stirbt und ihr Sohn der einzige Erbe ist, muss sie in ein bescheidenes Landhaus ziehen, ganz in der Nähe von Federigos Gut. Ihr Sohn lernt Federigo kennen und findet Gefallen an seinem Falken. Als der Sohn eines Tages erkrankt, wünscht er sich den Falken, weil er glaubt, durch dessen Besitz schneller zu genesen. Monna Giovanna zögert, ihren früher konsequent zurückgewiesenen Verehrer nach dem Falken zu fragen, überwindet sich dann aber aus Liebe zu ihrem Kind und geht zu Federigo, um ihm den Wunsch vorzutragen. Bevor es dazu kommt, will Federigo seine Angebetete standesgemäß bewirten. Weil er keine geeigneten Speisen hat, tötet er seinen Falken, bereitet ihn zu und serviert ihn ihr. Erst nach dem Essen äußert sie ihre Bitte. In diesem Moment glaubt Federigo, seine Liebe zu Monna Giovanna werde sich niemals erfüllen, und erklärt ihr, sie hätten den Falken soeben gegessen. Monna Giovanna kehrt betrübt zu ihrem kranken Sohn zurück, der kurz darauf stirbt. Nun erbt Monna Giovanna sein großes Vermögen. Sie will eigentlich nicht mehr heiraten, aber ihre Brüder drängen sie dazu. Als ihre Wahl auf Federico fällt, sind die Brü-*

der zunächst gegen die Heirat mit einem verarmten Mann. Monna Giovanna kann sie aber von Federigos Ehrbarkeit überzeugen, sodass sie in die Heirat einwilligen. Unklar bleibt, ob Monna Giovanna Federigo aus Liebe, Dankbarkeit, Respekt, Mitleid oder Schuldgefühl heiratet. – Soweit die Falken-Novelle. Aber was sagt sie uns zum Verständnis der Griselda-Novelle?«

»Vielleicht ist Mutter aufgefallen, dass Federigos Schicksal nur die Umkehrung desjenigen von Griselda ist. In beiden Geschichten lässt die eine Hauptfigur die andere lange leiden, aber beide Male führt Geduld ans Ziel. Zudem stehen beide Novellen ähnlich quer zum Thema des Tages, an dem sie erzählt werden. Federigos Glück und auch das dieser Monna Giovanna resultiert aus widrigen und betrübenden Ereignissen und Griseldas Glück und das von Gualtieri gehen gerade aus dem Gegenteil großzügiger Handlungen hervor. Durch alle diese Ähnlichkeiten wird aber das Rätsel der Griselda nicht gelöst, sondern es kommt einfach das Rätsel der Falken-Novelle hinzu, denn am Schluss bleibt auch bei dieser Novelle offen, was die Motivation Monna Giovannas war. In beiden Fällen wird das Problem von Außenstehenden nur beseitigt, ob nun durch das gefühlsduselige Volk oder die standesbewussten Brüder. Das Rätsel der Motivation der Frau bleibt.«

»Dann schauen wir uns halt auch noch die Zusammenfassung der Novelle der Gillette de Narbonne an«, meint Reto müde und beginnt vorzulesen: »Also hier steht: *9. Novelle des 3. Tages, an dem von jenen gesprochen wird, die durch Scharfsinn etwas Heißersehntes erlangten oder Verlorenes wiedergewannen: Der Graf de Roussillon hatte einen Arzt namens Gérard de Narbonne. Der einzige Sohn des Grafen namens Bertrand und die Tochter des Arztes namens Gillette wachsen gemeinsam auf und Gillette verliebt sich in Bertrand. Als die beiden jungen Leute ihre Väter verlieren, geht Bertrand nach Paris und Gillette bleibt zuhause. Als sie davon hört, dass verschiedene Ärzte gescheitert sind, den König von Frankreich von einer schmerzhaften Fistel zu heilen, geht sie nach Paris und bietet dem König ihre von ihrem Vater erworbene Heilkunst an. Der König akzeptiert und verspricht ihr bei Erfolg der Behandlung eine gute Ehe. Gillette bedingt sich aus, den künf-*

tigen Ehemann selber wählen zu dürfen. Als sie den König heilt, gewährt er ihr den Wunsch, Bertrand zu heiraten. Dieser muss zwar in die Heirat einwilligen, ist aber nicht erfreut, weil Gillette nicht von Adel ist, und entzieht sich der Ehe, indem er nach Florenz geht. Gillette übernimmt derweil die Verwaltung seines Anwesens, wofür sie bald allseitige Anerkennung erntet. Darunter leidet Bertrands Ruf und Gillette schreibt ihm, er solle zu ihr zurückkommen und die Verwaltung selbst übernehmen. Bertrand willigt unter der Bedingung ein, er komme zu ihr, wenn sie seinen speziellen Ring trage und ein Kind von ihm geboren habe. Gillette geht als arme Pilgerin verkleidet nach Florenz und erfährt hier, dass sich ihr Mann in ein armes Mädchen verliebt hat und nur von dessen tugendhafter Mutter in Schach gehalten wird. Sie enthüllt der Mutter des Mädchens ihre Identität und schlägt ihr einen Plan vor, wie sie ihren Mann dazu bringen will, mit ihr zu schlafen. Die Mutter soll helfen, Bertrand glauben zu machen, dass er mit ihrer Tochter schläft. Von Bertrand wird gefordert, dass er ihr als Zeichen seiner Hingabe seinen besonderen Ring geben solle. Die Frauen schaffen es, Bertrand mit seiner Frau anstelle des jungen Mädchens ins Bett zu locken. In der Dunkelheit bemerkt er die Täuschung nicht. Gillette erhält den Ring und wird mit Zwillingen schwanger. Als Bertrand hört, dass Gillette verschwunden ist, kehrt er auf sein Anwesen zurück. Gillette bleibt in Florenz, bis ihre Zwillinge entwöhnt sind. Dann kehrt sie zu Bertrand zurück und fordert ihn öffentlich auf, sein Versprechen einzulösen. Als sie ihm den Ring und die Knaben (die Bertrand aufs Haar gleichen) zeigt, willigt er nicht nur in die Ehe ein, sondern empfindet tiefe Liebe und Hochachtung für seine Frau. – Soweit die Geschichte. Und dann gibt es noch einen interessanten Zusatz: *Diese Novelle diente William Shakespeare als Vorlage für seine Komödie* Ende gut, alles gut. *Der Handlungsverlauf in Shakespeares Stück folgt weitgehend der Vorlage mit dem Unterschied, dass die Heldin und ihr Mann bei Shakespeare zu komplexen und ambivalenten Charakteren erweitert werden. Während Bertrand bei Boccaccio weitgehend ohne Schuld bleibt, ist Shakespeares Beltramo ein junger Mann, der sich immer tiefer in Fehler und Schuld verstrickt. Und während Gilletta bei Boccaccio als Bertrand ebenbürtig geschildert wird und als Frau genau weiß, was sie tut, nimmt Shakespeares Helena im Haushalt der Gräfin de Roussillon eine dienerähnliche Stellung ein. Zudem zeigt sich Helena bei Shakespeare voller Demut und ihr Vorgehen ist eher ein Wagnis mit ungewissem Ausgang als ein wohldurchdachter Plan. Sie ordnet ihren Verstand der Liebe unter und wagt das scheinbar Unmögliche auf gut Glück.«*

»Das ist interessant!«, meint Bigna lächelnd. »Boccaccio sah also im Gegensatz zu Shakespeare, dass sogar ebenbürtige und kluge Frauen zuweilen im Geheimen und mit Täuschung operieren müssen, um andere zu überzeugen und an ihr Ziel zu gelangen. Gillette löst ihr Problem im Alleingang.«

»Jedenfalls wissen wir nun, was es mit Mutters Pseudonym auf sich hat«, sagt Reto. »Aber wenn wir jetzt wissen, dass für Boccaccio neben Geduld und gezieltem Schweigen auch Verheimlichung und Täuschung effektive Strategien sein können, löst das immer noch nicht Griseldas Rätsel. Gualtieris Erklärung ergibt keinen Sinn und das Volk hat auch nichts verstanden, sondern gibt sich einfach mit dem Happy End zufrieden. Und in der Falken-Novelle ist es auch nicht Monna Giovanna, die die Sache einrenkt.«

»Dann müssen wir uns doch noch anschauen, was Mutter zu all den Autoren, die sich 600 Jahre lang dem Griselda-Stoff gewidmet haben, geschrieben hat«, meint Bigna. »Wie sie in der *Einleitung* schreibt, sollen ja alle nur versucht haben, das von Boccaccio hinterlassene Rätsel zu lösen.«

»Willst du jetzt den ganzen Ordner lesen?«, fragt Reto entgeistert. »Genügt es nicht, wenn wir uns gleich dem *Fazit* zuwenden?«

Während Bigna den Ordner nochmals durchblättert, sagt sie: »Alles Zusammenfassungen einzelner Werke. Immer in einzelne Punkte gegliedert. Locker geschrieben.« Dann hält sie inne und schaut ihren Bruder amüsiert an: »Bei *Fazit* steht nur *Zurück zu Boccaccio* ... Nur drei Punkte, sonst nichts. Es bleibt uns also gar nichts anderes übrig, als alles durchzulesen.«

»Wollen wir uns das wirklich antun?«

»Gerade dich müsste es doch besonders interessieren, da du nie verstehen konntest, warum unsere Mutter keine Dissertation geschrieben hat. Soll ich vorlesen?«

»Dann lies halt vor.«

»3. Petrarcas ›Übersetzung‹ der Griselda ins Latein (1373)

Francesco Petrarca, De Insigni Obedientia et Fide Uxoris. *In: Opere latine di Francesco Petrarca.* Torino, 1975, S. 1312-1339.

- *Petrarca gibt Boccaccios Novelle in Briefform wieder.*
- *Im Gegensatz zu Boccaccio schreibt er auf Latein, womit er sich an ein gebildetes Publikum wendet und zugleich zur Verbreitung der Novelle über Italien hinaus beitrug.*
- *Obwohl er nur eine Übersetzung von Boccaccios Text liefern will, steckt schon in seinem Stil eine ganz bestimmte Interpretation.*
- *Im Gegensatz zu Boccaccio, dessen Novelle sich wie ein Tatsachenbericht liest, schmückt Petrarca sie reichlich aus, angefangen bei einer Schilderung der Landschaft, in der die Geschichte handelt.*
- *Wo immer möglich, versucht Petrarca Atmosphäre zu erzeugen und durch Superlative und liebevolle Schilderungen Sympathien für die Figuren und ihre Handlungen zu wecken.*
- *Auch mit Dialogen versucht er, die Figuren menschlicher zu machen und dem Leser die Identifikation zu ermöglichen.*
- *Anstelle eines Erzählers und einer Rahmenhandlung findet sich bei Petrarca ein Prolog und ein Epilog.*
- *Die Handlung ist bei Petrarca dieselbe wie bei Boccaccio.*
- *Bei den Personen legt Petrarca den Schwerpunkt nicht wie Boccaccio auf Gualtieri (Valterus), sondern auf Griselda (Griseldis).*
- *Valterus wird auch weniger ambivalent, sondern als weiser und gütiger Mann geschildert, der auf Gottes weise Lenkung vertraut,* Griseldis *dagegen wird auf Gehorsam und Treue reduziert, und ihre bei Boccaccio erwähnte Liebe zu Gualteri wird ganz weggelassen.*
- *Dafür werden Griseldas häusliche Pflichten und die Sorge um ihren Vater stärker betont und bei ihrer Rolle als Herrscherin die Schlichtung kriegerischer Konflikte hervorgehoben.*
- *Frauenarbeit, Ehe, Familie und Harmonie als Orte und Sinn weiblicher Tugend stehen im Mittelpunkt.*

- *Der Gegensatz von Adel und edel wird weitgehend übergangen, womit auch jede Ständekritik entfällt.*
- *Schon mit der Schilderung der menschlichen und empathischen Art von Valterus wird sein Verhalten sympathischer gemacht, wodurch auch seine Prüfungen von ihrer Grausamkeit verlieren und von ihm selbst am Schluss gar nicht mehr gerechtfertigt werden müssen.*
- *Nicht was Valterus macht, sondern was Griseldis tun soll, rückt in den Vordergrund und wird erklärungsbedürftig.*
- *Diese Erklärung überlässt Petrarca nicht anderen (weder einem Erzähler wie Dioneo noch den Damen der* brigata *oder dem Leser), sondern gibt sie gleich selbst im Epilog.*
- *Darin bringt er die schon in seiner Schilderung durchschimmernde Moral von der Geschichte auf den Punkt: Die ganze Erzählung ist ein Beispiel für den Gehorsam des Menschen vor Gott, womit auch ihre Glaubwürdigkeit, wie sie Bocciaccos Erzähler Dioneo mit seiner Ironie infrage stellt, außer Zweifel steht.*
- *Valterus prüft in Stellvertretung Gottes und des gläubigen Mannes nach biblischem Vorbild die Tugend von Griseldis und damit der gläubigen Frau schlechthin.*
- *Die Prüfungen von Valterus sind Prüfungen des Glaubens, der bei Griseldis in ihrer bedingungslosen Liebe zu Gott und dem Gehorsam ihrem Ehegatten gegenüber zum Ausdruck kommt.*
- *Petrarca macht damit aus Boccaccios Novelle ein für das Mittelalter typisches moralisches* Exemplum.
- *Die Tugend der gehorsamen und duldsamen Frau als Tochter, Ehefrau und Mutter wird nicht nur geschildert, sondern gefordert.*
- *Diese moralisierende Interpretation scheint ganz Petrarcas religiöser Altersweisheit entsprungen zu sein.*
- *Mit seiner ›Übersetzung‹ von Boccaccios Novelle liefert Petrarca die Vorlage für fast alle weiteren Bearbeitungen des Griselda-Stoffes. Hier nehmen die Missverständnisse ihren Anfang!*
- *1472 erste deutsche Übersetzung durch Heinrich Steinhöwel unter dem hübschen Titel* Diss ist ein Epistel Franscisci Petrarchae von grosser stätikeyt einer frawen Grysel geheissen.

4. Chaucers Clerk's Tale *(1393)*

Geoffrey Chaucer. The Canterbury Tales. *New York 1914.*
*(*The Clerk's Prologue *&* The Clerk's Tale, *S.144–172)*

- *Chaucer hat von der Griselda-Novelle während eines Italienaufenthaltes 1373 gehört und sie vielleicht sogar von Petrarca erhalten.*
- *Nach eigenen Worten stützt er sich bei seiner Bearbeitung auf diesen und weicht bei der Handlung nicht von ihm ab.*
- *Er schreibt jedoch auf Englisch und durch die Verwendung einer gesprochenen Sprache kann er der Handlung noch größere Anschaulichkeit und den Personen noch menschlichere Züge verleihen.*
- *Generell schreibt er mit viel Gefühl und bringt so die von Petrarca ausgeblendete irdische Liebe der Protagonisten wieder ins Spiel.*
- *Wie bei Boccaccio bindet er die Griselda-Geschichte in eine Sammlung von (in Gedichtform verfassten) Geschichten ein, die sich Pilger auf der Reise zum Grab des heiligen Thomas erzählen.*
- *Und wie bei Boccaccio, wird die Geschichte von einem besonderen Erzähler vorgetragen, dem gelehrten Clerk of Oxenford.*
- *Der Clerk leitet die Geschichte mit einem kurzen Prolog ein und schließt sie mit einem* Envoy *nach französischem Vorbild ab.*
- *Die Griselda-Geschichte erscheint hier als Umkehrung der ihr vorhergehenden* Wife of Bath's-*Geschichte, in der die Frauen von ihren Ehemännern mehr Unabhängigkeit fordern.*
- *Im Gegensatz zu Petrarca kritisiert Chaucer den Markgrafen* (Walter) *ausdrücklich für seine grausamen Proben und schreibt sie seiner pathologischen Veranlagung zur Maßlosigkeit zu, die gegenüber einer geduldigen Frau noch gesteigert werde.*
- *Als Walter Griselda am Schluss seine Liebe gesteht und ihr die Wahrheit über ihre Kinder offenbart, fällt sie vor lauter erwiderter Liebe und Mutterliebe gleich zweimal in Ohnmacht.*
- *Obwohl auch Chaucer auf die Prüfung durch Gott eingeht, gilt sie bei ihm nicht nur dem Gehorsam der Frau, sondern generell der Geduld des Menschen dem Gott gegebenen Schicksal gegenüber, besonders der Fügung gegenseitiger Liebe als Basis einer glücklichen Ehe.*

- *Im* Envoy *gibt Chaucer den Frauen noch den Rat, dem Beispiel Griseldas* nicht *zu folgen; stattdessen sollen sie dem Echo folgen, das keine Antwort schuldig bleibt, sich verteidigen, sich dem Unrecht der Männer nicht beugen, stark sein wie ein Kamel, wild wie ein indischer Tiger und beständig wie das Klappern einer Mühle.*

5. Erhart Grosz' Grisardis *(1436)*

Die Grisardis des Erhart Grosz. Nach der Breslauer Handschrift. (*hg. von Philipp Strauch), Halle 1931.*

- *Der Nürnberger Kartäusermönch Grosz war der erste, der mit seiner Bearbeitung des Griselda-Stoffs sowohl bei der Handlung als auch bei den Figuren von den früheren Bearbeitungen abwich.*
- *Dass es sich um eine bewusste Modifikation handelt, deutet auch der Name* Grisardis *anstatt Griselda oder Griseldis an.*
- *Grosz' Quelle dürfte hauptsächlich Petrarca sein.*
- *Auch bei Grosz steht das Verhältnis von Ehe und Liebe und das Verhalten des Menschen gegenüber Gott im Zentrum.*
- *Grosz verfasste sein Werk zuerst auf Latein und später auf Deutsch, worin seine didaktische Absicht zum Ausdruck kommt.*
- *Das Werk zerfällt in 2 Teile: Im ersten wird die Frage diskutiert, ob ein Mann heiraten soll, im zweiten wird ein Beispiel für eine gute Ehe geliefert (die eigentliche Grisardis-Geschichte).*
- *Nachdem der Markgraf (ohne Namen) die Forderung des Volkes zu heiraten zuerst ablehnt, führt er mit einem Weisen namens Marcus eine lange Diskussion über das Für und Wider der Ehe. Mit viel deutscher Gelehrsamkeit wird eine Reihe glücklicher und unglücklicher Ehen berühmter Paare aus der Antike besprochen.*
- *Im zweiten Teil wird gezeigt, dass gute Ehen nicht nur theoretisch möglich sind, sondern wie sie in der Praxis entstehen können.*
- *Dabei steht weniger die Handlung der Geschichte im Vordergrund, sondern die einzelnen Personen, aus deren Eigenschaften und Entwicklung sich die Handlung ergibt.«*

»Geht das jetzt unendlich so weiter?«, fragt Reto mit kraftloser Stimme.

»Mich interessiert's, als Frau«, gibt seine Schwester zurück. »Natürlich ist es eine Geduldsprobe. Aber wie sonst können wir jetzt noch etwas über unsere Mutter erfahren? Und wenn ich daran denke, was ich als Wissenschaftlerin immer wieder für belanglose Studien lesen muss, die nur der Karriere eines Kollegen dienen! Aber wenn du dich langweilst, kannst du dich ja verziehen und ich lese den Text für mich zu Ende.«

»Schon gut. Lies weiter.«

»Also, da steht zur *Grisardis* von diesem Grosz noch:

- *Er behaftet die Protagonisten nicht auf Rollen, sondern hebt ihre Persönlichkeit, Entscheidungsfähigkeit, ihr Gewissen und ihren Gemeinsinn hervor.*
- *Aus anfangs fehlender Orientierung verwirklichen sie sich im Laufe des Lebens selbst, indem sie durch die Bewältigung von Aufgaben immer besser mit ihren verschiedenen Rollen umzugehen lernen.*
- *Der Stand weicht der respektvollen Kommunikation zwischen Persönlichkeiten. So ist die Werbung um Grisardis nicht mehr der Befehl des Grafen, sondern die Bitte eines Liebenden.*
- *Die Prüfungen verlieren ihre Grausamkeit, da der Prüfende aufgrund seines menschlichen Wesens ebenso leidet wie die Geprüfte.*
- *Das Handeln des Grafen geht ganz aus seinem Wesen hervor, das bei Grosz nicht durch Freiheitsliebe, eine schwer definierbare Weisheit oder psychopathologisch charakterisiert ist, sondern durch Unwissenheit, Vorsicht, Demut, Frömmigkeit, Gewissenhaftigkeit, Menschenliebe und über allem Keuschheit.*
- *Zuerst muss ihm gesagt werden, dass eine Nachfolge Christi im Sinne der Kirche auch in einer keuschen Ehe möglich ist, dann überzeugt er sich selbst davon, dass diese praktisch umsetzbar ist.*
- *Wenn er sich zu diesem Zweck doch einmal verstellen und andere täuschen muss, wird dies mit dem Verweis auf Jesus gerechtfertigt, der auch eine andere Gestalt angenommen habe, um seine Auferstehung zu beweisen.*
- *Wie der Graf im Laufe der Geschichte zur Einsicht kommt, entwickelt sich Grisardis von der fügsamen und besorgten, aber stummen*

Tochter, zu einer aus eigenem Antrieb handelnden Ehefrau und Mutter und zur gütigen Herrscherin.

- *Grisardis findet sich bei Grosz nicht mit dem Schicksal ab oder wartet untätig, bis es sich zu ihren Gunsten wendet, sondern hat eine eigene Stimme und greift aktiv ins Geschehen ein.*
- *Am Schluss muss sie auch nicht von ihrem Mann aufgeklärt werden, sondern durchschaut das Geschehen von allein.*
- *Dabei hilft ihr die von Grosz unterstellte marienhafte Mutterliebe, die sie bei der Begegnung mit ihrer vorgetäuschten Nachfolgerin spontan ihre eigene Tochter erkennen lässt.*
- *Grisardis überzeugt ihren Mann nicht nur als gute Ehefrau, sondern zeigt auch, wie die Vereinbarung von Keuschheit und Liebe gute Mutterschaft und andere gute Familienbeziehungen zulässt.*
- *Für seine didaktischen Zwecke fügt Grosz den Protagonisten neben dem gebildeten Marcus auch noch einen Priester hinzu, der überall auftritt, wo Handlungen als keusch bzw. kirchenkonform ausgewiesen werden müssen. Eheliche Liebe muss zwar auch für die Kirche nicht im absoluten Sinn keusch sein, hat aber als geistig-seelische Liebe der Ehepartner, die sich in gegenseitiger Achtung und Treue äußert, Vorrang vor der Liebe als fleischlicher Lust.*
- *Grosz wertet auch Grisardis' Vater als eigenständige Person auf, worin sich das Ziel ausdrückt, nicht nur die keusche Ehe, sondern auch noch andere christliche Lebensmodelle zu demonstrieren.*
- *Dass es Grosz über die Ehe hinaus um Familie und Verwandtschaft geht, zeigt sich auch darin, dass der Graf noch zwei Schwestern hat, und Grisardis neben einer Tochter zwei Söhne.*
- *Im Laufe der Griselda-Geschichte geht Grosz auf fünf mögliche kirchlich akzeptierte christliche Lebensmodelle ein: 1. ein keusches Leben als Alleinstehender (Graf zu Beginn der Geschichte, Vater als Witwer und Großvater, Priester); 2. die Ehe mit Kind, die zwar fleischliche Lust und ungleiche Pflichten von Mann und Frau erfordert, aber mit gegenseitiger Achtung und Treue machbar ist (Graf und Grisardis am Ende der Geschichte); 3. die keusche Ehe ohne Kind (Graf und Grisardis nach der Kindsentführung, mit der Besonderheit, dass die Liebe der Ehepartner in dieser Zeit wächst, aber nicht weil fleischliche*

Lust überhandnähme, sondern weil ihre ursprünglichen Qualitäten zunehmen); 4. der auf Wiederverheiratung verzichtende Witwerstand, der zugleich eine Aufwertung der Liebe zur verstorbenen Frau und eine Umkehrung der Liebesgeschichte von Grisardis und dem Grafen ist (in beiden Fällen erscheint der in seiner Persönlichkeit geliebte Mensch als unersetzlich); 5. die enge Beziehung zwischen nur einem Elternteil und seinen Nachkommen (enge Mutter-Kind-Beziehung, enge Vater-Tochter-Beziehung, enge Großvater-Enkel-Beziehung; als Grisardis' Vater am Ende aufs Schloss geholt wird, wird er zum Erzieher und Vertrauten seiner Enkel).

- *Grosz' Hauptziel ist es jedoch, den Grafen zuerst davon zu überzeugen, dass eine christliche Ehe möglich ist, und seine Überzeugung dann schrittweise am Beispiel der eigenen Ehe dem Volk zur Besserung in moralisch trüben Zeiten vorzuleben, (aufgrund des Frauenüberschusses im 15. Jahrhundert mussten viele Frauen als Prostituierte oder als Geliebte verheirateter Männer leben).*
- *Das Prüfungsgeschehen ist bei Grosz keineswegs willkürlich motiviert, sondern durch den Wunsch des Grafen, anderen Ehepaaren ein Vorbild zu geben, indem die Bewältigung gemeinsamen Leidens die Liebe als Partnerschaft über die Liebe als Fleischeslust erhebt.*
- *Eine sehr interessante Bearbeitung des Griselda-Stoffes – lässt man als oberste Tugend die Keuschheit im Verständnis der Kirche weg!*
- *Grosz' Bearbeitung der Griselda-Geschichte wurde v.a. bekannt durch den Nürnberger Juristen und Domherren Albrecht von Eyb, der die* Grisardis *mehr oder weniger unverändert in seine zuhanden der Stadt Nürnberg gegen den Sittenzerfall verfasste Schrift* Ob ein weyb zu nehmen sey oder nit (1472) *aufnahm, die später unter dem Titel* Ehebüchlein *zum Bestseller und zur Vorlage vieler weiterer moralisch-praktischer Eheratgeber wurde.*

6. Hans Sachs' Griselda-Comedi (1546)

Hans Sachs, Ein comedi mit 13 personen, die geduldig und gehorsam marggräfin Griselda, hat 5 actus. *Stuttgart 1870.*

- *Die bekannteste der frühen deutschsprachige Dramatisierungen des Griselda-Stoffes, ebenfalls in didaktischer Absicht verfasst, ebenfalls von einem Nürnberger, nun aber für das Publikum des bereits 1524 protestantisch gewordenen Nürnbergs. Mit einem Theaterstück lässt sich auch das noch nicht des Lesens kundige Publikum erreichen.*

- *Als Quelle nennt Sachs selbst Boccaccio, aber wahrscheinlich in dessen deutscher Übersetzung durch Steinhöwel, denn einige Stellen scheinen wortwörtlich daraus übernommen; höchstwahrscheinlich hat er auch die* Grisardis *von Grosz und van Eybs* Ehebüchlein *benutzt.*
- *Es handelt sich weniger um ein Theaterstück mit den Mitteln des Theaters, sondern um eine Dialogisierung des epischen Stoffes und die direkte Umsetzung von Worten in Bühnenhandlungen.*
- *Die Handlung des Stücks folgt Schritt für Schritt der Vorlage und auch die Charaktere und die Problemstellung sind dieselben.*
- *Griselda wird noch weniger individualistisch und eigenständig, dafür gehorsamer und geduldiger gezeigt als im Original, Waltherus noch vernünftiger und pflichtbewusster, nun aber im Sinne von Nützlichkeit und Bürgerpflicht.*
- *Die zur Umsetzung des Stoffes in eine Theaterhandlung neu eingeführten Personen, wie etwa der Diener Miser Lux, der seinem Herrn stets nach dem Mund redet, unterstreichen diese Tugenden noch.*
- *Ständekritik fällt auch bei Sachs weg. Ziel seiner didaktischen Bemühungen ist die Erziehung des Bürgers zum einsichtigen Untertan.*
- *Schon zu Beginn wird im Gespräch von Miser Lux und dem ersten Rat Marco festgestellt, wie vorbildlich Janiculus seine Tochter zu Demut und Gehorsam erzogen habe.*
- *Die Ideale elterlicher Erziehungsarbeit bilden dann auch den Kern von Walters Rechtfertigung seiner grausamen Prüfungen:* ›Die ding hab ich darumb gethan, das unsere Tochter lehren soll, das sie ein man auch halten will in gehorsam, unterthenigkeyt, gutwilligklich zu aller zeyt. Dergleich, wann unser sun thu alten, das er ein gmahel wiss zu halten mit vernunft in probieren thu und darnach mit ir leb in ruh.‹
- *Die wichtigste Lehre des Stückes, die Sachs dem namenlosen* Herold, *der die Geschichte anstelle von Boccaccios Rahmenerzähler* Dioneo *kommentiert, in den Mund legt, ist die richtige Erziehung der Kinder*

zu guten Ehefrauen und Ehemännern, wobei der Schwerpunkt vor allem auf der Erziehung der Töchter liegt.

- *Nach der Reformation musste die Legitimität der Ehe nicht mehr diskutiert und in ihrer keuschen Form empfohlen werden, entsprechend verschiebt sich das didaktische Ziel auf die richtige Erziehung der Kinder, um sie für die protestantische (Vernunft-) Ehe vorzubereiten.*
- *Dasselbe Ziel verfolgt auch Georg Maritcius, ein ebenfalls aus Nürnberg stammender Schulmeister, mit seiner* Comödia von Graff Walther von Salutz und Grisolden *(1582).*
- *Inhaltlich von seinem Vorgänger Sachs inspiriert, bleibt bei Mauricius nichts unausgesprochen. Das führt zu einer Erweiterung der handelnden Personen von 13 auf 50 und macht das Werk viermal so lang.*
- *Auch weitere deutsche Versuche, den Griselda-Stoff zu dramatisieren, sind nicht sehr überzeugend, obwohl sich der Stoff eigentlich gut zur Dramatisierung eignet.*
- *Vielleicht musste der Stoff für seine überzeugende Dramatisierung warten, bis ihm im Barockdrama das geeignete Format entgegenkam, zuerst in England, dann in Spanien, später in Italien.*
- *In Deutschland wurde der Griselda-Stoff im Barock wieder vorzugsweise in epischer Form und ganz in der Tradition von Grosz bearbeitet und dies nicht zufällig von zwei Kirchenmännern.*
- *In seinem Werk* Marggraf Walther, Eine wunderliche und lustige Historia vom weiblichen Gehorsam und Treue *(1653) eifert der protestantische Diakon Johann Fiedler Petrarca nach.*
- *Die Geschichte kann nach Fiedler rätselhaft bleiben, da sich dem Gläubigen ihr Sinn unmittelbar erschließt wie bei biblischen Wundern. Diese stehen für sich und verlangen kein rationales Verständnis, sondern offenbaren sich im ehrfürchtigen Staunen.*
- *In seinem Stück* Von der wunderlichen Gedult der Gräfin Griseldis *(1687) übernimmt der Kapuziner Pater Martin von Cochem vieles von Fiedler.*
- *Er stellt den Grafen aber weniger als Herrn, Ehemann und Liebenden dar, sondern als Inquisitor, der sich durch die systematische Beobachtung und experimentelle Prüfungen seiner Frau auszeichnet.*

- *Aber um den Grafen geht es bei von Cochem nicht in erster Linie, sondern um Griseldis, die hier wieder als häusliche, fromme und tugendhafte Frau auftritt, deren Beispiel alle Frauen folgen sollten.*
- *Während Fiedler nur Gefühle unterstellt, versteht es von Cochem Mitgefühl zu erzeugen, insbesondere bei der Leserin, da er seine Griselda ganz auf Gefühle reduziert und den Grafen rational darstellt und zum Rahmen der Handlung macht.*
- *Das Barockdrama geht über diesen simplen Einsatz von Gefühlen hinaus. Gefühle kommen in ihrer Widersprüchlichkeit und in ihrem widersprüchlichen Zusammenwirken mit der Vernunft zum Tragen.*
- *Gefühl und Vernunft werden gleichermaßen zum Motor der Handlung und verleihen ihr, im Gegensatz zu epischen Bearbeitungen und früheren Dramatisierungen des Griselda-Stoffes, eine eigene Dynamik, womit auch die Belehrung zugunsten der Unterhaltung zurücktritt.*

7. Griselda im 17. und 18. Jahrhundert

Thomas Dekker, Henry Chettle & William Haughton, Pleasant Comoedie of Patient Grisill. *Cambridge 1953(1599).*

- *Die Vorlagen, die Dekker & Co benutzten, lassen sich nicht genau bestimmen. Neben mehreren englischen Übersetzungen der Griselda-Geschichte soll es schon 1538 ein Drama von Radcliffe namens* Patient Griselde *gegeben haben, das aber verschollen ist.*
- *Thematisch könnte auch Shakespeare mit seiner Komödie* Taming of the Shrew, *deren erste Version 1595 erschien, Pate gestanden haben, denn bei Decker & Co geht es eigentlich um drei Parallelgeschichten zum Thema der Zähmung widerspenstiger Frauen.*
- *Die Handlung weicht insofern von früheren Bearbeitungen ab, als nicht mehr Griseldas Geduld geprüft wird, noch ihre Liebe oder andere Voraussetzungen der idealen Ehe, vielmehr geht es darum, ob und wie sich ihr Stolz brechen lässt und wie sie darauf reagiert.*
- *Graf Walter will in einer Art Experiment am Beispiel Grissils zeigen, wie die Zähmung von Frauen funktionieren soll, womit er nicht erst nach der Heirat beginnt, sondern schon vor der Werbung, und wozu er es auch nicht bei den bisher bekannten Prüfungen belässt, sondern*

jede Gelegenheit nutzt, um Grissil zu kränken, und sich zusätzliche Qualen einfallen lässt, deren Durchführung ihm auch Lust bereitet.

- *Der Graf ist hier ein skrupelloser Sadist. Seine Mitleidsbeteuerungen wirken ebenso höhnisch wie die Rechtfertigung seines Tuns aus Liebe.*
- *Wobei relativierend zu sagen ist, dass er nicht nur Grissil gegenüber sadistisch auftritt, sondern generell sadistisch handelt, so quält er etwa auch Grissils Vater, indem er ihn vom Hof verbannt, oder seine opportunistischen Hofschranzen, die er am Schluss aus dem Schloss wirft.*
- *Gerade Aktionen wie die letztgenannte, die beim Publikum mit Schadenfreude quittiert werden dürften, mögen erklären, warum dieser unsympathische Graf dennoch unser Interesse auf sich zieht und worauf Dekker & Co mit ihrem Stück hinauswollen: weil wir uns selbst bei unseren schlechtesten menschlichen Eigenschaften ertappen, versetzen wir uns gegen unsere bewussten Absichten und moralischen Ideale in die Rolle des Grafen (und anderer Figuren). Wie würden wir selbst entscheiden? Wie weit würden wir gehen? Wie würden wir reagieren? Und – für den Fortgang der Handlung auf der Bühne entscheidend – was kommt als nächstes? Die Spannung des Stücks liegt in uns.*
- *Der Rahmen der Handlung wird von der psychischen Disposition des Menschen in ihrer ganzen Widersprüchlichkeit gebildet und in der Figur des Grafen auf die Spitze getrieben.*
- *Dass es auch dem Grafen nicht recht wohl ist bei seinem Tun, wird durch seine nachträglichen Zweifel angedeutet, die ihn aber nie zu einem Gesinnungswandel, sondern immer nur zu neuen Quälereien führen. Auch ist nicht klar, ob es um Zweifel moralischer Art oder um Zweifel im Interesse der Erkenntnis geht.*
- *Darauf weist auch der von Dekker & Co hinzuerfundene Diener Babulo hin, der dem Grafen immer zuträgt, was dieser nicht selbst beobachten kann, eine Erweiterung des voyeuristischen Grafen.*
- *Ebenso wandelbar in ihrer Zwiespältigkeit ist Grissil. Sie wird von Beginn weg als widerspenstig und kämpferisch gezeigt, hat aber nicht die Macht des Grafen, um ihre Ziele zu erreichen. Sie schwankt bis zum Schluss zwischen Stolz und Anpassung, wobei sie zwar immer geduldiger wird. Unklar bleibt, ob dies nur wegen ihrer Kinder oder auch ihrem Mann gegenüber geschieht.*

- *Weil Grissil ihre Anliegen eher handelnd verfolgt, als sie auszusprechen, wird ihr von Dekker & Co ein Bruder namens Laureo an die Seite gestellt, der für sie spricht. Der Bruder ist ein wissbegieriger Student, der aus Geldmangel ins Elternhaus zurückkehren muss. Dem Grafen gegenüber gibt er sich anfänglich noch aufmüpfiger als sein Vater, und zwar nicht aus dem Leiden als Untertan heraus wie letzterer, sondern aufgrund eines Ideals der Menschenwürde, das Einzige, was ihm nach dem Studium geblieben ist.*
- *Grissil ist so stolz, dass sie zu ihrer Verstoßung gleich selbst sagt, das würde ihr nichts ausmachen. Sie betrachtet sich weder als Leibeigene noch als gehorsame Tochter. Sie handelt voller Selbstvertrauen, wenn auch nicht voller Selbstsucht. Alles, was sie tut, ist von Verantwortung gegenüber anderen getragen.*
- *Im Gegensatz zu früheren Darstellungen weiß Grissil hier, wohin ihre Kinder entführt wurden, und kämpft verzweifelt um sie.*
- *Die immer erfolglosere Auflehnung gegen ihren Gatten lässt sie nicht mehr nur traurig erscheinen, sondern tragisch. Und es erscheint auch in dieser Hinsicht ein Hohn, dass Decker & Co ihr Stück Komödie und nicht Tragödie nannten.*
- *Gleich widerspenstig wie Grissil sind die Frauen in den beiden Nebenhandlungen. Im Gegensatz zur stolzen Grissil ist Julia, die Schwester Walters, aber trotzig und der Ehe als Dauerzustand abgeneigt. Gwenthian, eine Cousine Walters, ist eine eigensinnige Witwe, die die Ehe zwar befürwortet, aber nur, wenn der Ehemann gehorcht oder zumindest nicht ungerecht ist wie Walter. Sir Owen, Gwenthians Mann, fürchtet zwar, dass seine neue Frau ihn ebenso zum Narren machen könnte wie Walter seine Frau, und erkundigt sich bei Walter, was er machen könnte, um seine Frau zu zähmen; er nimmt sein Schicksal dann aber geduldig hin und belässt es beim Rat an andere Männer, dass sie lieber keine störrische Witwe heiraten sollten.*
- *Am Schluss wird zwar die Autorität des Grafen von all seinen Abhängigen anerkannt, wobei auch bei Grissils Bruder nicht ganz klar wird, ob er dies einfach nur aus der Einsicht tut, dass Macht stärker ist als Wissen oder Menschenwürde.*

- *Der Graf selbst wiederholt nochmals, dass nun alle Männer gesehen haben sollten, wie eine Frau zu zähmen sei, ob sein Experiment aber tatsächlich gelungen ist, bleibt dahingestellt.*
- *Von seinem Diener Furio jedenfalls lässt er sich sagen, dass Grissil ein echtes Weib sei, weil sie ihre Kinder liebe, ein bewundernswertes Weib, weil sie ihn trotz aller Qualen liebe, und sogar mehr als ein Weib, weil sie alles Unrecht durch Geduld zu überwinden vermöge.*
- *Grissil sagt bei ihrem letzten Auftritt nur, dass sie bei der Wiederbegegnung mit ihren Kindern Gefühle von Freude, Furcht, Liebe, Hass, Hoffnung und Zweifel verspüre. Fest steht für sie nur, dass die Kinder wieder ganz ihr gehören.*
- *Am Ende wird das Publikum aufgefordert, sich seine eigene Meinung zu bilden, wozu Vertreter der drei Parteien das Wort erhalten.*
- *Julia spricht sich nochmals gegen die Ehe aus. Gwenthian votiert wieder dafür unter dem Vorbehalt, sich von Männern nichts bieten zu lassen.*
- *Das letzte Wort hat Sir Owen, der nach eigenen Worten anstelle von Grissil spricht. Er stellt fest, dass sich mit genug Geduld auch in einer Ehe mit einer dominanten Partnerin leben lässt.*
- *Geduld in der Ehe ist also auch eine Option für Männer.*
- *Dekker & Co legen indirekt nahe, dass Grissil als einzige Gewinnerin aus der Geschichte hervorgeht, denn im Gegensatz zu Sir Owen erduldet sie nicht nur passiv die Situation, sondern, da sie als Frau auch Mutter sein kann, zahlt sich ihr geduldiger Kampf zumindest in der Wiedererlangung dieser Rolle aus.*
- *Wenn die Würdigung von Grissils Geduld, die der Komödie immerhin den Namen gibt, nur verklausuliert aus der Geschichte hervorgeht, kann man sich fragen, wofür der ganze Aufwand?*
- *Wahrscheinlich zur Ausleuchtung des komplexen Innenlebens der handelnden Personen und vielleicht sogar des Menschen im Allgemeinen in all seinen Gegensätzen, wie Liebe und Leiden, Gehorsam und Selbstbehauptung, Sadismus und Masochismus, Wissen und Macht, Selbstüberschätzung und Geduld.*
- *Dazu braucht es neben einer komplexen Handlung, die zur Hervorrufung unterschiedlicher innerer Konflikte immer wieder neue Situationen*

liefert, auch vielseitige Schauspieler, die mit ihren sprachlichen, mimischen und gestischen Mitteln die Konflikte glaubhaft ausdrücken können.

- *Die Autoren des Stücks, dessen Figuren, die Schauspieler und die Zuschauer sind aufgrund derselben psychischen Ausstattung inklusive des Bestrebens, diese zu ergründen, miteinander verbunden. Die besten Rollen sind jene, die die Außen- und die Innensicht in sich vereinen, den Spieler zu seinem eigenen Betrachter machen. Shakespeares* Hamlet *ist der Prototyp dieser Rolle.*
- *Die Sprache dient bei Dekker & Co nicht mehr nur zur Mitteilung von Informationen, sondern dem Ausdruck von Gefühlen und Stimmungen. Anstatt von Leiden wird vom Kelch voller Tränen gesprochen.*
- *Da das Ende des Stücks weniger wichtig erscheint als der viel Verständnis für Sprache und Symbolik erfordernde Weg dahin, fragt sich, ob nur ein privilegiertes Publikum aufgrund seiner Bildung und Intelligenz dem Stück von Decker & Co folgen kann. Aber wahrscheinlich verstehen auch nicht alle Gebildeten, warum Janiculo hier ein Korbmacher ist und sich Walter einmal als Korbmacher verkleidet.*
- *Dürfte die moralische Aufklärung von Sachs, Grosz und ihren Nachfolgern von vielen verstanden worden sein und sie zu praktischen Konsequenzen veranlasst haben, dürfte Dekker & Cos Aufklärung über das psychische Innenleben der Figuren einigen wenigen vorbehalten bleiben, von denen nur wenige praktisch etwas damit anzufangen wissen.*
- *Der Wandel vom Lehrstück zur gehobenen Unterhaltung verlangt auch, dass sich jeder seinen eigenen Reim auf die Geschichte macht.*
- *Obwohl im Barockdrama die Unterhaltung in den Vordergrund rückt, scheint dies im kühlen England ganz anders zu geschehen als in romanischen Gebieten, wie Dekker & Cos Beispiel zeigt. Bei ihnen mündet die im Barock aufkommende systematische Beobachtung, das inquisitorischen Experiment und das Bestreben, in jeder Vielfalt eine Einheit zu finden, in eine wissenschaftliche Perspektive, bei der die Anwendung der* Methoden *den Sinn bestimmt. Ist das Ergebnis auch einmal Wahnsinn, so hat es doch Methode. Das weist auf die Dunkle Seite von Geduld als Methode und bei der Anwendung von Methoden hin.*
- *Ganz anders im Barockdrama in Spanien und Italien, wo anstelle der analytischen Wissenschaft die* Kunst *aus den Widersprüchen*

etwas Ganzes zu machen versucht. Ohne Anspruch auf Ewigkeit, nur mit Überzeugungskraft für den Moment.

– *Viel realistischer, wie mich dünkt, denn der Mensch spielt ja nicht einfach eine Rolle, deren Voraussetzungen sich ein für alle Mal bestimmen ließen, sondern ist ein Bündel widersprüchlicher Eigenschaften, das nach einem Umgang mit verschiedenen Rollen verlangt, das im Moment Sinn macht. Der Mensch muss ein für sich selbst glaubhafter Schauspieler sein. Seine Selbstverwirklichung besteht nicht darin, dass er sich in einer einzigen Rolle verwirklicht, sich an eine Rolle verliert oder ganz in ihr aufgeht, sondern dass er verschiedene Rollen gleich befriedigend spielen kann, um sich selbst zu bleiben.*

Lope de Vega, El ejemplo de casadas y prueba de la paciencia, *In:* Obras de Lope de Vega, XV, *S.3-45, Madrid 1913 (1616).*

– *Eine der Vorlagen von de Vega dürfte auch das Werk von Dekker & Co gewesen sein, was weniger beim stark abweichenden Inhalt auffällt, aber bei den Namen und der Ausmalung der Qualen der Heldin.*
– *Da diese Qualen nicht direkt durch ihren männlichen Gegenpart verursacht werden, sondern durch die Verwicklung der Handlungen, entwickelt sich das Drama bei de Vega ganz ohne Überstrapazierung psychischer Abgründe.*
– *Bei de Vega heißt Griseldas Vater, wie bei Dekker & Co der aufmüpfige Bruder, Laureo und Griselda in inhaltlicher Entsprechung Laurencia.*
– *Die neuen Namen, die de Vega Griselda und dem Markgrafen gibt, weisen auch auf einen starken Bezug zu Boccaccio hin: Der Graf, der hier Enrico heißt, ist der Conde de Ruysellon y Cerdaña, was sicher eine Anspielung auf den durch Betrug geläuterten Bertrand de Rousillon in Boccaccios Novelle Gillette de Narbonne ist. Laurencia spielt auf Lauretta an, jene unter den sieben Frauen der* brigata, *die die Eifersucht verkörpert, denn auch um Eifersucht geht es bei de Vega.*
– *Gleich in mehreren Punkten weicht de Vega bei der Handlung von seinen Vorgängern ab: Laurencia ist nicht die unschuldige Tochter eines armen Bauern oder Korbflechters, die auf abstrakte Weise das Volk verkörpern, sondern hat mit ihrer Liebe zum Hirten Danteo*

ein Vorleben und bleibt ihrem bäuerlichen Hintergrund während der ganzen Handlung treu verbunden.

- *Und es ist gerade der Zusammenstoß der bäuerlichen mit der adligen Gesellschaft, der das Drama in Gang hält und die Psychologie der Handelnden zum Ausdruck bringt. Der gesellschaftliche Rahmen erscheint hier als Klassenkampf.*
- *Aber obwohl de Vega anders als Dekker & Co nicht versucht, direkt in die psychologischen Tiefen einzudringen, gelingt es ihm, auch die Liebe wieder ins Spiel zu bringen.*
- *Neben dem Grafen Enrico und der Jugendliebe Danteo kämpft auch noch der Prinz von Bearn um die Gunst Laurencias.*
- *Alle wollen die Ehe mit ihr, wenn auch aus ungleichen Gründen: zwar wollen die beiden Adligen die Ehe aufgrund der Notwendigkeit eines Erben, aber dieweil der anfangs ehefeindliche Enrico nur diesem Zwang gehorcht, möchte der Prinz das Notwendige mit dem Angenehmen verbinden. Nur Danteo glaubt an die reine Liebe.*
- *Weil sich der Graf Hals über Kopf in Laurencia verliebt, ist es aber schließlich bei allen die Leidenschaft, die sie zur Ehe drängt.*
- *Die Gehorsamsforderung und ihre Prüfung entfallen zugunsten des Wettbewerbs, und Eifersucht tritt als weitere Leidenschaft hinzu.*
- *Der Graf verstößt Laurencia, als er sie im Gespräch mit Landleuten findet, die zur Geburt des Kindes gratulieren, weil er befürchtet, der niedere Verkehr könnte ihr neues adeliges Verhalten rückgängig machen und ihre Liebe zu Danteo neu entflammen.*
- *Nach Laurencias Verbannung, als sich der Graf auf einen Kreuzzug begibt, hält der Prinz um die Hand der Verstoßenen an.*
- *Wo bisher für diese als einziger Ausweg die Rückkehr ins väterliche Haus offenstand, bieten sich jetzt deren zwei an. Sie kann sich entscheiden und auch Danteo ist noch eine Rückfallebene.*
- *Laurencia ist nicht passiv und den schwierigen Situationen, die sie stumm erduldet, ausgeliefert, sondern weiß immer um den Rückhalt in ihrem bäuerlichen Milieu und die Optionen für ihre Entscheidungen.*
- *Selbst ihre Geduld und ihr Schweigen sind nicht Zeichen der Passivität, sondern Ausdruck ihrer Entscheidungen, denn wenn sie Probleme sieht, bittet sie ihren Gemahl demonstrativ, sich zurückziehen zu dürfen,*

womit sie sich nicht einfach aus dem Geschehen raushält, sondern ihren Mann zum Nachdenken über sein Handeln zwingt und auch öffentlichen Druck aufbaut, der seinem Handeln einen Rahmen setzt.

- *Und Laurencia ist auch sehr schlagfertig. Die Fabeln und Rätsel, die de Vega in sein Stück einbaut, scheinen v.a. der Demonstration zu dienen, wie Laurencia ihrem Mann Paroli zu bieten vermag.*
- *Gehorsam ist Laurencia aus Liebe und um des Friedens willen, nicht wegen der Bindung an ein Gelübde.*
- *Dass Freiwilligkeit anstelle des gar nicht erst eingeforderten Gehorsams ihr Handeln bestimmt, zeigt sich auch an dem von de Vega abgeänderten Kinderraub: nachdem das erste Kind auf* Enricos *Befehl der Mutter genommen wurde, lässt sie das zweite Kind gleich selbst holen und seinem Vater übergeben.*
- *Stets tritt bei de Vega die freie Entscheidung an die Stelle von Zwang und Bindung, womit er als treibende Kraft die Vernunft gegenüber den von Dekker & Co favorisierten widersprüchlichen Emotionen aufwertet – wenigstens Laurencias Vernunft.*
- *Nicht, dass Laurencias Verhalten nicht auch von Leidenschaft bestimmt wäre, aber im Gegensatz zu den Männern bewahrt sie einen kühlen Kopf, wenn's drauf ankommt.*
- *Selbst ihr bewusster Rückzug scheint nur Ausdruck ihrer Klugheit, vermeidet sie doch damit nicht nur unnötige Konflikte, sondern gibt ihrem Mann auch Zeit zum Nachdenken und bei einer Handlungskorrektur die Möglichkeit, sein Gesicht zu wahren.*
- *Wie de Vegas Beispiel zeigt, lässt sich die Geschichte also gleich gut durchspielen mit einer aktiven und eigenständigen Frau und mit Männern, die nicht mit unsinnigen Prüfungen der Frau etwas aufzeigen, sondern einfach nur ihren Rollen entsprechen wollen. Zwar sind alle als Menschen von Leidenschaft getrieben, aber die Geschichte geht gut aus, weil die kluge Frau weiß, was wann zu tun und wann zu lassen ist.*
- *de Vegas Bearbeitung des Griselda-Stoffes ist auch von der geschickten Nutzung der Möglichkeiten der Bühne bestimmt. Die Bühne selbst schafft hier eine zweite Handlungsebene, die auch beim Zuschauer nicht nur ein Eintauchen in die psychischen Voraussetzungen der Handelnden zulässt, sondern eine Identifikation mit ihnen.*

- *Man kann sich fragen, ob wir es hier überhaupt noch mit dem ursprünglichen Griselda-Stoff zu tun haben. Wurde ihm hier nicht durch die Hinzunahme der Figuren des Danteo und des Prinzen schon zum Vorherein alles Rätselhafte genommen, und auch sonst alles so elegant der Bühne angepasst, dass es vernünftig erscheint? Im Modell gelingt der Vernunft noch vieles, was ihr in der realen Welt ein Rätsel bleibt.*
- *Aber die Frage, was die Bearbeitung des Stoffes noch mit dessen Ursprung zu tun hat, wird sich im weiteren Lauf der Geschichte noch häufig stellen. Irgendwann sind es nur noch grobe Annäherungen an die ursprünglichen Figuren und Handlungen, bis am Schluss nur noch der Name Griselda für die geduldige und sich aufopfernde Frau steht.*
- *Dennoch: eine sehr elegante Bearbeitung des Griselda-Stoffes. Sprezzatura en español.*

Carlo Maria Maggi, La Griselda di Saluzzo. Tragedia in 3 atti. *In:* Scelta di poesie e prose. *Milano 1900 (1650), S. 189-242.*

- *Eine Vorlage dieser Barock-Tragödie ist schwer auszumachen, da vom ursprünglichen Griselda-Stoff fast nur noch der Anstoß für die Handlungen einer Vielzahl von dazuerfundenen Figuren bleibt.*
- *Griselda wird hier fast zur Nebenfigur und ihre Rolle wieder ganz in ihrem passiv erlittenen Schicksal aufgelöst.*
- *Auch der Prüfungsentschluss des Grafen ist nur noch Anstoß der Handlung, der aber schon nach fünf Szenen völlig erlahmt.*
- *Die traditionellen Elemente der Werbung, der Prüfung, des Kindesraubs und der Verstoßung werden hier gerade noch als Vorgeschichte der zentralen Handlung nachträglich erzählt.*
- *Letztere beginnt damit, dass die eben aus dem Schloss ins väterliche Haus zurückgekehrte Griseldis von gedungenen Mördern bedroht und gerade noch vor dem Tod gerettet wird.*
- *Die eigentliche Prüfung besteht nun darin, dass der Graf die Eifersucht Griseldas auf die Probe stellt, indem er den Anschein erweckt, er wolle Violante, ein Hofdame, zur Geliebten nehmen.*
- *Dadurch macht Maggi Violante zur Hauptfigur der weiteren Handlung. Als diese ihre getäuschten Hoffnungen erkennt, tut sie sich mit*

dem Höfling Ugone zusammen, dem sie ihrerseits ihre Liebe vortäuscht, aber nur um ihn als Werkzeug zu benutzen.

- *Diesem Paar stellt Maggi ein anderes gegenüber, nämlich Griseldas Tochter, die vermeintliche Braut des Grafen, die Giannetta heißt, und ihren Liebhaber Guido, der eigentlich Tancred heißt.*
- *Um den Grafen zu gewinnen, versucht Violante zuerst Griselda zu ermorden, dann versucht sie Giannetta und Guido loszuwerden.*
- *Als ihr auch noch der letzte Versuch misslingt, klärt der Graf die Handlung in der üblichen Weise auf – nachdem er den Selbstmord Griseldas gerade noch im letzten Moment hat verhindern können.*
- *Im Mittelpunkt der Handlung steht Violante mit ihren vom Grafen ausgelösten Rache- und Ehrgeizgefühlen.*
- *Der Graf selbst wird zum Opfer seiner Macht und ist nur noch aktiv als Retter in der Not. Griselda wird noch passiver als in den frühsten Bearbeitungen des Stoffes, da sie nicht einmal mehr von ihrer Geduld gerettet wird, sondern gerettet werden muss.*
- *Griselda ist hier nur noch die Leidende und ihr Leiden tritt umso stärker hervor, als alle Handlungen der andern, absichtlich oder nicht, ihr Leiden verursachen und vergrößern.*
- *Aber noch mehr: Sie fühlt sich keineswegs als Opfer, sondern geht ganz in Leidensseligkeit auf. Der Schmerz kann für sie gar nicht groß genug sein. Sie sagt: ›Wahre Beständigkeit besteht nur darin, zu leiden des Leidens wegen‹.*
- *Erschien Griselda bei Dekker & Co noch aktiv durch den Kampf um ihre Kinder, so bringt sie es hier nur noch bis zum Wunsch, von fremder Hand zu sterben.*
- *Da Maggis Drama eine Art Kampf alle gegen alle ist, in dem jede Partei aber auch jede einzelne Person ihre Interessen durchzusetzen versucht, wenn auch ohne Erfolg, geht Griselda, so passiv und abwesend sie auch erscheinen mag, paradoxerweise doch als Siegerin aus dem Stück hervor, erreicht sie doch als einzige, was sie will.*
- *Und als Heldin des Leidens wird sie gerade nochmals aufgewertet, nämlich durch den Stil des Stückes, der nun bei Maggi noch mehr als bei de Vega von den Möglichkeiten der Bühne bestimmt wird, mit dem Unterschied, dass nicht alles in den vernünftigen Zusammenhang*

eines Modells gebracht wird, sondern sich ganz an der Wirkung der Bühne auf das Publikum orientiert.

- *Das beginnt bei der Spannung, die regelmäßig dadurch erzeugt wird, dass das Unheil bis zur Grenze des Möglichen vorangetrieben und dann im letzten Moment ganz unerwartet abgewendet wird.*
- *Weder die einzelnen Figuren noch die Beziehungen unter ihnen haben bei Maggi ein Eigenleben, sie leben ganz von ihrer Wirkung auf den Zuschauer, die von der Spannung zwischen den Figuren rührt, vor allem vom Wechselspiel von Liebe und Verrat.*
- *Was die Handelnden zusammenführt, um sie sogleich wieder zu trennen, sind Intrigen aller Art. Im emotionalen Auf und Ab hat nur die leidende Griselda Bestand.*
- *Als um ihrer Liebe willen leidende Frau ist sie im Barocktheater keine Ausnahme, es wimmelt von solchen Frauengestalten, man denke nur an Shakespeares Hermione, Imogen oder Desdemona.*
- *Eine weitere Eigenheit der Bühne macht Griselda trotz aller Passivität zum Mittelpunkt: die dem gesprochenen Wort überlegenen Möglichkeiten des gestischen, mimischen und gesanglichen Ausdrucks des Leidens.*
- *Schon bei Maggi zeichnet sich die Oper als das Format ab, in dem die barocke Griselda ihr Leiden am besten ausdrücken kann.*
- *Wäre da nicht eine Griselda, die mit ihrem nicht rational, sondern nur gefühlsmäßig nachvollziehbaren Leiden, aber auch mit ihrer Standhaftigkeit und ihrem Schattendasein bei gleichzeitiger Präsenz als Ziel aller unbegreiflichen Handlungen anderer an den ursprünglichen Griselda-Stoff erinnern würde, könnte man sich fragen, ob Maggis Stück nicht ebenso wie jenes von de Vega eine allzu große Verfremdung des Stoffes darstellt.*
- *Während die Vernunft bei de Vega das Rätselhafte vorschnell ausschaltet, wird es bei Maggi durch große Gefühle erhalten und sogar in einer Weise gesteigert, dass oft noch heute Maggis Griselda und nicht jene von Boccaccio für die ursprüngliche gehalten wird.*
- *Ähnlich einflussreich wie Maggi, was die Prägung des Griselda-Bildes angeht, ist Perrault. Die Synthese von Maggi und Perrault findet sich später bei Zeno, bei dem sich die endgültige Wende zum heute noch am meisten verbreiteten Griselda-Bild vollzieht.*

Charles Perraults, La Marquise de Salusses, ou la Patience de Grisélidis. Nouvelle. *Genève 1980 (1691).*

- *Was im deutschen Sprachraum die Gebrüder Grimm sind, ist in Frankreich schon ein Jahrhundert zuvor Charles Perrault.*
- *Die Griselda-Geschichte fasste er zuerst in Verse, später nahm er sie in Prosaform zusammen mit seinen übrigen Märchen in die Sammlung* Contes de ma Mère l'Oye *(1697) auf.*
- *Als Quellen kommen viele der bereits besprochenen Griselda-Bearbeitungen infrage.*
- *Neu bei Perrault ist, dass der Marquis der Ehe misstraut, weil er sich vor der Herrschaft der Frauen fürchtet; dass er Grisélidis nicht auf ihre Tugend hin prüft, sondern ihr ein Zuviel an Tugend durch die Prüfungen austreiben will; dass Grisélidis eine Tochter mit einem eigenen Schicksal hat; und dass sich der Marquis am Schluss gar nicht erst rechtfertigen muss.*
- *Perrault schildert die Vorzüge seines Marquis sehr ausführlich. Er ist nicht nur ein Mann von Kraft, Gewandtheit, Intelligenz, Leidenschaft und kühnen Taten, er ist auch der Jagd und den schönen Künsten zugetan, zudem dient er gerne dem Wohl seines Volkes.*
- *Bei diesen Qualitäten erstaunt es nicht, dass er allem Oberflächlichen misstraut und alles hinterfragt. Darum ist er zuweilen auch etwas verunsichert bis verwirrt. Und darum fallen ihm auch raffinierte Pläne ein, um allfällige Täuschungen aufzudecken.*
- *Der Marquis hält Frauen für unaufrichtig und wahrer Hingabe unfähig. Er fühlt sich schon potenziell als Ehemann betrogen.*
- *Perrault gewährt dem Marquis ganze 32 Verse zur Aufzählung weiterer schlechter Eigenschaften von Frauen: Sobald sie das Elternhaus verlassen haben, streben sie nach Herrschaft, sind ehrgeizig, eitel, gefallsüchtig, ungehorsam, untreu, haben einen eigenen Willen usw. usf. – obwohl man es ihnen auf den ersten Blick gar nicht ansieht. Aber des Marquis' Weisheit lehrt ihn eines Besseren.*
- *Bis er sich eines Tages auf der Jagd verirrt und auf einer Waldlichtung Grisélidis trifft. Die junge Schäferin am Spinnrad mit ihrem weißen Teint und ihrem Schmollmund hat es ihm sofort angetan.*

- *Da es der Marquis natürlich nicht bei Äußerlichkeiten belassen will, verirrt er sich in der Folge immer häufiger, bis er auch Grisélidis innere Werte erkannt hat und seine Liebe derart lodert, dass die Ehe der notwendige nächste Schritt ist.*
- *Der Schilderung der Reize Grisélidis' widmet sich Perraults ganz besonders intensiv.*
- *Als Grisélidis versichert, sie wäre nicht nur jedem Mann gehorsam, sondern ganz besonders einem Adligen, ist die Sache perfekt.*
- *Als der Marquis seinem Staatsrat sagt, er werde bald heiraten, ohne den Namen der Auserwählten zu nennen, beginnen die Schönen am Hof sogleich zu wetteifern, um ihrem Herrn zu gefallen.*
- *Die Hochzeit ist ein pompöses Fest mit Feuerwerk, Oper und Ballett. Der Höhepunkt ist die Verkündung des Namens der Auserwählten, der alle noch mehr in Erstaunen versetzt als das ganze Spektakel.*
- *Schon kurz nach der Hochzeit meldet sich aber das Misstrauen des Marquis erneut. Jetzt zweifelt er am Übermaß seines Glücks. Grisélidis ist ihm zu tugendhaft, was er fast als Qual empfindet.*
- *Er beginnt sie zu verfolgen, zu beobachten, sperrt sie in ihr Zimmer ein, nimmt ihr den Schmuck, schließt sie vom Leben am Hof aus – alles, um herauszufinden, womit ihn Grisélidis täuschen könnte.*
- *Grisélidis interpretiert die Prüfungen fälschlicherweise als weiteren Ansporn zu noch mehr Tugend und Prüfung ihrer Standhaftigkeit im Glauben. Sie beginnt mit der Zeit sogar, die Strenge und die Grausamkeiten ihres Gemahls zu schätzen. Sie sagt: ›Denn man ist glücklich in dem Masse, wie man gelitten hat‹.*
- *Grisélidis bekommt zuerst keinen Erben, sondern eine Tochter, die den Marquis aber auch entzückt, weil sie so schön ist.*
- *Nun irritiert ihn aber, dass Grisélidis ihrer Tochter selbst die Brust geben will und er seine Frau mit seiner Tochter teilen muss. Darum nimmt er ihr das Kind weg und bringt es zur Erziehung in ein Kloster. Grisélidis nimmt es aus besagten Gründen hin.*
- *Zuerst empfindet der Marquis noch Reue, dann ist er aber doch wieder verunsichert und erklärt seiner Ehefrau, die Tochter sei gestorben. Zuerst vom Schlag getroffen, tröstet Grisélidis ihren Gatten, dass es ja auch sein Verlust sei.*

- *Immer wieder hat der Marquis Gewissensbisse und flüchtet sich auf die Jagd, um der beraubten Mutter nicht unter die Augen treten zu müssen. Das eigene Leiden erweckt in den Augen des Lesers ein Minimum an Sympathie für den Marquis. Ebenso, dass er sich um die Entwicklung seiner Tochter im Kloster kümmert.*
- *Diese wächst im Kloster zu einer ebenso schönen und klugen Frau wie ihre Mutter heran und wie es der Zufall will, verliebt sie sich in einen jungen Chevallier des Hofes, und die beiden wollen heiraten.*
- *Ohne eigenen Sohn ist dem Marquis der Erwählte seiner Tochter zwar willkommen, er sieht nun aber eine Gelegenheit, seinem künftigen Schwiegersohn gleichzeitig wie seiner Ehefrau auf den Zahn zu fühlen. Zudem will er testen, ob die Ehe der jungen Leute und auch seine eigene auf wahrer Liebe beruhen. Jede der Prüfungen ist somit ein Vorwand für jede weitere. Auch nach 15 Jahren Eheglück ist das Misstrauen der Marquis noch nicht erlahmt.*
- *Er erklärt öffentlich, dass er für einen männlichen Nachkommen eine neue Frau ehelichen müsse. Diese sei aus noblem Geschlecht und im Kloster aufgewachsen. Und Grisélidis belügt er, dass er durch den Willen des Volkes neu heiraten müsse.*
- *Als er die Standhaftigkeit beider Frauen sieht und von der Liebe als Voraussetzung der beiden Ehen überzeugt ist, löst er die Spannung in der bekannten Weise auf, wobei er sich nicht weiter erklären muss, denn durch die Kombination der Prüfungen erscheint die Lösung der einen die Erklärung für die andere und umgekehrt.*
- *Die Auflösung scheint zwar allen Beteiligten zu gefallen, aber es scheint dem Marquis zu entgehen, dass Grisélidis nicht primär aus Liebe zum ihm, sondern aus Liebe zu ihrer Tochter handelt. Er dürfte sich täuschen, wenn er die Tugend der neuen und der erneuerten Ehe für dieselbe hält. Während erstere auf Leidenschaft beruht, beruht letztere seitens Grisélidis' auf Toleranz und Gottesfurcht.*
- *Der Marquis könnte mit gutem Grund misstrauisch bleiben.*
- *Bei Perrault wird abermals gut sichtbar, wie sich der Zeitgeist in der Bearbeitung des Griselda-Stoffes niederschlägt, begonnen mit dem Ort der Handlung. Dieser ist zwar nach wie vor im italienischen*

Hinterland, aber eigentlich ist das ganze Geschehen auf Paris zur Zeit Perraults gemünzt, genauer auf die Pariser Salons.

- *Der Marquis mit all seinen hervorragenden Eigenschaften, seiner Zuneigung zu den Künsten und seinem großstädtischen Sensationshunger gehört ebenso zu dieser Welt wie die wenig bodenständige Grisélidis mit ihrem weißen Teint, den sie sich im Schatten der Bäume bewahrt, oder die Atmosphäre erotischer Schwüle, die vom ersten Zusammentreffen der beiden, über das väterliche Interesse an seiner Tochter bis zu deren Liebe zum jungen Chevallier reicht. Alles ist sehr reizend. Selbst Grisélidis' Geduld zeigt sich daran, dass sie in ihrer Leidenszeit nichts von ihren Reizen einbüßt.*
- *Perrault stellt seinem Gedicht eine humoristische Widmung an Mademoisell*** voran, in der er festhält, dass er nicht annehme, irgendjemand würde die geschilderte Geduld nachahmen, er sehe darin eher ein Gegengift gegen ein in Paris oft zu beobachtendes gegenteiliges Verhalten. Er schreibt: ›Eine so geduldige Frau wie die hier geschilderte würde überall erstaunen erregen; in Paris wäre sie ein Wunder. Hier sind die Frauen die Herrscherinnen. Alles geschieht nach ihrem Willen. In der Tat, es ist ein glücklicher Ort, den nur Königinnen bewohnen. Grisélidis wird, das sehe ich wohl, in diesem Reich wenig Lob ernten, und man wird vielmehr über ihre veralteten Grundsätze spotten. Nicht als ob die Geduld den Pariserinnen eine unbekannte Tugend wäre – eine lange Gewohnheit hat sie nur die Kunst gelehrt, dieselbe durch ihren Ehegatten ausüben zu lassen‹.*
- *Und im angehängten* Envoy *in Form eines Briefes an einen ebenfalls nicht namentlich genannten Herrn***, (gemeint ist wahrscheinlich der Sonnenkönig Louis XIV.), in dem Perrault dem Adressaten sein Gedicht zu übersenden vorgibt, berichtet er über die Kritiken, welche er bereits vor der Veröffentlichung seines Gedichtes einstecken musste. Wie schon Petrarca will er es zwei Freunden vorgelesen haben, die ganz unterschiedlich darauf reagierten. Bei ihrem Lob und Tadel geht es letztlich darum, ob es sich um eine Erfindung oder einen Tatsachenbericht handelt. Damit will sich Perrault sicher nur vor dem allfälligen Zorn des Königs und der Missgunst anderer Zeitgenossen wappnen. Es ist wohl derselbe Grund, warum er die Geschichte in Italien und nicht gleich in Paris handeln lässt.*

- *Zum Verständnis von Widmung und* Envoy *muss man wissen, dass Perraults Werk ein Geschenk zur Hochzeit seiner Nichte war, deren Mutter, Prinzessin Palantine, die Schwägerin des Sonnenkönigs war.*
- *Bei allen neuen Zutaten Perraults sind wir wieder bei der duldsamen Griselda in der ›Übersetzung‹ durch Petrarca.*

Louise-Geneviève Gillot de Saintonge, Griselde ou la princesse de Saluces. Comedie. *In:* Poésies diverses, *Dijon 1714, S.262-285.*

- *Die aus Paris stammende, mit ihren Werken* Circé *(1694) und* Didon *(1695) berühmt gewordene Madame de Saintonge war die erste Frau, die den Griselda-Stoff bearbeitete, und zwar machte sie daraus das erste Libretto zu einer Griselda-Oper.*
- *Ihre Vorlage ist unverkennbar Perraults Gedicht. Auch ein anderer Bezug zu Perrault ist erhellend: Prinzessin Palantine war eine Fürsprecherin von de Saintonge am Hof des Sonnenkönigs.*
- *de Saintonge fügte der Geschichte zwei neue Elemente hinzu: einerseits die inzestuöse Liebe des Marquis zu seiner, von ihm zuerst nicht als solche erkannten, Tochter, andererseits einen, wenn auch durch einen Intriganten provozierten, realen Aufstand des Volkes, das Griselda aufgrund ihrer Herkunft als Herrscherin ablehnt.*
- *Vor allem in diesem zweiten Punkt und der mit ihm verbundenen neuen Nebenhandlung hat etwa Laserstein einen Einfluss von Zenos Griselda-Libretto (1701) auf dasjenige von de Saintonge gesehen. Meines Erachtens ein vorschnelles Urteil, denn de Saintonges Libretto erschien zwar erst 1714 gedruckt, dürfte aber schon Ende der 1690er-Jahre entstanden sein, (auch wenn eine Oper unter seiner Verwendung nie aufgeführt wurde). Es ist viel wahrscheinlicher, dass de Saintonge Zeno inspiriert hat, was dieser natürlich nirgends erwähnt.*
- *Auf die verschlungene Handlung gehe ich dann bei Zeno näher ein. de Saintonges Abwandlung von Perrault zielt darauf ab, dass Griselda nicht als Vorbild für Ehefrauen gelten kann. de Saintonge macht aus Perraults Geschichte eine Lektion für (Ehe-) Männer.*
- *Gualtieri ist bei de Saintonge nicht misstrauisch Frauen gegenüber, sondern ein Mann, der seine Frau für eine andere eintauschen will.*

- *Er stellt Griselda gar nicht erst im Sinne eines Experiments auf die Probe, da er noch mehr als der Marquis bei Perrault davon überzeugt ist zu wissen, wie Frauen eigentlich sind, nämlich materialistisch, betrügerisch, schüchtern und wankelmütig.*
- *Daher glaubt er auch nicht, dass seine Frau ihn wirklich liebt, sondern geht stattdessen davon aus, dass sie wegen des Reichtums und dem Status geduldig an der Ehe festhält.*
- *Ebenso glaubt er nicht, dass die junge Isabelle, eine Besucherin am Hof, von der er ebenso wie Griselda nicht weiß, dass sie ihre gemeinsame Tochter ist, seine Annäherungsversuche wirklich ablehnt, sondern denkt, dass sie nur versucht, sich teuer zu verkaufen.*
- *Seine Überzeugung, dass Frauen wankelmütig sind, gibt ihm nicht nur Hoffnung, Isabelle für sich gewinnen zu können, sondern ermöglicht es später seiner Vertrauten Phénice auch, ihn zu täuschen, (nämlich, dass Isabelle der Hochzeit mit ihm zugestimmt habe, was aber nur eine Lüge ist, die ihre Flucht vertuschen soll).*
- *Die Voreingenommenheit des Marquis, und dass er zuerst nicht weiß, dass Isabelle seine Tochter ist, machen ihn ebenso zum Opfer seiner Triebe wie seiner Handlungen und der Handlungen anderer.*
- *Seiner Leidenschaft für Isabelle willen, zerstört er deren Liebe zu einem jungen Chevallier und verstößt seine Frau Griselda.*
- *Als er sie auch noch zwingt, für ihn bei Isabelle die Brautwerberin zu machen, findet sie dies ›grausam und lieb‹, spielt aber mit im Glauben, damit ihre Leidenschaft für ihn zeigen zu können.*
- *Erst als wohlgesinnte Freundinnen ihr raten, sich von ihrem Mann zu trennen, schmiedet sie einen Fluchtplan, den sie jedoch nicht in die Tat umzusetzen wagt. Auch Isabelle will sich durch Flucht ihrer misslichen Situation entziehen, ebenfalls erfolglos.*
- *Erst ein aus dem Nichts auftauchender Chevallier vermag die für alle aussichtslos erscheinende Situation zu lösen, indem er aufdeckt, dass Isabelle die Tochter des Marquis ist.*
- *Über diese Aufklärung freuen sich alle, der Marquis noch mehr als Griselda und Isabelle – die einfach nur froh sind, dass der Spuck vorbei ist –, weil es für ihn eine Lehre ist.*

- *Weil sich der Marquis am meisten über die Aufklärung freut, ist anzunehmen, dass de Saintonge die Männer auch über ihre eigene Lernfähigkeit aufklären wollte.*
- *Wobei man sich fragen kann, ob es sich dabei um eine Appellation an die Vernunftbegabung handelt, denn reumütig zeigt sich der Marquis ja erst, als er mit Schrecken erfährt, dass er fast Inzest begangen hätte.*
- *Griselda wird von de Saintonge durchs Band als naiv, wenn nicht gar negativ dargestellt. Sie macht nicht nur geduldig alles mit, ihre Geduld wird auch nie mit Vernunft oder einer anderen Tugend in Verbindung gebracht, vielmehr wird sie von ihrem weiblichen Umfeld immer wieder für ihre Naivität getadelt.*
- *Andererseits wird sie nicht allein gelassen, sondern mehrfach von anderen Frauen unterstützt. Ganz im Gegensatz zu anderen Dramatisierungen, die Griselda meist isoliert oder allein mit Männern zeigen, schafft de Saintonge sieben Szenen mit einer rein weiblichen Bühne. Das Stück beginnt sogar damit, dass sich Griselda und Isabelle freundschaftlich unterhalten.*
- *Isabelle widersetzt sich den Wünschen des Marquis auf jede erdenkliche Weise und will Griselda ganz bewusst nicht schaden. Dieser Widerstand scheint für de Saintonge eine weibliche Tugend, neben der Solidarität der Frauen als wichtigste unter den weiblichen Tugenden.*
- *Interessanterweise ist es dann aber gerade die in diesem Sinn tugendhafte Isabelle, die die Leidenschaft des Marquis entfacht.*
- *Wollten die männlichen Autoren Griseldas Geduld irgendeinen Sinn abgewinnen, so erscheint die Geduld bei de Saintonge nicht nur als nutzlos, sondern sogar als Teil des Problems. Geduld und Unterwerfung der Frau fördern nur den Missbrauch. Darauf aufmerksam zu machen, erachten die Frauen* um *Griselda, sogar gegen deren Willen, als eine Pflicht.*
- *Anders als Laserstein abschätzig schreibt, hat bei de Saintonge die Behandlung des Griselda-Stoffes nicht einfach nur ›den Gipfel dessen erreicht, was an erotischen Beziehungen bis zur groben Geschlechtlichkeit dem Stoff überhaupt beizubringen ist‹ (S. 149), dies ist nur die Darstellung männlichen Verhaltens, das zu seiner Kritik aus emanzipatorischer Sicht derart präsentiert wird.*

- *Eine andere Frage ist aber auch bei de Saintonge, ob ihre Griselda-Geschichte noch irgendeine Verbindung zu ihrem Ursprung aufweist.*
- *Aber diese Frage stellt sich ebenso bei Zeno, dem wohl puncto Nachhaltigkeit einflussreichsten Bearbeiter des Griselda-Stoffes. Griselda als Opfer der Verhältnisse, ist uns ja heute vor allem noch durch Griselda-Opern bekannt, und diese basieren fast alle auf dem Text von Zeno.*
- *de Saintonge zeigte zumindest noch, wie dem Opfer Griselda geholfen werden könnte (vielleicht wurde ihr Stück darum nicht aufgeführt?), Zenos Griselda verlangt nur noch Mitleid mit dem hilflosen Opfer und Empörung auf seine üble Umgebung – ganz große Gefühle.*
- *Durch meinen letztjährigen Besuch von Vivaldis Oper* Griselda *in Genf habe ich das Thema auch erst auf diesem Weg entdeckt.*

Apostolo Zeno, Griselda. *In: ders.* Poesie drammatiche. *Vol. 1, Turin 1795 (1701), S. 99–149.*

- *Zeno weist indirekt auf Boccaccio als Quelle seines Opernlibrettos hin, aber wahrscheinlich waren ihm die meisten früheren Bearbeitungen des Griselda-Stoffes bekannt (auch jene von de Saintonge?).*
- *Am meisten verdankt er der Komödie seines Landsmanns Maggi, denn was bei diesem Violante ist, ist bei Zeno der Intrigant Otone.*
- *Wie bei Maggi tritt Gualtiero, auch wenn er nun nicht als Markgraf, sondern als König von Sizilien auftritt, völlig in den Hintergrund und Griselda bleibt geduldig und passiv, ist nun aber noch mehr Mittelpunkt und zu Recht Namensgeberin des Stücks aufgrund des ins Zentrum gestellten Ausdrucks ihres Leids. Bei Zeno lesen sich die Auftritte Griseldas bereits wie herzzerreißende Arien.*
- *Diese Wirkung folgt aber aus dem Aufbau von Zenos gesamtem Stück, das durchwegs vom Geschehen auf der Bühne her gedacht ist, und lässt sich darum am besten nachvollziehen, wenn man ihm Szene für Szene folgt. (Aus der Zusammenfassung, die Zeno dem Stück voranstellt, lässt sich seine Wirkung nicht einmal erahnen).*
- 1. Akt, Szene 1. *Gualtiero verkündet dem Volk, dass er sich von Griselda trennen werde, um den öffentlichen Zorn über seine standesgemäße Ehe zu besänftigen.*

– Szene 2. *Gualtiero ruft Griselda ihre Herkunft und ihr gemeinsames Leben in Erinnerung, bevor er sie über die Forderungen des Volks informiert. Der Tod der gemeinsamen Tochter vor fünfzehn Jahren habe leider nicht ausgereicht. Das Volk bestehe nun darauf, dass er die Ehe beende. Griselda erklärt sich ohne Zögern bereit, ihm zu gehorchen und auf ihren Rang als Königin zu verzichten.*
– Szene 3. *Als der Diener Elpino die Ankunft der neuen Braut Costanza meldet, verabschiedet sich Gualtiero in aller Eile von Griselda. Er redet sich ein, sie schnell vergessen zu können.*
– Szene 4. *Griselda nimmt ihr Schicksal gelassen hin.*
– Szene 5. *Otone, ein intriganter Höfling, verspricht der gedemütigten Griselda seinen Beistand und seine Liebe. Griselda weist ihn empört zurück. Sie will Gualtiero treu bleiben.*
– Szene 6. *Otone gibt die Hoffnung nicht auf.*
– Szene 7. *Corrado, der Fürst von Apulien, trifft mit seinem Bruder Roberto und seiner angeblichen Tochter Costanza ein. Er spricht Costanza Mut zu und geht, um Gualtiero zu holen.*
– Szene 8. *Während sie warten, verabschieden sich Roberto und Costanza, die sich seit einiger Zeit lieben, traurig voneinander. Roberto will ihrem Aufstieg zur Königin nicht entgegenstehen.*
– Szene 9. *Corrado kehrt mit Gualtiero und seinem Diener zurück. Der König heißt Costanza willkommen. Sowohl er als auch Costanza haben ein rätselhaftes Gefühl bei ihrer Begegnung.*
– Szene 10. *Corrado versucht Roberto damit zu trösten, dass das Schicksal wechselhaft sei und er bald eine andere finden werde.*
– Szene 11. *Roberto kann Costanza nicht vergessen.*
– Szene 12. *Die bereits als Schäferin gekleidete Griselda bittet Elpino, ihren kleinen Sohn Everardo zu holen, damit sie sich von ihm verabschieden kann.*
– Szene 13. *Gualtiero, der gedankenverloren ein Porträt Costanzas betrachtet, trifft auf Griselda. Er hat bereits Gefühle für seine Braut entwickelt und zeigt Griselda das Bild. Diese fühlt sich auf merkwürdige Weise zu den abgebildeten Gesichtszügen hingezogen, in denen sie Ähnlichkeiten mit Gualtiero zu erkennen glaubt. Sie gönnt ihm sein Glück und wünscht sich nur, dass er gelegentlich an sie denken möge.*

– Szene 14. *Elpino bringt Griselda ihren Sohn, lässt ihr aber nur wenig Zeit für den Abschied. Otone unternimmt einen weiteren vergeblichen Versuch, ihr Herz zu erobern.*
– *Szene 15. Nach dem Abgang Griseldas schwört sich Otone, sie notfalls mit Gewalt zu erobern.*
– 2. Akt, Szene 1. *Corrado zeigt Costanza ihre neuen Gemächer. Diese hat Mitleid mit Griselda, die sich im Wald nur noch in rohe Wolle kleiden kann. Außerdem befürchtet sie, einst dasselbe Schicksal zu erleiden, da sie ihre eigene Abstammung nicht kennt. Corrado versichert ihr, dass sie königlichen Geblüts sei und sich keine Sorgen machen müsse. Er weiß, dass sie Roberto liebt, und rät ihr, diese Liebe nicht aufzugeben. Sie solle sich die Freiheit ihrer Seele bewahren, aber in der Ehe tugendhaft handeln.*
– Szene 2. *Roberto verabschiedet sich traurig von Costanza, deren Gefühle sich bereits von ihm abgewendet haben.*
– Szene 3. *Elpino lädt Costanza zu einem Jagdausflug des Königs ein. Bevor sie geht, bittet sie Roberto, sich für sie zu freuen.*
– Szene 4. *Roberto bemüht sich, seine Gefühle zu bändigen.*
– Szene 5. *Griselda gewöhnt sich wieder an ihre alte Heimat.*
– Szene 6. *Überraschend erscheint Elpino mit ihrem Sohn und sagt, er habe den Befehl, diesen den wilden Tieren zum Fraß vorzuwerfen.*
– Szene 7. *Otone kommt hinzu und erklärt der entsetzten Griselda, dass er Everardo auf Befehl des Königs töten und zerteilen solle. Griselda fleht um Gnade für ihr unschuldiges Kind, doch Otone erinnert sie daran, dass sie seine Liebe mitleidlos zurückgewiesen habe. Er verschone Everardo, wenn sie in die Ehe mit ihm einwillige. Dies weist Griselda empört zurück. Sie fordert Otone auf, dem König zu gehorchen und das Kind zu töten, und geht entschlossen ab.*
– Szene 8. *Elpino weiß, dass Otone den Mordbefehl nur vorgetäuscht hat. Der leugnet das auch gar nicht, sondern schickt Elpino mit dem Kind zurück zum Palast. Da er sein Ziel weder durch Schmeicheleien noch Täuschungen erreichen konnte, will er Griselda jetzt entführen.*
– Szene 9. *Griselda versucht, ihren Schmerz im Schlaf zu vergessen.*
– Szene 10. *Costanza und Roberto haben sich von der Jagdgesellschaft abgesondert. Costanza will in der Hütte auf die Rückkehr des Königs*

warten. Sie bittet Roberto, sich der Gesellschaft wieder anzuschließen, damit Gualtiero keinen Grund zur Eifersucht hat.

- Szene 11. *Costanza bemerkt die schlafende Griselda. Sie fühlt sich sofort zu ihr hingezogen. Griselda träumt von ihrer totgeglaubten Tochter und umarmt sie. Sie erwacht, und Costanza erklärt ihr, weshalb sie gekommen ist. Als sie ihren Namen nennt, erzählt Griselda ihr von ihrer gleichnamigen Tochter. Da Costanza ihre Mutter gleichfalls nie kennenlernte, wünschen sich beide, die jeweils andere sei die ersehnte Tochter bzw. Mutter.*
- Szene 12. *Als Gualtiero eintrifft, bittet ihn Costanza, Griselda als ihre Dienerin in den Palast aufzunehmen. Gualtiero erklärt ihr jedoch, dass seine Frau verstoßen sei.*
- Szene 13. *Corrado kommt hinzu. Er will Griselda schützen, da Elpino ihn über Otones Entführungsplan informiert hat. Gualtiero befiehlt jedoch, den Dingen ihren Lauf zu lassen. Costanza zieht sich mit den anderen zurück. Trotz Griseldas Flehen überlässt Gualtiero sie ihrem Schicksal.*
- Szene 14. *Die allein zurückgebliebene Griselda versucht vergeblich, sich gegen Otone und seine Leute zu verteidigen. Der versichert ihr, dass ihr Sohn noch lebe und bei ihm aufwachsen werde. Dennoch gibt Griselda ihm nicht nach. Sie ruft um Hilfe.*
- Szene 15. *Gualtiero, Costanza und die Jäger kehren zurück. Otone wird festgenommen und abgeführt.*
- Szene 16. *Gualtiero versichert Griselda, dass er nur auf Drängen Costanzas zurückgekommen sei. Sie schulde ihm keinen Dank. Costanza bittet noch einmal darum, sie als Dienerin einstellen zu dürfen. Da Griselda beteuert, sich unterwürfig zu verhalten, stimmt Gualtiero schließlich zu Costanzas großer Freude zu.*
- Szene 17. *Griselda ist zufrieden, Gualtiero trotz Demütigungen weiter dienen zu dürfen.*
- 3. Akt, Szene 1. *Gualtiero befiehlt der Wache, Otone zu ihm zu bringen. Während er wartet, beklagt er, als König nicht seinen Gefühlen folgen zu dürfen.*
- Szene 2. *Beim Verhör Otones erfährt Gualtiero von dessen Liebe zu Griselda. Otone bittet ihn auf Knien um Vergebung und schwört ihm*

seine Treue. Gualtiero lässt Griselda holen und verspricht, dass er sie zur Frau nehmen dürfe, sobald er selbst Costanza geheiratet habe.

- Szene 3. *Gualtiero vermutet, dass Otone der Auslöser der Volksaufstände gewesen sein könnte. Anschließend erklärt er Griselda ihre ersten Aufgaben als Dienstmagd. Sie leidet im Stillen.*
- Szene 4. *Gualtiero hat Gewissensbisse wegen seines Verhaltens Griselda gegenüber. Ihre Beständigkeit beeindruckt ihn zutiefst.*
- Szene 5. *Roberto ist fest entschlossen, den Königshof zu verlassen, da er die Nähe seiner nun unerreichbaren Geliebten nicht länger ertragen kann. Corrado bittet ihn erfolglos, seinen Entschluss Costanza zuliebe zu ändern. Als er sie im Schloss ein Lied singen hört, wird Roberto von seinen Gefühlen überwältigt. Costanza kommt in den Garten. Corrado lässt sie allein.*
- Szene 6. *Costanza und Roberto trennen sich mit einer Umarmung.*
- Szene 7. *Griselda (als Dienerin verkleidet) und Elpino treten ein und beobachten das Paar eine Weile. Griselda wirft Costanza vor, ihren Bräutigam am Tag der Hochzeit zu hintergehen. Dies sei eine Beleidigung für den König, der ganz sicher davon erfahren werde.*
- Szene 8. *Schon erscheint Gualtiero. Da sich die anderen offensichtlich in einem Zustand der Verwirrung befinden, fragt er Elpino nach dem Grund. Der antwortet wahrheitsgemäß, dass Roberto und Costanza schon länger ein Paar seien und Griselda sie bei einer Umarmung ertappt habe. Zur Überraschung aller Anwesenden zeigt Gualtiero keinerlei Eifersucht, sondern wirft stattdessen Griselda vor, ihre Befugnisse als Magd überschritten zu haben: Es gehe sie nichts an, wie viele Liebhaber die Königin habe. Griselda verspricht Gehorsam und zieht sich verwirrt zurück.*
- Szene 9. *Gualtiero begrüßt die Liebe von Roberto und Costanza.*
- Szene 10. *Costanza und Roberto glauben, nicht recht gehört zu haben. Trotz ihrer Schuldgefühle schwören sie sich ewige Liebe.*
- Szene 11. *Der Diener Elpino ist mit seiner Weisheit am Ende. Er findet das Verhalten des Königs äußerst widersprüchlich.*
- Szene 12. *Griselda spornt die anderen Bediensteten an, sich mit den Vorbereitungen für die Feier zu beeilen.*

– Szene 13. *Gualtiero verkündet öffentlich, dass er Griselda Otone zur Frau geben wolle. Griselda jedoch weigert sich. Sie habe alle Demütigungen ohne Klagen auf sich genommen, doch könne sie niemals einen anderen als ihn, Gualtiero, lieben und werde ihm bis an ihr Ende treu bleiben. Als Gualtiero sie vor die Wahl zwischen Otone und dem Tod stellt, kniet sie vor ihm nieder und fordert ihn auf, sie eigenhändig hinzurichten. Erst jetzt lässt Gualtiero seine Maske fallen. Er richtet Griselda auf, umarmt sie und verkündet dem Volk, dass nun jeder ihren Wert erkennen konnte. Nicht ihre Abstammung, sondern ihre Tugendhaftigkeit mache sie zu einer würdigen Königin. Otone gibt zu, dass er es war, der das Volk gegen sie aufgestachelt hatte. Er bittet Gualtiero um Vergebung und erhält diese. Als Griselda Mitgefühl für Costanza zeigt, die nun leer ausgehen soll, offenbart Gualtiero deren wahre Identität als seine und Griseldas totgeglaubte Tochter. Er gibt sie ihrem Geliebten Roberto zur Frau. Alle jubeln und stimmen gemeinsam in den Chor* Imeneo, che se' d'amore *ein.«*

»Tatsächlich, ein raffiniert aufgebauter Plot«, meint Reto. »Vorstellen kann ich mir die Oper bereits, jetzt müsste ich sie nur noch hören.«

»Hören wir uns doch später mal die Platten mit Scarlattis Griselda-Oper an«, schlägt Bigna vor. »Aber lass uns zuerst noch die weiteren Einträge im Ordner durchsehen. Hier geht's gleich weiter mit einer Liste von Griselda-Opern auf der Basis von Zenos Text. Zuvor muss ich aber einmal austreten.«

Nachdem Bigna das Zimmer verlassen hat, fläzt sich Reto aufs elterliche Bett und lässt seinen Blick über die Stuckrosetten an der Decke schweifen.

Als Bigna eine ganze Weile nicht zurückkommt, ruft er: »Wollen wir weitermachen?!«, erhält aber keine Antwort, worauf er aufsteht und seine Frage bei der Tür wiederholt. Als er wieder keine Antwort kriegt, schickt er sich an nachzusehen, wo seine Schwester bleibt. Gerade als er die Treppe erreicht, trifft er sie mit einem Tablett, darauf eine Flasche Wein, zwei Gläser, Brot und Käse.

»Ich habe gedacht, eine kleine Stärkung könnte uns guttun«, sagt Bigna lachend.

Als sie die Gläser gefüllt hat, fragt sie: »Auf wen wollen wir anstoßen?«

»Auf die kluge Madame de Saintonge«, schlägt Reto vor.

»Auf Madame de Saintonge!«

Nachdem Bigna nochmals die Blätter im Ordner überflogen hat, stellt sie fest: »Nur noch etwas mehr als 50 Seiten. Das schaffen wir jetzt auch noch. Möchtest nicht du das Vorlesen der restlichen Seiten übernehmen?«

»Nun gut«, willigt Reto ein und liest die nun folgende Liste mit den Opern im Murmelton vor:

- *»Antonio Pollarolo (*Griselda, Drama per musica*, Venedig 1701)*
- *Tomaso Albinoni (*Griselda*, Florenz 1703)*
- *Luca Antonio Predieri (*La virtù in trionfo, o sia La Griselda, *Bologna 1711; Libretto bearbeitet von Tommaso Stanzani)*
- *Giuseppe Maria Orlandini (*La virtù nel cimento*, Brescia 1716)*
- *Giovanni Bononcini (*Griselda*, Mailand 1718)*
- *Alessandro Scarlatti (*La Griselda*, Rom 1721; Libretto bearbeitet von Carlo Sigismondo Capece, letzte von Scarlattis 117 Opern)*
- *Giovanni Bononcini (*Griselda*, London 1722)*
- *Pietro Torri (*Griselda*, München 1723; nach der Fassung von Scarlatti; Libretto bearbeitet von Carlo Sigismondo Capece)*
- *Francesco Bartolomeo Conti (*Griselda*, Wien 1725)*
- *Pietro Vincenzo Chiocchetti (*La Griselda*, Genua 1728)*
- *Giuseppe Antonio Paganelli (*La pastorella regnante*, Prag 1735).*
- *Noch mindestens 10 weitere Bearbeitungen anonymer Komponisten.*

Das wäre die Liste. Nun folgt Vivaldi, dem ein eigenes Blatt gewidmet ist.

Antonio Vivaldi (Griselda, *Venedig 1735)*

- *Eine der letzten Opern Vivaldis. Er selbst gibt an, 94 geschrieben zu haben. Davon sind bis heute aber nur 49 bekannt.*
- *Gilt als eine der schönsten Vivaldi-Opern. Sie ist keine Ansammlung spektakulärer Arien, wie viele andere seiner Opern, wenn auch zwei Arien daraus zu bekannten Konzertstücken geworden sind:* Agitata da due venti *und* Dopo un'orrida procella.
- *Erstaufführung am 18. Mai 1735 in Venedig. Erste konzertante Aufführung in neuerer Zeit 1978 anlässlich des* English Bach Festival. *Auf der Bühne erstmals wieder 1982 im* Grand Théâtre de Genève *aufgeführt.*
- *Eine Platteneinspielung liegt bis dato nicht vor.*
- *Vivaldis Oper ist auch noch in folgender Hinsicht bemerkenswert:*
  a) das Libretto Zenos wurde von Goldoni für Vivaldi umgeschrieben;
  b) auf den Besuch dieser Oper geht mein Interesse an Griselda zurück.
- *Vivaldi erhielt den Auftrag für die Oper von der Familie Grimani, der Besitzerin der zwei wichtigsten Theater Venedigs.*
- *Die Grimanis beauftragten auch den damals noch unbekannten Goldoni, Zenos Libretto nach Vivaldis Wünschen zu ändern.*
- *Dabei ging es einerseits darum, das Libretto der von Metastasio ausgelösten Mode anzupassen, andererseits galt es, die Rolle der Griselda den stimmlichen Möglichkeiten von Anna Girò, Vivaldis Muse und Geliebter(?), die für die Rolle der Griselda vorgesehen war, anzupassen.*
- *Vivaldi traute dem jungen Goldoni zunächst die notwendigen Fähigkeiten nicht zu. Dieser überzeugte aber sowohl ihn als auch die beigezogene Anna Girò mit der auf der Stelle gedichteten Arie Griseldas* Son infelice tanto. *(Goldoni beschreibt das Treffen mit den beiden im 36. Kapitel seiner Memoiren sehr witzig).*
- *Goldoni schrieb daraufhin den Text Zenos nach Vivaldis Wünschen um, auch wenn er nichts von diesen Änderungswünschen hielt. Aber auch wenn er schrieb ›Ich habe endlich Zenos Drama ermordet, genauso, wie Vivaldi es gewollt hat‹, musste er zugeben, dass die Oper insgesamt ›wunderbar gelungen‹ sei. Und in der Tat soll die Erstaufführung dann auch ein großer Erfolg gewesen sein.*

- *Goldoni verlegte die Handlung nach Thessalien in Griechenland, verkleinerte die Zahl der Szenen, reduzierte die Arien von 34 auf 19, strich alle Duette und fügte ein Trio ein. Zudem lieferte er zahlreiche neue Arien-Texte, die mehr Möglichkeiten für Vivaldis typische Kompositionsweise und Anna Giròs Stimme eröffneten.*
- *Weiter gab Goldoni Griseldas Vater wieder eine Rolle, räumte dem Liebespaar Costanza und Roberto mehr Platz ein und veränderte auch den Charakter Griseldas, indem er sie etwas weniger geduldig und unterwürfig, sondern resolut und angriffslustig machte.*
- *Schon Griseldas erste Arie (*Brami le mie catene*) betont ihren Willen. Sie glaubt sogar, dass sich andere von ihr an die Kette legen lassen.*
- *Das vertiefte Eingehen auf Costanzas und Robertos Liebesbeziehung bot die Möglichkeit, mit ihren Arien das traurige Schicksal von unglücklich Liebenden im Allgemeinen zu betonen.*
- *Und es bot Griselda, als sie von den Fluchtplänen des Liebespaars hört, die Möglichkeit, ein Loblied auf die eheliche Treue zu singen.*
- *Generell wird die Macht des Schicksals, im Gegensatz zu den infamen Machenschaften Otones, von Goldoni in den Mittelpunkt gerückt. Besonders gut kommt dies in dem von ihm neu geschriebenen Terzett* Che gran violenza, sento al mio cor / Variano i fati, varia l'amor *zum Ausdruck, das Gualtiero, Griselda und Costanza singen.*
- *Eheliche Treue, Griseldas Standhaftigkeit aber auch der Familiensinn erscheinen dann nicht mehr nur als Spielball des Schicksals, sondern auch als Widerstand dagegen.*
- *Griseldas eheliche Treue dient ebenso dem Erhalt ihrer wahren Liebe wie ihrem Ansehen im Volk, Otones triebhafte Liebe dagegen mag zwar vorübergehend sogar das Schicksal anderer bestimmen, führt aber letztlich zu seinem Untergang.*
- *In diese Einsicht stimmen am Schluss alle im Chor ein. Es wird die Hymne auf den griechischen Hochzeitsgott* Hymenaios *gesungen.*
- *Mit seinen Änderungen von Zenos Stück nähert der geniale Goldoni Griselda wieder ihrer Urfassung bei Boccaccio an, nur Gualtiero verharrt in der Nebenrolle, sodass wir nicht einmal über seine Motivation spekulieren können. Der Mann erscheint als eine dem Schicksal ausgelieferte Marionette.«*

»Auf Anna Girò. Die Frau hinter den Männern«, unterbricht Bigna und hebt ihr Glas.

»Auf Anna Girò, die Frau auf der Bühne. Gesanglich schwach, aber eine gute Schauspielerin«, sagt Reto und prostet seiner Schwester zu.

»Nun wird's interessant«, meint er, als er sein Glas wieder hingestellt hat. »Jetzt erfahren wir, wie Mutter überhaupt zu diesem Griselda-Stoff gekommen ist. Sie schreibt:

– *Ich hatte eigentlich nie etwas übrig für die Oper. Dieser riesige Aufwand mit den vielen Sängerinnen und Sängern, Orchester, Chor und Bühnentechnik, einst zur Unterhaltung des Adels und des mehrbesseren Bürgertums geschaffen und bis heute mit staatlichen Mitteln für ein kleines, elitäres, der höheren Kultur huldigendes Publikum aufrechterhalten, war mir immer suspekt. Und warum stundenlang singen, wenn sich mit ein paar Canzoni dasselbe sagen lässt? Aber als mich Emmely letztes Jahr bat, sie in die Oper zu begleiten, konnte ich ihr den Wunsch angesichts ihrer schweren Krankheit nicht abschlagen.*
– *Also ging ich nach Genf, wo Vivaldis Griselda als sensationelle Wiederentdeckung und erste Aufführung außerhalb Italiens in der neueren Zeit angekündigt wurde. Als Begleiterin von Emmely im Rollstuhl hatte ich auch einen besonders guten Platz.*
– *Ganz hübsch, dachte ich. Seltsame Geschichte, aber schöne Musik.*
– *Ich war Griselda bis dahin nur beiläufig in Sartres Autobiografie* Les Mots *begegnet, wo sie als sadistische Person dargestellt wird, sowie in einem schnulzigen Fernsehfilm namens* Griseldis *basierend auf einem Courths-Mahler-Roman. Jedes Mal war Griselda eine andere Person.*
– *Als ich kurz nach unserem gemeinsamen Opernbesuch Emmelys Todesanzeige erhielt, wurde Griselda ein ernsthaftes Thema. Es ließ mich nicht mehr los. Ich las die Geschichte bei Boccaccio, bei Petrarca, Chaucer usw. und lese immer noch. Nachdem sich Prof. Pestalozzi als mein Doktorvater zur Verfügung stellte, wurde Griselda fast zum Mittelpunkt meines Lebens. Wer war diese heute weitgehend unbekannte Frau, die über Jahrhunderte auf so verschiedene Weisen geschildert wurde?*

Ist dir je aufgefallen, dass sich unsere Mutter für die Oper begeistert hat?«

»Nie«, antwortet Bigna kopfschüttelnd.

»Wir wissen einfach nichts von unserer Mutter.«

»Einerseits sehr viel, andererseits sehr wenig. Und wie geht's jetzt weiter mit dieser Griselda-Geschichte? Was hat Mutter noch alles gelesen?«

»Jetzt werden die Einträge zum Glück etwas kürzer.

Ludwig Heinrich von Nicolay, Griselde an meine Frau. Eine moralische Romanze. *Berlin 1788.*

- *Der aus Straßburg stammende von Nicolay führte ein neues Element in die Gestaltung des Griseldis-Stoffes ein, das in der Folge in immer wieder aufgenommen wurde: eine Wette als Anstoß der Geschichte.*
- *Ritter Stern, der optimistische Freund des Grafen, glaubt nicht wie dieser an die Schlechtigkeit, den Übermut, den Eigensinn und weitere schlechte Eigenschaften von Frauen. Der Graf wettet bei seiner Ehre dagegen und erfindet allerhand Prüfungen, um Ritter Stern von seiner Ansicht zu überzeugen. Leider ohne Erfolg.*
- *Die Geschichte folgt ansonsten bis zum Ausgang den früheren Bearbeitungen mit Ausgang in Minne.*
- *Ähnlich wie von Nicolay machte später Gustav Schwab in seinem Gedicht* Griseldis. Volkssage in zehn Romanzen *(1828) eine Wette zum Ausgangspunkt der Geschichte. Bei Schwab soll die Mutter des Grafen von den Qualitäten Griseldis' überzeugt werden.*
- *Das Neue an der Wette bei weiteren Bearbeitungen des Stoffes ist, dass die Motivation des Grafen zweitrangig wird und das Volk als Akteur zugunsten einer unglücklichen gesellschaftlichen Konstellation verschwindet. Alles folgt nun aus dem Patriarchat, das aus dem Grafen ganz ohne sein Zutun ebenso einen Täter wie ein Opfer macht. Aber auch Griselda wird noch mehr zum Opfer, das die Handlung nicht zu beeinflussen vermag. Sie kann sich ihrem Schicksal am Schluss allenfalls noch durch Tod, Flucht oder die Wahl einer ganz neuen Rolle entziehen.*

Achim von Arnim, Die zweite Hochzeit. *In:* Ariels Offenbarungen, 1. Buch. *Göttingen 1804, S. 178–187.*

- *von Arnim widmet sich dem Griselda-Stoff in einem Gedicht.*
- *Auch bei von Arnim gibt eine Wette den Anstoß. Die Brüder des Grafen bezweifeln, dass es gut kommt mit der ›Sklavenehe‹ mit Griselda, die hier Ida heißt und eine Fischertochter ist. Der Graf will bei seiner Ehre das Gegenteil beweisen.*
- *von Arnim bringt noch ein neues und eigentlich hinsichtlich der Infragestellung der Sklavenehe widersprüchliches Element ins Spiel: ein Sohn des Grafen kann einen Bruder in der Thronfolge nur beerben, wenn sich dessen Mutter als adelig erweist.*
- *Ein weiteres neues Element sind zwei Varianten des Ausgangs der Geschichte. In der ersten geht die Geschichte wie bekannt aus, in der zweiten geht Ida an ihrer verratenen Liebe zugrunde. Sie kann ihren Kindern gerade noch sagen ›Treibt nie mit heil'ger Liebe Scherz‹.*
- *Wenn von Arnim Ida zuvor noch sagen lässt, ›Ich richte nicht, ich strafe nicht‹, so wird hier zum ersten Mal in der Bearbeitung des Griselda-Stoffes die Frau in ihrer Menschenwürde ebenbürtig neben den Mann gestellt. Wie er* könnte *sie richten und strafen.*
- *Dass von Arnim Griselda den Tod als Lösung vorziehen lässt, mag der Zeit der Romantik geschuldet sein, die das Leben vornehmlich von seiner absoluten Begrenzung im Tod her sah, und anstatt Lösungen im Diesseits die Erlösung im Jenseits hochhielt.*
- *Mit der Übernahme der Wette als Anstoß, seinen zwei Varianten des Ausgangs und der Gleichstellung der Frau in der zweiten Variante nimmt von Arnim die weitere Behandlung des Griselda-Stoffes im 19. Jahrhundert vorweg, die sich so gliedern lässt: Die Geschichte wird a) als Überbleibsel aus längst vergangenen Zeiten zur Belehrung und Unterhaltung bloß aufgezeichnet; diese Konservierung des Stoffes mündet b) in eine über die bloße Aufzeichnung hinausgehende Analyse des Stoffes, d.h. Interpretationen akademischer Art, sowie c) in eine nur noch der Unterhaltung dienende Instrumentalisierung des Stoffes vom Ritterroman über lyrische Verklärungen bis zum Schundroman.*

Daneben gibt es auch noch d) einige ernsthafte Neubearbeitungen; diese haben alle dasselbe Thema: das gespannte Verhältnis von Mann und Frau in der unglücklichen Konstellation des Patriarchats; und alle ergreifen Partei für die Frau und wollen dem Mann eine Lehre erteilen.

- *Mit Ausnahme der akademischen kommen die Auseinandersetzungen mit dem Griselda-Stoff im Laufe der 1920er-Jahre zum Erliegen, bis dieser Stoff nach dem 2. Weltkrieg ganz aus der Öffentlichkeit verschwindet. Seine Wiederentdeckung scheint alten Opernfreunden und jungen Doktorandinnen vorbehalten zu sein.*

Armand Silvestre & Eugène Morand, Grisélidis; mystère en trois actes, *Paris 1891.*

- *Im Werk der beiden Franzosen kommt eine neue Figur ins Spiel: der Teufel persönlich wird zum Wettpartner.*
- *Das Stück beginnt mit einem Prolog, in dem der Hirte Alain von seiner Liebe zur schönen Schäferin Grisélidis singt. Als der Marquis auf der Jagd zufällig vorbeireitet und die besungene Grisélidis sieht, bittet er sie sogleich, ihn zu heiraten. Sie nimmt den Antrag an und stürzt Alain in tiefste Verzweiflung.*
- *Vier Jahre später lebt Grisélidis mit dem Marquis und dem gemeinsamen Sohn Loys in einem Palast. Als der Marquis zu einem Kreuzzug aufbricht, wollen sich seine Diener um das Wohl von Grisélidis kümmern und sie schützen. Dieses Ansinnen lehnt der Marquis aber ab, da er volles Vertrauen in seine Ehefrau hat.*
- *Der Teufel hört davon und erklärt, dass er und seine Frau stets große Freude daran hätten, Frauen zu prüfen, ob sie einer Verführung widerstehen könnten. Der Marquis ist von der Treue seiner Frau überzeugt und geht auf die Wette ein. Er gibt dem Teufel seinen Ehering als Pfand und sagt Frau und Sohn adieu.*
- *Während Grisélidis traurig an ihren abwesenden Ehemann denkt, suchen der Teufel und seine Frau verkleidet als Sklavenhändler und Sklavin Grisélidis auf und zeigen ihr den Ring, um zu beweisen, dass der Marquis sie verlassen will.*
- *Um Grisélidis zu verführen, zaubert der Teufel einen magischen Garten und lockt Alain dorthin. Das Erscheinen ihres Sohnes*

Loys veranlasst Grisélidis jedoch, sich nicht mit Alain einzulassen. Da sie aber abgelenkt ist, kann der Teufel den Sohn entführen.

- *Während die Diener nach Loys suchen, teilt der Teufel, jetzt als alter Mann verkleidet, Grisélidis mit, dass sich Loys in der Hand eines Piraten befände, der das Kind nur gegen einen Kuss freilasse.*
- *Bei seiner Rückkehr trifft der Marquis auf den alten Mann, der ihm erklärt, die untreue Grisélidis wolle einen Piraten treffen. Als der Marquis jedoch den Ring am Finger des alten Mannes sieht, erkennt er, dass er Opfer einer Täuschung werden sollte.*
- *Der Teufel ist entlarvt und Grisélidis' Treue bestätigt. Ehemann, Ehefrau und Sohn sind am Schluss wieder glücklich vereint.*
- *Diese Schauergeschichte hat wenig mit früheren Bearbeitungen des Griselda-Stoffes gemein, in denen mysteriöse Figuren nie eine Rolle spielen, dafür wahrscheinlich umso mehr mit dem Unterhaltungsbedürfnis des Pariser Theaterpublikums.*
- *Der Erfolg des Stückes, 1891 in der* Comédie-Française *uraufgeführt, hat später mehrere Komponisten dazu animiert, daraus eine Oper zu machen, darunter Jules Massenet, zu dessen* Grisélidis *(1901) Silvestre & Morand das Libretto schrieben. Die Oper wurde an verschiedenen Opernhäusern mit Erfolg aufgeführt, schaffte es aber in der Folge nicht, Bestandteil des üblichen Opernrepertoires zu werden.*

Agnes Miegel, Griseldis, *In:* Wie Bernstein leuchtend auf der Lebenswaage. *München 1988 (1901), S. 43–44.*

- *Miegel beschränkt sich in ihrem Gedicht auf das Innenleben der nach ihrer Verstoßung stumm die Treppe des Schlosses hinabsteigenden Griseldis.*
- *Miegels auch schon als emanzipatorisch gerühmte lyrische Erfassung der Seele einer großen Dulderin, ist nicht viel mehr als eine Verherrlichung der völlig aus dem Kontext gerissenen duldsamen Frau. Wenn man bedenkt, wie sich Miegel später den Nazis angedient hat, scheinen die Umstände für sie nie eine Rolle gespielt zu haben, nur immer die Seele.*
- *Auch diese Lyrik, gelesen mit des Alltagsmenschen feinem Sinn, ist nicht viel mehr als wortgewalt'ger Seelenkitsch.*

Hedwig Courths-Mahler, Griseldis. *Leipzig 1917.*

- *Wenn von Kitsch die Rede ist, darf die Meisterin des trivialen Liebesromans nicht fehlen. Eigentlich drängt sich der Griselda-Stoff angesichts des immer gleichen Schemas von Courths-Mahlers Werken geradezu auf: Sozial Schwächere überwinden Standesunterschiede durch die Liebe, die Liebenden kämpfen gegen allerlei Widerstände, finden aber am Ende zueinander und erlangen Reichtum und Ansehen.*
- *Umso erstaunlicher, dass außer dem Namen kaum etwas vom Griselda-Stoff in Courths-Mahlers Roman eingeflossen ist.*
- *Wenn ich diesen hier beachte, so nur darum, weil ein Fernsehfilm auf Grundlage des Romans von Courths-Mahler eine meiner ersten Begegnungen mit Griselda war.*
- *Ein Film-Kritiker schrieb: ›Gut gespielte Verfilmung fürs Fernsehen, die freilich die Nichtigkeit der Romanvorlage nicht hinter sich lassen kann‹. Dem ist nichts hinzuzufügen.*

Maria Edgeworth, The Modern Griselda. A Tale. *London 1804.*

- *Eine etwas ernsthaftere Bearbeitung des Griselda-Stoffes liefert die Engländerin Edgeworth. Sie entfernt sich zwar weit von früheren Bearbeitungen, führt aber eine interessante Neuerung ein.*
- *Edgeworths Erzählung ist ein Gedankenexperiment, in dem die Rollen der Geschlechter der beiden Hauptpersonen vertauscht werden und diese Umkehrung zum Rahmen einer Kritik der Idealisierung der Geschlechterrollen bzw. der Rolle der Frau aus der englischen Oberschicht zu Edgeworths Zeit genommen wird.*
- *Das herrische Wesen der modernen Griselda äußert sich hauptsächlich in ihrer Angst, nicht im Mittelpunkt zu stehen, für sie ein Zeichen, nicht genügend geliebt zu werden. Sie ist eifersüchtig auf Personen, Ereignisse oder Dinge, die die Aufmerksamkeit ihres Mannes auch nur für einen Moment von ihr ablenken. Weil er seine Frau als Ideal der modernen Frau vergöttert, lässt sich ihr Mann alles gefallen.*
- *Griselda glaubt zu ihrem Verhalten berechtigt zu sein, weil sie in besonderem Masse über die von Männern geschätzten weiblichen Eigenschaften der modernen Frau verfügt, wie Jugend, Schönheit,*

Witz und Modebewusstsein. Sie entspricht damit aber nur dem herrschenden Weiblichkeitsideal in besseren Kreisen, wie es in der schon damals blühenden Ratgeberliteratur empfohlen wurde.

- *Griselda organisiert eine Party mit befreundeten Ehepaaren, bei der gemeinsam Chaucers* Clerk's Tale *gelesen und diskutiert wird. In der Diskussion empört sich die moderne Griselda über die Unterwürfigkeit von Chausers Griselda.*
- *Das folgende Gespräch zeigt dann aber, dass die moderne Griselda ebenso unglaublich monströs erscheint wie einstmals Walter oder Gualtieri, und der moderne Mann als ebenso unglaubwürdig gehorsam und geduldig wie die ursprüngliche Griselda.*
- *Weil diese Idealisierungen im Patriarchat stattfinden, in dem sie von Männern vorgegeben, aber nicht gelebt, und von Frauen verfolgt, aber kaum erreicht werden, läuft Edgeworths Experiment auf eine Kritik der im Glauben an die Aufklärung steckenden Doppelmoral hinaus.*
- *Dass diese Kritik Folgen hat, scheint Edgeworth zu bezweifeln. Ihre Erzählung nennt sie ja bewusst ein Märchen. Bestenfalls ist es ein Märchen der satirischen Art.*
- *Aber selbst als solches krankt Edgeworths moderne Griselda an der auch heute noch beliebten, aber naiven Umkehrung der Geschlechterrollen, die seinen Rahmen bildet. In einer solchen Perspektive könnte sogar Barbie als Feministin erscheinen.*
- *Wahrscheinlich von ihrer Landsfrau Edgeworth inspiriert und sich ebenfalls als Gesellschaftskritik verstehend, aber weit weniger originell, sind Alice Mangold Diehls,* Griselda A novel in thre volumes *(1886) und Wilfrid Scawen Blunts* Griselda. A society novel in rhymed verse *(1893).*
- *Beide Werke spielen in der Viktorianischen Gesellschaft und drehen sich um das Leiden einer jungen Frau aus bescheidenen Verhältnissen, die unglücklich mit einem reichen älteren Mann verheiratet ist. Und in beiden Fällen gehen die Prüfungen der Frau nicht aus den Intentionen des Mannes hervor, sondern der Mann selbst mit seinem gesellschaftlichen Status stellt die Prüfung dar.*
- *Bei Diehl erträgt Griselda ihren untreuen und ihr kaum Beachtung schenkenden Ehemann bis zum Schluss. Sie widersteht verschiedenen*

Versuchungen, bleibt ihrem Mann aber treu. Mit der Zeit versteht sie aber immer besser, sich in der Beziehung zu ihrem Vorteil einzurichten und gelangt wenigstens zu innerer Freiheit.
- *Es bleibt unklar, ob Diehl tatsächlich in kritischer Absicht schreibt oder einfach nur das* Exemplum *anpasst.*
- *Bei Blunt harrt Griselda nur anfänglich in ihrer unglücklichen Ehe mit dem älteren, reichen, zwar nicht untreuen, aber langweiligen Lord L. aus und genießt sogar ihr Luxusleben.*
- *Der Lord erfüllt ihr teilnahmslos jeden Wunsch und hält sie mit Reisen in den sonnigen Süden bei der Stange.*
- *Auch versucht Blunts Griselda ihrem Unglück mit einer Affäre zu entkommen. Nach dem Tod ihres Liebhabers kehrt sie aber voller Reue zu ihrem Mann zurück.*
- *Lord L. ist zwar* not amused, *hat aber Verständnis und vergibt ihr großzügig – zumal Griselda ja ihrer wichtigsten Pflicht nachkommt, indem sie ihrem Mann einen Erben schenkt.*
- *Da es Griselda auch nach langem Leiden nicht gelingt, mit den Zwängen ihrer Rolle als Lady L. zurechtzukommen, verlässt sie ihn. Die wahre Prüfung scheint die Langeweile von Lord L. zu sein.*
- *Mit dem Griselda-Stoff in all seinen sonstigen Bearbeitungen hat Blunts Gedicht so wenig zu tun wie Diehls Roman. Aber gibt es für eine Frau etwas Schlimmeres als einen langweiligen Partner? Um dies deutlich zu machen, darf auch Griselda bemüht werden.*

Friedrich Halm, Griseldis. Ein dramatisches Gedicht in fünf Akten, *Wien 1837 (1834).*

- *Friedrich Halm, eigentlich Eligius Franz Joseph Freiherr von Münch-Bellinghausen, verlegt die Handlung, wohl um der zu seiner Zeit hochgeschätzten Ritterromantik Rechnung zu tragen, ins Umfeld des sagenhaften Königs Artus.*
- *Durch die Verquickung mit einer anderen Sage entledigt er sich der Frage nach der Glaubhaftigkeit der Geschichte.*
- *Auch bei Halm ist Griseldis Gegenstand einer Wette, nämlich zwischen ihrem Mann Percival und Artus' Gattin Ginevra.*

- *Die meisten Bearbeitungen des Griselda-Stoffes seit Boccaccio dürften Halm bekannt gewesen sein. Auch war er offenbar sehr gut mit dem Werk Schillers vertraut, das er nicht nur im Allgemeinen nachahmt, sondern aus dem er gleich ganze Sätze übernommen hat. Er stellt seinem Stück als Moto auch ein Zitat aus Schillers Drama* Don Carlos *voran: ›Die Liebe ist der Liebe Preis‹.*
- *Bei Halm ist Griseldis eine Köhlerstochter, die vom ruhmreichen, aber ungehobelten Percival geheiratet wird. Wer Percival nicht genug Ehre erbietet, wird gleich herausgefordert oder gequält, so auch Griseldis' Vater, hier Cederic genannt.*
- *Als Percival an einem Fest am Hofe von Artus erscheint, schwärmt er vor den adeligen Damen von der Schönheit und Tugend seiner Frau. Gleichzeitig kritisiert er das dekadente Leben am Hof. Dies bringt ihm den Spott der Königin und der Hofdamen wegen der einfachen Herkunft seiner Frau ein.*
- *Mit ihrer Freude an der sinnlichen Minne erscheinen diese gleichsam als die natürlichen Feinde einer tugendhaften Frau wie Griselda.*
- *Als Percival Ginevra unflätig beleidigt, kommt es zum Eklat. Artus kann gerade noch einen Zweikampf zwischen Percival und Ginevras Beschützer Lancelot verhindern. (Dass Percival die Königin im Rausch beleidigt, relativiert jedoch die Botschaft des Stücks).*
- *Als Percival auch noch fordert, die Königin müsse aufgrund ihrer Beleidigungen vor Griseldis niederknien, fordert ihn der König auf zu widerrufen, was der stolze Percival natürlich ablehnt.*
- *Daraufhin schlägt Ginevra als Ausweg aus der verfahrenen Situation vor, Griseldis solle drei Proben ihrer Tugend ablegen, und wenn sie die bestehe, werde sie, die Königin, vor ihr niederknien.*
- *Percival zweifelt keinen Moment daran, dass seine Frau die Proben bestehen werde, und willigt sofort ein.*
- *Er kehrt mit den Rittern Gawin und Tristan, die die Durchführung der drei Proben überwachen sollen, auf seine Burg zurück. Obwohl die beiden versuchen, Percival von der Durchführung der Proben abzubringen, bleibt dieser seinem Versprechen treu.*
- *Griseldis wehrt sich gegen den Raub des Sohnes, als ihr Percival aber erklärt, der König würde ihn sonst bannen, willigt sie ein.*

- *Percival entledigt sich seiner kurz aufkommenden Gewissensbisse, indem er die Prüfung seiner Frau mit der Prüfung seines Schlachtrosses und der Waffen vor einem Kampf vergleicht. Auf Tristans Aufforderung, angesichts des Leids von Griseldis das böse Spiel durch eine Entschuldigung bei Ginevra zu beenden, geht er nicht ein.*
- *Percival schreitet sogleich zur zweiten Probe und verstößt Griseldis von der Burg, angeblich auf Befehl von Artus, der fordere, dass Percival sich mit einer ebenbürtigen Frau vermähle.*
- *Auch als Ginevra bei Percival erscheint, um sich nach dem Stand der Proben zu erkundigen, und die dritte Prüfung fordert, geht Percival wiederum nicht auf mahnende Stimmen ein.*
- *Griseldis wird nun gleich auch noch von ihrem Vater verstoßen und sucht Zuflucht in einer Höhle.*
- *Als Ginevra sie findet und die Auslieferung Percivals fordert, bleibt sie standhaft, immer noch im Glauben, alles geschehe auf Geheiß des Königs. Selbst als ihr angedroht wird, dass ihr Vater getötet würde, wenn sie Percival nicht verrate, bleibt sie standhaft, worauf sich die Königin geschlagen gibt.*
- *Bei der Vorbereitung des Festes zur Wiederaufnahme Griseldis' am Hof verniedlicht das Königspaar die Proben als Scherz. Percival bittet Griseldis um Vergebung und Ginevra kniet vor ihr nieder. Aber als Griseldis erfährt, wie ihr Mann ihre Liebe verraten und zum Objekt einer Wette gemacht hat, ist sie mit ihrer Leidensfähigkeit am Ende. Sie verlässt Percival zusammen mit ihrem Vater und ihrem Sohn.*
- *Als sich ihr der uneinsichtige Percival in den Weg stellen will, hält ihn Artus zurück und lässt Griseldis ziehen.*
- *Dass Griseldis Mann und Hof verlässt, ist in Halms Stück die wichtigste Neuerung gegenüber früheren Bearbeitungen.*
- *Halm lässt Percival nicht aus Bosheit oder einem anderen individuellen Antrieb handeln, sondern als Karikatur eines Mannes, der vor lauter Stolz, Heldentum, Selbstsicherheit, Selbstüberschätzung, Besitzdenken und mangelnder Sensibilität nicht nur nicht merkt, was er Griselda antut, sondern auch nicht, dass er nur als Werkzeug der Macht anderer benutzt und selbst zum Opfer wird.*

- *Die Schlüsselstelle von Halms Stück ist Griseldas Begründung, warum sie nicht mit ihrem Mann weitermachen will: Es ist ›Die Achtung meiner selbst‹.*
- *Griseldis Leidensbereitschaft und Selbstverleugnung findet an ihrer Selbstachtung als Mensch (an ihrer Menschenwürde) eine Grenze.*
- *Ihre Liebe kann für sie nicht der Preis für seine Liebe sein.*
- *Halms Griseldis ist ein Beitrag zur Befreiung der Frau aus einer Beziehung zu einem unmenschlichen Mann lange vor Ibsens* Nora *(1879) und vor dem Einfluss der organisierten Frauenbewegung, der erst Ende des 19. Jahrhunderts einsetzt.*
- *1835 wurde Halms Griseldis am Wiener Burgtheater mit großem Erfolg uraufgeführt. Das Werk wurde in mehrere Sprachen übersetzt und während des 19. Jahrhunderts oft erfolgreich gespielt.*
- *Auf der Basis von Halms Drama entstand Carl Heinrich Herzels Libretto zur Oper* Percival und Griseldis *(1851).*
- *Halm fand auch Nachahmer unter Dramatikern, so beim polnischen Grafen Christien Ostrowski in seinem Werk* Griselde ou la fille du peuple *(1852), das wohl nicht zufällig ein Jahr nach der Aufführung der Herzels Oper erschien.*
- *Ostrwoskis Werk ist in weiten Teilen eine Kopie von Halm in französischer Sprache. Einige Neuerungen sind aber nennenswert.*
- *Percival ist bei Ostrowski ein früherer Liebhaber von Königin Ginevra, und weil diese ihn einst zur Prüfung seiner Liebe für einen Blumenstrauß in den Kampf schickte, ist neben der Wette auch Rache Antrieb seines Handelns.*
- *Auch ist bei Ostrowski das Band zwischen Griselda und Percival mehr von Liebe geprägt, denn sie kommen sich nahe, als der verwundete Percival sich verstecken muss und von Griselda und ihrem Vater versteckt und gepflegt wird.*
- *Weiter fügt Ostrowski dem Stück mit Ritter Gauvin einen Intriganten nach dem Vorbild Otones hinzu, der versucht, die verstoßene Griselda unter Bedrohung ihres Kindes gefügig zu machen.*
- *Als Ginevra Gauvin gewähren lässt und Griselda auch noch von ihrem Vater verstoßen wird, verfällt sie vorübergehend dem Wahnsinn.*

Zu ihrer Erlösung nimmt sie das Gift, mit dem Ginevra eigentlich ihr Kind töten wollte.

- *Am Schluss fällt die Königin vor der sterbenden Griselda auf die Knie, der König krönt sie, und sie kann Percival noch verzeihen.*
- *Im Unterschied zu von Arnim ist Griseldas Tod hier kein Gnadengeschenk ewiger Liebe, sondern Selbstmord aus Verzweiflung.*
- *Der Schluss wirkt bei Ostrowski zwar dramatischer als bei Halm, geht aber völlig an der Pointe von Halms Stück vorbei, die ja gerade darin besteht, dass Griselda die Handlung aus Selbstachtung auflöst, indem sie ihrem Mann nicht verzeiht und ihn verlässt.*
- *Auch Felix Nabor, ein Volksschriftsteller aus dem Elsass, folgt mit* Griseldis. Roman aus dem 12. Jahrhundert *(1910) dem Vorbild Halms, trivialisiert diesen aber ebenso wie Ostrowski.*
- *Griseldis verlässt bei Nabor zwar ihren Mann vorerst aus denselben Gründen wie bei Halm, kehrt aber auf die vereinten Bitten ihrer Kinder und der Mutter des Grafen wieder zu ihm zurück, womit Nabor aus Halms moderner Griselda wieder die alte macht. Mutterliebe soll stärker sein als Menschenwürde.*

Gerhart Hauptmann, Griselda. Lustspiel, *Berlin 1942 (1909).*

- *Hauptmanns Stück entwickelt sich zwar entlang der traditionellen Elemente des Griselda-Stoffes, diese erhalten aber durchs Band eine neue Bedeutung, insbesondere sind alle Proben weder psychologisch oder von außen, sei's durch das Volk, einen Freund des Grafen oder einen Intriganten, sondern allein durch die Natur motiviert.*
- *Ort und Zeitpunkt des Geschehens werden von Hauptmann nicht näher bestimmt. Das scheint auch nicht nötig, da es ja um das ewige Walten der Natur geht. Authentizität ist das Motto.*
- *Hauptmann beginnt gleich bei der Begegnung des Grafen mit Griselda auf ihrem elterlichen Hof.*
- *Der ungestüme und grobe Graf, der hier Ulrich heißt, erscheint als Fremder bei der Bauernfamilie Helmbrecht und bittet Griselda um einen Schluck Wasser, den sie ihm jedoch verweigert.*
- *Der Graf bringt seinen Wunsch noch mehrmals vor, wobei er immer aggressiver wird und Griselda mit unflätigen und sexuell anzüglichen*

Bemerkungen beleidigt, bis diese derart in Rage gerät, dass sie den aufdringlichen Lüstling mit einer Schaufel traktiert.

– *Als Griselda doch endlich mit einem Becher Wasser kommt, gießt sie es dem Grafen über den Kopf, worauf dieser sie packt, ins Haus drängt und ihr zeigt, dass sich ein richtiger Mann nimmt, was er will, kurz: Er vergewaltigt Griselda.*
– *Schon die Szene mit der ersten Begegnung versammelt alle wesentlichen Elemente von Hauptmanns Stück und macht die Unterschiede zu allen früheren Bearbeitungen des Griselda-Stoffes deutlich.*
– *Griseldas Familie ist zwar arm, aber frei, sodass der Graf Griselda weder aufgrund des Standes zu etwas zwingen kann, noch ihr durch eine Befreiung vom Zwang eine gewisse Eigenständigkeit einräumen muss. Der Vater ist aufmüpfig, aber als ehemaliger Soldat des Grafen aus Dankbarkeit angepasst. Dafür hat er zu Hause das Sagen. Griseldas Mutter neigt zu übergroßer Vorsicht und Unterwürfigkeit.*
– *Einen besonderen Wert in der Familie Helmbrecht bildet die Arbeit und die Liebe zur Scholle. Darauf gründet ihr ganzer Stolz.*
– *Griselda ist schön, natürlich, kräftig, arbeitsam, eigensinnig, furchtlos. Und nicht nur wegen ihren dicken blonden Zöpfen ist sie eine sehr deutsche Griselda, denn wie Brunhilde ergibt sie sich nur dem, der sie im Kampf bezwingt. Am ehesten lässt sich diese Griselda mit der widerspenstigen Grissel bei Decker & Co vergleichen.*
– *Graf Ulrich ist ihr Pendant, ein an Halms Percival erinnernder Grobian und Egoist, der das künstliche Leben des Adels verachtet, und glaubt, sich aufgrund seiner Männlichkeit alles erlauben und seinen sexuellen Willen seiner Natur gemäß durchsetzen zu können. Dienstmägde hat er schon reihenweise entjungfert. Die Weisheit für seine Geschlechtsgenossen lautet ›ein Weib, das lieben soll, muss ohnmächtig sein‹. Als richtiger Mann ist dieser Graf ein Jäger und die Frau seine Beute, die die Jagd umso interessanter macht, je widerspenstiger sie sich verhält. Hat er sie besiegt, ist sie sein alleiniger Besitz.*
– *Geht es Graf Ulrich zuerst nur ums Sexuelle, wird er von seinem Onkel Graf Eberhard und seinem Cousin Heinz zur Heirat überredet, worauf es nicht schnell genug gehen kann.*

- *Der Graf reitet flugs mit seiner Jagdgesellschaft zu Helmbrechts Hof. Auf eine Wette will er seinen Freunden hier nochmals zeigen, dass nur ein richtiger Mann einer richtigen Frau einen Kuss entlocken kann. Der Kollege Baron versucht es auch, blitzt aber ab. Ulrich versucht es wieder im Vergewaltigungsstil und hat Erfolg. Der Kampf der Geschlechter ist vorerst vorbei, ab geht's mit der gezähmten Widerspenstigen zur Hochzeit aufs Schloss.*
- *Die schöne Bauerntochter wird zwar bei der Hochzeit von der Hofgesellschaft gedemütigt, hat dann aber Gelegenheit, den gekünstelten und dem Müßiggang huldigenden Damen zu zeigen, wie man eine Sense führt und wie harte Arbeit viel mehr adelt als Herkunft.*
- *Wahrscheinlich ist es die gemeinsame Verachtung des höfischen Lebens, die der unbedingten Liebe zwischen dem Grafen und Griselda zugrunde liegt. Bei Griselda erstaunt diese Liebe nach dem brutalen Anfang.*
- *Der Kampf der Geschlechter kommt nur so lange zum Stillstand, bis Griselda schwanger wird, und Ulrich gewahr wird, dass er Griseldas Liebe fortan mit dem Kind teilen muss. Er betrachtet das Kind als eine Art Nebenbuhler, einen ›Gewalttäter gegen den Gewalttäter‹.*
- *Als Griselda einen gesunden und kräftigen (!) Knaben zur Welt bringt, steigert sich Ulrichs Eifersucht noch mehr, sodass die Gräfin Eberhard fürchtet, er könnte dem Kind etwas antun, und es der Mutter wegnimmt und in Sicherheit bringt.*
- *Griselda lässt es gleichgültig geschehen, wobei sie sich selbst nicht im Klaren ist, ob zum Selbstschutz aufgrund ihrer mütterlichen Gefühle oder weil sie die kinderlose Beziehung zum Grafen auch ganz gut findet. Ihre ambivalenten Gefühle schildert sie Eberhard.*
- *Dann setzen sich aber doch die Muttergefühle durch, worauf sich der Graf schmollend in eine abgelegene Jagdhütte verzieht.*
- *Ohne Mann und Kind fühlt sich Griselda auf dem Schloss überflüssig und geht wieder nach Hause, wo sie arbeiten und sich selbst sein kann.*
- *Das Grafenpaar Eberhard versucht, die beiden wieder zusammenzubringen. Griselda willigt nur unter der Bedingung ein, wieder ins Schloss zurückzukommen, wenn sie da etwas arbeiten dürfe.*
- *Und so kommt es, dass Griselda als Putzfrau ins Schloss zurückkehrt. Als sie die Treppenstufen des Schlosses scheuert, erklärt sie, wie sie*

dabei die Schmach, die das Schloss und sie selbst über sich gebracht haben, wegzuwischen versucht. Sie hätte Ulrich gleich erwürgen und ihn nicht auch noch heiraten sollen. Sie fühlt sich also selbst verantwortlich für ihr Unglück.

- *Die Auflösung beginnt damit, dass Ulrich das Kind zurückrufen lässt. Da nun die Amme, die das Kind die Treppe hinauftragen soll, aufgrund einer Fußverletzung ausfällt, überreicht sie das Kind der hier arbeitenden Putzfrau.*
- *Griselda schließt ihr Kind in die Arme, bricht aber sogleich unter der Last zusammen, wobei sie einen Herz zerreisenden Schrei ausstößt.*
- *Sogleich erscheint Ulrich, der glaubt, Griselda habe nach ihm gerufen. Natürlich war es der Schrei der Mutter.*
- *Aber Hauptsache, der Ruf kommt aus der Natur, ob nun von Frau oder Mutter, der Mann reagiert am Schluss auf beides und Mutter, Frau, Mann und Kind gehen auf im ›großen Zusammenhang‹, wie Hauptmann die Kleinfamilie nennt.*
- *Alle sind machtlos gegen die Natur, gegen die biologischen Instinkte, die ihnen ihre Rollen als Liebende, Eheleute und Eltern zuweisen.*
- *Das Happy End besteht in der Einsicht in die natürlichen Zusammenhänge, die allenfalls durch Übertreibung gestört werden können, was aber lediglich nach Mäßigung, nach Vermeidung der Extreme verlangt. Entsprechend sagt Griselda im letzten Satz des Stücks: ›Du musst mich weniger lieben, Geliebter!‹*
- *In Hauptmanns Griselda geht es um den triebgesteuerten Kampf der Geschlechter, der sich von der übertriebenen Individualität beim ersten Zusammentreffen, über die Zweisamkeit des Paares zur Dreieinigkeit der Familie entwickelt. Dieser Prozess wird mit extremen Charakteren durchgespielt, mit Übermenschen.*
- *Alles in diesem Prozess ist von der Natur vorgegeben, die zwar als ambivalent aber letztlich als gut, weil unüberwindbar betrachtet wird. Am besten zeigt sich diese Ambivalenz in der Liebe, die gleich viele Probleme schafft, wie sie überwindet.*
- *Die menschliche Vernunft wirkt in diesem Prozess nur als Einsicht in die Notwendigkeit und wirkt bestenfalls mäßigend.*

- *Den Schluss, die Halms Griselda zieht, erscheint in dieser Perspektive, in der Schuld und Sühne keinen Sinn machen, als naiv. Niemand kann schuldig sein, weil sich niemand entscheiden kann. Alle sind Opfer, machtlos der Natur ausgeliefert.*
- *Kein Wunder, dass Hauptmanns Stück, das bei seiner gleichzeitigen Uraufführung in Berlin und Wien anno 1909 noch durchfiel, in der Nazi-Zeit besonders gut ankam. Berühmt ist die Inszenierung von 1935 mit Käthe Dorsch in der Titelrolle. Die bestbezahlte Schauspielerin im 3. Reich gab eine besonders schöne und kraftstrotzende Griselda, die wunderbar zur Blut- & Boden-Mythologie der Nazis passte. Die Verklärung der bäuerlichen Arbeit, überhaupt der Arbeit, die adelt, die deutsche Frau und Mutter, der deutsche Mann als disziplinierter Krieger – alles lässt sich mit Hauptmanns Stück auf der Bühne feiern.*
- *Bei Hauptmann erreicht die Bearbeitung des Griseldis-Stoffes den Höhepunkt der Frauenfeindlichkeit. Der Autor möchte uns nicht nur erklären, was die wahre Natur von Mann und Frau ist und welche Rolle sie demgemäß zu spielen haben, als könnten Menschen nicht selbst entscheiden, welche Rollen sie spielen wollen, er billigt der Frau gerade noch so viel Vernunft zu, dass sie ihrem Mann in Anerkennung seiner Liebe sagen kann, er soll es mit der Liebe nicht übertreiben, was in Hauptmanns Lustspiel heißt: keine Frauen vergewaltigen.*
- *Schon bei Halm scheint die Frau nur zu selbstständigen Entscheidungen herausgefordert, wenn es der Mann übertreibt und dann auch noch keine Einsicht zeigt. Ob der Mann dadurch etwas lernt, bleibt fraglich, aber die Entscheidung kommt wenigstens der Frau zugute. Auch bei Hauptmann bleibt offen, ob der Mann auf Griseldas Empfehlung eingeht, sie unterwirft sich ihm gemäß der Natur der Geschlechter ohnehin.*

Ludwig Berger, Griseldis. Ein Volksstück. *München 1921 (1920).*

- *Die letzte ernsthafte künstlerische Bearbeitung des Griselda-Stoffes stammt von Ludwig Berger, der in den 1920er-Jahren mit Stummfilmen bekannt wurde. Auch der Dramaturgie seiner Griseldis ist die Nähe zum Film anzumerken. ›Volksstück‹ nannte es Berger wohl auch darum, da es sich nicht an ein Publikum von Übermenschen richtet. Berger war Jude und musste vor den Nazis fliehen.*

- *In den ersten beiden Akten folgt Berger weitgehend Hauptmann. Auch er beginnt mit dem physischen Kampf des Grafen mit Griseldis, gefolgt von Heirat und Eifersucht des Ehemanns auf seinen Sohn, der Kindesentführung und Griseldis' Verlassen des Schlosses. Auch er endet mit der Dreieinigkeit von Mutter, Vater und Kind. Die Akte drei und vier verlaufen bei Berger aber anders als bei Hauptmann und sein Schluss hat eine ganz neue Bedeutung.*
- *Auch bei Berger gibt es keinen Prüfungsvorsatz. Auch bei ihm kommt der Antrieb zu den Handlungen aus der Natur, ist nun aber anderer Art als bei Hauptmann; es ist die Sehnsucht nach einer verlorengegangenen Einheit.*
- *Auch anders als bei Hauptmann beschränkt Berger die Handlung nicht auf Griseldis und ihren Mann, die den Geschlechterkampf mehr oder weniger alleine austragen, sondern es kommen vermittelnde Figuren hinzu wie ein Abt, einige Mönche, die Haushälterin Nata, und auch Griseldis' Vater Claus spielt eine zentrale Rolle (im Gegensatz zu ihrer Mutter, die vor lauter mütterlicher Gefühle angesichts des Schicksals ihrer Tochter stirbt).*
- *Dem zusätzlichen Personal angepasst hat Berger auch die Orte der Handlung. Neben der Hütte von Griseldis' Familie im Tal und dem Schloss auf dem Berg spielen der dazwischen liegende Wald und ein außerhalb liegendes Kloster wichtige Rollen. Der Wald steht für die unüberwindbaren Gegensätze der wilden Natur, in der die Jagd auf Tiere und Menschen stattfindet, das Kloster steht für Vermittlung, Neutralität, Zivilisation, Mütterlichkeit.*
- *Die Vermittlung zwischen den Spielorten und die Mitteilung nicht dargestellter Handlungen übernimmt einer der Mönche, der Bruder Chronist, worin sich Bergers filmdramaturgischer Zugang zeigt.*
- *Griseldis ist bei Berger ein Naturwesen, das verträumt in einer fantastischen Märchenwelt lebt und unbewusst weiß, was zu tun ist. Im Wald ist sie das Reh, das nicht vor dem Jäger flüchtet, sondern das einfach dasteht, bis es getroffen wird. Im Haus hat sie Züge der Jungfrau Maria, für die nur Vater und Sohn vertraut sind, ein anderer Mann aber fremd bleibt.*

- *Aus dieser ursprünglichen Welt, in der nur die eigene Mutter fehlt, wird Griseldis gerissen, dahin will sie als Mutter zurückkehren.*
- *Der Graf wird von Berger zum Herzog erhoben, womit er wohl sagen will, dass dieser moralisch über Hauptmanns Graf Ulrich steht, denn der Herzog fühlt sich nach seiner triebhaften Attacke auf Griseldis schuldig, als Tier, wie er selbst sagt, und geht sogleich zur Beichte ins Kloster, wo er sich beim Abt auch noch erkundigt, wie einer Frau auf zivilisierte Weise zu begegnen sei.*
- *Dieser Mann handelt anfänglich aus Unwissenheit wie ein Tier. Es schwant ihm zwar, dass sich Griseldis ihm nicht aus Liebe hingegeben, sondern nur körperlich hergegeben hat.*
- *Nicht durch einmalige Unterweisung, sondern Schritt für Schritt, wenn auch ruckartig, erfährt er nun, wie er sich richtig zu verhalten hat, wenn er nicht für immer einsam bleiben will.*
- *Nach der Geburt des Sohnes Florian nimmt der Herzog diesen Griseldis weg und bringt ihn zur Erziehung ins Kloster.*
- *Griseldis verlässt daraufhin das Schloss mit der Unterstützung ihres Vaters und will nur unter der Bedingung zurückkehren, dass auch ihr Sohn zurückkommt.*
- *Nach 17 Jahren, in denen Florian im Kloster liebevoll erzogen wurde, flieht er aus dem Kloster und verirrt sich auf den Hof, wo Griselda und ihr Vater lebt, dem sie zugleich Kind, Hausfrau und Mutter ist.*
- *Wie seine Mutter ist Florian verträumt und von Sehnsucht getrieben. In seinem neuen Zuhause glaubt er alles gefunden zu haben, was ihm bislang fehlte. Der gütige Großvater Claus und eine richtige Mutter, die ihm Lieder vorsingt und Märchen erzählt, ist seine erste Bekanntschaft mit der Familie, dem Ziel seiner Sehnsucht.*
- *Von Vatergefühlen getrieben, will der Herzog Florian dieser Idylle, die er für nur scheinbar hält, entreißen und ihn aufs Schloss zurückholen.*
- *Zweimal misslingt der Versuch. Erst als Griseldis sich sicher ist, dass ihr Sohn dieselbe Sehnsucht hegt wie sie, und ungezügelter Männlichkeit zu widerstehen vermag, schickt sie ihn zum Schloss, womit sie die Lösung einleitet.*
- *Auch Griseldis kehrt dann wieder ins Schloss zurück. Diesmal braucht sie für den Weg nicht mehr die väterliche Hilfe. Das Bewusstsein, ihr*

Kind richtig erzogen zu haben, gibt ihr Selbstvertrauen, das sie autonom und gezielt handeln lässt, nicht einfach nur aus einer diffusen Sehnsucht, sondern im Bewusstsein, diese Sehnsucht so weit wie möglich konkretisiert und befriedigt zu haben.

- *Noch ist die alte Dreisamkeit, wie sie Griseldis und ihr Sohn in Griseldis' Herkunftsfamilie erlebt haben, aber nicht vollends wiederhergestellt oder durch eine neue, eigene Familie ersetzt, dazu muss der Herzog zuerst noch von Griseldis aufgeklärt werden.*
- *Mit didaktischem Impetus erklärt sie ihrem Mann nach ihrer Rückkehr die Zusammenhänge – bis* er *nun einen Schrei ausstößt. Himmel! Wie habe ich all das bis anhin übersehen können!*
- *Indem Griselda sich ihrer eigenen Sehnsucht bewusstwird, versteht sie am Schluss auch ihren Mann und kann ihm helfen, sich selbst zu verstehen und seine Rolle als Familienvater zu akzeptieren.*
- *Mit dem Wissen seiner Frau vermag der Herzog seine Ohnmacht und Hilflosigkeit zu überwinden. Am Schluss setzt sich nicht die übertrieben emotionale Männlichkeit durch wie bei Hauptmann, der die Frau zur Männin macht, sondern die vernünftige Mütterlichkeit, die für den Mann als Vater ein Vorbild ist. Dementsprechend ist das letzte Wort in Bergers Drama ›Mutter‹, wo es bei Hauptmann ›Geliebter‹ war.*
- *Bergers Stück beginnt mit der Sehnsucht einsamer Personen, die sich nach Vereinigung sehnen, um ihrer Einsamkeit zu entkommen. Die Einsamkeit des Herzogs rührt von seiner Befangenheit im Trieb, diejenige von Griselda im mangelnden Bewusstsein von etwas, über das sie als Frau bereits verfügt. Griselda wird sich dieser Sehnsucht bewusst, indem sie sich der Mutterschaft als Überwindung der Einsamkeit gewahr wird.*
- *Die Liebe zum Sohn, aber auch die Liebe des Kindes zu den Eltern führt zur wahren Liebe, die autonom handelnde Individuen voraussetzt, die sich füreinander entscheiden können. Niemand soll niemanden besitzen. Und schon gar nicht soll die Frau wieder zur Rippe des Mannes werden wie bei Hauptmann.*
- *Wenn durch diese Liebe auch das Gefühl der Einsamkeit überwunden wird, bleibt das für jede Entscheidung typische Gefühle des Alleinseins*

bestehen. Emotional kann es aber durch die Familie, die den Ursprung wieder aufleben lässt und in die Zukunft weist, aufgefangen werden.
- *Anders als bei Hauptmann ist das Kind bei Berger nicht nur ein Symbol der Vereinigung, sondern ein konkreter Mensch, dessen Vermittlung auch für das konkrete Leben insgesamt steht, denn was sich zwischen ihm und den Eltern abspielt, spielt sich über Generationen hinweg immer wieder gleich ab. Es ist das Leben.*
- *Berger ist auch insofern Realist, als er die Gesellschaft einbezieht. Ob es nun das Volk, die Verwandtschaft, irgendwelche Intriganten oder ein paar Klosterbrüder sind – auch Liebende handeln nie jenseits aller Gesellschaft.*
- *Berger scheint sein Griselda-Stück ganz gezielt gegen dasjenige von Hauptmann geschrieben zu haben, und manchmal hatte ich den Eindruck, dass dort, wo bei Hauptmann Nietzsche Pate gestanden hat, es bei Berger die Frau von Salomé war.*
- *Unter künstlerischem Gesichtspunkt ist Bergers Drama nun aber reichlich misslungen. Halb Theater, halb Film, halb Gedicht, halb Prosa, ein Zuviel an märchenhaften Bildern und ein Zuviel an analytischen Kommentaren. Alles muss zur Sprache gebracht werden und zu viel davon in den eigenartigsten Wortschöpfungen.*
- *Waren Edgeworths übermütige Formulierungen gewöhnungsbedürftig, Halms sprachliche Anlehnungen an Schiller oft läppisch, Blunts Reime ermüdend und Hauptmanns ruppige Sprache abstoßend, so setzte Berger mit dem letzten Versuch, aus der Griselda-Geschichte etwas Neues zu machen, auch in sprachlicher Hinsicht neue Maßstäbe, zu deren Beurteilung mir die Worte fehlen. Bergers eigene Worte treffen es wohl am besten: ›wundweher Weinschmerz‹.*

Damit enden die Zusammenfassungen der künstlerischen Bearbeitungen des Griselda-Stoffes. Es folgen einige Interpretationen. Möchtest nicht du das Vorlesen der restlichen Seiten wieder übernehmen? Es sind jetzt nur noch etwa 30 locker beschriebene Seiten, dann haben wir's.«

»Nun denn«, sagt Bigna müde und nimmt den Ordner an sich. »Also:

- *Nach Berger bricht das Interesse an der künstlerischen Bearbeitung des Griselda-Stoff abrupt ab. Abgesehen von einem kurzen Auflodern des Interesses an Hauptmanns Stück in der Nazi-Zeit, scheint es beim kunstinteressierten Publikum nicht anders zu sein. Das heutige Interesse an Griselda-Opern ist ganz Interesse an der Musik.*
- *Das Interesse am Griselda-Stoff begann schon im 19. Jahrhundert in die akademische Beschäftigung mit dem Stoff und seinen künstlerischen Bearbeitungen überzugehen.*
- *Warum aber versiegt das Interesse am Griselda-Stoff mit einer mehr als über 500-jährigen Tradition auf einmal?*
- *Wie sich zeigte, war es neben den Ansichten und Absichten der Autoren der jeweilige historische Kontext, der sich in den Bearbeitungen niederschlug. Also dürfte auch ein neuer Kontext das Interesse an der Geschichte zum Erliegen gebracht haben.*
- *Boccaccio war sich der Kontextualität seiner Novelle noch bewusst, wie seine Verlegung der Handlung ins rückständige Hinterland zeigt.*
- *Im Gegensatz dazu findet sich schon bei Petrarca kein solches Bewusstsein der Kontextualität mehr. Er will der aus dem* Dekameron *herausgelösten Novelle mit seiner religiösen Interpretation eine zeitlose Bedeutung geben, bleibt aber gerade dadurch dem historischen Kontext noch mehr verhaftet. Er liefert nur ein* Exemplum, *wie es für die mittelalterliche Ständegesellschaft typisch ist.*
- *Damit lieferte Petrarca die Vorlage für alle weiteren Bearbeitungen bis ins Zeitalter des Barock. Ob nun die Duldsamkeit der Frau, die standesgemäße Ehe, das problematische Verhältnis von Liebe und Ehe, die Ehe als christliche Lebensgemeinschaft oder die Familie als Ort christlicher Kindererziehung in den Mittelpunkt gerückt wurde, und ob es um tiefsinnige Belehrung oder lockere Unterhaltung ging – die Autoren machten aus dem Griselda-Stoff stets Beispiele, die ihnen im jeweiligen historischen Kontext wünschenswert und dem Publikum plausibel erschienen.*
- *Diese wenig soziologische und moralisierende Außensicht ging im Barock, in eine Innensicht über, in der das bis dahin vorherrschende*

Beispiel nur noch ein Mittel ist, um die Psychologie der Beteiligten, einschließlich Zuschauer, in all ihren Widersprüchlichkeiten zu zeigen.

- *Im 18. Jahrhundert übernimmt die Bühne die Funktion, die ständischen Verhältnisse aufzuzeigen, wozu der Blick auf deren Verwicklungen am Hof des Herrschers gerichtet wird. Aus schematischen Figuren werden komplexe Personen, deren Rollen von Schauspielern nicht mehr nur verkörpert, sondern in einer Weise gespielt werden, dass sich der Zuschauer mit ihnen identifizieren kann. Das Spiel mit den Gefühlen des Publikums erreicht in der Oper seinen Höhepunkt.*
- *Als im 19. Jahrhundert die bürgerliche Gesellschaft die ständischen Verhältnisse abzulösen beginnt, wird der Griselda-Stoff zum Experimentierfeld, auf dem ebenso utopische wie rückwärtsgewandte, aber meist gesellschaftskritische Bearbeitungen entwickelt werden.*
- *Die Kontextabhängigkeit der verschiedenen Bearbeitungen bedeutet auch, dass die von Boccaccio aufgegebenen Rätsel der Griselda-Geschichte immer nur vorübergehend ›gelöst‹ wurden.*
- *Mit dem Verblassen der Rollen der ständischen Gesellschaft kommt der Griselda-Geschichte der Kontext, in der ihr noch ein Sinn abzugewinnen und das Rätselhafte aufzulösen wäre, immer mehr abhanden.*
- *Im 20. Jahrhundert lösen sich auch noch die letzten Überbleibsel der ständischen Gesellschaft auf. Im rechtlichen und politischen Sinn verschwindet das Patriarchat und kann fortan nur noch im erweiterten Sinn als strukturelle Benachteiligung von Frauen verstanden werden.*
- *Weder das Verhalten eines Grafen, der eine Frau grausamen Prüfungen unterwirft, noch deren duldsames Verhalten kann fortan unangefochten öffentlich inszeniert werden. Auch standesgemäße Heiraten gibt es nur noch im übertragenen Sinn.*
- *Bei Hauptmann und Berger fallen die Prüfungen der ursprünglichen Griselda-Geschichte ganz weg. Anstelle der früheren Rollen und Handlungsmotive tritt die Natur des Menschen, insbesondere die der Frau. Wenn der Mann ihre Liebe will, muss er sich der Geliebten oder Mutter anpassen, indem er seinen Trieb dämpft. Selbst die kleinen Spielräume, in denen die Frau in früheren Bearbeitungen Kritik und Auflehnung zeigte, ordnen diese Autoren der eindeutigen Natur unter.*

- *Gesellschaftliche Zwänge und Rollen spielen bei Hauptmann und Berger deshalb keine Rolle mehr, weil sich der gesellschaftliche Kontext grundlegend verändert hat. Die früheren sozialkritischen Darstellungen laufen nun ins Leere. Der letzte Halt kann nur noch die Natur sein, womit wir fast wieder bei Petrarca wären, bei dem Gott alles lenkte.*
- *Auch wenn die Griselda-Geschichte im Allgemeinen keinen Sinn mehr macht, mag sie doch immer noch in der einen oder anderen Form ihrer Bearbeitung für* einzelne *bedeutsam sein, als ein Modell, das ihnen hilft, ihre spezielle Lebenssituation besser zu verstehen, sie zu legitimieren oder sie aktiv umzugestalten.*
- *Es gibt ja weiterhin Männer mit Eigenschaften, wie sie dem Grafen zugeschrieben werden, und Frauen mit den der Griselda zugeschrieben Eigenschaften. Auch vieles aus dem Umfeld von Graf und Griselda wird es wohl immer geben, bis hin zum gefühlsseligen Volk, das an seiner eigenen Unterdrückung mitarbeitet.*
- *Was es immer weniger gibt, sind Rollen, in die man sich fügen muss und in denen man sich bestenfalls vorteilhaft einrichten kann. Griselda kann fortan nur noch eine Schauspielerin sein.*
- *Wenn der Zwang entfällt, kann man sich natürlich noch weiterhin in die gegebenen Verhältnisse einfügen, häufiger wird man sich nun aber für diese oder jene Rolle entscheiden, und wahre Selbstverwirklichung besteht nun im klugen Umgang mit verschiedenen Rollen.*
- *Aber wie gesagt: Zur Orientierung können ausgewählte Bearbeitungen der Griselda-Geschichte auch künftig noch als Modell dienen, denn es ist immer besser, seine Entscheidungen angesichts der konkreten Lebenssituation schon mal in Modellen durchzuspielen, bevor man sie in die Tat umsetzt.*
- *Jeder ist nun frei, das Rätsel der Griselda für sich selbst zu lösen.*
- *Von diesen subjektiven Interpretationen werden wir nur selten erfahren.*
- *Auch von den akademischen Interpretationen sind nur wenige greifbar.*
- *Die Interpretationen, die sich ganz auf den historischen Ursprung der Griselda-Geschichte konzentrieren, lass ich beiseite. Keiner dieser Studien ist es glaubhaft gelungen, jemand anderen als Boccaccio als Urheber der Geschichte auszumachen.*

Christine de Pizan, Le livre de la Cité des Dames. *1404/05 (Kritische Textedition von Monica Lange, Diss., Hamburg, 1974).*

- *In diesem schon wenige Jahre nach Boccaccio und Petrarca erschienenen Werk findet sich die erste überlieferte Interpretation.*
- *de Pizan, die in ihrer Streitschrift* Cité des Dames *gegen die frauenfeindlichen Vorurteile in Jean de Meuns* Roman de la Rose *anschrieb, führt Griselda unter rund 200 anderen historischen Frauen auf, die als Herrscherinnen, Kriegerinnen, Künstlerinnen, Dichterinnen oder Erfinderinnen de Meuns Ansichten entkräften sollen.*
- *Sie schließt sich hauptsächlich dem von Petrarca geprägten Griselda-Bild an und hebt vor allem ihre Demut und ihren Gehorsam hervor, insofern sich diese auf den Unterhalt und die Pflege ihres alten Vaters beziehen. Was Griselda für de Pizan auszeichnet, ist nicht nur ihre Pflichterfüllung, sondern dass sie dieser mit Liebe nachkommt. Darin zeigt sich für de Pizan die besondere Charakterstärke von Frauen.*
- *Der Graf wird von de Pizan mit keinem Wort kritisiert. Indem er das Verhalten Griseldas am Schluss lobt, erscheint er sogar als positives Beispiel eines lernfähigen Mannes, von dem sich ein Jean de Meun etwas abschneiden könnte.*
- *Neben den erwähnten Eigenschaften Griseldas als Ausdruck idealer Weiblichkeit hebt de Pizan noch hervor, wie sich eine gute Bildung von Frauen nicht nur für Ehe und Familie auszahle, sondern dem sozialen Frieden ganz allgemein dienlich sei.*

Friedrich von Westenholz, Die Griseldis-Sage in der Literaturgeschichte. *Heidelberg, 1888.*

- *Die erste großangelegte vergleichende Untersuchung des Griselda-Stoffes ist die Dissertation von Friedrich von Westenholz, einem nachmaligen Anglistik-Professor in Stuttgart.*
- *Er nimmt eine historische Perspektive ein und glaubt an eine ›Urfassung‹ der Griselda-Geschichte, möchte sich aber diesbezüglich nicht festlegen, wahrscheinlich auch, weil es ihm letztlich weniger um Ur-*

sprünge geht, sondern um die ›verschiedene Auffassungs- und Darstellungsweise eines und desselben Stoffes bei verschiedenen Völkern und zu verschiedenen Zeiten‹.

- *von Westenholz beginnt seinen Kulturvergleich mit der Zusammenfassung von Boccaccios Novelle und Petrarcas ›Übersetzung‹, gefolgt von den Griselda-Überlieferungen in Märchen, in denen sich der ›Volkscharakter‹ ebenso wie die Ursprünglichkeit der Geschichte besonders gut zeigen sollen. In einem dritten Schritt wendet er sich den poetischen Bearbeitungen zu, zuerst den epischen von Chaucer und Perrault, dann den dramatischen von Decker & Co, de Vega, Sachs und Halm.*
- *Schon bei der Hervorhebung der kulturellen Besonderheiten in den Märchen spart von Westenholz nicht mit Bewertungen. Im deutschen Märchen findet er neben einem ›Hauch gemütvoller Originalität‹ auch einen ›Hauch wohltuender Treuherzigkeit‹, die sich schon im Diminutiv ›Griseldele‹ zeige. In dieser Griselda mit ›ihrem Hauch von Naivität, freudiger Unterwürfigkeit und ihrem liebenden Herzen‹ sieht von Westenholz nicht nur ›eine echte Deutsche‹, sondern auch ein der Hingabe fähiges ›echtes Weib‹.*
- *Schon weniger Sympathien empfindet er für das dänische Märchen, in dem die Heldin namenlos ist. Sie handelt nämlich nicht aus Liebe, Treuherzigkeit, Naivität usw., sondern allein aus Pflichtgefühl und spricht dies auch bei jeder Gelegenheit aus. Dieses Märchen zeichnet sich nicht durch Gemüt, sondern durch rationale Kühle aus.*
- *Am isländischen Märchen, gefällt von Westenholz zwar die ›sehr lebendige Darstellungsweise‹ und ›consquente Charakterisierung‹ der Personen. Was ihn jedoch stört, sind die Gewaltandrohungen und der Sadismus des Grafen, und dass Grishildur hier weder aus Pflichtbewusstsein noch gar aus Liebe handelt, sondern in erster Linie aus Furcht. Zudem erweckten die Schilderung der düsteren Vorahnungen von Griselda und ihren Eltern in diesem Märchen den Eindruck großer Trostlosigkeit.*
- *Dem russischen Märchen kann von Westenholz überhaupt nichts abgewinnen. Es beginnt schon mit der brutalen Drohung des Königs, ›wenn du mir nur mit einem Wort widersprichst, so ist mein Schwert da, und der Kopf fliegt dir von den Schultern‹. Warum Griselda hier*

ganz passiv und geduldig ist, muss nicht weiter erklärt werden, womit nach von Westenholz aber die ganze Geschichte ihren Sinn verliert.

- *Interessant ist von Westenholz' Ansicht, dass der versöhnliche Schluss von Boccaccios Novelle unmöglich der ursprüngliche Gedanke dieses feinfühligen Dichters gewesen sein könne. von Westenholz glaubt, dass Boccaccio diesen Schluss auch nicht einfach unkritisch aus der Volksüberlieferung übernommen habe, sondern von ihm oder von späteren Bearbeitern des* Dekamerons *erst* nachträglich *eingefügt worden sei.*
- *Nach von Westenholz ist die Rechtfertigung des Grafen, er habe nicht aus einer Laune, sondern planmäßig gehandelt, eine ›Geschmacklosigkeit‹. Indem sie aber von Griselda akzeptiert wird, verzichte diese auf ihre Menschenwürde, und dies ist für von Westenholz das Rätselhafte an der Griselda-Geschichte.*
- *Des Weiteren meint er, dass alle künstlerische Bearbeitungen um die Lösung genau dieses Rätsels kreisen – bis Halm nach 500 Jahren mit seinem tragischen Schluss eine Lösung gefunden habe.*
- *von Westenholzes Bewertungen der epischen und dramatischen Bearbeitungen bemessen sich am Kriterium, inwieweit Griseldas Menschenwürde Rechnung getragen wird. Dabei kommen all jene Bearbeitungen gut weg, in denen Griselda aktiv und selbstbewusst auftritt und der Graf einen glaubhaften Wandel durchmacht.*
- *Aber am Schluss ist es nur Halms Bearbeitung, welche ›als die allein berechtigte gelten‹ kann.*
- *Den einzigen Makel an Halms Stück sieht von Westenholz darin, dass es ganz auf einem Zufall beruht. Denn wäre Parceval nicht betrunken gewesen, hätte er Königin Ginevra nicht beleidigt und diese hätte die Geschichte nicht ins Rollen gebracht.*
- *Die Lösung des Rätsels der Griselda-Geschichte kann nach von Westenholz nur ein tragischer Ausgang sein.*
- *Ähnlich wie von Westenholz die Vorzüge des deutschen Märchens hervorhebt, scheint ihm der Hinweis wichtig, dass die richtige Lösung einem* deutschen *Dichter eingefallen sei.*

Käte Laserstein. Der Griseldisstoff in der Weltliteratur. Eine Untersuchung zur Stoff- und Stilgeschichte. *Weimar 1926.*

- *Die bis heute umfangreichste Behandlung des Griselda-Stoffes ist die Dissertation der Germanistin und Lehrerin Käte Laserstein, der jüngeren Schwester der bekannten Malerin Lotte Laserstein.*
- *Auch für Laserstein gibt es eine Urform der Griselda-Geschichte, aber auch sie will sich nicht festlegen. Und auch Laserstein gelangt zum Schluss, dass es einen Kulminationspunkt in der Bearbeitung des Stoffes gibt, nämlich im Werk Hauptmanns.*
- *Die historische Perspektive Lasersteins unterscheidet sich jedoch in wichtigen Punkten von jener von Westenholz'.*
- *Wo dieser den ›Volkscharakter‹ am Werk sieht, sind es bei Laserstein die historischen Epochen, die sich mit ihren gesellschaftlichen Konstellationen, ihrer Kultur und ihrem Kunststil in den Bearbeitungen des Stoffes niederschlagen. Wobei sich diese Epochen nach Laserstein nicht zufällig, sondern mit einer gewissen Gesetzmäßigkeit folgen. Lasterstein will den Griselda-Stoff diesem ›allgemeinen Ablauf einfügen‹.*
- *Wie jede evolutionistische Sichtweise geht auch diese von Ursprüngen aus. Darum gibt es für Laserstein eine Urfassung des Griselda-Stoffes, die sie ›Urstoff‹, ›Geist‹ oder ›Wesen des Stoffes‹ nennt. So wie ein roter Faden in Form epochaler Ereignisse die Geschichte insgesamt durchzieht, so auch die Bearbeitungen des Griselda-Stoffes, wo er sich sowohl in inhaltlicher als auch ästhetischer Hinsicht zeigt. Zu jeder Zeit gibt es einen Prototyp der Bearbeitung und ihm mehr oder weniger nahestehende Varianten.*
- *Inhaltlich bewegen sich die Bearbeitungen nach Laserstein von anfänglich äußeren Zwängen, die vor allem das unmenschliche Verhalten des Grafen erklärungsbedürftig machen, zu inneren psychologischen Zwängen, die nach einer Erklärung von Griseldas Verhalten als übermenschlicher Dulderin verlangen. Dazwischen geht es um die psychischen Konflikte des nach Unabhängigkeit strebenden Individuums angesichts äußerer Zwänge.*
- *So gesehen wird der Geschichte ästhetisch anfänglich der trockene Tatsachenbericht Boccaccios am besten gerecht, im Barock dann die*

auf der Bühne besonders gut zu inszenierenden Irrungen und Wirrungen wie bei Zeno und am Schluss Hauptmanns dramatische Schilderung des seelischen Geschlechterkampfs.

- *Lasersteins Bewertungen einzelner Bearbeitungen bemessen sich folglich nicht an einem absoluten Ideal wie dem der Menschenwürde, sondern nach Kriterien des jeweiligen historischen Kontexts.*
- *Wie meist bei historischen Betrachtungsweisen im Stile Lasersteins wird alles von einem idealisierten Ende her gedacht, gewissermaßen von der Krone der Schöpfung aus, der sich auch die Betrachterin zurechnet.*
- *Lasersteins idealer Aussichtspunkt, der die gesamte Geschichte des Griselda-Stoffes verständlich machen soll, ist Hauptmann, der allein das ›Wesen‹ des Stoffes erkannt habe.*
- *Indem er die Beziehung zwischen dem Grafen und Griselda von allen äußeren Voraussetzungen befreite, habe er nichts weniger als die Natur des Menschen erkannt, die zwar bei Mann und Frau unterschiedlich, aber ebenbürtig sei. In der Liebe zueinander strebten Mann und Frau zurück zur natürlichen Einheit, wobei selbst die Gesellschaft des Kindes stören würde.*
- *Dass Hauptmann ›nicht mehr an die Außenwelt mit ihren Antrieben und Auswirkungen glaubt, sondern die seelische Beziehung als einzige Triebkraft überhaupt‹ sieht, ist nach Laserstein die verbreitete Ansicht ihrer Zeit: ›der Glaube an die Gestaltung der Welt von der Seele her‹.*
- *Lasersteins eigene Interpretation ist auch nur Ausdruck dieser Zeit, in der psychologische Erklärungen populär wurden, denen zu meinem Leidwesen auch die Frau von Salomé zu huldigen begann. Möglicherweise hat ihr diese Schwäche auch den Sinn für den Feminismus genommen, wie die Kolleginnen aus meinem feministischen Lesekreis zu Recht meinen.*
- *Damit liefert Laserstein nur ein weiteres Beispiel, wie auch die Interpreten des Griselda-Stoffes ohne künstlerische Ansprüche dem herrschenden Zeitgeistes verhaftet bleiben, sei dies nun dem Historismus, dem Evolutionismus, dem Naturalismus, der Psychoanalyse, dem Existenzialismus oder dem Feminismus.*
- *Gemessen an dem mit Hauptmann angelegten absoluten Maßstab kann Laserstein in Bergers Werk nur einen Rückschritt erkennen.*

- *Berger gehe fälschlicherweise nicht von einer gemeinsamen menschlichen Natur aus, die sich zwar in Frau und Mann verschieden ausnehme, aber sich in der Liebe ihre ursprüngliche Einheit wieder bewusst machen könne, sondern von zwei eigenständigen Geschlechtern, die allenfalls durch Vermittlung eines Kindes und mit Hilfe wohlmeinender Gesellschaftsmitglieder das Auseinanderstreben ihrer Individualitäten überwinden könnten. Wobei sich Laserstein besonders daran stößt, dass dabei ›nicht das Weib ein Stück des Mannes‹ wird, ›sondern er muss zu ihr übertreten‹.*
- *Lasterstein sieht in Bergers missglücktem Versuch, das Griselda-Problem zu lösen, nur eines der ›Probleme der jüngeren Generation‹, nämlich das der Frau, ›die wohl ganz geliebt, aber nicht ganz besessen sein will, die das freie Verfügungsrecht ihrer Seele bewahrt auf Kosten der Möglichkeit einer letzten Einheit.‹*
- *Neben dieser völlig unsoziologischen und ganz vom Menschen als Mann ausgehenden Betrachtungsweise weist Lasersteins Blick auf die Bearbeitungen des Griselda-Stoffes noch weitere Trübungen auf. So blendet sie mehr oder weniger systematisch alle Schilderungen aus, die Griseldas Streben nach Autonomie zeigen, sei es in ihrer Auflehnung oder in ihrem aktiven Bemühen, sich in den misslichen Verhältnissen zu ihrem Vorteil einzurichten.*
- *Eine weitere Sonderlichkeit ist Lasersteins Betonung des Gegensatzes zwischen den Bearbeitungen des Stoffes im romanischen und im deutschen Sprachraum: dieweil in den ersteren nur eine geistreiche und unterhaltsame Lösung angestrebt worden sei, ›war der deutsche Geist auf eine endgültige Lösung für den wahren Kern des Problems aus‹. In den romanischen Bearbeitungen gehe es ›nie um den elementaren Trieb des Zueinander, der eben durch seine Naturhaftigkeit wieder geheiligt ist (wie später bei Gerhart Hauptmann), sondern um bloßes Raffinement der erotischen Bindung‹.*
- *Erotik anstelle von Liebe, Intrigen anstelle von Hingabe und Affekt anstelle begründeter Handlung machten die romanischen Bearbeitungen ›für germanisches Gefühl so schwer erträglich‹, und es müsse gesagt werden, ›dass diese Eigenschaften nicht Zufallserscheinungen sind, sondern Charakteristika der Rasse überhaupt‹.*

- *Weil sich Laserstein mit der ›Überbetonung des Sexuellen‹ in den romanischen Bearbeitungen so schwertut, fällt auch ihr Urteil über Madame de Saintonge vernichtend aus. Diese habe ›den Ruhm für sich, den Gipfel dessen erreicht zu haben, was an erotischen Beziehungen bis zur groben Geschlechtlichkeit dem Stoff überhaupt beizubringen war. […] In theatralisch-dramatischer Hinsicht ist die Verfasserin mit allen Effekten und Schikanen vertraut. Das Menschlich-Psychologische dagegen liegt tief im Argen. Die Menschen sind hier nur wichtig als Träger geschlechtlicher Beziehungen‹.*
- *Vor lauter Konzentration auf die Überbetonung des Sexuellen, von der sich Laserstein doch so abgestoßen fühlt, übersieht sie, dass de Saintonge ebenso wie der verehrte Hauptmann den übermäßig triebgesteuerten Mann, dem eine Lehre erteilt werden soll, an den Anfang der Geschichte stellt; auch übersieht sie, wie Griselda durch ihre Mitmenschen geholfen werden kann, bei de Saintonge durch die solidarischen Geschlechtsgenossinnen, sogar über die Standesgrenzen hinweg.*
- *Die Favorisierung der rein psychologischen naturalistischen Deutung des Griselda-Stoffes unter Ausschluss aller sozialen Aspekte entbehrt gerade im Fall Lasersteins – die als Dreivierteljüdin die Nazi-Zeit nur dadurch überlebte, dass sie sich versteckte – nicht der traurigen Ironie, dass sich das deutsche Volk während der Nazizeit entgegen seiner Vernachlässigung bei Hauptmann in dessen Stück wiederfand.*
- *Obwohl die psychoanalytische Interpretation des Griselda-Stoffes durch Otto Rank sich ähnlich wie Hauptmann ganz auf das psychische Geschehen konzentriert, wird sie von Laserstein abgelehnt, ebenfalls wegen einer Überbetonung des Sexuellen.*

Otto Rank, Der Sinn der Griseldafabel, *in:* Psychoanalytische Beiträge zur Mythenforschung. *Leipzig 1919 (1912): 40–58.*

- *Otto Rank, einer der ersten Schüler Freuds, versuchte, die Psychoanalyse auf Märchen, Mythen und Symbolik anzuwenden.*
- *Methodisch verfährt Rank wie alle, die von einer Urform des Griselda-Stoffes ausgehen: er greift systematisch jene Sequenzen aus verschiedenen Märchen und künstlerischen Bearbeitungen heraus, die seinen Argumenten entgegenkommen.*

- *Wie der Urfassung ein psychischer Mechanismus zugrunde liegen soll, der sich psychoanalytischen interpretieren lässt, lassen sich Rank zufolge auch die verschiedenen bisherigen (Fehl-)Interpretationen nach einem psychoanalytischen Prinzip erklären.*
- *Was die bisherigen Interpreten kaum beachtet hätten, ist nach Rank, dass Griselda in den meisten Versionen zuerst eine Tochter zur Welt bringe, sodann dass der Graf erst kurz nach der Geburt der Tochter auf die Idee mit den Prüfungen komme und schließlich, dass der Graf seine Frau erst loswerden und eine andere heiraten wolle, als seine Tochter im geschlechtsfreien Alter sei.*
- *Dies sind für Rank keine Nebensächlichkeiten, sondern bilden den Kern der Geschichte, nämlich das vom potenziellen Inzest geprägte Vater-Tochter-Verhältnis.*
- *Als besondere Zeugen für seine These zieht Ranke de Saintonge, Perrault und weitere Bearbeitungen und Märchen heran, in denen ein sexueller Unterton in diesem Verhältnis angedeutet wird.*
- *Der Grund, dass der Graf vor der Umsetzung seiner inzestuösen Fantasien im letzten Moment zurückschreckt, ist nach Rank derselbe, der sowohl die Bearbeiter des Stoffes dazu gebracht hat, ganz andere Probleme als das Inzest-Problem – wie Gehorsamkeitsversprechen, Prüfungen, Sadismus des Grafen, Geduld der Griselda usw. – in den Vordergrund zu stellen, als auch die Tradierung des ebenso versteckten wie offensichtlichen Kernproblems in der Volksüberlieferung sicherzustellen: unbewusste Verdrängung.*
- *Dass das Verhältnis von Vater und Tochter einseitig und nicht auf den Grafen und seine Tochter beschränkt ist, sieht Rank in all jenen Versionen bestätigt, in denen das Verhältnis von Griselda und ihrem Vater besondere Beachtung findet, sei's, dass der Vater sie ungern ziehen lässt, sei's, dass sie gerne zu ihm zurückkehrt.*
- *Rank attestiert Hauptmann zwar, der Lösung des Rätsels ganz nahe gekommen zu sein, aber leider habe er ›das Hauptmotiv der Sage in den Bahnen des Inzestkomplexes selbst so verschoben, dass der Graf bei der Geburt des Kindes seine zärtliche Neigung nicht auf dieses überträgt, sondern sie im Gegenteil, wie zur Sicherung der ehelichen Gefühle, nur noch intensiver an die Gattin heftet und das Kind sogar*

um die Liebe derselben beneidet‹. Das würde dann auch erklären, warum das Kind bei Hauptmann ein Knabe ist.

- *So blumig wie Ranks Formulierungen, so gesucht scheint seine Interpretation insgesamt. Dass die Geburt seiner Tochter das sexuelle Begehren des Grafen anstachelt, das ihn dann zu den Prüfungen veranlasst, scheint mir doch sehr unwahrscheinlich. Auch ein weibliches Baby macht wohl eher durch Geschrei als durch seine sexuelle Anziehungskraft auf sich aufmerksam.*
- *Auch kann man sich fragen, welche sexuelle Befriedigung sollen dem Grafen seine Täuschungen und welche der Griselda die Geduld mit ihrem Mann und ihrem Vater verschaffen?*
- *Wie Laserstein glaube ich, dass das Vater-Tochter-Verhältnis ohne die ihm von Ranke angedichteten sexuellen Aspekte zu wenig hergibt, um als Grundlage der Interpretation zu dienen.*
- *Und wie Laserstein bin ich der Meinung, wenn man schon ›in Ranks Sinne irgendeinen verdrängten Gefühlskomplex zur Triebkraft der Handlung machen will, so liegt es doch näher, an einen solchen sadistischer Art zu denken, der auch in den Uranlagen des Menschen liegt und erst durch die Zivilisation unterdrückt ist‹. Wobei sich der Sadismus vielleicht nicht nur für eine Interpretation des Verhaltens des Grafen anbietet.*

Jean-Paul Sartre, Les Mots. *Paris 1964 (1963).*

- *Als mir Griselda in Sartres Autobiografie* Les Mots *zum ersten Mal begegnete, war mir diese Figur noch gänzlich unbekannt, und so dachte ich mir nichts weiter dabei, dass sie von Sartre sadistisch genannt wurde. Erst als ich spätere Versionen der Geschichte kennenlernte, in denen mir Griselda als das Gegenteil einer Sadistin erschien, fragte ich mich, was es mit Sartres Ansicht auf sich haben könnte. Ich nahm* Les Mots *nochmals genauer unter die Lupe.*
- *Das Buch beschränkt sich auf die ersten zehn Lebensjahre Sartres und ist der Versuch des 59jährigen, sein Leben aufgrund seiner widersprüchlichen Kindheitserlebnisse zu begreifen. Sartre will vor allem verständlich machen, wie er schon in seiner Kindheit zum selbstkritischen und fleißigen Schriftsteller wurde.*

– *Etwa in der Mitte des Buches kommt er auf die Geschichte von Grisélidis (Perrault!) zu sprechen, die er als Kind bestimmt zwanzigmal gelesen haben will. Was ihm an dieser ›wenig empfehlenswerten Geschichte‹ gefallen habe, sei ›der Sadismus des Opfers‹ gewesen und dessen unerschütterliche Tugend, ›die es schließlich erreicht, dass sich ihr der Peiniger zu Füssen wirft‹. Genau dies habe er auch für sich gewünscht: dass seine Unterdrücker ›in die Knie gezwungen und genötigt würden, mich zu verehren, damit ich sie wegen ihrer Voreingenommenheit bestrafen konnte. Aber den Freispruch verschob ich immer wieder auf einen nächsten Tag; als ein stets zukünftiger Held schaute ich sehnlichst einer öffentlichen Bestätigung entgegen, die ich unablässig aufschob‹.*
– *In einigen Bearbeitungen des Griselda-Stoffes und insbesondere bei Perrault drängt sich zwar die Interpretation auf, auch ein geduldiges Verhalten könne zuweilen als quälend empfunden werden, aber nirgends wird Griselda Sadismus unterstellt. Auch bei Perrault ist es nicht Griseldas Geduld, sondern ihre* übertriebene *Geduld, die der Graf als quälend empfindet. Und dass der Graf vor Griselda in die Knie geht, scheint ausschließlich Sartres Wunsch zu sein.*
– *Auch die weiteren Anspielungen Sartres auf Griselda legen nahe, dass er sich mit ihr identifizierte, und dies nicht nur in seiner frühen Kindheit, sondern auch noch danach, denn auf der letzten Seite von* Les Mots *schreibt er: ›Grisélidis ist nicht tot‹. Sie lebe immer noch in ihm wie die anderen Helden aus seinen Kindheitstagen.*
– *Wenn sich Sartre aber mit Griselda identifizierte, müsste seine Charakterisierung dieser Figur als sadistisch eigentlich aus Ähnlichkeiten der Situationen herrühren, in denen er und sie lebten.*
– *Der kleine Sartre wächst nach dem frühen Tod seines Vaters unter den Fittichen seines Großvaters auf, einem autoritären und bildungsbeflissenen Deutschlehrer. Dieser will nur das Beste für seinen Enkel und aus ihm einen Professor machen, wozu er ihm Bücher zu lesen gibt, die den Kleinen nicht besonders interessieren und die er auch erst halbwegs versteht. Er beginnt in einer Welt zu leben, in der sich Realität und Fiktion vermischen. Die Bibliothek des Großvaters wird zum Käfig und einem Ort der Verunsicherung.*

- *Sowohl menschlich als auch literarisch fühlte sich Sartre wahrscheinlich ähnlich manipuliert wie Griselda, konnte sich dieser Situation aber ebenso wenig entziehen wie diese. Wie Griselda dem Grafen gehorcht und ihn sogar liebt, macht Sartre alles, was sein Großvater will, und verehrt ihn wie einen Heiligen.*
- *Als ihm seine Mutter kindergerechte Literatur schenkt, neben Heldengeschichte wie Jules Vernes* Michel Strogoff *auch die Märchen Perraults, empfindet der kleine Sartre dies als befreiend, lernte er doch sowohl Helden kennen, die sich direkt aus misslichen Situationen befreien können, als auch das Vorbild der Griselda, die sich allein durch ihre Geduld aus ihrer unangenehmen Situation zu befreien vermag. Letztlich können beide Wege zum Erfolg führen und als gewollte Qual für die Peiniger betrachtet werden.*
- *So gesehen kann Griselda tatsächlich als sadistisch verstanden werden und dürfte dem von Sartre angestrebten Sadismus entsprechen, der ja nicht der des offenen Kampfes ist, sondern der des in geduldiger Arbeit geschriebenen Wortes. Mit ihrer Geduld drehen Sartre und Griselda einfach den Spieß um und zwingen schließlich ihre Peiniger in die Knie.*
- *Die Identifikation mit Griselda gibt Sartre, sowohl als Opfer des fehlenden Vaters als auch des übergroßen Großvaters, das Gefühl, auch jemand zu sein, insofern er etwas aus sich machen kann, insofern er* später *aus eigener Kraft erfolgreich sein kann. Die Identifikation mit Griselda hilft Sartre also bei seiner Selbstverwirklichung.*
- *Aber er wird Griselda, bei aller Auflehnung gegen sie, darum nicht los, weil dieser Selbstverwirklichung stets neue Grenzen gesetzt werden: durch die ersten Erfolge seines Schreibens, den französischen Kulturbetrieb, seine Berühmtheit. Lange bleibt Sartre ein Gefangener und auch selbst ein Opfer von Griseldas Sadismus.*
- *Dann bekommt er eine Chance, sich davon zu befreien: der Nobelpreis für Literatur 1964. Er nahm ihn bekanntlich nicht an. Auf der Ebene maximaler Berühmtheit gelingt es ihm, die Fremdbestimmung und damit auch Griselda ein für alle Mal abzuschütteln und das zu sein, was er aus sich gemacht hat: sich selbst. Damit verwirklicht er das Credo seiner existenzialistischen Philosophie auch für sich.*

- *Geduld wäre dann Sartres individuelle Tugend, um etwas aus der Freiheit zu machen, die allen für ihre Entscheidungen offenstehen soll.*
- *Man muss sich jedoch fragen, was der Wert einer Philosophie sein kann, die aus sehr individuellen unangenehmen Kindheitserlebnissen hervorgegangen ist.*
- *Jedenfalls ist Sartres sadistische Griselda als Ausgangspunkt seiner Selbstverwirklichung ein interessantes Beispiel dafür, wie ein einzelner mit dem Griselda-Stoff in seiner persönlichen Lebenssituation auch heute noch etwas anfangen kann.*
- *Mag sein, dass ich mit meinen Spekulationen selbst einer psychologischen Sichtweise, die mir sonst suspekt ist, zum Opfer gefallen bin.*
- *Vielleicht hat Sartre auch einfach nur einen Gedanken seiner Lebensgefährtin Simone de Beauvoir übernommen. Diese geht zwar in ihrem feministischen Standardwerk* Le Deuxième Sexe *von 1949 auch kurz auf Griselda als Identifikationsfigur ein, die wie andere legendäre Frauenfiguren dazu beitragen könnten, einem Mädchen ein Ideal seines künftigen Frauseins als Opfer und Märtyrerin zu vermitteln, gegen Ende ihres Werkes macht de Beauvoir jedoch eine interessante Feststellung betreffend des Sadismus von Frauen, die sich wie Griselda in einer auf Haus und Herd beschränkten Situation befinden: ›Die in ihrer eigenen Welt gefangene Frau versucht, auch den Mann in ihr Gefängnis hineinzuziehen. So macht sie die ganze Welt zum Gefängnis und leidet nicht länger darunter, allein eingesperrt zu sein: Die Mutter, die Frau, die Liebende sind Gefängniswärterinnen.‹*
- *Wenn Frauen wählen können, es aber nicht tun, und Griselda wählt nicht die Auflehnung, sondern bleibt gehorsam, dann erscheint sie bezüglich des Grafen als sadistisch, insofern sie ihn gezielt in ihren Gehorsam einschließt und ihn wie sich selbst im patriarchalen Käfig gefangen hält. Sie verhindert mit ihrer unterlassenen Emanzipation auch diejenige des Grafen.*
- *Im engeren Sinn feministische Interpretationsversuche des Griselda-Stoffes gibt es bis dato erst wenige.*

Irmela von der Lühe, Griseldis: Selbstlosigkeit als Ideal weiblicher Identität. *In:* Frauen als bezahlte und unbezahlte Arbeitskräfte. (Hg. Sommeruniversität für Frauen) *Berlin. 1978 S.365–380.*

- *Für die Berliner Germanistin von der Lühe ist Griselda ›die Dulderin, an der erprobt wird, was von Beginn bewiesen ist‹.*
- *von der Lühe beschränkt sich auf Boccaccio und die Bearbeitungen von dessen Novelle in Deutschland in der frühen Neuzeit.*
- *Im ersten Teil ihrer Untersuchung beschränkt sich von der Lühe auf eine Zusammenfassung von Boccaccio, wobei sie nicht damit spart, mangelnde Logik und Empathie des Autors hervorzuheben, wie auch seine ausschließlich männliche Perspektive zu kritisieren.*
- *Griseldas Gehorsamkeitsversprechen scheinen von der Lühe ebenso sinnlos wie die Prüfungen durch den Grafen. Sie sieht darin nur männliche Willkür als Ausdruck männlicher Angst vor der Frau. Zudem glaubt sie offenbar auch, Boccaccio habe die männliche Willkür gleich als Erzählprinzip seiner Novelle übernommen.*
- *von der Lühe scheint durchwegs die gesellschaftliche Realität mit der erzählten Geschichte durcheinanderzubringen. In der feudalen Gesellschaft meint sie zu recht, sei ein Gehorsamkeitsgelübde überflüssig, da der Graf ja ohnehin über Griselda als Leibeigene verfügen könne. Andererseits meint sie, dass Griselda durch dieses Gelübde ›zur Handlungslosigkeit bestimmt‹ sei. Sie übersieht jedoch, dass der Graf* in der Geschichte *Griselda das Gelübde nur abverlangt, um ihr die in der Realität verwehrte Handlungsmöglichkeit zu geben. Erst dadurch kann Griselda ihre eigenen Entscheidungen treffen, was wiederum die Prüfungen des Grafen sinnvoll macht.*
- *Boccaccio verfährt durchaus logisch und versteht es auch, von seiner eigenen männlichen Perspektive abzusehen, indem er sich nicht empathisch in die Geschichte einschaltet, um ihre Moral vorwegzunehmen, sondern indem er die Leserin derart in die Geschichte einbezieht, dass* sie *am Schluss entscheiden muss, ob sie es bei der Empörung belassen will, die nur dazu beiträgt, die herrschenden Verhältnisse festzuschreiben, oder ob sie sich angesichts von Griseldas Handlungsmöglichkeiten ermutigt fühlt, ihr eigens Handlungspotential praktisch auszuschöpfen, was auch zu einer Veränderung der Verhältnisse führen könnte.*

- *Sieht von der Lühe schon den Aufbau von Boccaccios Novelle nur durch männliche Willkür und Griseldas Identitätslosigkeit bestimmt, so sieht sie auch in der vorgetäuschten zweiten Ehe nur Widerspruch und in der Auflösung der Geschichte nur Verklärung männlicher Willkür durch die ›Liebe‹.*
- *Paradox erscheint von der Lühe nämlich, dass mit der Demutsprobe der zweiten Ehe gerade das zerstört wird, was eigentlich bewiesen werden soll, ›das Funktionieren der Ehe‹.*
- *Dass sich Griselda aus Liebe – in Anführungszeichen! – unterwirft, und nicht, weil sie muss, also eine Handlungsoption wahrnimmt, ist für von der Lühe eine grobe Verharmlosung für die unerklärliche Leidensbereitschaft, und in der Rechtfertigung des Grafen verkommt die Erklärung durch die Liebe gleich zu blankem Hohn. Diese ›Liebe‹ ist für von der Lühe nur eine scheinbar ›natürlich-überzeitlich Reaktion‹, weil sie von den jeweiligen gesellschaftlichen Verhältnissen hervorgebracht wird. Wahre Liebe kann das nicht sein, und aus solch unechter Liebe kann natürlich auch keine ›funktionierende Ehe‹ entstehen.*
- *Es scheint von der Lühe unvorstellbar, dass die Ehe* generell *eine widersprüchliche Sache ist, die aufgrund der verschiedenen Interessen der an ihr Beteiligten wohl gar nichts anderes sein kann, und dass die Liebe dazu dienen könnte, nicht einfach alle Widersprüche hinzunehmen, sondern von Fall zu Fall im eigenen Interesse oder im Interesse des anderen mit ihnen umzugehen. Schwanken die Augenblicke der Liebe nicht immer zwischen Egoismus und Hingabe?*
- *Für von der Lühe scheint es eine ›richtige‹, von allen Interessen und Ungleichheiten befreite Ehe ebenso zu geben, wie Liebe als natürliches,* alle *Gegensätze überwindendes Phänomen.*
- *von der Lühes Fehlinterpretationen gehen noch weiter, so unterstellt sie Boccaccio, dass er seine ›Geschichte selbst zwar amüsant, aber nicht nachahmenswert und schon gar nicht lehrreich‹ finde, und den Mitgliedern der* brigata *unterstellt sie, dass sie ›das Vorgehen des Grafen für falsch und sträflich‹ hielten und ›ausdrücklich bedauerten, dass die Geschichte ein gutes Ende genommen‹ habe. Wahr ist, dass Boccaccio Dioneo, dem Erzähler der Geschichte die ihm unterstellte ablehnende Einschätzung in den Mund legt, und die* brigata *die Geschichte*

kontrovers diskutiert, ohne dass wir genau erführen, was genau die Standpunkte sind.

- *Was von Boccaccios Novelle in von der Lühes schiefer Interpretation übrig bleibt, ist ihre ideologische Funktion als Modell für die patriarchale Ehe, also das* Exemplum *Petrarcas. Dieses war den deutschen Bearbeitern des Stoffs wie Sachs oder Grosz angesichts der Entwicklung des Bürgertums in den süddeutschen Städten und den sich dabei abzeichnenden neuen Handlungsmöglichkeiten für Frauen und zur Sicherung der männlichen Vorherrschaft sicher willkommen.*
- *von der Lühe scheint nun aber zu glauben, hier zeige sich nicht nur die ideologische Funktion der Griselda-Geschichte am Anfang der bürgerlichen Gesellschaft, sondern für die bürgerliche Gesellschaft schlechthin. Sie argumentiert, dass die adlige Willkür von der Organisation der Gesellschaft nach dem Tauschprinzip gemäß Rationalität des Marktes und kaufmännischem Kalkül abgelöst wurde, was eine Domestizierung der Triebe erforderte. Dabei habe die Ehe eine ›kompensatorische Funktion‹ übernommen.*
- *Was gesamtgesellschaftlich nicht mehr länger möglich gewesen sei, weil ökonomisch nicht mehr effektiv, funktioniere aber immer noch zwischen Mann und Frau, ja würde hier ›geradezu notwendig‹. In der Ehe konstituiere Griseldas Selbstlosigkeit damit weiterhin nur das Selbstbewusstsein ihres Mannes und entschädige ihn für den Verlust, den er durch das Schwinden feudaler Privilegien erlitten habe. Das Ideal weiblicher Selbstlosigkeit, so von der Lühes Schluss, entspricht nicht nur feudalen Bedürfnissen, ›es ist mindestens ebenso so sehr auf die Notwendigkeiten des männlichen Bürgertums zugeschnitten‹.*
- *Daraus müsste eigentlich folgen, dass mit der Zunahme der Handlungsoptionen von Frauen in der bürgerlichen Gesellschaft die ideologische Bedeutung der Griselda-Geschichte zunehmen müsste – seltsam nur, dass die Geschichte heute kaum noch jemand kennt, wir aber nach wie vor in der bürgerlichen Gesellschaft leben.*
- *von der Lühe behilft sich mit der Annahme, dass die Attraktivität der zur Selbstlosigkeit gezwungenen Frau nachlasse ›und zwar nicht nur, weil die Frauen inzwischen nicht mehr mitspielen, sondern weil die Intentionen, die sich mit der normierten Selbstlosigkeit der Frauen verbinden, nicht zu erfüllen sind. Wenn es zur Aufrechterhaltung*

und Sicherung der Ehe didaktischer Anweisungen bedarf, die auf die Zerstörung dessen hinauslaufen, was man eigentlich absichern will, dann zeigt das die Irrationalität einer Gesellschaft, die mit der Erniedrigung der Frau im Grunde nichts anderes als ihren eigenen Untergang betreibt‹.

– *Das würde in der Konsequenz heißen, dass sich Frauen, wenn sie sich nicht gleich der Teilnahme an der Gesellschaft verweigern, an den Idealen der ›funktionierenden Ehe‹, der ›wahren Liebe‹ – warum nicht gleich auch noch der ›natürlichen Mutterschaft‹ – orientieren müssten, um die an ihren Widersprüchen zugrunde gehende Gesellschaft vor dem Untergang zu retten. Bewahrt würden aber damit nur die Verhältnisse, die eigentlich überwunden werden sollten, so wie ein Lohn für weibliche Hausarbeit im Kapitalismus nicht die Frau befreien, sondern nur dem Kapitalismus mit seinen konservativen Modellen von Familie und Mutterschaft zudienen würde.*

– *Was mich nur noch mehr irritierte als von der Lühes Ansichten, waren die Reaktionen meiner Kolleginnen aus dem Lesekreis, die diesen Ansichten vorbehaltlos zustimmten, als ich ihnen in der naiven Annahme davon erzählte, sie könnten gar nicht anders, als meine ablehnende Haltung teilen. Wie große Schwestern schlugen sie mir vor, mich nochmals auf die Suche nach weiterer feministischer Literatur zum Griselda-Stoff zu machen, damit auch ich verstehen würde, um was es in feministischer Sicht gehe.*

Joy Hambuechen Potter, Five Frames for the Decameron: Communication and Social Systems in the CORNICE. *Princeton 1982.*

– *Als ich in meiner Verunsicherung nochmals in die Bibliothek ging, sprang mir auf dem Regal mit den Neuanschaffungen das Buch von Hambuechen Potter ins Auge. Schon dass diese Professorin für Romanistik an der University of Texas aus meiner Heimatstadt Zürich stammte, zog mein Interesse auf sich. Als ich im Buch blätterte und auf eine Stelle stieß, an der interessante Dinge zur Griselda-Novelle stehen, war mein Interesse endgültig geweckt.*

– *Und je länger ich in Hambuechen Potters Buch las, desto mehr wurde mir auch bewusst, in welcher Situation* ich *mit meiner Studie zum Griselda-Stoff stecke und durch welch genialen Dreh Boccaccios ich da hineingeraten war.*

- *Während meiner ganzen bisherigen Beschäftigung hatte ich immer wieder das Gefühl, auf Boccaccios Novelle zurückgehen zu müssen, und als ich meine Notizen dies betreffend im Lichte von Hambuechen Potters Studie nochmals durchging, hatte ich vollends das Gefühl, dass diese Novelle nur im Kontext des gesamten* Dekamerons *ihren Sinn hat – und zugleich als Fazit des* Dekamerons *dessen Sinn ergibt.*
- *Hambuechen Potter interessiert sich nicht primär für die Novellen des* Dekamerons, *sondern für deren Rahmenhandlungen (*cornice*).*
- *Interessanter als Hambuechen Potters manchmal schwer nachvollziehbare Analysen dieser Rahmen finde ich ihre Sichtweise, dass sich das ganze* Dekameron *auch als ein großes Ritual begreifen lässt.*
- *Schon bei meiner ersten Lektüre des* Dekamerons *hatte ich das Gefühl, es handle sich um eine Art Karneval: einen symbolischen Übertritt von der alltäglichen in eine vorübergehende Alternativwelt mit eigenen Gesetzen und eine darauffolgende Rückkehr in die normale Welt.*
- *Hambuechen Potters Lesart des* Dekamerons *führte mich nicht nur zur Auffassung, Boccaccio nehme die Leserin auf eine rituelle Reise mit, von der sie als eine andere zurückkehrt, sondern machte mir bewusst, wie die Beschäftigung mit dem Griselda-Stoff im Laufe des letzten Jahres* mich *verändert hat.*
- *Die Pest mag wohl vordergründig der Anlass für Boccaccios Werk und die vorübergehende Flucht der* brigata *sein, wichtiger ist sie aber als Symbol für die herrschenden und möglicherweise auch künftigen Einschränkungen der Frauen, zugleich als Grund für einen Lichtblick zur Überwindung dieser Einschränkungen. Denn im Sittenzerfall als Folge der Pest tritt in Boccaccios Beschreibung nicht nur die Unmenschlichkeit der alten Ordnung zutage, sondern auch ihre Vergänglichkeit. Die Flucht vor der Pest ermöglicht der* brigata *nicht nur, sich kurzfristig zu schützen, sondern dabei auch Mittel gegen die aktuelle und künftige Ansteckung zu entwickeln.*
- *Die Pest symbolisiert für Boccaccio nicht nur soziale Missstände, sondern auch deren Pervertierung durch gerissene Notare ebenso wie durch hochgebildete, aber naive Priester oder das gutgläubige ungebildete Volk – die drei Protagonisten der ersten Novelle.*

- *Betrachtet man das* Dekameron *als Ritual, so bildet die in mehrfacher Weise von der Pest gezeichnete alltägliche Welt seinen Ausgangs- und inhaltlichen Bezugspunkt. Das Ritual erscheint als Mittel, sich generell vor verpesteten Verhältnissen zu schützen, wenn nicht gar als Mittel, sie zu überwinden.*
- *Wie der Ethnologe Arnold van Gennep in seinem Werk* Les rites de passage *(1909) zeigte, lassen sich im Ablauf sehr unterschiedlicher Rituale stets drei Phasen ausmachen: 1. Trennungsriten, 2. Übergangs- oder Schwellenriten, 3. abschließende Angliederungsriten. Und wie später sein britischer Kollege Victor Turner feststellte, kommt der mittleren, der* liminalen *Phase besondere Bedeutung zu, auch weil in dieser eine besondere Gemeinschaft der Ritualteilnehmer (*comunitas*) entsteht, die dem gemeinsam Erlebten eine transformatorische Wirkung auf den Einzelnen verleiht. Diese Phase ist das Exil der* brigata.
- *Dieses ist teils eine systematische Umkehrung, teils eine systematische Ablehnung der alltäglichen Welt: Ein übersichtlicher paradiesischer Garten im Gegensatz zum Chaos der verpesteten Stadt; eine Welt ohne politische Hierarchie der Männer, sondern mit einem von der Gruppe gemeinsam entworfenen egalitären System, in dem jedes Mitglied einmal herrschen darf, auch die Frauen; eine Welt, in der Frauen nicht isoliert sind und sich frei äußern dürfen; eine Welt mit einer zahlen- und bedeutungsmäßigen Dominanz von Frauen; eine Welt mit einem durch die Organisation des Geschichtenerzählens geordneten Zeitablauf, im Gegensatz zur unberechenbaren Folge der Ereignisse im Alltag; eine von Sorgen und Ängsten freie Welt, in der sich die Vernunft frei entfalten und zum Kriterium der Moral werden kann; eine zwar räumlich, zeitlich und durch vernünftige Regeln geschlossene, aber für ihre Bewohnerinnen offene Welt.*
- *Sonderrechte genießt nur Dioneo. Aber diese dienen nicht seinem Vorteil, sondern der gemeinsamen Sache. Er ist eine Art Manager des Rituals, der immer dort einspringt, wo das Ritual sein Ziel aus den Augen zu verlieren droht.*
- *Im Ungewissen lassen uns auch die Einleitungen, Kommentare und Diskussionen zu den Novellen. Allenfalls wird eine Tendenz angedeutet, der Rest bleibt der Leserin überlassen. Dass dies die von Boccaccio seinem Werk gegebene Absicht sein könnte, macht die Falken-Novelle*

deutlich. Nicht zufällig steht sie ziemlich genau in der Mitte des Dekamerons. *Wie jedes Ritual in der liminalen Phase in einem Schlüsselereignis kulminiert, das den Beteiligten Thema und Absicht des ganzen Unterfangens in kristalliner Form ins Gedächtnis ruft, bringt diese Schlüsselnovelle wichtige Anliegen des* Dekamerons *auf den Punkt. Es geht um Liebe, Heirat, Stand und Eigentum, sowie die Abhängigkeit und Unabhängigkeit der Frau von Männern. Wir werden mit einer unglaublichen Situation konfrontiert und mit allen nötigen Informationen versorgt, kennen auch die Beweggründe der Männer, bleiben aber im Ungewissen, warum Monna Giovanna den Falkner am Schluss heiratet. Aus Liebe, Mitleid, Schuldgefühl, Standesbewusstsein, materiellen Interessen? Warum würde* ich *es tun?*

– *Ähnliche Schlüsselrollen spielen die erste und die letzte Novelle. Innerhalb des gesamten Werkes erscheinen sie in wichtigen Punkten als das genaue Gegenteil voneinander, beim Vergleich mit einem Ritual entsprechen sie van Genneps Trennungs- bzw. Angliederungsriten. Wie diese bestehen sie aus einem Übertritt, der sich zugleich im physischen Raum und auf symbolischer Ebene abspielt. Die* brigata *trifft sich in der Kirche Santa Maria Novella, wo sie ihr Vorhaben beschließt. Dann tritt sie aus der Kirche aus, um sich vorübergehend in einer idealen Welt vor der Pest zu schützen. Mit der Kirche verlässt sie die damals mächtigste Verwalterin der Moral, um sich unabhängig und rational mit der Moral auseinanderzusetzen.*

– *Dem Überschreiten dieser Schwelle gilt auch die erste Novelle. Und die letzte Novelle entspricht der Rückkehr in die normale Welt, wo immer noch oder überhaupt die Pest herrscht. Der Weg dahin führt wieder über die Kirche Santa Maria Novella, von wo aus die Mitglieder der* brigata *wieder ihrer eigenen Wege gehen. Es ist eine Rückkehr mit der Erinnerung an die unabhängige Beschäftigung mit moralischen Fragen, aber speziell die Rückkehr der Frauen mit dieser Erinnerung in die Isolation ihrer Wohnungen.*

– *Boccaccio wusste sehr genau, wie Rituale ablaufen!«*

»Jetzt sollten wir nur noch wissen, was es mit dieser ersten Novelle auf sich hat«, unterbricht Reto.

»Da gibt es doch sicher auch eine Zusammenfassung auf der Website dieses Boccaccio-Forschungsinstitutes, auf der du schon vorhin fündig wurdest.«

»Bereits gefunden«, sagt Reto und beginnt zu lesen:

»Am ersten Tag werden Geschichten beliebigen Inhalts erzählt. Die erste Geschichte erzählt Pamphilio. In seiner Vorrede preist er zuerst die Gnade Gottes und sagt dann, dass er mit seiner Geschichte zeigen wolle, dass uns Irdischen in unserer Unvollkommenheit Gottes Ratschlüsse verborgen bleiben, wir aber aus diesem Grund auch den Stellvertretern Gottes wie Priestern und Heiligen gegenüber kritisch sein sollten. Und er weist sowohl in der Vorrede als auch im abschließenden Kommentar darauf hin, dass es um die Moral gehe, die sich aus dem ergebe, ›was uns offenbar ist‹.

Der reiche Florentiner Kaufmann Musciato Franzesi will im Burgund Schulden eintreiben. Weil er die Burgunder für verschlagen hält, sucht er für diese Aufgabe jemanden mit derselben Eigenschaft. Er findet eine solche Person im Notar Ser Cepperello. Dieser ist für seine schlechten Eigenschaften weit herum bekannt. Urkundenfälschung, Meineid, Betrug, Aufwiegelung zu Streit, Lästerung von Gott und der heiligen Sakramente, sogar Mord wird ihm angelastet. Im Burgund kennt ihn niemand außer zwei Bekannten von Franzesi, bei denen er logiert. Bald nach seiner Ankunft wird er auf den Tod krank, worauf seine Gastgeber fürchten, dass der Tod eines derart verruchten Menschen in ihrem Haus ein schlechtes Licht auf sie werfen könnte. Sie lassen darum auf Ser Cepperellos Bitte einen Priester eines nahen Klosters kommen, der ihm die Beichte abnehmen soll. Dieser Priester ist besonders fromm und erfahren, charakterlich über jeden Zweifel erhaben, dazu ein großer Schriftgelehrter, und genießt in der Kirche und bei den Bürgern hohes Ansehen. Ser Cepperello legt nun gleich eine Generalbeichte aller seiner Sünden seit Geburt ab. Durch seinen Witz und seine Redegewandtheit gelingt es ihm, beim Pater den Eindruck zu erwecken, er sei der tugendhafteste und frommste Mensch auf Erden. Der Pater spricht ihn von allen Sünden frei und gibt ihm die letzte Ölung. Bald darauf stirbt Ser Cepperello. Auf seinen Wunsch wird er im Kloster des Paters begraben und auf dessen Fürsprache mit besonderen Feierlichkeiten beigesetzt. Als der Pater in einem Gottesdienst den Verstorbenen auch noch als über die Massen frommen Menschen schildert, sind die Leute so angetan von ihm, dass sie dem Aufgebahrten die Kleider vom Körper rissen und sie als Reliquien nach Hause nehmen und ihn fortan als Heiligen verehren.

Zu dieser Novelle schreibt Mutter nun:

- *Wichtige Themen der folgenden Novellen werden hier vorweggenommen, ebenso die Art und Weise, wie die Geschichten aufgebaut sind und enden, und auch, wie bei ihrer Einleitung und den anschließenden Kommentaren über sie gesprochen wird, nämlich meist nur die moralische Relevanz betreffend, nie moralisierend.*
- *Boccaccio geht es nur indirekt um eine Kritik an der Kirche mit ihrer auch noch zu seiner Zeit aktuellen Praxis der Heiligsprechung durch das Volk und einem übertriebenen Reliquienkult, es geht ihm um den absichtlichen und fahrlässigen Missbrauch dieser Praxis, ob nun durch verschlagene Juristen, gelehrte Priester oder das gutgläubige Volk.*
- *Dass Boccaccio diesen Missbrauch, zu dem die kirchlichen Dogmen selbst Vorschub leisten, gerade am Beispiel eines Notars aufzeigt, kommt wohl nicht von ungefähr, war er doch selbst Notar und kannte das Missbrauchspotential seines Berufes.*
- *Dennoch dürfte Ser Cepparello nicht nur ein negatives Spiegelbild Boccaccios sein, denn seine Selbstverwirklichung zum Heiligen geschieht im selben Rahmen und mit denselben Mitteln, mit denen auch Boccaccio bei seinem Publikum ankommen und dessen Möglichkeiten zur Selbstverwirklichung verbessern will: Er reizt die gegebenen gesellschaftlichen Möglichkeiten bis zum Extrem aus und nutzt sie auf intelligente Weise für seine Absichten.*
- *Letzteres heißt bei Boccaccio* ingegno. *Dieser im* Dekameron *immer wiederkehrende Begriff lässt sich nur ungenau mit* Intelligenz *übersetzen. Wie die Verwendung des Begriffs in verschiedenen Kontexten zeigt, kann darunter, wie in der ersten Novelle, schnelles Erfassen der Situation, Einschätzung der Situation im eigenen Interesse, Einfallsreichtum, Witz, Wortgewandtheit und geschickte Gesprächsführung gemeint sein, oder, wie in anderen Novellen, Vernunft, Klugheit, Kreativität, Flexibilität, kritische Sichtweise oder auch einmal nur gesunder Menschenverstand. Jedenfalls eine situative Intelligenz.*

- Ingegno *hat aber auch eine soziale Komponente. Auch der verruchte Ser Cepparello bezieht das Denken und Handeln seines Gegenübers geschickt in sein eigenes Vorgehen ein. Sozial heißt also nicht im Interesse aller.* Ingegno *ist nicht per se etwas Gutes.*
- *Insbesondere wenn sie nicht über moralische Belange nachdenkt, weil ihr dies die Kirche mit ihren Prinzipien bereits abgenommen hat, verkehrt sie diese Prinzipien gerne in ihr Gegenteil.*
- *Die erste Novelle spiegelt nur die problematischen Verhältnisse der normalen Alltagswelt wider und führt, indem sie sie auf die Spitze treibt, in die liminale Phase ein. Der Notar vertritt die gesellschaftliche Elite, der gelehrte Priester die Kirche, diese die Moral, und das ungebildete und gutgläubige Volk die träge Masse, die durch empathische Gefühle allem gegen seine eigenen Interessen Wirksamkeit verleiht. Frauen kommen keine vor, sie werden durch Männer vertreten und versinken in der Anonymität des Volkes.*
- *Schraubt man die Übertreibungen wieder zurück, zeigt sich, worum es in den folgenden Novellen geht: Nachdenken über Handlungsoptionen in ganz verschiedenen Situationen anstatt dem eigenen Interesse dienende Einhaltung moralischer Grundsätze der Kirche; Gebrauch der eigenen* ingegno *anstelle von Gutgläubigkeit, Gefühl und abstraktem Gelehrtenwissen; intelligente Verfolgung eigener Interessen mit Rücksicht auf die Interessen anderer; selbstbewusste und aktive Frauen, die sich mit* ingegno *in der Gesellschaft zu ihren Gunsten einrichten, versus Männer, die unreflektiert ihre Rolle spielen und sie nur zum eigenen Vorteil nutzen.*
- *Die Übertreibungen der ersten Novelle, die diese auch unglaubwürdig machen, halten bei der Lektüre der darauffolgenden, in viele Richtungen abschweifenden Novellen, die zentralen Themen im Gedächtnis und lassen sie als relativ glaubwürdig erscheinen.*
- *Die Novellen in der liminalen Phase bilden ein moralisches Experimentierfeld, auf dem die* ingegno *mit einer Vielzahl unterschiedlicher Situationen trainiert wird, und zwar sowohl die* ingegno *der Personen in den Novellen als auch jene der Mitglieder der* brigata.
- *Wenn einzelne Novellen auf den ersten Blick als* Exemplum *erscheinen, wird dieses in der Folge ad absurdum geführt. Die Moral steht*

nie unumstößlich am Anfang, sondern lässt sich nur im Nachhinein von jedem und jeder hinsichtlich der eigenen Situation individuell ableiten. Prinzipielle Moral ist Täuschung. Moral funktioniert wie ingegno *nur situativ und individuell.*

- *Alle Novellen verteidigen* ingegno *genauso wie die Liebe gegenüber gesellschaftlichen Institutionen wie Kirche, Ehe oder Stand als natürlich. Aber nicht natürlich im Sinne einer wilden Natur, der der Mensch ausgeliefert ist, sondern eher im Sinne eines Gartens als einer Zähmung der Natur durch den Menschen. Wie* ingegno *ist auch die Liebe nur eine natürliche Gabe, die durch den menschlichen Willen realisiert werden muss. Nur Dummheit und Willenlosigkeit sind völlig natürlich. In den Novellen werden Menschen regelmäßig dafür bestraft.*
- *Die Novellen, in denen eine Vielzahl aktueller und zeitloser Themen durchgespielt wird, sind charakteristisch für die liminale Phase des Rituals, in der nach Turner immer eine Art spielerische Analyse der Kultur stattfindet, indem diese in Elemente zerlegt wird, die anschließend auf jede erdenkliche Art neu kombiniert werden.*
- *Die Leserin schaut aber nicht nur in ein Kaleidoskop von Themen, die immer wieder mit neuem Schwerpunkt rekombiniert werden, sie wird auch in diese Dynamik hineingezogen, und zwar gerade nicht dadurch, dass sie sich mit Figuren und Handlungen eindeutig identifizieren kann. Boccaccio versteht es meisterlich, eine gefühlsmäßige Identifikation nur bis dahin zuzulassen, wo die Leserin mit ihrer* ingegno *die Geschichte fertig oder weiterdenken muss. Zum Einbezug der Leserin dient auch die Knappheit der Beschreibungen, die viel Raum für Interpretationen offenlässt.*
- *So wird insbesondere auch aus weiblichen Rollen, die zuerst unumstößlich scheinen, sowohl im Laufe der Geschichten als auch durch deren Lektüre etwas weniger genau Bestimmtes, das zwar noch zur Kenntnis genommen, aber dem nicht mehr entsprochen werden muss, eine Art Leitplanke für individuelles Handeln.*
- *Die Vielzahl der Beispiele in den Novellen, in denen weibliche Rollenmodelle aufgelöst werden, macht deutlich, dass sich das Handeln nicht an einem Ideal messen kann. Es lässt sich nicht alles unter einen Hut bringen. Frau muss wählen.*

- *Männer werden in den Novellen weitgehend auf ihre Rollen beschränkt, Frauen meist in ihrer Potenzialität dargestellt.*
- *Die Frauen müssen ihre Entscheidungen aber immer rechtfertigen; nicht gegenüber der Gesellschaft, aber gegenüber der* ingegno *und ihren Interessen.*
- *Vernunft und Standhaftigkeit gegenüber sich selbst begründen die Entscheidungen der Frauen. Dies ist auch der große Unterschied zwischen den Frauen der Rahmenhandlung und jenen der Novellen. Erstere schaffen sich zusammen mit den Männern einen eigens vordefinierten Rahmen, an den sich alle strikt zu halten haben. Die Frauen der Novellen hingegen* sprechen *nicht nur in einem solch künstlichen Rahmen über Entscheidungen, sich können sich* entscheiden. *Irgendwo dazwischen steht die Leserin.*
- *Diese drei Perspektiven spricht die Griselda-Novelle an, die für Hambuechen Potter ebenfalls einen Teil des gesamten Rahmens bildet, aber diesen wie auch das Rahmenthema des letzten Tages sprengt. Diese Novelle entspricht zusammen mit der Auflösung der* brigata *in der Kirche Santa Maria Novella van Genneps Angliederungsriten, die aus der liminalen Phase in die Alltagswelt zurückführen.*
- *Dass auch der Aufbau der Griselda-Novelle an ein Ritual erinnert, legt nochmals die Vergleichbarkeit des ganzen* Dekamerons *mit einem Ritual nahe. Die Novelle beginnt mit der normalen feudalen Welt; der Graf führt aus dieser heraus, indem er Griselda Handlungsoptionen gibt; in der liminalen Phase, die bei vielen Ritualen durch Prüfungen charakterisiert ist, kristallisiert sich als Thema des Rituals das rätselhafte Verhalten Griseldas heraus; als abschließender Übergang erscheint die Novelle selbst (noch ein Ritual im Ritual); am Schluss ist die normale Welt immer noch dieselbe, es herrscht immer noch die Pest, aber die Ritualteilnehmerinnen und Leserinnen sind möglicherweise nicht mehr dieselben.*
- *Wie die erste Novelle dazu dient, bei der folgenden Lektüre die Fragestellung nicht aus den Augen zu verlieren, erinnert die letzte noch einmal an diese, gibt aber darüber hinaus Hinweise, was nun mit der Kenntnis aller Novellen, also dem gesamten* Dekameron, *in der normalen Welt des Alltags angefangen werden könnte.*

- *In einigen Punkten stimmt die letzte Novelle mit der ersten überein. Auch wenn der Graf nur vortäuscht, der Papst habe ihm die Wiederverheiratung erlaubt, erscheint die Kirche als Gehilfin bei einer fragwürdigen Aktion. Und auch hier ist es am Schluss das Volk, das mit seiner Gefühlsseligkeit das ganze Unternehmen absegnet. Auch hier spielen Männer ihre vorgegebenen Rollen. Auch hier macht die Hauptperson eine unglaubliche Entwicklung durch.*
- *Sowohl das Volk als auch der Graf und Griselda weichen jedoch auch auf bezeichnende Weise von diesem Muster ab. So wird das Volk zu Beginn der Geschichte aktiv und verlangt die Heirat des Grafen, in einem feudalen System eigentlich ein nicht vorgesehenes Verhalten. Sodann missbraucht der Graf seine Rolle nicht wie die männliche Hauptfigur der ersten Novelle dadurch, dass er sie auf die Spitze treibt, sondern dadurch, dass er sie überschreitet, indem er Griselda mit dem Gehorsamsgelübde Handlungsmöglichkeiten eröffnet, was in einem feudalen System ebenfalls nicht vorgesehen ist.*
- *Im Gegensatz zur ersten, frauenlosen Novelle tritt in der letzten auch eine Frau auf und wird im Zuge der Handlung zur Hauptfigur. Und wie die Hauptfigur aus der ersten Novelle scheint auch Griselda sich ganz aus eigener Kraft zu dem zu machen, was sie am Schluss ist, zwar keine Heilige, aber eine Adlige und glückliche Mutter und Ehefrau. Sie kommt dabei ganz ohne fragwürdige Gehilfen aus, wie sie Ser Cepperello und der Graf mit der Kirche heranziehen. Vom Verhalten des Volkes mit seinen Gefühlen profitiert sie nur. Was genau sie selbst gemacht hat, bleibt offen.*
- *Oberflächlich betrachtet scheint Griselda nur dem Ideal der passiven und gehorsamen Frau in ihrer Gesellschaft zu folgen. Dies verführte Petrarca zu seinem Griselda-*Exemplum. *Aber wie die erste Novelle führt auch die letzte das* Exemplum *ad absurdum.*
- *Griselda ist geduldig, sagt nicht viel und tut nicht viel, ganz im Gegensatz zum umtriebigen Ser Cepperello, der sich zum Heiligen redet. Aber Griselda steht auch nicht dem Tod gegenüber, sondern vor dem Leben. Also nur eine Frage des Überlebens, zu der es nur des instinktiven Lebenswillens und keiner* ingegno *bedarf?*
- *Was ist Griseldas* ingegno, *wie sie in anderen Novellen hochgehalten wird? Hat sie Entscheidungen getroffen und schweigt darüber? Könnte*

schon das Schweigen ein Zeichen von ingegno *sein? Spielt sie mit der Zeit? Nimmt sie die Prüfungen des Grafen nicht ernst, weil er schon mit der Forderung nach dem Gehorsamkeitsgelübde etwas Unglaubliches getan hat? Rechnet sie damit, dass sich die Dinge von selbst erledigen? Rechnet sie mit dem Volk? Überlässt sie sich dem Schicksal? Dem Willen Gottes? Ist ihr alles egal? Und zeigt sich in ihrer Geduld die Standhaftigkeit den eigenen Interessen gegenüber, mit der sie ihre Entscheidungen rechtfertigt?*

- *Noch mehr und grundsätzlichere Fragen, als sie sich bei der Falken-Novelle zu Monna Giovannas Beweggründen stellen!*
- *So rätselhaft uns Griseldas Verhalten bleiben mag, da Boccaccio mit ihr eine Frau niederen Standes gewählt hat, und dieser Frauentyp in vielen Novellen seine* ingegno *unter Beweis stellt, kann angenommen werden, dass auch Griselda in besonderem Masse darüber verfügt.*
- *Boccaccios Absicht war es wohl, indem er mit der rätselhaften Griselda zum Nachdenken herausforderte, sowohl die Frauen der* brigata *als auch die Leserin an die Frauen aus den Novellen zu erinnern, und was sie in ganz verschiedenen Situationen mit ihrer* ingegno *anstellen können. Damit animiert die letzte Novelle aber nicht nur zum Rückblick auf verschiedene weibliche Handlungsmöglichkeiten, sondern eröffnete auch den Ausblick darauf, was die Frauen der* birigata *nach ihrer Rückkehr in den Alltag und Frauen nach ihrer Lektüre des* Dekamerons *mit ihrem neu erworbenen Wissen und ihrer* ingegno *anfangen könnten.*
- *Dass das Griselda-Rätsel dabei gar nicht im Allgemeinen gelöst werden muss, sondern nur* individuell *gelösten werden kann, deutet Boccaccio damit an, dass er die Diskussion der Frauen der* brigata *im Anschluss an die Erzählung der Novelle nur kurz antippt und offenlässt, was dabei für die Beteiligten herauskommt.*
- *Ist die erste Novelle in sich abgeschlossen und einfach zu interpretieren, so bleibt die Griselda-Novelle für immer ein Rätsel.*
- *Nachdem sich die Frauen in der Kirche Santa Maria Novella voneinander getrennt und in ihre Wohnungen begeben haben, wissen sie, dass es Spielräume gibt, die sie mit Erfindungsreichtum und Listigkeit ausreizen können, und es oft besser ist, dies im Hinter- oder Untergrund zu tun als im grellen Sonnenlicht.*

– *Sie verfügen jetzt über Wissen und Methoden, die ihnen erlauben, ihre Situation besser zu verstehen, etwas aus ihr zu machen oder aus ihr auszubrechen und dadurch vielleicht sogar Barrieren für immer einzureißen. Sie müssen es nur noch tun. Wobei ihnen Solidarität helfen könnte, wie Madame de Saintonge glaubte.*

– *Und was bedeutet diese Interpretation nun für* meine *Beschäftigung mit dem Griselda-Stoff? Entwertet nicht meine Einsicht den langen Weg dahin? Schienen mir die Lösungen des Griselda-Rätsels eben noch in ihrem historischen Kontext oder für subjektive Zwecke sinnvoll, hat sich das Rätsel nun als ein ganz anderes entpuppt.*

– *Meine Dissertation kann ich unmöglich mit dieser Erkenntnis abschließen. Die Arbeit von fast einem Jahr umsonst? Nur verschriebenes Papier, das ich jetzt ad acta legen kann? Nur ein akademischer Karneval ohne jeden Gewinn?*

– *Als ich heute Morgen aufwachte, noch im Dämmerzustand, wiederholten sich diese Fragen. Was hatte ich in den vergangenen Monaten gemacht? Was bleibt? Was kann ich damit anfangen? Muss ich etwas Neues anfangen? War nicht meine Beschäftigung mit dem Griselda-Stoff auch ein Ritual? Ein akademisches Ritual, in dessen liminaler Phase ich mich mit den verschiedenen Interpretationen des Griselda-Stoffes in ähnlicher Weise auseinandergesetzt habe, wie sich die* brigata *mit den Novellen beschäftigte?*

– *Als ich hellwach war, fragte ich mich: Was hat dieses Ritual mit mir gemacht? Und sofort fiel mir ein, dass ich Hambuechen Potters Ausführungen zu den möglichen Wirkungen von Ritualen zu wenig Beachtung geschenkt hatte.*

– *Aber klar, ich habe eine rituelle Reise hinter mir, die genau gleich endet wie das* Dekameron, *nämlich mit der Griselda-Geschichte und ihrem Rätsel, und auf der ich durch eine liminalen Phase gegangen bin, ebenfalls von nichtalltäglichen Regeln bestimmt, und auf der es so etwas wie eine Einstiegsnovelle und eine* brigata *gab.*

– *Wie sich ein Sportler an die Regeln des Spiels oder ein Schriftsteller an die Regeln des literarischen Feldes hält, habe ich mich an die akademischen Regeln gehalten, obwohl es mir zuweilen schwerfiel. Manchmal kam es mir sogar lächerlich vor. Dafür genoss ich einen Ausnahmezu-*

stand, in dem ich mich frei bewegen und mit etwas intensiv beschäftigen konnte, wofür sich sonst kaum jemand interessiert.

- *Am Anfang stand zwar nicht gerade die Pest oder sonst eine gefährliche Situation, aber ebenfalls eine Konfrontation mit dem Tod und eine unsichere Zukunft. Ich zog mich mit meinem Griselda-Stoff vorübergehend zu einem guten Teil aus dem Alltag zurück. Und auch bei mir kam am Ende etwas heraus, das ich nicht angestrebt und womit ich nicht gerechnet hatte.*
- *Und war nicht schon die erste Begegnung mit meinem Doktorvater Professor Pestalozzi ein Art Übergangsritual, das mich aus dem Alltag in die akademische Alternativwelt führte und mich bei meiner Arbeit immer daran erinnerte, mit welcher kritischen Einstellung ich meinem Gegenstand begegnen sollte. In seiner männlichen Allwissenheit wusste der gute Pestalozzi ja bereits alles über den Griselda-Stoff und erklärte mir, was ich eigentlich herausfinden wollte. Bei aller Sympathie war dieser Mann eine gute Mischung aus Ser Cepperello und Gualtieri und eine Herausforderung für mich. Mein Entschluss, mich dem Griselda-Stoff zu widmen, war von Anfang an auch eine Form von Widerstand, wenn auch nur theoretischem Widerstand.*
- *Und nachdem ich die Schwelle in die akademische Welt der freischwebenden Gedanken mit dieser Haltung überschritten hatte, war da nicht mein feministischer Lesekreis, in der ich immer wieder von meiner Arbeit erzählte, eine Art* brigata, *in der meine Ansichten auf ihre Nützlichkeit überprüft wurden?*
- *Auch wenn ich jetzt wieder am Anfang meiner Beschäftigung mit dem Griselda-Stoff stehe, habe ich auf dem Weg dahin einiges erfahren. Im Rückblick mögen all die geistreichen Interpretationen des Stoffes nur als theoretisch erfolgreiche Fehlleistungen mit kurzer Halbwertszeit erscheinen, aber ich erfuhr viel über die Geschichte, die Relativität der Gedanken, über gesellschaftliche Barrieren der Selbstverwirklichung und denkbare Handlungsmöglichkeiten für Frauen.*
- *Was mach' ich als Frau in meiner Situation? Als Frau, die einen Mann am Südpol liebt, als Ehefrau eines leidenschaftlichen Forschers, als Frau, die auch bald Mutter werden möchte, als Tochter, Schwester, Freundin? Als Frau, die sich ihren Lebensunterhalt verdienen muss, als Frau, die geistig und materiell unabhängig sein will, als Frau, die*

an allem interessiert ist, als Frau, die gerne reist und liest und schreibt? Mich arrangieren, geduldig sein, aufbegehren? Aktiv werden oder passiv warten? Demonstrativ oder zurückhaltend aktiv werden oder warten? Desinteresse zeigen? Einfach schweigen? Gelassen dem Lauf der Dinge zuschauen, die sich öfter als nicht zum eigenen Vorteil entwickeln? Sich von Zeit zu Zeit in den Lauf der Dinge einschalten, damit er nicht zum eigenen Nachteil führt?

- *Was an der allgemeinen Situation geändert hat seit den Zeiten, als sich der Griselda-Stoff noch eines breiteren Interesses erfreute, ist höchstens das Verschwinden der Verbindlichkeit von Rollen. Aber es gibt noch Rollen. Sie können gewählt und mit ihnen kann zur eigenen Selbstverwirklichung kreativ umgegangen werden. Das gibt allen diesen Fragen eine neue Bedeutung.*
- *Jetzt sitze ich im stillen Kämmerlein und denke nach. Wie haben sich die Bedeutungen der Geschichte, die im Laufe einer rituellen Reise zu meiner Geschichte wurde, verändert, wie haben sie sich für mich verändert, wie haben sie mich verändert, wie habe ich mich verändert?*
- *Was bleibt nach dem Karneval? Nur ein Kater, weil man sieht, dass einem das Ritual keine Entscheidungen abnimmt? Die Erinnerung an einen schönen Traum, an eine Täuschung, eine Illusion? Hat man sich gerade mal soweit entspannt und neue Kraft geschöpft, dass man im Alltag wieder besser funktioniert? Oder funktioniert man einfach besser, weil man nun vieles nur noch pro forma ernst nimmt, auch sich selbst nicht mehr so ernst nimmt, etwas unbeschwerter durchs Leben gehen kann, besser mit Widersprüchen leben kann, besser auf verschiedenen Hochzeiten tanzen kann? Oder weil man sich bereits aufs nächste Mal freut? Schließt man sich mit Gleichgesinnten in einem Karnevalsverein zusammen, um sich gemeinsam an die Erfahrungen der Auszeit zu erinnern, sie ansatzweise nochmals aufleben zu lassen und sich zusammen aufs nächste Mal zu freuen? Kann die auf diese Weise in den Alltag hinübergerettete* brigata *einen zu einem etwas lockereren Umgang im Alltag verhelfen?*
- *Aber tragen diese Reaktionen auch zur Selbstverwirklichung bei? Nimmt man alles und sich selbst einfach etwas gelassener hin? Kann sich der einzelne mit seiner Erinnerung an die rituelle Erholung nur in seinem Büro oder im Vereinslokal etwas besser einrichten, nicht auch*

in seinem Leben? Und wo bleibt die Moral? Sind es wieder Gutgläubigkeit und Gefühl, die jede noch so aufklärerische Darstellung der Verhältnisse im Ritual im Happy End auflösen, bevor sie im eigenen Handeln Wirkung entfalten kann?

– Ich *warte sicher nicht auf den nächsten Karneval oder sonst eine Fluchtmöglichkeit, und mein feministischer Lesekreis erscheint mir auch immer mehr als Wohlfühloase, in der alle in der naiven Überzeugung schwelgen,* Widerstand *sei einstweilen die einzige moralisch richtige Handlungsoption der Frau. Natürlich nur theoretisch und so wie es der Großdenker Adorno meinte, als er seinen berühmten Satz ›Es gibt kein richtiges Leben im falschen‹ dahingehend relativierte, man sollte stets bemüht sein, so zu leben, ›wie man in einer befreiten Welt glaubt, leben zu sollen, gleichsam durch die Form der eigenen Existenz, mit all den unvermeidbaren Widersprüchen und Konflikten, die das nach sich zieht, versuchen, die Existenzform vorwegzunehmen, die die eigentlich richtige wäre. … Die wichtigste Form, die das heute hat, ist der Widerstand‹.*
– *Was heißt denn ›eigentlich richtig‹, was ist eine ›befreite Welt‹ und wie soll dieser Widerstand praktisch aussehen? So genau wissen das wohl nur Adorno, Professor Pestalozzi und die Freundinnen aus dem Lesekreis. Aber das kann man natürlich so wenig wissen, wie jemand weiß, was das Leben eigentlich ist. Und ist nicht schon der oft nachgeplappert Satz ›Es gibt kein richtiges Leben im falschen‹ blanker Unsinn, kann doch hier nur das* ganze *Leben gemeint sein? Aber wie sagte ebenfalls Adorno, und diesmal zu Recht, ›Das Ganze ist das Unwahre‹.*
– *Darum löst sich der von meinen Freundinnen beschworene Widerstand in Luft auf. Konkret verspüre ich ihn gerade mal dort, wo er sich gegen mich richtet, mich daran hindert, über* mein *Leben nachzudenken und es Stück für Stück zu verwirklichen, so fragwürdig und provisorisch es auch bleiben mag. Natürlich braucht es auch dazu Widerstand, aber praktischen, und vor allem braucht es* ingegno, *und auch die geht meist nur allein.*
– *In was für eine ›befreite Welt‹ wollen denn meine Kolleginnen mit ihrem Widerstand gelangen? Ihre Vorstellungen von Freiheit sind dazu wenig*

nützlich. Einmal abgesehen davon, dass sie die meisten Hindernisse, gegen die sich ihr Widerstand richtet, praktisch ganz einfach überwinden könnten, verstehen sie unter Freiheit immer nur Bewegungsfreiheit, Eigentumsfreiheit, die Freiheit, ihren Willen sofort durchzusetzen – immer nur die Freiheit, zu der uns der heutige Mobilitätswahn und all die Machbarkeitsphantasien treiben.

– *Aber das Leben spielt sich ja auch in der Zeit ab und darum kann auch einmal das Verweilen an einem Ort Freiheit bedeuten, oder das Warten, bei dem man innerlich Gedichte rezitieren kann und mit dem man sich offen hält für Neues, das sich mit gezieltem Suchen oft nicht finden lässt.*

– *Geduld kann Freiheit sein: sich bei einer Arbeit nicht hetzen zu lassen und sie sorgfältig erledigen, sich einmal etwas mehr Zeit nehmen für einen Umweg oder geduldig auf bessere Zeiten warten, anstatt aufgeregt und unreflektiert seinen Willen schnellstmöglich durchzusetzen zu wollen. Immer beklagen sich alle über Stress. Also muss auch die Befreiung davon Freiheit sein.*

– *Diese Freiheit ist dann auch nicht so egoistisch, wie es meine Kolleginnen trotz ihres ständigen Geschwafels von Solidarität und gemeinsamem Kampf im Sinn haben. Auch wenn diese Freiheit bei mir anfängt, geht sie nur gemeinsam mit anderen. Frei sein bedeutet nicht immer, sich von anderen Menschen zu lösen, sondern oft auch, sich selbstbestimmt mit ihnen zu verbinden.*

– *Widerstand und Geduld sind keine Gegensätze. Natürlich gibt es ein richtiges Leben im falschen. Es ist ein geduldiges Sich-Bewegen, mal in diese, mal in jene Richtung, eben dahin, wo einem seine Interessen und Entscheidungen tragen. Und wenn sie's nicht mehr tun, muss man sich wieder entscheiden, und wieder und wieder.*

– *Und jetzt? Was macht die gescheite Frau? Meine Situation ist mir bewusst. Wie weiter? Zuerst einmal nur die Fragen leben, wie es am Ende eines Rilke-Gedichts heißt, in der Hoffnung, allmählich, ohne es zu merken, eines fernen Tages in die Antworten hineinzuleben?*

– *Die Doktorarbeit lass ich sausen. Ohne einen eindeutigen Schluss kann ich sie nicht einreichen. Aber hinter meiner Einsicht stehe ich. Welche der neuen Ideen, auf die mich der Umweg gebracht hat, ich weiterverfolge, weiß ich noch nicht. Mal schauen, was sich ergibt.*

– *Den Lesekreis werde ich verlassen. Manchmal gab er mir ein gutes Gefühl. Jetzt ist er nur noch Zeitverschwendung. Im Nachhinein betrachtet, interessierten sich die Damen weder für mich noch für meine Arbeit. Sie wussten immer alles schon. Ein Wunder, dass ich es so lange ausgehalten habe. Wenn ich mich jetzt an ihre vorschnellen Kommentare erinnere: ›Aha, ein Mann auf verschiedenen Eskalationsstufen!‹, ›Diese dumme Geduld!‹, ›Liebe ist nur ein Gefühl, das Widerstand zwecklos erscheinen lässt!‹*

– *Absurd! Liebe ist doch nicht nur ein Gefühl, nicht nur ein Verhalten, sondern eine Handlung, ein Willensakt. Wir* müssen *ja nicht lieben. Auch dazu müssen wir uns entscheiden. Oft entscheiden wir uns damit für den größten Widerstand.*

– *Ich sage den Kolleginnen aber lieber nichts vom Abbruch meiner Dissertation, sonst denken die sofort, jetzt ist sie mit ihren falschen Ansichten gescheitert und schmeißt gleich alles hin. Ich sage es ihnen vielleicht nicht so eindeutig, zum Beispiel, dass ich keine Zeit mehr habe, oder dass für mich jetzt Schluss sei mit der Übung, und ich den Worten Taten folgen lassen wolle. Möglicherweise fühlen sie sich dann etwas schäbig oder feige. Wahrscheinlich aber nicht, solange sie sich auf ihrer Insel gegenseitig auf die Schulter klopfen können. Auch Solidarität ist nicht nur gut.*

– *Elli muss ich den Abbruch meiner Dissertation wohl beichten. Sie wird enttäuscht sein von mir und mir sicher mit irgendwelchen Durchhalteparolen kommen. Romy wird es vielleicht sogar freuen, die hat sogar ihr Studium geschmissen und misstraut jeder übermäßigen Identifikation mit einer Tätigkeit. Und Vater findet sowieso alles gut, was seine Töchter machen. Er vertraut uns. Karl wird mich auch verstehen. Er liebt mich.*

– *Aber wie bringe ich es Professor Pestalozzi bei? Er gab mir schon von Anfang an den Eindruck, es sei eine Gnade, dass er mich als Doktorandin akzeptiere. Wird ihn mein Rückzieher kränken? Eigentlich erspare ich ihm doch nur eine Menge Arbeit, und auf was für Schlussfolgerungen meine Arbeit hinauslaufen würde, wusste er ja bereits. Am besten, ich lass ihn im Glauben, dass ich noch fleißig am Werk bin und es eben etwas länger dauert, bis ich im Kampf mit der Materie sein Genie erkenne. Wahrscheinlich hat er mich sowieso schon lange vergessen. Ich sollte ihn nicht so ernst nehmen und mich auch nicht.*

– *Warum etwas sagen, das ohne Folgen bleibt? Warum unnötig eine Verstimmung riskieren? Das Schweigen ist nicht per se ein Verschweigen und hat auch seine Qualitäten. Oft bewahrt es eine Fülle von Bezügen und Zusammenhängen, die sich beim bloßen Aussprechen auflösen würden. Mit dem Schweigen lassen sich alle Bezüge im schwebenden Zustand der Möglichkeit erhalten. Aus diesem Grund schweigen doch die Liebenden so gerne. Sie kosten die Lust ihres gemeinsamen Seins aus, zerstören es nicht mit Worten. Es ist mehr als ein ehrliches Schweigen. Vielleicht sollte ich es nicht einmal Karl sagen.*

– *Ich hülle mich bis auf weiteres in Schweigen. Meine sporadische Tätigkeit als Journalistin hat schon bis jetzt die meisten von Nachfragen abgehalten, was ich eigentlich mache. Akademische Rituale zählen im Alltag wenig. Und wenn ich erst einmal Mutter bin, wird ohnehin den wenigsten einfallen, dass ich noch etwas anderes Wichtiges machen könnte.*

Und damit wären wir am Ende von Mutters Vorstudien zu ihrer nie geschriebenen Dissertation«, sagt Reto erschöpft und blättert langsam die restlichen Seiten des Ordners durch. »Leer! Nur noch leere Seiten.«

»Wir hätten uns den ganzen Aufwand tatsächlich sparen können«, sagt Bigna lachend. »Mutters Entscheide kannten wir schon vorher. Sie liebte den Mann am Südpol ein Leben lang, sie wurde unsere Mutter, sie hat als Gelegenheitsjournalisten gearbeitet und sie schrieb als Gillette Fallo die Kinderbücher, mit denen wir aufgewachsen sind. Wir wissen jetzt lediglich noch etwas genauer, woher sie ihre Ideen und ihre Themen hatte, und was sie mit ihrer besonderen Erziehungsmethode erreichen wollte. Und was sie damit erreicht hat, wissen wir auch: Das, was wir selbst aus uns machen konnten. Das, was wir jetzt sind.«

»Jedenfalls ein guter Teil von uns«, relativiert Reto.

»Unser Selbstvertrauen, unsere Neugier, unsere Offenheit – das haben wir doch alles von ihr.«

»Oder von unserem Vater. Und woher kommt meine ständige Skepsis, die zeitweilige Unentschlossenheit, meine Unbeständigkeit, an die gerade du mich immer wieder erinnerst? Die Zeit, in der wir aufwuchsen, hat uns sicher gerade so beeinflusst wie unsere Eltern. Womöglich wurde vieles von dem, was sie uns weitergeben wollten, durch unsere Umgebung gefiltert, und kam anders bei uns an, als es von ihnen gemeint war. Oder hast du bei Gillette Fallos Geschichte zur Dummheit daran gedacht, dass es um *ingegno* gehen könnte, so wie dieser Begriff im *Dekameron* verwendet wird? Ich habe heute zum ersten Mal von diesem Begriff gehört! So gesehen war es vielleicht doch der Mühe wert, dass wir uns die Unterlagen zu Mutters Beschäftigung mit dem Griselda-Stoff genauer angesehen haben.«

»Etwas verschieden sind wir schon, kleiner Bruder«, stellt Bigna amüsiert fest. »Unsere Eltern und die weitere Umgebung haben sicher nicht gleichmäßig auf uns abgefärbt. Aber woher du das Grüblerische hast, ist mir angesichts von Mutters ausschweifenden Überlegungen zu Griselda, ohne zu einem Ergebnis zu gelangen, nicht mehr ganz unverständlich.«

»So ausschweifend habe ich ihre Gedanken gar nicht gefunden. Komplexe Fragestellungen brauchen meist auch komplexe Lösungen.«

»Immerhin hat sie damit das Griselda-Rätsel gelöst.«

»Hat sie das?«

»Aber sie hat doch ihrer Schwester Elli gesagt, sie hätte dieses Rätsel nun ein für alle Mal gelöst.«

»So hat sie es ihrer Schwester gesagt. Aber was sie damit gemeint hat, wissen wir nicht.«

»Warum musst du immer alles infrage stellen? Wollte sie ihre Schwester nur beeindrucken?«

»Keine Ahnung. Beeindrucken, täuschen, mit vielsagenden Worten im Ungewissen lassen? Etwas sagen, weil sie sich dazu verpflichtet fühlte, aber lieber geschwiegen hätte?«

»Mag sein. Sie bleibt geheimnisvoll.«

»Aber das Rätsel der Griselda hat sie mit ihren Büchern elegant an uns weitergegeben. Was wir draus machen würden, schien ihr entweder klar oder es interessierte sie nicht. An ihr Nachleben dachte sie wohl nicht, weil sie sich nicht allzu wichtig nahm. Ohne ihr Vorbild hatten wir auch keine Chance zu prüfen, ob wir ihre Geschichten richtig verstanden haben.«

»Sie war mehr als eine gute Schauspielerin.«

»Sie musste sich nicht groß verstellen. Sie hat einfach alles so eingerichtet, dass sie hinter ihrem Schweigen aufrecht all ihren Interessen nachgehen konnte. Dabei kam ihr wohl auch ihr Talent zugute. Du erinnerst dich, was ihre Schwestern erzählt haben?«

»Eine Kämpferin im grauen Bereich?«

»Mich nimmt wunder, inwieweit Vater in ihre Überlegungen eingeweiht war. Hat sie ihr ehrliches Schweigen gebrochen?«

»Das können wir ihn jetzt nicht mehr fragen.«

»Vielleicht finden wir in der letzten Kiste mit den schwarzen Notizheften und den Briefen noch Hinweise.«

»Vielleicht. Aber nicht mehr heute«, sagt Bigna müde und legt den roten Ordner in die Kiste zurück. »Es ist schon fast sechs. Lass uns etwas essen. Und später möchte ich noch einige Bilder aufhängen in meinem Zimmer.«

»Gut geschlafen?«, fragt Reto seine Schwester, als sie sich zu ihm an den Küchentisch setzt.

»Ich habe noch lange in den Alben nach Bildern gesucht, aber nichts Passendes gefunden. Ich war auch nochmals in der Rumpelkammer, um nachzuschauen, ob sich da nicht noch ein paar geeignete Erinnerungsstücke zur neuen Einrichtung meines Zimmers finden, fand aber nichts. Dann konnte ich lange nicht einschlafen, weil ich darüber nachdenken musste, was für weitere Schlüsse unsere Mutter aus ihrer Beschäftigung mit dieser Griselda-Geschichte gezogen haben könnte.«

»Und?«, fragt Reto neugierig.

»Nichts. Es kamen mir einige Stellen aus den Texten im Ordner in den Sinn, ein paar Fragen, aber keine Antworten, nur neue Fragen, in immer weitere Ferne rückende Fragen, verblassende Bilder, die sich schließlich ganz auflösten, dann aber einzeln und ganz klar wiederkamen.«

»Du bist eingeschlafen und hast geträumt«, sagt Reto lachend.

»Irgendwann muss ich eingeschlafen sein und habe geträumt. Zuerst von einem Tiger, der um eine Windmühle schlich, dann von einem Mann, der hinter einem Vorhang steht und ein Paar in einem Himmelbett beim Sex beobachtet, schließlich vom Karneval in Venedig. Im Morgengrauen verfolgten zwei Männer mit roten Schnabelmasken in einer engen Gasse mehrere Frauen in wallenden Barockröcken. Auf einem Platz, auf dem ein Feuer brannte, waren die Frauen auf einmal verschwunden und die beiden Männer schauten sich suchend um. Dann schüttelte einer den Kopf und setzte sich auf eine Bank aus Stein. Der andere entdeckte etwas auf dem Boden, hob es auf, ging zum Feuer und warf es hinein. Dann bin ich erwacht.«

»Was warf er ins Feuer?«, fragt Reto, während er seiner Schwester eine Tasse frisch gebrühten Kaffee hinstellt.

»Ich weiß es nicht. Es sah aus wie ein toter Vogel.«

»Vielleicht eine Federmaske, die eine der Frauen verloren hatte?«

»Kann sein.«

»Wollen wir uns noch die letzte Kiste mit den Notizheften und Briefen vornehmen?«

»Lass mich zuerst in Ruhe meinen Kaffee trinken und ganz wach werden.«

Während Reto die schwarzen Notizbücher aus der Kiste kramt, liest er die Aufschriften auf den Umschlägen vor und blättert kurz in jedem Band: »*Tagebuch Wostok 1984/85*, nur die erste Hälfte beschrieben; *Tagebuch GRIP 1989*, hier sind sogar nur die ersten Seiten beschrieben; *Tagebuch EPICA 1996,* ganz leer. Die Handschrift ist manchmal schwer zu entziffern.«

»Schauen wir uns zuerst *GRIP 1989* an, bevor wir uns *Wostok 1984/85* vornehmen«, schlägt Bigna vor.

»Also hier steht unter *17. August 1989*:

Nach unruhigem Flug von Kangerlussuaq mit der alten Lockheed *gut in der* Summit Station *angekommen und mein Zimmer bereits gemütlich eingerichtet. Zimmer etwas größer als auf Wostok. Station hat gute Infrastruktur und die Temperatur auf den Zimmern lässt sich zum Glück regulieren.*

~

Freute mich besonders, dass Susi auch wieder mit dabei ist. Wir saßen vorhin noch lange zusammen im Gemeinschaftsraum und plauderten über Gott und die Welt. Besonders beschäftigte uns, was in Osteuropa derzeit passiert. Dann tauschten wir auch noch Erinnerungen an unseren gemeinsamen Aufenthalt auf der Station Wostok *anno 1984 aus. Susi konnte sich noch gut an den Unfall erinnern, der mir nicht mehr so präsent ist. Eigentlich seltsam, wenn ich daran denke, was danach geschah. Vielleicht habe ich es auch darum fast vergessen, weil es Kathi ganz natürlich fand, als ich ihr davon erzählte. Sie meint nur, dass wir unsere Abmachungen ja dafür getroffen hätten.*

~

Auch Susi bedauert, dass Norman diesmal nicht mit von der Partie ist. Wir beide finden ihn ein Scheusal und doch vermissen wir ihn. Als

Kanadier war ihm die Teilnahme an diesem europäischen Projekt unter schweizerischer Leitung leider verwehrt.

~

Susi bestand dann noch darauf, dass ich sie in ihre Koje begleite, um mir ihren neuesten Artikel Sagen die im Eis eingeschlossenen Luftblasen tatsächlich etwas über den Klimawandel aus? *zur kritischen Begutachtung zu geben.*

Und das ist auch schon der letzte Eintrag in diesem Heft.«

Beim Zusammenfalten der schwarzen Kladde schaut Reto seine Schwester vielsagend an und meint: »Hab ich's mir doch gedacht.«

»Was hast du dir gedacht?«

»Vater und Susi Pauli.«

»Nur eine Vermutung.«

»Glaubst du?«

»Wahrscheinlich hat sie ihm nur den Artikel gegeben und er hat ihn nur schon wegen des ketzerischen Titels noch am gleichen Abend gelesen. Viel interessanter finde ich, dass beide Norman ein Scheusal fanden, ihn aber dennoch vermissten. Vielleicht erfahren wir mehr darüber, wenn wir das Heft *Wostok 1984/85* lesen.«

Reto nimmt das Heft und öffnet es:

»*14. Oktober 1984.*

Ich versuche es jetzt mit einer neuen Methode, zu der mich Susi inspiriert hat. Sie war wieder lange bei mir und ich erzählte ihr von meinen bisherigen erfolglosen Versuchen, mich müde zu machen, um bei dieser Hitze einschlafen zu können. Die Mehrheit der Besatzung zieht eine hohe Temperatur vor und diese lässt sich in den einzelnen Containern nicht individuell drosseln. Wenn man körperlich hart arbeitet, und das auf über 3000 m ü.M., ist man abends sicher genügend müde. Für mich jedoch wird das Einschlafen meist zur Qual.

~

Anfänglich versuchte ich es mit Lesen. Ich begann mit Kathis Buch Die Fröhlich Wissenschaft …, *dessen Lektüre ich zu Hause immer wieder aufgeschoben hatte, merkte aber bald, dass philosophische Kost für meine Absicht ganz ungeeignet ist, denn ich musste immer gleich über das Gelesene nachdenken und die Gedanken entwickelten ein Eigenleben, was mich erst recht am Einschlafen hinderte.*

~

Da ich keine weiteren Bücher mitgenommen habe und von meinen Kolleginnen und Kollegen, die nur Krimis und Science-Fiction dabeihaben, nichts ausleihen will, da ich mich nicht für Literatur interessiere, die einfach nur an meine tägliche Arbeit als Wissenschaftler anschließt, verlegte ich mich aufs Schreiben eines Tagebuches. Ich machte aber den Fehler, zu konsequent auf Ereignisse des Tages zurückzublicken, die mich immer ins Grübeln brachten: Könnte man die Bohrmethode nicht mit dem zusätzlichen Einspritzen von heißem Wasser noch effizienter machen? Sollte man die Bohrkerne nicht mit einer genaueren Methode beschriften? Usw., usf. Mein Tagebuch war ein unruhiges Fragebuch. An Schlaf war nach dem Schreiben nicht zu denken. Ich gab bald auf und warf das begonnene Heft weg.

~

Dann versuchte ich es mit Musik, was auch nicht funktionierte. Da ich die Musik wegen meinen Nachbarn nicht genug laut aufdrehen kann, vermischen sich die Klänge immer mit dem leisen Dröhnen der Dieselgeneratoren, und die Interferenzen sind noch unerträglicher als das reine Geräusch der Generatoren. Interessant ist, dass dieses Geräusch zwar zusammen mit Musik und noch mehr beim Nachdenken für das Einschlafen störend ist, mich aber, wenn ich einmal ohne jeden Gedanken daliege und mich dem rhythmischen Geräusch völlig überlasse, regelmäßig in den Schlaf trägt. Leider kann ich meine Gedanken nicht einfach so abstellen und dem Zufall will ich mich nicht überlassen.«

»Was war nochmals das Datum dieses Tagebucheintrags?«, unterbricht Bigna.

»Der 14. Oktober 1984. Warum?«

»Das ist ein halbes Jahr nach meiner Geburt und ein knappes Jahr vor deiner Geburt. Seltsam.«

»In der Tat. Jetzt, wo du es sagst.«

»Und welche großartige Inspiration verdankt Vater nun seiner Kollegin Susi Pauli?«

»Susi erzählte, sie schreibe ein Buch über ihre Großmutter. Das Schreiben helfe ihr, müde zu werden. Sie notiere sich immer nur Erinnerungen, Gedanken, Fragen, die ihr spontan einfielen, und hüte sich davor, gezielt an etwas zu denken und noch mehr, nach Antworten zu suchen. Sie schreibe nicht nur über schöne Dinge, aber über solche, die abgeschlossen seien, Dinge, für die sie dankbar sei, über selbstverständliche Dinge und solche, die sich immer in gleicher Weise wiederholten. Auch über eine Freude oder eine Wut schreibe sie manchmal, wenn sie diese nicht schon jemand anderem habe mitteilen können. Sie schreibe sich einfach alles von der Seele, bis sie leer und müde sei. Ihre Art des Schreibens sei für sie wie körperliche Arbeit. Eine andere gute Methode, müde zu werden, sei Sex.

~

Ich war auf dem Holzweg mit meiner bisherigen Art, Tagebuch zu schreiben. Ich suchte etwas, anstatt es einfach geschehen zu lassen, einfach zu schreiben, was mir gerade einfiel.

~

Susi sagte, ein Tagebuch schreiben könnte sie nie, denn ein Tagebuch ermögliche nie eine befreiende Art des Schreibens, ginge es doch immer um die Begegnung mit sich selbst, um Selbsterkenntnis, und eine solche bedürfe nun mal des Nachdenkens. Zudem sei Selbsterkenntnis sowieso nur möglich mit einem Gegenüber. Für sie sei Tagebuchschreiben eine täuschende Angelegenheit. Nicht nur mehr Fragen tauchten dabei auf, sondern auch ganz falsche Fragen. Aber je mehr man sich mit Dingen beschäftige, die sich eigentlich nur gemeinsam einordnen ließen, desto mehr habe man das Gefühl, irgendetwas unter diesen Dingen könnte für einen selbst von ganz entscheidender Bedeutung sein. Es sei aber meist nur das Übermaß der Beschäftigung, das diesen Eindruck erwecke. Am Schluss münde diese Art von Selbsterkenntnis oft nur in die Weisheit von Schlagertexten.

~

So absolut sehe ich das nicht. Täuschen können wir uns immer, mit oder ohne Gegenüber. Und ich habe mich bei meinem ersten Versuch nicht zu viel mit mir, sondern mit meiner Arbeit beschäftigt. Anstatt Einfällen und Erinnerungen nachzuhängen oder sie in Ordnung bringen zu wollen, werde ich sie künftig einfach nur aufzeichnen, um sie so für den Moment loszuwerden. Das Tagebuch als eine Art Abfalleimer, um weiterführende Gedanken abzufangen und stillzulegen.

~

Ein Vorgehen wie bei unseren täglichen Messungen oder im Traum, wo Bilder, Erinnerungen und Gedanken auch spontan und chaotisch auftreten und sich nur im Nachhinein, angesichts der Frage nach bestimmten Zwecken, in eine Ordnung bringen lassen. Fast wie im Leben! Außer dass hier die Ordnung für bestimmte Zwecke oft im Vornherein anvisiert wird.

~

Immer nur aufschreiben, was sich kurz und bündig sagen lässt. Beobachtungen, Erinnerungen, Gedanken, Gedankensplitter, Unausgesprochenes, Träume – einfach fließen lassen, sich vom Schreiben leiten lassen, bis die Hand erlahmt und die Augen zufallen.«

»Sicher ist das Datum ein Versehen«, meint Bigna.

»Wohl kaum. Denn der folgende Eintrag steht unter dem Datum 17. Oktober 1984.«

»Und was steht da?«

»*Die letzten beiden Tage waren so streng, dass keine zusätzlichen Maßnahmen nötig waren, um einzuschlafen. Am Montag hatte ich mit Udo zusammen Putzdienst und gestern fand die gemeinsame monatliche Feuerwehrübung statt. Der Ausbruch eines Feuers ist die schlimmste Gefahr hier draußen in unserer Eiseinsamkeit. Vor zwei Jahren ist hier ein Feuer ausgebrochen, bei dem zum Glück niemand zu Schaden kam. Ich darf gar nicht daran denken, wie sich ein Feuer in dem mehrere Meter unter dem Eis eingegrabenen Röhrensystem, in dem wir hier leben, ausbreitet, und was mit uns geschieht, wenn wir allenfalls entkommen, in eine Eiswüste, in der die höchste Temperatur nie über -25°C liegt. Die* Mirny-*Station an der Ostküste, von wo aus wir über eine Schneepiste versorgt werden, ist mehr als 1400 km entfernt.*

~

Grundprinzipien: Immer nur aufschreiben, nie nachdenken, Gedanken loswerden, Fragen stehen lassen, immer nur aufschreiben …

~

Ich muss mir angewöhnen, mit unangenehmen Assoziationen umzugehen wie ein Jazzmusiker, der seine Improvisation dadurch abschließt, dass er einem Mitmusiker mit einem Zunicken signalisiert, er solle übernehmen. Ich muss mir mit der Erinnerung an die Grundprinzipien einen Impuls geben, dass es anders weitergehen soll.

~

Dass es in unseren Gemächern, Containern von gerade mal acht Quadratmetern Grundfläche, immer so heiß ist, scheint andere Mitbewohner der Station nicht zu stören, viele schätzen es sogar.

~

Immer wieder erstaunt mich, dass wir hier jenseits unserer klar umrissenen Aufgaben, unserer nationalen Herkunft und ein paar persönlichen Unterschieden alle gleich sind oder uns gleich vorkommen. Neben Claude Lorius und mir gibt es noch einen Glaziologen und eine Glaziologin, einen Koch, zwei Geophysiker, einen Meteorologen und eine Meteorologin, zwei Elektriker, zwei Mechaniker, einen Ingenieur, einen Chemiker, einen Funker und den Arzt. Nur zwei Frauen. Der Überhang an Glaziologen kommt daher, dass bei der diesjährigen Mission erstmals Lorius' Hypothese mit den Luftblasen systematisch geprüft werden soll. Zu diesem Zweck soll der bislang längste Eiskern gebohrt werden.

~

Sicher sind es neben den sehr exakten Regeln für alle Stationsmitglieder auch die Gemeinschaftsarbeiten, zu denen alle gleichermaßen verpflichtet sind, die uns gleich machen. Jeder hat mal Putzdienst, muss in der Küche Gemüse rüsten oder beim Freischaufeln des Haupteingangs mithelfen.

~

Obwohl man meinen könnte, die Regeln und die Gemeinschaftsarbeiten schränkten einen noch zusätzlich ein, haben sie etwas Befreiendes. Es gibt nicht viel zu entscheiden. Frei ist man eigentlich nur in der beengenden Zelle, wo einem dann die persönlichen Entscheidungen umso schwerer fallen.

~

Entscheidungen fallen mir seit je schwer. Es sei denn, es gehe nur um den nächsten Schritt oder um ganz große Pläne.

~

Manchmal fühle ich mich feige. Viele Akademiker sind feige. Das ist keine Entschuldigung. Nur eine Charakterschwäche scheint es auch nicht zu sein. Das wissenschaftliche Milieu hat einen Anteil daran. Schon wissenschaftliche Neugier geht mit einem gewissen Opportunismus Hand in Hand. Für Genies wie Claude trifft dies wahrscheinlich nicht zu. Sie empfinden wohl schon in frühen Jahren eine Art göttliche Vorbestimmung, die ihnen weitere Entscheidungen abnimmt.

~

Natürlich wäre alles einfacher, wenn ich auch immer an Gott glauben könnte. Ich kann aber nur an Gott glauben, wenn es mir und meinen Liebsten nicht gut geht, oder wenn ich hoffe, dass es ihnen nicht schlecht geht.

~

Wie geht es Kathi und Bigna jetzt? Wenn ich bei der Arbeit an sie denke, glaube ich immer, dass es ihnen gut geht. Sobald ich nichts tue, mache ich mir Sorgen. Kommen Sorgen vom Nichtstun?

~

Immer wieder an die Grundprinzipien denken!!!

~

Es freut mich, dass Kathi schon mit ihrem ersten Kinderbuch so erfolgreich ist. Das gibt ihr den Freiraum zur Verwirklichung ihrer Interessen. Es macht auch mich freier.

~

Mein Entschluss, Geografielehrer zu werden, entsprang voreiligem Sicherheitsdenken. Mein ganzes Interesse gilt der Glaziologie. Jetzt kann ich meine Passion für Berge und Gletscher ausleben.

~

Ich bewunderte David immer, dass er nur machte, was seinen Interessen entsprach, und darauf vertraute, dass aus seiner Berufung automatisch ein Beruf würde. Eigentlich trifft das auch auf Kathi zu.

~

Ich denke oft an David und wie er uns damals geholfen hat.

~

18. Oktober 1984

Logische Entscheidungen sind großer Komplexität selten gewachsen, und das Leben ist komplex. Große Entscheidungen sind nur mit vielen und guten Vorinformationen möglich, die kaum je erhältlich sind, und wenn, können sie kaum verarbeitet werden. Darum werden sie meist durch Gefühle gefällt, im besten Fall durch das Lebensgefühl, leider öfter durch momentane Stimmungen und Launen. Zweifel sind fast immer angebracht. Darum auch die häufigen nachträglichen rationalen Begründungen für Lebensentscheidungen.

~

Nicht nur die Logik versagt angesichts großer Entscheidungen, auch die Erinnerung. Sie hilft bei Entscheidungen selten richtig weiter, oft ist sie sogar hinderlich, macht einen zögerlich, gerade wenn Erinnerungen im Gedächtnis ohne jede Bewertung herumgeistern, nicht einen festen Platz haben, weil sie nicht mit Gefühlen verbunden sind.

~

Besser entscheiden kann ich, wenn ich die Dinge aufschreibe, die es zu entscheiden gibt. Ich trete damit kurz einen Schritt zurück, lasse das Lebensgefühl gegenüber meiner aktuellen Gefühlslage grösser werden und sehe eher die Möglichkeiten anstatt Grenzen. Manchmal auch die Möglichkeit, dass schon bisher alles ganz anders gewesen sein könnte.

~

Die Erinnerung täuscht. Entscheidungen, wie auch immer sie zustande gekommen sind, scheinen nur immer auf den ersten Blick das ganze Leben auszumachen. Alle nichtgelebten Leben gehören letztlich auch dazu. Von ihnen kommen doch all unsere Wünsche, unser ganzes Begehren, das Bedürfnis nach anderen Menschen, die Liebe. Die Liebe ist doch immer auch ein Begehren nach dem anderen eigenen Leben, das man hätte haben können, und das sich immer wieder zeigt, wenn auch nur in kurzen Momenten. Seltsam, dass ich dies aufschreiben muss, damit ich es verstehe.

~

Aufschreiben ist auch eine gute Methode gegen das Grübeln, das mich immer wieder mal befällt. Diese zugleich von zu viel Logik und zu großer Betroffenheit ausgelöste Art des Nachdenkens, bei der sich dieselben Gedankenschleifen immer und immer wiederholen, und die selten zu einem Ergebnis führt, lässt sich schon durch das erste geschriebene Wort eines Satzes stoppen. Meistens.

~

Noch mehr als sonst prägen Wiederholung und Gewöhnung auf dieser Station fernab des Alltags das Lebensgefühl. Stimmungen und Launen erscheinen nebensächlich. Wir sind dem Stress permanenter Entscheidungen enthoben. Nur in meinem engen Zimmer, wo es eigentlich auch nichts zu entscheiden gibt, habe ich manchmal das Gefühl, etwas entscheiden zu müssen. Wenigstens ist auch hier das Leben so einfach, dass ich mich auf das Wesentliche konzentrieren kann.

~

Ich habe einmal gelesen, dass Darwin, als er sich nach seiner Reise mit der Beagle *in England niederließ, in seinem großen Haus einen kleinen Raum als Arbeitszimmer einrichtete, der ihn an seine enge Koje auf der* Beagle *erinnerte. Hier soll er seine Evolutionstheorie entwickelt haben.*

~

Der enge Raum scheint auch meine Träume zu beeinflussen. Wenn ich mich an Träume erinnere, was hier weit seltener vorkommt als zu Hause, sind es immer ganz einfache Träume, die ich sofort verstehe, und die nie etwas mit der Überwindung meiner beengten Verhältnisse zu tun haben, wie es eigentlich zu erwarten wäre, sondern immer nur mit einer angenehmeren Einrichtung in diesen. Einmal habe ich mich im Traum gesehen, wie ich den roten Stuhl durch einen grünen ersetze, mich auf den neuen Stuhl setzte und mich freute.«

~

20. Oktober 1984

Wie immer am Samstag räumte ich mein Zimmerchen auf. Dabei fiel mir Kathis Buch Die Fröhliche Wissenschaft … *in die Hände. Ich blätterte darin und las da und dort ein paar Zeilen. Wo dieser Nietzsche nicht gleich von dieser Frau von Salomé abgekupfert hat (oder auch von seinem Freund Paul Rée, worauf Kathi mehrmals hinweist), hat er viel elitären Blödsinn geschrieben. Nur einem Berufsphilosophen mit beschränkter Bodenhaftung können derart abgehobene und einseitige Gedanken kommen. Zu denken gegeben hat mir die von Kathi zitierte Stelle aus*

Jenseits von Gut und Böse, *wo Nietzsche den Gletscher als Metapher verwendet. Das Zitat lautet: ›Die Erkenntnis: das ist das tiefe Eis, das wir zertreten müssen, um uns den Sternen zu nähern; die Idealisierung der Sache selbst heißt uns langsam und müde werden, uns zu Gletschern machen, unsere Geduld erstarrt, uns zum Künstlertypus entwickeln, der das Vollendete in vergangenen Zeiten sucht‹.*

~

Wer wüsste besser als wir Glaziologen, die hier draußen Bohrungen ins tiefe Eis machen, dass der Weg zu neuartigen Erkenntnissen über den Gletscher führt. Aber wenn auch ein Teil des bisherigen Lebens der ganzen Welt im Eis erstarrt sein mag, ist es nur ein Teil. Der Gletscher bewahrt und verändert den Lauf der Geschichte, denn er lebt. Er ist nicht nur ein Hemmschuh wie unhinterfragt hochgehaltene Ideale, die unserer Erkenntnis im Weg stehen, er schließt auch Möglichkeiten für neue Erkenntnisse ein. Der letzte Teil des Nietzsche-Zitates hat dann wieder etwas für sich, wenn damit gemeint ist, dass der falsche Künstler die endgültige Erkenntnis nur in der Vergangenheit zu finden glaubt. Der Gletscher schließt eben die Vergangenheit und die Zukunft ein.

~

Was das oft besungene heilige Staunen vor der Natur bedeuten könnte, begann ich zu ahnen, als ich als Kind mit Vater immer wieder zum Morteratsch ging. Jedes Mal fiel mir mehr auf, dass sich der Gletscher verändert hatte. Er bewegte sich und bewegte auch seine Umgebung. Nur minim zwar und bei einmaligem Hinschauen nicht feststellbar. Aber der Gletscher lebt. Würde er nur reglos daliegen, einfach nur Kälte ausstrahlen, nur im Verlauf eines Tages und eines Jahres etwas anders aussehen, hätte er mich nicht in Staunen versetzt. Aber ich begriff, dass er lebt, wie die ganze Natur lebt, und dass sein Innenleben nicht nur gerade so interessant sein könnte wie das eines Menschen, sondern ihn irgendwie mit mir verbindet. Es braucht einfach genug Geduld, dies festzustellen. Ich ging dann immer wieder zum Gletscher, um zu sehen, wie es ihm geht.

~

Als sich meine naive Zuneigung zu Gletschern später zum wissenschaftlichen Interesse verdichtete, lernte ich ihr Leben noch genauer kennen. Mein Bedürfnis, alles über sie wissen und verstehen zu wollen, tat dem Staunen keinen Abbruch, zumal ich mit der Zeit immer mehr Charakterzüge von

Gletschern entdeckte, die sich auch bei Menschen finden. Einmal strahlen sie Ruhe aus und sind nur schön anzuschauen, dann wieder werden sie ungestüm und zerstörerisch. Einmal sind sie gute Freunde, dann wieder Monster. So gut man sie zu kennen glaubt – sie bleiben geheimnisvoll.

~

Selbst wenn sie nur stumm und unbeweglich dazuliegen scheinen, unterliegen Gletscher ständigen Metamorphosen: Sie nähren sich von Neuschnee, der sich in Firn verwandelt. Unter dem Druck ihres Gewichts kristallisiert der Schnee zu weißem Firneis. Nach und nach entweicht die eingeschlossene Luft und das Eis wird bläulich und grünlich. Und je schwerer es wird, desto plastischer wird es und beginnt den Berg hinunterzufließen. Gewicht, Neuschneemenge, Temperatur, Neigung und Beschaffenheit des Untergrunds bestimmen die Geschwindigkeit. Meist fließt der Gletscher sehr sehr langsam.

~

Aber es gibt auch galoppierende Gletscher, wenn auch nur ganz wenige. So nennen wir die Gletscher, bei denen sich lange Perioden mit normaler, langsamer Fließgeschwindigkeit ablösen mit kürzeren Phasen, in denen sie 10- bis 1000-mal schneller fließen. Die Ruhephase kann dabei Jahrzehnte oder Jahrhunderte dauern, die aktive Phase dauert dann nur kurz, von einem bis zu fünfzehn Jahren. Die schnellste derartige Bewegung eines Gletschers wurde anfangs der 1960er-Jahre beim Brúarjökull *in Island mit 125 Metern pro Tag gemessen. Als schnellster Gletscher der Welt gilt aber der* Kutiah-*Gletscher im Karakorum, der in den 1950er-Jahren einmal innert eines Jahres 12 Kilometer zurückgelegt haben soll. In den Alpen scheint es keine galoppierenden Gletscher zu geben, obwohl die katastrophalen Vorstöße des Vernagtferners in den Ötztaler Alpen zwischen Ende des 16. und Anfang des 20. Jahrhunderts auch manchmal diesem seltsamen Gletscherverhalten zugrechnet werden.*

~

Wie genau das Galoppieren zu erklären ist, ist immer noch unklar. Bislang gilt nur als gesichert, dass es für dieses Phänomen mehr als eine Ursache geben muss. Die plötzliche Umstellung des unter dem Gletscher liegenden Abflusssystems und die sich unter der Gletscheroberfläche bildenden Seen spielen wahrscheinlich eine entscheidende Rolle, möglicherweise auch die Beschaffenheit des Gletschergrundes und die darauf liegenden Geröll-

ablagerungen. Noch haben wir fast keine Möglichkeiten, in den Gletscher hineinzuschauen. Auch unsere Bohrmethode ist nicht gerade hilfreich. Man muss sie zu oft anwenden, um fündig zu werden. Jeder Fund bleibt ein Zufall.

~

21. Oktober 1984

Das Sonntagsfrühstück, das immer etwas länger dauert, war heute besonders gemütlich. Claude erzählte nochmals, wie er damals beim Anschauen der aufsteigenden Luftblasen in seinem Whiskey-Glas die zündende Idee hatte; Eric, der Funker, erzählte von den riesigen Whiskey-Vorräten, die Shackleton auf seiner Südpol-Expedition dabeigehabt haben soll; sogar Norman, der das Lesen eigentlich als Zeitverschwendung betrachtet, erzählte begeistert von der Lektüre seines neuesten Science-Fiction-Romans. Während Susi uns von der Lektüre ihres Krimis erzählte, strickte sie unter dem Tisch unentwegt weiter. Sie hat mir verraten, dass sie uns allen eine Pudelmütze auf Weihnachten schenken wolle.

~

Ich erzählte von meiner Entdeckung des Nietzsche-Zitates, worauf Susi sofort meinte, dass es noch viele literarische Werke gäbe, in denen Gletscher eine wichtige Rolle spielten, auf reale oder metaphorische Weise. Sie zählte dann gleich eine ganze Reihe davon auf.

~

Auch die sonst eher schweigsame Meteorologin Lilly meldete sich mit einigen Ergänzungen zu Susis Liste für einmal zu Wort und wollte dann gar nicht mehr aufhören mit ihren Erläuterungen, warum der Gletscher für literarische Gleichnisse besonders geeignet sei. So könne er mit seiner langsamen Bewegung und dem Schmelzen mit dem unaufhaltsamen Vergehen der Zeit und mit der Vergänglichkeit des Lebens in Verbindung gebracht werden, sei aber auch ein gutes Symbol für Unbeweglichkeit und Strenge. Er repräsentiere eine kalte, harte und unwirtliche Umgebung, die für den Menschen Schwierigkeiten und Hindernisse mit sich bringe, die dann wiederum metaphorisch für die Herausforderungen des Lebens stehen könnten. Weiter könne der Gletscher für die Reinheit und Schönheit der Natur stehen, für einen von der Zivilisation unberührten Ort, in dem die Natur in ihrer reinsten Form existiere. Und natürlich diene der Gletscher mit seinen Höhlen, Spalten und unsichtbaren Seen auch immer wieder als Metapher für das Unbekannte. Wie kaum ein anderes natürliches Phänomen repräsentiere er das Geheimnisvolle und Unerforschte, das in der Tiefe verborgen liege, und das Interesse, entdeckt zu werden, magisch anziehe. Letztlich sei es wohl gerade die Widersprüchlichkeit der verschiedenen Bedeutungen, die den Gletscher für literarische Zwecke beliebt mache.

~

Susi meinte, manchmal werde die Metaphorik auch überstrapaziert. Aufgrund des vielversprechenden Titels Arctic Summer *habe sie sich zum Kauf dieses kürzlich posthum erschienenen unvollendeten Romans von E.M. Forster verführen lassen, im Buch dann aber keine Bezüge zur Arktis oder Gletschern gefunden. Es gehe um den Wandel von männlichem Rollenverhalten und männlichem Selbstverständnis zu Beginn des 20. Jahrhunderts und der Titel spreche einfach die gegensätzlichen Empfindungen der männlichen Protagonisten des Romans an. Sie könne uns diesen Roman aber dennoch sehr empfehlen, besonders den Männern.*

~

Ihr Lieblingswerk, in dem der Gletscher sowohl eine reale als auch eine metaphorische Rolle spiele, sei immer noch Mary Shelleys Klassiker Frankenstein, *insbesondere die Stelle, wo der junge Genfer Arzt Frankenstein der von ihm aus Leichenteilen erschaffenen Kreatur auf dem Gletscher* Mer de Glace *oberhalb Chamonix wiederbegegne. Zwar suche Frankenstein auf seiner Reise, bei der er das aus dem Labor entflohene künstliche Wesen aufspüren und vernichten wolle, Entspannung auf dem Gletscher, begegne dann aber dem Monster ausgerechnet hier. Da das Monster mit den Menschen nicht zurechtgekommen sei, sei es vor ihnen auf den Gletscher geflohen und in seiner Einsamkeit sei ihm der Gletscher zur Heimat geworden. In der reinsten Form der Natur begegne also ein Mensch, der hier nicht leben könnte, dem unnatürlichsten Menschen, der hier zu leben vermöge. Paradoxerweise symbolisiere aber der Gletscher mit seiner Lebensfeindlichkeit auch Frankensteins emotionale Kälte, mache aber zugleich das Mitleid verständlich, das das Monster von seinem Schöpfer ersehne. Der Gletscher diene aber nicht nur als Spiegel von Menschlichkeit und Unmenschlichkeit, sondern auch als Metapher für die Grenzen der wissenschaftlichen Erkenntnis. Frankenstein wolle ja die letzten Geheimnisse des Universums entschlüsseln, um menschliches Leben zu erschaffen. Der Gletscher zeige ihm dann aber die Unmenschlichkeit seines Strebens – an sich selbst noch mehr als an der von ihm geschaffenen Kreatur.*

~

Zum Schluss sagte Lilly noch, dass in der älteren Literatur der Gletscher stets außerhalb der menschlichen Einflusssphäre liege und erst seit kurzem auch als Opfer des zerstörerischen Verhaltens des Menschen behandelt werde. Neuerdings zeichne sich nun fast eine Umkehrung dahingehend ab, dass der Mensch angesichts des Gletschers nicht mehr als klein und machtlos geschildert werde, sondern in der Grenzenlosigkeit seines Einflusses auf die Natur dargestellt werde. Heute könnte Frankenstein vom Schmelzen *der Gletscher etwas lernen.*

~

Ich hätte den beiden Frauen noch stundenlang zuhören können. Sie kennen auch die Kultur des Gletschers und können sich wahrscheinlich auch sonst auf einer mir nur schwer zugänglichen Ebene unterhalten. Das ist es wohl auch, was Kathi so eng mit Susi verbindet. Sie lesen unentwegt. Was es ihnen offenbar ebenso ermöglicht, sich in Gesellschaft innig auszutauschen, wie ohne Langeweile allein zu sein. Ihre besten Freunde sind Bücher. Bei mir ist es eher die tägliche Arbeit, die mich glücklich macht und mit andern verbindet.

~

22. Oktober 1984

Heute Morgen war ich an der Reihe mit meinen zehn Sprechminuten. Als ich im engen Funkerraum saß und auf meine Leitung wartete, befürchtete ich schon, Kathi sei gerade nicht zuhause. Zum Glück nahm sie den Hörer dann aber schon nach dem zweiten Klingelton ab – als hätte sie neben den Telefonapparat auf meinen Anruf gewartet. Obwohl ich vor dem anstehenden Gespräch lange überlegt hatte, was ich ihr alles sagen und sie fragen will, fragte ich dann nur, wie es ihr und der kleinen Bigna gehe und ob sonst auch alles in Ordnung sei. Kathi stellte mir auch keine ausführlicheren Fragen und erzählte nur noch, dass ihr Vater jetzt die neue Wohnung in der Nähe bezogen habe und sich um Bigna kümmere, wenn sie arbeite, und dass auch Romy und David immer da seien, wenn sie Hilfe brauche. Als ich Kathi noch sagte, dass ich sie ver-

misse und dass ich sie liebe, sagte sie nur: ›Ich liebe dich auch, mach's gut‹ und legte auf. Ich schaute zuerst den Hörer an und legte dann auch auf. Hauptsache: hier und dort alles in Ordnung. Ich beanspruchte von den vorgesehenen Sprechminuten nicht einmal die Hälfte, obwohl mir vor dem Gespräch zehn Minuten viel zu wenig erschienen. Als ich dies Eric sagte, meint er nur, das sagten alle.

~

Erst auf dem Weg zum Bohrturm, fiel mir wieder ein, was ich Kathi alles fragen und ihr erzählen wollte. Den ganzen Tag begleiteten mich Gedanken an sie, an die kleine Bigna, an die Monate vor meiner Abreise, an unser ganzes gemeinsames Leben. Norman musste mich mehrmals mahnen, mich auf die Arbeit zu konzentrieren. Zu Recht. Wir sind jetzt in einer besonders heiklen Phase. Wir haben über die bisher je erreichte Tiefe hinaus gebohrt und dringen mit jedem Zentimeter in Neuland vor. Es wird immer schwieriger. Nichts darf passieren.

~

Ich hätte nie geglaubt, dass ich mit jemandem so zusammenleben könnte wie mit Kathi, oder, wie mein Vater gesagt hätte, dass mich eine Frau wie Kathi nähme. Vielleicht geht das auch nur darum, weil wir beide nicht alles glauben, was wir fühlen und denken. Vielleicht sind die kritische Einstellung und die Ironie alles, was wir gemeinsam haben. Kathi meint, Ironie sei die Verzweiflung der Klugen, ich glaube eher, sie ist ein Versteck für die Feigen. Unter dem Strich scheint's aufs selbe hinauszulaufen. Gefährlich wird es nur dort, wo wir uns zu ernst nehmen, wenn wir mehr sagen, als nötig wäre. Oft ist es schwer zu schweigen. Kathi kann das besser. Was mir bewusst ist, macht sie.

~

Ich musste auch daran denken, wie wir uns kennengelernt haben. Sie tauchte auf dieser Eisenbahnfahrt auf, und ich fragte mich: ›Wer ist sie nur, die ich schon immer gekannt habe?‹ Obwohl Kathi die Initiativere von uns ist, zeigte ich ihr damals unverblümt, dass ich sie wollte. Eigentlich ganz gegen meine Art. Ich hatte mich nie aktiv um Frauen bemüht. ›Cherchez la femme‹ war mir fremd. Ich besuchte nie Tanzkurse, ging nie in die Disco, lernte nie Autofahren, um Frauen näherzukommen. Was mir zuflog, verschmähte ich nicht. Erst Kathi löste das Begehren in mir richtig aus. Ich hätte alles für sie getan. Und die Gelegenheit dazu bot sich schon einen Tag, nachdem wir uns wiedergesehen hatten, als ich sie vor einem Sturz in eine Gletscherspalte bewahren konnte. Ihre Umarmung und ihren Kuss spüre ich immer noch. Sie sagt heute noch manchmal, dass ich ihr Lebensretter sei. Meist sagt sie es lachend, wenn ich irgendetwas für sie tue. Ich lache dann auch, aber ich nehme es immer sehr ernst.

~

Einmal sagte Kathi: ›Ich will nicht, dass du mich verstehst; ich will, dass du mich liebst‹. Sie sagte auch: ›Ich will gewinnen. Aber ich will auch, dass du gewinnst‹. Und: ›Ich will, dass ich recht habe, und ich will, dass du mir das Gegenteil beweist‹. Wenn jemand sie auf Widersprüche hinweist, sagt sie nur: ›Ich kann mit Widersprüchen leben‹. Wenn ich *sie darauf hinwiese, sagte sie: ›Du meinst meine Vielseitigkeit‹.*

~

Den ganzen Tag über fielen mir solche Sätze von Kathi ein und mehrmals fragte mich Norman genervt: ›Wo bist du eigentlich mit deinen Gedanken?‹ Ich konnte ihn verstehen. Aber sofort ging es weiter mit Erinnerungen an Kathi, wie ›Ich mag deine Überraschungen, deine Unberechenbarkeit, deine Bockigkeit, wenn ich ein einfaches Spiel erwarte, deine Unsicherheit, wenn andere selbstgefällig ihre Weisheiten verkünden, deine Loyalität, wenn ich mir selbst nicht so sicher bin‹. Durch all diese Äußerungen Kathis, verstehe ich besser, wer ich eigentlich bin.

~

Kürzlich gestand mir Kathi, dass sie mich heute noch mehr liebe, als am Anfang unserer Bekanntschaft, als sie mir immer die blöde Frage gestellt habe, in welchen ihrer Teile ich mich am meisten verliebt hätte. Diese blöde Frage ist mir erst heute wieder eingefallen. Trotz all dieser Erinnerungen war unser Telefongespräch heute Morgen so kurz.

~

Jedes Paar bleibt ein unergründliches Rätsel, selbst wenn man ein Teil davon ist. Es ist ebenso unsinnig zu fragen ›Wer sind wir?‹ wie ›Wer bist du?‹ oder ›Wer bin ich?‹ Darüber schweigt man lieber. Man kann es nur erfahren. Nur in Bewegung lassen die Masken, die wir tragen, und die Rollen, die wir spielen, die Wahrheit erahnen. Das reicht.

~

Was ich auch noch festhalten will: Obwohl ich zu Normans Missfallen den ganzen Tag abgelenkt war, lief bei unserer Bohrung alles wie am Schnürchen. Ich hatte sogar nebenbei ein paar ganz praktische Einfälle, die ich sofort umsetzte, ansonsten schaute ich nur zu. Der Routine sei Dank! Nur einmal gab es eine Schrecksekunde, als Norman ohne Ankündigung eine seiner theoretischen Überlegungen zur Effizienzsteigerung ausprobieren wollte und ich ihn gerade noch stoppen konnte. Sein genialer Einfall hätte mehrere Wochen unserer Arbeit auf einen Schlag zunichtegemacht.

~

27. Oktober 1984

Seit gestern kann ich zum Glück wieder normal sehen. Am Mittwoch, als wir draußen arbeiteten, hatte ich dummerweise mehrmals meine Sonnenbrille abgenommen und wurde schneeblind. Jonas, unser Arzt, war sofort zur Stelle und begleitete mich in meine Koje, wo er mir zur Kühlung ein feuchtes Tuch auf die Augen legte und die Lichter ausdrehte. Später verabreichte er mir noch Medikamente. Obwohl er sagte, es sei wahrscheinlich nur ein leichter Fall und in zwei, drei Tagen könne ich wieder normal sehen, blieb er ständig an meiner Seite. Ich kannte ihn bis dahin gar nicht richtig. Er erzählte mir, dass er sich für die Expedition gemeldet habe, um dem eintönigen Alltag im Spital zu entkommen. Hier auf der Station sei für ihn nun aber alles noch viel eintöniger und zudem belaste ihn, dass er in wirklich schweren Fällen kaum etwas für uns tun könne. In unserer Abgeschiedenheit würde jede Rettung an ein Wunder grenzen. Nicht gerade ermutigend.

~

Ich nahm mir die Sonnenbrille mehrmals ab, um genauer in die Weite sehen zu können. Ich glaubte, eine Möve zu sehen. Eigentlich gibt es hier keine Tiere (Susi hat sich im Irrglauben, es gäbe hier Pinguine, zu dieser Expedition angemeldet!), aber manchmal verirrt sich eine Möve hierher.

So ein kleines Lebewesen in dieser weiten weißen Landschaft auszumachen, ist schwierig. Es gibt hier meist nur Sturm oder schönes Wetter, manchmal ein paar Wolken. Auch im Sonnenschein, im antarktischen Sommer rund um die Uhr, ist die Sicht schwierig, denn die feinen Kristalle in der Luft verursachen optische Täuschungen. Es gibt keine sicheren Anhaltspunkte für das Auge. Jeder Schatten in der Ferne narrt einen. Man glaubt etwas zu sehen, das nicht aus Schnee und Eis ist, etwas scheint ganz nah und sich klar von der Umgebung abzuheben, doch je näher man hinschaut, desto mehr vermischt es sich mit dem Weiß und flieht zum Horizont. Die Trugbilder nimmt man besonders beim genaueren Hinschauen wahr. Obwohl ich das eigentlich weiß, setzte ich immer wieder die Brille ab, um nach dem hier nicht zu erwartenden Vogel Ausschau zu halten.

~

Als ich in den letzten Tagen im Dunkeln lag, waren es seltsamerweise gerade Bilder der uns hier umgebenden eisigen weißen Landschaft, die vor meinem inneren Auge vorbeizogen, oder über die ich mit den Personen sprach, die mir einen Krankenbesuch abstatteten. Ich sah den feinen Schneestaub, der wie Rauchfahnen in Schlangenlinien dicht über die weiße Ebene treibt, züngelnd, lautlos, aber bei Berührung mit der Haut scharf wie Schmirgelpapier. Ich sah den Horizont in unendlicher Ferne, die Illusion eines Endes der Weite, die kein Ende nimmt, den klaren blauen Himmel, der im Kontrast zum Weiß ein Gewicht bekommt, dann wieder nur das Weiß mit ein paar trügerischen Konturen. Außer Wind und Farbe, Leichtigkeit und Schwere scheint es in diesem Raum nichts wirklich zu geben. Nur ein paar tiefhängende Wolken lösen diesen Eindruck gelegentlich kurz auf, oder der Blick auf die bizarren Bauten unserer Forschungsstation, die einem auf einmal Halt zu geben versprechen, ein Gefühl der Sicherheit vermitteln, als rettendes zu Hause erscheinen. Und trotzdem – ist man bei Sturm ein paar Tage eingeschlossen, sehnt man sich nach nichts mehr als nach dieser menschenfeindlichen Landschaft in all ihrer Schönheit.

~

Dass diese Landschaft die einzige auf der Welt ist, die noch kaum vom Menschen beeinflusst wurde, hat nach meiner Unachtsamkeit eine zusätz-

liche, beunruhigende Bedeutung bekommen. Was, wenn ich hier wirklich krank werde oder verunglücke? Jonas hat es mir deutlich gesagt.

~

Wofür gehe ich dieses Risiko ein? Lohnt es sich, alles meiner Leidenschaft für den Gletscher und meiner wissenschaftlichen Neugier unterzuordnen, wenn es mir doch genügen würde, zu Hause bei meiner Familie zu sein und als Geografielehrer junge Menschen zu unterrichten? Kathi würde bestimmt sagen, dass es sich lohnt.

~

30. Oktober 1984

Übermorgen ist Allerheiligen und Norman liegt uns schon seit Tagen mit der Idee in den Ohren, morgen eine Halloween-Party zu feiern. Außer Bob, dem irischen Ingenieur, kann sich zwar niemand so recht dafür begeistern, dennoch haben wir uns den beiden zuliebe entschlossen, uns zu verkleiden, uns gruselige Fratzen zu schminken und dann im Gemeinschaftsraum die von unseren sowjetischen Kollegen zurückgelassenen Wodkavorräte anzuzapfen und im Schummerlicht zu tanzen. Eric hat im Funkerraum ein paar Platten entdeckt, die er auflegen wird. Wenn ich als Jedi-Ritter zur Party gehe, wird sich Norman mit seiner Freude an den Star Wars-*Filmen sicher freuen. Aus meinen wenigen Klamotten lässt sich nicht viel anderes machen. Jetzt muss ich nur noch schauen, woher ich ein Laserschwert kriege.*

~

Wir machen auch sonst zur Abwechslung manchmal ganz kindische Dinge hier. Kürzlich kam Susi auf die Idee, wir könnten in unseren mehrlagigen Daunenoveralls, in denen wir aussehen wie Michelin-Männchen, zum Vergnügen den kleinen Abhang neben dem Bohrturm hinunterrollen. Selbst jene, die den Vorschlag zuerst äußerst infantil fanden, konnten am Schluss gar nicht mehr mit dem Spaß aufhören. Ein andermal schnitten wir mit Macheten quadratische Eisbrocken aus dem vom Wind steinhart planierten Schneeboden und stapelten sie zu Türmen auf, bis sie umstürzten. Auch ein Riesenspaß.

~

2. November 1984

Die Halloween-Party war ein völliger Reinfall. Auf Wunsch lustig zu sein, ist schwierig. Obwohl sich alle Mühe gaben, wovon schon ihre originell zusammengestellten Kostüme zeugten, blieb alles im Stadium zaghafter Versuche. Ein paar Tanzschritte, ein fauler Spruch, ein aufgesetztes Lachen. Nur getrunken wurde viel. Die meisten waren schon nach kurzer Zeit besoffen und konnten sich gerade noch in ihre Zimmer schleppen. Am lustigsten war der Moment, als ich vor dem Einschlafen nochmals mein Laserschwert inspizierte.

~

Gestern war Normann dann den ganzen Tag über gereizt, weil er glaubte, das Misslingen der Party sei allein unsere Schuld. Wir hätten nicht begriffen, um was es ginge. Meine Erklärung, dass die meisten von uns halt mit dem Brauch nicht vertraut seien, ließ er nicht gelten. Er meinte, so viel gäbe es da nicht zu verstehen und wir hätten uns einfach nur dumm angestellt. Ich glaube, er betrachtet unser Verhalten als persönlichen Affront. Auch heute war er noch verstimmt und reagierte auf jede harmlose Frage mit einer giftigen Bemerkung. Als ihm Susi dann noch beschwichtigend auf die Schulter klopfte, schnappte er vollends ein. Vielleicht reagierte er auch so heftig, weil sich die beiden eigentlich sehr mögen.

~

Als ich zum Nachtessen in den Gemeinschaftsraum kam, waren die beiden in einem hitzigen Gespräch. All die lieben Kollegen, die aufs Essen warteten, schauten angestrengt weg und ließen die Streithähne machen, fanden es vielleicht noch lustig, wie sie aufeinander losgingen. Ich setzte mich zu den beiden, worauf sie sich schon mal etwas beruhigten. Ich dachte, es ginge immer noch um die misslungene Halloween-Party, es ging aber um etwas ganz anderes. Susi sagte aufgebracht, sie müsse sich sicher nicht von einem Mann erklären lassen, dass sie einen falschen Feminismus vertrete. Norman habe ihr doch tatsächlich erklären wollen, dass nur der Ökofeminismus ein richtiger Feminismus sei. Ich musste zuerst einmal fragen, was Ökofeminismus ist, worauf mich Norman sogleich in seinem aufklärerischen Ton belehrte. Die Ökofeministinnen argumentierten, dass es zwischen der Unterdrückung der Frau im Patriarchat und der Ausbeutung der Natur mit der Folge der Umweltzerstörung, von der Frauen besonders betroffen seien, direkte Zusammenhänge gäbe. Angesichts der heutigen ökologischen Herausforderungen hätten individualemanzipatorische Ansätze ihre Grenzen. Feministische Theorie müsse eine ökologische Perspektive einschließen und umgekehrt müssten die Lösungen ökologischer Probleme eine feministische Perspektive einschließen. Es gehe doch um die gleichzeitige Beendigung der Dominanz über Natur und Frauen. Susi stellte dann klar, dass das auch wieder so eine männliche Utopie sei, da der Ökofeminismus von einem falschen Frauen- und Gesellschaftsbild ausgehe. Alles werde an der Hausarbeit als wichtigster Form weiblicher Tätigkeit festgemacht und gesellschaftliche Unterschiede und historische Veränderungen würden vollkommen ausgeblendet. Und der Weiblichkeitsbegriff würde aus der Gebärfähigkeit abgeleitet und jede Ausbeutungsform auf biologische Ursachen reduziert, insbesondere auf ein als natürlich angesehenes Mann-Frau-Verhältnis. Das laufe dann darauf hinaus, dass die Befreiung der Frau nur in ihrer Rolle als Hausfrau und Mutter erfolgen könne. ›So ein Schwachsinn‹ echauffierte sich Susi. Das sei nur eine Neuauflage des alten Weiblichkeitsmythos, der ja auch darum einer Frau von einem Mann erklärt werden müsse.

~

Ich verstehe von all dem nicht viel und bin auch unsicher, ob ich als Mann das Recht habe, bei Fragen des Feminismus überhaupt mitzureden, glaube aber, dass Susi richtig liegt, nur schon, weil sie sich immer an die Tatsachen hält und nicht nach vielversprechenden Utopien schielt. Sie ist eine sehr kritische Wissenschaftlerin. Zudem scheint mir ihre Haltung mit jener von Kathi übereinzustimmen, wenigstens soweit ich diese aus Kathis Schilderungen ihrer Auseinandersetzungen mit den Kolleginnen ihres Lesezirkels kenne.

~

Nachdem sich Susi und Norman ausgesprochen hatten, waren sie einander dann aber wieder gut. Das Essen kam, wir aßen schweigend, die Kolleginnen und Kollegen rundherum lächelten uns amüsiert zu und wir verbrachten noch einen netten Abend zu dritt, in voller Harmonie, wie man sagen könnte. Auch Normans schlechte Laune wegen der missglückten Halloween-Party schien verflogen.

~

4. November 1984

Norman ist ein schwieriger Mensch. Mir macht er es besonders schwer, weil ich zwar bei unserer wissenschaftlichen Arbeit wunderbar mit ihm zurechtkomme, ihn aber darüber hinaus anstrengend bis unausstehlich finde. Bei der Arbeit, in glaziologischen Fragen, ist er einer der wenigen, die immer sofort verstehen, was ich meine. Zusätzliche Erklärungen sind selten nötig, meistens kann er mir sogar erklären, was ich eigentlich meine. Von Zeit zu Zeit hat er auch großartige Ideen. Was bei mir das Ende langwieriger Grübeleien ist, sind bei ihm Geistesblitze. Zusammen können wir uns in der Entwicklung neuer Idee richtiggehend hochschaukeln.

~

Sobald wir jedoch das wissenschaftliche Feld verlassen, habe ich meine liebe Mühe mit ihm. Nur weil wir uns in unserem Fach auf Augenhöhe unterhalten können, ist er nicht mein bester Freund, wie er immer sagt.

~

Schon Normans Mangel an Ironiefähigkeit geht mir auf die Nerven. Humor bedeutet bei ihm allenfalls, über eigene Witze oder die Missgeschicke anderer zu lachen. Weil er alles so ernst nimmt wie sich selbst, achte ich immer tunlichst darauf, in seiner Gegenwart keine ironischen Bemerkungen fallen zu lassen. Allein dem Frieden zuliebe. Andere halten es ebenso. Vielleicht ist diese Zurückhaltung aber falsch, denn so kommt er nie aus seinem belehrenden Modus heraus.

~

Norman nutzt jede Gelegenheit zur Belehrung. Diskussionen sind ihm unangenehm. Dazu müsste er seinem Gegenüber zu viel Aufmerksamkeit schenken, ihm zuerst einmal zuhören. Aber das würde einfach heißen, dass jemand anders als er recht haben könnte. Ihm ist nicht klar, dass man zuerst verstehen muss, um urteilen zu können. Erst die Hose, dann die Schuhe, wie man so sagt.

~

Offenbar kommt ihm nie der Gedanke, dass eine Person nicht genau versteht, was sie sagt, und es ihr erst im Gespräch aufgeht. Sollte ich ihm einmal sagen, dass er mir in wissenschaftlichen Gesprächen oft Klarheit über meine eigenen Ideen verschafft?

~

Dass gerade Norman eine Halloween-Party feiern wollte, erstaunt eigentlich, denn das Leben als Genuss scheint ihm so fremd wie eine Unterhaltung um der Unterhaltung willen. Einfach nur plaudern, den Wolken nachschauen oder faul rumliegen ist für ihn reine Zeitverschwendung (er braucht das Wort oft). Immer etwas Sinnvolles machen, ist seine Devise, oder noch besser: etwas besser machen. Als ich ihm einmal sagte, Faulheit wäre oft der beste Weg und zu Unrecht als Laster verkannt, glaubte er, ich scherze. In seinem Tatendrang schaut er meist nur nach vorn, selten auf den Moment oder in die Vergangenheit, was manchmal etwas Mitreißendes hat, aber öfter einer Flucht in die Zukunft gleicht und ungemütlich ist.

~

Aber ich bin überzeugt, dass Faulheit sogar eine Tugend sein kann. Wie oft sind mir beim Faulenzen, Plaudern, ziellosen Flanieren schon die besten Ideen gekommen. Oft braucht man nur geduldig zu warten, bis sich gewisse Gedankensplitter von selbst zusammenfügen oder die größte Untätigkeit in fruchtbarste Produktivität umschlägt. Abgesehen davon, dass sich viele Probleme von selbst lösen, wenn man die Finger von ihnen lässt. Faulheit kann eine sehr effiziente Methode sein. Aber nicht für Norman. Faulheit ist das pure Gegenteil seines übertriebenen Effizienzdenkens. Alles, was schon gut funktioniert, will er noch besser machen.

~

Eigentlich tragisch. Er ist doch ein gescheiter Typ. Aber kann man jemandem helfen, der sich nicht in andere hineinversetzen kann? Ich nehme Norman, wie er ist. Wir sind in erster Linie als Wissenschaftler auf dieser Station. Und zum Glück gibt es hier keine ausgeprägte Hierarchie, sonst bekäme ich vielleicht wirklich ein Problem mit ihm.

~

5. November 1984

Wir kommen mit unserer Bohrung dem Ziel immer näher, wahrscheinlich übertreffen wir es sogar. In solchen Momenten bin ich glücklich, hier draußen zu sein, meine Passion als Glaziologe ausleben zu können. Und in solchen Momenten bin ich auch Alfredo sehr dankbar, denn er war es, der mir den Entscheid für eine akademische Laufbahn leichter machte, indem er sich bereit erklärte, die elterlichen Hotels zu übernehmen. Ich *hätte es nur den Eltern zuliebe getan.*

~

Alfredo ist ein guter Bruder, wenn auch völlig anders als ich. Neben Kathi ist er der einzige Mensch, der alles über mich weiß.

~

Ist es überhaupt möglich, dass ein anderer Mensch alles über einen weiß? Ich weiß nicht einmal selbst alles über mich. Vielleicht weiß ein anderer Mensch sogar mehr über einen als man selbst. Oder er weiß mehr über die wesentlichen Dinge. Die sind meist so selbstverständlich, dass sie einem gar nicht auffallen.

~

Alfredo vertraue ich blind. Schon als wir klein waren, habe ich ihm all meine Geheimnisse anvertraut. Setzt es eigentlich Vertrauen voraus, dass man mit anderen Geheimnisse teilt? Oder kommt das Vertrauen gerade dadurch zustande, dass man Geheimnisse teilt? Wie auch immer. Keine weiteren Fragen. Alfredo scheint mir gegenüber so offen wie nur möglich.

~

Er hat mir nach dem Unfall am Piz Glüschaint als erster reinen Wein eingeschenkt, als er mir sagte, dass ich aufgrund der Verletzungen unfruchtbar sein werde. Einer der Ärzte, die zusammen mit ihm am Bett standen, als ich aus dem Koma erwachte, sagte etwas umständlicher, dass nach zwei bis drei Monaten alle Frakturen und Blessuren ausgeheilt sein würden, nur die Schädigung des samenbildenden Gewebes des Hodens sei wohl irreversibel, dies heiße aber nicht zwingend, dass auch die erektile Funktion beeinträchtig bleibe.

~

Ich musste Alfredo nicht sagen, dass er sein Wissen für sich behalten soll. Seine Verschwiegenheit macht ihn wahrscheinlich auch zum besseren Geschäftsmann, als ich einer wäre.

~

Ich hatte Angst, Kathi könnte mich verlassen. Völlig unbegründet. Sie reagierte gefasst. Kurz darauf kam sie auf die Idee mit David.

~

Dass wir es David nicht gesagt haben, machte ihr nicht zu schaffen. Mir schon. Irgendwann müssen wir es ihm sagen, was immer wir damals abgemacht haben.«

»Stopp«, sagt Bigna. »Unser Vater kann also nicht unser Vater sein. Ich meine, unser richtiger Vater. So etwas dachte ich mir vorhin schon aufgrund des Datums. Ist David für ihn eingesprungen? Ist er unser Vater? Weiß er vielleicht gar nicht, dass wir seine Kinder sind? Haben sie ihm *dies* verschwiegen? Und was haben sie uns noch alles verschwiegen? Lies weiter! Was steht da noch?«

»Dass ich damals überhaupt überlebte und Alfredo mit einer kleinen Schramme davonkam, grenzt an ein Wunder. Und die erektile Funktion war nie beeinträchtigt.

~

Leben heißt zuerst einmal überleben, dann erst: bewusst leben. Und erst an dritter Stelle: aus dem Leben ein gutes Leben machen, seinen Interessen nachgehen, seine Passionen ausleben, sich selbstverwirklichen.

~

7. November 1984

Susi war heute lange bei mir. Nachdem wir ausgiebig über Norman gesprochen haben und sie ebenfalls meinte, man müsse ihn halt nehmen, wie er ist, erzählte ich ihr von meiner neuen Methode des Tagebuchschreibens, auf die sie mich gebracht hatte, und dass diese nun das Einschlafen viel leichter mache, worauf sie fragte, ob sie sich das einmal ansehen dürfe. Ich lehnte ab. ›Nur einen Blick‹, bat sie immer wieder und wollte gar nicht mehr damit aufhören, mich zu umgarnen. Ich blieb standhaft.

~

Ich las dann aber selbst nochmals, was ich bis anhin geschrieben habe. Reihenweise wilde Assoziationen. Noch mehr verwunderte mich, wie man sich nur schon von Tag zu Tag verändert. Oder verändere nur ich *mich so? Verdanke ich das dem Mangel eines allzu ausgeprägten Selbstbildes, das auch mehr Konstanz und Kohärenz mit sich bringen würde? Aber ist es nicht von Vorteil, gar kein derartiges Selbstbild zu haben? Das erspart mir die Anstrengung, dieses Bild ständig pflegen und anzupassen zu müssen und zu fragen, wie es von anderen gesehen wird. Manche Menschen scheinen sich ja mehr um ein solches Phantombild von sich selber zu kümmern, als durch ihr Tun etwas aus sich zu machen. Als mir das Dröhnen der Dieselgeneratoren auffiel, verflüchtigte sich die Idee, dass es um mein Selbstbild gehen könnte. Diese Idee scheint nur von der jeweiligen Umgebung abzuhängen. Eher eine Laune als eine Idee.*

~

Ein Tagebuch, wie es Susi geschildert hat, also eine ständige Auseinandersetzung mit mir selbst, könnte ich gar nicht schreiben. Natürlich betrifft mich alles, was mir einfällt, aber weder sehe noch suche ich darin meine Person. Und ich lasse mich auch nicht dazu verleiten, wenn ich mich etwa frage, was Norman für eine Person sei. Er ist einfach anders, und er beschäftigt mich nur, insoweit sich sein Verhalten auf mich auswirkt, manchmal ganz günstig, meistens eher ungünstig. Natürlich sagt das auch etwas über mich, aber es interessiert mich nicht besonders, weil es so chaotisch daherkommt und auch weil ich mich wohl genauso wenig gezielt verändern kann, wie ich Norman verändern könnte. Ich versuche einfach, mir und ihm gegenüber tolerant zu sein.

~

Ich weiß nicht so recht, was das gute Leben ist. Aber es ist sicher ein ausgeglichenes Leben. Sicher nicht die Erfüllung eines großen Plans, eher eine Reihe guter Erinnerungen. Und es ist wie mit der Liebe: man lernt auch nicht viel aus den besten Erinnerungen, man bleibt auch im Leben immer Anfänger. Man versucht es immer aufs Neue, und wie so oft, wenn man etwas noch nicht recht kann, macht man das, was man bereits kann, besonders gut, um sich glauben zu machen, dass man das, was man nicht kann, auch bald beherrschen wird. Das ist natürlich Selbstbetrug. Wir ertappen uns ständig dabei. Wenigstens hier sind wir immer uns selbst.

~

In meiner Ahnung, wie das Leben gut sein könnte, sind vor allem die Erinnerungen an meine Kindheit, an mein Elternhaus entscheidend. Auch wenn diese Erinnerungen kein Ganzes ergeben, sind sie etwas in mir, das mir Sicherheit gibt, denn sie sagen, dass etwas gelungen ist, oder auch nur, dass es tatsächlich geschehen kann. Die Geduld meiner Mutter, als sie mir beim Schuhbinden half, die Interessen meines verschlossenen

Vaters, die er mir auf gemeinsamen Bergtouren zeigte, die Solidarität meines Bruders, der unsere Geheimnisse nicht ausplauderte. Später ein Lob meiner Lehrerin, der erste Kuss von Mevina, der erste Tag an der Uni, zum ersten Mal mit David auf dem Morteratsch, das Wiedersehen mit Kathi. All die ersten Male. Immer mit anderen.

~

9. November 1984

Mein Ich kenne ich eigentlich nur aus meinen Träumen, an die ich mich aber selten erinnern kann. Wenn ich mich einmal daran erinnere, erscheine ich mir meistens als sehr chaotisch und widersprüchlich, den Ereignissen ausgeliefert, und als würde ich andauernd meine Rolle wechseln, um aus der Geschichte herauszukommen. Mein wahres Ich erscheint als permanenter Rollenwechsel. Halt finde ich in den Erinnerungen, die mich auch sonst glauben machen, dass ich wirklich ich bin.

~

Die meisten meiner Träume haben mit Bergen zu tun. Mit meinen Eltern, Alfredo, David, Kathi oder fremden Menschen in den Bergen. Ob ich meinen Absturz noch einmal erlebe oder den Rundblick von einem Gipfel genieße, friere oder schwitze – immer sind diese Träume von einem Gefühl tiefen Friedens durchdrungen, von einem Gefühl, nicht allein zu sein, irgendwohin zu gehören, zu wissen, wo ich bin. Dies gibt mir auch ein Gefühl zu wissen, wer ich bin, und versichert mir, dass die Welt auf mich wartet, dass sie meine Heimat ist. Dieses Gefühl bleibt, wohingegen sich jede noch so klare Einsicht, wer ich bin, auflöst, bestenfalls in eine diffuse Ahnung übergeht. Bewusster ist mir nach einem Traum manchmal, was ich auch noch sein könnte, was auch noch aus mir hätte werden können. Vielleicht ist es der Sinn des Träumens, einen für alle Möglichkeiten offenzuhalten.

~

Meinem wahren Ich im Traum zu begegnen, ist nur ein trügerisches Gefühl. Wahrscheinlich sind Träume doch nicht so chaotisch, wie wir glauben, vielleicht versuchen sie gerade, unsere Erinnerungen in eine allzu logische Ordnung zu bringen, eine Ordnung jenseits der Zeit. Und diese wird dann von der löchrigen Ordnung der Realität immer wieder entlarvt. Die Täuschung dürfte am größten sein bei sogenannten

Klarträumen, von denen gesagt wird, das Ich könne alles lenken. So einen Traum hatte ich noch nie.

~

Wenn ich draußen in der Schneewüste stehe, suchen meine Augen automatisch irgendwo Halt zu finden, aber ich weiß natürlich, dass das nie gelingen kann, trotzdem habe ich kürzlich die Sonnenbrille abgenommen, um besser zu sehen – und sah dann ein paar Tage lang gar nichts mehr. Der leere Raum erzeugt offenbar eine Art gefühlloser Gefühle, die nicht einmal mehr erlauben, lebenswichtige Handlungsweisen sicherzustellen, Gefühle des Als-ob, die sehr gefährlich werden können, wenn sie unserem besserwisserischen Körper überlassen werden. Es gibt eine Wirklichkeit da draußen.

~

10. November 1984

Als würde das Nachdenken über Träume Träume hervorrufen, träumte ich von einer Bergtour mit meinem Vater. Auf dem Heimweg wollte er mir das Gletschertor des Morteratsch zeigen. Er wollte mir nur den Eingang zum Gletscher zeigen, nicht in die dahinterliegende Höhle hineingehen. Er sagte, das sei viel zu gefährlich und zudem fehlte uns eine Taschenlampe. Ich insistierte aber darauf, bis er sagte, ›dann geh doch allein‹. Ich hatte Angst, aber ich ging. Im Gletscher war es dann überhaupt nicht dunkel. Woher das Licht kam, verstand ich nicht. Es war bläulich und grünlich und sehr anziehend. Ich ging immer weiter, bis es in kurzen Abständen mehrmals krachte, als breche gleich der ganze Gletscher über mir zusammen. Als ich erschrocken stillstand und lauschte und das Geräusch nochmals erschallte, merkte ich, dass es nur die Stimme meines Vaters und das Echo seiner Rufe war. Ich ging schnell zurück, aber mein Vater war nicht mehr da. Als ich nach Hause kam, saßen die Eltern am Küchentisch und die Mutter schimpfte mit dem Vater. Dann nahm sie mich in ihre Arme und schaute den Vater böse an. Dann erwachte ich.

~

Der Traum lief mir den ganzen Tag nach. Was war seine Bedeutung? Was immer ich gerade machte, gab mir einen Anhaltspunkt für Spekulationen. Aber obwohl ich so im Laufe des Tages eine ganze Reihe von Bedeutungen sammelte, waren alle am Abend verflogen. Als ich die Stiefel auszog und mich langsam aus meinem mehrschichtigen Daunen-

kostüm schälte, konnte ich mich an nichts mehr erinnern, nur der Traum stand noch glasklar vor mir und ich hatte das wohlige Gefühl, nach Hause gekommen zu sein.

~

Mein Vater war enttäuscht, dass keiner seiner Söhne die Hotels aus innerer Überzeugung übernehmen wollte. Er hätte es uns nie gesagt, aber Mutter sagte es mir einmal. Er sei dann aber überglücklich gewesen, dass Alfredo sich doch noch für die Weiterführung seines Werkes begeistert habe. Er hätte einfach sichergehen wollen, dass die ganze Arbeit nicht umsonst gewesen sei und das habe für ihn geheißen, dass einer von uns in seine Fußstapfen trete. Er selbst habe einst die Aufgabe des Hoteliers von seinem Vater geerbt, ganz ohne daran zu denken, ob es noch etwas anders gäbe. Und sein ganzer Stolz sei gewesen, dass er es ebenso gut, wenn nicht besser gemacht habe als sein Vater. Er habe sich gar nicht vorstellen können, dass wir anders dächten.

~

Von meinen Kindern möchte ich dereinst weder als Erblasser, Erbe, Stammhalter oder sonstwie als Glied in einer Reihe wahrgenommen werden, sondern als jemand, der sich für seine Interessen entschieden hat und der ihnen ermöglicht hat, dasselbe zu tun. Sie sollen vor allem wissen, dass wir ihnen die Sicherheit und Hilfestellung geben, um aus sich machen zu können, was sie wollen. Sie sollen dieselbe Chance zur Selbstverwirklichung haben wie wir.

~

12. November 1984

Als wir gestern im Gemeinschaftsraum zu unserem Sonntagsfrühstück kamen, staunten wir nicht schlecht. Der Raum war hübsch dekoriert und ein Buffet mit allerhand Leckereien war aufgebaut. Als wir uns alle eingefunden hatten, hielt Claude eine kurze Rede. Vielleicht wüssten es nicht alle von uns, aber heute sei der Martinstag und dieser Tag hätte für ihn eine ganz besondere Bedeutung, er sei nämlich eine Kindheitserinnerung an seine Geburtsstadt Besançon, wo dieser Tag früher immer besonders gefeiert worden sei. An diesem Tag hätte es immer einen großen Umzug gegeben, bei dem die Leute in historischen Gewändern durch die Straßen gezogen seien. Begleitet sei das Fest jeweils gewesen von Musik, Gesang, Tanz und Theater und natürlich von gutem Essen. Leider hätten wir keine Gans auf unserer Station, aber er hoffe, dass uns das übliche Essen, das er einfach etwas hübsch aufgetischt habe, gut schmecken würde. Dann setzte er sich zufrieden. Wir tanzten oder sangen dann zwar nicht, sondern aßen einfach wie normal, fühlten uns aber bei jedem Bissen und jedem Wort, das wir austauschten, Claude verbunden. Ich hatte den Eindruck, er merkte es und genoss es sehr.

~

Nachdem der ganze gestrige Sonntag von einer guten Stimmung getragen wurde, nervte mich heute Norman den ganzen Tag mit seinem Geplapper über Wissenschaft, über das Genie von Claude und was wir Wissenschaftler doch für Helden seien.

~

Mich stört, dass Norman von uns als etwas Besonderem spricht, und dass er mich dabei ungefragt einschließt. Wahrscheinlich glaubt er, dies tun zu können, weil er uns als Freunde betrachtet. Oder glaubt er, wir seien Freunde, weil wir Wissenschaftler sind und er diese für etwas Besonderes hält? Als Freund empfinde ich jemanden doch nicht, weil er einer bestimmten Gruppe besonderer Menschen angehört.

~

Ein Freund ist jemand, dem ich vertraue, mit dem ich über andere sprechen und auch einmal lästern kann, so wie ich mit Susi über Norman spreche, aber niemals mit Norman über Susi sprechen würde. Mit Susi gehe ich das Risiko ein, es könnte ihr ja einmal etwas rausrutschen. Aber ich vertraue ihr – sogar wenn ich vermute, dass sie mit Norman Sex hat.

~

Absolutes Vertrauen habe ich eigentlich nur zu Alfredo. Vertrauen aus Gewohnheit. Das scheint durchaus nicht üblich unter Brüdern. Auch darum ist Alfredo viel mehr als ein Freund. Nie hat er ein Geheimnis ausgeplaudert, weder aus Unachtsamkeit noch um sich interessant zu machen. Geheimnisse verbanden uns den Eltern gegenüber, obwohl wir eigentlich nie einen besonderen Grund hatten, uns von ihnen abzugrenzen. Es ging mehr um unsere Eigenständigkeit als Kinder. Wir wollten auch jemand sein und zusammen gelang dies besser. Mit Alfredo kann ich auch heute noch alles besprechen. Mit Susi und David fast alles. Mit Kathi möchte ich nicht alles besprechen, oder besser: nicht alles aussprechen.

~

Norman ist nur ein Kollege, der von diesen Dingen nichts versteht. Er ist zu offen, dass ich ihm etwas anvertrauen würde, das unter uns bleiben sollte, und zu sehr auf sich bedacht, dass ich ihm widersprechen wollte, wenn's um nichts geht. Bei Kollegen wie ihm, gibt man lieber gleich nach, im Gegensatz zu Freunden, mit denen man auch einmal streiten kann.

~

Manchmal denke ich, wenn Norman mich und wen weiß noch als Freund betrachtet, so vor allem deshalb, weil er sich selbst als sein bester Freund betrachtet. Aber kann eine Person ihr eigener Freund sein? Vielleicht, wenn man sich mit sich selbst ganz im Reinen wähnt, wenn man sich eins fühlt mit sich, wenn man glaubt, sein wahres Ich, seine Identität zu erleben. Aber das geht nur im Traum. In Wirklichkeit kann man ebenso wenig sein Freund sein, wie man sich nicht selbst kitzeln kann.

~

Unter allen Menschen, die ich kenne, wären allenfalls Kathi und David zu einer Freundschaft mit sich selbst fähig. David ist alles andere als selbstgefällig, er ist selbstgenügsam, er ruht in sich selbst. Obwohl er so gesellig ist, habe ich immer das Gefühl, er braucht eigentlich niemanden. Vielleicht ist es gerade das, was die Freundschaft mit ihm für mich so wertvoll macht. Und Kathi ist auf eine souveräne Art so vielseitig, dass sie als Schriftstellerin oder jetzt als Mutter auch eine gute Freundin von sich als Ehefrau, Schwester und wer weiß was noch sein kann. Sie kommt mit sich in jeder Rolle klar. Wenn sie sagt, dass sie mich brauche, meint sie nicht mich als Freund. Sicher gibt es auch bei ihr einen Rest an Unsicherheit, der nach mehr, als nur sich selbst verlangt.

~

Könnte man sagen, Freundschaft ist eine Art selektive Offenheit, die einem erlaubt, alles auszusprechen und es mit der Wahrheit nicht so ernst zu nehmen, nur die Lüge nicht verträgt, während die Liebe einen achtsameren Umgang mit der Sprache erfordert, der auch einmal zu schweigen erfordert, manchmal auch das Verschweigen der Wahrheit? Natürlich kann man auch Freunde durch ein einziges unbedachtes Wort verlieren, aber davor hat man weniger Angst.

~

14. November 1984

Heute besuchte mich Susi, und das Erste, was sie sagte, war, wie wohl sie sich am vergangenen Sonntag mit uns zusammen gefühlt habe und dass ihr Claude vorgekommen sei wie Shackleton, der sich auch unter extremen Bedingungen um seine Leute gekümmert habe. Sie sagte auch noch, dass sie diese Gefühle nur mir beschreiben könne, weil ich ihr auf der Station am nächsten stünde.

~

Für uns alle ist Shackleton ein großes Vorbild, ein Monument, das wir nicht nur wegen seiner wissenschaftlichen Leidenschaft verehren, sondern noch mehr wegen seiner Ausdauer und seinem Verantwortungsgefühl. Dass er das Schiff, mit dem er an den Südpol wollte, Endurance *nannte, war bei ihm nicht nur eine Absichtserklärung, sondern sein Lebensmotto. Nicht wie bei anderen Abenteurern handelt seine Geschichte von Konkurrenz, Eroberung und Sieg, sondern von Geduld, Freundschaft, Verantwortung. Vielleicht brauchte er sogar das Scheitern, um seine Größe zu zeigen.*

~

Nachdem ich Susi meinerseits erzählt habe, dass es mir am Sonntag ganz ähnlich ergangen sei und zu was für Gedanken über Freundschaft mich Normans Ansichten gebracht hätten, küsste sie mich innig. Ich ließ es zwar geschehen, drückte sie aber sanft von mir, worauf sie nur sagt ›Ich verstehe. Entschuldige‹. Irgendwie tat sie mir leid.

~

Zwar hatte mich Kathi vor meiner Abreise an unsere Abmachungen erinnert und dass sie es verstehen könnte, wenn ich während der langen Trennung einmal eine Affäre hätte. Aber ich bin mir nicht ganz sicher, wie sie das gemeint hat. Dass sie es tolerieren würde (ein Freibrief)? Dass sie es nur verstehen, aber nicht tolerieren würde (eine Warnung)? Dass sie mich darauf hinweisen wollte, dass sie sich dasselbe auch für sich vorstellen könnte (auch eine Warnung)? Vielleicht sogar mit David? Hat sie gar mit Susi darüber gesprochen? Die beiden sind gute Freundinnen.

~

Wenn Kathi mit David Sex hatte, gab es dafür einen Zweck. Aber was wäre der Zweck für mich und Susi? Dass wir nachher besser einschlafen könnten? Lohnt sich das Risiko dafür? Am Ende kündigt mir Kathi trotz aller Abmachungen ihre Liebe, Susi die Freundschaft, die kleine Bigna hätte keinen richtigen Vater mehr und wer weiß, wie es meine alte Freundschaft mit David betreffen würde.

~

Nur schon, wenn ich an eine solche Katastrophe denke, vergeht mir jede Lust. Sowieso fällt es mir meist viel leichter, mich einer Sache ganz zu enthalten, als in ihr maßzuhalten. Und wer weiß, wie sich das Ganze später entwickeln würde, und ob es sich noch steuern ließe? Wahrscheinlich gäbe es Geheimnisse, wo es keine Geheimnisse geben sollte. Ich konzentriere mich besser noch etwas mehr auf meine wissenschaftliche Arbeit.

~

Als ich Susi ganz offen sagte, natürlich fehle mir Sex manchmal, aber es sei besser so, sagte sie nur, ich solle mir keine weiteren Gedanken machen, sie komme schon zurecht. Dann fragte ich etwas ungeschickt ›Mit Norman?‹, worauf sie nur lächelte und ihrerseits fragte, ob ich denn jeden Klatsch glaube. Nachdem sie mich etwas mitleidig angeschaute hatte, fragte sie noch ›Weißt du eigentlich, woher das Wort Klatsch *kommt?‹. Da ich das natürlich nicht wusste, erklärte sie es mir ausführlich.*

~

Das Wort sei auf den Waschplätzen entstanden, wo sich die Frauen trafen, um schmutzige Wäsche zu waschen. Die Wäsche sei zuerst in Kesseln eingeweicht worden, und dann hätten die Frauen mit Schlaghölzern den Dreck aus den Stoffen geklatscht, wobei sie immer mal wieder verräterische Flecken auf der Wäsche der Nachbarn entdeckt hätten, worüber sie dann sprachen, spekulierten, tratschten: Wer mit wem? Und mit wem heimlich? Usw. Dies sei den Männern suspekt gewesen, da die Frauen etwas gegen sie in der Hand gehabt hätten, weshalb sie auch abwertende Begriffe wie Gewäsch, Waschweib oder Klatschtante erfunden hätten. Natürlich klatschten Männer ebenso, wie ja das Beispiel unserer kleinen Gemeinschaft zeige, und dass es bei Verdächtigungen meist um Sex gehe, sei auch nicht überraschend. Jetzt komme ich mir etwas schäbig vor.

~

15. November 1984

Heute wollte nichts gelingen. Was ich in die Hände nahm, lief schief. Schon am Morgen ging der kleinen Schneefräse, mit der ich hinter dem Bohrturm einen Platz ebnen wollte, der Treibstoff aus. Ich brauchte glatte drei Stunden, bis ich das Gerät wieder am Laufen hatte. Dann wurde der Daunenhandschuh, den ich kurz zur Einstellung eines Messgeräts ausgezogen hatte, vom Wind weggeblasen, und ich musste einen Ersatz holen. Am Mittag ging dann auch noch ein Schraubenschlüssel entzwei, und ein Teil davon fiel in den Bohrschacht, was im schlimmsten Fall den gesamten Bohrprozess hätte unterbrechen können. Zum Glück gelang es Norman mit einem Trick, das abgerochene Stück herauszufischen. Für ihn sicher wieder ein Beweis der Überlegenheit wissenschaftlichen Denkens, für mich einfach ein Beweis, dass Norman sehr intelligent ist.

~

Jetzt sitze ich verunsichert da und hoffe, dass das Unterlassen jeder Bewegung keine Probleme verursacht. Es wäre wohl stets sicherer, ich könnte meine Arbeit auch sonst am Bürotisch oder in einem Labor erledigen. Aber die Arbeit von uns Glaziologen spielt sich nun mal draußen ab.

~

Es braucht eine besondere Leidenschaft für unsere Wissenschaft, und die erwirbt man sich nur draußen in Schnee und Eis. Von uns Gletscherforschern gibt es ja weltweit nur ein paar Hundert. Da wir eine seltene, wenn auch nicht aussterbende Spezies sind, kennt man sich. Und jene, die sich einmal auf einer Polarstation begegnet sind, fühlen sich einander wohl ein Leben lang verbunden. Obwohl wir unserer Tätigkeit meist fernab der Zivilisation nachgehen, sind wir mit der Geschichte der Menschheit auf du und du, denn das ewige Eis ist ein Archiv, das ebenso die Geschichte des Klimas und die der Menschen dokumentiert. Unsere Eisbohrkerne erlauben es sogar zu berechnen, wie viele Schwerter, Rüstungen und Münzen die Römer einst geschmiedet haben, als sie 800 Tonnen Kupfer in die Atmosphäre entweichen ließen. Und je tiefer wir bohren, desto mehr erfahren wir darüber, wie sich das Klima gewandelt hat, und auch, was wir Menschen seit einiger Zeit dazu beitragen. Noch ahnen die wenigsten, dass dies für unseren Planeten dereinst sehr gefährlich werden könnte.

~

Wahrscheinlich ist es dieser Wissensvorsprung, der Norman als Wissenschaftler überheblich macht. Aber wir sollten bescheiden bleiben, denn dass jemand irgendeine wissenschaftliche Tatsache nicht kennt, ist uns ja meist auch dann ganz unbegreiflich, wenn wir selbst sie erst vor einer halben Stunde kennengelernt haben. Zudem wissen wir wenig, sonst würden wir ja nicht immer weiterforschen. Unsere Erkenntnisse gleichen kleinen Inseln, die einsam auf dem Meer unserer Unwissenheit umherschwimmen. Und wie oft zeigt sich im Nachhinein, wie viel Mist die Wissenschaft produziert? Was gestern noch als Speerspitze der Entwicklung galt, entpuppt sich heute als Sackgasse, und man fragt sich, wie viel Dummheit brauchte es, um das nicht eher zu merken. Nicht, was wir alles schon gesammelt haben, und unsere scharfsinnigen Methoden zeichnen uns aus, lieber Norman, sondern unser Interesse, unsere Ausdauer und unsere kritische Einstellung!

~

Und eine ganz andere Frage ist es noch, wie weit wir mit unseren wissenschaftlichen Modellen stets vom wirklichen Leben entfernt bleiben, auch wenn wir glauben, die Wirklichkeit immer besser zu erfassen. In diesem

Zusammenhang fiel mir eine Stelle in Kathis Fröhlicher Wissenschaft *... ein, die ich jetzt gleich nochmals nachgeschlagen habe. Es ist ein Zitat der Frau von Salomé, das lautet ›Die Wissenschaft führt an der Wirklichkeit des Lebens, mit all seinen Farben, all seiner Fülle, seiner widerspruchsvollen Mannigfaltigkeit, völlig vorbei, – sie erhascht von alledem nur eine ganz blasse, dünne Silhouette. Je reiner, je strenger und sicherer ihre Erkenntnismethoden sind, desto bewusster und größer dann auch ihr Verzicht auf das volle, das wirkliche Erfassen selbst des kleinsten Lebensstückchens.‹ Und dann noch ein Zitat: ›Wissenschaft versucht Widersprüche zu umgehen, anstatt sie zu erfassen und mit dem Leben in Einklang zu bringen‹.*

~

Die Zitate stehen im Kontext von Kathis Spekulationen, ob Nietzsche seine Auffassung von Wissenschaft eher von Louise von Salomé hat oder umgekehrt. Kathi schreibt, diese Frage lasse sich nicht eindeutig entscheiden, fest stehe nur, dass die beiden bei aller Übereinstimmung in einem entscheidenden Punkt unterschiedlicher Meinung seien. Zwar würden beide die ernste Wissenschaft, gemeint sind die Naturwissenschaften, nicht ablehnen oder auch nur geringschätzen, aber deren Wahrheit hinsichtlich des ganzen menschlichen Lebens als zu beschränkt betrachten, weil sie immer von bestimmten Eigenschaften dieses Lebens wie Sprachgebrauch, Glaubensvorstellungen oder auch Moden abhängig sei. Die meisten Wissenschaftler seien sich dieser Relativität der Wahrheit, die man auch als eine Art Lüge betrachten könne, gar nicht bewusst. Einer über die ernste Wissenschaft hinausgehenden fröhlichen Wissenschaft ginge es nun gerade darum, diese Relativität hinsichtlich der umfassenderen Wahrheit des menschlichen Lebens bewusst zu machen. Da für Nietzsche diese Wahrheit absoluter Art sei, sei auf der Suche nach ihr die unbewusste oder ›ehrliche‹ Lüge zwar auch nicht ausgeschlossen, sollte aber konsequent vermieden werden. Die Frau von Salomé sieht das nun aber nach Kathi etwas liberaler. Weil sie keinen abstrakten Begriff des Lebens habe wie Nietzsche, sondern ans konkrete Leben denke, halte sie für dessen Wahrheit auch einmal eine bewusste oder ›verlogene‹ Lüge für angebracht.

~

Unklar sei, schreibt Kathi, ob solche Lügen gemäß von Salomé den Frauen vorbehalten seien, weil nur sie aus sich heraus menschliches Leben hervorbringen können, wie es von Salomés Essay Der Mensch als Weib *oder auch ihr Roman* Fentischka *nahelegten, oder ob es einfach nur bedeute, dass eine fröhliche Wissenschaft noch mehr in Form einer kreativen Kunst betrieben werden sollte, vor allem aber, sich nicht nur im Kopf abspielen dürfe, sondern praktisch gelebt werden müsse.*

~

25. November 1984

Der Unfall von vergangener Woche sitzt uns noch immer in den Knochen. Dass es ausgerechnet unseren Arzt Jonas erwischte, machte die Verunsicherung noch größer und auch, dass es bei der Vorbereitung zur regelmäßigen Feuerwehrübung geschah und auf einer Treppe, die jeder von uns mehrmals täglich benutzt. Bis feststand, dass Jonas für die Operation seines komplizierten Bruches ausgeflogen werden kann, war es kaum auszuhalten. Heute dann auch noch die Erleichterung, als uns Claude beim Sonntagsfrühstück mitteilte, dass in spätestens zwei Wochen ein Ersatz für Jonas eingeflogen würde.

~

Mich mit Tagebuchschreiben müde zu machen, erübrigte sich in den Tagen nach dem Unfall. Entweder war ich so aufgekratzt, dass es nichts genutzt hätte. Oder ich war von der Arbeit, in die ich mich zur Verdrängung düsterer Gedanken im Übermaß stürzte, so müde, dass es nicht nötig war. Jetzt geht es wieder. Jetzt treiben mich nicht mehr die Fragen um, was ich hier draußen in dieser unmenschlichen Eiswüste eigentlich mache, und ob der Wert meiner wissenschaftlichen Arbeit, die der Menschheit zugutekomme (Norman!), einen Mangel an Verantwortung für meine Lieben aufwiege. Jetzt beschäftigt mich eher, wie ich praktisch auf den Unfall reagierte und was er in unserer kleinen Gemeinschaft anrichtete.

~

Seltsamerweise reagierte ich zuerst wie fast alle mit Rückzug. Ich zog mich in meine Koje zurück, mied, wenn immer möglich, den Gemeinschaftsraum und Arbeiten, bei denen man sich austauschen muss. Ich hatte zwar das Bedürfnis zu sprechen, sprach aber vorwiegend mit mir selbst. Selbstge-

spräche scheinen sowohl befreiend als auch die Konzentration zu erhöhen, was auch nötig war, denn wenn ich nicht wie gelähmt herumlag, stürzte ich mich in körperliche Arbeiten, bei denen mir meist die Routine fehlte. Wo sonst die Gewohnheit die Ecken der Wirklichkeit abrundet, war jetzt auf einmal alles spitz und kantig, und es hätte mich nicht gewundert, wenn dies gleich nochmals zu einem Unfall geführt hätte. Bei anderen war das wohl ebenso. Niemand sprach darüber. Jeder beschäftigte sich nur mit sich.

~

Sobald ich mich nicht durch Arbeit betäubte, wirkten sich meine trüben Gedanken schnell körperlich aus. Ein Zwicken im Knie oder ein Rumoren im Magen wiesen mich gleich auf die Verwundbarkeit meines ganzen Körpers, auf die Fragilität meines ganzen Lebens hin. Vernünftige Gedanken beruhigten mich nicht, im Gegenteil, sie machten aus jeder kleinen Befürchtung eine Todesangst. Und dass im Moment kein Arzt zur Verfügung steht, ließ diese auch noch als sehr berechtigt erscheinen.

~

Das Dröhnen der Dieselgeneratoren war jetzt noch lauter und das Neonlicht in den unterirdischen Röhren noch greller. Meine Koje wurde zu einer Gefängniszelle, in der die Zeit nicht vergehen wollte. Weder an persönliche Erinnerungen konnte ich mich halten noch an all die kleinen rituellen Handlungen, die ich mir zugelegt hatte. Der Gedanke an Shackleton erschien mir nun als romantisierende Verklärung. Vielleicht wollte er nur sich selbst retten und es gelang ihm nur zufällige, auch die anderen zu retten. Auch das Lob auf die Gemeinschaft wirkte auf einmal unbegründet. Wo war sie denn jetzt, als es drauf ankam?

~

Entscheidungen, die mir sonst schon schwerfallen, wurden jetzt viel weniger durch die vielen Reglementierungen des Gemeinschaftslebens entschärft. Aber der Gegensatz zwischen Gefängnis und Freiheit schien nur Ausdruck einer viel allgemeineren Zerrissenheit, die sich überall zeigte: Lähmung versus Aktivismus, Verstummen versus Gesprächigkeit, Rückzug versus großem Bedürfnis nach den anderen.

~

Als ich mit Kathi telefonierte, sagte ich ihr nichts vom Unfall. Ich wollte sie nicht beunruhigen. Dadurch beunruhigte ich mich umso mehr. Mein schlechtes Gewissen, sie und unser Kind allein gelassen zu haben, wurde schier unerträglich. Fast hätte ich mir zur Erleichterung Normans Auffassung zu eigen gemacht. Nur Kathis trockener Bericht half mir ein wenig. Alles in Ordnung und sie liebe mich, sagte sie. Ich sagte nichts. Ich wiederholte nur ihre Worte.

~

Die wenigen Glücksgefühle in diesen Tagen dauerten nur ganz kurz. Als ich nach dem Telefonat mit Kathi den Hörer auflegte, lachte ich Eric kurz an. Er lachte auch und sagte ›Siehst du‹. Ich wusste nicht genau, was er damit meinte, aber ich nickte, und für einen Moment sah ich – alles.

~

Meist taucht mein Gefühl für Glück dann auf, wenn ich mich unheimlich auf eine Sache konzentriert habe, und dann wieder in den Normalzustand der Zerstreuung zurückfalle. Manchmal lässt sich das Gefühl etwas halten. In den letzten Tagen nicht. Glücklichsein ist doch letztlich nur eine Frage der Fantasie und für die Fantasie braucht es Raum und der ist in den vergangenen Tagen auf das absolute Minimum geschrumpft.

~

Der Sinn für die Gemeinschaft, der sich über Wochen aufgebaut hatte und schon als normal erschien, kippte schlagartig, und niemand bemühte sich, die Trümmer einzusammeln. Selbst jene, die es anfänglich versuchten, allen voran natürlich Claude, gaben es schnell wieder auf und warteten wie der Rest auf bessere Zeiten. Das kalte Licht der Neonlampen unterstrich die allgegenwärtige Gereiztheit. Die Gemeinschaftsarbeiten wurden blitzartig und ohne jedes überflüssige Wort erledigt. Vor jedem Wort, das als deplatziert empfunden werden könnte, hatte man Angst. Der Klatsch war sofort versiegt. Um sich vor anderen zu schützen oder andere vor sich oder sogar sich vor sich selbst zu schützen – alle gingen auf größtmögliche Distanz, bewegten sich schweigend den Wänden entlang und vermieden angestrengt jede Begegnung. Wir funktionierten wie Maschinen. Es war gespenstisch.

~

In der Not wächst offenbar nicht Solidarität, sondern Misstrauen und Disharmonie. Die zuvor so angenehme Ausgeglichenheit von innerer und äußerer Distanz und die damit verbundenen Gefühle von Zugehörigkeit und Geborgenheit, die sich in unserer kleinen Welt ganz automatisch einstellten, hatten sich über Nacht in Luft aufgelöst. Vielleicht ging es allen wie mir, dachten alle dasselbe wie ich, aber niemand hätte den ersten Schritt getan, um die ursprüngliche Ordnung wiederherzustellen. Wir warteten gemeinsam, jeder für sich. Natürlich war immer noch jedem bewusst, dass hier draußen jedes Problem sofort gelöst werden muss. Aber da das Individuum wieder so viel mehr Gewicht hatte, brauchte alles mehr Anlaufzeit. Die Gefahren waren durch uns noch größer geworden. Aber als Opfer des Schreckens scheint jeder in seiner Selbstwahrnehmung überzeugt davon, dass er selbst nichts mit den Ursachen des Schreckens zu tun haben kann.

~

Dass in dieser Situation gerade mit Normans Hilfsbereitschaft gerechnet werden konnte, hätte ich nicht erwartet. Wahrscheinlich hat ihn das Ganze nicht so mitgenommen wie andere von uns und er funktioniert wie üblich. Angesichts der positiven Energie, die er im Moment verströmt, hat es mich sogar etwas geärgert, als Susi ihm sagte, er solle den Mund halten, als er ihr erklärte, wie Jonas den Unfall hätte vermeiden können. Dass ich nicht der Einzige bin, der Normans Verhalten zu schätzen wusste, zeigte sich daran, dass alle ihn gewähren ließen, wenn er jeweils die Initiative ergriff, auch wenn er übers Ziel hinausschoss.

~

Susi hat mich auch noch in anderer Hinsicht brüskiert. Als ich ihr sagte, ich würde es in dieser angespannten Situation sehr schätzen, öfters mit ihr zusammen zu sein, meinte sie barsch, dass es gerade jetzt wichtig sei, dass wir auf ausgeglichene Beziehungen achteten, denn was die Welt im Äußersten zusammenhalte, sei zuletzt eine Abstufung unter Freunden.

Höflichkeit und Taktgefühl seien jetzt wichtiger als Zuneigung. Das hätte ich von einer Freundin nicht erwartet.

~

Nur der tägliche Gang nach draußen schuf für alle eine sichtbare Entlastung in dieser ungemütlichen Situation. Zum Glück gab es nie Sturm und wir konnten fast täglich ein paar Schritte um die Anlage herum machen. Der Trost der Natur hielt für ein paar Stunden. Es störte auch nicht, dass wir unsere Spaziergänge sicherheitshalber immer zu zweit machen mussten. Bis auf wenige Partien des Gesichts in warme Kleidung eingepackt, ist es bei Kälte und Wind schier unmöglich, ein Wort zu wechseln.

~

Eine Aufhellung war auch die Nachricht, dass Eric zum zweiten Mal Vater geworden sei. Wir freuten uns mit ihm, tranken etwas mit ihm zusammen und blieben etwas länger im Gemeinschaftsraum sitzen.

~

28. November 1984

Heute haben wir beim Abendbrot erfahren, dass der Flug mit dem Ersatz für unseren Arzt für den 6. Dezember geplant ist. Das trug nochmals zur Entspannung bei. Susi schlug sogleich vor, wir könnten den neuen Arzt mit einer Nikolaus-Willkommensparty begrüßen. Das fanden alle eine tolle Idee und Norman erklärte sich sofort für die Mithilfe bei der Vorbereitung bereit. Nachdem sich Susi und Norman eingehend besprochen hatten, schlugen sie vor, da nächsten Sonntag der erste Advent sei, könnten wir auch schon diesen Tag zum Anlass nehmen, wieder etwas mehr Schwung in unser gemeinsames Leben zu bringen. Jeder von uns könnte anschließend ans Sonntagsfrühstück eine kurze Kindheitserinnerung an die Adventszeit vortragen. Die meisten nickten zustimmend. Ich fand es auch eine sehr gute Idee.

~

Seit ich nun zurück in der Koje bin, denke ich nur noch an den ersten Advent, wie wir ihn jeweils zu Hause begangen hatten. Da unsere Hotels jeweils die Wintersaison Mitte Dezember eröffneten, wurde einen Monat im Voraus mit den vielfältigen Vorbereitungen begonnen. Ab diesem

Zeitpunkt trudelte das Hotelpersonal ein, alte Bekannte und neue Gesichter, täglich wurden Lebensmittelvorräte und anderes Material angeliefert, in den Hallen und Gängen herrschte reges Treiben. Obwohl alle Räume so spürbar leer waren, wirkten sie auf intensive Weise belebt. Die Stimmung war aber nicht nur geschäftig, sondern auch sehr ausgelassen. Am Nachmittag des ersten Advents luden unsere Eltern die ganze Belegschaft zu einer offiziellen Begrüßung in die Lobby des Stammhotels Naiv ein. Überall standen die Schalen mit den von Mutter gebackenen Weihnachtsplätzchen, den Grassins, Pittlis, Muschgezinlis und wie sie alle hießen. Vater schenkte Wein ein und ein Kollege von ihm saß am Piano und spielte Salonmusik. Auf dem schwarzen Klavier stand der von Mutter mit unserer Hilfe aus Tannenreis geflochtene Adventskranz. Bevor Vater damit begann, ein paar Worte zu jedem der Anwesenden zu sagen, entzündete er die erst der vier großen roten Kerzen. Mein Bruder und ich sprachen mit allen, als wären wir auch schon erwachsen. Obwohl alle ihre Späße mit uns trieben, kamen wir uns als ihresgleichen vor. In den kommenden zwei Wochen konnten wir es jeweils kaum erwarten, bis die Schule aus war, und wir jemandem in einem der Hotels zur Hand gehen konnten. Wir halfen beim Aufhängen der frisch gewaschenen Gardinen, dem Verteilen der Bettwäsche auf die Zimmer oder beim Abladen der Weinkisten im Hof. Wir strichen neugierig durch die Gänge, immer auf der Suche nach einer Aufgabe. Manchmal machten wir auch interessante Entdeckungen, die unsere Fantasie noch für längere Zeit anregten. So sah ich einmal, wie eine Concierge, die wie eine Tante für uns war, einen der neuen Angestellten umarmte. Als sie mich bemerkte, kam sie sich nicht etwa ertappt vor, sondern lächelte nur, zog ihren neuen Freund am Arm in ein Zimmer und schloss die Tür. Wahrscheinlich rechnete sie damit, dass ich an der Tür lauschen würde. Ich erzählte niemandem davon, außer meinem Bruder. Unsere Eltern waren in dieser Zeit so beschäftigt, dass sie sich wenig um uns kümmern konnten. Wenn wir ihnen begegneten, schienen sie uns, wie alle anderen auch, als junge Erwachsene wahrzunehmen, beauftragten uns mit Botengängen oder hatten sonst eine anspruchsvolle Aufgabe für uns. Es war eine wunderbare Zeit, die uns einen Vorgeschmack auf das Leben gab, wie es bald auch das unsere sein würde.

~

2. Dezember 1984

Ich kam heute als letzter zu unserem Sonntagsfrühstück. Als ich die Gemeinschaftsraum betrat, erklärte Norman gerade, dass eine seltsame Skulptur, bestehend aus einem goldenen Ring, auf dem vier rot bemalten Taschenlampen montiert waren, unser Adventskranz sei, und dass sich dieser im Aussehen gar nicht so sehr vom Adventskranz unterscheide, wie er ihn aus seiner Heimat Kanada kenne.

~

Nach dem Frühstück erzählte zuerst Claude eine Kindheitserinnerung an den ersten Advent, gefolgt von Susi, Norman und den meisten anderen. Außer Norman, Matteo und mir erzählten erstaunlicherweise fast alle ganz ähnliche Geschichten: Vom Basteln von Adventskränzen und dem Aufhängen von Adventskalendern, vom Anzünden der Kerzen, vom Plätzchenbacken gemeinsam mit der Mutter und anderen Kindern, vom Duft von Zimt und Orangen, der einem empfing, wenn man die Wohnung betrat, vom ersten Schnee draußen und der wohligen Wärme zu Hause.

~

Norman erzählte, in seinem Elternhaus sei der erste Advent immer der Tag gewesen, an dem der große Weihnachtsputz organisiert worden sei. Jedes Familienmitglied hätte eine Aufgabe erhalten, die es bis Weihnachten zu erledigen hatte. Seine drei jüngeren Geschwister hätten immer zuerst wählen dürfen und an ihm sei am Schluss stets eine der unangenehmeren Aufgaben hängengeblieben. Mit den Jahren hätte er sich damit abgefunden, jedoch mit immer ausgeklügelteren Konzepten versucht, die Sache möglichst schnell hinter sich zu bringen. Das hätte ihm aber seitens aller Familienmitglieder den Verdacht eingebracht, seine Aufgabe nur schludrig zu erfüllen, worauf er stets alle Zweifler aufgefordert hätte, sich in seiner Begleitung ein Bild vom Ergebnis seiner Bemühungen zu machen. Sie hätten immer nur feststellen können, dass er seinen Job tadellos erledigte, einfach etwas schneller als die andern. Vielleicht hätten ihm seine Eltern dann jeweils auch ein etwas größeres Weihnachtsgeschenk gegeben, weil sie ihn für die grundlosen Verdächtigungen entschädigen wollten.

~

Matteo erzählte, als Jude kenne er die Adventszeit, wie sie geschildert worden sei, nicht, aber bei ihm zu Hause werde etwa zur selben Zeit Chanukka *gefeiert. Dieses Lichterfest werde zwar nicht an einem festen Datum begangen, aber immer an acht Tagen Ende November, Anfang Dezember. Das Fest erinnere an die Rückeroberung des Jerusalemer Tempels aus griechischer Fremdherrschaft und die Wiedereinweihung des Tempels. Es sei ein Fest der Dankbarkeit, und es sei Brauch, an jedem der acht Tage ein Licht mehr anzuzünden. Dies zur Erinnerung, dass das einzige Fass mit heiligem Öl, welches nach der Rückeroberung des Tempels noch aufzufinden war, acht Tage lang gebrannt habe, obwohl es eigentlich nur für einen Tag hätte reichen sollen. An* Chanukka *sei immer viel gesungen und gespielt worden und es habe immer einen Gänsebraten und* Sufganiyot, *in Öl gebackene Krapfen, gegeben. Zudem hätten die Kinder jeweils viele weitere leckere Süßigkeiten und Geschenke erhalten.*

~

Am Schluss erzählte ich vom Beginn der Adventszeit, wie ich ihn bei mir zu Hause erlebt hatte, und kam dabei derart ins Schwelgen, dass ich mir erst auf eine spöttische Bemerkung von Susi hin gewahr wurde, dass ich die Aufmerksamkeit der anderen vielleicht etwas zu sehr strapazierte. Als ich dann aber Schluss machte, wollte jemand wissen, was ich denn damals mitbekommen hätte, als ich die Concierge mit ihrem jungen Liebhaber belauschte. Die Beantwortung der Frage, die offenbar auch alle anderen interessierte, war mir etwas peinlich, denn, ehrlich gesagt, hatte ich nur sehr unspezifische Geräusche gehört und mir nur in meiner Fantasie ausgemalt, was wahrscheinlich vor sich ging. Um die Erwartungen der anderen nicht zu enttäuschen, gab ich dann einfach die konventionellste unter meinen blumigen Vermutungen zum Besten. Es kam gut an. Und weil die allgemeine Stimmung durch unsere Erzählungen wieder gehoben war, machte ich mir auch keine Gedanken darüber, geflunkert zu haben.

~

7. Dezember 1984

In Erwartung des heutigen Tages haben wir seit Sonntag besonders viel und effektiv gearbeitet. Fast als ginge es darum, noch alles ordentlich abzuschließen, bevor eine neue Ära beginnt. Wir sprachen auch wieder normal miteinander.

~

Während einige nach dem Frühstück zusammen mit Susi und Norman begannen, den Gemeinschaftsraum für unseren Nikolaus-Willkommens-Apéro etwas aufzuhübschen und ein Buffet mit Snacks herzurichten, gingen wir anderen nach draußen, wo das wunderbarste Wetter herrschte, um die angebahnte Schneepiste für das erwartete Flugzeug nochmals etwas auszubessern. Als wir damit fertig waren, begannen wir, Schneeblöcke auszusägen und sie aufeinanderzustapeln, um daraus zum St. Nikolaus-Tag passende Skulpturen zu formen. Schon um zehn waren wir fertig mit unseren Arbeiten. Neben der Landebahn standen nun neben zwei weißen Tannen einige Objekte, die – mit etwas Fantasie – als Nikolaus mit Rentier und Schlitten erkannt werden konnten.

~

Die Ankunft des Flugzeugs war auf elf Uhr geplant. Wir stellten uns in Reih und Glied neben unserem Figurenpark auf und warteten gespannt. Die Maschine landete kurz nach elf problemlos. Zuerst stieg die Person aus, die unser neuer Arzt sein musste. Sie kam schwankend auf uns zu und begrüßte alle mit Handschlag. Obwohl dick in Daunenkleidung eingemummelt und das Gesicht mit einer Sonnenbrille halb verdeckt, bemerkten wir sofort, dass unser neuer Arzt eine Frau war. Lilly fasste sie sogleich am Arm und verschwand mit ihr im Eingang der Station. Wir anderen halfen tatkräftig, das für uns bestimmte Material aus dem Bauch des Flugzeugs zu räumen. Sobald dies erledigt war, brachte sich das riesige Flugzeug in Startposition und hob kurz darauf so elegant ab, wie es gelandet war.

~

Wir beeilten uns, die Kisten mit den Lebensmitteln, der Post und dem weiteren Material ins Innere der Station zu bringen, um schnell beim Willkommens-Apéro für unsere neue Ärztin im Gemeinschaftsraum zu sein. Als wir endlich ankamen, fanden wir die drei Frauen bereits mit einem Bierglas in der Hand in angeregtem Gespräch.

~

Claude stellte uns die neue Ärztin als Ditte Iversen vor. Er meinte lachend, wie wahrscheinlich die meisten von uns sei auch er überrascht gewesen, dass es sich bei Jonas' Ersatz um eine Frau handle. Er habe zwar den Namen gehört, würde sich aber bei dänischen Namen nicht auskennen. Er freue sich aber ganz besonders, Ditte in unserem Team willkommen zu heißen. Sie würde sich uns nun gleich selbst vorstellen.

~

Und das tat Ditte dann auch auf charmante Weise. Wir erfuhren, dass sie bereits auf einer Forschungsstation in Grönland als Ärztin gearbeitet hatte und zuvor mehrere Jahre auf einem Kreuzfahrtschiff als Ärztin mitgefahren war; dass sie zwei erwachsene Kinder hat und eine alleinerziehende Mutter gewesen ist; dass sie ein Buch geschrieben hat zur medizinischen Selbsthilfe abseits der Zivilisation und momentan an einem weiteren Buch über medizinisch nutzbare Wildpflanzen und ihre Anwendung schreibt; und dass sie gerne strickt und liest. Ditte erzählte auch, dass sie nur darum so kurzfristig als Ersatz auf unserer Station eingesprungen sei, weil man ihr zugesichert habe, das Zweifache an persönlichem Material mitnehmen zu dürfen, das üblicherweise vorgesehen sei. Sie habe vor allem viele Bücher mitgenommen, damit ihr nicht langweilig werde. Denn sie hoffe natürlich für uns alle, dass sie möglichst selten gebraucht werde.

~

Susi stellte uns dann alle der Reihe nach unserer neuen Kollegin vor. Bei mir machte sie es besonders ausführlich, was sowohl Ditte als auch mich etwas verlegen machte. Wahrscheinlich war es dann aber gerade diese Verlegenheit, die später zu einem längeren Gespräch zwischen Ditte und mir führte. Obwohl sie mir mit dem Schalk, mit dem sie sich vorgestellt hatte, ebenso wie mit ihren wilden blonden Haaren und dem braungebrannten Teint eher als draufgängerische Abenteurerin erschien, zeigte sie sich im Gespräch fast schüchtern. Aber ich war ja nicht minder schüchtern. Wir tasteten uns mit allerhand Belanglosigkeiten aneinander heran, so als bereiteten wir ein Gespräch über ernsthafte Themen vor. Am Schluss kam es mir aber vor, als wüssten wir schon fast alles voneinander.

~

Ditte und ich kamen uns fast ertappt vor, als uns Claude zur Aufmerksamkeit mahnen musste, weil er etwas Wichtiges zu sagen habe. Er sagte uns, es sei vorgesehen, dass jeder der neuen Kollegin einen Tag lang ausführlich zeige und erläutere, was seine Arbeit auf der Station sei.
Ich bin für Donnerstag vorgesehen.

~

Als wir nach Dittes Begrüßung mit dem Sichten und Einräumen der Lieferung des Flugzeugs begannen, sagte mir Susi, Ditte habe auch E.M. Forsters Roman Arctic summer *im Gepäck und ich sei sicher der Erste, dem sie das Buch ausleihen würde. Als wir fertig waren, wurde die Post verteilt. Darunter auch ein Brief von Kathi, mit dem ich mich sogleich in meine Koje zurückzog.*

~

Als ich den Brief öffnete, fand ich darin auch ein Foto von der kleinen Bigna und eine schwarze Haarlocke von ihr. Ich schaute das Bild lange an. Ich bin jetzt Vater! Dann las ich mehrmals Kathis Brief, in dem sie sich zu meiner Verwunderung ebenso kurz hält wie bei den Telefonaten. Sie schreibt, dass es der Kleinen sehr gut gehe und dass sie ein Sonnenschein sei. Und sie schreibt auch, dass sie immer besser mit ihrer Rolle als Mutter zurechtkomme und dass ihr Vater und ihre Schwestern eine große Hilfe seien. Romy sei ganz vernarrt in die kleine Bigna. Und auch Ellis Tipps wisse sie im Moment sehr zu schätzen. Die Hilfe ihres Vaters und ihrer Schwestern ermöglichten ihr auch, regelmäßig an ihrem zweiten Buch zu arbeiten. Meistens arbeite sie in den frühen Morgenstunden und wenn Romy oder Opa Walter mit Bigna auf einem Spaziergang seien. Sie komme gut voran. Sie fühle sich in ihrer Arbeit wie der Kern in der Frucht, wie es Rilke einmal formuliert habe. Und nach langem Erwägen habe sie nun auch den passenden Titel für das Buch gefunden. Rätsel um Rätsel *soll es heißen. Guter Titel! Ich bewundere, wie Kathi ihren Plan umsetzt. Dass sie nach der Geburt ohne Unterbruch weitermacht, habe ich eigentlich nicht erwartet. Ihr Projekt scheint doch viel mehr als eine hochtrabende Idee zu sein. Im Brief schildert sie noch einige Probleme des Schreibens, z.Bsp. wie sie mit der Gestaltung ihrer Geschichten immer wieder neu ansetzen müsse, um sich mit ihren Ansichten weitestmöglich aus den Geschichten rauszuhalten und deren Interpretation ganz den Lesern zu überlassen. Und dann das mir nur zu gut bekannte Problem, dass das Zu-Ende-Bringen einer Geschichte meist gerade so aufwendig sei wie das Fast-fertig-Sein und sie deshalb immer doppelt so viel Zeit einplanen sollte. Obwohl sie dies natürlich wisse, vergesse sie es immer wieder. Sie schaffe es einfach nicht, sich in der Abschlussphase nicht in perfektionistischen Detailübungen zu verlieren, die das Ergebnis oft nicht besser machten, aber unendlich viel Zeit verschlängen. Aber die praktische Sorge um die kleine Bigna helfe ihr sehr dabei, das Ergebnis als gut zu akzeptieren, auch wenn es ihr im Moment nicht perfekt erscheine. Am Schluss des Briefes schreibt sie noch, dass sie mich vermisse und manchmal traurig sei, dass ich unsere kleine Tochter nicht genießen könne. Auf der Rückseite des Briefes sind drei Kussmünder. Ich musste mehrmals hinschauen, um zu sehen, dass es drei verschiedene sind. Von den drei Schwestern?*

~

9.Dezember 1984

Nach dem heutigen Frühstück, bei dem die zweite Taschenlampe unseres Adventskranzes angezündet wurde, forderte Susi Ditte auf, auch eine Kindheitserinnerung an die Adventszeit zu erzählen.

~

Ditte erzählte, dass sie und ihre beiden älteren Schwestern an Adventssonntagen immer von den Eltern auf einen Spaziergang geschickt worden seien. In Dänemark sei es nämlich Brauch, den Kindern bereits an den Adventssonntagen kleine Geschenke zu geben, und die hätten die Eltern in der Abwesenheit ihrer Töchter jeweils hübsch eingepackt. Vielleicht hätten die Eltern allein zu Hause auch noch andere Dinge gemacht, wie ihre Schwester Freja vermutet habe. Sie und ihre älteste Schwester Lale hätten geglaubt, dass die Eltern nur die Geschenke verpacken. Die Adventsspaziergänge mit den Schwestern hätten immer zum nahen Meer geführt, wo es düster und windig gewesen sei. Vielleicht sei das aber auch eine falsche Erinnerung, die sich einfach darum gebildet habe, weil sie nach dem Spaziergang jeweils ins warme Haus zurückgekommen seien, wo sie heißen Apfelpunsch getrunken und es sich hyggelig gemacht hätten. Der Vater habe dann die Geschenklein verteilt und die Mutter die Kalenderkerze angezündet. Anstelle eines Adventskranzes hätte es nämlich bei ihr zu Hause eine mit den Kalendertagen beschriftete Kerze gegeben, die man jeden Tag um das eingezeichnete Stück abbrennen ließ. Und ihre wichtigste Erinnerung an die Adventszeit sei, dass sie es kein einziges Jahr geschafft hätten, die Kerze so abbrennen zu lassen, dass sie den eingezeichneten Tagen genau hätten folgen können. Sie hätte später zusammen mit ihren beiden Töchtern Jahr für Jahr versucht, es besser zu machen. Jahr für Jahr vergebens.

~

Nach der Auflösung des Frühstückstisches hatten einige das Bedürfnis, Ditte ihre eigenen Kindheitserinnerungen an die Adventszeit zu erzählen. Auch ich. Ditte interessierte sich für jedes Detail. Wir saßen noch lange zusammen im Gemeinschaftsraum, als die andern verschwunden waren.

~

Zurück in meiner Koje las ich nochmals Kathis Brief und suchte einen geeigneten Platz, um das Bild meiner kleinen Tochter aufzuhängen.

~

12. Dezember 1984

Morgen soll ich Ditte zeigen, was ich hier auf der Station so treibe. Ich überlegte mir schon den ganzen Tag, wie ich das anstellen könnte. Wo soll ich beginnen? Bei der Erklärung unseres Bohrverfahrens? Bei Claudes genialer Idee mit den Luftblasen im Eis? Bei meinem Werdegang als Glaziologe? Meinen ersten Begegnungen mit dem Gletscher in meiner Kindheit? Soll ich mein ganzes Leben vor Ditte ausbreiten? Aber damit habe ich ja schon bei unserer ersten Begegnung begonnen. Und sie hat mir auch schon vieles aus ihrem Leben anvertraut. Interessiert sie sich für mich? Gestern brachte sie mir das Buch Arctic Summer *vorbei. Auf Empfehlung von Susi, wie sie sagte. Ich sollte mir keine Gedanken machen.*

Die Absicht, das Richtige zu sagen, bewirkt doch meist nur, dass man dann erst recht etwas Falsches sagt. Ich werde morgen in Dittes Anwesenheit einfach ganz normal meine Arbeit erledigen und jeweils kommentieren, was ich gerade mache, so wie ich es kürzlich in meinen Selbstgesprächen getan habe.«

»Und weiter?«, fragt Bigna.

»Nichts weiter. Hier hört das Tagebuch auf.«

»Unsere Eltern haben uns getäuscht«, bricht es aus Bigna heraus. »Uns angelogen!«

»Wir haben uns in ihnen getäuscht«, meint Reto lakonisch.

»Natürlich beides.«

»Mit Susi hatte Vater wohl nichts, da habe ich ihn zu Unrecht verdächtigt. Aber mit dieser Ditte?«

»Dass du jetzt an so was denken kannst. Aber was unsere Mutter getan hat!« sagt Bigna aufgebracht. »Und es war keine Laune, es war ein wohlbegründeter Plan.«

»Sie beide haben es getan.«

»Und David, unser richtiger Vater, ob sie es ihm je gesagt haben?«

»Was tut das jetzt noch zur Sache. Und von wegen ›richtiger‹ Vater. Wir haben einfach zwei Väter.«

»So einfach machst du dir das?«

Reto seufzt: »Mir war schon nicht ganz wohl, als wir damit begonnen haben, in Vaters Tagebüchern zu lesen. Das tut man eigentlich nicht.«

»Wie hätten wir sonst die Wahrheit erfahren?«

»Für mich ändert diese Wahrheit nichts. Es ist unangenehm, sie jetzt zu kennen.«

»Unangenehm?«, fragt Bigna ungläubig. »In was für einer Welt lebst du eigentlich?«

»Wir haben uns zu Mitwissern in einer Sache gemacht, die uns nichts angeht.«

»So so, einer Sache, die uns nichts angeht«, sagt Bigna entrüstet und wedelt mit dem Bündel der Briefe. »Dann möchtest du diese Briefe wohl nun auch nicht mehr lesen. Sicher geht es darin auch nur um die Privatsphäre unserer Eltern, die uns nichts angeht. Unsere Eltern sind jetzt aber nicht mehr da. Was wir tun, berührt sie nicht mehr. In den Briefen erfahren wir vielleicht noch etwas mehr über die genaueren Umstände und ob sie es David irgendwann gesagt haben.«

»Wollen wir wirklich alles wissen? Das Andenken an unsere Eltern ist jetzt schon reichlich angekratzt.«

»So sprichst ausgerechnet du, der du Vater auf einer gemeinsamen Tour zum Gletscher Fragen stellen wolltest, die dein als nicht so gelungen empfundenes Leben betreffen. Erfahren hast du nichts, aber …«

»Fang jetzt nicht wieder damit an. Ich fühle mich schon genug schuldig. Aber was tut das jetzt noch zur Sache. Am liebsten würde ich morgen auf den Gletscher gehen und Vaters Asche seinem Wunsch gemäß ausstreuen und dann die ganze Geschichte auf sich beruhen lassen.«

»Diese Geschichte lässt sich nicht so einfach aus der Welt schaffen. Es ist unsere Geschichte, mit der wir weiterleben müssen. Es ist keine *Sache*, wie du es nennst. Es geht um dich und um mich, um unser Leben. Alles ist jetzt nicht mehr so, wie es eben noch war, wie es eben noch zu sein schien. Wer sind wir jetzt mit unserem neuen Wissen über unsere Herkunft? Und welche Rolle spielt nun unser richtiger Vater in unserem neuen Leben? Vielleicht weiß er gar nicht, dass er unser Vater ist.«

»Und wenn er es weiß?«, fragt Reto nachdenklich und fügt nach einer kurzen Pause hinzu: »Und wenn es auch noch andere wissen? Onkel Alfredo, Mutters Schwestern, Susi? Sicher ist nur, dass Onkel Alfredo weiß, dass sein Bruder nicht unser richtiger Vater sein kann.«

»Dann müssen wir sie zur Rede stellen«, antwortet Bigna, als würde sich dies von selbst verstehen. »Aber zuerst müssen wir die Briefe lesen. Und wenn ich es allein tun muss.«

»Dann lesen wir die Briefe«, willigt Reto nach kurzem Zögern ein. »Und wenn wir erfahren, dass sie es David nicht gesagt haben?«

»Dann müssen wir es ihm sagen.«

»Müssen wir? Haben wir eine Pflicht, es ihm zu sagen? Und hat er eine Pflicht zu wissen, wer seine Kinder sind? Gibt es überhaupt eine Pflicht, etwas wissen zu müssen? Gibt es nicht manchmal sogar ein Recht, etwas nicht zu wissen?«

»Moralisch haben wir eine Pflicht und er auch. Oder möchtest du, dass unser richtiger Vater auch weiterhin mit der Lüge unserer Eltern weiterleben muss?«

»Wir sollten uns sehr gut überlegen, welche Konsequenzen unser weiteres Vorgehen haben kann«. Aber lesen wir zuerst einmal die Briefe.«

»Mir geht es allein um die Wahrheit«, sagt Bigna schon im Begriff, den Knoten der Schnur zu lösen, mit der die Briefe zusammengebunden sind. »Ich möchte jetzt einfach alles wissen und für alle volle Klarheit schaffen.«

KORRESPONDENZ

Nachdem sich Bigna die sechs Briefe einzeln vorn und hinten angesehen und aufgrund des Poststempels chronologisch geordnet hat, stellt sie fest: »Alle aus Wien. Etwa jede zweite Woche ein Brief. Alle adressiert an Katharina Peter Rieter.« Als sie den ersten der Briefe aus dem Umschlag nimmt und entfaltet, zerreißt sie ihn fast vor Aufregung.

»Wien, den 22. April 1995

Liebste Kathi,

es hat mich sehr gefreut, bereits so kurz nach meiner Ankunft einen Brief von Dir im Briefkasten zu finden. Wie ich Dir schon am Telefon berichtete, habe ich gut angefangen hier. Meine Veranstaltungen, es sind nur eine Vorlesung und ein Seminar, sind gut besucht und von den Kolleginnen und Kollegen der Fakultät wurde ich herzlich aufgenommen. Die Wohnung, die mir ein Kollege überlassen hat, der in diesem Semester eine Gastprofessur in Schweden hat, ist riesig, und ich fühle mich darin fast ein wenig verloren. Auch an die Zugehfrau, die täglich erscheint und tunlichst darauf bedacht ist, dass der Herr Professor keine Hausarbeit macht, muss ich mich erst noch gewöhnen. Wie sie nur schon spricht! ›Wünschen der Herr Professor…?, Zu Diensten Herr Professor. Habe die Ehre Herr Professor‹.

Wie Du schreibst, ist es schade, dass wir vor meiner Abreise unsere Diskussion, ob die Kinder demnächst ins Internat gehen sollen, nicht abschließen konnten. Das Angebot für die Gastprofessur kam so überraschend, dass ich mich einfach ganz auf die Vorbereitung konzentrieren musste. Wir haben aber noch etwas Zeit für eine Entscheidung und können unsere Diskussion vorerst brieflich weiterführen.

Schade finde ich auch, dass Du Dich dieser neuen Möglichkeit der elektronischen Post so beharrlich verweigerst. Gerade jetzt wäre doch ein Austausch mittels E-Mail sehr praktisch. Aber Deine Befürchtung, dass einen dieses neue Medium nur dazu verleitet, vorschnell alles mitzuteilen, was einem so einfällt, hat auch etwas für sich. Und natürlich bist du mir näher, wenn ich Deine handschriftlichen Zeilen lese.

Es stimmt schon, dass Du und Deine Schwestern ein gutes Beispiel dafür sind, dass ein paar Jahre im Internat nicht allzu schädlich, vielleicht sogar sehr wertvoll sein können. Aber in Deiner Familie waren doch die Gründe, die Kinder ins Internat zu schicken, ganz andere als bei uns. Wir sind eine vollständige Familie, in der die Kinderbetreuung eigentlich uns Eltern möglich sein sollte. Ich jedenfalls habe keine besonderen Ambitionen, die mich davon abhielten, zu diesem Zweck beruflich auch einmal etwas kürzerzutreten.

Wobei ich natürlich angesichts all der unvorhergesehenen Ereignisse, die meine berufliche Entwicklung in den letzten Jahren lenkten, eingestehen muss, dass es nicht nur auf meine Ambitionen ankommt. Zwar glaubte ich Geografielehrer werden zu müssen, um mein Interesse an der Glaziologie zumindest am Rande weiterhin pflegen zu können, eine Reihe von Zufällen ermöglichte mir dann aber, mich ganz meinem Steckenpferd widmen zu können – zuerst die Möglichkeit, an den Polarexpeditionen teilzunehmen, dann die Mitarbeit am Bericht des Weltklimarates zuhanden des UN-Umweltgipfels in Rio, der zur Einrichtung der Assistenzprofessur an der Hochschule führte, auf die ich berufen wurde. Eins gab das andere. Und jetzt habe ich eine der Gastprofessuren inne, wie sie unter dem Einfluss des Rio-Gipfels überall an den Hochschulen ausgeschrieben wurden, wahrscheinlich auch um den Bürgern endlich einmal zu zeigen, dass an den Hochschulen nicht nur ihre Steuergelder verprasst werden, sondern ein Beitrag zur Verhinderung des Weltuntergangs geleistet wird. Und meine Vorgesetzten, aber auch Du, haben mich geradezu genötigt, diese Gasprofessur für mein berufliches Weiterkommen anzunehmen.

So viel für heute. Ich muss jetzt noch an meinem Referat arbeiten, das ich nächste Woche im Institutskolloquium halten werde.

Gib den Kindern einen dicken Kuss von mir und sag ihnen, dass ich die gemeinsamen Tage beim Skifahren in den Osterferien ganz toll fand. (Sollten wir künftig jedes Jahr machen!)

Wir telefonieren nächste Woche!

Ich umarme Dich.

Dein Carlo

Wien, 7. Mai 1995

Liebste Kathi,

vielen Dank für Deinen Brief vom 4.5. und die beigelegten Fotos von mir und den Kindern beim Skifahren. Dein Kommentar, dass Dir die Osterferien auch großen Spaß gemacht hätten, wir die Planung unserer Freizeit aber deshalb nicht gleich auf Jahre hinaus festlegen müssten, um nicht eine Bilderbuchfamilie wie diejenige Deiner Schwester Elli zu werden, irritierte mich etwas, und auch, dass Du befürchtest, durch die Erwartungen, die ein allzu durchgeplantes Familienleben mit sich bringen könnte, in die gängige Mutterrolle hineingezwängt und in Deiner Freiheit beschnitten zu werden. Natürlich können wir immer spontan entscheiden, damit jeder seine Freiheit behält und keine falschen Erwartungen entstehen.

Heute wollte ich eigentlich gemeinsam mit einem der neuen Kollegen am Institut eine Wanderung zum Ober-Sievering *machen, aber Paul erschien nicht zur verabredeten Zeit, und so ging ich nach fast einer Stunde Warten allein los. Die einsame Wanderung war gar nicht so schlecht, konnte ich doch ausgiebig darüber nachdenken, warum mich die Reaktionen auf mein Referat im Kolloquium letzte Woche so befremdet und mich sogar etwas in meinem Selbstverständnis als Wissenschaftler verunsichert haben.*

Ich wählte absichtlich ein Thema, in dem ich mich besonders zu Hause fühle, nämlich die Frage der Interpretation von Luftblasen in Eisbohrkernen. Als Beispiel wählte ich die Ableitung der Temperatur aus dem Verhältnis der Sauerstoff-Isotope im Eis für Grönland. Bislang hat man ja angenommen, dass die Feuchtigkeit, die später den Niederschlag und schließlich das Eis bildet, seinen Ursprung ausschließlich im Atlantischen Ozean hat. Jetzt hat man aber festgestellt, dass auch Wasser aus dem Pazifik an diesem Prozess beteiligt ist, das ein leicht anderes Verhältnis von Sauerstoff-Isotopen als Wasser aus dem Atlantik aufweist. Die bisherigen Rekonstruktionen der Temperatur aus grönländischen Eisbohrkernen könnten also fehlerhaft sein. Ich schloss mein Referat mit dieser Feststellung, was aber bei den lieben Kolleginnen und Kollegen nicht gut ankam, wie die anschließende Diskussion zeigte. Sie wollten sich partout nicht damit abfinden, dass am Ende meiner Ausführungen nur eine neue Frage und nicht eine These stand, die darauf hinweist, was nun zu tun ist.

Besonders nachdenklich stimmte mich die Frage einer jungen Kollegin, ob ich mir der Konsequenzen meiner Feststellung für die dringend notwendige Bekämpfung der Klimaerwärmung bewusst sei. Als ich darauf antwortete, dass es mir als Glaziologe zuerst einmal um die Fakten und deren korrekte Interpretation gehe, sagte der Institutsdirektor, ebenfalls zu meiner großen Verwunderung, dass man mich hier aber als Gastprofessor für Klimawissenschaften angestellt habe.

Diese unterschwelligen Vorwürfe rüttelten etwas an meinem Selbstverständnis als Wissenschaftler. Soll es mir denn künftig als verantwortungsbewusstem Wissenschaftler nur noch darum gehen, nicht mehr weiter hinterfragbare Ansichten zu liefern, die zur Verhinderung der Erderwärmung beitragen? Natürlich weiß ich nur allzu gut, dass diese stattfindet und katastrophale Folgen haben wird. Aber zwingt diese Aussicht dazu, sich festzulegen, auch wenn man um die Unsicherheit und Fragwürdigkeit seiner Aussagen weiß? Dass Journalisten gerne wissenschaftliche Gewissheiten verlangen, weiß ich ja spätestens, seit ich immer wieder für Interviews zum gerade populärer werdenden Thema des Klimawandels angefragt werde. Unter Wissenschaftlern irritiert mich diese unkritische Haltung jedoch sehr. Haben sie mich hier als Trendwissenschaftler angestellt, der ihnen nur sagen soll, was sie aufgrund ihrer Zeitungslektüre schon zu wissen glauben? Muss ich nun auch zu diesem vorfabrizierten Konsens beitragen, der nur mit einer unendlichen Vereinfachung von Problemen möglich ist, und der nur den ebenso falschen wie größenwahnsinnigen Eindruck erweckt, die Probleme ließen sich einfach lösen? Die voreilige Ausklammerung von Unsicherheiten und Widersprüchen führt nur zu einer Form der Unterdrückung, die allenfalls mögliche Lösungen verhindert.

Gerade noch habe ich unsere Stärke als Wissenschaftler darin gesehen, dass wir möglichst ungebunden nach Erkenntnis suchen, uns von niemandem für vorgegebene Zwecke einspannen lassen, von unseren persönlichen Standpunkten absehen und uns weder von der Mehrheitsmeinung noch von Ideologien leiten lassen. Und jetzt macht mir Angst, dass wir unsere Standpunkte nach dem Mainstream ausrichten müssen, dass wir Farbe bekennen müssen, dass Gesinnung wichtiger ist als Kritik, dass Schluss ist mit der Haltung des freischwebenden Intellektuellen. Immer mehr sollen unsere Erkenntnisse Bekenntnisse sein, wenn nicht gar Apelle.

Das kommt mir vor wie ein Wechsel des Aggregatszustandes von Wasser zu Eis.

Aber wozu führt das? Und wie kann man sich davor bewahren? Im Zweifel einfach die Position des Advocatus Diaboli einnehmen? Oder gleich prinzipiell eine Gegenposition vertreten? Nur noch nach Beispielen suchen, die gängige Gewissheiten entkräften? Oder es bei einer Haltung distanzierter Ironie bewenden lassen und einfach seine Arbeit machen wie bisher – auch wenn man damit jenen, die es immer schon gewusst haben, das Feld überlässt?

Vielleicht habe ich mir meine Zukunft als Wissenschaftler auf meiner einsamen Wanderung auch etwas zu düster ausgemalt. Vielleicht, weil mir eine solche Entwicklung auch persönlich gegen den Strich ginge, verabscheute ich es doch seit je, in eine Rolle gedrängt zu werden, die nicht meinen Interessen entspricht. Wie du weißt, bedrückte mich die Aussicht lange, dereinst in die Fußstapfen meines Vaters als Hotelier treten zu müssen.

In den letzten Jahren hatte ich nicht viel Zeit, um über diese Fragen nachzudenken. Es ging alles so schnell. Meine wissenschaftliche Laufbahn nahm schnell Fahrt auf, Du hattest schnell Erfolg mit Deinen Büchern, die Kinder wurden größer und stellten uns immer wieder vor neue Aufgaben. Bei dieser Aneinanderreihung günstiger Zufälle, merkte ich gar nicht recht, was um uns herum alles geschah. Ich war eingeschlossen in meinen Projekten, blind für den weiteren Kontext und seine Bedeutung für mich. Da stellten sich keine weiteren Fragen und gab es nicht viel zu entscheiden. Jetzt, wo es um die Zukunft unserer Kinder geht, ist es ganz gut, einmal über den beschränkten Horizont hinauszudenken.

Ich küsse dich.

Dein Charly

PS: Telefonieren wir am Donnerstagabend?

Wien, den 20. Mai 1995

Liebste Kathi,

Vielen Dank für Deinen Brief vom 12.5. Wie schon am Telefon gesagt, tut es mir leid, nicht auf Deine Frage eingegangen zu sein, wie ich mir unsere Zukunft vorstelle, und nur von mir und meinen Problemen geschrieben und offenbar auch noch den Eindruck erweckt zu haben, die Zukunft der Kinder erscheine mir viel wichtiger als unsere eigene. Ich bin nur der Meinung, dass die Zukunft unserer Kinder in einer Welt liegt, von der wir noch wenig wissen, und es darum wichtig wäre, dass wir uns gut überlegen, welche Chancen wir ihnen geben sollen und überhaupt geben können. Es müssen wahrscheinlich andere sein als jene, die wir *hatten. Ich will Dir meine Sicht der Dinge gleich an einigen Eindrücken veranschaulichen, die meine Studenten hier bei mir hinterlassen, und die mich ähnlich irritieren, wie die im letzten Berief geschilderten Eindrücke von den Kollegen am Institut, zumal sie zum Teil in dieselbe Richtung gehen.*

Bei meiner bisherigen Dozententätigkeit sind mir die Unterschiede der heutigen Generation zu uns noch gar nie so aufgefallen. Ich war natürlich auch noch nie als Klimawissenschaftler angekündigt. Aus den Fragen meiner Studenten im Anschluss an die Vorlesung und aus ihren Referaten und Diskussionen im Seminar glaube ich herauszuhören, dass auch sie sich nur soweit für glaziologische Themen interessieren, wie diese etwas zum Klimawandel sagen. Und auch dieser scheint sie nur hinsichtlich seiner möglicherweise katastrophalen Folgen zu interessieren. Es kommt mir manchmal vor, als würden sie schon alles über die Natur, das Klima, die Folgen der Klimaerwärmung wissen, und erwarteten von mir jetzt nur noch, dass ich ihnen ein paar Informationen und genaue Zahlen aus meinem Forschungsgebiet liefere, damit sie noch genauer wissen, wer die Schuldigen der drohenden Katastrophe sind und was sie selbst zu deren Verhinderung beitragen können. Sobald sie eine meiner sachlichen Informationen ins Puzzle des großen Ganzen einsetzen können, bekommt sie flugs einen moralischen Wert, einfach weil diese jungen Leute die Natur als einen ursprünglichen Zusammenhang, vor allem aber als etwas ursprünglich Gutes betrachten. Ein solches Naturverständnis ist mir ganz fremd. Die Natur an sich ist doch nicht gut oder schlecht, und auch wenn sie für mich aufgrund meines Interesses einen besonderen

Wert hat, spielen moralische Werte bei meiner wissenschaftlichen Arbeit keine Rolle, ich strenge mich immer wieder an, jede Wertung zu vermeiden. Ich kann mir den verklärten Naturbegriff meiner Studenten nur so erklären, dass sie die Natur nur als schöne Landschaft in ihrer Freizeit kennenlernten. Das schließe ich jedenfalls aus ihren Gesprächen über all die Naturwunder, die sie auf ihren vielen Reisen schon gesehen haben, oder über ihre Outdoor-Aktivitäten wie Bergsteigen, Skifahren oder dem gerade aufkommenden Mountainbiken. (Eigentlich alles Aktivitäten, die die Natur belasten, nur schon weil sie fern von zu Hause stattfinden).

Ebenso unkritisch wie gegenüber der Natur erscheint mir die Haltung meiner Studenten zu wissenschaftlichen Erkenntnissen. Wenn etwas in ihre vorgefertigten Auffassungen von Natur, Klima oder Klimawandel passt, sagen sie schnell einmal ›die Wissenschaft sagt‹ oder ›die Wissenschaft hat festgestellt‹. Meine Aussagen werden kaum je kritisch beleuchtet oder grundsätzlich hinterfragt, wie ich es in meiner Studienzeit kannte. Es kommt mir sogar vor, als würden sie sich mit meinen Aussagen, die doch nur vorläufige Thesen sind, nicht nur identifizieren, sondern in mir eine Art Star sehen, dem man nur vorbehaltlos folgen kann. Anstatt sich mit mir als Gletscherforscher kritisch auseinanderzusetzen, sehen sie in mir den Klimawissenschaftler, an den sie im Interesse der größeren Sache einfach glauben. Aus ›Follow the science‹ ist ›Believe in the scientist‹ geworden. Sie ordnen mich im gleichen Mainstream ein, wie die Kollegen am Institut. Wenn das so weitergeht, identifiziere ich mich am Schluss noch selbst als Klimawissenschaftler. Ist es überhaupt möglich, zur Person zu werden, für die einen andere halten? Wahrscheinlich nicht. Die Diskrepanz auszuhalten, dürfte unangenehm werden.

Wenn ich dann nach dem Seminar mit einigen Studenten noch ins nahe Kaffeehaus gehe, wo wir die begonnene Diskussion weiterführen, bestätigen sie nicht nur die geschilderten Eindrücke, sondern zeigen sich noch von einer anderen Seite, die zwar auf den ersten Blick gar nicht zu ihrer Sicht auf die bedrohte Natur und ihrem Glauben an die Wissenschaft passt, aber vielleicht doch sehr viel damit zu tun hat. Während sie also mich in die Rolle eines unantastbaren Stars drängen, mit dem sie sich leicht identifizieren können, scheinen ihnen Rollen im Allgemeinen suspekt zu sein, es sei denn die Rolle, die sie für sich selbst entwerfen. (Das ist natürlich keine Rolle). Ihre Identität ist ihnen alles, Rollen misstrauen sie.

Zu wenig authentisch, zu oberflächlich, etwas Undurchsichtiges, hinter dem man sich verbergen kann, auch etwas moralisch Fragwürdiges, denn wer eine Rolle spielt, scheint nicht nur sich selbst, sondern auch anderen etwas vorzumachen, nicht nur ein verlogenes Leben zu führen, sondern auch andere zu belügen. Nur in der Rolle des Stars genießt man Narrenfreiheit. Was die eigene Person angeht, ist alles so ernst, wie wenn's um die bedrohte Umwelt geht. Für Ironie ist da kein Platz. Wenn ich einmal eine ironische Bemerkung mache, wird das wohl nur toleriert, weil sie gar nicht als ironisch wahrgenommen wird. Denn wie könnte ausgerechnet der Star, der es doch puncto Umwelt am besten weiß, etwas nicht ganz ernst meinen?

Es ist nicht schwierig, Einblick ins Innenleben dieser jungen Leute zu erhalten, denn das Wichtigste ihrer Identität ist gerade deren schnelle Erkennbarkeit. Wenn dazu einige Worte nicht ausreichen, holen sie schnell weit aus. Manche scheinen richtiggehende Meister darin zu sein, bei jeder sich bietenden Gelegenheit ihr Innerstes nach außen zu kehren. Oft noch mit der Ansage, dass sie sich jetzt outen würden oder sogar outen müssten. Was mir als übertriebene Selbstdarstellung, Eitelkeit, Aufgeblasenheit, zuweilen sogar als Hochstapelei oder Exhibitionismus vorkommt, ist für sie ganz normal. Ihre Selbstdarstellung wirkt auf mich manchmal reichlich gekünstelt und nicht selten lächerlich, aber ich würde mich nie trauen, mir dies anmerken zu lassen. Denn nicht ganz ernst genommen zu werden, mangelnder Respekt, ist wahrscheinlich das Letzte, was sie einem verzeihen würden. Vielleicht erscheinen sie auch permanent etwas gereizt, weil sie überall lauernde Angriffe auf ihre Person vermuten. Das finde ich umso seltsamer, als mir ihre Konstruktion der Identität zu einem guten Teil auf Kränkungen aller Art zu basieren scheint. Jede neue Kränkung versetzt sie nicht nur in den Verteidigungsmodus, sondern scheint ihre Identität zu festigen. Dies lässt sich auch gut an ihrem Verhalten untereinander beobachten. Manchmal kommt es mir vor, als lasse jeder dauernd einen Radarschirm kreisen, um aufzuspüren, ob jemand in seiner Umgebung etwas tut, sagt oder auch nur andeutet, das den Sprecher entlarven oder ihn selbst infrage stellen könnte. Kein Wunder, dass die Atmosphäre immer etwas angespannt ist, geht es doch um nichts Geringeres, als die Authentizität ihres Ichs. Von dieser ständigen Sorge zu falscher Verdächtigung und Denunziation ist es nicht weit.

Unangenehm ist mir manchmal, wenn sie sich nicht nur als Vegetarier, Lesbe oder Fußballfan outen, oder sich gegenseitig einen zu großen ökologischen Fußabdruck, einen sexistischen Witz oder eine verbale Entgleisung vorwerfen, sondern frisch von der Leber weg ihr ganzes Familien- und sogar Liebesleben ausbreiten. Der Einblick in die oft peinlichen Abgründe der Privatheit ist mir lästig. Hemmungen und Geheimnistuerei scheinen ihnen fremd zu sein, sie erzählen einem rücksichtslos, was sie im Innersten bewegt. Offenbar glauben sie, nur ganz sich zu sein, wenn alle alles über sie wissen. Und unangenehm ist mir auch, dass sie bei der ständigen Arbeit an ihrer Identität neben all den idealen Eigenschaften, die sie sich selbst zuschreiben, mehrheitlich negative Erfahrungen bemühen, eben Kränkungen und Verletzungen, die ihnen zugefügt wurden, die aber von anderen nicht einmal angesprochen werden dürfen. Ihre ständige Stilisierung als Opfer macht sie immun. Wer wollte einem Opfer widersprechen oder auch nur ins Wort fallen? Glücklich zu sein, scheint ihnen weniger wichtig, als unangefochten sich selbst zu sein, nur ja die Deutungshoheit zu behalten. Nicht das Streben nach Glück, sondern das Bemühen von Unglück ist für sie entscheidend. Je gekränkter, diskriminierter und unglücklicher sie sich geben, desto authentischer scheinen sie sich zu empfinden. Wenn die in diesem Bemühen enthaltene Selbstüberschätzung und übertriebene Ängstlichkeit doch einmal bemerkt werden, werden sie gleich auch noch zur Schau gestellt. Auch dies ohne jede Ironie. Paradox auch, dass die Umgebung von Tätern und potenziellen Tätern auch noch zur Authentifizierung herhalten muss.

Natürlich ist das beschriebene Verhalten nicht bei allen gleich ausgeprägt. Neben jenen, die sich selbst als einziges Projekt betrachten, gibt es auch noch jene, die verschiedene Projekte am Laufen haben oder ständig neue Projekte starten, und für die ihre jeweilige Arbeit immer noch eine wichtige Quelle ihrer Identität ist. Es sind sicher nicht zufällig jene, die sich auch einmal für einen glaziologischen Sachverhalt interessieren, der auf den ersten Blick nicht mit dem großen Ganzen zusammenhängt. Nur jenen, die ihr Leben uneingeschränkt unter das Motto ›Werde, der du sein willst‹ stellen, geht's immer gleich ums Ganze, darum glauben sie auch, wenn ihnen einmal etwas nicht gelingt, sie seien komplett gescheitert. Aber anstatt etwas bescheidener zu werden, es einfach bei einer misslungenen Tätigkeit oder einem unbefriedigenden Ergebnis zu belassen oder es nochmals zu versuchen, beginnen sie dann meist nochmals ganz von vorn, wollen nun eine ganz andere Person werden, der alles besser gelingt.

Wenn ich an die Zeit zurückdenke, als wir Studenten waren und das Thema der Selbstverwirklichung uns beschäftigte, kommt mir die heutige Generation sehr abgehoben vor. Mit 20 glaubte auch ich einen Moment lang, dass nun der Wendepunkt in der Biografie gekommen sei, an dem ich endlich zu dem Menschen geworden sei, der ich für den Rest des Lebens bleiben werde. Es wurde mir dann aber schnell bewusst, dass man dieses Gefühl von nun an andauernd hat – und gerade darum das Steuer selbst in die Hand nehmen muss. Ziele musste ich nicht suchen. Die hatte ich in Form von Interessen, Vorlieben, Talenten, Leidenschaften und auch einigen Aversionen schon lange entdeckt. Die Frage war nur noch, wie sich diese Anlagen in einer Welt, die nicht auf mich gewartet hatte, verwirklichen ließen. Der innere Kompass war schon da, ich brauchte keine abstrakte Vorstellung von mir, die ich zu verwirklichen versuchte, immer ängstlich um mich blickend, wie ich mich wohl im Spiegel der anderen ausnehme, ob ich mich wohl auf dem richtigen Weg befinde. Ich musste mich nicht ständig meiner Identität versichern, die Frage der Authentifizierung kannte ich nicht. Für andere interessierte ich mich nur, soweit sie meine Selbstverwirklichung unterstützten oder ihr im Wege standen. Meine Selbstverwirklichung basierte auf dem Abwägen von Möglichkeiten, Überwinden von Hindernissen, Eingehen von Kompromissen. Und irgendwann begriff ich, dass man sich zuweilen auch mit dem Schicksal anfreunden sollte. Wenn es eine ausgesprochene Frage gegeben hätte, hätte sie gelautet, welche Widerstände in mir und um mich herum, gilt es zu überwinden, um das größte Gleichgewicht zwischen mir und der Welt herzustellen? Wenn ich darüber sprach, sprach ich nie von mir selbst, sondern von Dingen, Verhältnissen, Strukturen, in die ich verstrickt war und von denen ich mich befreien wollte. Heute würde das als uneigentlich empfunden, denn Dinge sind nur Äußerlichkeiten, die von der Person ablenken, sie im Dunkeln lassen, ihr helfen, sich zu verstecken. Ich fühlte mich aber gerade am meisten bei mir selbst, wenn ich mich ohne große Worte mit den Dingen auseinandersetzte, in einer interessanten Arbeit aufging, eine Leidenschaft ausleben konnte. Es genügte mir zu ahnen, dass der von meinem inneren Kompass geleitete Weg stimmte.

Gesprochen wurde natürlich auch, sogar sehr viel. Wenn ich mich an die unendlichen und hitzigen Diskussionen erinnere! Es ging um Ungerechtigkeiten in der Welt, die Widerstände bei deren Überwindung, um unsere Rolle in diesem Kampf, um unsere Überzeugungen und unsere Unsicherheiten. Die Moral kam auch nicht zu kurz, aber sie stand eher am Ende als am Anfang, und selbst jene mit der größten Überzeugung von sich selbst glaubten nicht, ihre Meinung gleich zum moralischen Imperativ erheben zu müssen. Es waren einfach Meinungen, über die man unendlich weiter diskutieren konnte. Was auch wiederum nicht heißt, dass wir nichts getan hätten. Wir wollten damals für unsere Meinungen einstehen, traten einer politischen Gruppierung bei oder organisierten uns in einem Lesezirkel, gingen an Demonstrationen gegen AKWs, gegen Wohnungsnot, für ein autonomes Jugendzentrum – oder wenigstens in eine Psychoanalyse, um die inneren Widerstände aufzuspüren und zu beseitigen, die uns bei der praktischen Umsetzung unserer Ziele hemmten. Wir wollten uns stärken und weder in unserer Gehemmtheit noch in unserer Zerbrechlichkeit anerkannt werden. Im Allgemeinen konnten wir gut mit Widersprüchen leben. Noch besser waren wir darin, bereits existierende Freiräume zu erkennen. Unsere Unsicherheiten und Größenfantasien versuchten wir mit Ironie zu übertünchen. Oft widersprachen wir aus Prinzip. Um zu zeigen, dass es uns nicht immer so ernst war, klopften wir flotte Sprüche wie ›Nieder mit den Alpen, freie Sicht aufs Mittelmeer‹. Wir wollten nicht die ganze Welt umkrempeln oder sogar retten, sondern sie da und dort etwas verbessern, so wie wir nicht nach grenzenloser Freiheit oder völliger Unabhängigkeit strebten, sondern uns möglichst vorteilhaft in der Welt einrichten wollten, ob wir nun Grenzen überschreiten oder sie vorläufig akzeptieren mussten. Und dabei störten uns die vorgefundenen gesellschaftlichen Rollen nicht, ganz im Gegenteil, wir nutzten sie, um uns möglichst treu zu bleiben. Zwar grauste uns davor, in Rollen hineingedrängt, sie übernehmen oder ausfüllen zu müssen. Davon und damit von unseren Eltern wollten wir uns emanzipieren. Auch die freie Wahl einer einzigen Rolle schien uns zu einschränkend. Die Rolle des Stars lag noch weitgehend außerhalb unseres Handlungsspielraumes. Wie immer wir Sänger, Schauspieler oder Schriftsteller verehrten und sie Vorbilder für unsere Frisuren, unsere Kleidung oder unsere Meinungen sein mochten, wir orientierten uns an den handelsüblichen

Rollen. Unsere Professoren betrachteten wir kaum je als Stars, sie gefielen uns allenfalls wegen ihrer Art, wie sie uns ihr Wissen vermittelten, und dies ganz besonders, wenn sie es auf eine lockere und ironische Art taten. Durch Distanz wurden sie uns nahbar, aber keine Vorbilder. Wir dachten ›einer von uns‹. Halt fanden wir nicht in Vorbildern, abstrakten Vorstellungen von uns selbst oder einem Gefühl abstrakter Zugehörigkeit zu einer Opfergemeinschaften, sondern in vorgefundenen Rollen und in der Übereinstimmung und der Solidarität mit Gleichgesinnten in unserer unmittelbaren Umgebung.

Diese Zeiten kommen nicht zurück. Wir müssen uns auf die jungen Leute von heute einstellen, zu denen bald auch unsere Kinder gehören werden. Bei ihnen wird wahrscheinlich noch ausgeprägter sein und schon früher einsetzen, was sich jetzt schon beobachten lässt. Jedenfalls wird Selbstverwirklichung für unsere Kinder etwas ganz anderes bedeuten als für uns. Und wir sollten uns keine Illusionen machen, dies als Eltern in eine bestimmte Richtung *lenken zu können. Wir sind sicher nicht die Einzigen, die die Entwicklung unserer Kinder beeinflussen, und Stars sind wir für sie auch nicht. Wie die Erwachsenenwelt auf diese neue Entwicklung reagiert, zeigt sich ja schon an meinen Kollegen am Institut. Ich muss mich fragen, was künftig meine Rolle als Dozent sein soll, wie sich meine bisherige Einstellung mit den aktuellen, sich wahrscheinlich noch verstärkenden Tendenz vereinbaren lässt, und wir müssen uns fragen, welche Rolle wir künftig als Eltern spielen sollen. Auch wir werden wohl akzeptieren müssen, dass für unsere Kinder nichts wichtiger sein wird, als völlig selbst bestimmen zu können, wer sie sind und wer sie sein wollen. Wir werden unsere Kinder so ernst nehmen müssen, wie sie sich selbst ernst nehmen. Vielleicht sollten wir darum schon jetzt auf Augenhöhe mit ihnen reden und mit ihnen darüber sprechen, ob* sie *ins Internat wollen.*

Das wären ein paar Gedanken für unsere Zukunft.

Ich küsse dich.

Dein

Karl

PS: Ich freue mich unheimlich aufs Pfingstwochenende, wenn wir uns in Wien sehen!

Wien, den 11. Juni 1995

Liebste Kathi,

das Pfingstwochenende mit Dir war wunderbar. Und es freut mich auch, dass es den Kindern im Pfingstlager am Bodensee gut gefallen hat, wie Du mir vorgestern am Telefon berichtet hast.

Ich habe noch lange über unser Gespräch auf dem Spaziergang im Prater nachgedacht, bei dem Du mir vorgehalten hast, in meinem letzten Brief hätte ich die Vergangenheit allzu sehr verklärt und auch ein zu einseitiges Bild von meinen Studenten gezeichnet. Ich komme mir jetzt fast vor wie die alten Römer, die auch schon glaubten, die Jugend zu ihrer Zeit bedeute den Untergang der Zivilisation. Natürlich gab es auch früher schon jene, die ihre Zukunft nicht aktiv gestalteten, die sich einfach tragen ließen oder endlos auf der Suche waren, denen ein innerer Kompass fehlte und die dauernd darauf schielten, wie sie bei anderen ankamen. Auch jene, die gar keine Widerstände sahen, und wenn, der Meinung waren, nichts dagegen tun zu können. Auch an Selbstdarstellern, die permanent nur von sich redeten, fehlte es nicht. Und wie viele haben denn schon an Diskussionen über eine bessere Welt teilgenommen oder gegen AKWs demonstriert? Vielleicht verstanden wir die Ironie jener einfach nicht, die ironisch waren, und unsere flotten Sprüche fanden wir wahrscheinlich auch nur darum so gut, weil sie von uns stammten. Mein Bruder Alfredo wäre ein gutes Beispiel dafür, dass auch schon früher nicht allen die ihnen zugedachte Rolle zuwider war. Und natürlich gab's auch immer schon jene, die die ganze Welt umkrempeln wollten, darum habe ich ja die Jugendgruppe der trotzkistischen Partei verlassen und darum bist Du aus Deinem feministischen Lesezirkel ausgestiegen. Auch mit der Solidarität war es über den Augenblick hinaus nicht weit her. Gut auch, dass du mich darauf aufmerksam gemacht hast, dass gerade ich mit meiner Begeisterung für Claude Lorius ein Beispiel dafür sei, dass auch schon früher Studenten Professoren als Stars verehrten und nicht nur wegen ihrer Ironie schätzten. Gut aber auch, dass du gesagt hast, dass das meiste, was ich romantisierend unserer ganzen Generation unterstellt habe, allenfalls für uns beide zutreffen möge.

Sicher habe ich auch etwas vorschnell von meinen Studenten auf eine ganze Generation geschlossen und daraus auch noch gleich die künftige Entwicklung unserer Kinder abzuleiten versucht. Meine Studenten sind natürlich nur eine kleine, nicht repräsentative Auswahl ihrer Generation. Und warum sollten sie sich nicht primär nur für den Klimawandel interessieren, wenn ich als Klimawissenschaftler angekündigt bin? Vielleicht erscheinen sie mir auch nur darum als unkritisch, weil sie Respekt vor dem Herrn Professor haben, vielleicht sogar vor seinem Fachwissen, oder weil ihnen seine Ironie gefällt. Auch wir haben damals nicht gleich applaudiert, wenn uns einer deswegen gefiel. Wenn sie ihre Kritik und ihren Respekt nicht vor sich hertragen und sich nicht kritisch äußern, um auf sich aufmerksam zu machen, kann das ja auch bedeuten, dass ihre Kritik schon in ihrem Wissen steckt, dass der Klimawandel ein großes Problem ist, das sie ihren weniger kritischen Zeitgenossen voraushaben. Auch meine negative Einschätzung ihrer dauernden Beschäftigung mit Identität war wohl etwas vorschnell. Nur weil sie selbst häufig diesen Begriff gebrauchen, heißt das ja noch nicht, dass es auch alle anderen ihres Alters tun oder dass es nicht auch schon früher solche gegeben hätte, die ständig danach fragten, wer sie sind oder wer sie sein wollen und dabei auf Authentizität bedacht waren. Es wird heute einfach anders über etwas gesprochen, das auch vielen in unserer Generation ein Anliegen war. Du hast mich auch darauf aufmerksam gemacht, dass der heute tatsächlich etwas von unserem verschiedenen Umgang mit der Identität auch seine positiven Seiten hat, etwa in einem ausgeprägteren Moralbewusstsein, der konsequenteren Ablehnung zugeschriebener Rollen oder auch der Abscheu vor Geheimniskrämerei. (Wobei mich etwas verwunderte, letzteres gerade von Dir zu hören. Du schreibst unter einem Pseudonym Bücher, erweckst den Eindruck, Gelegenheitsjournalistin und hauptsächlich Mutter zu sein, und warst von Anfang an dagegen, dass wir David reinen Wein einschenken – obwohl du gut weißt, wie mich dieses Verschweigen schon seit Langem bedrückt). Können wir uns darauf einigen, dass früher nicht alles anders und besser und heute gleich und manchmal sogar besser ist als früher, dass es aber eine Verschiebung der Schwerpunkte gab?

Zu denken gegeben hat mir natürlich auch, wie ich zu meiner schiefen Sichtweise gekommen bin. Ein typischer Denkfehler? Ein Denkfehler, der typisch ist für das Thema? Oder einfach ein Denkfehler, wie er typisch ist für Akademiker, die generell dazu tendieren, von der ihnen bekannten Wirklichkeit auf den Rest der Welt zu schließen, von ein paar Wiener Studenten auf eine ganze Generation? Oder glauben, schon weil sie sich besonders eingehend mit einer Sache beschäftigt haben, nun gleich besser über alles *Bescheid zu wissen. Wenn ihnen dann ihresgleichen von ähnlichen Erfahrungen erzählen oder diese gleich in der Zeitung zum Besten geben, fühlen sie sich schnell in ihren Ansichten bestätigt und entwickeln manchmal eine ganze Weltsicht daraus.*

Was hilft dagegen? Andere Meinungen anhören. Umgang mit vielen verschiedenen Menschen pflegen. Sich manchmal von einem wie Norman nerven lassen. Sich nicht nur in der eigenen Blase bewegen, schon gar nicht in der von Akademikern. Viel lesen. Deine Bücher lesen. Jedes Mal, wenn du mir eines Deiner Werke vor der endgültigen Überarbeitung zum Lesen gegeben hast, habe ich viel gelernt. Vielleicht nicht in der Sache, aber für eine offene Haltung, für ein Bewusstsein der Möglichkeiten. Deine Bücher sind nicht nur eine gute Vorbereitung aufs Leben, sie können den Horizont das Leben lang erweitern und offenhalten. Kein Wunder, dass viele sie mit Drogen vergleichen. Du hättest mir gar nicht immer wieder erklären müssen, was du mit deinen Büchern willst, wie du es auch bei deinem Besuch wieder getan hast, als wir auf die Kinder zu sprechen kamen. Nur ja keine vorbildlichen Geschichten erzählen oder gar selbst ein Vorbild sein! Nicht belehren, sondern sensibilisieren und ermutigen. Die Ambivalenz bis zum Schluss aufrechterhalten. Zeigen, dass sich Offenheit, Widerstand und Geduld lohnen können. Niemals eine Moral mitliefern, wie in Krimis oder Märchen. Jede Verengung vermeiden.

Weil es schwierig ist, mit diesen Ansprüchen kurze Geschichten zu machen, die für sich selbst sprechen und unvergesslich bleiben – ein ständiger Kampf gegen Dich selbst, wie Du sagst – ist mir klar, dass Du einen großen Freiraum brauchst. Und ich verstehe gut, dass es Dir nicht mehr nur um Deine Eigenständigkeit und die finanzielle Unabhängigkeit geht, auf die Du anfangs immer so gepocht hast, sondern dass Du jetzt, wo die Kinder ins Internat gehen können, nicht mehr länger durch die Mutterrolle in Deiner Arbeit eingeschränkt werden willst. Die Hilfe von Romy können wir auch nicht endlos in Anspruch nehmen. Eine andere Möglichkeit wäre natürlich, dass ich beruflich zurückstecken oder mich ganz neu orientieren würde. Ich habe Dir schon mehrmals gesagt, dass ich mir für meinen Teil gut vorstellen könnte, auch einen anderen Weg einzuschlagen als den, auf dem ich mich nun schon seit Ende Studium geradezu traumwandlerisch vorwärtsbewege. Ich habe so wenig Ambitionen wie Du, Karriere zu machen. Auch mir ist es unangenehm, im Scheinwerferlicht zu stehen. Ich kenne nicht einmal den Wettbewerb mit mir selbst. Es genügt mir zu wissen, was ich tue und dass ich es tue. Es freut mich natürlich, wenn ich anderen davon etwas abgeben, zuweilen sogar eine Flamme entzünden kann. Aber eigentlich möchte ich einfach mein Ding machen, mich irgendwie mit meinem Interesse an Gletschern durchschlagen.

Ich habe auch noch lange über die von Dir genannten Gründe nachgedacht, die dafürsprechen, die Kinder nach Zuoz zu schicken. Vieles von dem, was wir ihnen überhaupt fürs Leben mitgeben können, haben wir ihnen ja bereits gegeben: Vertrauen, Selbstvertrauen, die Gewissheit, dass wir da sind, wenn sie uns brauchen, unser Interesse, unsere Liebe. Gerade weil wir nicht wissen können, in welcher Zukunft sie einst leben werden, ist das vielleicht schon alles. Das Fundament haben sie. Unsere Arbeit als Gärtner ist getan. Wir stehen nur noch so weit in ihrer Schuld, als sie unserem Leben eine neue, sehr wertvolle Dimension gegeben haben. Wir sollten unsere Einflussmöglichkeiten als Eltern auch nicht überschätzen. Schon in der Kita lernen die Kinder andere Erwachsene und vor allem andere Kinder kennen, die sie gerade so beeinflussen wie wir. Momentan scheinen ihre Schulfreunde und -freundinnen wichtiger zu sein als wir und die Lehrer, später werden es ihre ersten Lieben und ihre Studienkollegen und -kolleginnen sein. Es werden einfach alle sein, die ihnen das Gefühl geben, von aufrichtigen und verlässlichen Menschen umgeben zu sein. Und wahrscheinlich hast Du auch recht, dass die Bedeutung einer glücklichen Kindheit für das spätere Leben maßlos überschätzt wird und auch nur eine Projektion der aktuellen Befindlichkeit in die Vergangenheit ist. Je nachdem, wie jemand sein aktuelles Leben empfindet, wird er auch seine Kindheit empfinden. Wenn er zufrieden ist, erinnert er sich auch eher an glückliche Momente in seiner Kindheit. Es könnte ja sein, dass all jene, die schon in ihrer Kindheit fröhliche Menschen waren, auch später fröhliche Menschen sind, selbst wenn sie negative Dinge erlebt haben, und dass viele nur auf einer unglücklichen Kindheit als Erklärung ihres glücklosen Lebens bestehen, um jemandem die Schuld dafür geben zu können, vor allem den Eltern. Nur an allem, was gut herausgekommen ist, wollen sie immer selbst schuld sein.

Wenn wir jetzt beschlossen haben, die Kinder ins Internat zu schicken, auch weil wir nicht die besten, sondern nur ausreichend gute Eltern sein wollen, habe ich doch noch gewisse Zweifel – wie du vielleicht aufgrund der Ausführlichkeit meiner Zeilen schon vermutest. Wenn du sagst, dass Du den Kindern gerade dadurch eine gute Mutter sein willst, indem Du ihnen mit Deinen Büchern anstatt mit Deinem Vorbild etwas mitgeben willst, so schließt dies natürlich nicht aus, dass uns die Kinder dennoch als Vorbilder wahrnehmen. Inwiefern wir für sie Vorbilder sind, können wir nicht beeinflussen. Wir müssen aufpassen, nicht dem Akademikerfehler zu erliegen. Sodann ist das Lesen eine sehr einsame Sache. Es spricht nicht nur ein Mensch zu einem anderen, dieser andere Mensch versteht auch das Gelesene so, wie nur er es verstehen kann oder will. Wer weiß, in welchem Kontext, an den Du beim Schreiben nicht im Entferntesten gedacht hast, eine Geschichte für einen Leser Sinn macht. Märchen werden meistens erzählt und führen dadurch oft zu einem Gespräch. Mit Deinen Geschichten lässt Du die Kinder alleine. Und zu welch schiefer Sicht der Dinge auch noch Erwachsene ohne ein Gegenüber neigen, habe ich ja mit dem Beispiel meiner Einschätzung der heutigen Jugend gezeigt. Um die Leser Deiner Bücher vor allzu viel Beliebigkeit oder gar völligem Missverständnis zu bewahren, sollten sie die Möglichkeit haben, ihr Verständnis und ihre Schlussfolgerungen an der Wirklichkeit ausrichten zu können, und wahrscheinlich ist dazu weder die Gesellschaft im Allgemeinen, die die Kinder sowieso unkontrolliert miterzieht, noch das Internat, in dem die Erzieher auf ihre Funktion als Fachlehrer reduziert sind, geeignet, sondern bietet sich immer noch die Familie an, in deren Kontext doch auch Deine bisherigen Bücher entstanden sind.

Meines Erachtens liefert die Familie als übersichtliche Lebenswelt doch noch einige Leitplanken, die die Kinder davor bewahren, bei ihrer Selbstverwirklichung ganz auf sich selbst abstellen und ihren Weg zwischen Verunsicherung und Selbstüberschätzung allein suchen zu müssen. Und wie sollen Kinder aus ihren Fehlern lernen, wenn ihnen eine über schaubare und beständige Umwelt fehlt? Wie sollen sie lernen, was wirkliche Widerstände sind und was nur scheinbare Hindernisse, was Grenzen und was Freiräume? Und das Lebensgefühl, zu dem Du sie mit Deinen Büchern führen willst? Wie Du sagst, willst Du mit Deinen Geschichten bei den Gefühlen Deiner jungen Leser ansetzen und nicht primär beim Verstand, und ihnen keine eindeutigen Schlussfolgerungen nahelegen, sondern ihnen zu einem Lebensgefühl verhelfen. Allein durch Lesen werden sie aber kaum dahin gelangen. Die Gefühle Deiner Leser sind in der Wirklichkeit verankert, in der sie entstehen, geprägt werden, sich wandeln. Was Heimweh ist oder Sehnsucht, erfährt man nur, wenn man es erlebt. Während der Verstand seinen eigenen Gesetzen gehorcht, brauchen Gefühle Bodenhaftung. Und auch den Wert der Geduld, dessen Vermittlung Dir so am Herzen liegt, verstehen Deine Leser doch erst, wenn ihre Geduld in der Wirklichkeit auf die Probe gestellt wird und sie sich in der Wirklichkeit auszahlt.

Kinder müssen auch begreifen, dass es eine Realität außerhalb der Bücher gibt. Und die beste Wirklichkeit, in der Kinder Erfahrungen sammeln, Fehler machen, unverbindlich spielen, ihre Ideen und ihren Willen ausprobieren und sich auch einmal ohne Konsequenzen den Kopf anstoßen können, sehe ich immer noch in der Familie. Die positive Entwicklung unserer Kinder in den letzten zehn Jahren ist der beste Beweis dafür. Vielleicht sollten wir doch versuchen, als Familie weiterzumachen und den Kindern die Fremdbetreuung im Internat zu ersparen. Irgendwie lassen sich unsere Jobs und das Familienleben schon vereinbaren. Und wenn das nicht klappen sollte, steht mein Angebot immer noch, auf meine Karriere zu verzichten und den größeren Teil der Familienarbeit zu übernehmen.

Liebe Grüße und tausend Küsse

Dein Carlo

Wien, den 25. Juni 1995

Liebste Kathi,

Danke für Deinen Brief vom 19.6. Auch nach mehrmaligen Versuchen konnte ich Dich bis heute telefonisch nicht erreichen. Ich hoffe, es ist alles in Ordnung bei Euch. Du schreibst von einer Woche voller Unannehmlichkeiten und dass mein letzter Brief wunderbar dazu passe. Vornweg: Ich stehe natürlich zu unserem Entscheid, die Kinder ins Internat zu schicken. Warum Du gleich so heftig reagierst auf meine verbleibenden Zweifel, kann ich nicht ganz nachvollziehen. Natürlich weiß ich, dass Du das Leben im Internat aufgrund Deiner persönlichen Erfahrung besser einschätzen kannst als ich.

Sicher bietet auch das Gemeinschaftsleben der Schüler und Schülerinnen im Internat ausreichend Leitplanken für eine Entwicklung mit der nötigen Bodenhaftung. Dass Du gerade im Internat besonders gut gelernt hast, was Heimweh und was Sehnsucht ist, und auch, was Vertrauen, Eifersucht oder Langeweile bedeuten, möchte ich nicht infrage stellen. Was Kinder allein und voneinander lernen können, mag oft das, was sie in der Familie lernen können, nicht nur aufwiegen, sondern darüber hinausgehen. Zudem sind wir als Eltern ja nicht aus der Welt. Wir können die Wochenenden und den Urlaub gemeinsam mit den Kindern verbringen und sind sogar in der komfortablen Lage, mit der Villa einen Ort zu haben, wo wir uns häufig in ihrer Nähe treffen können.

Wenn ich die Vorzüge der Familie schilderte, hatte ich keineswegs Ellis Familie im Sinn, deren Idylle uns bei jeder Gelegenheit vorgezeigt wird. Ich dachte eher an die Familie als letzten Rückzugsort in einer Gesellschaft, in der der Mensch immer mehr nach ökonomischen Gesichtspunkten funktionieren soll. Wahrscheinlich hast Du schon recht, wenn Du sagst, dass der berühmte Satz, mit dem Tolstoi seinen Roman Anna Karenina *beginnt, dass alle glücklichen Familien einander ähnlich sind, aber jede unglückliche Familie auf ihre Weise unglücklich ist, sich heute geradezu in sein Gegenteil verkehrt hat. Und ich stimme Dir auch darin zu, dass die Vereinbarkeit von anspruchsvollen Jobs beider Elternteile mit dem Familienleben immer noch ein zu hoch gestecktes Ziel ist und am Schluss fast immer zuungunsten der Frau ausgeht. Auch darum habe ich Dir angeboten, meine nicht sehr stark ausgeprägten beruflichen Ambitionen zugunsten der Familienarbeit zu opfern.*

Du tust mir Unrecht, wenn Du mir unterstellst, Dich mit meinen romantisierenden Vorstellungen von der Familie und der Rede von der Fremdbetreuung der Kinder doch wieder in die Mutterrolle drängen zu wollen. Nichts liegt mir ferner. Dennoch irritiert mich etwas, wenn Du schreibst, dass Du keinen Mann willst, der Dir abends von seinem Tag als Vater und Hausmann erzählt, sondern einen Mann, der Dir von seinen glaziologischen Erkenntnissen erzählt, die Du zwar selten verstehen, in denen Du aber immer seine Leidenschaft spüren würdest. Ich meinerseits höre Dir immer gerne zu, wenn Du vom Alltag mit den Kindern berichtest.

Worüber Du Dich offenbar noch mehr aufgeregt hast, ist meine Bemerkung betreffend Geheimniskrämerei. Offen gestanden, habe ich nicht genau gewusst, warum Du unter einem Pseudonym schreibst, und irrtümlich angenommen, dass Du Dich einmal mehr an Lou Andreas-Salomé orientiert hast, und war erstaunt zu erfahren, dass Dein Vorbild der dänische Philosoph Kirkegaard war, der seine Schriften unter ganz verschiedenen Namen publiziert haben soll, um für seine Überlegungen unterschiedliche Standpunkte einnehmen zu können, ohne dass ihm dabei die eigene Person in die Quere kommt. Warum hast Du mir das nie gesagt?

Dass es mir keine Ruhe lässt, David nicht darüber aufzuklären, dass er der Vater unserer Kinder ist, weißt Du ja schon lange. Schon als Du mir den Vorschlag gemacht hast, dass David für mich einspringen könnte, und wir beschlossen haben, es nie jemandem zu sagen, habe ich Dir gesagt, dass mir dies schwerfallen würde. Dass es mir heute noch schwerer fällt, heißt nicht, dass ich mich nicht an unsere Abmachung halten will. Darum verstehe ich auch nicht, warum Du mich jetzt so vehement an all unsere Abmachungen erinnerst und gleich auch noch meinst, mich über den Sinn prinzipieller Entscheidungen belehren zu müssen. Witterst Du hinter jedem meiner Zweifel einen Verrat an unserer Beziehung oder an Dir? Oder bist Du einfach beunruhigt, weil Dir Romy von ihrer Beziehung zu David erzählt hat, von der ich bis jetzt auch nichts wusste? Hat Dich dies einfach erneut an die weitreichenden Folgen erinnert, die eine Aufklärung Davids nach sich ziehen könnte? Dass es David wahrscheinlich nicht für sich behalten würde, dass es die Kinder erfahren müssten, dass uns David verurteilen könnte, dass er Ansprüche stellen könnte, dass er Gefühle für die Kinder entwickeln könnte und die Kinder Gefühle für ihn, dass es unsere Beziehungen zu anderen Menschen verändern könnte, dass uns die Kontrolle über unser Leben entgleiten könnte? Um all dies zu verhindern, haben wir einst unsere Abmachung getroffen – und an die halten wir uns. Wie Du schreibst, ist das Leben zu kurz, um sich ohne prinzipielle Entscheidungen verwirklichen zu können, und zu lang, um keine Erfahrungen zu machen, die einige dieser Entscheidungen infrage stellen können. Wenn das geduldige Aushalten dieses Dilemma der Preis ist, den wir für das bezahlen müssen, was wir wollten und uns nicht geschenkt wurde, hat er sich angesichts des Glücks, das wir zusammen mit unseren Kindern erlebt haben, tausendfach gelohnt. In diesem Sinne,

liebe Grüße und tausend Küsse

Dein Carlo

PS: Ich versuche weiterhin, Dich telefonisch zu erreichen.

Wien, den 8. Juli 1995

Liebste Kathi,

es tat gut, Deine Stimme am Telefon zu hören. So lange haben wir wahrscheinlich noch gar nie telefoniert. Jetzt kann ich gut verstehen, warum Du auf meinen vorletzten Brief so verstimmt reagiert hast. Es kommt halt immer alles zusammen, seien es nun die unangenehmen oder die angenehmen Ereignisse. Ich hatte ja nicht gewusst, dass Elli von zu Hause ausgezogen ist und Herbert Dir die Kinder zur einstweiligen Betreuung den Tag über gebracht hat, und dies auch noch mit der Begründung, er müsse arbeiten. Und dass Romy ausgerechnet jetzt nicht zur Verfügung stand, weil sie unangekündigt mit David auf eine Reise ging, wusste ich auch nicht. Zum Glück hat sich nun eine andere Lösung für die Betreuung von Ellis Kindern finden lassen. Aber es ist schon eine bodenlose Frechheit, die sich der sonst so korrekte Herbert da herausgenommen hat. Seine Begründung ist ebenso erbärmlich wie das Ausnutzen Deiner Gutmütigkeit. Dass Romy enttäuscht von ihrer Reise zurückkam, verwundert mich nicht.

Ich habe lange nachgedacht über das Zitat ›Die Tugenden einer Generation gelten oft schon in der folgenden Generation nichts mehr, im schlimmsten Fall werden sie ihr zum Verhängnis‹, das Du am Telefon im Zusammenhang mit unserem Gespräch im Prater erwähnt hast. Von wem stammt das Zitat schon wieder?

Amüsiert hat mich bei unserem Telefonat, als Du sagtest, die letzten Sätze meines Briefes von voriger Woche seien reichlich pathetisch geraten. Es sind genau die Worte, mit denen Du Deinen zornigen Brief abgeschlossen hast.

Ich freue mich, bald wieder bei Euch zu sein. Die letzten Tage des Semesters gestalten sich gemütlich und außerhalb des vorgesehenen Programms. Ich habe auf Bitten der Studenten noch einige Anekdoten von meinen Polarexpeditionen erzählt. Sie haben im Gegenzug eingewilligt, eine kleine Prüfung zu schreiben, die eigentlich nicht auf dem Programm stand, mit der ich prüfen wollte, ob und wie meine Ausführungen rübergekommen sind. Bei der Korrektur der Prüfungen erschrak ich zuerst nicht schlecht. Ich glaubte schon, es sei gar nichts rübergekommen, und schrieb dies meiner Unfähigkeit als Dozent zu. Wahrscheinlich glauben die meisten, sich für den Klimawandel zu interessieren, mache es unnötig, noch etwas dazu zu lernen. Dann zeigte aber eine Prüfung, dass es durchaus möglich war, die Gesamtpunktzahl zu erreichen. Es war ausgerechnet jene einer Studentin, die nur sehr sporadisch in meinen Veranstaltungen auftauchte. Woher sie ihr Wissen hat und was ihr Prüfungsergebnis über mich als Dozenten sagt, bleibt unklar. Ganz umsonst war die Prüfung trotzdem nicht, bestätigte sie doch insgesamt einige der Eindrücke, die die Studenten bei mir hinterlassen haben. Überhaupt hat sich das Semester hier gelohnt, hat es mir doch erlaubt, gewisse aus meinem Blickfeld entschwundene aktuelle Entwicklungen zu sehen. Und unser Austausch mit der guten alten Briefpost und dem Telefon hat mir geholfen, meine Eindrücke etwas besser einzuordnen.

Liebe Grüße und Küsse

Dein Charly

Jetzt wissen wir gleich viel wie zuvor«, sagt Bigna enttäuscht, als sie den letzten Brief zusammenfaltet und in den Umschlag zurücksteckt.

»Wir wissen doch jetzt, dass sie es ihm *nicht* gesagt haben«, stellt Reto fest.

»Wir wissen nur, dass sie es ihm *damals* nicht gesagt haben. Vielleicht haben sie es ihm später gesagt, vielleicht hat es ihm Vater nach Mutters Tod gesagt.«

»Stimmt«, sagt Reto abwesend. »Wir werden es nur von David erfahren.«

»Oder von Romy, Alfredo, Elli, Susi und wer weiß von wem sonst noch. Vielleicht wissen es alle, nur wir nicht. Es bleibt uns nichts anderes übrig: Wir müssen mit David sprechen.«

»Nochmals: Müssen wir das wirklich? Wissen wir nicht schon genug? Haben wir nicht schon genug über unsere Eltern erfahren?«

»Ich will jetzt alles wissen. Und will, dass alle alles wissen.«

»Genügt es denn nicht, unsere Eltern besser kennengelernt zu haben? Was Mutter eigentlich beruflich gemacht hat, was Vater für ein Wissenschaftler war, was sie über Familie und Erziehung dachten und über ihre und unsere Generation, was ihre Gründe waren, uns ins Internat zu schicken. Wem wird schon ein derartiger Einblick ins Leben seiner Eltern geboten? Zum Glück haben sie sich nicht mit E-Mail ausgetauscht. Da hätten sie sich wohl sehr viel kürzer gefasst und ihre Korrespondenz wäre wahrscheinlich schon lange in den Tiefen der virtuellen Welt verschwunden oder es fehlte uns das Passwort für den Zugang. So konnten wir aus ihren Briefen erfahren, wie sie ihr Leben meisterten, was ihr besonderes Lebensgefühl war.«

»Was soll daran so besonders sein?«

»All das für sie Selbstverständliche, wahrscheinlich genau das, was sie für uns widersprüchlich, fremd, geheimnisvoll macht.«

»Zum Beispiel?«

»Zum Beispiel ihre Verschwiegenheit, ihre Prinzipientreue oder dass es ihnen nicht schwerfiel, zur Bewältigung ihrer Aufgaben als verschiedene Personen zu handeln, sich in ihrem Interesse verschiedenen Situationen anzupassen.«

»Das trifft vor allem auf unsere Mutter zu.«

»In geringerem Masse auch auf Vater. Wahrscheinlich hat er mehr als sie darunter gelitten. Wenn etwas selbstverständlich ist, heißt das ja nicht, dass es einen nicht auch belasten kann. Vielleicht ist es Mutter schwergefallen, unter einem Pseudonym zu schreiben, sich vor sich selbst zu tarnen. Vaters Tarnung mit seinen wahren Interessen fiel ihm wahrscheinlich leichter, weil er für etwas anderes, als das, was er sich fühlte, in der Öffentlichkeit stand.«

»Sie haben es sich doch leicht gemacht. Sie haben sich nicht an Widersprüchen gestoßen oder daran, andere im Unklaren zu lassen oder sie zu verunsichern. Sie haben sich sogar bemüht, einander fremd zu bleiben, um ihre gegenseitige Anziehung aufrechtzuerhalten. Eine seltsame Art von Liebe, die nicht nach voller Transparenz verlangt.«

»Seltsam für uns. Ich musste auch zuerst Svenja kennenlernen, um dies besser verstehen.«

»Dann wären sie als Paar also auch nicht dieses verschwörerische Duo gewesen, als das sie mir gerade noch erschienen, nicht das Paar mit eigenem Wertsystem, das die Gefühle füreinander vor dem Rest der Welt schützen soll.«

»Eher das Gegenteil. Jenseits ihrer Prinzipien waren sie wohl offener für ihre Umgebung, als wir es je sein können. Ihr Lebensgefühl scheint viel mehr Vielfalt und Offenheit zugelassen zu haben als das unsere, ob nun ihre Beziehung oder die eigene Person betreffend. Sie haben zwar miterlebt, wie Maggy Thatcher die neoliberale Bombe zündete. Für sie war dies aber nicht prägend. Wir kannten gar nichts anderes als das aus der Explosion hervorgegangene Individuum als Unternehmer in eigener Sache. Da können wir noch so kritisch und ablehnend über den Neoliberalismus sprechen – aus unserem Lebensgefühl können wir ihn nur sehr beschränkt verbannen.«

»Und das soll verständlich machen, dass das Leben unserer Eltern und damit auch das unsere auf einer Lüge beruht? Was haben sie uns noch alles verschwiegen mit den Abmachungen, die sie ihrem Leben zugrunde legten?«

»Nicht alles, was verschwiegen oder nicht ausgesprochen wird, ist eine Lüge. Wir können eben nur schwer und vielleicht gefühlsmäßig gar nicht nachvollziehen, dass ihr Leben und der darauf bezogene Umgang mit der Wahrheit für sie etwas anderes bedeuteten als für uns.«

»Das Leben muss für sie eine Art Spiel gewesen sein. Sie haben einfach ohne Rücksicht auf die Konsequenzen ein paar Regeln festgelegt und sich dadurch den Freiraum geschaffen, in dem sie sich verwirklichen konnten – und wir, wir waren Teil dieses Spiels, ein Spielzug auf dem Weg zu ihrer Selbstverwirklichung. Sie haben nur an sich gedacht.«

»Sie haben das Beste für sich mit dem Besten für uns zu verbinden versucht. Sie haben doch von Anfang an die Konsequenzen und ans Wohl von allen gedacht, nur hatten sie davon ein anderes Verständnis als wir. Und weder scheinen sie es sich leicht gemacht zu haben, noch scheinen sie immer derselben Meinung gewesen zu sein. Auch diesbezüglich waren die Briefe aufschlussreich.«

»Auch ihre Einträchtigkeit haben sie nur vorgespielt. Nach außen und für uns wollten sie als normales, harmonisches Paar erscheinen und mit uns zusammen als ganz normale Familie. Aber das waren wir nicht. Wir waren auch so eine Patchworkfamilie und für ihre Selbstverwirklichung haben sie uns ins Internat abgeschoben.«

»Ich kam mir nie abgeschoben vor.«

»Aber ich. Ich fühlte mich allein. Ich hatte im Internat keine älteren Schwestern wie Mutter.«

»Für mich warst du und die Freunde im Internat Ersatzfamilie genug und wir waren ja oft mit unseren Eltern zusammen in der Villa. Und abgesehen davon, dass Patchworkfamilien schon damals ganz normal waren, schätzte ich an unserer Familie gerade, dass wir keine dieser Familien waren, in der beide Eltern arbeiten und dann an den Wochenenden immer etwas Besonderes machen mit den Kindern, um all das nachzuholen, was sie während der Woche versäumt zu haben glauben. Wir waren einfach nur mit unseren Eltern zusammen, erzählten uns gegenseitig von unserem Alltag, spielten *Mensch ärgere dich nicht*, unterhielten uns mit den Freunden, die sie mitgebracht hatten, machten manchmal zusammen eine Wanderung und ich ging gelegentlich mit Vater auf eine Bergtour. Oft verzogen wir uns aber auch nur in unsere Zimmer und trafen uns abends zum gemeinsamen Essen.«

»Geschwister scheinen in ihrer Erinnerung nie dasselbe Elternhaus zu haben.«

»Wir täuschen uns immer, wenn auch auf unterschiedliche Weise, meist einfach durch die Situation verführt, in der wir gerade stecken. An anderen fällt es uns eher auf als an uns selbst. Du warst doch auch der Meinung, meine unguten Erinnerungen an Vater seien nur vom holprigen Verlauf meines Lebens hervorgerufen. Jetzt haben die Fakten meine Erinnerungen korrigiert. Ich habe unserem Vater Unrecht getan und unsere Mutter fälschlicherweise als Opfer gesehen. Alles war ganz anders und sie gab den Ton an.«

»So anders, wie ihre Absichten im Vergleich zu dem, was sie bewirkten. Vater hat wenigstens bezweifelt, ob es funktioniert, kein Vorbild sein zu wollen. Das falsche Bild, das wir uns von ihnen gemacht haben, kommt wahrscheinlich gerade von der Freiheit, die sie uns ließen. Damit verunsicherten sie uns nur, indem sie allen anderen Vorbildern Tür und Tor öffneten.«

»Und trugen dadurch zum zerbrechlichen Bild bei, das wir uns von uns machen, und ständig im Spiegel der anderen überprüfen wollen. Das Kind, an das sich Mutter mit ihren Büchern wandte, war ein abstraktes Kind, das sich schon in seiner Entwicklung immer wieder an der konkreten Welt orientieren musste, um zu erfahren, wer es eigentlich ist.«

»Nur mit ihrem Interesse an der Natur waren sie als Vorbilder unbeabsichtigt erfolgreich. Daher unser Interesse an Naturwissenschaften. In allen menschlichen und zwischenmenschlichen Belangen haben sie uns uns selbst überlassen – und dem Zeitgeist, der uns ganz unbemerkt tief geprägt hat. Intelligent wurden wir mit oder ohne ihre Hilfe, *ingegno* scheint ebenso schwer vermittelbar wie ein Lebensgefühl. Dessen sind sie sich wohl weniger bewusst gewesen.«

»Sie dürften es geahnt haben. Ihre eigenen Regeln, ihre Selbstbeherrschung, ihre Flexibilität, ihr Doppelleben, auch ihre Ironie dienten ihnen wohl dazu, zu ihrem Lebensgefühl auf Distanz zu gehen, sich dem Ausgeliefertsein an unumstößliche Gegebenheiten teilweise oder vorübergehend zu entziehen. Gerade Mutters Kreativität scheint auf ihr Gespür für all das, was nicht geht, zurückgegangen zu sein. Nur so konnte sie alles unter einen Hut bringen: Beruf, Beziehung, Kinder, immer wieder neue Geschichten.«

»Abstrakte Kinder«, ergänzt Bigna. »Und Geschichten, die uns nur im Moment des Lesens begeisterten. Einfach nur gute Unterhaltung.«

»Nachhaltige Geschichten«, widerspricht Reto nach kurzem Zögern. »Wenn du bedenkst, dass wir uns wie viele andere heute noch an diese Geschichten erinnern können! Was sie zu unserer Erziehung beitrugen, ist eine andere Frage. Die Antworten darauf sind wohl so verschieden, wie es die Leser sind. Was den einen Leuchttürme sind, sind den anderen bunte Bojen, die lustig auf dem Wasser dümpeln, und von denen wir nicht wissen, ob sie am Grund verankert sind.«

»Dazwischen gibt es nichts?«

»In der Grauzone von Sein und Schein müssen wir selbst entscheiden.«

»Wir kennen jetzt die Wahrheit über unsere Herkunft und müssen selbst entscheiden, was wir damit machen?«

»Es bleibt uns nichts anderes übrig. Ich für meinen Teil könnte gut damit leben, wenn wir diese Wahrheit genauso für uns behielten, wie unsere Eltern ihr Geheimnis gehütet haben. Also hängt es von dir ab. Natürlich können wir nur gemeinsam entscheiden.«

»Alles hängt jetzt von mir ab«, sagt Bigna in sich gekehrt. »Warum glaubst du, gut mit diesem Geheimnis leben zu können?«

»*Gut* ist vielleicht das falsche Wort. Aber wenn ich mir überlege, was die Konsequenzen sein könnten, wenn wir David darauf ansprechen, kann ich unsere neue Lage hinnehmen. Ich bin eigentlich ganz zufrieden mit meinem bisherigen Leben. Vielleicht jetzt noch mehr, nachdem ich meine falschen Vermutungen über unsere Eltern korrigieren konnte.«

»Und, was wären die Konsequenzen?«

»Soweit ich sehe dieselben, an die unsere Eltern gedacht haben.«

»Wenn wir jetzt schweigen, uns zusammennehmen, David nicht darauf anzusprechen, uns gegenseitig vertrauen, dass keiner von uns etwas sagt, würde das nur heißen, ganz nach dem Vorbild unserer Eltern zu handeln. Das wäre wohl zuletzt in ihrem Sinn.«

»Unsere Eltern sind jetzt nicht mehr da, nicht mal die Bilder, die wir uns von ihnen gemacht haben.«

»Du hast recht: Wie müssen jetzt nur an uns denken.«

»Wenn wir schweigen, denken wir nicht nur an uns.«

»Also schweigen wir. Belassen wir es dabei und geben uns Mühe, damit fertig zu werden.«

»Siehst du«, sagt Reto erleichtert, worauf Bigna gequält lächelt.

»Warum lachst du?«, will Reto wissen.

»Mir ist nur gerade die Stelle in Vaters Polartagebuch eingefallen, wo er schreibt, der Funker habe ihm nach einem Telefonat mit Mutter gesagt ›Siehst du‹. Vater schreibt dann noch, dass er zwar nicht verstanden habe, was der Funker damit genau meinte, dass er aber für einen Moment tatsächlich alles gesehen habe.«

Nachdem Reto die schwarzen Tagebücher wieder in die Kiste gelegt hat und dabei ist, auch die Briefe wieder an ihren ursprünglichen Ort zurückzulegen, bemerkt Bigna: »Den Inhalt des gelben Umschlags mit der Beschriftung *Unfallprotokoll* haben wir uns noch nicht angesehen.«

»Den Unfallhergang kennen wir doch. Wie oft habe ich von Vater und Onkel Alfredo schon gehört, wie sich die Sache damals zugetragen hat.«

»Aber selbst gelesen, hast du das Protokoll auch noch nie.«

»Noch nie«, gibt Reto zu und reicht seiner Schwester den Umschlag mit den Worten: »Wenn es dich interessiert.«

»Da sind zwei Dokumente drin«, sagt Bigna, nachdem sie den Umschlag geöffnet hat. »Das amtliche Protokoll und ein Brief. Soll ich vorlesen?«

»Wenn's sein muss.«

»Nach den Angaben zu Unfallort, Unfallzeitpunkt und den Personalien des Unfallopfers und seines Begleiters steht unter

Unfallhergang:

Als sich das Unfallopfer und sein Begleiter auf dem Abstieg vom Piz Zupò über den unteren Morteratschgletscher am Rande des Gletschers, wo sie glaubten, außerhalb der Zone mit Spalten zu sein, vom Seil lösten und kurz rasteten, verlor das Unfallopfer das Gleichgewicht und stürzte in eine auf den ersten Blick nicht sichtbare, weil von Schnee bedeckte Spalte. Auch auf mehrmaliges lautes Zurufen des Begleiters reagierte das Unfallopfer nicht. Der Begleiter versuchte daraufhin die Bergrettung telefonisch zu alarmieren, aber an der Stelle gab es keinen Empfang. Dann schrie er mehrmals laut um Hilfe. In seiner Umgebung befanden sich jedoch zu diesem Zeitpunkt keine weiteren Personen, die auf seine Rufe reagiert hätten. Darauf packte er alles zusammen und entfernte sich schnell in Richtung Boval-Hütte vom Unfallort, bis er endlich einen Ort fand, von wo er die Bergrettung telefonisch erreichen konnte. Wegen eines heftigen Gewitters, konnte der Rettungshelikopter erst mit einiger Verspätung starten. Aus demselben Grund suchte der Begleiter des Unfallopfers Schutz in der nahen Boval-Hütte. Dass er keinen Gegenstand zur Markierung am Umfallort zurückließ, wahrscheinlich weil er, noch unter Schock, nicht daran dachte, erschwerte die spätere Suche. Als der Helikopter eintraf, hatte der starke Regen schon sämtliche Spuren verwischt. Nach Einbrechen der Dämmerung musste die Suchaktion abgebrochen werden. Auch die am nächsten Morgen schon früh am Unfallort eintreffende Rettungskolonne, an der auch der Begleiter des

Unfallopfers teilnahm, fand keine Spuren mehr. Die fast einen Tag dauernde systematische Suche wurde am späten Nachmittag ohne Ergebnis abgebrochen. Es muss angenommen werden, dass das Unfallopfer in der Zwischenzeit an Unterkühlung gestorben ist. Auch eine nochmalige Suche am darauffolgenden Tag, an der neben dem Begleiter des Unfallopfers nun auch dessen ebenfalls ortskundiger Ehemann, Prof. Karl Rieter, teilnahm, blieb erfolglos.

Unter Diverses *steht dann noch: Kurz vor Wintereinbruch machte sich nochmals ein Suchtrupp mit Unterstützung eines Helikopters zum Unfallort auf. Auch diese Suche war ohne Erfolg. Das Unfallopfer gilt seitdem als verschollen.«*

»Das ist genau die Geschichte, die wir schon zigmal gehört haben. Und was steht im Brief?«

Bigna entfaltet den Brief und sagt: »Von David, unserem Vater, an unseren Vater. Er schreibt:

Lieber Charly,

ich habe gesehen, wie schlecht es Dir geht. Ich habe keine Worte, die Dich trösten könnten. Ganz im Gegenteil. Ich nehme an, dass es Dir noch schlechter gehen wird, wenn Du diese Zeilen liest.

Ich habe lange darüber nachgedacht, ob ich es Dir sagen soll und wie. Aber ich muss. Und weil ich Dir dabei nicht in die Augen schauen kann, schreibe ich es Dir. Die ganze Wahrheit über Kathis Tod. Mein Gewissen zwingt mich, Dir alles zu sagen, nichts zu verschweigen. Verschweigen *führte letztlich zu Kathis Tod. Wenn ich jetzt auch schweigen würde, würde mich meine Schuld vollends erdrücken.*

Alles, was im Unfallprotokoll steht, stimmt. Alles hat sich genauso abgespielt, wie ich es bei der Vernehmung geschildert habe. Aber es ist eben nicht alles. Wie es zum Sturz kam, steht da nicht. Es war keine Unachtsamkeit, kein tragischer Zufall. Ausgelöst wurde Kathis Sturz von mir. Ich habe sie gestoßen. Nicht absichtlich. Es ist einfach passiert. Ich wollte es nicht, aber ich habe es getan.

Ich habe sie heftig angefasst, geschüttelt und sie mehrmals hin und her gestoßen, worauf sie das Gleichgewicht verlor und in die Spalte stürzte. Ich war dermaßen aufgebracht, nachdem sie es mir gesagt hatte, und habe mich vergessen. Im ersten Moment begriff ich noch gar nicht, was geschehen war, was ich getan hatte. Als es mir klar wurde, begann ich zu suchen, zu schreien, nach ihr zu rufen, nach Hilfe zu rufen. Alles Weitere kennst Du aus dem Protokoll.

Nach der Einvernahme auf dem Polizeiposten ging ich zurück in die Villa, setzte mich aufs Sofa und dann spielte sich in meinem erschöpften Kopf alles nochmals ab, und nochmals, und nochmals.

Nachdem wir den steileren Teil des Abstiegs über den Gletscher hinter uns hatten und uns schon nahe an der Seitenmoräne in einem Bereich ohne Spalten wähnten, legten wir das Seil ab und setzten uns für eine Rast auf unsere Rucksäcke, um dann den letzten kurzen Anstieg hinauf zur Boval-Hütte in Angriff zu nehmen.

Wir sprachen über eine Familie, die uns auf dem Gipfel begegnet war, und dass wir beide gleichermaßen erstaunt waren, dass Eltern mit so kleinen Kindern schon derart anspruchsvolle Touren unternehmen. Im Gespräch äußerte ich nebenbei, dass ich eigentlich auch gerne Kinder gehabt hätte. Daraufhin schaute mich Kathi prüfend an, dann legte sie eine Hand auf meine Schulter und sagte lächelnd: Du hast Kinder David, du hast Kinder. Bigna und Reto sind deine Kinder. Dann nahm sie einen Schluck aus ihrer Teeflasche, als wäre das eine Bahnhofsdurchsage über die Ankunft eines verspäteten Zuges gewesen. Ich konnte zuerst nichts sagen. Dann sagte ich ein paarmal wie bewusstlos ›meine Kinder‹, und sie bestätigte ›Ja, deine Kinder‹, und fügte noch an ›Du erinnerst dich doch sicher noch, damals‹. Natürlich erinnerte ich mich. ›Und Charly, weiß er es auch?‹ fragte ich sie. ›Natürlich‹, sagte sie ungerührt, ›er hat es von Anfang an gewusst‹.

Ich schrie sie an ›Warum habt ihr es mir nicht gesagt? Warum? Mein Leben wäre ein ganz anderes gewesen!‹ Dann stand ich auf und packte sie und schüttelte sie. Ich glaubte, sie würde immer noch lächeln, sie würde mich auslachen, ihr sei gar nicht bewusst, was sie da eben gesagt hatte. Vielleicht war es ihr auch nicht bewusst, war es ihr nur so rausgerutscht. Ich schüttelte sie noch mehr, und stieß sie einen Meter in die eine Richtung und dann einen Meter in die andere, und nochmals, bis ich sie auf einmal, erschrocken über das, was ich da gerade tat, losließ. Und da verlor sie das Gleichgewicht und stürzte ohne einen Laut in die Tiefe. Ich stand wie gelähmt da und starrte in den Abgrund. Es war nicht nur ein Loch. Wo eben noch der trügerische Schnee lag, zeigten sich die dunklen Ränder einer Spalte in ihrer ganzen Länge, eine Spalte, über die wir einfach hätten springen können, wenn wir sie gesehen hätten.

Als ich dann zur Alarmierung der Rettungskräfte den Ort hastig verließ, konnte ich gar nicht mehr richtig denken und nahm unser ganzes Material, auch Kathis Rucksack mit, sodass es nachher keinen einzigen Anhaltspunkt mehr gab, wo man suchen musste. Als der Rettungshelikopter nach dem Gewitter endlich kam, waren alle Spuren vom heftigen Regen verwischt.

Auch dass Kathi nie gefunden wurde, ist meine Schuld.

Jetzt weißt Du alles. Mehr habe ich dazu nicht zu sagen. Ich werde mich der Polizei stellen. Ein Richter wird aufgrund des vollständigen Unfallhergangs meine Schuld feststellen, wahrscheinlich fahrlässige Tötung. Wenn ich nichts verschweige, wird mir mein damaliger Zustand wahrscheinlich noch strafmildernd ausgelegt. Aber das will ich nicht. Was ist die vom Recht festgesetzte Schuld schon verglichen mit jener, die ich mir gegenüber Kathi, Dir und unseren Kindern aufgeladen habe? Diese Schuld kann ich durch keine Strafe loswerden.

Dein alter Freund David.«

Weinend streckt Bigna ihrem Bruder den Brief hin. »Diese Schuld kann er nicht loswerden«, wiederholt sie.

»Ist es nur seine Schuld?«, fragt Reto und legt seinen Arm um seine Schwester.

In sich zusammengesunken schaut Bigna ihren Bruder mit leerem Blick an. Nach einer Weile spricht sie leise vor sich hin: »Kann denn die Welt noch mehr aus den Fugen geraten? Jetzt sieht wieder alles ganz anders aus. Jetzt sind wir nochmals jemand anders. Es ist nicht zum Aushalten.«

»Wir schaffen das schon.«

»Aber nicht ohne ihn. Jetzt müssen wir mit ihm sprechen.«

»Meinst du?«

»Wenn wir jetzt nicht mit ihm sprechen, verfügen unsere Eltern mit ihren Geschichten bis ans Ende der Tage über uns. Gerade noch glaubte ich, dass wir genug Halt ineinander finden könnten, wenn auch wir schweigen. Aber jetzt ist auch dieser Halt weggebrochen.«

»Tatsächlich sind wir im Schweigen nicht so geübt, wie alle unsere Eltern. Aber wir könnten es versuchen. Wir müssen uns anstrengen.«

»Einfach zur Tagesordnung übergehen, als wäre nichts gewesen?«

»Einfach wird es nicht.«

»Du kannst es versuchen. Ich will Klarheit haben. Jetzt noch mehr. Alle müssen alles wissen.«

»Und du glaubst, damit wären alle Probleme aus der Welt geschafft? Damit entstehen doch nur wieder neue Probleme. Wie reagiert David, wie stellt er sich zu uns, wie geht er mit seiner Vergangenheit um? Wie wirkt sich seine Reaktion auf uns aus?«

»Das sehen wir dann. Schlimmer kann es nicht kommen. Wenn ein Ziegel aus dem Dach genommen wird, mag es hereinregnen, wenn ein Stein aus dem Fundament genommen wird, droht das ganze Haus einzustürzen. Mit dieser Ungewissheit will ich nicht leben.«

»Du siehst zu schwarz. Lass uns wenigstens Zeit, über die Sache zu sprechen, alle möglichen Folgen abzuwägen. Vielleicht sehen wir schon morgen klarer.«

»Für mich ist jetzt schon alles klar genug. Wenn du dich weiterhin dem Schweigekartell unserer Eltern anschließen willst, stelle ich David allein zur Rede.«

»Allein geht nicht. Wir sind Bruder und Schwester, die Kinder derselben Eltern.«

»Die Kinder von Lügnern und eines Mörders.«

»Es war ein Unfall.«

»Ein Unfall?«

»Ein heraufbeschworener Unfall, der tödlich ausging. Höchstens eine Art fahrlässige Tötung.«

»Wie du das so trocken sagen kannst, als ginge es hier nur um einen Vorfall von juristischer Relevanz.«

»Für uns ist es bestimmt unendlich viel mehr. Gerade darum sollten wir in Ruhe darüber reden, uns die Sache in ihrer ganzen Komplexität durch den Kopf gehen lassen. Wir müssen doch wissen, was wir von David überhaupt wollen, wenn wir ihn darauf ansprechen.«

»Du bist also auch dafür, dass wir ihn mit der Wahrheit konfrontieren? Ich rufe ihn gleich an und verlange ein Treffen.«

»Warte! Wir müssen uns zuerst überlegen, was wir ihm als Grund für ein Treffen nennen.«

»Sagen wir ihm doch einfach, dass wir seine Hilfe brauchen, um eine geeignete Stelle auf dem Gletscher zu finden, wo wir die Asche unseres Vaters ausstreuen können, und dass es sehr dringend sei, da wir nur noch diese Woche in der Villa seien. Diesen Wunsch kann er uns nicht abschlagen. Was wir dann mit ihm besprechen wollen, können wir uns bis dahin noch überlegen.«

»Ist es gut, mit einer Täuschung zu beginnen?«

»Solche Skrupel habe ich jetzt nicht mehr. Und was ist diese Täuschung schon angesichts der wohlüberlegten Täuschungen unserer Eltern? Schon mit unseren Vornamen, die nur in der Herkunftsregion unseres Vaters gebräuchlich sind, haben sie uns getäuscht. Wir tragen auf ewig eine Art Tarnnamen, aber es war vor allem eine Tarnung für sie.«

»Richtig ist es schon, dass wir David mit unserem Anliegen nicht überfahren sollten, und eine gemeinsame Erfahrung wie das Ausstreuen der Asche vielleicht kein schlechter Ausgangspunkt ist, um etwas in Ordnung zu bringen.«

Bigna wählt Davids Nummer.

Dieser meldet sich zu ihrer Überraschung schon nach dem ersten Freizeichen und sagt, noch bevor sie ihr Anliegen vorbringen kann: »Hallo Bigna. Im Moment ist es gerade etwas ungünstig. Bin gerade mit anderen Experten dabei, ein automatisches Steinschlagradar neu zu justieren. Ohne menschliche Hilfe geht's doch noch nicht. Kann noch eine Weile dauern. Die Arbeit ist schon bei Tageslicht heikel. Ich rufe baldmöglichst zurück.«

Verdutzt starrt Bigna auf ihr stummes Telefon. Dann berichtet sie ihrem Bruder, was David gesagt hat.

»Also warten wir.«

»Die menschliche Hilfe aller unserer Eltern wurde immer zuerst allen anderen zuteil. Unsere Mutter schrieb ihre Bücher für alle Kinder, unser Vater forschte für die ganze Menschheit und unser anderer Vater richtet Warnsysteme zum Schutz der ganzen Bevölkerung ein.«

»Waren wir nicht immer mitgemeint, auch wenn wir nicht im Vordergrund standen? Womöglich waren wir sogar Anlass für ihr Tun.«

»Kann sein. Theoretisch. Gefühle hat man nur allein.«

»Aber du weißt, dass du nicht allein bist. Wir bewältigen diese Sache gemeinsam.«

»Ach Bruderherz. Ist *bewältigen* das richtige Wort? Gibt es überhaupt Worte, die dieser Sache gerecht werden? Oder gibt es *nur* Worte? Im Moment fühlen sich Worte für mich so schummerig an wie das Dämmerlicht, in dem wir sitzen.«

»Machen wir Licht«, meint Reto, und windet sich so umständlich aus dem Schneidersitz, dass seine Schwester zuerst beim Lichtschalter ist.

Im hellen Licht bleibt sie bei der Tür stehen und nimmt eins der Bilder in die Hand, die auf der Kommode rechter Hand stehen. »Meine Zornesfalte habe ich wohl von David.« Als sie ein zweites Bild näher anschaut, fragt sie: »Aber was habe ich mit Vater gemeinsam? Das Kinn? Die Wangenknochen? Den Blick? Bis jetzt dachte ich, es sei der Blick, aber jetzt kommt mir sein Blick fremd vor, so prüfend – als wollte er sich vergewissern, dass es nicht auffällt, dass wir nicht seine Kinder sind.«

»Zum wiederholten Mal: Wir sind seine Kinder. Daran ändern auch Gefühle nichts, die ein Bild auslöst. Wir sehen, was wir sehen wollen. Bilder scheinen immer nur so lange unserer Erinnerung zu entsprechen, bis ihnen in der Wirklichkeit etwas widerspricht.«

»Dann hätte ich mir die Mühe sparen können, die besten Bilder herauszusuchen, um sie zur Erinnerung im Wohnzimmer aufzuhängen. Schon der Gedanke, eins davon zu vergrößern, macht mir Angst.«

»Wahrscheinlich hättest du nicht nach denjenigen suchen müssen, die am besten stimmen, sondern nach denjenigen, die am wenigsten stimmen. Aber die hättest du dann sicher nicht aufhängen wollen. Bilder machen die Wirklichkeit eben platt, wie Svenja immer sagt, sie machen uns ständig nur vor, die Wirklichkeit wiederzugeben, dabei helfen sie, die Wirklichkeit zu verstecken.«

»Ist das immer so?«, fragt Bigna und hält zum Vergleich zwei der Bilder nebeneinander. »Nur Mutter wirkt auf den Bildern immer gleich, auch jetzt noch. Dabei hat sie uns am meisten getäuscht.«

»Hat sie nicht David ebenso getäuscht? Zusammen mit Vater? Haben sie ihn nicht auf schreckliche Weise für ihre Zwecke missbraucht? Ihm eine Falle gestellt?«

»Sie haben ihn auf eine andere Weise getäuscht. Wir sind die größeren Opfer. Vor allem Mutter hat die Weichen für unser Leben gestellt. Alle dachten, sie sei geheimnisvoll, aber indem sie alle für ihre Selbstverwirklichung eingespannt hat, hat sie auch aus uns ein Geheimnis gemacht. Und ich frage mich, ob wir da je herauskommen, ob sie nicht immer über uns verfügen wird, ob sie uns nicht unsere ganze Freiheit genommen hat. Was bedeutet es jetzt noch, frei zu sein, wenn man nur schon bei diesen Gedanken ständig fürchten muss, dass einem in jedem Moment der Boden unter den Füßen weggezogen werden kann?«

»Mutters Geheimnisse kennen wir ja jetzt. Mir macht eher Sorgen, dass sie uns mit ihren Kinderbüchern zum Glauben verführt hat, wir könnten alle Probleme allein lösen, das Schicksal könne uns nichts anhaben, wir behielten immer das letzte Wort.«

Bignas Telefon klingelt. David entschuldigt sich, dass er vorhin so kurz angebunden war und schildert, was ihn aufgehalten hat. »Auch jetzt noch werde ich immer wieder aufgeboten, wenn es Probleme gibt mit einem der Systeme, bei dessen Einrichtung ich einst beteiligt war. Die Technik ist halt ebenso unberechenbar wie die Natur. Ich hoffe, dass die Sache jetzt erledigt ist. Aber man weiß nie. Gut, dass die Systeme wenigstens erkennen, wann sie menschliche Hilfe brauchen. Vielleicht kommt schon morgen wieder ein Anruf.«

Bigna trägt ihm ihr Anliegen vor.

»Aber natürlich«, sagt David, »das mache ich sehr gerne. Für euch und für meinen alten Freund Karl. Wie wäre es am kommenden Freitag? Wir könnten uns gleich bei der Bahnstation Morteratsch treffen und dann via Boval-Hütte auf den Gletscher gehen. Mir schwebt da schon eine Stelle vor, die sich für unseren Zweck besonders gut eignet. Vielleicht müssen wir aber auch länger suchen, die Gletscher verändern sich heute so schnell.«

»Der Freitag wäre perfekt«, sagt Bigna und bedankt sich für Davids spontane Bereitschaft.

»Das ist doch selbstverständlich. Ihr wisst, ich bin immer für euch da. Warte einen Moment, ich suche im Fahrplan die früheste Zugverbindung. … Kurz nach zehn könnte ich bei euch sein. Nehmt Steigeisen, Eispickel und ein Seil mit. Auf dem Gletscher muss man immer am Seil gehen. Und packt auch warme Kleider und einen Regenschutz ein. Obwohl die Wetter-App für Freitag gutes Wetter anzeigt, kann es in den Bergen schnell umschlagen und dann wird es auf dem Gletscher ungemütlich.«

»Wir nehmen die komplette Ausrüstung mit«, versichert Bigna. »Dann bis am Freitag nach zehn an der Station Morteratsch.«

Nachdem sie ihren Bruder über die Details des Telefonats informiert hat, sagt Bigna: »Vergessen hat er offenbar nicht, was auf dem Gletscher passiert ist. Das Seil! Der Wettersturz! Ob er ahnt, was wir wirklich von ihm wollen, dass er ohne weitere Nachfrage so schnell eingewilligt hat?«

»Möglich. Vielleicht macht es ihm ebenso zu schaffen, wie uns und er hat nach Vaters Tod nur auf eine günstige Gelegenheit gewartet, um die Sache mit uns zu klären.«

»Jetzt erleichtert ihm niemand mehr das Schweigen. Vielleicht hat er auch nur Vater zuliebe geschwiegen und will jetzt reinen Tisch machen.«

»Kann sein«, sagt Reto und rafft sich auf. »Ich habe Hunger, lass uns nach unten gehen.«

»Ich habe keinen Appetit, aber ich leiste dir Gesellschaft.«

Bevor sie das Zimmer verlassen, räumt Reto die Kisten mit den Briefen und Büchern fein säuberlich in den Kasten zurück und verschließt diesen gewissenhaft.

Als sie am Küchentisch ihrem Bruder zuschaut, wie er sich ein Brot mit Käse belegt, sagt sie: »Die Küche kam mir noch nie so groß vor.«

»Sie ist immer gleich groß«, erwidert Reto, als er nochmals zum Frigo geht und die Essiggurken herausnimmt.

»Ich möchte einen Lindenblütentee. Würdest du bitte Wasser aufsetzen?«

Reto macht, wie ihm geheißen, und sucht dann nach den Teebeuteln. »Lindenblüten gibt's nicht. Geht auch Kamille?«

»Das ist sogar noch besser.«

»Dass du so etwas überhaupt trinken kannst. Beim bloßen Gedanken an Kamillentee fühle ich mich kränklich.«

»So verschieden können Geschwister sein.«

»Es würde mich nicht wundern, wenn David sein Schweigen nicht länger ausgehalten hätte«, meint Reto, als er seiner Schwester den Tee hinstellt. »Vielleicht fühlt er sich uns jetzt noch mehr zugetan, jetzt, wo er der einzige noch Lebende unserer Eltern ist.«

»Ich bin froh, dass wir gar nicht richtig mit dem Schweigen angefangen haben. Auch weil wir nicht so gute Schauspieler sind wie unsere Eltern. Sie dachten nur an sich. Die Auswirkungen ihres Schweigens auf uns war ihnen egal.«

»Denken Schauspieler nicht zuallererst an ihre Wirkung? Mich beschäftigt eher die grenzenlose Fantasie, die von unserem Halbwissen beflügelt wird. Ich hoffe, nach unserem Treffen mit David lässt dieses Schwindelgefühl nach.«

»Am meisten beunruhigt mich, ob wir nicht selbst eine Art Mitschuld am Geschehenen tragen, immerhin ist es unser richtiger Vater, der jemanden auf dem Gewissen hat. Wir sind vom selben Fleisch und Blut. Da drängt sich schon die Frage auf, ob wir nicht die Anlage haben, in gleichen Situationen so zu reagieren, wie er reagiert hat. Wir glaubten, ihn als jemanden zu kennen, der mit Ungewissheit und Risiko umgehen kann, der immer einen kühlen Kopf bewahrt, aber in dieser Situation hat er sich komplett vergessen. Unser Gespräch mit ihm könnte dazu führen, dass wir seine Tat weiter decken, weil er unser richtiger Vater ist, weil er uns auch seine Bereitschaft, bei einem Lügenkonstrukt mitzuwirken, vermacht hat.«

»Wir machten uns allenfalls der Mitwisserschaft einer fahrlässigen Tötung schuldig. Aber im Moment wissen wir ja nichts Genaues. Wir wissen nicht, wie unser Vater auf Davids Brief reagiert hat, was sich zwischen unseren Vätern abgespielt hat, ob Vater David verziehen hat, auch weil er sich an seiner Tat mitschuldig fühlte, ob sich David der Polizei gestellt und sogar eine Strafe erhalten hat, warum sie geschwiegen haben.«

»Stimmt, wir wissen nichts«, sagt Bigna gleichgültig und legt ihre Hände klammernd um die warme Tasse. »Wir wussten nichts, und je mehr wir in den letzten Tagen erfahren haben, desto weniger wissen wir, wer unsere Eltern eigentlich waren, wer David eigentlich ist, wer wir eigentlich sind. Schon wie es zu unserer Zeugung kam, wissen wir nicht. Hat David unsere Mutter geliebt? Hat sie auch ihn geliebt? Hat sie es aus Liebe zu unserem Vater getan? Haben sie mit der Liebe von David gespielt? Hat sie mit der Liebe der beiden Männer gespielt? Kinder wessen Liebe sind wir?«

»Hör auf! Vielleicht erfahren wir von David mehr. Du wolltest doch unbedingt volle Klarheit für alle.«

»Da müssen wir jetzt durch.«

»Wird schon gut gehen. Dass wir gewollte und geliebte Kinder sind, dürfte dir auch klar sein. Und warum machst du dir über eine Mitschuld an Davids Tat Sorgen? Was immer seine Schuld ist, Schuld ist nicht vererbbar, schon gar nicht genetisch. Auch wie tief uns unsere sozialen Eltern geprägt haben, ist mir erst in den letzten Tagen bewusst geworden. Und geht es hier nur um Davids Schuld? Irgendwie sind wir doch alle immer mitschuldig. David am Tod unserer Mutter, Vater am Tod unserer Mutter, unsere Mutter an ihrem eigenen Tod, ich an Vaters Tod, wir als Teil der Menschheit an Vaters Tod, weil ja auch das falsche Verhalten der Menschheit zum Tauen des Permafrosts führt. Schuld ist ein ins Unendliche führender Begriff, und wenn man Schuld an etwas festmacht, ist Schuld ein seichter Begriff. Der Furcht, verloren zu sein, wollen wir eine konkrete Schuld entgegensetzen – und fürchten uns dann noch mehr. Aber es gibt kein Gefühl des Gefühls.«

»Ich glaube auch, dass Schuld nur ein Gefühl ist, aber ein sehr mächtiges. So mächtig, dass Menschen, die Schuld empfinden, selbst wenn sie sich in der Öffentlichkeit darin suhlen, einfach alles hinnehmen und so bleiben, wie sie sind. Aber es gibt auch noch eine kreative Schuld, die die Verhältnisse verändern kann, die einem selbst verändern kann, durch die man eine ganz neue Person werden kann und durch die einem auch andere als ganz neue Person sehen können. Davon sollten wir uns leiten lassen.«

»Ist diese Hoffnung nicht zu groß? Geht es nicht darum, die Schuld, ob nun ein von außen oder von innen hervorgerufenes Gefühl, zu akzeptieren, mit ihr umgehen zu lernen, sie mit dem Leben zu vereinbaren?«

»Vielleicht. Wenn man das Leben nicht als Ganzes betrachtet.«

»Wir können nicht noch einmal bei null anfangen«, sagt Reto und steht auf. »Ich bin müde und gehe schlafen.«

»Bitte lass mich jetzt nicht allein«, fleht Bigna ihren Bruder an. »Wir haben bis jetzt noch gar nicht darüber geredet, was wir mit David besprechen wollen.«

»Ich trinke noch einen Tee mit dir«, sagt Reto und holt sich eine Tasse aus dem Regal.

»Wir müssen ihn fragen, warum er mit Vater zusammen geschwiegen hat. Warum er auch nach Vaters Tod nie etwas gesagt. Was er überhaupt vom Lügenspiel unserer Eltern denkt. Ob er sich nicht auch missbraucht fühlt. Ob er zu uns steht, uns als seine Kinder annimmt, die Rolle als Vater auch von sich aus übernehmen will. Ob er unsere Gefühle verstehen kann. Vielleicht wollte er uns ebenso von solchen Gefühlen schützen wie unsere Eltern. Wie er zu seiner Schuld steht. Ob er unsere Mutter geliebt hat. Ob er gewusst hat, dass sie Kinderbücher schrieb. Aber wie wird David reagieren? Was machen wir, wenn er das Geschehene nur kleinredet, alles, was uns aufwühlt, nicht ernst nimmt? Und wenn er sagt, er stelle sich jetzt der Polizei, weil er es bis anhin noch nicht getan hat? Wollen wir ihn der Justiz ausliefern? Vielleicht sollten wir David einfach nur sagen, dass wir wissen, dass er unser Vater ist, und abwarten, wie er reagiert. Es einfach darauf ankommen lassen.«

»Das sind viele Fragen«, sagt Reto ruhig, als er sich mit dem frisch aufgebrühten Tee wieder an den Tisch setzt. »Wir müssen morgen, wenn wir den ersten Schock verdaut haben und wieder besser denken können, eine Auslegeordnung machen. Am besten wäre es, jemand, der nicht in die Sache verstrickt ist, würde uns dabei helfen.«

»Du willst mit jemand fremdem darüber sprechen?«

»Einfach mit jemandem, der emotional etwas mehr Abstand hat als wir. Zum Beispiel jemand wie Pfarrer Fischer.«

»Ich glaubte schon, du dächtest an deine Freundin Svenja. Mir würde es nie einfallen, in dieser Sache Oskar beizuziehen. Wir müssen ganz allein damit fertig werden.«

Reto schweigt und nippt an seinem heißen Tee.

Lange schweigen die Geschwister gemeinsam.

»Gut«, sagt Bigna nach einer Weile, »schlafen wir darüber. Morgen ist auch noch ein Tag.« Dann steht sie entschlossen auf und gibt ihrem Bruder einen Kuss auf die Schläfe.

Reto bleibt sitzen und trinkt seinen Tee.

WER BIN ICH?

Nachdem Reto jäh erwacht ist, richtet er sich zögerlich auf, verharrt einige Minuten unentschlossen in seiner schrägen Lage und lässt sich dann wieder ins Kissen fallen. Nach einer Weile verlässt er sein Bett langsam mit ungelenken Bewegungen Richtung Fenster. Er zieht die Vorhänge zurück. Draußen ist es neblig. Reto fröstelt. Er zieht sich wieder ins warme Bett zurück. Alle viere von sich gestreckt lässt er seinen Blick den Wänden entlang schweifen. Das alte Bergseil und der Eispickel von Großvater Gian, die er vorgestern aufgehängt hat, scheinen nicht mehr zu passen. Das alte Hanfseil sieht brüchig aus, der Pickel hat Rostflecken. Reto steht auf, hängt die Erinnerungsstücke ab und torkelt mit ihnen in die Rumpelkammer nebenan.

Auch nach längerem Suchen findet er aber nichts, womit er die unpassenden Gegenstände ersetzen könnte. Mehrmals streift sein Blick den alten Plattenspieler. Schon im Begriff, die modrige Kammer unverrichteter Dinge zu verlassen, hält er beim Hinausgehen inne, zieht den Plattenspieler aus dem Regal und wischt mit der Hand die Staubschicht von der vergilbten Plexiglashaube. Auf dem Plattenteller liegt noch eine Single: *Rimmel* von Francesco de Gregori aus dem Jahr 1975. Reto zieht den Plattenspieler ganz aus dem Regal und bringt ihn ins Wohnzimmer im Untergeschoss, wo er ihn auf das unförmige Schränkchen neben dem Sofa stellt. Nachdem er das Gerät eingeschaltet und die Nadel vorsichtig auf den Rand der Platte gesetzt hat, stellt er befriedigt fest, dass die Anlage noch funktioniert. Jetzt fehlen noch die Lautsprecherboxen. Reto macht sich nochmals auf in die Rumpelkammer. Erst nach längerem Suchen entdeckt er die riesigen Boxen. Sie stehen gut sichtbar unmittelbar neben der Tür, wirken aber aufeinandergestapelt wie eine Kommode.

Nachdem Reto auch die Boxen ins Wohnzimmer gebracht und installiert hat, macht er einen erneuten Test. Die Anlage funktioniert tadellos, nur das Geräusch der Kratzer auf der Platte ist ungewohnt. Reto setzt sich aufs Sofa und hört sich *Rimmel* an. Nachdem der Tonarm langsam in seine ursprüngliche Stellung zurückgekehrt und eingerastet ist, wiederholt Reto leise die letzten Zeilen des Liedes: *Li puoi nascondere o giocare con chi vuoi o farli rimanere buoni amici come noi.* Gedankenversunken bleibt er noch einen Moment sitzen, dann geht er ins elterliche Schlafzimmer und holt die Platten mit den *Griselda*-Opern.

Gerade als er die Platte mit Scarlattis *Griselda* auflegen will, wird vor dem Haus eine Autotür heftig zugeschlagen. Kurz darauf klingelt es. Es ist der Handwerker, der die neue Fensterscheibe bringt.

»Buongiorno giovanotto. Gleich ist wieder alles in Ordnung bei euch«, sagt der Mann mit seiner lauten fröhlichen Stimme. Als er mit der Scheibe vorsichtig durch die Tür ins Wohnzimmer zirkelt, will er wissen: »Wo ist die Signora?«

»Meine Schwester schläft noch. Wir hatten gestern einen anstrengenden Tag.«

Während der Handwerker die neue Scheibe einpasst, kocht Reto in der Küche Kaffee. Als er fertig ist, ruft er: »Sie nehmen doch auch einen Kaffee!?«

»Maledetto! Hai tagliato male il vetro«, erklingt es aus dem Wohnzimmer.

»Heißt das, sie nehmen einen Kaffee?«.

»Nein. Nein. Das heißt: ja. Ich nehme gerne einen Kaffee. Ich habe geflucht, weil die Scheibe nicht passt. Diese Idioten haben das Glas falsch zugeschnitten.«

»Und jetzt?«, fragt Reto, als er mit zwei Tassen ins Wohnzimmer kommt.

»Jetzt muss ich die Scheibe wieder mitnehmen, eine neue Scheibe bestellen, nochmals laut und deutlich sagen, was die Abmessungen sind. Das dauert wieder ein paar Tage. Damit sie nicht erfrieren, mache ich das provisorische Fenster aus Klarsichtfolie wieder rein.«

»Nicht so schlimm«, meint Reto. »Regen sie sich nicht auf.«

Der Handwerker, ganz auf die Montage der Folie konzentriert, murmelt nur etwas Unverständliches vor sich hin. Als er fertig ist, stürzt er den mittlerweile kalten Kaffee hinunter. Dann packt er sein Werkzeug zusammen und geht verstimmt zu seinem Wagen. Reto begleitet ihn. Bevor der Handwerker einsteigt, verabschiedet er sich einsilbig, ruft dann aber noch durchs offene Fenster: »La mia raccomandazione alla signora!«

»Das sag' ich ihr gerne«, ruft Reto von der Tür zurück. »Nächste Woche werden wir nicht mehr hier sein. Alfredo Rieter hat einen Schlüssel zum Haus.«

Zurück im Wohnzimmer setzt er sich wieder aufs Sofa. Er lauscht, ob nicht etwas von seiner Schwester zu hören ist. Kein Laut. Es ist bedrückend still. Draußen ist es immer noch neblig, aber die Sonne drückt langsam durch. Reto schaut auf die Uhr, die bereits halb elf zeigt. Er erhebt sich und geht ins obere Stockwerk, um nach seiner Schwester zu sehen. Er klopft an die Tür ihres Zimmers. Keine Reaktion. Er fragt: »Bigna?« Keine Antwort. Er öffnet vorsichtig die Tür. Das Zimmer ist leer. Er schaut im elterlichen Schlafzimmer und dann in der Rumpelkammer nach. Keine Bigna. Er klopft an die Badezimmertür. Wieder keine Reaktion. Er öffnet die Tür einen Spalt und sieht seine Schwester. Sie sitzt in der Badewanne, mit gleichgültigem Blick, das Kinn halb im Wasser.

»Hier bist du!«, sagt Reto erleichtert. »Ich habe mir schon Sorgen gemacht.«

»Hier bin ich«, sagt Bigna mit gedämpfter Stimme. »Aber bin das überhaupt noch ich? Ich, Bigna, deine Schwester?«

Sie richtet ihren Oberkörper etwas auf und schaut ihren Bruder verloren an. Dann füllt sie ihre rechte Hand mit Wasser und lässt es Tropfen für Tropfen herunterperlen. Zuerst schaut sie den Tropfen nach, wie sie aufs Wasser aufschlagen und kleine Wellen auslösen, dann schaut sie zu ihrem Bruder und sagt abwesend: »Ich wollte nach diesem denkwürdigen gestrigen Tag und dieser grauenvollen Nacht zur Entspannung ein Bad nehmen. Nun sitze ich schon zwei Stunden in der Wanne, das Wasser wurde immer kälter, jetzt friere ich.«

»Dann steig doch endlich aus«, sagt Reto kopfschüttelnd und reicht seiner Schwester mit abgewandtem Blick ein Frottiertuch.

Als sich Bigna schwerfällig aus der Wanne erhebt und das blaue Tuch um sich schlägt, sagt sie: »Vielleicht war ein

Entspannungsbad keine gute Idee. Ich bin gar nicht angespannt. Ich bin lau und leer. Leer und durchsichtig wie Wasser. Jetzt noch mehr als vorher. Was sollen wir nur machen?«

»Trockne dich zuerst einmal ab, zieh dir etwas Warmes an und trink eine Tasse heißen Kaffee, dann schauen wir weiter.«

»Mit welcher Gelassenheit du das sagst. Geht das alles spurlos an dir vorbei?«

»Natürlich nicht. Zieh dich an, trink eine Tasse Kaffee und dann sprechen wir über unser morgiges Treffen mit David. Gestern war einfach alles zu viel. Ich habe auch nicht gut geschlafen, gar nicht gut.«

»Nur über das Treffen willst du sprechen? Und was ist mit uns? Wer sind wir jetzt noch?«

»Lass uns in Ruhe darüber sprechen. Natürlich auch über uns.«

»Ist es ein Trost, dass es mich nicht allein trifft?«

»Ich empfinde es als Trost.«

»Jetzt haben wir nur noch uns.« Bigna legt ihrem Bruder die Arme um den Hals, wobei ihr das Badetuch langsam herunterrutscht.

Reto drückt seine Schwester an sich und sagt ihr leise: »Zieh dir etwas an, sonst erkältest du dich.«

Aber als hörte sie ihn nicht, umklammert Bigna ihren Bruder noch fester. »Jetzt habe ich nur noch dich.«

»Zieh dich an und ich mach' dir einen Kaffee«, sagt Reto und löst sich sachte aus der Umarmung.

In mehrere Kleiderschichten eingemummt, schaut sich Bigna im Wohnzimmer lange die Bilder an, die sie anfangs Woche aufgehängt hat.

»Willkommen im Museum der falschen Erinnerungen«, sagt sie, als ihr Bruder mit dem Kaffee ins Zimmer kommt. »Alles ist jetzt falsch.«

»Es stimmt nicht mehr ganz alles. Einige Bilder sagen nun etwas anderes.«

»Die Bilder haben jetzt etwas Bedrohliches. Es lauerte etwas in ihnen. Einige stören mich nur, durch andere fühle ich mich beobachtet. Ersetzen können wir sie nicht.«

»Hängen wir sie ab. Früher hingen da ja auch keine Bilder.«

Mit angezogenen Beinen in einer Ecke des Sofas sitzend und sich an ihre heiße Tasse klammernd starrt Bigna durch die Plastikfolie in den gleißenden, von der Sonne schon fast aufgelösten Nebel.

»Der Handwerker war heute Morgen da«, sagt Reto und erzählt, die neue Scheibe sei falsch zugeschnitten worden und der freundliche Mann habe sich darum sehr geärgert. »Und seine Empfehlung an die Signora, muss ich dir noch ausrichten.«

»Die Signora ist jetzt aber nicht mehr die, an die er sich erinnern mag. Oder besser: An die *sie* sich erinnern kann«, sagt Bigna mit gequältem Lächeln. »Sie hat sich aufgelöst, ist sich abhandengekommen, sich fremd geworden, ein entwurzeltes Pflänzchen im Wind, der aus allen Richtungen bläst. Wie lässt sich überhaupt sagen, was ich jetzt noch bin, wer ich bin?«

»Du bist Bigna, meine große Schwester, Tochter sorgender und interessanter, wenn auch etwas eigensinniger, Eltern, eine erfahrene Ärztin und erfolgreiche Unternehmerin, die Ehefrau von Oskar Stumm und im Moment etwas orientierungslos – wie ich auch.«

»*Soror semper certa est.* Aber schon mein Name macht mich unsicher. Und was heißt ›*etwas* orientierungslos‹? Muss ich nun mit den Rollen vorliebnehmen, in denen mich andere sehen?«

»Du kannst jetzt nicht *alles* infrage stellen.«

»Weißt du, wie ich mich fühle?«

»Das weiß ich nicht, aber ich weiß, dass wir diese Krise gemeinsam überstehen.«

»Ich fühle mich, wie nach einem langen Schlaf, der mich ausgehöhlt hat. Mein Körper ist nur noch eine träge fleischige Masse, gerade noch so lebendig, dass er einen Verlust empfinden und sich vor weiteren Angriffen fürchten kann. Ich fühle mich wie eine Migrantin, die, mit der Absicht zu erfahren, wer sie sei, gefragt wird, woher sie komme – als würde ein Ort etwas darüber sagen, wer ich bin.«

»Wenn du dich nun ohne Unterlass in Beschreibungen deiner Befindlichkeit ergehst, wirst du dich am Schluss noch viel schlechter fühlen.«

»Du hast leicht reden. Du kannst einfach wieder ein neues Projekt beginnen. Aber was ist aus meinem Projekt geworden? Eine Schalenexistenz, ein Haufen frei umherschwirrender Teilchen, die sich wie in einem Traum beliebig zusammenfügen und wieder auflösen. Kann ich mich noch auf mich verlassen, wenn ich den roten Faden in meiner Geschichte, der zum Ende passt, nicht mehr sehe, weil ich seinen Anfang nicht genau kenne? Ich muss meine ganze Geschichte noch einmal neu schreiben. Aber kann ich das, wenn ich jetzt gar nicht mehr ich bin?«

»Aber du bist doch noch du. Was geschehen ist, betrifft nur einen Teil von uns. Es macht uns wohl auch darum zu schaffen, weil wir immer dazu tendieren, für unsere Identität nur positive Elemente als wesentlich zu erachten. Das lässt dann das Ganze positiv erscheinen. Sobald es angekratzt wird, scheint es auch als Ganzes einzustürzen. Aber so wenig es einen klärenden Moment gibt, der unsere ganze Identität sichtbar macht, so wenig kann sie als Ganzes einstürzen.«

»Kann sich denn jemand als Christ fühlen, der nicht an Christus glaubt?«

»Glaube ist eine Entscheidung und kein Gefühl. Gerade weil jemand, der sich als Christ fühlt, nicht nur Christ ist, muss er sich entscheiden.«

»Aber gilt das auch für die Frage, als wessen Kind ich mich fühle, wenn ich weiß, wessen Kind ich bin? Erfordert das nicht eine ganz neue Identität?«

»Sicher müssen wir uns und unsere Vergangenheit jetzt neu sortieren, aber nicht mit Blick auf einen absoluten Anfang und ein ideales Ende, sondern mit Blick auf unser gelebtes Leben und unseren künftigen Alltag. Wir haben gelebt und wir leben weiter. Wenn das Ende nicht genau nach unserem Wunsch ist, war nicht alles schlecht. Wir müssen uns nicht völlig neu erfinden, sondern nur in den neuen Gegebenheiten zurechtfinden. Da und dort Unpassendes aufgeben, andernorts Neues hinzunehmen, auch ein paar Dinge, die uns nicht behagen. Die Aussprache mit David ist ein erster Schritt, um wieder Fuß zu fassen, um den Anfang des roten Fadens zu finden.«

»Das sehen wir dann.«

Reto steht auf und geht zum Plattenspieler. »Den habe ich heute Morgen aus der Rumpelkammer geholt. Er funktioniert noch tadellos. Ich habe auch die Platten mit den *Griselda*-Opern geholt. Wir könnten uns eine davon anhören.«

»Aber nicht jetzt. Wir müssen doch noch beraten, was wir mit David morgen besprechen wollen, und dann sollten wir auch noch die Ausrüstung prüfen. Wenn etwas fehlt, können wir es heute noch besorgen.«

»Da hast du auch wieder recht. Schauen wir zuerst, ob die Ausrüstung vollständig ist.«

»Ich muss zuerst einmal etwas anderes anziehen«, meint Bigna, als sie sich vom Sofa erhebt. »Und essen sollten wir auch einmal etwas. Oder bis du nicht hungrig?«

»Mittlerweile bin ich auch hungrig. Aber lass uns zuerst die Ausrüstung prüfen. Dann gehen wir in ein Restaurant.«

Als Bigna am Plattenspieler vorbeikommt, wirft sie einen flüchtigen Blick auf die auf dem Plattenteller liegende Single.

»*Rimmel*«, sagt Reto. »Ich habe mir den Song heute Morgen angehört, den Text aber nicht ganz verstanden. Schon gar nicht verstanden habe ich, warum der Song *Rimmel* heißt.«

»*Rimmel* ist eine alte englische Parfümmarke«, klärt ihn seine Schwester auf. »Bekannt geworden vor allem für eine Wimperntusche und allerhand andere Produkte, mit denen sich Frauen verschönern können.«

»Dann habe ich den Song wohl noch weniger verstanden«, sagt Reto lachend.

Seine Schwester ruft ihm nach: »Holen wir alles, was wir morgen brauchen, herunter und machen in der Eingangshalle eine Auslegeordnung.«

Als sie sich nach einer Viertelstunde wieder treffen und die Ausrüstungsgegenstände fein säuberlich auf dem Boden anordnen, trägt Bigna bereits Wanderkleidung.

»Soweit ich sehe, ist alles vorhanden, was wir benötigen, und in gutem Zustand«, sagt Reto nach einem ersten Überblick. »Das Bergseil scheint ganz neu zu sein. So wie es aufgewickelt ist, wurde es wahrscheinlich noch nie gebraucht. Ich fand es auch in der Rumpelkammer.«

»Dann lass uns gehen, bevor die Restaurants schließen.«

Gerade als sie in die strahlende Sonne treten, taucht Alfredo auf: »Bun di. Vo que bain? Ich wollte nur sehen, ob das provisorische Fenster seinen Dienst tut. Franco hat mir berichtet, dass das Glas falsch zugeschnitten wurde und er nächste Woche nochmals kommen muss.«

»Das Provisorium hält«, sagt Reto.

»Mindestens bis am Samstag, wenn wir wieder abreisen«, ergänzt Bigna.

»Dann ist ja gut. Und jetzt, wohin des Weges?« will Alfredo wissen.

»Wir wollen essen in einem der Restaurants«, sagt Bigna.

»Ich begleite euch.«

Bigna schaut ihren Bruder fragend an. Reto sagt nichts.

»Was ist? Wollt ihr allein sein? Ihr kommt mir heute irgendwie anders vor. Wie ein Ehepaar, das ein Erziehungsproblem nicht in Gegenwart seiner Kinder besprechen möchte. Oder, was ist mit euch?«

»Nichts. Was soll mit uns sein?«, sagt Bigna.

»Wir könnten am Samstag, bevor wir wieder zurückfahren, noch gemeinsam essen«, schlägt Reto vor.

»Gute Idee«, findet Alfredo. »Dann lass' ich euch jetzt in Ruhe. A revair.«

Als Alfredo gegangen ist, fragt Reto: »Wie wär's, wenn wir in ein Restaurant außerhalb des Dorfes gingen? Zum Beispiel ins *Crap Da Fö*? Zu Fuß etwa zwanzig Minuten von hier.«

Nach einer Viertelstunde Marsch auf der lärmigen Straße Richtung Berninapass erreichen sie das Lokal.

»Gibt es hier nur Fleisch?«, fragt Bigna missmutig nach einem flüchtigen Blick auf die am Eingang ausgehängte Speisekarte.

Nachdem sich Reto die Karte ebenfalls kurz angeschaut hat, beruhigt er: »Die haben doch ein ganz ansehnliches vegetarisches Angebot. Auch du findest hier etwas.«

Noch bevor die herbeieilende Kellnerin ihnen einen Platz zuweisen kann, schlägt Bigna vor: »Setzen wir uns dort hinten in die Ecke, da können wir ungestört reden.«

»Außer uns ist doch gar niemand im Lokal«, murmelt Reto, als er seiner vorauseilenden Schwester zum vorgeschlagenen Tisch folgt.

Als die mit Piercings und bunten Tattoos reich geschmückte junge Kellnerin ihnen am Tisch die Speisekarte reicht, sagt sie: »Vom Grill gibt es erst etwas ab sechs Uhr. Die um die vielen Fleischgerichte reduzierte Karte erleichtert ihnen aber die Auswahl.«

»Bin ich froh, dass sie auch einige vegetarische Menüs anbieten«, sagt Bigna freundlich.

»Von mir aus könnten es nur vegetarische sein«, meint die Kellnerin. »Was glauben sie, wie ich in dieser Fleischhölle jeden Abend leide.«

Nachdem Bigna das Gemüse-Curry und Reto die Hirsch-Capuns gewählt hat, fragt die Kellnerin noch, was sie trinken wollen.

»Keinen Alkohol«, sagt Reto schnell.

»Warum nicht?«, fragt seine Schwester. »Heute ist mir nach einem guten Glas Wein.«

»Also trinke ich auch ein Glas. Zum Anstoßen. Was empfehlen sie? Unsere Gerichte sind ja sehr verschieden. Was passt zu beiden?«

»Also mein Lieblingswein ist *Donna Lisa* aus Apulien. Der passt zu allem und ich heiße Lisa. Und den gibt's auch im

Offenausschank. Aber ich bringe ihnen gerne unsere umfangreiche Weinkarte.«

»Dann probieren wir ihren Lieblingswein«, sagt Reto.

»Nicht so schnell Brüderchen. Lass uns doch einen Blick in die Karte werfen.«

»Dann bringen sie bitte meiner Schwester die Karte.«

Bigna studiert die Karte lange, aber kann sich nicht entscheiden. Wenn sie ihrem Bruder Vorschläge macht, meint dieser nur, die Entscheidung liege ganz bei ihr. Nach nochmaligem Durchblättern der Karte sagt sie: »Dann nehmen wir halt einen Halben von diesem *Donna Lisa*.«

Die Kellnerin freut sich über die Bestellung und bringt sofort eine Karaffe mit dem Wein.

Als sie angestoßen und den ersten Schluck getrunken haben, sagt Bigna befriedigt: »Der schmeckt mir gut.«

»Aber ob er auch zu deinem Curry passt?«, fragt Reto lachend.

»Vielleicht könnte uns das die Wein-App sagen, deren Entwicklung du kürzlich aufgegeben hast, um dich einer neuen App zuzuwenden«, gibt Bigna spöttisch zurück. »Um was geht's dabei schon wieder?«

»Um eine App zur Analyse der Eignung eines Gesteins zur Einlagerung von CO_2, abgekürzt $ADEGEC^+$. Irgendwie hat so ein Neuanfang auch immer etwas Befreiendes. Vielleicht wird uns auch das Gespräch mit David morgen für den Umgang mit unserer Vergangenheit etwas lockerer und toleranter machen. Aber schon jetzt, nach allem, was wir über unsere Eltern erfahren haben, fühle ich mich freier, unabhängiger, erwachsener.«

»Bei mir ist es das Gegenteil.«

»Hat nicht Opa Walter einmal gesagt, es habe früher geheißen, man sei erst richtig erwachsen, wenn beide Eltern nicht mehr da sind?«

»Unser Vater lebt doch noch.«

»Aber ihm gegenüber haben wir nicht dieselben Gefühle entwickelt, nicht diese einem immer wieder verunsichernde

Ambivalenz zwischen dem Bedürfnis nach Identifikation und dem Streben nach Unabhängigkeit.«

»Sind es nicht genau diese Gefühle, die uns jetzt auf einen Schlag eingeholt haben, und die mich jetzt wieder in die Zeit zurückversetzen, bevor ich begann, ein inneres Kapital anzuhäufen, das mir erlaubte, ein eigenständiges und unabhängiges Wesen zu sein? Dieses Kapital ist jetzt verspielt und die Kindheit hat mich wieder.«

»Ziehst du dich nicht bewusst dahin zurück, weil du glaubst, dort lauerten keine Überraschungen, in der Kindheit seien durch Wärme und Behaglichkeit alle Gefahren und Widersprüche ausgeschaltet? Das ist nur unsere Erinnerung! Gehört nicht gerade die Kindheit zum Reich der falschen Erinnerungen, in dem du mich heute Morgen begrüßt hast, ist die Kindheit nicht der Anfang aller falschen Erinnerungen?«

»Die Kindheit bei den Eltern, bei denen man aufgewachsen ist, lässt sich im Nachhinein vielleicht interpretieren, aber es gibt keine Interpretation der Samenspende. Man droht für immer nur ein Kind zu bleiben. Ich fühle mich in der Erinnerung an die schöne Kindheit, die uns unsere Eltern gegeben haben, jedenfalls im Moment noch sicherer als in der Hülle, die ich mir danach zugelegt habe und die mir bis vor wenigen Tagen als meine Identität erschien.«

»Auch so gesehen können wir nie mehr Kinder sein. Rettung muss von woanders kommen. Schon die morgige Begegnung mit David könnte uns aus unserem gegenwärtigen Schwebezustand befreien.«

»Oder ihn ebenso selbstverständlich machen, wie er für unsere Eltern war. Die scheinen diesen Zustand ja nicht nur hingenommen, sondern richtiggehend kultiviert zu haben.«

»Das war eine andere Generation.«

Die Kellnerin serviert das Curry und die Capuns und wünscht einen guten Appetit. Als sie sich genug weit vom Tisch entfernt hat, sagt Reto: »Unsere Eltern hätten sich ja wahrscheinlich auch keine Rosengärten und Höllenfahrten auf die Arme tätowieren lassen. Es war ihnen ebenso wenig ein Bedürfnis, sich festzulegen, wie allzu viel von sich zu zeigen.«

»Auch die Haare hätten sie sich wahrscheinlich nicht grün färben lassen.«

»Svenja ist Künstlerin.«

Während Reto schweigend seine Capuns isst und Bigna in ihrem Curry herumstochert, schauen sie nur ab und zu Richtung Feuerstelle, wo die Kellnerin Holzscheite stapelt.

Als die Kellnerin an den Tisch kommt und fragt, wie es geschmeckt habe, und dabei auf Bignas noch halb vollen Teller blickt, antwortet Bigna: »Es war gut, aber ich hatte keinen großen Appetit, zudem passte es nicht zum Wein. Aber der Wein ist gut. Gute Empfehlung.«

»Danke«, sagt die Kellnerin entzückt und beginnt, den Tisch abzuräumen. »Noch ein Dessert gefällig?«, fragt sie, als sie sich schon einige Meter entfernt hat. »Unser Tiramisu kann ich ihnen sehr empfehlen.«

»Das nehmen wir«, sagt Reto.

»Lass mich doch selbst entscheiden. Ich hätte gerne etwas Käse. Und bringen sie auch noch etwas Wein.«

»Wir sollten nun endlich darüber reden, was wir morgen mit David besprechen wollen.«

»Gleich«, sagt Bigna und steht auf. »Ich muss mal kurz verschwinden.«

Als sie zurückkommt und sieht, wie ihr Bruder sein Smartphone in die Tasche steckt, fragt sie: »Du hast doch nicht etwa mit Svenja telefoniert?«

»Ich versuche es seit gestern, aber sie ist nicht erreichbar.«

»Wie kannst du in dieser Situation nur deine Freundin anrufen?! Ich habe dir schon gesagt, dass Oskar jetzt der letzte wäre, von dem ich mir einen Rat holen würde.«

»Ich wollte mir keinen Rat holen. Ich wollte nur fragen, wie es ihr geht, ihre Stimme hören. Sie fehlt mir. Sie hat mir wahrscheinlich noch nie so gefehlt.«

»Dieweil *ich* mir überlege, wie ich es Oskar sagen soll! Wie ich es überhaupt anderen sagen soll, meinen Freundinnen und Freunden, meinen Geschäftspartnern, auch meinen Patienten.«

»Was geht es die an?«

»Das geht sie sehr wohl etwas an. Sie alle haben mir vertraut. Ich bin jetzt auch für sie eine ganz andere. Ich schäme mich fast etwas, wenn ich daran denke, was ich allen vorgemacht habe. Wie glaubwürdig werden sie mich in Zukunft noch finden?«

»Sie wissen nicht, was passiert ist, und du brauchst es ihnen auch nicht auf die Nase zu binden. Zurückhaltung ist noch keine Täuschung. Ohne gewisse Anpassungen wird es schwer, unsere Verunsicherung zu überstehen.«

»Und wenn ich mich nicht anpassen will?«

»Kommt es nicht auch immer darauf an, für *wen* man sich anpasst? Deine Patienten sind nicht dasselbe wie deine Freunde und deine Freunde nicht dasselbe wie dein geliebter Ehemann.«

»Oskar muss ich es natürlich sagen. Davor graut mir. Wie wird er reagieren?«

»Als Adoptivkind dürfte doch Oskar zuallererst Verständnis für dich haben.«

»Aber er hat mich doch unter Umständen kennengelernt, in denen er die volle Wahrheit über mich nicht kannte. Ob er mich überhaupt noch liebt, wenn er alles weiß? Und ob *ich* ihn noch lieben kann, wenn er alles weiß? Auch er ist ja dann ein anderer.«

»Da ist es einfacher, wenn man von Anfang an nicht alles wissen will, nicht jedes Geheimnis lüften will, sogar gewisse Geheimnisse attraktiv findet. Dann kann es sogar geschehen, dass man sich von jemandem, den Geheimnisse umgeben, besonders angezogen fühlt.«

»Damit geht man auch ein Risiko ein. Und dieses Risiko wollte ich nie eingehen. Vielleicht sind deshalb alle meine Beziehungen gescheitert, bis ich Oskar traf, jemanden, der so viel mit mir gemeinsam hat, dass gegenseitiger Respekt nicht schwerfällt.«

»Aber ist Liebe nur gegenseitiger Respekt?«

»Wahrscheinlich nicht nur«, sagt Bigna nachdenklich und schwenkt ihr Glas langsam hin und her. Als sie einen Schluck getrunken hat und sich wieder Reto zuwendet, fragt sie zögernd: »Habe ich es versäumt, mich den Gefahren der Liebe zu stellen? Mit Oskar einfach nur jemanden für die gemeinsame Sicherheit gefunden? Ich glaubte nie, dass er die große Liebe ist, weil ich nicht an die große Liebe glaube. Gibt es so etwas überhaupt? Glaubst du an die große Liebe? Ist Svenja deine große Liebe?«

»Jetzt, wo's darauf ankommt, glaube ich es.«

»Ohne lange zu überlegen, kannst du das sagen?«

»Müsste ich lange überlegen, glaubte ich es wohl nicht. Wenn ich es mir überlege, kann ich nur feststellen, dass ich mich in sie verliebt habe, und dass nach der ersten Verliebtheit, die uns immer irgendwie blind macht, passiert ist, was immer passiert, nämlich dass ich sie zunehmend als Zumutung für mich und mich als Zumutung für sie empfand. Sie, mit ihrer Selbstsicherheit, ihrer Arbeitswut, der Leichtigkeit, mit der sie sich in der Welt bewegt, ich, mit meiner Grübelei, meiner ewigen Suche, meiner Manie, alles auseinanderzunehmen und wieder zusammenzusetzen, um zu sehen, ob etwas Neues dabei herauskommt. Große gegenseitige Zumutungen! Und trotz dieser Zumutungen lieben wir uns. Das heißt, ich liebe sie. Ich kann nur für mich sprechen. Die Liebe scheint auf magische Weise dafür zu sorgen, die Zumutungen zu überwinden, indem sie sie einem nicht ständig ins Bewusstsein treten lässt, einem blind macht wie in Zeiten der Verliebtheit. Also, auch wenn ich es mir überlege und auf meine Beziehung mit Svenja zurückblicke, glaube ich, dass sie meine große Liebe ist.«

»Mein Bruder, ein Philosoph der Liebe! Und diese Weisheiten haben sich dir in der kurzen Zeit offenbart, in der du mit Svenja zusammen bist? Ich glaube, dass Svenja dir einfach ganz gehörig den Kopf verdreht hat. Du bist immer noch in sie verliebt.«

»Ich kann es auch so sagen: Ich fürchte mich im Moment nicht davor, für Svenja nicht die unersetzbare Person zu sein, die sie für mich ist – und sei's nur eine romantische Einbildung.«

»Mir macht eher Sorgen, dass Oskar und ich einander so ähnlich sind. Das scheint mir jetzt auf einmal eine unüberwindbare Zumutung. Hätten wir nicht die gemeinsame Arbeit, die immer mal wieder unsere minimen Unterschiede zeigt, weiß ich nicht, ob ich ihn aushalten würde. Sein Halt in dieser Welt ist letztlich doch nur die Wissenschaft, seine Studien. Fragen jenseits davon scheinen für ihn keine große Bedeutung zu haben. Und ich muss zugeben, dass ich ihm bis anhin auch darin ganz ähnlich war. Wohl weniger, weil ich einen Ersatz für die Religion suchte, sondern weil ich mich übermäßig mit unserem Vater, dem großen Wissenschaftler identifizierte.«

Die Kellnerin kommt und stellt das Tablett mit dem Käse und dem Tiramisu mit einem akrobatischen Schwung auf den Tisch. Sie serviert die beiden Nachspeisen mit einer Geste, als hätte sie sie selbst zubereitet. »Wissen sie eigentlich, woher der Name *Tiramisu* kommt?«, fragt sie dann noch.

»Sagen sie es uns«, fordert sie Reto auf.

»Also, dass Tiramisu aus Venedig kommt, wissen sie wahrscheinlich, aber zu seinem Namen kam es so – erzählt man sich wenigstens: Ein Gast soll dem Kellner einmal auf die Frage, ob es geschmeckt habe, geantwortet haben ›Ottimo, c'ha tirato su‹, zu Deutsch: ›Ausgezeichnet, das hat mich hochgezogen‹. Daraus wurde dann *Tira me su* oder eben *Tiramisu*.«

»Danke für die Information«, sagt Bigna überfreundlich.

Während die Kellnerin mit dem Stapeln von Holz weitermacht, meint Bigna: »Ich habe mich wohl zu lange mit unserem Vater identifiziert und unsere Mutter nur als Mutter wahrgenommen. Ob ich wohl eines Tages damit aufhören kann, mich als seine Tochter zu fühlen, mich als seine Tochter zu verhalten, ob ich je aus dieser Haut schlüpfen kann? Es ist schwer, ein Erbe auszuschlagen. Man verspricht sich immer etwas davon, und wenn einem dann eröffnet wird, nur Schulden geerbt zu haben, ist man schockiert.«

»Schon der Gedanke der Vererbung, etwas vererbt zu bekommen, etwas zu vererben, ein Erbe zu pflegen, war mir immer suspekt. Er hindert einen doch nur daran, sich auf neue Situationen einzustellen, möglichst unabhängig etwas aus sich zu machen.«

»Ohne Vererbung wird aber auch die Kontinuität des Ichs über uns hinaus abgeschnitten. Was von mir hat schon existiert und wird noch weiter existieren? Nicht einmal Kinder habe ich, an die ich etwas weitergeben könnte. Dieser Anker in der Zukunft fehlt mir nun auch. Ich habe den richtigen Zeitpunkt verpasst, Eizellen einfrieren zu lassen, um mir die Option offenzuhalten, doch noch eines Tages Mutter zu werden. Als Mann muss dich das nicht kümmern. Du kannst noch dein ganzes Leben lang Kinder zeugen, mit deiner Svenja oder einer anderen. Aber ich?«

»Jetzt haben wir genug über die Vergangenheit und die ferne Zukunft gesprochen«, sagt Reto energisch. »Lass uns doch endlich darüber reden, was wir morgen mit David besprechen wollen. Was wir von ihm erwarten und wie wir es angehen wollen. Wir können ihm nicht einfach sagen, ›wir wissen jetzt, dass du unser richtiger Vater bist‹, und schauen, was dann passiert.«

»Aber es war doch wichtig, darüber zu sprechen, was dieses Wissen und alles, was wir sonst noch erfahren haben in den letzten Tagen, mit uns gemacht hat.«

»Das war wichtig. Aber wir müssen jetzt schauen, was es für unsere Erwartungen an David und unser morgiges Vorgehen bedeutet. Wir müssen nach vorn schauen.«

»Wollen wir das noch hier besprechen? Oder nicht doch besser zu Hause?«

»Wir können auf dem Nachhauseweg darüber reden und dann zu Hause – bis uns die Augen zufallen.«

»Dann müssen wir aber den Weg auf der anderen Seite des Baches nehmen. Auf der viel befahrenen Straße, auf der wir gekommen sind, versteht man ja sein eigenes Wort nicht.«

Reto macht der Kellnerin, die immer noch ganz ins Aufstapeln der Holzscheite vertieft ist, mehrmals ein Zeichen. Endlich sieht sie es und kommt mit dem Kartenlesegerät an den Tisch. Nachdem sie sich mit einem kurzen ›Tschüss‹ von Bigna und Reto verabschiedet hat, sagt sie noch: »Und das viele Holz, das es braucht, um ein Stück Fleisch zu grillen! Niemand denkt daran, was das fürs Klima bedeutet.«

Nach dem Überqueren der schmalen Brücke machen sie bei der Wegkreuzung halt. Bigna schlägt vor, den schmalen Weg entlang des Baches zu nehmen. Reto meint aber: »Das Rauschen des Baches ist noch lauter als der Straßenlärm. Lass uns lieber den Weg durch den Wald nehmen.«

Sie schlagen den Weg durch den Wald ein. Nach ein paar Schritten fragt Reto: »Und, was wollen wir von unserem Vater?«

»Na, dass er uns als seine Kinder annimmt, seine Rolle als Vater annimmt, dass er zu uns steht.«

»Und das heißt?«

»Dass er sich mit uns identifiziert, dass er unsere Gefühle erwidert. Nicht einfach nur für uns da ist, wie er immer sagt, sondern dass er ein richtiger Vater für uns ist. Auch, dass er die Einschätzung unserer Eltern mit uns teilt. Möchtest du nicht wissen, ob er sich nicht auch als Opfer ihrer Selbstverwirklichung vorkommt, als Opfer ihres Schweigens? Und natürlich sollten wir ihn auch fragen, warum er sich bislang ebenfalls in Schweigen gehüllt hat. Ob er unseren Eltern verzeihen konnte, ob unser Vater ihm verziehen hat, warum sie nach Mutters Tod gemeinsam geschwiegen haben.«

»Ich fühle mich getäuscht und verunsichert, nicht als Opfer. Aber lassen wir das fürs erste. Wie genau sollen wir ihn denn mit diesen Erwartungen konfrontieren? Was sind unsere Worte?«

»Am besten beginnen wir damit, dass wir ihm sagen, wir hätten seinen Brief an unseren Vater mit der Schilderung des wahren Unfallhergangs gelesen. Dann weiß er, dass wir alles wissen.«

»Und wenn er uns mit einem Geständnis zuvorkommt?«

»Umso besser.«

»Und dann stellen wir ihm unsere Fragen? Aber welche? Mit welchen Worten?«

»Wir fragen ihn zum Beispiel, wie er sich seine Rolle als unser Vater vorstellt. Er soll uns sagen, wie er sich diese Rolle vorstellt.«

»Ausgerechnet du willst ihn in eine Rolle drängen, zu der er dann gerade noch sagen darf, wie er sie sich vorstellt? Selbst, wenn er uns dies noch so ausführlich erklärt, ist es allenfalls ein Versprechen, im schlimmsten Fall ein Lippenbekenntnis. Was seine Antwort, die er uns mit Sicherheit geben wird, bedeutet, wird sich erst im Laufe der Zeit weisen. Aber was, wenn sein Verhalten dann gar nicht deinen Erwartungen entspricht? Wenn er glaubt, dir väterliche Tipps für dein Unternehmen geben zu müssen, wenn er im Alter glaubt, gerade du als Ärztin seist prädestiniert für seine Pflege? Dein ganzes Ansinnen setzt voraus, dass er so denken und fühlen soll wie du. Aber sollten wir dies nicht ihm überlassen? Dürfen wir etwas von ihm verlangen, das er nicht will oder nicht kann, und womit er uns vermutlich nur enttäuschen wird?«

»Unser Vater hat doch auch die Rolle des Vaters übernommen. Sie ist ihm nicht automatisch zugefallen, weil er uns ja nicht gezeugt hat.«

»Aber die Situation ist jetzt doch eine ganz andere. Unser Vater hat sich schon vor unserer Geburt für diese Rolle entschieden und ist mit uns in sie hineingewachsen. Weder konnte sich David entscheiden, noch konnte er den Umgang mit der Vaterrolle lernen. Er konnte kein Gefühl dafür entwickeln, dass seine gut gemeinten Tipps für deine berufliche Tätigkeit fehl am Platz sind.«

Bigna bleibt stehen.

Reto tut es ihr gleich und fragt verunsichert: »Was hast du?«

Bigna sagt nichts. Erst als sie sich wieder in Gang setzt, meint sie müde: »Du hast recht. Nach seiner Rolle als Vater können wir ihn nicht fragen. Aber die Fragen, ob er sich nicht auch als Opfer fühlt, warum er geschwiegen hat, ob er nicht auch eine gewisse Mitschuld empfindet und ob unser Vater ihm und er unseren Eltern verziehen hat, dürfen wir ihm schon stellen. Ich finde, als seine Kinder haben wir sogar ein Recht darauf, dass er uns diese Fragen beantwortet. Was sonst könnte das Recht des Kindes auf das Wissen, wer sein leiblicher Vater ist, bedeuten? Und diese Fragen werden nicht erst durch sein künftiges Verhalten beantwortet. Zudem böten sie David die Gelegenheit zu zeigen, wie er zu uns steht, was seine Gefühle für uns sind.«

»In all diesen Fragen schwingt diese dunkle Seite der Empathie mit, die dem Gegenüber unterstellt, es fühle so, wie man selbst fühlt, es möchte so behandelt werden, wie man selbst behandelt werden möchte. Vielleicht möchte David das gar nicht. Wenn dir mittlerweile schon Oskars Empathie verdächtig ist, was erwartest du dann in Bezug auf David?«

»Dann können wir ihn nur fragen, was jeder mit sich selbst ausmachen muss. Das heißt, wir brauchen ihn eigentlich gar nichts zu fragen.«

»Mich interessiert nur, ob er unseren Eltern verzeihen konnte und allenfalls noch, ob unser Vater ihm verziehen hat. Ansonsten reicht es, wenn ich im Gespräch mit ihm das Gefühl erhalte, dass wir trotz all dem, was wir wissen und was er weiß, weiterhin so miteinander verkehren können, wie wir es immer getan haben.«

»Es soll sich nichts zwischen ihm und uns ändern? Aber David ist doch unser Vater. Verstehst du? Nicht unser Onkel, nicht nur ein Freund.«

»Für mich zählt nur, wie ich ihn erlebt habe und ihn weiterhin erleben möchte. Und ich habe sogar Angst, dass wir mit unseren Fragen diese Hoffnung zerstören könnten. Vielleicht wäre es sowieso besser, wenn wir ihm keine gezielten Fragen stellten, sondern uns auf ein Gespräch mit ihm einlassen. Mit Fragen drängen wir ihn womöglich nur dazu, uns Antworten zu geben, die ihm gar nicht gerecht werden. Am Schluss wird er uns dadurch fremd – und sich auch. Dann finden wir in ihm auch keinen Halt, um uns zu vergewissern, wer wir eigentlich jetzt sind. Wollen wir das?«

»Alle Fragen, die mir gerade noch so klar schienen, lassen sich entweder gar nicht stellen, provozieren fadenscheinige Antworten oder bestenfalls Antworten, die jeder auf seine Weise interpretieren muss. Das kann nur heißen, dass wir es dabei bewenden lassen sollten, David zu sagen, dass wir wissen, dass er unser Vater ist, und dass sich aus dem daraus resultierenden Gespräch jeder herausnimmt, was ihm sinnvoll erscheint.«

»Sobald wir nach dem Ausstreuen von Vaters Asche den Gletscher verlassen und wieder sicheren Boden unter den Füßen haben, sagen wir ihm, dass wir den Brief gelesen haben.«

»So machen wir's«, sagt Bigna bestimmt und legt den Arm um die Schulter ihres Bruders. »Lassen wir es offen. Lassen wir es drauf ankommen.«

Wieder in der Villa fragt Reto: »Wollen wir uns jetzt eine der *Griselda*-Opern anhören?«

»Warum nicht?«

Reto legt die erste der beiden Platten aus dem Album mit Scarlattis *Griselda* auf und setzt sich zu seiner Schwester aufs Sofa. Bigna zieht die Beine an und schmiegt sich eng an ihren Bruder. Schon nach den ersten Takten gähnt sie mehrmals und lächelt zufrieden. Nach einer Viertelstunde ist sie eingeschlafen. Erst als ihr Bruder nach einer guten Stunde aufstehen will, um die zweite Platte aufzulegen, erwacht sie und fragt, nach einem weiteren Gähnen: »Wollen wir uns den Rest wirklich noch anhören? Meine Begeisterung hält sich in Grenzen und ich bin todmüde und muss ins Bett.«

Reto schaut sich die Plattenhülle an und sagt: »Es ginge nur noch eine Stunde.«

»Ein andermal. Hören wir uns noch gemeinsam die Single an, die auf dem Plattenteller lag, dann gehe ich schlafen. Wir haben einen anstrengenden Tag vor uns.«

Reto legt *Rimmel* auf und setzt sich wieder zu seiner Schwester.

Als der Song zu Ende und nur noch das leise Knistern der Kratzer auf der Platte zu hören ist, erhebt sich Bigna. Auf dem

Weg zur Tür sagt sie: »Das ist doch nicht so schwer zu verstehen. Das Lied handelt von einer verflossenen Liebe und den Versuchen, ihre Spuren zu verwischen. Äußerlich mag dies gelingen, aber die Erinnerung bleibt, mit der muss man leben. Die Strophe mit dem Kartenspielertrick soll wohl sagen, dass das Schicksal nicht immer das ist, was es zu sein scheint, und dass man sich darum nicht von den Karten, die einem das Leben austeilt, einschüchtern lassen soll. Wie es am Schluss heißt: Du kannst eine der Karten drücken, das Spiel mit anderen spielen, oder gute Freunde bleiben wie wir.«

»Nicht leicht zu verstehen. Und was bedeutet *Rimmel*?«

»Die durch ein Parfüm oder durch Make-up gesteigerte Anziehungskraft der geliebten Person?«

»Es stört mich nicht, dass ich das Lied nicht ganz verstehe. Es ist ein schönes Lied.«

»Wie hast du geschlafen?«, fragt Bigna, als sie in die Küche tritt, wo sich Reto bereits anschickt, Kaffee zu kochen.

»Geht so. Zuerst lange nicht eingeschlafen. Dann aber sehr tief geschlafen. Wohl aufgrund der Erschöpfung. Auch der gestrige Tag hat mich mitgenommen. Zum Glück habe ich nichts geträumt.«

»Wir träumen immer«, sagt Bigna trocken. »Nur können wir uns nicht immer an unsere Träume erinnern. Wahrscheinlich zum Glück, da die meisten Träume schlecht oder verwirrend sind. Eigentlich verwunderlich, dass wir nicht öfter aus dem Schlaf gerissen werden. Vieles in der Natur ist eben doch gut eingerichtet.«

»Auch am Tag danach noch ganz Ärztin«, meint Reto, während er seiner Schwester Kaffee einschenkt.

»Das bleibe ich wohl für immer. Aber sonst? Mal schauen, was die nächste Zeit bringt. Was nur schon der heutige Tag bringt. Was Onkel David sagen wird. Was es ändert, wenn er weiß, dass wir alles wissen.«

»Ganz wohl ist mir bei der Sache nicht. Ich bin nervös.«

»Natürlich fiele es uns leichter, wenn wir immer noch wüssten, wer *wir* eigentlich sind. Aber dann wäre dieses Treffen mit unserem Vater gar nicht nötig. So oder so können wir jetzt nicht mehr zurück. Etwas Sorge macht mir immer noch, dass wir ihn getäuscht haben, ihm nur gesagt haben, wir wären froh um seine Hilfe beim Ausstreuen der Asche unseres Vaters.«

»Gerade meintest du noch, das falle jetzt auch nicht mehr ins Gewicht, nachdem sie alle uns getäuscht haben.«

»Und du meintest, dass sie es auch für uns getan haben.«

»Zurück können wir jetzt nicht mehr.«

»Was macht das Wetter?«

Reto bemüht sofort die Wetter-App auf seinem Smartphone und stellt fest: »Tagsüber wechselnd bewölkt. Das Symbol dazu zeigt aber mehr Sonne als Wolken. Abends Gewitterneigung. Aber bis dann sind wir längst zurück.«

Reto konsultiert noch eine zweite Wetter-App, um sicher zu gehen, und konstatiert: »Hier dasselbe. Die Sonne im Symbol ist zwar etwas kleiner. Dafür steht nichts von Gewitterneigung.«

»Dann packen wir mal unsere sieben Sachen für die Gletschertour und machen uns zur Bahnstation auf, wo wir noch einen Kaffee trinken können, bis David ankommt. Haben wir überhaupt einen genug großen Rucksack, in den die Urne passt? Das haben wir gestern vergessen zu prüfen.«

»Wie wär's mit diesem?«, fragt Reto, als er nach ein paar Minuten mit einem großen, orangefarbenen Rucksack zurückkommt. »Den hatte Vater jeweils auf seinen Polarexpeditionen dabei. Passt doch. Nicht nur aufgrund der Größe.«

Während Reto den Sack aufhält, verstaut Bigna die Urne vorsichtig darin. Anschließend tragen sie den Rest der Ausrüstung zusammen und verstauen sie in den Rucksäcken.

Nachdem sie sich für die Tour umgekleidet und Proviant und Getränke eingepackt haben, gehen sie zum Auto, mit dem sie zum Treffpunkt bei der Bahnstation fahren. Hier setzen sie sich neben die Touristen auf die Terrasse des Restaurants mit Blick auf den Gletscher und die ihn überragenden Berggipfel. Sie trinken schweigend Kaffee und schauen von Zeit zu Zeit zur Bahnstation hinüber, wo bald der Zug mit ihrem Vater eintreffen sollte.

Als der rote Zug nach zehn Uhr langsam in die Station einfährt, richten sich ihre Blicke erwartungsvoll auf die Türen, die sich gleich öffnen werden. Unter den Touristen, die aussteigen, ist aber kein David. Als sich der Zug wieder in Bewegung setzt und die Touristen vom Bahnsteig verschwunden sind, meint Bigna: »Vielleicht hat er doch etwas geahnt und kalte Füße bekommen.«

»Wahrscheinlich hat er nur den Zug verpasst«, beruhigt Reto. »Am besten, wir rufen ihn an und fragen, was passiert ist.«

Sofort erreicht er David, der ihm sagt, es sei etwas dazwischengekommen. Er hätte nochmals einige Anweisungen für die Wiederinbetriebnahme des immer noch nicht richtig funktionierenden Steinschlagradars geben müssen. Er versuche aber, so schnell wie möglich zu kommen, spätestens mit dem nächsten Zug kurz nach elf Uhr sollte er bei ihnen sein.

Bigna und Reto bestellen noch einen Kaffee und warten. Obwohl die Sonne mittlerweile auch noch das letzte Wölkchen verbrannt hat, können sie das großartige Panorama nicht genießen und die dümmlichen Gespräche der Gäste an den Nebentischen machen sie zusätzlich unruhig.

Als der Zug nach elf Uhr einfährt, steht Reto auf und geht zum Bahnsteig. Doch auch diesem Zug entsteigt kein David. Noch auf dem Weg zurück zu seiner Schwester wählt Reto erneut Davids Nummer. Es ertönt aber nur das Freizeichen. Auch ein zweiter Versuch ist erfolglos.

»Siehst du«, sagt Bigna.

»Was sollen wir machen?«, fragt Reto. »Wenn wir jetzt nicht losgehen, wird die Zeit knapp.«

»Gehen wir«, schlägt Bigna entschlossen vor. »Du kennst wohl den Weg noch gut genug.«

»Einverstanden. Nehmen wir den Weg entlang der Moräne zur Boval-Hütte und steigen von dort zum Gletscher hinunter, dann sollten wir in etwas mehr als zwei Stunden unterhalb der

Isla Persa eine zum Ausstreuen der Asche geeignete Stelle erreichen.«

Schon kurz nachdem sie sich Richtung Gletscher in Bewegung gesetzt haben, klingelt das Telefon. David meldet, dass er den Anschluss verpasst habe. Er sei aber bereits in St.Moritz und werde ein Taxi nehmen, um schnellstmöglich bei ihnen zu sein. Reto erklärt ihm, dass sie bereits auf dem Weg zum Gletscher seien, worauf David sagt, dass sie weitergehen und in der Hütte auf ihn warten sollen.

Sie gehen langsam weiter. Von Zeit zu Zeit schauen sie hinunter ins Tal, wo Schwärme von Touristen den Wanderweg zur Gletscherzunge bevölkern. Immer wieder sind Geräusche von herunter kullernden Steinen und Felsbrocken zu hören, die sich in der Mittagshitze aus den steil abfallenden Seitenmoränen lösen. Manchmal halten die Geschwister einen Moment inne, bis die Geräusche verstummt sind. Nach einem letzten steilen Aufstieg, auf dem einzelne Passagen mit einem Drahtseil abgesichert sind, erreichen sie nach knapp zwei Stunden die Hütte. Hier essen sie etwas und warten.

Als David nach über einer halben Stunde nicht erscheint, ruft ihn Reto nochmals an. Nun meldet sich wieder niemand. Auch ein zweiter Versuch bleibt ohne Erfolg. »Wahrscheinlich ist er gleich bei uns und antwortet darum nicht. Oder es gibt Stellen auf dem Weg ohne Empfang.«

»Wir wissen ja nicht einmal, ober er überhaupt zu uns unterwegs ist«, erwidert Bigna lakonisch. »Komm, lass uns gehen und unsere Aufgabe erledigen. Es ist jetzt schon fast zwei Uhr und wir müssen danach wieder zurück ins Tal.«

»Du hast recht«, stimmt Reto zu. »Und der Himmel ist mittlerweile auch nicht mehr wolkenlos. Gehen wir!«

Nach einer kurzen Rücksprache mit dem Hüttenwirt, der ihnen den besten Weg zum Gletscher schildert, machen sie sich auf. Zwischen großen Felsbrocken hindurch und über Geröll erreichen sie den Gletscher schnell. Bevor sie das Eis betreten, schnallen sie sich die Steigeisen an.

»Sollen wir uns nicht anseilen?«, fragt Bigna.

»Nicht nötig«, meint Reto. »Wenn die Sicht gut ist wie jetzt, sehen wir gefährliche Spalten und können sie umgehen. Der Weg zur Stelle, die mir für unser Vorhaben besonders geeignet erscheint, ist einfach. Gleich da drüben.«

Als sie den von Reto vorgesehenen Ort unterhalb der *Isla persa* erreichen, erscheint er Bigna jedoch nicht als besonders geeignet. »Hier willst du die Asche unseres Vaters austreuen? Schau dir nur die vielen Spuren im Eis an. Da scheint eine Art Wanderweg durchzuführen. Für die letzte Ruhe unseres Vaters nicht gerade geeignet.«

»Dann suchen wir eine bessere Stelle«, schlägt Reto vor und weist mit der Hand in die Richtung, wo der Gletscher steil gegen die Berggipfel anzusteigen beginnt. Bevor sie weitergehen, rufen sie aber nochmals David an, um ihm zu sagen, dass er nicht mehr zu kommen brauche und bei der Bahnstation auf sie warten solle. Dieser erklärt jedoch, er sei bereits auf dem Weg zum Gletscher unterhalb der Hütte und werde am Rand des Gletschers auf sie warten. David fragt noch, ob sie angeseilt seien. Die Geschwister schauen nach dem Telefonat suchend in die Richtung, aus der sie gekommen sind, können aber niemanden erkennen. Sie seilen sich an und nehmen eilig den Aufstieg in Angriff. Als sie nach einer Stunde, während der sie steil bergan gestiegen und mehreren klaffenden Spalten ausgewichen sind, immer noch keinen geeigneten Ort gefunden haben, sagt Bigna: »Jetzt müssen wir uns entscheiden: Entweder wir streuen die Asche irgendwo hier aus oder gehen zurück. Du hast sicher auch bemerkt, dass die Sonne verschwunden ist.«

Sie entschließen sich, die Asche auszustreuen. Als sie die leere Urne wieder in den Rucksack gepackt haben, bleiben sie noch einige Minuten schweigend vor der Asche ihres Vaters stehen. Dann machen sie sich auf den Rückweg. Als sich der Himmel noch mehr verdüstert und erste Nebelschwaden über den Gletscher zu ziehen beginnen, beschleunigen sie ihr Tempo. Bald ist der Nebel so dicht, dass sie die Spuren ihres Aufstiegs kaum noch sehen können. Langsam tasten sie sich talwärts. Immer wieder stehen sie am Rand klaffender Spalten und müssen einen neuen Weg suchen.

»Woher kommen auf einmal all diese Spalten«, flucht Reto. »Die waren doch bei unserem Aufstieg noch nicht da.«

Als es zu regnen beginnt und kurz darauf heftiger Wind einsetzt, machen sie Halt, um den Regenschutz aus dem Rucksack zu holen. »Wir haben uns verirrt!«, schreit Bigna in den heulenden Wind. »Wir sollten Hilfe anfordern. Ruf bitte David an. Oder besser gleich die Bergwacht.«

Reto tippt die Nummer von David ein, aber sein Telefon bleibt abermals stumm. Ein Blick aufs Display zeigt, dass es hier keinen Empfang gibt. »Nichts«, sagt er und schaut seine Schwester ernüchtert an. »Wir sind völlig auf uns gestellt.«

»Dann müssen wir um Hilfe schreien«, sagt Bigna. »David kann nicht weit von uns sein. Und vielleicht gibt es noch andere Touristen auf dem Gletscher.«

Die beiden schreien mehrmals unisono »Hilfe!«

Aber auf ihre Rufe antwortet niemand. Sie gehen vorsichtig weiter. Immer wieder werden sie von Spalten aufgehalten. Immer wieder schreien sie um Hilfe. Keine Antwort. Noch mehrmals versuchen sie, mit dem Telefon Hilfe anzufordern. Kein Empfang.

Als sie wieder vor einer Spalte stehen und schon im Begriff sind, den Abgrund zu umgehen, hält Bigna auf einmal inne und fragt: »Hast du das auch gesehen?«

»Ich sehe nichts«, antwortet Reto.

»Diesen großen, in der Spalte eingeklemmten Felsblock? Vielleicht könnte er uns als Brücke dienen, um auf die andere Seite zu gelangen. Dann könnten wir uns die Umgehung der Spalte ersparen und uns einmal weniger verirren.«

»Ich habe nichts gesehen«, wiederholt Reto. »Aber ich kann ja mal nachschauen.« Vorsichtig geht er dem Rand der Spalte entlang, bis er den dunklen Block ebenfalls sieht. Als er unmittelbar davorsteht, stellt er fest: »Das ist kein Felsblock.«

»Was anderes als ein Felsblock könnte es sein?« will Bigna wissen.

»Ein Mensch. Eine gefrorene Leiche, die durch das Abtauen des Gletschers an die Oberfläche gelangt ist. Lass uns genauer nachschauen. Halte mich gut am Seil, damit ich nicht in die Spalte stürze.«

Reto lehnt sich über den Rand der Spalte und versucht, den gefrorenen Körper zu fassen und hochzuziehen. Nach einigen Versuchen gelingt es ihm. Als die Gletscherleiche vor ihnen liegt, sagt Bigna: »Wir haben schon genug Zeit verloren. Lass uns gehen. Wir melden den Fund nach unserer Rückkehr. Die Leiche kann dann bei besseren Sichtverhältnissen geborgen werden.«

»Die rote Jake kommt mir irgendwie bekannt vor«, sagt Reto und beugt sich über den toten Körper. »Und auch der blaue Hut mit den weißen Tupfen. Wie der Sonnenhut unserer Mutter.«

»Es ist unsere Mutter«, sagt Bigna beim Nähertreten. Sie kniet sich nieder und wiederholt: »Es ist unsere Mutter.« Weinend umarmt sie den stummen, kalten Körper. Dann steht sie auf und klammert sich an ihren Bruder.

So stehen sie eine Weile schweigend neben ihrer toten Mutter, bis Reto sich aus der Umarmung löst und zum weiteren Abstieg drängt.

»Lass uns noch einen Moment bei ihr bleiben«, fleht ihn seine Schwester an. »Jetzt, wo wir sie gefunden haben.«

»Wir müssen zurück. Bald dämmert es und wir sehen gar nichts mehr. Und wir sind nicht ausgerüstet, um auf dem Gletscher zu übernachten. Hier wird es in der Nacht sehr kalt. Dann blüht uns dasselbe Schicksal wie unseren Eltern.«

»Das kommt jetzt auch nicht mehr drauf an«, schreit Bigna.

»Es kommt drauf an«, schreit Reto zurück, zieht seine Schwester von der Spalte weg und richtet sie unter großer Anstrengung auf.

Dann entfernen sich die beiden langsam vom kalten Grab ihrer Mutter und suchen weiter einen Weg aus dem Labyrinth der Spalten. Noch mehrmals schreien sie um Hilfe. Und mehrmals glauben sie, Stimmen zu hören. Einmal glaubt Bigna sogar, die Stimme von David zu hören. Sie fragt ihren Bruder aufgelöst: »Hast du gehört? Das war doch David!«

»Theoretisch möglich«, meint Reto. »Ich glaube auch, dass wir mittlerweile ganz in seiner Nähe sein müssen. Aber bei diesen Verhältnissen sehen wir ihn erst, wenn wir unmittelbar bei ihm sind. Wir müssen weitergehen.«

»David!?«, rufen die Geschwister noch mehrmals.

Keine Antwort.

DANK

Ich danke Agnes, Alena, Christine und Isabelle, sowie Ernst, Markus und Ueli. Sie haben mich auf Probleme aufmerksam gemacht und geholfen, viele davon zu lösen.

Neben den im Text genannten bin ich folgenden Autorinnen und Autoren und ihren Werken zu Dank verpflichtet. Sie haben mir viele Informationen geliefert und Anregungen gegeben.

Akli, M., *Conventional and Original Metaphors in Frecnch Autobiography*. New York 2009; Allweier, N., *Griseldis-Korrektur*. Freiburg 2012; Aust, H. & H. Fischer (Hg.), *Boccaccio und die Folgen*. Würzburg 2006; Aurnhammer, A. & H. Schiewer (Hg.), *Die deutsche Griselda*. Berlin 2010; Badiou, A., *Die Philosophie und das Ereignis*. Wien 2012; ders., *Lob der Liebe*. Wien 2011; Behringer, W., *Kulturgeschichte des Klimas*. München 2007; bell hooks, *Männer, Männlichkeit und Liebe*. München 2022; Bleisch, B. & A. Büchler, *Kinder wollen*. München 2020; Charim I., *Die Qualen des Narzissmus*. Wien 2022; Decker, K., *Lou Andreas-Salomé*. Berlin 2012; De Haen, I., *Aber die jüngste war die Allerschönste*. Frankfurt a.M. 1983; De Stefano, C., *Kinder als Lehrer*. München 2021; Descombes, V., *Die Rätsel der Identität*. Frankfurt a.M. 2013; Fellmann, F., *Lebensgefühle*. Hamburg 2018; Flasch, K., *Vernunft und Vergnügen*. München 2002; Flaßpöhler, S., *Die potente Frau*. Berlin 2018; Gasser, N., *Kalte Füße inklusive*. München 2008; Greminger, U., *Sebastian Castellio*. Zürich 2015; Klein, S., *Träume*. Frankfurt a.M. 2014; Kölsch, H., *Boccaccio. Decameron*. Norderstedt 2012; Müller, C., *Der Schattenvater*. Gießen 2020; Murdoch, I., *In guter Absicht*. Wien 1999; Oelsner, W. & G. Lehmkul, *Familienplanung 2.0*. Göttingen 2022; Passagre, G., *Aratsch*. Chur 1918; Phillips, A., *Vom Küssen, Kitzeln und Gelangweiltsein*. Göttingen 1997; Radisch, I., *Die Schule der Frauen*. München 2007; Rahmsdorf, S. & H. Schellnhuber, *Der Klimawandel*. München 2019; Simeon, B., *Die Macht der Computermodelle*. Berlin 2023; Reckwitz, A., *Die Gesellschaft der Singularitäten*. Frankfurt a.M. 2017; Redecker, E. von, *Bleibefreiheit*. Frankfurt a.M. 2023; Rüegg, M., *The patient Griselda myth*. Berlin 2020; Sitzler, S., *Geschwister*. Hamburg 2020; Wanner, K., *Der Himmel schon südlich, die Luft aber frisch*. St. Moritz 2006; Weber, D., *La Griselda*. Zürich 1984.

Printed in France by Amazon
Brétigny-sur-Orge, FR

23005066R00288